Leichrevier

Regina Ramstetter wurde 1972 in Niederbayern geboren. Mit zwei groß(artig)en Schwestern tollte sie auf dem Bauernhof ihrer Eltern durch eine Kindheit voller aufgeschlagener Knie und barfüßiger Freiheit. Bereits im Grundschulalter machte sie aus ihren Abenteuern kleine Geschichten, verlegte sich später aufs Gedichteschreiben. Nach einem Au-pair-Aufenthalt in England, BWL-Studium, Auslandssemester in Nordirland, Diplom und dem ersten Job als Redakteurin der Mitarbeiterzeitschrift eines großen Konzerns verschlug es sie zurück in die niederbayerische Heimat, wo sie ihren ersten Roman schrieb. Heute lebt sie mit ihrem Mann und drei Kindern als freie Autorin auf dem elterlichen Hof – nicht weit von Passau entfernt.

REGINA RAMSTETTER

Leichrevier

NIEDERBAYERN KRIMI

emons:

Bibliografische Information der Deutschen Nationalbibliothek
Die Deutsche Nationalbibliothek verzeichnet diese Publikation
in der Deutschen Nationalbibliografie; detaillierte bibliografische
Daten sind im Internet über http://dnb.d-nb.de abrufbar.

© Emons Verlag GmbH
Alle Rechte vorbehalten
Umschlagmotiv: © picture alliance/dpa
Umschlaggestaltung: Tobias Doetsch
Gestaltung Innenteil: César Satz & Grafik GmbH, Köln
Druck und Bindung: Prime Rate Kft., Budapest
Printed in Hungary 2023
Erstausgabe 2014
ISBN 978-3-95451-294-2
Niederbayern Krimi
Originalausgabe

Unser Newsletter informiert Sie
regelmäßig über Neues von emons:
Kostenlos bestellen unter
www.emons-verlag.de

Dieser Roman wurde vermittelt durch die Autoren-
und Projektagentur Gerd F. Rumler, München.

Für Georg (der mich nie ausgelacht hat)

Prolog

Wasser. So viel Wasser! Es trägt die Grundpfeiler der Ordnung einfach mit sich davon, unterspült gewissenlos die Gesetze der Stadt.

Auf einmal ist es überall: in Gassen, in Hauseingängen, in Fluren und Kellern. Es läuft über Küchenböden und Treppenabsätze, blubbert glucksend aus Hunderten von Gullys, ertränkt neugeborene Ratten und Mäuse, strömt über Kopfsteinpflaster, Brücken, Wiesen und Felder, stiehlt kostbare Erinnerungen, reißt Puppen und kleine Legomänner zwischen Schlamm und Blattzeug aus ihren Heimen fort, nur um sie im Gestrüpp, an Straßenrändern oder auf jungen Sandbänken achtlos liegen zu lassen: verdreckt, wurzellos und missbraucht.

Das Nass steht kalt und feucht zwischen meinen Zehen, ist längst über die hohen Ränder meiner Stiefel ins Innere geschwappt, hat meine Strümpfe und den Saum meiner Jeans durchnässt, raubt meiner Haut all ihre Wärme. Das ist das Schlimmste. Dieser gnadenlose Diebstahl. Sich zu nehmen, was einem anderen gehört. Einfach so.

Und da liegt dieses Mädchen zwischen meinen Stiefeln, starrt aus kalten Augen in mein Herz, während ihr Haar im steigenden Wasser wie Seetang wogt, leicht und geschmeidig, und sich ihre Arme bewegen, als würde sie jeden Augenblick davonfliegen.

Wenn sie es nur täte.

Fünf Tage zuvor

Donnerstag, 30. Mai, Fronleichnam
Inn und Donau führen Normalwasser

1

»Es hört einfach nicht mehr auf.« Valli Milner starrte in den Himmel hinauf. Unaufhörlich platschten dicke Tropfen auf ihre Stirn, auf Mund, Nase, Wangen, sammelten sich zu kleinen Bächen und rollten über ihre Haut. Im Laternenlicht sah der Regen aus wie silbrig glänzendes Lametta, von dem jemand eindeutig zu viel an den Baum gehängt hatte.

Markus Kroner verdrehte die Augen. Er stand vor dem »Scharf-richterhaus« und schüttelte seinen zerfetzten Schirm und die dunklen Haare aus wie ein räudiger Köter sein nasses Fell. »Was wäre Passau auch ohne wenigstens *ein* schönes Hochwasser alle paar Jahre? Aber jetzt komm, wir sind spät dran, und du siehst auch schon aus wie eine Wasserleiche.«

Valli lachte. Ihr war schwindlig, was womöglich daran lag, dass sie beim Klassentreffen ein oder zwei Bierchen zu viel gekippt hatte. Ihr gefiel der Regen, sie spürte, wie er die dicken Schichten schwarzen Kajals verwusch, die an ihren Wangen abwärtsschmierten wie die Hände eines Vaters, der seiner Tochter die Tränen fortwischt. Irgendwie tröstlich.

Markus seufzte. Er kannte Valli schon lange, viel zu lange, um nicht zu wissen, dass sie einen an der Waffel hatte, dass sie katastrophal irrational war. Er mochte das – normalerweise. Aber nicht jetzt, da der Regen ihm vorlaut in den Nacken tropfte und zwischen Fußsohlen und Flipflops eine nasse Schicht glitschte. »Verdammt, komm jetzt! Ben wartet schon seit über zwei Stunden.«

Endlich bewegte sich Valli und hüpfte auf Zehenspitzen über

das Kopfsteinpflaster. »Ich bin ehrlich gespannt, ob dieser Ben tatsächlich der Gott ist, den du mir beschrieben hast.«

Markus hatte die Schnauze voll, er schnappte Vallis Handgelenk, als sie in Reichweite kam, und zog sie hinter sich die drei Steinstufen hinab ins Innere des Lokals, wo auf der kleinen Bühne zur Rechten schon so mancher Kabarettist groß geworden war. »Tu mir einen Gefallen«, knurrte er, »nenn mich Markus, solange Ben dabei ist.«

Markus' Gott saß neben einer kurvigen Blondine, die garantiert mehr Siloxan-Einheiten vor der Brust schaukelte, als Synapsen im Gehirn vorhanden waren.

»Valli, Ben.« Markus nickte knapp von Gott zu Wasserleiche, ohne die blonde Göttin aus den Augen zu lassen.

Valli ließ ihm Zeit, die Kurvige zu scannen, und bestellte derweil einen Caipi. Sie war daran gewöhnt, dass sich die Jungs in ihrer Begleitung benahmen, als wären sie unter sich. Sie zog eine derbe Männergesellschaft jedem Bling-Bling-Sex-and-the-City-Reigen vor und würde um nichts in der Welt etwas daran ändern wollen.

»Soll ich dir auch einen bestellen, *Eros*?«, fragte sie scheinheilig, zog dabei die keck geschwungenen Augenbrauen hoch und zeigte ihr breitestes Unschuldslächeln, das die Lücke zwischen ihren Schneidezähnen entblößte. Wären ihre Haare rot und die Sommersprossen üppiger gewesen, hätte Valli durchaus Chancen gehabt, die Hauptrolle bei einer Neuverfilmung von Pippi Langstrumpf zu ergattern.

»Eros?« Ben vergaß Blondi neben sich, beugte sich vor und blickte von Valli zu Markus. »Sie nennt dich Eros?«

Des griechischen Liebesgottes Stirn knallte auf das blank polierte Holz des Tresens. »Danke! Vielen Dank auch, Valli. Auf dich ist wie immer Verlass.«

»War mir ein Vergnügen, *Markus*!«, retournierte Valli scheißfreundlich und kämpfte gegen das wilde Bedürfnis, sich die verschmierte Schminke abzuwischen.

»Sag jetzt nicht, sein Spitzname ist Eros!« Ben stand auf.

Blondchen zog einen Flunsch und machte sich – durch die ihr neuerdings entgegengebrachte Missachtung sichtbar irritiert – auf den Weg in Richtung Toiletten.

Markus sah ihr nach und pfiff anerkennend durch die Zähne. »Ein Wahnsinnsweib.«

»Wieso nennt sie dich Eros?« Ben ließ nicht locker.

Markus schwieg, und Valli stocherte mit dem kurzen Strohhalm im Crushed-Eis ihres Cocktails.

»Eros.« Ben ließ den Namen wie Sahneeis auf seiner Zunge zergehen. Breit grinsend zwinkerte er Blondie zu, die am oberen Absatz der steilen Treppe stand und deren Mini tiefe Einblicke gewährte.

»Er glaubt, dass kein weibliches Wesen seinem Charme widerstehen kann. Soll an seinen italienischen Wurzeln liegen.« Zwischen Vallis nackten Füßen lief sich eine Pfütze zu Seegröße aus.

»Inzwischen habe ich meinen Meister gefunden.« Markus wies mit einem Finger auf Ben, ohne sein Glas loszulassen und ohne seinen Blick von Blondis möglicherweise nicht vorhandenem Slip zu nehmen.

»Und du? Ich meine … Seid ihr beide …?« Ben musterte Valli von oben bis unten.

»Bist du irre?«, stieß Markus hervor und lehnte sich neben Ben an die Bar. »Valli ist ein Kumpel. Wir kennen uns seit einer Ewigkeit.« In seinem Glas schwappten Eis und Zuckerkristalle, die keine Zeit gehabt hatten, sich aufzulösen.

»Du hast mir nie etwas von deinem *Kumpel* erzählt«, sagte Ben und bot Valli seinen Barhocker an.

Valli brauchte drei Anläufe, bis sie das Ding endlich erklommen hatte. Ihr beiges Shirt war patschnass, die Haare klebten an Kopf und Nacken, und die ausgefransten Jeans-Shorts hingen zwischen ihren Arschbacken fest. Es kostete sie eiserne Disziplin, nicht ständig an sich herumzuzupfen. »Du wirst es nicht glauben«, sagte sie, als Ben nicht aufhörte, sie anzugaffen, und umfasste in einer ausladenden Armbewegung ihr jämmerliches Erscheinungsbild, »aber manchmal sehe ich ganz passabel aus.«

Ben lachte. »Dein *Kumpel* ist witzig«, sagte er zu Markus, der zwei neue Drinks orderte. »Allerdings kann ich Frauen, die allzu viel plappern, auf den Tod nicht ausstehen, und ich wette, sie ist ein Prachtexemplar aus dieser Kategorie. Stimmt's?«

»Stimmt genau«, antwortete Markus und reichte Ben sein Glas.

»Denk dir einfach, sie wäre ein Kerl, dann wirst du dich schnell an sie gewöhnen.«

Ben zog die Augenbrauen hoch. »Wie kommst du darauf, dass ich mich an sie gewöhnen will?«

Markus rieb seine Hände aneinander. »Na, weil sie bei uns im Hinterhof wohnt, wenn sie nicht ausnahmsweise mal in Regensburg ist, um sich dem Studium der Psychologie zu widmen.« Er hakte seinen Arm in Vallis Nacken ein – wie er es immer tat – und platzierte einen Rohrzucker-Kuss auf ihren Scheitel.

Valli zuckte gleichmütig mit den Schultern und wischte nun doch mit den Handballen über ihre Wangen. Ein warmes Gefühl rieselte in ihre Magengrube. Sie liebte Markus, seit sie denken konnte; liebte ihn wie den Bruder, den sie sich immer gewünscht hatte.

2

»Zehn Meter weiter drüben, läppische zehn Meter, dann hätten wir unsere Ruh gehabt.« Kriminalhauptkommissar Kroner sah vom Rechenpodest des Kraftwerks Jochenstein zur anderen Seite hinüber. Läge die Tote dort am Ufer, wäre der österreichischen Gendarmerie jetzt der Fronleichnamstag versaut, nicht ihm. Grantig wandte er sich ab, nahm die Fäuste aus den Taschen und winkte einen Streifenbeamten näher, der bereits vor ihm den Leichenfundort in Augenschein genommen hatte. An Feiertagen verständigten die Kollegen von der Einsatzzentrale normalerweise den Kriminaldauerdienst, doch jeder dort wusste, dass der Erste Kriminalhauptkommissar der Passauer Kriminalpolizei keinen Spaß verstand, wenn man ihn bei einem möglichen Tötungsdelikt, das sich in unmittelbarer Nähe der Stadt ereignet hatte, nicht höchstpersönlich benachrichtigte. Jochenstein lag knapp dreißig Kilometer flussabwärts, das war für Kroner unmittelbar genug.

»Weiblich, zwischen zwanzig und dreißig Jahre, europäisches Aussehen, keine Papiere, kein Handy, nichts.«

Kroner nickte. »Wie frisch?«

»Der Arzt ist noch nicht da, aber Waschhaut kaum ausgeprägt, kein Gasbauch. Sehr frisch, würde ich sagen. Keine äußeren Anzeichen von Gewalt. Tippe auf einen tragischen Unfall oder Suizid.«

Der junge Beamte blätterte emsig in seinem Notizblock. Kroner wäre jede Wette eingegangen, dass die Frau die erste Leiche des Polizisten war. Keine schöne Sache, doch so war der Beruf. Nichts für Weicheier und vor allem nichts für Spekulanten. Kroner hasste nichts mehr als Dilettantismus und vorschnelle Schlüsse. Trotzdem erinnerte er sich noch zu gut an seinen eigenen Übereifer, mit dem er vor vielen Jahren bei der Polizei angefangen hatte, um es dem Grünschnabel übel zu nehmen. »Gut gemacht, Kollege«, sagte er deshalb. »Wo ist der Arbeiter, der sie gefunden hat?«

»Bin schon da«, brummte eine tiefe Stimme in Kroners Rücken.

Als Kroner sich umdrehte, stahl sich ein warmes Lachen in sein Gesicht und ließ die grauen Stoppeln seines Dreitagebartes tanzen.

»Servus, Hannes. Hab mir schon gedacht, dass du selbst vorbei-schaust.« Der Kraftwerksarbeiter streckte Kroner die Hand hin. Der schlug ein, fasste bis zum Ellbogen nach und schüttelte ungläubig den Kopf. »Johann, Johann, langsam wird es mir un-heimlich, dass immer du die Leichen raufholst.«

Johann zuckte mit den Schultern und zupfte verlegen an seiner John-Deere-Kappe. »Wird wohl daran liegen, dass ich zwanzig Jahre als Totengräber gearbeitet hab. Die Leichen fühlen sich einfach zu mir hingezogen.« Er grinste schief.

Kroner klopfte ihm auf die Schulter. Es war nicht das erste Mal, dass in Jochenstein eine Leiche im Rechen hängen blieb, und nie war das eine angenehme Sache, aber mit Johann wechselte er immer gern ein paar Worte. Der Österreicher war ihm schon beim ersten Kennenlernen sympathisch gewesen, und außerdem kippte er beim Anblick einer Wasserleiche nicht gleich aus den Latschen, egal, ob diese nach Wochen im Wasser porös, aufgebläht oder angefressen war und stank wie eine Grube voller verwesender Fische – nur schlimmer. »Das hab ich gar nicht gewusst, dass du mal Totengräber warst.«

Johann sparte sich eine Erklärung und marschierte in Richtung Rechenmaschine. »Schaun wir's uns an, was meinst?«

»Wird uns nichts anderes übrig bleiben.« Kroner fuhr sich mit den rauen Händen übers Gesicht und seufzte. »Wieso war über-haupt jemand da?«, fragte er und stieg hinter Johann die Stahlleiter zur Rechenmaschine hoch. Den Streifenbeamten hielt er per Fin-gerzeig davon ab, ihnen zu folgen.

»Wenn's Hochwasser gibt, sind die Maschinen auch an Feiertagen rund um die Uhr besetzt.«

»Soso.« Kroner schnaufte. Das Hallen der Stahlwände und das Getöse des Wassers ließen ihn schaudern.

»Bei Hochwasser reißt es mehr Gschwemmsl mit. Die Rechen-maschinen fahren nur bei Niedrigwasser automatisch.«

»Ich würd mir wirklich wünschen, dass es ein paar der Leichen, die wir hier jedes Jahr haben, zur österreichischen Seite rübertreiben würde.«

»Kannst vergessen. Die Turbinen saugen das Wasser an, da reißt es so einen Korpus einfach mit. Die landen fast immer bei uns im

Rechen, selten da drüben.« Johann wies auf das gegenüberliegende Ufer. In der Flussmitte verlief die Landesgrenze, aber der Turbineneinlauf des Kraftwerks lag komplett auf deutscher Seite. »Alles, was flussaufwärts ins Wasser fällt, landet früher oder später hier drin.« Mit den Knöcheln seiner Rechten klopfte er gegen den Auffangbehälter der Rechenmaschine.

Oben im Führerhäuschen zog Kroner die Gummihandschuhe über. Kurz blieb sein Blick an den vielen roten, grünen und silbernen Druckknöpfen der Steuerung hängen. Ziemlich viele Schalter, dachte er, um den Moment hinauszuzögern, wenn er zur Leiche in den Putzwagen steigen musste. Das *Gschwemmsl*, wie Johann das Treibgut nannte, stank und sah glitschig aus. Kroner hatte die Gummistiefel vergessen. Dummer Fehler.

»Ich konnte den Putzwagen gerade noch anhalten, bevor die Leiche im Auffangbehälter gelandet wär«, sagte Johann geschäftsmäßig.

»Ist dir irgendetwas aufgefallen?«

Johann überlegte. »Nein, nur dass wir selten so frische Leichen einfahren. Meistens schauen die um einiges schlimmer aus.«

Die Tote lag auf dem Bauch. Ihr rechter Arm baumelte über dem Auffangbehälter, der wie eine überdimensionale Baggerschaufel aussah und wohl einiges an Treibgut aufnehmen konnte. Kroner bemerkte, wie sich ein einzelner Tropfen schlammiges Wasser aus ihrem Haar löste und ins Leere fiel. Schwer und endgültig. In Zeitlupentempo. Er schloss kurz die Augen. Viel brauchte es nicht, und die junge Frau würde abrutschen und im bereits eingefahrenen Gschwemmsl versinken. Kroner musste aufpassen.

Über die Plexiglasaussparung des Führerhäuschens stieg er auf den Rand des Auffangbehälters, hangelte sich an dessen Rand entlang, um die Tote zu erreichen. Wäre der Putzwagen heute automatisch gefahren, wäre die Frau wahrscheinlich unbemerkt in den Auffangbehälter gefallen, von dort auf einen Lastwagen gekippt worden und in der Verbrennung gelandet. Kroner wusste gerade nicht, ob ihm das nicht lieber gewesen wäre. Alles war nass, der Stahl rutschig. Vorsichtig stieg er zum Putzwagen hinüber und positionierte sich so, dass er das Gesicht der Toten sehen konnte. Es war schwierig, er musste sich weit über den leblosen Körper beugen und drohte beim kleinsten Fehlgriff selbst im Gschwemmsl zu landen. Eine grauenhafte Vorstellung.

Wie immer überraschte es den Kommissar, wie leblos eine Leiche aussah. Er würde sich nie daran gewöhnen, da konnten noch so viele Jahre vergehen. Aber da war noch etwas anderes. Ein Schauder kroch ihm in den Nacken, die feinen Härchen standen stramm. Irgendetwas stimmte nicht. Eine Sekunde später spürte Kroner, wie alles Blut in seine Beine sackte, wie saure Galle in seinen Mund schoss, und ehe er dagegen anschlucken konnte, quollen die halb verdauten Reste seines Weißwurstfrühstücks auch schon zwischen den Fingern seiner vorgehaltenen Hand hervor und klatschten satt gegen die Stahlwand.

3

Valli riss die Haustür auf, musste gegen die Helligkeit anblinzeln. »Mensch, Eros! Weißt du nicht, wie spät es ist?« In einem Nachthemd ihrer Jugendzeit stand sie barfuß auf den uralten Steinfliesen. Sie hatte Mühe mit dem Gleichgewicht, ihre Schulter krachte gegen den Türrahmen, von dem der weiße Lack abblätterte. Ein Schwall Bettwärme umgab sie wie ein Furz, der sich nicht verziehen wollte.

»Habe ich dich etwa geweckt?« Ben lehnte lässig am Geländer des Treppenaufgangs und grinste unverschämt. »Das tut mir aber leid.«

»Du?« Valli spürte, wie ihr die Röte ins Gesicht stieg. Es gab nichts, was sie an sich mehr hasste als diese Eigenart, allzu leicht zu erröten. »Hätte nicht gedacht, dass dich der Schoß der Blonden so schnell wieder ausspuckt. Was willst du?« Es war eine von Vallis grundlegenden Lebenseinstellungen, sich nie in die Defensive drängen zu lassen. Das Diddl-Nachthemd mit den Rüschen an den Ärmeln untergrub die angepeilte Offensivaufstellung allerdings gewaltig.

Ben zog die Brauen hoch. Er war gestern Nacht nicht mit Valli und Markus nach Hause gegangen, sondern hatte sich von Markus die Haustürschlüssel geben lassen und war händchenhaltend mit Miss Monstertitte abgezogen. Allerdings hatte er es bei ein bisschen Fummeln und Küssen belassen. Allzu leichte Beute reizte ihn nicht sonderlich. Er lächelte vielsagend. Es amüsierte ihn, dass Valli augenscheinlich glaubte, er hätte die Blonde flachgelegt. Dabei kannte er nicht einmal deren Namen, und das, obwohl seine Finger diesen zusammen mit ihrer Telefonnummer auf einem kleinen Zettel im Innern seiner Hosentasche drehten. Sein Grinsen wurde breiter.

»Wir frühstücken gleich, *Eros* möchte, dass du dabei bist. Hat was von alten Ritualen geschwafelt. Ich schätze, du weißt, was damit gemeint ist?«

»In der Tat, nur ...« Valli musterte Ben von oben bis unten. Die Ähnlichkeit war ihr gestern glatt entgangen. »Nur Beckham hat dabei eigentlich nichts verloren.«

Ben stutzte, stopfte das Zettelchen tiefer in die Tasche und fuhr sich provokativ durch die sorgfältig gestylten Haare. Es war nicht das erste Mal, dass jemandem seine Ähnlichkeit mit dem englischen Fußballstar auffiel. Es gab schlimmere Schicksale, fand er, und es bereitete ihm ein höllisches Vergnügen, seine Frisur dem aktuellen Styling seines Pendants anzupassen. »Tja«, sagte er gedehnt, »dann müssen wir wohl auf deine Anwesenheit verzichten. Welch ein Jammer.«

Was für ein Arschloch!, fluchte Valli stumm und trat von einem Bein aufs andere. Trotz der Jahreszeit waren die Steinfliesen höllisch kalt, sie musste dringend aufs Klo. »Fünf Minuten«, knurrte sie, »gib mir fünf Minuten.«

Ben lachte sie aus. »Fünf Minuten? Willst du uns den Appetit verderben? *Eros* klaut den Hühnern gerade die Eier, das wird ein Weilchen dauern. Lass dir also ruhig Zeit.«

»Weißt du was?« Valli verschränkte langsam die Arme vor der Brust. Wie immer, wenn sie sauer war, biss sie auf ihre Unterlippe und blies Luft durch die kleine Lücke zwischen ihren Schneidezähnen. »Ich komme gleich so mit, wie ich bin.«

Keine fünf Minuten später bereute Valli, dass sie sich von Ben hatte provozieren lassen. Sie trug nie eine Unterhose unter dem Nachthemd, und auch ein BH wäre im Moment eine Option, die sie nicht ausschlagen würde. Die lässige, ungeniert wirkende Sitzposition kostete sie einige Mühe.

Auf der Suche nach Tellern und Tassen öffnete Ben alle Auszüge und Schranktüren. Valli dachte nicht im Traum daran, ihm behilflich zu sein, obwohl sie sich in der Kroner-Küche gut auskannte. Ätzendes Schweigen hing im Raum wie kalter Rauch. Irgendetwas hatte dieser Typ an sich, das sie auf die Palme brachte. Sie war froh, als endlich die Tür aufschwang und Markus hereinkam.

Der jüngste Kroner-Spross platzierte die Eier, die er im Saum seines T-Shirts eingerollt transportiert hatte, auf der Ablage. »Wieso hat sie ein Nachthemd an?« Kopfschüttelnd tippte er sich an die Stirn. »Ben, du wirst denken, die hat einen Knall. Und weißt du was? Du hast recht. Aber sie kann nichts dafür, das ist ein Erbe ihrer Mutter.« Er drückte ihm drei Teller und Besteck in die Hand.

Valli schaltete prompt auf Konter um. »Meine Mum hat nicht nur einen Knall, sie ist außerdem ein Messi.« Dabei strahlte sie, als hätte sie gerade zehntausend Euro in einer Straßenlotterie gewonnen, behielt Ben aber genau im Auge. Beim Wort Messi – das kannte Valli aus unzähligen ähnlichen Situationen – stolperten die meisten Menschen unweigerlich einen Schritt rückwärts, vorausgesetzt natürlich, sie wussten, was sich hinter dem Begriff verbarg. Wenn nicht, machten sie Ah und Oh und gaben seltsame Kommentare von sich, um zu vertuschen, dass sie eigentlich keine Ahnung hatten.

Ben reagierte überhaupt nicht, Markus stellte Butter, Quark, Schinken und Aufstriche auf den Tisch, und Valli fiel nichts Besseres ein, als den Deckel des Nutella-Glases abzuschrauben und ihre halbe Hand darin zu versenken. Als Ben sie entsetzt ansah, schob sie zwei dick glasierte Finger bis zum Anschlag in den Mund.

»Ist der Ruf erst ruiniert, lebt es sich ganz ungeniert«, fügte Markus erklärend hinzu. »Ist ihr Lebensmotto, könnte man sagen.«

Ben zog einen Stuhl heran und setzte sich. »Okay. Dann lege ich besser auch die Karten auf den Tisch.«

»Ein Outing? Muss das sein?« Valli schmatzte absichtlich laut.

Doch Ben ließ sich nicht abhalten. »Mein Vater ist Botschafter in Kabul, meine Mutter sieht nach zwei Gesichtsstraffungen für ihr Alter verdammt gut aus und ist jede Sekunde ihres Lebens perfekt gekleidet. Ich weiß nicht, ob ich sie jemals im Nachthemd gesehen habe.« Sein Blick glitt über Vallis Diddl-Rüschenungetüm. »In unserer Villa werden Staubkörner entfernt, noch ehe sie auf Boden oder Möbeln landen können. Bis ich fünfzehn war, dachte ich, Knigge wäre ein Freund meiner Eltern. Ich weiß mich zu benehmen und Konversation zu führen, mein Abischnitt war eins Komma zwei, die hundert Meter laufe ich unter elf Komma drei Sekunden, ein gesunder Geist wohnt ja bekanntermaßen in einem gesunden Körper, und ich werde eine Menge Geld und Immobilien erben, irgendwann jedenfalls. Es sei denn, Papi enterbt mich doch noch.«

Markus starrte Ben erst an und begann dann zu lachen. »Quatsch! Glaub ihm kein Wort, Valli. Er lügt dich an.«

Ben lachte nicht. »Du hast mich nie gefragt, Markus. Deshalb habe ich nie davon erzählt.«

Valli schüttelte langsam den Kopf. »Der Diplomatenspross hatte ja eine verdammt schwere Kindheit«, höhnte sie. »Du musst tief in der Scheiße stecken, wenn du ausgerechnet zur Polizei gehst. Verdammt tief!«

4

»Was ist los, Hannes?« Johann machte Anstalten, ebenfalls zum Putzwagen hinüberzusteigen. »Du bist ja kasweiß! Nicht, dass du mir aus den Latschen kippst und runterfällst und ich dich dann auch noch mit dem Rechen raufholen muss.«

Kroner war nicht in der Lage zu antworten. Sein Herz hämmerte so laut in seinen Ohren, dass er Angst bekam, sein Kopf könnte platzen. Seine Knie zerflossen zu Pudding, wurden vollkommen nutzlos.

»Jetzt sag endlich was, sonst hol ich den Jungspund von Kollegen doch noch hier herauf.«

»Schon gut. Gib mir eine Minute.« Die Worte kamen abgehackt, stockend. Langsam gingen die Schläge im Kopf in ein fieses Summen über, das Blut kehrte zurück, Kroners Wangen kribbelten. Unwillig öffnete er die Augen. Er hatte sich nicht getäuscht: Im Putzwagen lag die ehemalige Junioreneuropameisterin im Kugelstoßen. Sara Rieß.

»Kennst du sie?« Johann war jetzt neben Kroner, hielt ihn am Kragen gepackt, damit er nicht doch noch einen Abgang Richtung Donaugrund machte.

Der Kommissar nickte.

»Hundsverreck. Deshalb also.«

»Und dir ist wirklich nichts aufgefallen?«

Johann schüttelte den Kopf. »Nichts, außer dass sie so frisch ist, aber das hab ich ja schon gesagt.«

Allmählich spürte Kroner seine Füße wieder. Er beugte sich über die Tote und drehte vorsichtig deren Kopf, damit er die andere Gesichtshälfte sehen konnte. Sie war von den für Wasserleichen typischen Kratz- und Schleifspuren entstellt. Ähnliche Verletzungen würden die Rechtsmediziner auch an Knien, Hand- und Fußrücken finden. Eine Leiche trieb stets gleich im Wasser: Brust- und Bauchhöhle dienten als Schwimmkörper, die Extremitäten und vor allem der Kopf – schwer und luftleer – schleiften am Boden. Erst wenn der Fäulnisprozess in Gang kam, je nach Temperatur langsamer oder schneller, tauchte so ein Körper an der Wasseroberfläche auf. Saras Bauch war flach, ihre Haut ähnlich schrumpelig wie nach einem ausgiebigen Bad. Der junge Beamte hatte recht, sie konnte noch nicht lange im Wasser gelegen haben. Keinen Tag, schätzte Kroner.

»Kann ich dich jetzt allein lassen?«, fragte Johann.

Kroner nickte, drückte den Kopf der Toten weiter nach rechts. Über dem Ohr klaffte eine Wunde, die sich bis nach vorn zur haarlosen Schläfe zog. Sie war vom Wasser ausgewaschen, an den Wundrändern waren keine Einblutungen sichtbar, doch unter der Haut lag ein dunkler Schatten. Also konnte die Verletzung nicht durch eine Kollision mit dem Gneis auf dem Donaugrund entstanden sein. Ein Hämatom bildete sich nur dann, wenn das Blut noch in Wallung war. Kroner sah sich die Tote genau an. Die Situation, in der eine Leiche aufgefunden wurde, konnte viel verraten, spielte hier aber keine Rolle: Die Donau hatte das Mädchen hergebracht, kein Mörder oder Totschläger, den es vermutlich gar nicht gab. Meistens landeten hier Menschen, die ihres Lebens überdrüssig geworden waren, nur selten waren Unfälle die Ursache.

Gut eine halbe Stunde später, immer noch mit zittrigen Beinen, stieg Kroner die Stahlleiter hinunter auf das Rechenpodest.

Johann erwartete ihn mit zwei Bechern Kaffee in den Händen. »Na, geht's wieder?«

Hauptkommissar Kroner nickte. »Ist das erste Mal, dass es jemand ist, den ich kenne. Darauf war ich nicht gefasst.«

Johann hielt ihm den dampfenden Kaffee entgegen, sagte nichts. Kroner war dankbar.

Wenig später tauchte der junge Beamte mit dem Bereitschaftsarzt im Schlepptau unter dem Absperrband durch.

»Sie hat eine Platzwunde am Kopf und ...« Kroner wollte noch mehr sagen, doch der Arzt winkte ab und erklomm die Leiter. Auch er war schon öfter hier gewesen.

Kroner sah ihm nach, verbrannte sich die Lippen am Kaffee, spuckte ihn aus. Unbarmherzig tropfte ihm der Regen in den Nacken.

»Weißt«, sagte Johann mitfühlend, »vor ein paar Jahren, da haben wir mal eine Leiche übersehen. Der Lastwagen hat sie in die Verbrennung gefahren, und dort lag sie, bis das Gschwemmsl weiter zur Aufbereitung transportiert werden sollte. Ich sag dir, die war wie Styropor. Wie Styropor. Um ein Haar wär uns die zerfallen, als wir sie ins Leichenkammerl gebracht haben.«

»Ins Leichenkammerl?« Kroner sah erstaunt von seinem Kaffee auf, in dem die Regentropfen winzige atomare Pilze wachsen ließen.

»Ist bestimmt schon zwanzig Jahre her, da hatten wir für solche Fälle noch ein Leichenkammerl. Ich sag dir, da ist heut noch der komische Geruch drin. Den bringst einfach nicht mehr raus. Nicht ums Verrecken.«

»Mehr gibt's nicht zu sagen.« Ben schmierte Butter auf seine Semmel, die für ihn streng genommen ein Brötchen war.

Markus saß am Tisch und brachte keinen Bissen hinunter, so sehr irritierten ihn die Neuigkeiten von Bens privilegierter Herkunft. »Deine Eltern haben einen Haufen Asche, und du ziehst in eine abgefuckte Wohnung in der Altstadt?«

»Na ja«, warf Valli ein, »das Wimmerhaus in der Milchgasse hat immerhin einen Renovierungspreis gewonnen. Dazu kann man wohl kaum abgefuckt sagen.«

»Ist doch egal.« Markus winkte ab.

»Ab wann kannst du eigentlich in die Wohnung?«, fragte Valli.

»Freitag um siebzehn Uhr ist Schlüsselübergabe.«

»Und wo sind deine Möbel und alles?«

Ben schüttelte den Kopf.

»Du hast nichts? Gar nichts?« Valli registrierte, dass Ben seinem Freund einen warnenden Blick zuwarf. Markus salzte sein Ei, Ben rührte seinen Cappuccino in Endlosschleife. Keiner von beiden machte den Mund auf.

Dann flog die Küchentür auf, und Markus' Vater polterte herein. Er sah sich entnervt um, wäre jetzt lieber allein gewesen. Sein Blick blieb an Vallis Nachthemd kleben. »Warum hat sie ein Nachthemd an?«

»Scheiße«, zischte Valli und sprang auf, um nach der Trainingsjacke zu greifen, die an der Tür hing.

»Bleib sitzen.« Kroner drückte Valli zurück auf ihren Stuhl, warf ihr das alte Retroteil zu und ging zur Spüle.

»Was ist los?«, fragte Markus. Sein Vater schien nicht nur auffallend mies drauf zu sein, sondern sah auch ziemlich abgekämpft aus. Außerdem stank er, dass einem schlecht werden konnte.

Kroner nahm eine benutzte Tasse aus der Spüle, wusch sie mit den Fingern kurz unter dem Wasserhahn aus und stellte sie in die Saeco. »War die Sara gestern bei eurem Klassentreffen?« Für einen Moment beherrschte das Grummeln des keramischen Mahlwerks die Küche. »Sara Rieß?«

»Was ist mit ihr?«, fragten Markus und Valli gleichzeitig.

»Sie ist tot.«

5

Verdammt! Sie hat es schon wieder getan. Mich eingewickelt wie die Spinne ihre Beute. Ich bin die Beute. Schon immer gewesen. Verloren in ihrem Netz.

Wusstet ihr, dass die Spinnseide, bezogen auf ihr Gewicht, viermal belastbarer ist als Stahl und um die dreifache Länge gedehnt werden kann, ohne zu reißen? Nicht?

Deshalb zerreißt das Netz nicht, wenn eine dicke Fliege hineinfliegt und verzweifelt versucht zu entkommen, sich abmüht, ihr kleines, belangloses Leben zu retten.

Ja, ich bin die dicke Fliege, und es ist mein kleines, belangloses Leben. Und jeder Versuch, der Spinne zu entkommen, endet damit, dass man sich noch schlimmer im Netz verheddert, dass die Chance auf ein Entkommen schrumpft wie ein kleiner Junge unter den gestrengen Augen seiner Mutter.

Ausweglos.

Sollte es dennoch eines Tages glücken, dann weiß ich, dass die Spinne in ihrem Versteck lauern wird, um in letzter Sekunde zuzuschlagen. Sie kontrolliert alles, nichts überlässt sie dem Zufall. Manchmal glaube ich, sie kennt meine Gedanken, und trotzdem kann ich nicht anders. Ich muss es versuchen. Immer wieder.

Vorerst sieht sie mir aus der Entfernung zu. Genießt es, mich leiden zu sehen. Sie riecht meine Angst, spürt meine Hilflosigkeit und labt sich daran wie Schmeißfliegen in den Augen sterbender Kinder.

6

»Sonni? Tot?«, stammelte Valli. »Aber das kann nicht sein, sie war doch gestern noch mit uns im ›Schloss Ort‹ beim Klassentreffen.« Mit offenem Mund starrte sie Kroner an. Ihr wurde abwechselnd heiß und kalt, sie begann zu zittern.

»Der Rechen hat sie heute Morgen in Jochenstein raufgeholt. Es besteht kein Zweifel.« Kroner ließ sich auf einen Stuhl fallen und begann, den Schaum von seinem Latte macchiato zu löffeln.

»Ist sie ertrunken?« Markus war kalkweiß im Gesicht. Obwohl er der Sohn eines Kriminalhauptkommissars war und zum Leidwesen seines Vaters den gleichen Beruf anstrebte, hatte er ein echtes Problem mit dem Tod. Valli glaubte, den Grund zu kennen. Seine Mutter war an Krebs gestorben, als er vierzehn Jahre alt gewesen war. Ein langes, zermürbendes Sterben und ein schrecklicher Verlust – vor allem für Markus.

»Dazu kann ich nichts sagen. Sie wird ins Institut für Rechtsmedizin nach München überführt, sobald die Kollegen mit ihr fertig sind.«

»Vielleicht war es Selbstmord?«, spekulierte Markus. »Seit sie mit dem Sport aufgehört hat, war sie echt komisch drauf. Von der lustigen, immer zu Späßen aufgelegten Sonni war nicht mehr viel übrig.«

»Wisst ihr, wann sie das Lokal verlassen hat?«, fragte sein Vater sachlich, ohne auf die Vermutung seines Sohnes einzugehen.

Markus und Valli sahen einander an. »Muss nach zwölf gewesen sein. Vorher ist niemand gegangen«, sagte Valli. »Aber sie war unter den Ersten, ist mit Laurenz weg, kurz bevor wir raus sind. Vielleicht so um zwanzig nach zwölf?«

»Laurenz? Wie noch?« Kroner legte ein kleines schwarzes Notizbuch auf den Tisch. Mit der Spitze seines Kugelschreibers begann er, auf die noch leere Seite zu tippen.

»Laurenz Osterby.«

»Betonvilla-Osterby?«

Valli nickte.

Unbehaglich rieb Kroner die Hände aneinander. »Die gute Frau Osterby wird uns gewaltig den Hintern versohlen, wenn wir bei den Ermittlungen auch nur den kleinsten Fehler machen, sollte ihr Sohn tatsächlich etwas mit der Sache zu tun haben.« Er klickte seinen Kugelschreiber auf dem Tisch ein und aus – ein und aus.

Das Geräusch machte Valli fast verrückt. Sie begann, in der Küche auf und ab zu laufen, zupfte fortwährend an ihrem Nachthemd.

»War Laurenz Saras Freund?«, wollte Kroner wissen.

»Nein«, antwortete Valli entschieden, »aber sie sind sich gestern Abend nähergekommen.«

»Dann werden wir als Erstes mit ihm sprechen müssen. Wo wohnt er? Immer noch bei den Großeltern? Bergfried Oberhaus?«

»Glaub schon«, antwortete Markus.

»Hast du seine Nummer?«

Markus verneinte, aber Valli zückte ihr Handy und sagte die Nummer an.

»Gut. Während ich dusche, versuchst du, Laurenz zu erreichen, und anschließend fahren wir zu Saras Eltern.«

Ben, der sich bisher nicht am Gespräch beteiligt hatte, bemerkte erst gar nicht, dass Kroner ihn angesprochen hatte. Jetzt sah er seinen künftigen Vorgesetzten erstaunt an.

»Ich weiß … offiziell beginnt dein Dienst beim K1 erst Montag in einer Woche, aber zwei Kollegen sind auf Mallorca und –«

»Kein Problem, Chef«, unterbrach ihn Ben, sprang auf und grinste, »es kam nur etwas überraschend, das ist alles.«

»Dann ist es ja gut.«

»Ich komme auch mit«, sagte Markus.

Sein Vater schüttelte den Kopf. »Nein. Du und Valli, ihr könnt mir helfen, indem ihr eine Liste von allen Personen erstellt, die gestern auf dem Klassentreffen waren, am besten mit Telefonnummern.« Ohne eine Antwort abzuwarten, verließ Kroner die Küche.

Valli und Markus setzten sich an den Tisch, während Ben Laurenz' Nummer wählte.

»Ich kann das einfach nicht glauben«, sagte Valli nach einer Weile. »Sonni soll tot sein? Dabei war sie gestern echt gut drauf – fast wie früher.«

»Ich sag's dir, die hat sich umgebracht. Damals … Ihr Ausstieg aus dem Sport, als es gerade so gut lief … das war schon ziemlich komisch.«

»Vor einem halben Jahr hätte ich das sofort geglaubt, aber nach gestern? Sie hat mir von ihrem neuen Job erzählt, von neuen Zielen.«

»Hast du eine Festnetznummer von diesem Laurenz?«, fragte Ben dazwischen. »Ich erreiche nur die Mailbox.«

»Müsste im Telefonbuch stehen.« Markus stand auf, holte ein Uraltexemplar aus einer Schublade des alten abgebeizten Küchenbüfetts und begann darin zu blättern. »Hier. Das ist die Nummer der Großeltern.«

Ben tippte die Ziffernfolge in sein Handy. Valli und Markus verfolgten gespannt, wie er darauf wartete, dass sich jemand meldete.

»Ben Bruhan, Kriminalpolizei Passau. Könnte ich Laurenz Osterby sprechen? – Nein, keine Sorge, es geht um eine routinemäßige Befragung. – Jetzt beruhigen Sie sich doch. Wir möchten Ihrem Enkelsohn nur ein paar Fragen stellen, das ist alles. – Nein, er hat nichts angestellt. – Verstehe. Könnten Sie ihm dann bitte ausrichten, dass er mich zurückrufen soll? – Ja, ich warte …«

Es dauerte eine Ewigkeit, ehe Ben seine Nummer diktieren konnte. Valli erweckte in der Zwischenzeit die Saeco aus dem Stand-by. »Verdammt!« Satzbehälter leeren. »Immer bei mir.« Sie drückte das Türchen auf, holte Satzbehälter und Brühgruppe heraus, kippte das Wasser in die Spüle und leerte den Kaffeesatz in den Eimer für den Misthaufen.

»Tötungsdelikte an Frauen sind überwiegend im familiären, partnerschaftlichen Bereich anzusiedeln«, sagte Ben, als er das Telefonat beendet hatte und sein iPhone in die Tasche steckte.

»Mit wem hast du gesprochen?«, wollte Valli wissen.

»Laurenz' Oma. Sie war ziemlich aufgeregt.«

»Verständlich, oder?« Valli konnte sich nicht zu einem freundlichen Ton durchringen. »Die Kriminalpolizei ruft wahrscheinlich nicht jeden Tag bei ihr an. Was hat sie denn gesagt?«

»Laurenz war gestern nur kurz zu Hause. Heute hat sie ihn noch nicht gesehen. Sie wusste nicht einmal, ob er die Nacht über da war.«

»Na, super!« Markus trommelte mit den Fingern auf der Tischplatte.

Valli beobachtete, wie seine Bewegungen erst langsamer wurden und dann allmählich erstarben. Dachte Markus das Gleiche wie sie? War Laurenz etwa auch …?

Bens Gedanken gingen in eine völlig andere Richtung. Er setzte sich. »Damit rückt Laurenz in den Fokus unserer Ermittlungen.«

»Du meinst, es könnte sich um ein Tötungsdelikt handeln?« Markus begann, unruhig auf seinem Stuhl hin und her zu rutschen. »Mein Vater hat nichts dergleichen erwähnt.«

»Aber ebenso wenig hat er Gegenteiliges behauptet, oder?« Ben stand auf. »Also müssen wir im vorliegenden Fall zuerst vom hochwertigsten Delikt ausgehen.«

»Scheiß Polizeijargon.« Valli schloss das Türchen des Kaffeeautomaten. »Ich kann mir echt nicht vorstellen, dass jemand Sonni umgebracht haben soll. Aber Selbstmord?«

»Selbstmord? Das Wort ist ein Widerspruch in sich. Suizid ist der richtige Ausdruck«, sagte Ben und schob Valli seine Tasse hin. »Kann ich auch noch einen haben?«

»Klugscheißer! Mach's dir doch selbst«, fuhr Valli ihn an und setzte sich.

»Die Jahreszeit würde jedenfalls dazu passen«, sagte Ben gelassen. »Entgegen der landläufigen Meinung ist der Sommer die Hochzeit des Suizids. Gerade in der Jahreszeit, in der die meisten Menschen glücklich und verliebt sind, fühlen sich die Depressiven noch schlechter als sonst. War Sara Rieß depressiv?«

Valli starrte Ben fassungslos an. »Hast du gar kein Gefühl? Sie war eine Freundin von uns. Wir haben gerade erfahren, dass sie tot ist, und du sprichst über sie, als wäre sie irgendeine beschissene Psychopathin?«

»Lass ihn, Valli. Das ist sein Job«, versuchte Markus zu schlichten.

»Wenn sie eine Freundin war, dann hattet ihr in letzter Zeit also viel Kontakt?«, fragte Ben unbeeindruckt weiter.

»In letzter Zeit nicht. Wenn ich ehrlich bin, hatten wir seit ihrem überraschenden Ausstieg aus dem Sport gar keinen Kontakt mehr«, erklärte Markus.

»Eine so gute Freundin also«, sagte Ben in Vallis Richtung und zog die Brauen hoch.

Valli sprang auf und stapfte zur Küchentür.

Markus konnte sie gerade noch aufhalten. »Mann, müsst ihr euch ständig an die Gurgel gehen?«

Doch Valli konnte kaum noch an sich halten. Das Entsetzen über Saras Tod saß tief, sie hatte ein schlechtes Gewissen, ihre einstmals beste Freundin Sara im Stich gelassen zu haben. Wieso nur hatte sie zugelassen, dass sie sich voneinander entfernten? Klar, es war Sara gewesen, die den Kontakt abgebrochen hatte, aber hätte sie, Valli, den Rückzug nicht hinterfragen müssen? »Was schleppst du diesen Schleimscheißer auch hier an? Merkst du nicht, dass er ein Arschloch ist?«, schrie sie Markus an.

»Wow, wow, wow, jetzt komm mal runter, Valli! Ben ist mein Freund und ein Kollege dazu. Du kommst sonst mit jedem Kerl klar. Wir werden ein echtes Problem kriegen, wenn du dich mit ihm nicht arrangieren kannst.«

»Dann sag ihm, dass er gefälligst aufhören soll, dauernd den Mr. Abgeklärt raushängen zu lassen. Das kotzt mich echt an! Dem stahlharten Cop ist wohl nichts heilig, wie? Und außerdem schleimt er sich wahrscheinlich nur an dich ran, damit er bei seinem neuen Chef gut dasteht. Sicher hat er deshalb überhaupt den Job bekommen. Du hast doch selbst gesagt, dass es ungewöhnlich ist, so schnell zum Dezernat für Leib und Leben versetzt zu werden. Hast du darüber schon mal nachgedacht?«

»Ausgerechnet du beschwerst dich darüber, dass Ben nichts heilig sein soll? Du?« Markus musste beinahe lachen, obwohl seine Knie nach der schrecklichen Nachricht von Saras Tod wie verrückt zitterten.

»Ach, lass mich doch in Ruhe«, zischte Valli, blieb aber.

»Beruhige dich, okay. Die Stellenvergabe erfolgt allein nach Bewertung und Punkten.« Markus drückte Valli zurück auf ihren

Stuhl. »Ben wollte nicht hier übernachten, jetzt, wo mein Vater sein Chef wird, aber Papa hat darauf bestanden. Was sollte das ändern, hat er gesagt. Und er hat recht.«

Valli schnaubte, schluckte schwer. Sie spürte, wie heiße Wellen in ihrem Magen brandeten, ihr die Tränen in die Augen schossen. Sara war tot. Sonni. Einfach so.

7

»Herrschaftszeiten!« Kroner, der Ben das Steuer überlassen hatte, starrte durch den Regen. Der Dienstwagen rollte behäbig über den ausgewaschenen Kiesweg auf den Hof der Familie Rieß zu. »So ein Scheißdreck!«

Ben sah seinen neuen Chef von der Seite an und überlegte, ob der sich darüber aufregte, dass sie von einer riesigen Pfütze in die nächste rutschten und ihnen das verschlammte Wasser bis an die Scheiben spritzte, oder ob dem Kommissar die Aussicht, alten Bekannten die Nachricht vom Tod der einzigen Tochter zu überbringen, den Tag verdarb. Wahrscheinlich war es eine Kombination aus beidem.

Als sie den Zachler-Hof fast erreicht hatten, löste Kroner den Gurt und fuhr sich mit den Händen übers Gesicht. »Überlass das Reden mir. Beim alten Zachler hab ich als kleiner Pimpf das Reiten gelernt. Die Eltern von Sara Rieß, das sind Leute vom alten Schlag, und …«, Kroner deutete mit seinem Kinn vielsagend in Richtung Hofstelle, »das da bleibt unter uns. Verstanden?«

Ben nickte. Er hatte nicht vor, sich wichtigzumachen, das war nicht seine Art. Allerdings hatte er keine Ahnung, was mit »altem Schlag« und »das da bleibt unter uns« gemeint sein könnte, und der unbekümmert wechselnde Gebrauch von Hof- und Schreibnamen, wie er hierzulande üblich war, bereitete ihm auch nach acht Jahren Bürgertum in Bayern noch große Probleme. Immerhin wusste Ben, dass der Vater der Toten Toni Rieß hieß, dieser aber gemeinhin als »der junge Zachler« betitelt wurde. Susanne Rieß war die Mutter, alias »die Zachlerin«. Die Beifügung »jung« hatte sich mit dem Tod der alten Zachlerin erledigt. Dementsprechend musste der alte Zachler noch leben. Das alles hatte sich Ben auf der Fahrt hierher zusammengereimt. Als sie ausgestiegen waren, folgte er seinem Chef im Abstand von zwei Schritten. Er ahnte, dass jetzt nicht der richtige Zeitpunkt war, um sich seine Annahmen verifizieren zu lassen.

Der Zachler-Hof war ein kleines Anwesen, halb im Wald versteckt und idyllisch in der doppelten Mäanderschleife der Ilz gelegen. Als Kind hatte sich Kroner ganze Sommer lang mit seinem besten Freund hier herumgetrieben. Wie Abenteurer hatten sie sich in diesem engen, bewaldeten Tal mit seinen sonnigen Felsköpfen gefühlt, hatten Stunden damit verbracht, Flöße zu bauen, Fische zu fangen und sich als Tom Sawyer und Huck Finn ein Leben als Piraten auf der Jackson-Insel einzurichten. Erst viel später, im Bio-Leistungskurs, hatte Kroner von der erdgeschichtlichen Bruchlinie erfahren, die für das Mäandern der Ilz verantwortlich war: Statt sich durch den harten Gneis zu graben, hatte das Wasser den einfacheren Weg durch den weicheren Pfahlschiefer gewählt. In den Auen, Wäldern und um die alte Halser Burgruine herum gab es seltene Pflanzen und noch seltenere Tiere: Wasseramsel, Flussperlmuschel, Feuersalamander und Fischotter. Kroner hatte diese schulischen Exkursionen beinahe so geliebt wie die wilden, ungezwungenen Streifzüge. Nur eins war in seiner Erinnerung ein riesiges schwarzes Loch voller Angst, Verzweiflung und Scham: der Weg durch den alten Trifttunnel, den Ludwig I. hatte bauen lassen, um den Triftweg des Bayerwaldholzes abzukürzen und Schäden an Mühlen zu vermeiden. Als Kinder hatten sie den Tunnel gemieden wie der Teufel das Weihwasser, doch Kroners Biolehrer fand es eine wunderbare Idee, den Kanal mit seiner Klasse zu begehen. Schon der Einstieg hatte Hannes damals den Rest gegeben: die steile Granittreppe, gefolgt von der undurchdringlichen Schwärze im Innern. Er wusste noch genau, wie er sich an der Bruchfelsenwand und am Geländer hatte entlangtasten müssen, blindlings auf das Licht am Ende des Tunnels zu. Er hörte noch das Wasser direkt neben sich fließen und spürte die Panik von damals in sich aufsteigen, als er der festen Überzeugung gewesen war, alles würde jeden Augenblick über ihm zusammenbrechen. Seinen Klassenkameraden hatte der Ausflug gefallen, nur er hatte sich vor Angst in die Hosen geschissen.

In Erinnerung an die Blamage brannten dem Herrn Kommissar die Wangen bis zu den Ohren hinauf; beinahe konnte er das Spotten der Mitschüler von damals hören. Sie hatten ihm nicht glauben wollen, dass das Malheur passiert war, weil er sich eine Darmgrippe eingefangen hatte. Das gewaltige Schlachtmesser, mit dem der junge Zachler nun im Hier und Jetzt wie ein lediger Jungbulle auf Kroner zulief, hätte er deshalb fast übersehen. Er blieb stehen.

»Schaut's, dass weidakemmt's! Heut ist Fronleichnam, das Hoch-fest des Leibes und Blutes unseres Herrn. Da wenigstens wollen wir vor euch unsere Ruh ham!« An der weißen Plastikschürze mit der Erzeugerring-Aufschrift klebte Blut. »Is denn ein Feiertag heutzutage auch schon nimmer heilig? Aber i woaß scho, was los is. Irgendein Neidhammel hat uns wieda hinghängt. Kimm, Kroner, sag's halt, um der alten Zeiten willen: Wer war's?«

Ben legte eine Hand an die Waffe und bereute es im nächsten Augenblick. Anscheinend schätzte sein Chef die Lage als harmlos ein, denn dieser tat nichts – überhaupt nichts –, sah dem Irren mit der Klinge nur traurig entgegen, so als wäre es er selbst, der etwas ausgefressen hätte.

»Bei uns gibt's nix zum Hoin. An dem Bußgeid vom letzten Moi schluck ma immer noch. Da könnt's uns bessa gleich einsperrn, dann hamma wenigstens was zum Beißn.«

Kroner brach der Schweiß aus, er hatte ein mieses Gefühl. Das war kein guter Einstieg für das, was vor ihm lag. Aber gab es dafür überhaupt einen gelungenen Einstieg?

Durch das Hoftor kam die Zachlerin herbeigelaufen und legte eine Hand auf den Arm ihres Mannes, der mit dem Messer nach wie vor auf Kroners Nasenspitze zielte. »Hör auf, des macht's nur noch schlimmer. Jetzt hilft's eh nimmer«, sagte sie wie jemand, der es nicht gewohnt war zu sprechen.

Kroner taten die Leute leid – nicht nur wegen ihrer toten Tochter. Er wusste, wie schwer es war, einem kleinen Anwesen, das noch dazu direkt an ein Naturschutzgebiet grenzte, ein Auskommen abzuringen. Eigentlich war es unmöglich, und deshalb nahm er es den Zachlers nicht übel, dass sie ihre Haushaltskasse mit unange-meldeten Schlachtungen aufbesserten. Schließlich hatte er selbst eine Zeit lang sein Fleisch vom Zachler geholt. So lange, bis zum ersten Mal die Polizei dessen Schlachtungen – die weithin bekannt waren – unterbunden hatte. Das war lange her. Eine Nachbarin hatte Saras Eltern angeschwärzt. Die Zachlers wussten nur nicht, welches von den bösartigen Tratschweibern es gewesen war. Kroner hingegen wusste es sehr wohl: Die Frau war im Kommissariat als »Hex von der Ilz« bekannt, wobei der Name eigentlich falsch gewählt war, denn es verhielt sich genau umgekehrt: In Zeiten der Hexenverfolgung hätten einige unbescholtene Bürgersfrauen ihretwegen ihr Leben auf dem Scheiterhaufen gelassen. Die Hex von der Ilz drehte jedem einen Strick, wenn sie nur konnte. Wie war ihr richtiger Name doch gleich? Marianne? Aber wie noch? Kroner wollte es nicht einfallen. Kranz? Nein. Nicht Kranz, auch nicht Marianne. Schatz! Das war es. Genau. Maria Schatz. Kroners Kopf dröhnte, ihm graute davor, das zu tun, wofür er hergekommen war: diesen armen Leuten den Boden unter den Füßen wegzuziehen. Denn das würde er tun, ob er wollte oder nicht.

»Vielleicht, die Herrn Kommissare, ein schöns Stückerl Fleisch für den Sonntagsbraten? Gellns, des kann doch jeder brauchen.« Die Zachlerin trat aus dem Schatten ihres Mannes und zog sich das Bemtücherl vom Kopf. Durch das lange braune Haar zogen sich dicke graue Strähnen, ihr Gesicht war ausgemergelt, aber trotzdem schön.

Wildromantisch, dachte Kroner, den das Rauschen in seinen Ohren langsam einlullte. Wie aus einer anderen Zeit.

Seit den Reitstunden war er nicht mehr auf dem Zachler-Hof gewesen. Sara hatte oft bei ihnen zu Hause gegessen, hatte bei Markus und Valli vorbeigeschaut. Niemals hätte Kroner sich träumen lassen, dass die Zeit hier anscheinend stehen geblieben war, dass die moderne, weltoffene Sara solche Eltern hatte.

»Ein paar schöne Schnitzel, ein Kotelett? Wie wär's?« Die Zachlerin schien Mut zu fassen, trat einen Schritt vor.

Jetzt! Er musste es jetzt sagen. Alles Warten, Zögern half doch nichts. Kroner schluckte gegen den Fremdkörper in seinem Hals an. Manchmal fiel ihm das Reden so schwer. Da half auch keine noch so ausgeklügelte Handreichung für das Überbringen von Todesnachrichten.

»Wir sind nicht wegen der Schlachtung hier«, sprang Ben seinem Chef bei. »Machen Sie sich darüber keine Gedanken.«

»Wer isn er?« Das blutige Schlachtmesser ruckte in Bens Richtung, zielte nun auf dessen Nasenspitze.

»Ben Bruhan, ein neuer Kollege.« Kroner hob endlich den Blick. »Und jetzt nimmst das Messer runter. Es stimmt, was er sagt. Wir sind nicht wegen der Sau hier. Es geht um die Sara.«

Augenblicklich wich der Zachlerin jede Farbe aus dem Gesicht. Kroner hatte das in seiner Laufbahn viele Male beobachtet. Wenn die Väter noch nicht ahnten, welche Katastrophe über sie hereinbrechen würde, spürten die Mütter längst, dass bald nichts mehr so sein würde wie zuvor. Die Zachlerin schlug die Hände vors Gesicht, sackte zusammen. Ben eilte ihr zu Hilfe, versuchte, sie zu stützen.

»Der Rechen in Jochenstein ... Sara ist tot. Es tut mir sehr leid.« Kroner wusste nicht, wohin mit seinen Augen. Zu schmerzlich war es, mitansehen zu müssen, wie die Nachricht vom Tod der Tochter nun auch dem Vater in die Glieder kroch wie ein Gift, das langsam und unaufhaltsam ein Menschenleben kaputtmachte. »Ich weiß, es ist schwer, aber ihr müsst uns ein paar Fragen beantworten.« Kroner fluchte innerlich. Eigentlich hätte das Kriseninterventionsteam längst hier sein müssen. Er machte einen Schritt auf den jungen Zachler zu, wollte einen Arm um ihn legen, aber Saras Vater stieß ihn weg, machte auf dem Absatz kehrt und stapfte davon.

Ben sah ihm hinterher: die hohen Gummistiefel, die Metzgerschürze, der typische Topfdeckelhut, den die Bauern hier trugen. Die Szene hätte durchaus komisch sein können – die halb auseinandergehauene Sau, die an einer schräg an die Wand gelehnten Leiter hing und darauf wartete, dass der Zachler sein Werk endlich vollendete, daneben zwei Kübel voller Blut – nichts wurde verschwendet. In verschiedenen Blechschüsseln glänzten Herz, Leber, Lunge, Nieren. Auch der Sautrog stand da, Ketten und Schepser zum Entfernen der Borsten lagen herum. Alles so, wie Ben es vor gar nicht allzu langer Zeit im Dritten Programm gesehen hatte. Manchmal blieb er beim Zappen dort hängen, fand es amüsant, mehr über das bayerische Brauchtum zu erfahren. Nie hätte er gedacht, dass solche Hausschlachtungen tatsächlich noch stattfanden. Immerhin wusste er durch das Fernsehen, dass das Saukopfessen sich mancherorts noch immer großer Beliebtheit erfreute und die Zunge als Delikatesse galt. Das konnte er gerade noch nachvollziehen, aber dass es Leute gab, die ganz wild darauf waren, das noch warme, wabbelige Hirn der Sau mit Eiern zu verquirlen, um es dann mit Zwiebeln herauszubraten und zu verspeisen, da drehte sich ihm der Magen um, dem haftete nach seinem Dafürhalten eindeutig ein Hauch von Hannibal Lecter an.

Der Zachler nahm die Hacke in die Hand und spaltete die Sau mit zwei wuchtigen Hieben mittendurch. Die s-förmigen Haken, die hinter den Sehnen eingehängt waren, rutschten jetzt auf dem schmierigen Holz der Leitersprosse hin und her, ließen die Schweinehälften tanzen.

Die Zachlerin kam langsam wieder auf die Beine, ihr Blick glitt hinüber zu ihrem Mann, sprang schuldbewusst zurück zu Kroner. »Ich bitt Sie, mein Mann ... lassen Sie ihm Zeit. Ich werde alle Fragen beantworten. Der Toni ... der kann mit so was ned umgehn.« Flehend sah sie die Kommissare an.

Kroner nickte. Sogar jetzt nimmt sie ihn in Schutz, sorgt sich um sein Wohl, stellt ihren eigenen Kummer hintenan, dachte er. So war das bei den Bäuerinnen vom alten Schlag. Alles war wichtiger als die eigenen Befindlichkeiten. Dass es das heute noch gab, hätte selbst Kroner nicht gedacht.

Tränen standen in den braunen Augen der Zachlerin, doch ihre Stimme klang fest, als sie sagte: »Am besten, wir gehn ins Haus.«

8

»Kommt Sara auch?« Nina spielte mit den strassbesetzten Nägeln an ihren Ohrringen herum.

Markus schüttelte den Kopf. Die großen blauen Augen seiner ehemaligen Klassenkameradin verwirrten ihn einen kurzen Moment lang, sogen ihn vollends auf und sperrten das Entsetzen kurzzeitig einfach aus. Nina verkörperte das, was der Universität Passau neben ihrem guten Ruf zu einer gehörigen Portion Charme verhalf: Sie war eine der vielen außerordentlich hübschen Jurastudentinnen aus gutem Hause. Normalerweise kamen die hauptberuflichen Töchter von weiter her, doch Nina war Passauerin und der bayerischen Sprache durchaus mächtig – wenn sie denn wollte. Und dennoch passte Nina perfekt ins Bild: Ihr Dad gehörte zum *inner circle* der Passauer Bonzen.

Seit gut einer halben Stunde saßen Markus und Valli zusammen mit einigen ihrer alten Klassenkameraden vom Leopoldinum auf der Sonnenterrasse des »Café Kowalski«. Schon gestern – vor Saras Tod – hatten sie sich für heute verabredet. Spätestens seit der Kollegstufe im Leo war es Tradition, sich hier auf einen Latte oder Cappuccino zu treffen. Sogar Mozart hatte einst in diesem Haus gewohnt und den Blick auf Inn und Dom genossen. Dass es den jungen Leuten heutzutage hauptsächlich darum ging, das Frischfleisch, wie die Erstsemester gern genannt wurden, abzuchecken, störte dabei niemanden. »Sehen und gesehen werden«, so lautete das Motto auf der »Kowalski«-Terrasse.

Obwohl die Sonne einen Teilsieg über das Wolkenmeer errungen hatte und den jungen Leuten trotzig auf den Pelz brannte, fühlte Valli sich schlecht. Eine Bedienung hatte erst die Tische und Stühle abwischen müssen, und die Blicke, die sie dabei gen Himmel geworfen hatte, ließen keinen Zweifel daran, dass sie diesen Aufwand für vergebene Liebesmüh hielt. Eine lange Regenpause stand sicher nicht ins Haus, bald würden Innkai und Innpromenade, die nicht weit entfernt lagen, Land unter stehen. So viel war sicher.

Als Ninas Augen Markus wieder freigaben, hielt dieser es nicht länger aus. Zwar waren Valli und er übereingekommen, nicht gleich mit der Tür ins Haus zu fallen, doch die Anspannung war einfach zu groß, die Neuigkeit musste hinaus. »Sara kommt nicht. Sie ist tot, ihre Leiche wurde in Jochenstein angeschwemmt«, sagte er für Vallis Geschmack etwas zu theatralisch.

Kollektives Luftschnappen, ein, zwei verhaltene Schreie des Entsetzens, dann senkte sich Betroffenheit über die jungen Leute. Sie versuchten, die Nachricht irgendwie zu verdauen: Lippen nippten an Tassen, Löffel rührten in Milchschaum, Zuckertütchen wurden zerknüllt, Servietten gefaltet, dann redeten alle durcheinander. Valli schwirrte bald der Kopf. Jeder, der gestern mit Sara ein paar Worte gewechselt hatte, gab eine Einschätzung ihrer psychischen und physischen Konstitution zum Besten. Natürlich dauerte es nicht lange, bis die Gespräche um Saras vergeudetes Talent kreisten, um ihre weggeworfene Chance. Niemand konnte nachvollziehen, warum sie mit dem Sport aufgehört hatte. Urplötzlich.

Valli sagte nichts mehr, hörte zu, setzte Gesprächsfetzen, die sie aufschnappte, zusammen. Markus machte seinen Job: Er hakte nach, bohrte tiefer. Auch wenn er mit dem Fall offiziell nichts zu tun hatte, weil er seit Ende seines Studiums zum Polizeikommissar in Sulzbach-Rosenberg in München Dienst tat, war er doch durch und durch Ermittler; das Talent war ihm in die Wiege gelegt worden, und außerdem hatte er Urlaub, also jede Menge Zeit. Ben würde später vorbeikommen, dann wollte Markus ihm eine Liste von Personen präsentieren, die Sachdienliches zu Saras Tod zu berichten hatten und die aufs Kommissariat geladen werden würden. So der Plan.

Allmählich verschob sich der Schwerpunkt der Gespräche an den Tischen weg von Saras Tod hin zu Laurenz' Ausraster in der vergangenen Nacht. Nach einigen Bieren und mindestens zwei Schnäpsen war er aufgesprungen und hatte allen ins Gesicht gespuckt, was für versnobte Arschlöcher sie doch wären. Ihn kotze das ständige Gerede von Macht, Geld, Karriere und Einfluss so was von an, hatte er gebrüllt, war hinausgestürmt und erst nach gut einer Stunde wieder aufgetaucht. Valli hatte den süßlichen Dunst, den er mit zurück ins »Schloss Ort« gebracht hatte, sofort bemerkt. Danach hatten sie lange geredet. Aber wieso war er jetzt nicht hier?

Er hatte doch kommen wollen. War ihm etwas zugestoßen? Oder war er …?

Valli hatte gehofft, ein paar Worte mit Laurenz wechseln zu können, ehe dieser in den Krallen der Polizei landete. Sie wollte ihn vorbereiten. Allein deshalb war sie überhaupt hergekommen. Laurenz' Mutter gehörte ebenfalls zum inneren Kreis der Passauer Bonzen, aber im Gegensatz zu Nina schämte Laurenz sich dafür. Sein Verhältnis zu seiner Mutter war nie das beste gewesen, und als er sein Jurastudium sausen ließ, um an der Hochschule Landshut Soziale Arbeit zu studieren, hatten die beiden sich endgültig entzweit. Ein Sohn mit sozialem Gewissen war für eine Oberstaatsanwältin am Bundesgerichtshof in Karlsruhe anscheinend nicht tragbar.

»Und ausgerechnet er wirft uns vor, wir hätten nichts als Geld und Karriere im Sinn«, wetterte Tim, der wie Nina Jura in Passau studierte. »Wenn ich wie er im Hauptberuf Sohn wäre, würde ich mir um mein Fortkommen auch keine Gedanken machen.«

Jetzt mischte sich Valli doch ein. »Laurenz hat nie Geld von seiner Mutter angenommen. Zumindest nicht, seit er bei den Großeltern wohnt.«

»Woher willst du das wissen?« Tims Stimme klang beinahe aggressiv. Anscheinend hatte ihn Laurenz' verbale Attacke von gestern hart getroffen.

»Er hat es mir gesagt.« Valli konnte Tim nicht leiden, und umgekehrt war es genauso. Laurenz hat mir noch viel mehr gesagt, wollte sie ihn anblaffen, hielt sich aber zurück. Was mache ich bloß hier?, fragte sie sich und stieß Eros, der neben ihr saß, mit dem Ellbogen an. »Lass uns abhauen, ich halt das nicht länger aus«, flüsterte sie ihm zu.

Markus sah Valli kurz an, zuckte mit den Schultern und wandte sich den anderen zu. »Weiß jemand von euch, wann Sara das Lokal verlassen hat?«

Wieder meldete sich Nina zu Wort. »Ich bin kurz nach ihr raus, da war es ungefähr Viertel nach zwölf. Ich weiß das deshalb so genau, weil ich eigentlich vor zwölf mit meinem Freund im ›GO‹ verabredet war. Ich musste Eintritt zahlen, vor zwölf wär's umsonst gewesen.«

Markus notierte alles auf einen Block. »Hast du Sara draußen noch einmal gesehen?«

»Ja«, sagte Nina zerknirscht. »Sie stand händchenhaltend mit Laurenz auf halbem Weg zum Schaiblingsturm. Als die beiden mich sahen, haben sie sofort losgelassen und getan, als wär nichts, und sind dann auch gleich weitergegangen.«

Valli hatte also recht gehabt. Sara und Laurenz waren einander nähergekommen. »Weißt du, wohin?«, fragte Markus.

Nina schüttelte den Kopf. »Sie waren ein gutes Stück vor mir und sind ziemlich schnell gegangen. Offensichtlich wollten sie nicht, dass ich sie einhole, und ich bin ja beim Klosterwinkel hoch, über den Domplatz Richtung Kleine Klingergasse. Keine Ahnung, wo sie hin sind.«

»Ich weiß es«, platzte Tim heraus, und ein triumphales Lächeln umspielte seinen Mund. Er genoss die ungeteilte Aufmerksamkeit sichtlich.

»Und?«, musste Markus erst nachhaken, ehe Tim sich dazu herabließ, auszuspucken, was er wusste.

»Ich bin kurz nach Nina gegangen. So gegen zwanzig nach zwölf. Am Schaiblingsturm vorbei, dann weiter Richtung Innbrücke. Gesehen habe ich die beiden nicht, aber direkt bei der Gablergasse, hinter der Pappel im Mauereck, ihr wisst schon, da war ein Pärchen zugange, und zwar richtig.«

»Und du meinst, das waren Sara und Laurenz?« Markus hörte auf, seinen Block zu bekritzeln.

»Gestern Nacht habe ich mir keinen Kopf gemacht, bin natürlich weitergegangen, aber nach dem, was Nina gerade erzählt hat, könnten es durchaus Sara und Laurenz gewesen sein.«

Valli und Markus starrten Tim an. Weder Sara noch Laurenz waren die Art von Menschen, denen sie einen Quickie am Innkai zutrauten. Aber zugekifft und betrunken? Man konnte nie wissen.

Markus notierte Tims Beobachtungen auf seinen Block. Spekulation!, schrieb er dahinter und malte einen fetten Kasten um das Wort.

9

Das Wohnhaus des Zachlers war genauso heruntergekommen wie der Rest des Hofes. Niemand hatte in letzter Zeit Hand angelegt. Der Putz bröckelte, die kleinen doppelten Sprossenfenster waren fast alle blind, und die Fensterläden hingen schief und verwittert in den Angeln. Bald schon würde das Holz in seine Bestandteile zerbröseln. Verfall, so weit das Auge reichte.

Ben und Kroner mussten sich durch die Haustür hindurchducken. Wie alt mochte sie wohl sein? Waren die Leute vor zwei-, dreihundert Jahren wirklich so klein gewesen?

In der Küche war alles wie früher: die ausladenden Wellen im Linoleumfußboden, weil sich der gestampfte Lehmuntergrund durchdrückte, die durchhängende, rissige Decke, die uralten bunten Küchenbüfetts, wirr durcheinandergewürfelt an die Wand gestellt. Nichts hatte sich in all den Jahren, die seit Kroners letztem Besuch vergangen waren, verändert. Es gab keinen Elektroherd, keinen Kühlschrank, dafür aber eine Speisekammer, die auch im Sommer kalt genug war, und einen Holzofen, mit dem die Zachlerin briet und heizte. Ziemlich sicher war er die einzige Heizquelle im ganzen Haus. Kroners Blick flog zu einem kleinen Schuber an der Zimmerdecke, durch den die warme Küchenluft in die oberen Räume ziehen konnte. Jetzt war der Schuber zu, schließlich wollte im Sommer niemand die Hitze und Gerüche der Küche in der Schlafkammer haben.

Kurz dachte Kroner an das alte Plumpsklo, das die Zachlers zu Zeiten seiner Reitstunden benutzt hatten. Er konnte nur mit Mühe dem Drang widerstehen, sich mit eigenen Augen davon zu überzeugen, dass sie jetzt eine kleine Nasszelle mit Toilette im Haus hatten und nicht mehr bei Wind und Wetter raus aufs Scheißbrett mussten, wie er es früher genannt hatte. Damals war das für ihn ein Spaß gewesen, doch tagtäglich ...

Durch die offene Tür zum Wohnzimmer blitzte den Kommissaren die spiegelnde Oberfläche eines Zweiundvierzig-Zoll-Flachbildfernsehers entgegen. Ben registrierte das blaue Blinken eines PCs in der abgedunkelten Stube. Den Sound und die Grafik des laufenden Computerspiels kannte er: Counterstrike. Er hatte viele Stunden seines Lebens damit vergeudet.

Die Zachlerin zischte ein wenig freundliches »Mach leiser, Franzl!« durch den Türspalt, zog die Stubentür zu und wandte sich langsam um. »Dem Toni sein jüngerer Bruder. Der wohnt jetzt bei uns. Hat keine Arbeit und nix als Schmarrn im Hirn. Als ob wir nicht genug eigene Sorgen hätten.« Sie rückte zwei Stühle vom Küchentisch weg und bot den Kommissaren einen Platz an. Sie hatte sich gut unter Kontrolle, lediglich der schleppende Schritt, mit dem sie zum Herd ging, ließ ahnen, was für eine schreckliche Last ihr auf den Schultern lag. Sie schob den Wasserkessel in die Mitte und legte ein Scheit Holz in den Ofen. Die Handgriffe, tausendmal in ihrem Leben ausgeführt, gaben ihr Halt. Warum ist meine Tochter tot? Diese Frage konnte sie nicht stellen – noch lange nicht.

Erst jetzt fiel Kroner auf, dass sich doch etwas in der Küche verändert hatte. Eine Ecke des großen Raumes war mit einem dicken grauen Vorhang abgetrennt worden. Von dort kam ein Geräusch, das Kroner nicht gleich deuten konnte. Erst als Sabine Rieß den Stoff zurückzog und ein Krankenbett zum Vorschein kam, schwante ihm, wer da zwischen zwei Gittern eingesperrt lag: der alte Zachler. Natürlich! Er hatte vor ein paar Jahren einen Schlaganfall gehabt und war seither ein Pflegefall.

»Na, Vadder, wie geht's da? Hast a bissl schlaffa kinna?« Die Zachlerin fuhr ihrem Schwiegervater resolut über die welke Haut der Unterarme und setzte einen Schnabelbecher an seine Lippen. »Der Hannes ist da. Weißt schon, da Bua vom Herrn Kriminaler.« Sie sah sich nach Kroner um, winkte ihn mit einer Handbewegung näher. »Sagen S' Grüß Gott zum Vaddern. Er hat so selten Besuch.«

Als ob er deshalb hier wäre! Kroner seufzte, stand aber auf und kam näher. Die rechte Hand des Alten hob sich mühsam zum Gruß vom fleckigen Laken, in seinen Augen zeigte sich milchiges Erkennen. Kroner drückte die gebrechlichen Finger und strich über die alte Wange. Seine krebskranke Frau hatte er bis zum Ende gepflegt. Krankheit und Siechtum schreckten ihn nicht ab. Nicht mehr. Trotzdem. Wieso musste er leben und die Sara sterben?

»Umkehrt wär's gscheiter gwesen«, sagte die Zachlerin, als könnte sie Gedanken lesen. Aus einer abgegriffenen Schachtel zog sie eine Zigarette hervor, die schon einmal angezündet gewesen war, und schnippte das Feuerzeug an. Nach ein, zwei Zügen steckte sie den Glimmstängel dem alten Zachler in den Mund. »Er kann's halt ned lassn, und was soll's jetzt noch schaden?«

Kroner fasste Sabine Rieß am Arm. »Kommen Sie, setzen Sie sich. Ich weiß, es ist schwer, aber Sie müssen mir ein paar Fragen beantworten.«

Die Zachlerin nickte, hielt ihrem Schwiegervater noch zwei Mal die Zigarette an die Lippen, drückte sie dann im Aschenbecher aus und ließ sich zum Tisch führen. Mit den Fingernägeln begann sie, die Blumen des Plastiküberzugs nachzufahren, der an allen vier Seiten des Tisches mit Spangen festgeklippt war.

Ben ging zum Herd, goss mit dem Wasser aus dem Kessel den Kaffee auf, wartete, bis die braune Brühe durch den Filter gelaufen war, und brachte dann alles an den Tisch. Handgebrühter Kaffee! Wo gab es so etwas heute noch? Die Milch stand schon da: nicht aus der Packung, sondern naturbelassen und mit einer dicken gelben Rahmschicht obenauf. Ben trank seinen Kaffee heute ausnahmsweise schwarz.

»Sie wollen sicher wissen, wie das passiert ist«, begann Kroner. Normalerweise war das die erste Frage, die die Angehörigen stellten, doch Sara Rieß' Mutter brachte die Worte nicht über die Lippen, so als könne sie damit deren Endgültigkeit entkräften.

»Valli und Markus haben mir bestätigt, dass Sara ungefähr bis Mitternacht im ›Schloss Ort‹ beim Klassentreffen war. Wenig später muss sie sich schon im Wasser befunden haben. Sie ist wahrscheinlich ertrunken, allerdings hatte sie eine leichtere Verletzung am …« Kroner bremste sich. Falls Saras Tod kein Unglück und auch kein Suizid gewesen war, durfte er keinesfalls mögliches Täterwissen preisgeben. »Wir müssen alle Möglichkeiten in Erwägung ziehen.«

Die Zachlerin blickte auf. »Sie meinen –«

Kroner unterbrach sie lieber gleich. »Wir meinen gar nichts, aber es gibt einfach verschiedene Möglichkeiten. Können Sie sich vorstellen, dass sich Sara umgebracht hat, dass sie freiwillig …«

»Selbstmord?« Saras Mutter begann, das getrocknete Blut von

ihren Händen zu reiben. Es bröselte braun auf den Tisch – wie Kakaopulver.

Ben verkniff sich seinen üblichen Beitrag, wie falsch der geläufige Ausdruck Selbstmord war. Im Nachhinein schämte er sich sogar, dass er Valli gegenüber jegliches Einfühlungsvermögen hatte vermissen lassen.

»Gab es Anzeichen, dass sie ihres Lebens überdrüssig gewesen sein könnte? Warum hat sie so plötzlich mit dem Leistungssport aufgehört?«

Die Zachlerin schüttelte den Kopf, schluckte die aufsteigenden Tränen hinunter. »Sie war ein gutes Kind. Ist uns von klein auf fleißig zur Hand gegangen, hat immer viel arbeiten müssen. Dem Toni hat des nie gepasst, dass die Sara so viel trainiert hat. Statt dem Training, hat er gsagt, kannst arbeiten auch! Erst als sie einen Titel nach dem andern heimbracht hat, war er stolz auf sie. Nur gsagt hat er's dem Kind nie. So was bringt der nicht über die Lippen. Des wird ihm jetzt wohl am meisten wehtun, dass er das versäumt hat. Sie war doch unser einziges Kind.«

Kroner atmete tief durch, wiederholte die Frage von vorhin. »Wissen Sie, warum die Sara mit dem Sport aufgehört hat?«

Die Zachlerin überlegte, knetete ihre Finger. »Vielleicht wegen der vielen Arbeit und der Schule? Zuerst hat sie sich im Gymnasium leichtgetan, das war kein Problem. Und wegen uns hätt sie nicht da hingehn müssen, das wollt sie selber. Erst war's uns ned amal recht, außer ihr niemand da, der den Hof übernimmt. Obwohl, leben kann man davon eh nimmer.«

»Und warum hat sie die Chance auf eine glänzende Karriere weggeworfen?« Kroner erinnerte sich jetzt, dass schon von Olympiateilnahme die Rede gewesen war.

»Mei, wir haben uns den Kopf drüber zerbrochen, des dürfen S' glauben. Erst war's dem Toni ja nicht recht, aber dann wollt er sie sogar zwingen, dass s' wieder hingeht zum Training. Aber da war nichts zu machen. Die Sara konnt richtig stur sein, wenn sie sich was in den Kopf gesetzt hatte. Der Toni und die Sara ...« Sie zögerte, nippte an ihrem Kaffee und sprang plötzlich von der Bank auf. »An Kuchen! Entschuldigen S', ich hab's ganz vergessen. Sie mögen bestimmt an Kuchen. Ich hab gestern noch einen gmacht, sonst verfaulen mir die schönen Erdbeeren ja. Wollen S' ein paar mit heimnehmen vielleicht ...«

Kroner drückte die Zachlerin auf die Bank zurück. »Später. Jetzt erzählen Sie erst einmal weiter.«

Gastfreundschaft war Gesetz auf den alten Höfen. Da bekam ein Besuch am Sonn- und Feiertag einen Kuchen, ob er wollte oder nicht. Da war immer etwas Gebackenes im Haus, und das Obst verdarb nicht, das wurde verkocht, verbacken, eingemacht. Darauf war eine Bäuerin stolz, sicher auch die Zachlerin. Vielleicht hätte es ihr ein bisschen Sicherheit zurückgegeben, die Gäste zu bewirten, doch die konnte ihr Kroner jetzt nicht gewähren – noch nicht. »Was war mit Ihrem Mann und der Sara?«

»Der Toni und die Sara sind sich darüber so in die Haar kommen. Rausgschmissn hat er sie sogar, als des mit den Drogen angefangen hat. Das Mädl is ja vollkommen verlottert.« Die Zachlerin barg den Kopf in den Händen. »Fast jede Woche hätt sie ein anders Mannerleid daherbracht. Flitscherl, so hat der Toni die Sara genannt, aber ... Ich bin mir sicher, es hat einen Grund gebn dafür. Mir hat s' nie was gsagt, obwohl ... Ich glaub, sie wär froh gwesen, wenn s' ihren Kummer nur irgendjemand anvertrauen hätt können. Und dann die Schule ... Die hat s' dann auch nimmer gschafft ...« Sabine Rieß begann zu weinen, ihr ausgemergelter Körper bebte, ihre mageren Knochen spitzten durch den Kittel. »Wo is sie?«

Kroner wusste nicht gleich, was die Zachlerin meinte.

»Wo ist die Sara jetzt?«

»Wir mussten die Leiche beschlagnahmen. Sie ist auf dem Weg nach München ins Rechtsmedizinische Institut, wo sie untersucht wird. Das ist Routine.«

Die Augen der Mutter weiteten sich vor Schreck. »Die Sara wird aufgschnitten?«

Kroners schlechtes Gewissen ploppte aus großer Tiefe an die Oberfläche seines Bewusstseins. Über den Tisch griff er nach der Hand der Zachlerin. Diese Frau brauchte eine Auszeit, sie hatte gerade vom Tod der einzigen Tochter erfahren. Wie auf ein Stichwort ging die Tür auf, und der Halser Pfarrer eilte mit ausgebreiteten Armen auf die Zachlerin zu und strich ihr übers Haar. Der Fischer war ein guter Notfallseelsorger. Er wusste, dass keine noch so frommen Worte den Schmerz nehmen konnten, dass man zuhören musste, nicht belehren. Kroner war froh, dass er endlich da war.

»Den Toni hab ich draußen getroffen«, sagte der Pfarrer zur Zachlerin. »Er hat mir versprochen, dass er gleich reinkommt, aber er braucht noch ein paar Minuten für sich.«

»Frau Rieß?« Kroner tippte Saras Mutter leicht mit dem Finger an. »Dürften wir uns in Saras Zimmer umsehen?«

Sie nickte. »Die Stiege hinauf, zweite Tür rechts.«

Saras Zimmer unterschied sich vom Rest des Hauses. Sofort fielen Ben die vielen Accessoires auf, die allesamt von Trödelmärkten zu stammen schienen. Jedes Detail passte, griff in ein großes Ganzes, harmonisierte. Das Zimmer war schön, hatte Stil. War dies das Zimmer einer verzweifelten Frau? Einer Suizidentin?

Eine Wandseite war ganz dem Sport gewidmet: Pokale, Medaillen, laminierte Zeitungsausschnitte, Urkunden und Fotos.

»Sie sah nicht aus wie eine Kugelstoßerin«, sagte Ben, der sich ein Foto genauer ansah.

»Das Bild täuscht. In natura konnte man sich als Mann neben ihr durchaus unzulänglich fühlen«, entgegnete Kroner. »Fast eins achtzig groß, achtzig Kilo schwer, unfassbar muskulös.«

»Aber sie war hübsch.« Ben überflog jeden Zeitungsartikel, obwohl er das meiste bereits kannte. Bevor sie zum Hof gefahren waren, hatte er sich über Sara Rieß schlaugemacht. »Das Mädchen hätte es im Sport weit bringen können. 2003 war sie Fünfte bei den Jugendweltmeisterschaften, 2005 Junioreneuropameisterin in Kaunas, Litauen; wenig später folgte die Einberufung in den Bundeskader. Bevor sie dort zum ersten Training antrat, war die Sache schon gelaufen.«

Kroner, der sich gerade durch Saras Schrank wühlte, hielt inne. »Wann hast du das denn recherchiert?«

Ben grinste, zog sein iPhone aus der Tasche und hielt es Kroner entgegen. »Hab die Zeit in der Küche genutzt, als du unter der Dusche warst. Das Netz bietet viele Möglichkeiten, und vielleicht bin ich ja doch der Streber, für den mich das werte Ziehtöchterchen hält.«

»Valli?«

»Wie es aussieht, findet sie mich unerträglich.« Mit einem anderen neuen Chef hätte Ben nie derart offen gesprochen, aber Markus' Vater war eine Ausnahme. Er flößte Vertrauen ein, brachte Leute mit seiner ruhigen, ausgeglichenen Art zum Reden. Nicht umsonst wurde Kroner im Kommissariat scherzhaft »der Mann, dem Frauen und Männer vertrauen«, genannt. Doch obwohl Ben Kroner schon länger kannte, hatte er nicht vor, sich auf einem persönlichen Sympathievorsprung, den er womöglich hatte, auszuruhen. Seine Freundschaft mit Markus durfte das dienstliche Verhältnis zu dessen Vater nicht aufweichen, nahm er sich vor. In Zukunft würde er sich solche Kommentare verkneifen.

Kroner lachte. »Ja, das Mädl kann ganz schön kratzbürstig sein, aber sie hat's auch nicht gerade leicht im Leben.«

»Na ja, sicher nicht schwerer als Sara Rieß.«

»Das stimmt allerdings.« Kroner suchte in einer anderen Schublade weiter. Er hoffte, dass Sara irgendwo ein Tagebuch versteckt hatte, dessen Einträge aktuell waren. Bei jungen Frauen standen die Chancen dafür nicht einmal schlecht. Vielleicht fanden sie aber auch Medikamente, Rauschgift oder Hinweise auf einen bisher unbekannten Freund – eine Cyber-Bekanntschaft beispielsweise. »Und noch was«, sagte er, ohne aufzublicken. »Ich wusste, dass du ein Streber bist. Hab in München bei den Kollegen nachgefragt. Die haben mir gesagt, in Sachen Recherche, Wühlen und Ans-Tageslicht-Zerren wärst du unschlagbar. Genau so jemanden brauchen wir hier.«

Ben war baff. Kroner hatte sich über ihn erkundigt? Das war interessant und peinlich zugleich. Er wechselte lieber das Thema. »Doping?«

Falls Kroner Bens promptes Umschwenken überraschte, ließ er sich dies nicht anmerken. »Gibt es dafür Anhaltspunkte?«

Ben lachte auf. »Dafür braucht es keine Anhaltspunkte. Doping ist im Leistungssport allgegenwärtig – viel präsenter, als jeder naive Fernsehzuschauer ahnt«, sagte er verächtlich. »Ein Kumpel von mir war Hammerwerfer. Ähnliche Geschichte wie bei Sara Rieß: Deutscher Meister, Dritter bei der Jugendweltmeisterschaft, ein paar Jahre davor Vize-Junioreneuropameister. Er sollte in den Bundeskader berufen werden, doch bevor das offiziell wurde, hat sich der Bundestrainer höchstpersönlich bei ihm gemeldet und nachgehakt, ob er bereit wäre, auch wirklich alles für seine Karriere zu tun. Hat ihm klipp und klar gesagt, dass er den Bundeskader vergessen kann, wenn er nicht die Mittelchen nimmt, die ihm empfohlen werden.«

»Und?« Kroner saß mittlerweile auf dem Bett und durchsuchte das Nachtkästchen.

»Tom hat ihm eine Abfuhr erteilt, er wollte kein gesundheitliches Risiko eingehen.«

»Vernünftiger Bursche, dieser Tom. Und was ist dann passiert?«

»Der Herr Bundestrainer hat es sich anders überlegt und einen willigeren Schützling ins Nest geholt. Und Tom hat nicht nur seinen Platz im Kader verloren, ihm wurde auch noch die Sportförderung durch die Bundeswehr gestrichen. Damit war er erledigt – sportlich jedenfalls.«

»Was für eine Sauerei! Und da wollen uns die Medien weismachen, Sport wäre sauber. Hat dein Freund den Bundestrainer wenigstens auffliegen lassen?«

Ben schüttelte den Kopf. »Niemand will ein Nestbeschmutzer sein, auch nicht Tom. Der Bundestrainer ist nach wie vor in Amt und Würden.«

Kroner überlegte. »Angenommen, es war bei Sara ähnlich. Vielleicht hat das ja zum Ausstieg aus dem Sport geführt?«

»Ich weiß nicht. Saras Berufung war doch bereits offiziell.«

»Ihre Eltern sollen morgen aufs Kommissariat kommen, vielleicht wissen sie ja mehr darüber. Die Fragerei kann ich ihnen leider nicht ersparen.«

»Hier.« Ben tippte mit dem Zeigefinger auf eines der Fotos. »Siegerehrung nach dem Junioreneuropameistertitel. Sie sieht überglücklich aus.«

»Kein Wunder, oder? Dafür hat sie schließlich trainiert.«

»Ja, aber sieh dir das hier mal an.« Ben zeigte auf ein anderes Foto. »Das kann nicht lange nach dem Titelgewinn gewesen sein.«

Kroner nahm seine Brille aus der Hemdtasche und setzte sie auf. Normalerweise benutzte er sie lediglich zu Hause und im Büro, wenn eine Schrift zu klein war. Ein Wunder, dass er sie überhaupt dabeihatte. »Die Sara neben dem Zankl und der Plenk. Das muss bei der Eintragung ins Ehrenbuch der Stadt gewesen sein. Nur der dritte Bürgermeister fehlt.« Kroner erinnerte sich, dass sogar in ihm so etwas wie Stolz aufgeflammt war, als der Klassenkameradin seines Sohnes diese hohe Ehre zuteilgeworden war. »Aber was soll mir daran auffallen? Sie posiert mit dem Buch vor der Kamera. Na und?« Er zuckte mit den Schultern.

»Ich finde den Unterschied zwischen den beiden Bildern einfach nur krass«, sagte Ben, auch wenn er sich plötzlich nicht mehr ganz so sicher war. »Sara sieht regelrecht eingefallen aus, lächelt gequält. Von der sprühenden Lebensfreude auf dem anderen Foto keine Spur mehr.«

Kroner kniff die Augen zusammen. »Vielleicht waren die Lichtverhältnisse schlecht, vielleicht hatte sie einen miesen Tag, vielleicht mochte sie den Medienrummel einfach nicht. Ihr Ausdruck könnte viele Ursachen haben, nichts davon muss mit ihrem Tod zusammenhängen.«

»Das stimmt natürlich.« Ben nahm das gerahmte Bild von der Wand. »Irgendetwas ist trotzdem komisch an dieser Aufnahme. Sicher war doch ein professioneller Fotograf dabei. Wieso ist das Bild dann so schief? Es wirkt, als hinge alles auf einer Seite.« Ben drehte den Rahmen um, bog die Halterungen nach außen und nahm das Foto heraus. Das Bild war an einer Seite abgeschnitten worden, die Kante war ungerade.

Kroner sah seinem jungen Mitarbeiter neugierig über die Schulter.

»Wenn ein Bild nicht in den Rahmen passt, schneidet man normalerweise von beiden Seiten den Rand weg, damit die Harmonie der Aufnahme nicht zerstört wird. Hier hat Sara absichtlich jemanden weggeschnitten.«

Kroner rieb sich das Kinn. »Deine Vermutungen sind ein bisschen arg weit hergeholt, aber es braucht nur einen kurzen Besuch im Rathaus, dann wissen wir, wer noch auf dem Foto war. Das kannst du gleich morgen erledigen, deine Wohnung liegt ja quasi direkt um die Ecke.«

Ben nickte und steckte schweigend das Foto in seine Tasche. Wahrscheinlich würde ein Blick in die Weiten des Webs genügen, um zu wissen, wer ursprünglich noch auf dem Foto gewesen war.

Gut eine halbe Stunde später stiegen die Herren Kommissare die hölzerne Treppe wieder hinunter. Jede der ausgetretenen Stufen quietschte in einer anderen Tonart. Die Steinfliesen unten in der Fletz, wie der gepflasterte Flur genannt wurde, waren von Feuchtigkeit überzogen. Kroner wollte gerade seine Hand auf die gusseiserne Klinke zur Küche legen, als ihm die Tür förmlich ins Gesicht flog. Doch es war nicht die Zachlerin, die überrascht den Kopf durch den Spalt hervorschob. Kroner kannte den Mann nicht, und die Fahne, die dieser ihm ins Gesicht blies, ließ ihn für einen Moment die Luft anhalten. Er drehte den Kopf weg, gab den Weg frei, der Mann krachte gegen den Türrahmen, stolperte die drei, vier Schritte zur Haustür und rülpste befreiend, als er sie aufriss. War das der Bruder vom Zachler? Stockbesoffen mitten am Tag?

Die Zachlerin kam aus der Küche und sah die Kommissare kurz an, bevor sie ihrem Schwager nacheilte. »Franzl, jetzt wart halt! Ich hab's nicht so gemeint. Die Sara ist tot, da kannst nicht auch noch …« Doch weiter kam sie nicht.

Auf einmal stand sie da, die Hex von der Ilz, riss ihre Augen auf und schlug sich die Hand vor den Mund. »Was sagst du, Sabine, die Sara is tot? Ich hab mir schon gedacht, warum der Herr Kroner da ist. Wegen der Schlachtung, hätt ich gmeint … Aber freilich, der Herr Hauptkommissar kommt doch nicht wegen einer Schwarzschlachtung, nicht er.« Die Worte quollen aus dem Mund der Frau wie Gehacktes aus einem Fleischwolf.

Kroner schloss die Augen und atmete ein paarmal tief durch, um diesem falschen Fuffziger von Weiberleit nicht an die Gurgel zu gehen. Saras Mutter wollte die neugierige Nachbarin aus der Tür schieben, doch die Schatz gab keinen Zentimeter nach. Solch eine Sensation konnte sie sich auf keinen Fall entgehen lassen. Erst als Ben ihr seinen Ausweis unter die Nase hielt und sie höflich darum bat, sofort das Anwesen zu verlassen, zog sie ab. Doch ihre schrille Stimme dröhnte Kroner sogar noch bei geschlossener Tür in den Ohren, als sie dem Franzl hinterherschrie, er solle doch auf sie warten und erzählen, was passiert sei.

10

»Der Schatz sollten wir mal so richtig einheizen. Die hat sicher irgendwo Dreck am Stecken.« Kroner ließ sich auf den Beifahrersitz fallen.

Ben drückte den Startknopf des BMW, der Wagen sprang an. Er konnte sich irgendwie nicht daran gewöhnen, dass der Schlüssel in seiner Hosentasche blieb. Faszinierend.

»So eine Mistbritschn, eine greislige!«, wetterte Kroner ungeniert weiter. »Das verstehst du jetzt wahrscheinlich nicht, Bruhan?« Allen Umständen zum Trotz musste er lachen. Obwohl alle im Kommissariat per Du waren und sich mit Vornamen ansprachen, benutzte Kroner fast immer die Nachnamen seiner Leute. Das hatte sein Vater so gehalten, und er würde daran nichts ändern. In Zukunft hieß Ben für ihn also Bruhan, es sei denn, er war als Freund seines Sohnes im Kroner-Haus zu Gast.

»Wirklich ziemlich aufdringlich, diese Frau«, sagte Ben und fuhr los. »Ist sie eine Nachbarin? Eine Freundin der Familie?«

Kroner lachte auf und setzte seinen jungen Mitarbeiter darüber ins Bild, was es mit der Hex von der Ilz auf sich hatte. »Merk es dir gleich, Bruhan, eine wie die nennt man bei uns hinterfotzig. Dafür gibt es nirgendwo auf der Welt einen passenderen Ausdruck.«

Ben wollte das gern glauben, allerdings interessierte ihn weit mehr, was die Zachlerin seinem Chef zugeflüstert hatte, kurz bevor sie gegangen waren. »Und was hatte die Rieß dir so heimlich zu sagen?«

Kroner sah Ben überrascht an. »Dir entgeht aber auch nichts.«

»Das ist mein Job, oder?«

»Stimmt«, pflichtete Kroner ihm bei und schwieg sich aus.

Ben verdrehte die Augen, hakte aber nicht nach. »Ich werde morgen gleich überprüfen, ob dieser Franz Rieß polizeilich bekannt ist. Würde mich nicht wundern, bei dem miesen Gefühl, das ich bei ihm habe.«

In der Ilzstadt fuhr Ben über die Hängebrücke auf den Römerplatz zur Altstadt hinüber und bog rechts ab, wartete dann vergeblich auf einen Kommentar seines Chefs und versuchte schließlich anhand dessen spärlicher Fingerzeige die richtigen Abzweigungen zu nehmen.

Erst auf der Innseite der Altstadt spuckte Kroner erneut ein paar Brocken aus. »Irgendwie hoff ich fast, dass es ein Unglück oder Schlimmeres war. Viele denken hier immer noch, es würde Schande über die Familie bringen, sich das Leben zu nehmen.«

»Für Seneca war der Suizid ein Akt persönlicher Freiheit«, sagte Ben blasiert.

»Was Seneca und seine Römer meinten oder nicht, das ist den Leuten hier – gelinde gesagt – scheißegal. Die ducken sich, wenn die Kirche den mahnenden Finger hebt, und das wird nicht ausbleiben, sollte Sara – Halt!« Kroner sah aus dem Fenster. »Halt an, hier ist es.«

Ben stoppte den Wagen, Kroner stieg aus; ein gelb gestrichenes Haus mit der Aufschrift »Café Kowalski«.

»Da drinnen haben sich Valli und Markus mit den Leuten vom Klassentreffen für heute verabredet. Vielleicht hat Markus ja ein paar Namen, die wir morgen aufs Kommissariat laden können.«

Ben nickte. Daran hatte er gar nicht mehr gedacht.

Kroner hielt seinem jungen Kollegen ungeduldig die Tür auf, trommelte mit der Linken über das Dach und streckte Ben seine Rechte entgegen.

Ben kramte den Schlüssel aus seiner Hosentasche, legte ihn Kroner in die Hand und stieg aus. Gerade in diesem Moment kamen Valli und Markus, gefolgt von einer Traube Gleichaltriger, aus dem Lokal. Kroner schloss den Wagen ab und ging eilig in die entgegengesetzte Richtung davon. Ben sah ihm nach. Warum er es wohl so eilig hatte? Hatte sicher mit den Heimlichkeiten der Rieß zu tun.

»Du kommst zu spät«, sagte Markus und drosch seinem Freund zur Begrüßung auf die Schulter, als er und Valli sich von den anderen verabschiedet hatten.

»Nicht meine Schuld.« Ben war sauer. Es gefiel ihm nicht, wie ein räudiger Köter aus dem Wagen geworfen zu werden.

»Und warum ist mein alter Herr auf der Flucht?« Markus nickte in Richtung seines davoneilenden Vaters.

Ben zuckte mit den Schultern. »Keine Ahnung, aber ich habe Hunger.«

»Dann lass uns noch mal reingehen. Hier gibt's die besten Burger der Stadt. Außerdem kannst du dir dann in Ruhe anhören, was wir herausgefunden haben.«

»Mist! Immer noch die Mailbox.« Wütend warf sich Valli gegen die kopfstützenlosen Sitze in Opa Kroners altem Benz und stemmte ihren Hintern hoch, um ihr Handy in die Tasche ihrer engen Jeans zu stecken. Die Blätter des Scheibenwischers quietschten erbärmlich gegen den Regen an. Vor gut einer Stunde hatte sich die Sonne endgültig verabschiedet, es schüttete wieder wie aus Kübeln.

»Was regst du dich so auf?« Markus warf Valli über den Rückspiegel einen verständnislosen Blick zu. »Für mich sah es gestern nicht so aus, als hätte es zwischen Laurenz und Sara gefunkt. Tim weiß im Grunde gar nichts, und Nina könnte lediglich beobachtet haben, wie die beiden sich verabschiedet haben. Da gibt man sich schon mal die Hand oder umarmt sich, endet aber nicht gleich hinter dem nächsten Busch. Du und Bunny, ihr wart es doch, die stundenlang abseits gesessen und geplaudert haben.«

»Er heißt Laurenz! Hör auf, ihn Bunny zu nennen, du weißt, dass er das hasst.«

»Wieso nimmst du ihn eigentlich in Schutz? Ich dachte, wir wären uns darüber einig, dass er ein komischer Kerl ist.«

»Arme Sau trifft es wohl eher.« Valli holte erneut ihr Handy heraus und überlegte. Wer könnte wissen, wo Laurenz steckte?

»Ist unser Gott der Liebe etwa eifersüchtig?« Ben saß auf dem Beifahrersitz und sah auf den Inn hinaus.

»Quatsch.« Markus rammte die Knöchel seiner Rechten in Bens Oberarm. »Die Sache mit Sara ist schlimm. Wirklich. Aber Laurenz weiß es wahrscheinlich schon.« Valli und er hatten sich darauf geeinigt, vorerst nicht das Schlimmste anzunehmen, was Laurenz betraf. Die Polizei tat es schließlich auch nicht – vorerst jedenfalls.

»Sie sollte es besser mir überlassen, ihn anzurufen«, sagte Ben und wies mit dem Kinn kurz Richtung Rückbank.

»Einen Scheißdreck werde ich. Ich kann ihn anrufen, wann immer ich will. Das hat mit deinem ersten Fall hier nicht das

Geringste zu tun. Sara und Laurenz sind gestern zusammen weg. Wenn jemand etwas über die vergangene Nacht weiß, dann er.« Valli löste den Gurt und steckte ihren Kopf zwischen Fahrer- und Beifahrersitz. »Tu mir einen Gefallen, Markus, und halt kurz vorm Haus der Osterbys an. Ich will seine Mutter fragen, wo er sein könnte.«

»Seine Mutter? Würde mich stark wundern, wenn die überhaupt weiß, von wem du sprichst. Die haben doch seit Ewigkeiten keinen Kontakt mehr. Laurenz würde eher einen halb verwesten Kadaver runterwürgen, als seiner Mutter am Feiertag einen Besuch abstatten. Außerdem ist sie wahrscheinlich gar nicht da. Soviel ich weiß, hat Frau Oberstaatsanwältin ihren Lebensmittelpunkt längst nach Karlsruhe verlegt. Die ist doch sowieso nur alle paar Wochen mal in Passau.« Markus setzte den Blinker, um auf die Innbrücke zu biegen.

»Wie weit steigt das Wasser bei Hochwasser eigentlich an?« Ben reckte den Hals, um bis zur Landspitze sehen zu können, die wie der Bug eines gigantischen Schiffes von Inn, Donau und Ilz umspült wurde.

»Die Passauer sind abgebrüht, was das angeht. Wenn's nicht grad so schlimm wird wie 1954 –«

»Wie hoch?«, drängte Ben.

»Ortsspitze Land unter, die Standln an der Donaupromenade, ein paar Gassen am Ort ...«

»Was ist mit dem Lokal, in dem wir gestern Nacht waren ... Wie hieß es noch gleich?«

»›Scharfrichterhaus‹.«

»Genau.« Ben nickte. »Kommt das Wasser auch bis dahin? Meine Wohnung liegt direkt nebenan.«

»Hast du etwa Schiss?« Vallis Kopf erschien schon wieder zwischen den Vordersitzen.

Ben lachte überheblich, wollte von Schiss nichts wissen.

»Wenn's schlimm kommt, steht das Wasser eine Handbreit hoch auf dem Rathausplatz, kommt aber auch immer drauf an, ob es Inn- oder Donauhochwasser ist«, sagte Markus.

Ben nickte, verstand nichts.

»Die Höllgasse trifft es fast immer, aber da darf sowieso niemand im Erdgeschoss wohnen. Und in den anderen Stockwerken hausen nur mittellose Künstler, weil die Mieten deshalb erschwinglich sind.« Markus lachte. Seine erste und einzig ernst zu nehmende Freundin hatte in einem bescheidenen Zimmer in der Höllgasse gewohnt. Er konnte sich noch lebhaft an den muffigen Geruch des Flurs und an ihre weiche Haut erinnern.

Auf Innstadtseite fuhren sie den Berg hinauf Richtung Kloster Mariahilf, vorbei am Landesamt für Finanzen, das aussah wie eine Jugendherberge mitten in den Alpen.

»Halt an, verdammt!«, schnauzte Valli Markus an, als dieser keine Anstalten machte, in der Kurve vor Marlis Osterbys supermodernem Betonbunker stehen zu bleiben.

»Du solltest das wirklich Ben überlassen.«

»Fang du nicht auch noch an«, keifte Valli. »Ich kann doch einem Freund Bescheid geben, dass eine Freundin tot ist. Es wäre absurd, wenn ich es nicht täte.«

»Falls sie tatsächlich da sein sollte, wird sie kaum die Tür öffnen, wenn sie sieht, wer davorsteht«, sagte Markus, doch sein Fuß stieg auf die Bremse. »Schließlich war es deine Mutter, die sich an den Abrissbagger gekettet hat, als die denkmalgeschützte alte Villa für dieses architektonische Glanzstück Platz machen musste.«

Valli winkte ab und stieg aus. »Meiner Mutter kann man vieles vorwerfen, aber das war eine ihrer vernünftigeren Aktionen. Sieh hin, dann weißt du, dass sie recht hatte.«

Johannes Kroner hatte damals stundenlang auf Joja Milner eingeredet, bis diese endlich doch bereit gewesen war, das Feld zu räumen. Aber es stimmte schon: Der moderne Bau, der von Schwarz, Weiß, Edelstahl, Glas und sehr viel Beton dominiert wurde, passte nicht im Geringsten ins Innstadtbild, wo sich alte Häuser, üppiges Grün, herrliche Dächerfluchten, alte Wehrmauern und Überbleibsel aus der Römerzeit aneinanderreihten. Dort, zwischen dem Peichterturm mit seinen Kanonenscharten, den wunderbar erhaltenen Ring- und Zwingermauern aus dem frühen 15. Jahrhundert und dem Beiderwies-Bacherl, hatten Markus und Valli ihre Kindheit verbracht. Der Neubau war eine Schande, auch wenn er direkt an der Straße lag.

»Euch Kroners und vielen anderen hat es genauso wenig gepasst, aber ihr hattet nicht den Mumm, etwas zu unternehmen.«

»Es hätte nichts geändert, dafür sind Marlis Osterbys Kontakte nach ganz oben einfach zu gut.«

»Sie fährt ein nagelneues 911er Carrera Cabrio in Cremeweiß«, sagte Ben und sah aus dem Fenster. »Sie muss im Leben vieles richtig gemacht haben.«

Valli steckte den Kopf zu Ben ins Auto. »Wenn du netter zu deinem Vater wärst, könntest du auch so ein Auto fahren. Habe ich nicht recht?«

Allein vom Salär als Oberstaatsanwältin konnte Marlis Osterby ihren aufwendigen Lebensstil nicht bestreiten. In der Nachbarschaft wurde gemunkelt, dass sie in den neunziger Jahren ein exzellentes Händchen an der Börse bewiesen hatte und bis heute davon zehrte.

»Wow!« Jetzt starrte auch Markus auf die Kurven des Porsches, als wären es die einer nackten Frau. »Letzte Woche stand noch der schwarze Wagen vor der Garage.«

Valli verdrehte die Augen und ging Richtung Haus. »Wenn alle Männer so primitiv sind wie ihr zwei, dann ist es nur logisch, dass die Welt den Bach runtergeht. Ärsche und Titten, PS und Lackierungen, als gäbe es nichts Wichtigeres im Leben.« Valli schüttelte den Kopf. Wenigstens eines wusste sie in diesem Moment sicher: Weder Ben noch Eros würden ihr auf den Hintern starren, während sie die wenigen Meter zum Osterby-Anwesen den Berg hinauflief.

Direkt über der wuchtigen Haustür, die sich hinter den hässlichen, mit Steinen gefüllten Drahtgitterkästen verbarg, um neugierige Blicke abzuhalten, gaffte die Linse einer Kamera auf Valli herab. Valli lächelte ihr charmantestes Lächeln und winkte wie Miss World kurz nach der Krönungszeremonie Richtung Kamera. Fehlten nur noch die aufgeklebten Fingernägel. Wie albern das alles war. Sie musste an Star Wars denken, weil die Linse aussah wie R2-D2s Auge und die Vögel ringsum ähnlich piepsig zwitscherten wie der Roboter.

Die Sprechanlage knisterte. »Wer ist da?«

»Eine ehemalige Klassenkameradin Ihres Sohnes, Frau Osterby. Könnte ich ihn kurz sprechen?«

»Mein Sohn ist nicht da.«

»Haben Sie eine Ahnung, wo er sein könnte? Ich versuche seit Stunden, ihn zu erreichen.«

»Woher soll ich das wissen? Er ist erwachsen, er führt sein eigenes Leben.«

»Es ist wirklich sehr wichtig. Er könnte der Letzte gewesen sein, der …« Das Knistern der Sprechanlage verstummte, und wenig später sprang die Tür auf.

Marlis Osterby war eine imposante Erscheinung. Obwohl sie heute nicht das Businesskostüm trug, mit dem sie ansonsten ihren Nobelkarossen entstieg, machte sie auf Valli den Eindruck, als wäre alles an ihr just für diesen Moment arrangiert. Sogar das lässig um den Hals geschlungene Seidentuch schien in exakt den von seiner Trägerin beabsichtigten Falten zu liegen.

Wie alt sie wohl ist?, überlegte Valli kurz. Vierzig? Fünfzig? Jedenfalls tanzen alle nach ihrer Pfeife, und wahrscheinlich ist Bens Mutter ähnlich perfekt. Für einen kurzen Moment wünschte Valli, ihre eigene Mutter könnte auch so sein wie diese Ladys.

»Sind Sie nicht die Tochter von der Irren aus dem Brunnhäuslweg? Dieser lächerlichen Person, die denkt, wir schreiben noch immer das Jahr '69, und man könnte mit Belagerung und Sitzstreik auch nur irgendetwas durchsetzen im Leben?«

Valli ließ Luft durch ihre Zahnlücke entweichen und zählte bis zehn. »Wissen Sie«, sagte sie dann sehr freundlich, »unsere Klassenkameradin Sara Rieß, der Name dürfte selbst Ihnen ein Begriff sein, ist gestern Nacht zu Tode gekommen, und Ihr Sohn war wahrscheinlich der Letzte, der mit Sara gesprochen hat. Es wäre also durchaus wichtig, dass Laurenz sich bei Herrn Kroner meldet.«

Valli hatte eigentlich vorgehabt, die Information zurückzuhalten, aber wenn man sie reizte, sah sie schnell rot. Dann benahm sie sich wie ein Stier bei der *corrida de toros*, wenn er die ersten *banderillas* in den Rücken bekam.

»Sara Rieß, die Kugelstoßerin? Das ist mir neu, dass die mit meinem Sohn in einer Klasse war.«

»Tja. Sie war es aber, sogar neun Jahre lang, und deshalb will Herr Kroner jetzt mit Laurenz sprechen. Gestern Abend hatten wir ein inoffizielles Klassentreffen, Ihr Sohn war auch dort und hat gegen Mitternacht zusammen mit Sara das Lokal verlassen.«

»Soll das jetzt eine Vernehmung werden?« Marlis Osterby zupfte genervt an ihrem Halstuch, keine Spur von Entsetzen oder Anteilnahme. »Hat Sie der Herr Kriminalhauptkommissar vorgeschickt? Das wäre aber arg unprofessionell. Und wenn ich es mir recht überlege, würde es gegen jede amtliche Vorschrift verstoßen, wenn das Ziehkind des Herrn Kommissars mit delikaten Details polizeilicher Ermittlungen hausieren ginge. Da muss ich direkt mal nachfragen.« Marlis Osterby verschwand im Haus und hielt eine Sekunde später das Mobilteil ihrer Telefonanlage in der Hand. »Oberstaatsanwalt Herrlich —«

»Aber ich wollte doch nur wissen, ob … Und außerdem ist heute Feiertag, Frau Osterby.« Valli verdrehte die Augen, zwang sich aber, höflich zu bleiben, obwohl ihr nichts im Leben schwerer fiel, wenn sie einem Arschloch gegenüberstand. Und Marlis Osterby war definitiv eines. Spätestens jetzt wusste Valli das, und sie wünschte nicht länger, ihre Mutter wäre wie diese Dame.

»Ich habe seine Privatnummer. Oberstaatsanwalt Herrlich wird mich gern – auch außerhalb der normalen Geschäftszeiten – über den Stand der Ermittlungen informieren, wenn Sie meinen, Sie müssten hier hereinschneien und behaupten, mein Sohn wäre in diese unleidliche Sache verwickelt.«

»Unleidlich?« Valli verschränkte die Arme vor der Brust. »Saras Tod ist wohl kaum eine *unleidliche Sache*, und außerdem: Wie kommen Sie überhaupt auf polizeiliche Ermittlung? Ich will doch nur wissen, wo Laurenz ist, damit ich ihm schonend beibringen kann, dass Sara tot ist. Ihr Sohn ist gestern händchenhaltend mit Sara abgezogen. Das ist alles.«

»Eine Affäre mit dieser Kugelstoßerin? Mein schmächtiger Laurenz? Das halte ich für ausgeschlossen. Und jetzt verschwinden Sie. Ich weiß nicht, wo er ist.«

»Könnten Sie ihm wenigstens ausrichten, dass er mich anrufen soll, wenn er auftaucht oder Sie mit ihm sprechen?«

Hinter Marlis Osterby erschien ein Mann, groß, schlank, sportlich und deutlich jünger als sie; höchstens Ende dreißig, Anfang vierzig. Valli glaubte, ihn von irgendwoher zu kennen, aber vielleicht lag das auch nur an seiner smarten Allerweltsvisage.

Vertraut legte er die Hände auf Marlis Osterbys Schultern. »Was ist los, Schatz?«, hauchte er ihr ins Ohr.

»Gar nichts, ich sagte doch …« Ärgerlich schüttelte Marlis Osterby ihn ab, drehte sich energisch um und brachte ihren Liebhaber, der der Mann ohne Zweifel war, mit einem knappen Nicken auf Abstand.

Sie ist wie eine Gottesanbeterin, die das Männchen nach der Paarung verspeist, dachte Valli und verkniff sich ein Grinsen. War sicher kein Spaß, mit Marlis Osterby ein Verhältnis zu haben, auch wenn es einige Annehmlichkeiten mit sich bringen mochte.

»Geht es um Sara Rieß? Die Kugelstoßerin?«, fragte das bemitleidenswerte Männchen aus sicherer Entfernung. »Ich habe eben davon im Radio gehört.«

11

»Im Radio?« Kroner schnappte nach Luft. »Das glaube ich jetzt nicht. Auf welchem Sender?«

Markus musste nicht lange überlegen, in der kronerschen Küche lief immer dieselbe. »Radio Passau.«

»Denen dreh ich den Hals um! Wie sind die an diese Information gekommen?«, knurrte Kroner.

Markus öffnete den Kühlschrank. »So was spricht sich eben schnell rum.«

»Aber die Jochensteinleute wissen ganz genau, dass sie der Presse nichts sagen dürfen, und bis vor zwei Stunden wussten nur wir und Saras Eltern von dem Vorfall. Also: Wer von euch hat geplappert?« Kroner sah Ben, Markus und Valli, die gerade zur Tür hereinkam, der Reihe nach an. Alle schwiegen.

»Und wieso habt ihr Valli bei der Osterby aussteigen lassen? Das ist Sache der Polizei.«

»Ich … Du weißt doch –«, versuchte Markus zu erklären.

Doch Kroner schnitt seinem Sohn mit einem Wink das Wort ab und starrte stattdessen Ben an. Sein Blick unter den buschigen Brauen forderte Rechtfertigung vom Neuling.

Ben blieb gelassen. »Valli hat sich nicht aufhalten lassen, und ich fand es unpassend, ihr hinterherzulaufen, damit wir als Ermittler am Ende schlecht dastehen.«

»Hm.« Damit hatte Ben natürlich recht. Kroner schien vorerst besänftigt und wandte sich an Valli. »Und? Weiß die Osterby, wo Laurenz steckt?«

Valli schüttelte den Kopf. »Die Frau ist so eine blöde Tusse, einfach unfassbar. Dass Sara tot ist, hat sie nicht im Geringsten interessiert, genauso wenig wie ihr Sohn Laurenz.«

Kroner schnappte schon wieder nach Luft. »Du hast ihr gesagt, dass Sara tot ist? Aber du weißt doch genau, dass –«

»Beruhige dich, Hannes, die hatten's doch sowieso schon im Radio gehört.« Die kleine Verdrehung der Abläufe konnte Valli nun wirklich niemand als Lüge auslegen.

»Wer ist *die*?«

»Na, Marlis Osterby und ihr wesentlich jüngerer Lover«, sagte Valli gedehnt. »Anscheinend stimmt es.«

»Anscheinend stimmt was?«, tönten Ben und Markus wie aus einem Mund.

»Na, dass hinter jeder erfolgreichen Frau ein Mann steht, der ihr auf den Arsch glotzt.«

Kroner verdrehte die Augen. »Ich glaube, es ist besser, wenn du jetzt nach Hause gehst, Valli.«

Nun war es an Valli, nach Luft zu schnappen. Die Gelegenheiten, da Hannes Kroner sie seines Hauses verwiesen hatte, konnte sie an einer Hand abzählen. »Aber —«

Kroners Wut verrauchte so plötzlich, wie sie gekommen war. Seine Stimme wurde leiser, fast entschuldigend, dennoch blieb er hart. »Ich möchte mit Markus und Ben über den Fall sprechen, und dabei hast du nichts verloren.«

Valli stemmte die Arme in die Seiten. »Aber Sara war meine Freundin.«

»Eben deshalb.«

»Markus hat auch nichts mit dem Fall zu tun.«

»Markus hat seinen Diensteid geleistet und ist zur Amtsverschwiegenheit verpflichtet. Bei dir bin ich mir in puncto Diskretion alles andere als sicher. Dein Eigensinn wird mich irgendwann Kopf und Kragen kosten.«

Vallis Kinnlade fiel nach unten, dann entschwand sie, jedoch nicht, ohne die Küchentür kräftig hinter sich zuzuschlagen.

Ben konnte sich ein hämisches Grinsen nicht verkneifen, obwohl: Der Text vom auf den Hintern glotzenden Mann hätte glatt von ihm sein können. Respekt!

Freitag, 31. Mai
Innkai Passau Land unter

12

Kriminalrat Wendlandt war ein umgänglicher Mensch. Ein netter Typ – vielleicht sogar zu nett. Kroner mochte seinen Chef, fand ihn genau richtig, so wie er war, dennoch gab es ein Problem: Die anderen K-Leiter muckten nur allzu gern auf, rasselten permanent mit ihren Ketten. Es könnte beileibe nicht schaden, würde der Chef der Passauer Kriminalpolizei denen öfter mal in die Parade fahren. So wie heute.

Kroner drückte das Knöpfchen am Kaffeeautomaten und freute sich, dass das Display ausnahmsweise keine Fehlermeldung von sich gab oder sich sonst wie beschwerte. Erst seit ein paar Monaten stand dieses Geschenk Gottes für jedermann frei zugänglich auf dem Gang. Doch fast immer, wenn er aus einer Lagebesprechung mit Wendlandt und den anderen Chaoten kam, hatten alle anderen ihren Kaffee bereits in den Tassen und warteten in den verschiedenen Konferenzräumen darauf, dass ihre Chefs die Anweisungen von ganz oben in die niederen Täler der Exekutive trugen. Satzbehälter leeren, Wassertank füllen, Bohnenfach auffüllen. Damit musste Kroner sich normalerweise um diese Zeit herumschlagen. Nicht heute – ein guter Anfang. Es war kurz nach sieben.

Wie jeden Morgen waberte der Kaffeeduft dick und anheimelnd durchs Kabuff, wie der Besprechungsraum des K1 genannt wurde, als Kroner hereinkam. Der Erste Kriminalhauptkommissar hockte sich auf einen freien Tisch – seinen Tisch –, nippte am Kaffee und betrachtete die Jungs und Mädels seines Teams. An normalen Tagen musste er die schnatternden Kollegen erst mühsam beruhigen, doch heute sahen ihn alle gespannt und schweigsam an: eine prominente tote Passauerin und ein Neuer – aufregender konnte es kaum sein.

»Lasst uns mit dem Angenehmen beginnen.« Kroner blickte zu Ben und klopfte auf den freien Platz neben sich.

Ben zog die Brauen hoch und verschränkte die Arme vor der Brust.

»Komm her, Bruhan!« Kroner klopfte energischer mit der flachen Hand auf das Plätzchen neben sich. »Ehe die Herrschaften dich nicht ungeniert begaffen können, geben sie sowieso keine Ruhe.«

Gelächter und ein, zwei empörte Schnaufer. Endlich stand Ben auf und platzierte seinen Hintern brav auf die Stelle, die ihm sein Chef anwies.

Kroner nickte zufrieden. »Das ist Bruhan, Eins-a-Streber von der Drogenfahndung München. Ein Ans-Licht-Zerrer, soviel ich weiß. Ein guter Mann.« Grinsend schlug Kroner Ben kräftig auf die Schulter. »Wie überall im Leben gibt es aber auch bei ihm einen kleinen Haken: Der Mann ist Preuße. Er wird es schwer haben bei uns.«

Allgemeine Erheiterung, wenn auch verhalten.

Kroner wies auf drei ältere Semester, die wie eine verschworene Gemeinschaft in einer Ecke auf ihren Stühlen hockten. »Das sind die Kollegen Paulus, Reischl und Schlegel. Alte Hasen, aber hallo. Die kannst du alles fragen, die wissen, was Sache ist, und kennen Passau und Umgebung wie ihre Westentasche.«

Ben nickte den dreien zu. Schlegel trug seine Haare zu einem Zopf zusammengebunden, genau wie Carlo in den frühen Folgen des Münchner »Tatorts«. An den anderen entdeckte Ben auf die Schnelle keine Auffälligkeiten. Na, mal sehen. Meist gab es ein, zwei typische Charakteristika, anhand derer sich Menschen kurz und knapp beschreiben ließen; sicherlich auch die neuen Passauer Kollegen.

»Unsere Quotenfrauen Leo Weissenbeck und Tina Maurer«, fuhr Kroner mit der Vorstellung fort. »Achtung, diese Damen wissen sich durchzusetzen. Sie haben scharfe Krallen.«

Ben erhob sich und deutete einen Handkuss an. Tina, die in etwa Bens Jahrgang war, kicherte, Leo knurrte ein eher kühles »Willkommen im Team«. Sie mochte ungefähr in Kroners Alter sein.

»Unsere Ausländer Stelio Ligeia, deutschstämmiger Grieche mit derbem bayerischem Akzent, und sein türkisches Pendant Ömer Arslan. Hören zuweilen auch auf die Namen Raki und Ouzo.«

Für Ben war es nicht schwer, die beiden auszumachen. Niemand sonst in dieser Runde sah aus wie ein Grieche, niemand sonst sah aus wie ein Türke. Beide schienen ihre Spitznamen zu mögen, denn sie grinsten breit und prosteten sich mit ihren Kaffeetassen zu. »Die Kollegen Kutscher und Waffenschmied weilen derzeit auf Mallorca. Du wirst sie in zwei Wochen kennenlernen.« Ben nickte. Sieben Namen und die dazugehörigen Gesichter waren für den Anfang ohnehin mehr als genug.

»Deinen Einstand beziehungsweise deine Kommissariatstaufe werden wir traditionsgemäß im ›Aqua‹ feiern, allerdings erst, wenn wir herausgefunden haben, was mit Sara Rieß passiert ist.«

Mit einem Schlag war jede Heiterkeit verflogen. Alle hatten die Vorzeigebürgerin der Stadt gekannt, das Mädchen, das Passau in sportlicher Hinsicht zu Ruhm und Ehre verholfen hatte. Bis zu ihrem allzu abrupten Karriereende hatte sie einen Hype in Passau ausgelöst, der ein klein wenig mit dem um Magdalena Neuner in ganz Deutschland zu vergleichen gewesen war – ein ganz klein wenig jedenfalls.

»Bislang gibt es keine Hinweise auf ein Gewaltverbrechen, nichts spricht für einen Suizid. Vielleicht doch ein Unglück?« Kroner hob die Schultern. »Kann sein. Wir müssen abwarten, was uns die Rechtsmedizin liefert. Sara hatte eine leichte Kopfverletzung – sehr wahrscheinlich nicht todesursächlich, aber …« Kroner zögerte. Die Zachlerin hatte ihm diese Info zugeflüstert, als er sich gestern von ihr verabschiedet hatte. »Aber anscheinend unterhielt Sara bis vor Kurzem ein Verhältnis zu einem einschlägig bekannten Mann aus der Drogenszene. Ob die Beziehung eine Rolle gespielt haben könnte, müssen wir klären.« Kroner fischte seine Notizen von gestern aus seinem Hefter und legte sie vor Ligeia auf den Tisch. »Vom Innkai bis Jochenstein sind es fast dreißig Kilometer. Gut, der Fluss ist gerade ziemlich reißend, Donau, Inn und Ilz führen mehr Wasser als für diese Jahreszeit üblich, aber dass das Mädchen den Weg so schnell …« Kroner fuhr sich mit beiden Händen übers Gesicht. Er konnte einfach nicht verbergen, wie sehr ihn Saras Tod mitnahm, und er wollte es auch gar nicht. In seiner Truppe musste niemand den harten Cop spielen, schon gar nicht er selbst. »Paulus, vergleich mal mit ähnlichen Fällen, ob ein Körper eine solche Wegstrecke überhaupt so schnell zurücklegen kann. Die Liegezeit im Wasser kommt mir sehr kurz vor. Vielleicht müssen wir davon ausgehen, dass Sara weiter flussabwärts ...«

Paulus nickte, er wusste, worauf sein Chef hinauswollte. Obwohl er deutlich älter war als Kroner, hatte er dessen Autorität nie in Frage gestellt.

»Weissenbeck? Du leitest die Ermittlungen. Bruhan und Arslan sind mit an Bord. Bruhan hat bereits eine Liste von Personen erstellt, die wir einbestellen werden, außerdem müssen Freunde, Bekannte, Verwandte, berufliches Umfeld und die Anwohner am Ort befragt werden. Die üblichen Routinen halt.«

»Steht der Termin für die Leichenöffnung schon fest?«, fragte Leo Weissenbeck.

Es war nicht das erste Mal, dass Kroner sie als leitende Ermittlerin einsetzte. Die Kriminalhauptkommissarin hatte ein gutes Gespür und keinerlei Schwierigkeiten, sich bei den Kollegen Gehör zu verschaffen. Sie war eine Löwin, Kroner schätzte sie. »Am besten, du rufst gleich mal in München an und machst denen Druck.«

»Okay.« Weissenbeck zückte einen Stift. »Was haben wir noch?«

Kroner überlegte. »Bruhan soll herausfinden, warum Sara damals so plötzlich mit dem Sport aufgehört hat. Mein Bauchgefühl sagt mir, das könnte eine Rolle spielen.« Kroner wusste, dass Ben auch der Dopinggeschichte nachgehen würde, wollte es aber nicht aussprechen. Das Letzte, wonach ihm der Sinn stand, war, Saras Ruf post mortem Schaden zuzufügen, solange sich dies vermeiden ließ.

»Gekränkte männliche Ehre und frustrierte männliche Herrschsucht sind starke Tatmotive.« Leo Weissenbeck kritzelte eifrig in ihr Notizbüchlein. Sie benutzte das gleiche wie Kroner. »Während einer Trennung besteht für eine Frau die größte Wahrscheinlichkeit, getötet zu werden. Es kommt uns zum jetzigen Zeitpunkt vielleicht abwegig vor, aber wir können eine Beziehungstat nicht von vornherein ausschließen. Vor allem, wenn sich herausstellen sollte, dass richtig ist, was diese Klassenkameradin gestern gesagt hat.«

Es hatte sich also bereits herumgesprochen, dass Sara ein nächtliches Stelldichein mit Laurenz gehabt haben könnte. »Wir müssen jetzt unbedingt mit Laurenz Osterby sprechen.« Kroner stand auf. »Und die Zachlers werden auch jeden Moment hier sein. Ich werde die Einvernahme persönlich übernehmen«, beschied er und versuchte, den beleidigten Ausdruck, der über Leo Weissenbecks Gesicht huschte, zu ignorieren. »Ich kenne die beiden. Sie würden sich wundern, wenn jemand anders … Aber du bist selbstverständlich dabei.«

Weissenbeck nickte zufrieden. »Gut. Und anschließend werde ich ein paar Leute vom Klassentreffen anfahren. Reischl und Schlegel können derweil die von Bruhans Liste einbestellen.«

»Einverstanden.« Kroner stand auf. »Noch Fragen?«

»Die Straubinger haben versucht anzurufen, Chef.« Paulus kratzte sich verlegen am Hinterkopf. »Ich war noch nicht ganz da, hab's läuten lassen. Was soll ich denen sagen?«

Die Presseheinis, verdammt! Der Radiobeitrag. Daran hatte Kroner nicht mehr gedacht. Wenn etwas schieflief, standen die natürlich sofort auf der Matte, ansonsten hielten sie es wie der Rest des Bundeslandes auch: Nicht geschimpft ist Lob genug.

Ehe Kroner antworten konnte, flog die Kabufftür auf, und Staatsanwältin Michels stöckelte herein. Ihr mausgraues Kostümchen schmiegte sich an ihre runden Hüften und raschelte verheißungsvoll. Doch wie immer war es die fingerlange Hautfalte im großzügigen Ausschnitt zwischen den hochgepressten Melonen, die alle Blicke auf sich zog. An den Rundungen der Frau Staatsanwältin gab es nichts auszusetzen, fand Kroner, und mit dieser Meinung stand er nicht allein. Allerdings musste man es fairerweise Michels Teamgeist, ihrem Sachverstand und ihrer hervorragenden Menschenkenntnis zuschreiben, dass sie als zuständige Staatsanwältin eine wahre Perle war – und nicht ihrem Busen. Heute war ihr sinnlicher Mund zusammengekniffen wie der Arsch einer Katze, und ehe Kroner darüber nachdenken konnte, warum dem so war, stolzierte auch schon der Gockel zur Tür herein: Oberstaatsanwalt Herrlich, allseits verhasst und gefürchtet.

»Was bilden Sie sich ein, Kroner?«, begann Herrlich auch gleich zu lamentieren. »Sind Sie nicht schon lange genug im Geschäft, um zu wissen, dass die Öffentlichkeit einzig und allein vom Presseteam in Straubing informiert wird?«

Kroner ließ sich zurück auf seinen Tisch fallen. »Ebenfalls einen guten Morgen, Herr Herrlich.« Das Wortspiel gefiel Kroner seit jeher. Er wie auch der Oberstaatsanwalt wussten, es war ein offener Affront, aber wie wäre das nachzuweisen?

»Ich warte auf eine Antwort.« Herrlich tippte ungeduldig mit der Fußspitze auf den Linoleumboden. Auch so eine Angewohnheit, die Kroner furchtbar fand.

»Wir haben uns an die Dienstvorschriften gehalten, Herr Herrlich. Keine Ahnung, wie die Informationen über Sara Rieß' Tod durchsickern konnten.« Er zuckte mit den Schultern. »Neugierige Nachbarn gibt es überall.« Tatsächlich hatte Kroner die Hex von der Ilz in Verdacht, die undichte Stelle gewesen zu sein. Deren Sohn schrieb für die Passauer Neue Presse und verdiente sich gern ein paar Taler nebenher.

»Das bittere Ende einer glanzvollen Karriere«, so hatte die Boulevardpresse die gestrigen Ereignisse tituliert. Die seriösen Zeitungen hielten sich hingegen noch zurück und warteten auf Fakten, doch in allen Schundblättern lächelte an diesem Freitag Sara Rieß mit ihrer Medaille um den Hals dem Leser entgegen. Blieb zu hoffen, dass Saras Eltern nicht von den Presseheinis belästigt wurden. Kroner traute denen alles zu. Er schloss die Augen. Allmählich tat ihm des Herrn Herrlichs Gezeter in den Ohren weh. Was war heute bloß mit der Michels los? Normalerweise verteidigte Frau Staatsanwältin ihre Leute wie eine alte Hündin ihren letzten Wurf.

»Und welcher Teufel hat Sie geritten, Ihr Nachbarsmädchen vorzuschicken?«, forderte Herrlich zu wissen.

Anscheinend war diese Info neu für die Michels, denn ihr Kopf ruckte zackig zu Kroner herum, den sie streng musterte. Hatte der Herrliche Gockel ihr nun gänzlich den Hals umgedreht? Sie sah wirklich angepisst aus. Kroner fröstelte.

»Warum haben Sie Ihre Nachbarin zu Marlis Osterby geschickt?«, wiederholte Dr. Michels Herrlichs Frage.

»Niemand wurde irgendwohin geschickt.« Langsam stand Kroner auf und sah seiner Staatsanwältin tief in die Augen. »Das Mädchen kann gehen, wohin es will. Das hat mit unserer Sache hier nicht das Geringste zu tun.«

»Sie hat Laurenz Osterby beschuldigt«, drängte sich Herrlich dazwischen. »Sie können nicht derart halbseidene Vermutungen anstellen, wenn es um Personen geht, die –«

»Kann ich nicht?« Kroner holte seinen Notizblock aus der Hemdtasche, zückte den Kugelschreiber und deutete vor Herrn Herrlichs Nase auf eine beschriebene Seite. »Es gibt mindestens fünf Personen, die behaupten, dass Laurenz Osterby zusammen mit Sara Rieß das Lokal verlassen hat. Vermutlich war er der Letzte, der das Mädchen lebend gesehen hat. Keine acht Stunden später hat die Donau Saras Leiche in Jochenstein ausgespuckt.« Kroner tippte erneut auf das Karopapier. »Und jetzt sagen Sie mir, Herr Herrlich, wieso wir nicht mit diesem jungen Mann sprechen sollten!«

13

Das Blumendekor des dünnwandigen Porzellanservices passte perfekt zur zwar alten, aber gediegenen Ausstattung des Wohnzimmers. Amalie Osterby, Laurenz' Oma, saß Valli auf einem dunkelgrünen Samtsofa gegenüber. Ihre zittrigen alten Finger hatten Mühe, den filigranen Henkel festzuhalten: Die Teetasse schepperte gegen den Unterteller, als würde ein Erdbeben das Geschirr in den Regalen wackeln lassen.

»Mein Mädchen«, versuchte Max Osterby seine Frau zu beruhigen und strich ihr wie einem nervösen Pferd über den Rücken. »Er wird schon wieder auftauchen. Bestimmt ist alles ganz harmlos.«

Aber Amalie schüttelte den Kopf, ihr Blick klebte am Teppich zwischen ihren Füßen, die in alten bestickten Pantoffeln steckten. »Er bleibt sonst nie über Nacht weg, ohne uns Bescheid zu sagen.«

Valli kannte Max und Amalie von ihren seltenen Besuchen bei Laurenz: ein entzückendes Pärchen. Insgeheim nannte Valli sie den Baron und die Baronin, und das schienen sie wohl auch einmal gewesen zu sein, doch von der aristokratischen Vergangenheit war bis auf vollendete Manieren nicht viel übrig geblieben: Der Gutshof direkt neben dem Landrichterhof in Bergfried Oberhaus war baufällig, das Geld schien an allen Ecken und Enden zu fehlen. Valli konnte nicht verstehen, wie Marlis Osterby – die augenscheinlich im Geld schwamm – das zulassen konnte. Überhaupt war es für Valli unvorstellbar, dass diese netten alten Leute die Eltern von der aalglatten Betonvilla-Osterby sein sollten.

»Wissen Sie«, begann Valli zaghaft und kam sich dabei vor wie ein Fuchs im Hühnerhaus, so aufgeregt waren Laurenz' Großeltern, »sein Handy ist ausgeschaltet. Ich kann ihn nicht erreichen. Hat er noch immer ein Zimmer in Landshut?«

Amalie blickte auf. »Ja, ja. Er hat ein Zimmer. Im Studentenwohnheim.« Hilfesuchend sah sie den Baron an. »Max?«

»Das stimmt«, pflichtete Max seiner Gattin bei. »Laurenz hat sich gefreut, dass er endlich eins bekommen hat. Die Warteliste ist lang. Wissen Sie, Laurenz hat nicht viel Geld, wir können ihn

nicht so unterstützen, wie wir es gern täten, und seine Mutter ...«
Er brach ab.

Valli räusperte sich verlegen. »Ich glaube, dass Laurenz am
Mittwochabend von einer geplanten Watzmannüberschreitung
gesprochen hat.« Daran hatte sie sich gerade erst erinnert. Sie
hatte Laurenz ausgelacht, ihm einen Vogel gezeigt, stoned, wie
er gewesen war. Die Tour über die Stuben- und Mitterkaseralm
bis zum Watzmannhaus und weiter über Hocheck und Mittel-
spitze bis zur Südspitze war nicht nur konditionell anspruchsvoll,
jemand wie Laurenz, der über wenig bergsteigerische Erfahrung
verfügte, konnte angesichts der fünfhundert bis tausend Meter
senkrecht abfallenden Wände durchaus das Flattern bekommen.
Valli wusste das aus eigener Erfahrung. Außerdem war die Tour
ohne Übernachtung kaum zu schaffen. Vielleicht war das ja die
plausible Erklärung dafür, dass Laurenz bislang nicht wieder aufgetaucht war. »Hat er Ihnen gegenüber irgendetwas in der Richtung
erwähnt?«

Max stand auf, goss aus einer Schwanenhalskanne Tee in Vallis
leere Tasse. »Nein.«

Amalie räusperte sich. »Er hat seit Tagen nicht mit uns gesprochen.« Sie begann zu weinen. »Hat ständig telefoniert und uns die
Türen vor der Nase zugeschlagen.«

Max schüttelte den Kopf. »Sie übertreibt, aber sinngemäß stimmt
es. Laurenz war nicht wie sonst. Er ist ein sensibler junger Mann ...«
Er wollte mehr sagen, aber ein Blick auf seine wimmernde Frau
brachte ihn zum Schweigen. »Bitte«, sagte er gefasst, stand auf und
wies Valli den Weg nach draußen.

Valli, perplex über den Rauswurf, war für einige Sekunden wie
erstarrt. Dann stellte sie die randvolle Teetasse auf das geklöppelte
Spitzendeckchen, stand auf und folgte dem Baron, der geflissentlich
die Haustür hinter ihnen schloss.

»Meine Frau macht sich Vorwürfe«, sagte Max, als sie außer
Hörweite waren. »Bei der Erziehung unserer Tochter waren wir
ausgesprochen streng. Zu streng, glauben wir jetzt. Amalie will
ihre Fehler an Laurenz wiedergutmachen, aber das geht natürlich
nicht. Dafür ist es zu spät.« Unter der alten knorrigen Kastanie in
der Mitte des Hofes blieb er stehen. »Von der Mutter nicht geliebt

zu werden, das ist für ein Kind nur schwer zu verkraften. Es sucht zwangsläufig die Schuld bei sich.«

Valli wusste nicht, ob Max Osterby von seiner Tochter oder von Laurenz sprach, und wunderte sich, dass der Baron überhaupt derart offen mit ihr redete. Löste die Resignation darüber, dass sich manche Fehler im Leben nie wiedergutmachen ließen, seine Zunge?

»Damals hieß es, man dürfe Säuglinge nicht verzärteln. Wir wollten alles richtig machen, und die viele Arbeit … Hätten wir auf unser Herz gehört, hätten wir gewusst, dass unser Verhalten falsch war.«

Valli hatte in einer Vorlesung gehört, dass die Hebammen den jungen Müttern früher empfohlen hatten, auf das Schreien ihrer Kinder nicht zu reagieren. Aus heutiger Sicht widersprach ein solches Verhalten der Natur, war geradezu krank und natürlich nicht ohne Folgen geblieben.

»Sie war unser einziges Kind, unsere ganze Hoffnung.« Max ließ sich auf der Bank nieder, die rund um den dicken Stamm der Kastanie verlief. »Nach Laurenz' Geburt sprachen die Ärzte von Wochenbettdepression, doch Marlis wollte davon nichts wissen. Es sei alles in Ordnung, betonte sie und stürzte sich in die Arbeit. Ihr eigenes Kind war ihr gleichgültig. Wäre der Vater nicht gewesen …« Max Osterby seufzte.

Valli fühlte einen dicken heißen Kloß im Bauch. Ihre eigene Mutter bekam ihr Leben nicht auf die Reihe, das war zwar schlimm, aber immerhin liebte Joja Valli über alles. Unvorstellbar, wäre es anders gewesen.

»Und wo ist Laurenz' Vater heute?« Valli hatte ihn nie von einem Vater sprechen hören.

Max hob seine Hände gen Himmel. »Wenn wir das wüssten. Eines Tages war er einfach fort – ohne ein Wort.«

Auf einmal flog die alte Haustür mit der Bleiverglasung auf, Amalie tänzelte heraus, strahlte über das ganze Gesicht und stieß das Mobilteil der Telefonanlage wie eine Trophäe in die Luft. »Es ist Laurenz!«

Kroners Büro war klein und mit Ordnern, Zetteln und Notizen vollgestopft, doch er fühlte sich jederzeit über das Chaos erhaben.

Das hier war sein Reich, sein Rückzugsort, hier hatte er genug Luft zum Nachdenken – wenn das Fenster offen stand, und das tat es fast immer.

Seit gut einer halben Stunde saßen die Zachlers vor Kroners Schreibtisch. Saras Vater hatte seit dem herausgepressten »Gu Moing!« keinen Ton gesagt, und seine Frau beantwortete Kroners Fragen auch nur knapp und überaus vage. Bisher hatte er nichts erfahren, das deutlich für oder gegen ihre bisherigen Theorien zu Saras Tod sprach.

Leo Weissenbeck lehnte mit verschränkten Armen hinter dem Ehepaar Rieß an der Wand und erwiderte Kroners Blicke mit ungeduldigem Augenrollen. Sie wollte endlich von der Leine gelassen werden, konnte es kaum erwarten, ihre Fragen zu stellen. *Good cop, bad cop* – Leo war immer der *bad cop*.

»Sara fühlte sich also wohl in ihrem neuen Job?« Kroner wollte noch eine Weile in seichten Gewässern dümpeln.

»Ja. Wir waren narrisch froh, dass sie endlich was anderes gemacht hat. Immer bei McDonald's oder dem Praktiker als Aushilfe arbeiten, das geht ja ned.« Sabine Rieß knetete die Hände in ihrem Schoß. Sie rang sichtlich um Fassung.

»Und Sie sagen, der Mitterreiter war einer von Saras Sponsoren?«

Sabine Rieß nickte. »Er war der einzige von allen, der ihr die Treue gehalten hat, nachdem ...«

Das würde Kroner überprüfen lassen. Ein Ausbildungsplatz als Kauffrau für Marketingkommunikation war keine schlechte Perspektive, und nach allem, was Sabine Rieß heute erzählt hatte, schien sich Sara im letzten halben Jahr gefangen zu haben. Sie hatte ihr Leben neu geordnet: neuer Job, keine Drogen, weniger Alkohol. Die Möglichkeit eines Suizids wurde für Kroner immer unwahrscheinlicher. Ohnehin erschien es ihm als eine allzu masochistische Art, sich als gute Schwimmerin und ehemalige Leistungssportlerin in Inn oder Donau zu stürzen, um sich so das Leben zu nehmen.

»Dass die Sara zu dem Klassentreffen gegangen ist, das war für mich irgendwie ...«, die Zachlerin suchte nach den richtigen Worten, »es war ein Zeichen, dass es endlich aufwärtsgehen würde, dass alles gut wird, aber jetzt ...« Sie griff nach der Hand ihres Mannes, aber diese blieb kalt, starr und ohne Trost.

Kroner schob die Zuckerdose über den Tisch, sonst fiel ihm nichts ein, was er tun konnte, obwohl der Kaffee in den Tassen längst kalt sein musste. Allmählich bekam er eine richtige Wut auf den Zachler, weil der seine Frau einfach im Stich ließ, weil er ihr kein bisschen von der schweren Last abnahm. Kroner nickte Weissenbeck zu. Der Startschuss war gefallen.

Entschlossen trat Leo neben Kroner an den Schreibtisch. »Wir können Ihnen das jetzt nicht ersparen, so leid es uns tut.« Sie stützte sich mit beiden Händen auf der Tischplatte ab und sah dem Zachler direkt ins Gesicht, obwohl der sie nicht ansah. »Herr Rieß, hat Ihre Tochter Sara unerlaubte Substanzen zur Leistungssteigerung eingenommen?«

Kroner klappte eine Hand vor die Augen. Er hätte die Schonzeit – wenigstens für die Zachlerin – gern noch länger aufrechterhalten, aber es half nichts, es blieb nur die Flucht nach vorn. »War Doping ein Thema?«, wiederholte er Leos Frage.

Die Zachlerin zuckte zusammen, während ihr Mann zum ersten Mal den Blick hob. Er war alles andere als freundlich.

»Bitte. Eine ehrliche Antwort.«

Toni Rieß schnappte nach Luft. »Schlimm genug, dass die Sara tot ist, aber jetzt wollen S' ihr auch noch was anhängen, wie?« Langsam stand er auf, ging zur Tür. »Wissen S' was, Kroner? Rutschen S' mir doch den Buckel runter.«

Die Tür knallte, betretenes Schweigen blieb zurück. Sabine Rieß sackte auf ihrem Stuhl zusammen, knetete die schwieligen Hände wie einen Hefeteig nach dem Reifen. Die Zähne biss sie so fest zusammen, dass sich der strenge Dutt bewegte, den sie aus ihren Haaren geflochten hatte. Kroner ließ ihr Zeit.

Es dauerte, doch dann begann sie tatsächlich zu reden. »Die Sara wollt das nicht machen. Doch diese Leute haben uns gesagt, entweder sie macht's, oder sie kann den Bundeskader vergessen.« Sabine Rieß stockte, es fiel ihr schwer zu sprechen, aber Kroner konnte ihr nicht helfen. Es war eine der grundlegendsten Strategien, den Gesprächspartner kommen zu lassen. Nichts lässt die Menschen so viel von sich preisgeben wie unerträgliche Stille und das Wissen, dass sie es sind, die sie füllen müssen.

»Wir wussten überhaupt nicht, was wir tun sollten. Wir hatten

ja keine Ahnung. Saras Trainer meinte, es wär allein ihre Entscheidung, aber die internationale Konkurrenz wär da weniger
zimperlich. Und dann haben wir die Sara überredet, es zu tun. Der
Toni und ich ham sie …« Die Zachlerin schluchzte auf. »Vielleicht
hat s' deshalb alles hingschmissen, weil nicht einmal ihre Eltern ihre
Entscheidung akzeptieren wollten. Nicht einmal wir!«

14

»Die ganze Altstadt wird von Wasser umspült, und nirgendwo gibt es einen Zaun?« Ben stand vor der Altstadtschule und starrte in die braunen Fluten, die sich ungeniert über den Innkai durch den kleinen Torbogen beim Schaiblingsturm wälzten. Das Flussbett war bereits zu klein geworden, das Wasser nutzte seine Kraft und breitete sich aus, wo es die kleinste Möglichkeit dazu gab. »Da kann doch jedes Kind, jeder Besoffene reinfallen.«

Markus konnte Bens Befremden nicht nachvollziehen. Für ihn als Passauer waren die zaunlosen Ufer normal. Unglücksfälle, wie Ben sie beschrieb, waren selten. Dass Sara versehentlich in den Fluss gestürzt sein könnte, daran hatte Markus keine Sekunde lang geglaubt. Allerdings war von allen Anwohnern rund um das »Schloss Ort«, die sie bislang befragt hatten, niemandem etwas aufgefallen, das mit Saras Tod zu tun haben könnte – und eine Bestätigung dessen, was Nina und Tim behauptet hatten, gab es schon gar nicht. Die Menschen waren zu sehr damit beschäftigt, sich auf das angekündigte Hochwasser einzustellen: Sandsäcke und Alupaneele wurden bereitgelegt, Keller ausgeräumt, Urlaube abgesagt.

Markus war froh, dass sein Vater ihm erlaubt hatte, Ben bei der Befragung zu begleiten – nicht als Polizist, sondern als Ortskundiger, sozusagen als Bens Guide. Obwohl Markus sich seinen Urlaub anders vorgestellt hatte und er seinen Dienst in München erst wieder in zwei Wochen antreten musste, lag ihm viel daran, bei der Aufklärung von Saras Tod behilflich zu sein.

»Normalerweise liegt der Wasserpegel deutlich tiefer. Dann ragen entlang des Ufers auch Felsbrocken aus dem Wasser.« Jetzt waren Gehweg und Wasseroberfläche auf einer Höhe, der Innkai war am Schaiblingsturm und in Höhe Waisenhaus bereits überflutet, alle Zugänge zwischen Ortsspitze und Marienbrücke waren gesperrt. Bens und Markus' Füße steckten in Gummistiefeln, überall standen Gaffer und fotografierten. Markus zwinkerte Ben zu. Ortsfremden wurde beim Anblick der Naturgewalten ausnahmslos mulmig zumute. Bei Ben war das nicht anders. »Kann gut sein, dass am Mittwochabend die Felsen noch aus dem Wasser geragt haben.«

»Wer sagt, dass sie hier ins Wasser gefallen ist?«

»Das wäre am naheliegendsten, oder etwa nicht?«

Ben watete ein paar Meter weiter Richtung Ortsspitze. »Das schließt dann allerdings nahezu aus, dass es Suizid war, und wenn du nicht an ein Unglück glaubst, bleibt nur noch die andere Möglichkeit.«

Markus nickte schweigend. Die Vorstellung, dass Sara einem Verbrechen zum Opfer gefallen war, befremdete ihn. Er wollte nicht wahrhaben, dass so etwas in seinem persönlichen Umfeld passiert sein konnte. Sie mussten unbedingt mit Laurenz sprechen. Hoffentlich hatte er sich mittlerweile auf dem Kommissariat gemeldet.

Auf einmal blitzte die Sonne zwischen den Wolken hindurch und tauchte die Szenerie in ein bizarres Licht. Vor der weiß getünchten Steinmauer des »Ateliercafé Andreß« saßen zwei Damen, die unterschiedlicher nicht hätten sein können, und beobachteten die steigenden Wassermassen: Die ältere im cremefarbenen Kaschmirmantel und mit überdimensionaler weißrandiger Brille sah mit ihren rot geschminkten Lippen und dem grauen Haaransatz aus wie Glenn Close in »101 Dalmatiner« – sehr glamourös. An der jüngeren war alles schlicht, die personifizierte Natürlichkeit, auf ihre eigene Art hinreißend, trotzdem sah sie, fand Ben, etwas verlottert aus.

Die Damen lachten, als sie die beiden jungen Männer kommen sahen, und prosteten ihnen mit ihren Aperol Spritz' zu.

»Das ist Vallis Mum«, raunte Markus Ben zu, ehe sie die Damen erreichten.

Die Messi-Mum!

Bens Blick pendelte zwischen den Frauen hin und her. Es konnte nur die jüngere sein. Ein bisschen Make-up und weniger Bio, und sie wäre eine Schönheit, dachte er überrascht.

»Hi, Joja!« Markus nickte der jüngeren Frau zu. »Josefa.« Vor Glenn Close verbeugte er sich und hauchte einen Kuss auf deren Handrücken. »Küss die Hand«, sagte er in reinstem wienerischen Dialekt. »Alles im Griff?« In einer weitläufigen Bewegung umfasste er den reißenden Inn hinter sich.

Die Damen nickten und zuckten gleichzeitig mit den Schultern. »Wir sind vorbereitet«, sagte die Ältere abgeklärt.

Ben wunderte sich ob der Entspanntheit. Ihn machte das Tosen im Rücken definitiv nervös.

Markus blieb locker. »Das ist der neue Mann meines Vaters. Ben Bruhan.«

»Ah!« Joja reichte Ben die Hand und lachte. »Freut mich. Meine Tochter hat mir bereits einiges von Ihnen erzählt.«

»Sicher nichts Gutes«, erwiderte Ben. Jojas Lachen war ansteckend. Er mochte sie auf Anhieb, konnte sich kaum von ihrem Anblick losreißen, obwohl er normalerweise nicht das Geringste für Alternativtusneldas übrighatte.

»Wir sind wegen Sara hier.« Markus killte mit einem Schlag jede Fröhlichkeit und wandte sich an Josefa Andreß. »Ist dir in der Nacht von Mittwoch auf Donnerstag etwas aufgefallen? Nach Mitternacht?«

Joja stand auf. »Ich lass euch dann mal lieber einen Augenblick allein.« Als sie im Garten des Cafés verschwand, sah Ben ihr bewundernd nach. Von hinten hätte niemand ahnen können, dass die Frau mindestens vierzig Jahre alt war.

»Joja hat mir schon erzählt, was passiert ist«, begann Josefa Andreß. »Einfach schrecklich.« Sie bot Ben den freien Platz neben sich an. »Wissen Sie, mein Atelier liegt hier im Parterre zur Innseite hinaus. Am liebsten arbeite ich bei offenen Fenstern, das Rauschen des Wassers inspiriert mich. Manchmal bis spät in die Nacht, obwohl natürliches Licht freilich besser ist.«

»Und in der Nacht von Mittwoch auf Donnerstag haben Sie auch gearbeitet?« Ben hätte gern ein Gläschen mitgetrunken, die Sonne protzte kurz mit ihrer Kraft, zeigte den schweren Regenwolken um sie herum eine lange Nase.

Die Andreß nickte. »Die mondhellen Nächte sind mir die liebsten. Die Spiegelungen auf dem Wasser ... Wissen Sie, wie das Wasser, so spiegeln sich auch meine Hinterglasbilder.« Sie lachte perlend, als sie die Ungeduld in den Gesichtern der jungen Männer bemerkte. »Nachts flanieren viele Pärchen am Innkai entlang. Wenn ich jedem hinterhersehen würde, käme ich nie zum Arbeiten. Aber in dieser Nacht ist mir tatsächlich etwas aufgefallen: Kurz nach zwölf flogen zwei Vöglein auf der Balz in meinen Garten. Das passiert öfter, und normalerweise bin ich recht kulant, aber diese beiden Turteltäubchen trieben es mir wahrlich zu bunt. Das junge Gefieder, präpotent, so würde ich sagen.« Sie schnalzte mit der Zunge. »Als das Tische- und Stühlerücken zu laut wurde, war ich so frei, mich bemerkbar zu machen. Da sind die Vögel in Richtung Schaiblingsturm weitergeflogen.«

»Konnten Sie jemanden erkennen?« Ben sah Josefa Andreß an wie ein junger Hund, der darauf wartet, dass Frauchen endlich den Futternapf vor ihm abstellt.

»Der Mond schien hell, aber nein, nur Silhouetten. Das Mädchen war gut einen halben Kopf größer als der junge Mann, mehr konnte ich nicht sehen.«

Markus nickte Ben zu, was so viel hieß wie: Das müssen Laurenz und Sara gewesen sein, und das wiederum würde die Aussagen von Nina und Tim bestätigen.

»Haben Sie die beiden später noch einmal gesehen?«

»Nein. Ich bin dann gleich ins Bad und hab mich für die Nacht gerichtet.«

Ben stand auf und zog eine Visitenkarte aus seiner Tasche. Da seine eigenen noch nicht gedruckt waren, überreichte er der Andreß eine von Kroners. »Falls Ihnen noch etwas einfällt, melden Sie sich bitte bei uns.«

»Sehr gern, junger Mann.« Josefa Andreß lächelte majestätisch, die österreichische Einfärbung ihrer Sprache passte perfekt zu ihrer Person. »Und Markus, grüß mir den Herrn Papa.«

Als sie außer Sichtweite waren, stieß Markus Ben in die Seite. »Also hatten Tim und Nina recht. Laurenz und Sara haben hinter der Pappel … Direkt am Innkai, unglaublich!«

Ben nickte, konnte aber Markus' Aufruhr nicht nachvollziehen. Etwas anderes beschäftigte ihn. »Wer kauft denn in unserer Zeit noch Hinterglasbilder? Das hört sich total spießig an.«

Markus lachte. »Das habe ich auch immer gedacht, aber die Andreß macht nicht diese stereotypen Heiligenbildchen, an die wir bei Hinterglasmalerei sonst denken. Ihre Werke sind modern, gegenständlich, witzig und karikierend, manchmal auch zynisch,

78

und es stimmt, was sie sagt: Das Spiegelnde macht aufmerksam, lässt den Betrachter immer neue Seiten ihrer Werke entdecken.«

Ben blieb stehen und sah seinen Freund von der Seite ungläubig an. »Was ist denn mit dir los?«

»Was denn?« Eros zuckte mit den Schultern.

»Dass du ein Kunstkenner bist, ist mir bislang entgangen.«

»Bin ich auch nicht wirklich.« Es klang entschuldigend. »Aber Vallis Mum ist Josefas beste Freundin und hat Malerei und Bildhauerei an der Kunstakademie in München studiert. Da schnappt man einiges auf.«

»Sie sieht nicht aus, als ob ...«

Markus blieb stehen. »Als ob was?«

»Als könne sie ihr Chaos nicht beherrschen.« Ben kratzte sich verlegen am Kopf.

»Du meinst Joja?« Markus grinste. »Sie gefällt dir, was?«

»Sie ist schön, ja, aber ...« Ben hatte sich vor Valli nichts anmerken lassen, aber der Gedanke, dass Menschen nicht fähig waren, in ihrem Leben aufzuräumen, stieß ihn ab. »Wovon leben sie eigentlich?«

»Die Andreß lebt gut von ihrer Kunst, sie hat —«

»Ich meinte Joja und Valli«, unterbrach Ben.

»Ach so. Joja ist gut in dem, was sie tut, aber sie hat kein Händchen fürs Geschäft. Sie kann nur selten Bilder oder Skulpturen verkaufen, und wenn, dann hat meist ihre Freundin Josefa die Finger im Spiel.«

»Und wovon leben sie dann?«

»Valli jobbt, seit ich denken kann, und Joja verkauft stundenweise auf der Veste Oberhaus Eintrittskarten für den Aussichtsturm. Trotzdem reicht es hinten und vorn nicht. Wenn jemand nicht monatlich zweihundert Euro in Jojas Briefkasten stecken würde, müssten sie vermutlich Hartz IV beantragen.«

»Jemand legt Geld in ihren Briefkasten?« Ben war fassungslos. »Anonym?«

»Klar anonym, sonst wüsste ich ja, von wem es kommt. Ich habe die Andreß in Verdacht, aber die gibt es nicht zu. Es könnte natürlich auch Vallis Erzeuger sein. Joja macht ein Riesengeheimnis um ihn. Keine Ahnung.«

Sie gingen weiter. Das Rauschen der Wassermassen machte eine Unterhaltung fast unmöglich.

»Joja macht außerdem in mittelalterlicher Robe Stadtführungen. Die Touristen lieben sie, davon könnte sie leben, aber ihr Herz gehört der Malerei. Sie macht höchstens zehn oder zwölf solcher Führungen im Jahr, obwohl sie dreimal so viele Anfragen hat.«

Ben nickte, fummelte sein Handy aus der Hosentasche. »Ich rufe jetzt im Kommissariat an. Vielleicht hat sich dieser Laurenz ja endlich gemeldet. Solange wir mit ihm nicht gesprochen haben, macht alles Weitere keinen Sinn.«

»Stimmt es?« Laurenz' Stimme zitterte. »Das mit Sara?«

Valli nickte. Sie saß hinter der blitzblanken Glasfront des »Oberhauses« und hatte lange durch den Regen auf die Altstadt hinuntergeschaut. Die unterschiedlichen Farben der drei Flüsse zeigten sich im anschwellenden Wasser nicht mehr ganz so deutlich wie sonst: Die Ilz im dunklen Moormantel kam von links, der grüne Inn aus den Alpen von rechts, und die gewaltige blaue Donau floss in der Mitte. Von hier oben sah man, wie der mächtige Inn die Donau beiseitedrängte, sie regelrecht aufstaute.

Laurenz fiel Valli gegenüber auf einen Stuhl. Die Wirtschaft war gerammelt voll, Stimmen überschlugen sich. Touristen. Ausflügler. Schaulustige. Von ihnen kamen viele nach Passau, wenn Hochwasser die Stadt heimsuchte, und außerdem ließ sich so nebenbei das neueste Ausflugslokal testen. Das »Oberhaus« hatte erst vor ein paar Tagen eröffnet.

Valli vermisste ein bisschen das Flair des alten, heruntergekommenen »Burg Cafés«, das vor dem »Oberhaus« hier oben beheimatet gewesen war, obwohl die Einrichtung, die Aussicht und das Essen im neuen Etablissement phantastisch waren. Sie wusste nicht, was sie sagen sollte. Unter Laurenz' Augen lagen schwarze Schatten, seine sonst olivfarbene Haut wirkte fahl, die dunklen Haare klebten an seinem Kopf. Nur das Muttermal, das wie bei Cindy Crawford neben dem linken Mundwinkel prangte, hauchte seinem Gesicht etwas Leben ein, ließ ihn aber umso verletzlicher wirken.

»Am Donnerstagmorgen ... in Jochenstein ...«

Laurenz ließ den Kopf hängen, blinzelte. »Also ist sie deshalb nicht gekommen. Und ich dachte ...«

Valli griff über den Tisch nach seiner Hand. Sie war froh gewesen, dass Laurenz, nachdem sie bei dessen Großeltern kurz am Telefon mit ihm gesprochen hatte, zu dem Treffen bereit gewesen war. Doch je länger sie auf ihn gewartet hatte, desto mulmiger war ihr zumute geworden. »Es tut mir leid, Laurenz, aber ... du warst vielleicht der Letzte, der Sara lebend gesehen hat. Du musst dich bei der Polizei melden. Geh zu Hauptkommissar Kroner, der ist in Ordnung.«

Laurenz starrte auf Vallis Hände, fühlte deren Wärme wie Feuer auf seiner kalten Haut. Wie lang schon hatte er sich das gewünscht! »Hörst du mir überhaupt zu? Du musst zur Polizei gehen. Sie suchen nach dir.«

Ihre Haut war so glatt, so weich, so makellos. Laurenz' Herz begann, wild zu schlagen. Von dieser Berührung hatte er jahrelang geträumt.

»Laurenz! Was ist los?« Valli wollte sich aus Laurenz' Griff befreien, doch er ließ nicht locker. Valli riss ihre Hand mit Gewalt weg, sprang auf. »Was ist mit dir?«

Allmählich erwachte Laurenz aus seiner Starre und sah Valli aus glasigen Augen an. »Tut mir leid«, stammelte er. »Ich … ich kann das nicht glauben. Sara und ich, wir …«

Valli setzte sich wieder, musterte Laurenz. »Was war mit Sara und dir?« Ein feiner Schleier des Misstrauens schlich sich in ihre Gedanken wie Nebel an einem kühlen Morgen.

»Ich hab dir doch von der Watzmannüberschreitung erzählt?« Valli nickte.

»Sara wollte mitkommen. Ganz spontan.«

»Direkt nach dem Klassentreffen? Ich dachte, das war ein Scherz. Du warst total zugedröhnt, Sara war auch nicht gerade nüchtern, und da wolltet ihr so eine schwere Tour gehen?«

Laurenz lachte zynisch. »Ab und an im Leben sucht man nach Grenzerfahrungen, und wir konnten beide eine solche gebrauchen, verstehst du?«

»Warum?«

»Warum?« Er raufte sich die Haare. »Mein Gott, Sara hat einen Haufen Scheiße hinter sich, und ich …« Laurenz brach ab, als die Bedienung auftauchte und nach ihrer Bestellung fragte.

»Eine Cola, bitte.«

»Für mich nichts mehr. Danke«, sagte Valli schnell und hätte der jungen Kellnerin am liebsten in ihren entzückenden, kleinen Arsch getreten. »Was wolltest du sagen?«

»Ach, egal.« Er winkte ab. »Sara kam jedenfalls nicht zum Treffpunkt. Sie sollte mich am Burgparkplatz abholen, um fünf.

Ich hab bis halb sechs gewartet, bin dann heim, hab mir das Auto geschnappt und bin nach Landshut gefahren. Ich dachte, sie hätte es sich anders überlegt, wäre lieber ins Bett gegangen oder was auch immer ...« Er starrte durch die Glasfront in den Regen.

»Aber dann hat sie sich nie und nimmer umgebracht«, sagte Valli mehr zu sich selbst als zu Laurenz.

»Die Polizei geht von Selbstmord aus?«

Valli schüttelte den Kopf. »Sie erwägen nur alle Möglichkeiten.« Sie überlegte. »Warum bist du überhaupt nach Landshut gefahren? So früh?«

»Allein hatte ich keine Lust mehr auf die Tour, und falls du es vergessen hast: Ich studiere in Landshut, und in vier Wochen beginnen die Prüfungen.«

Stimmt. Valli nickte. Sie schwänzte gerade selbst ihre Vorlesungen, konnte auf keinen Fall nach allem, was gestern passiert war, in irgendeinem Hörsaal sitzen und so tun, als wäre nichts geschehen. »Du musst dich bei den Bullen melden, sonst denken die noch, du bist abgehauen, weil –«

»Aber bis vorhin wusste ich doch nicht einmal, dass Sara tot ist.« Er stockte, begann mit dem Oberkörper zu schaukeln, lachte dann auf. »Klar. Nicht nur die Bullen verdächtigen mich, du auch! Wie beschränkt ich doch bin.« Er schlug sich mit der flachen Hand gegen die Stirn.

»Arschloch!«, fuhr Valli ihn an. »Ich wäre wohl kaum hier, allein mit dir, wenn ich dich verdächtigen würde, aber du musst zugeben, dass ...«

Laurenz' Augen wurden groß, glänzten fiebrig.

»Bunny, hör mir nur einen Augenblick zu.« Schon wieder griff Valli über den Tisch nach seiner Hand, doch Laurenz schlug sie weg, sprang auf. Sein Stuhl kippte um, alle Hälse ruckten in seine Richtung, es wurde mucksmäuschenstill im »Oberhaus«.

»*Bunny*«, äffte er Valli nach, »anfangs fand ich den Namen ja noch witzig, aber als ich verstand, was dahintersteckte, da –«

Valli war um den Tisch herumgekommen, bückte sich nach dem Stuhl, schob ihn Laurenz unter den Hintern und zwang ihn, sich wieder hinzusetzen. »Tut mir leid. Ich weiß, dass du den Spitznamen nicht magst, ist mir rausgerutscht. Entschuldige.«

»Alle dachten, ich wäre schwul.« Er verdrehte die Augen. Irr. Irgendwie.

Valli stutze. Allmählich wurde ihr das Gespräch unangenehm. Laurenz war vollkommen von der Rolle. Trotzdem. Sie musste es wissen. »Hattest du mit Sara hinter der Pappel bei der Gablergasse Sex?«

Laurenz blieben die Worte im Hals stecken. Er starrte Valli an. »Was sagst du da?«

»Ich frage dich, ob du mit Sara gepoppt hast. Die Polizei wird das wissen wollen. Tim behauptet, er hätte euch gesehen. Hinter der Pappel. Sei also drauf gefasst.«

»Spinnst du? Glaubst du, ich lasse fünf Minuten nach dem Klassentreffen die Hosen runter? Denkst du vielleicht, Sara war so drauf?« Der Bedienung, die gerade die Cola brachte, blieb ihr für einen kurzen Moment der Mund offen stehen, dann lächelte sie einigermaßen professionell und verschwand.

»Wer hat denn gesagt, dass ihr es gleich anschließend gemacht habt?« Valli bemerkte, dass Laurenz zunehmend nervöser wurde, sich wand wie ein Regenwurm in der Sonne. Langsam bereute sie, Kroner von dem Treffen nichts gesagt zu haben. Oder Ben. Diesem Vollidioten.

Laurenz bemerkte die Veränderung in Vallis Gesichtsausdruck, und sein Gesicht verzog sich zu einer Fratze. »Jetzt glaubst du, ich hätte mich verraten, was? Aber weißt du was? Das ist mir so was von egal. Lass Tim seine Geschichten erzählen, das hat er schließlich schon früher getan. Außerdem bin ich doch schwul, schon vergessen?«

Irgendwo an Laurenz' Körper erklang der Innstadt-Brauerei-Jingle. Fahrig fischte er nach seinem Handy, verzog beim Anblick des Displays verächtlich den Mund, ging aber ran. »Was willst du?« Er wandte sich zum Panoramafenster. »Es ist mir scheißegal, was du dir zusammenspinnst. Es interessiert mich nicht. – Damit kannst du mir nicht kommen! Es interessiert mich einfach nicht, hast du kapiert?«

Valli verdrückte sich, sie wollte das Gespräch nicht mithören, kam sich vor wie eine Spannerin, wie eine Voyeurin. Sie quetschte sich durch die Tischreihen, um auf die Terrasse hinauszugehen.

Trotz der vielen Gäste konnte sie Laurenz' Stimme noch immer hören: »Das werde ich nicht tun! Ist nicht mein Problem. – Zur Abwechslung könntest du wirklich mal die Wahrheit sagen. So viele Jahre, und ...«

Valli schloss die Tür hinter sich, lehnte sich ans Geländer, atmete durch und sah hinunter auf die Stadt. Jedes Mal, wenn sie sich umsah, telefonierte Laurenz noch immer. Er sah wütend aus. Nach ungefähr zehn Minuten hielt Valli es nicht länger aus und ging zurück.

»Das werde ich nicht tun, und denk daran: Ich lasse mich nicht mehr mit Halbwahrheiten abspeisen. Wenn du es mir nicht sagst, finde ich es eben selbst heraus.« Laurenz kramte einen Kugelschreiber aus seinem Rucksack und kritzelte etwas auf den Kassenbon, den die Kellnerin inzwischen auf den Tisch gelegt hatte. Fasziniert betrachtete Valli die geschwungenen Schnörkel seiner Handschrift. Sie hätten perfekt zum Baron oder zur Baronin gepasst. Vererbte sich eine aristokratische Herkunft vielleicht im Schreibstil? Konnte gut sein. Jedenfalls endete das Gespräch endlich, und zwar genauso, wie es begonnen hatte: grußlos.

Laurenz schnaubte. »Meine Mutter.« Er hielt Valli den Bon unter die Nase. »Nie höre ich auch nur ein nettes Wort von ihr, und jetzt soll ich mich darum kümmern, dass die lieben Tierchen nicht absaufen. Dafür bin ich gut genug.« Er stopfte den Zettel in die Hosentasche. »Lieber hätte ich mich um Sara kümmern sollen. Vielleicht wäre sie dann noch am Leben. Sie war betrunken, womöglich ist sie gestolpert und gestürzt.«

»Sie war Leistungssportlerin! Da stürzt man nicht in einen Fluss, den man von Kindesbeinen an kennt, egal, wie viele Caipi man intus hat.«

»Warum bist du dir so sicher?«

Valli zuckte mit den Schultern. Sie konnte ihr Bauchgefühl nicht begründen. »Was wollte deine Mum noch?«

Laurenz schnaubte. »Sie sorgt sich um ihren Ruf. Die Bullen haben bei ihr nachgefragt, wo ich bin ... und du.« Er grinste kurz. »Gerade dein Engagement hat ihr nicht sonderlich zugesagt, und sie fürchtet wohl, ihr kleiner, missratener Sohn könnte ihr mühsam herausgeputztes Nest beschmutzen.«

Valli lächelte zurück, die Stimmung entspannte sich etwas. »Kein angenehmer Mensch, deine Mutter. Ganz im Gegensatz zu deinen Großeltern.«

»Ach, hör doch auf. Die haben mich genauso verarscht wie Marlis.«

»Wie meinst du das?«

»Mein Vater ...« Laurenz' Stimme stockte, seine Augen wurden glasig. Schon in der Schule hatte er sich einen Namen als Heulsuse gemacht. »Eines Tages war er einfach weg. Ohne ein Wort. Ohne Abschied. Ich war sechs Jahre alt.«

Valli sah Laurenz wie versteinert an. Das Thema Vater spielte auch in ihrem Leben eine besondere Rolle. Seit sie denken konnte, sehnte sie sich danach, einen Vater zu haben.

»Meine Mutter hat mir damals gesagt, er hätte eine andere Frau kennengelernt und sich entschieden, mit ihr ein neues Leben anzufangen. Darin wäre kein Platz für mich gewesen.«

Joja hielt die Identität von Vallis Erzeuger bis heute geheim. Es gäbe triftige Gründe, betonte sie immer wieder, und mit der Zeit hatte Valli aufgehört, danach zu fragen. An Sturheit übertraf Joja ihre Tochter mit Leichtigkeit. Doch nie einen Vater gehabt zu haben war vermutlich einfacher, als einen zu haben, ihn einige Jahre lang zu lieben und ihn dann zu verlieren.

»Ich habe Marlis den ganzen Dreck geglaubt, bis vor ein paar Tagen dieser Brief kam. Von meinem Vater.« Laurenz schluckte schwer, wischte über seine Augen. »Darin fragt er immer wieder, wieso ich mich all die Jahre nie bei ihm gemeldet habe. Erst verstand ich nicht, aber dann hab ich meine Schlüssel genommen und Mutters Haus durchsucht, als sie nicht da war. Durch Zufall bin ich auf die Kombination für den alten Tresor gestoßen, um den sie seit jeher so ein Geheimnis macht, und da habe ich sie gefunden: so viele Briefe. Er hat mir geschrieben. Anfangs jede Woche. Erst aus Landshut, wo er professionell Eishockey gespielt hat, später aus Kanada. Er hat sogar ein Video gedreht, in dem er mir alles erklärte.« Laurenz konnte die Tränen nicht mehr zurückhalten. »Er wollte den Kontakt mit mir ... Und ich dachte, er hätte mich einfach aus seinem Leben gestrichen, dabei ... hat meine Mutter alle Briefe abgefangen ... Jetzt verstehe ich auch, wieso wir all die Jahre diese bescheuerte Geheimnummer haben mussten. Marlis hat mir weisgemacht, es wäre wegen ihres Jobs beim Bundesgerichtshof, aber das war eine Lüge. Sie hat meinen Vater von mir fernhalten wollen! Wie kann eine Mutter ihrem Kind das nur antun? Und dann weigert sie sich auch noch, mit mir darüber zu sprechen. Kannst du dir das vorstellen?«

Valli schüttelte den Kopf. Sie konnte es nicht.

»Und meine Großeltern, sie haben nur Gutes über meinen Papa erzählt und dass er mich liebhaben würde, wo immer er auch sei … Bla, bla, bla … Alles nur heiße Luft. Sie müssen von den Briefen gewusst haben, sonst wäre schon viel früher irgendwann einer bei mir angekommen.« Laurenz sah auf seine Uhr, stand auf, packte seine Sachen zusammen und zog die Jacke an. »Ich muss gehen, Valli. Trotzdem danke, dass du mir Bescheid gesagt hast.«

Valli fischte Kroners Karte aus der Tasche. »Versprichst du mir, ihn anzurufen?« Sie versuchte zu lächeln. »Jetzt gleich?«

Laurenz nahm die Karte und sah sie sich an. »Wird sich wohl nicht vermeiden lassen, wie's aussieht. Auch wenn ich dafür im Moment keinen Kopf habe.«

»Tu's für Sara. Bitte. Je länger du nichts von dir hören lässt, umso mehr Hirngespinste brauen sich in den Köpfen der Bullen zusammen. Und glaub mir, ich weiß, wovon ich rede.« Sie verdrehte die Augen.

»Eros!« Ein kehliges Lachen platzte aus Laurenz' Mund. »Bis vorgestern wusste ich gar nicht, dass er tatsächlich zur Polizei gegangen ist. Kannst ihm ausrichten, dass ich nichts mit Saras Tod zu tun habe, sorry.«

»Das wird nichts bringen. Markus ist in Saras Fall nicht involviert. Er arbeitet in München.«

Laurenz ließ ihm trotzdem Grüße ausrichten.

»Klar«, antwortete Valli, obwohl beide wussten, dass Markus und Laurenz nie enge Freunde gewesen waren. »Wir sehen uns auf Saras Beerdigung, nehme ich an?«

»Beerdigung? Daran habe ich noch gar nicht gedacht.« Er nickte.

16

Kroner stellte das Telefon laut.

»Sie müssen sich eine Ertrinkungslunge so vorstellen: kein Wasser. Es gibt kein Wasser in der Lunge. Süßwasser wird sofort aus den Atemwegen abtransportiert. Osmose, wenn Ihnen das ein Begriff ist. Grauweiß und überbläht, also groß und steif. Trockene Schnittfläche mit steifem Schaum benetzt. Wenn man da mit dem Messer reinschneidet, knirscht das wie Schnee bei fünfzehn Grad minus.«

»Sie ist also definitiv ertrunken?« Kroner bedeutete Ben, der im Türrahmen lehnte, hereinzukommen und sich zu setzen. Leo Weissenbeck stand bereits am Fenster.

»Kein Zweifel.« In der Leitung knisterte es.

»Was ist mit der Kopfverletzung?«

»Ante mortem, nicht todesursächlich, kann aber gut sein, dass die junge Frau schon bewusstlos war, als sie ins Wasser kam. Die Wunde wurde ihr jedenfalls vor dem Tod beigebracht. Im Unterhautgewebe sind Einblutungen vorhanden.«

»Todeszeitpunkt?« Kroner notierte sich die wichtigsten Stichworte, obwohl der offizielle Bericht aus der Rechtsmedizin nicht lange auf sich warten lassen würde.

»Nach Berücksichtigung aller relevanten Paramater würde ich sagen ...« Der Rechtsmediziner am anderen Ende der Leitung zögerte. Trotz modernster Methoden war es bislang nicht möglich, den Todeszeitpunkt exakt zu bestimmen. Es gab einfach zu viele Variablen. »Nun, ich würde sagen, zwischen dreiundzwanzig Uhr nachts und drei Uhr morgens.«

Kroner nickte. Die Frage hätte er sich sparen können, schließlich wusste er, dass Sara zwischen null Uhr fünfzehn und sechs Uhr morgens zu Tode gekommen sein musste. »Was haben Sie noch?«

»Zwischen all den post mortem erlittenen Treibverletzungen haben wir frische Kratzspuren und Hämatome am linken Oberarm gefunden.«

»Könnten die von einem Kampf stammen, von Gewalt?«

Der Rechtsmediziner hüstelte. »Könnten, ja, aber das Mädchen hatte eins Komma zwei Promille im Blut.«

»Schon gut.« Kroner wusste, dass es Aufgabe der Rechtsmediziner war, Fakten festzuhalten. Seine Aufgabe hingegen bestand darin, daraus die richtigen Schlüsse zu ziehen. »Sonst noch was?«

»Abrieb unter den Fingernägeln. Sehr wenig allerdings. Wir müssen schauen, ob sich daraus etwas machen lässt.«

Kroner brummte wie ein alter Eicher nach einem langen Winter, fast hätte er aufgelegt.

»Aber etwas Interessantes habe ich doch noch für Sie.«

Kroner wedelte ungeduldig mit den Händen, obwohl sein Gesprächspartner das nicht sehen konnte. »Ja?«

»Bei der Untersuchung der inneren Genitale auf Fremdinhalt haben wir Spermien sichergestellt. Das lässt vermuten, dass die junge Dame kurz vor ihrem Ableben Geschlechtsverkehr hatte.«

»Gibt es Hinweise auf eine Vergewaltigung?«

»Ach, wissen Sie, jede siebte Frau ab sechzehn Jahren wird im Laufe ihres Lebens vergewaltigt oder schwer sexuell genötigt. Das muss nicht heißen, dass Spuren davon zurückbleiben.«

»Es deutet also nichts auf eine Vergewaltigung hin?«

»Nicht offensichtlich. Nein. Aber ...«

»Aber was?«

»Bei der Präparation der Geschlechtsteile konnten wir auch eine geringe Menge Blut nachweisen. Ein Blutgruppenschnelltest hat ergeben, dass das Blut nicht von der Toten stammt, so viel steht schon mal fest.«

»Dann stammt es vom *Spermienspender*?«

»Vermutlich.«

»Wann können Sie mir das genau sagen?«

»Die Analyse der DNA wird wie üblich eine Weile dauern.«

»Rufen Sie uns an, sobald die Ergebnisse vorliegen?«

»Ich kann der Abteilung für Forensische Genetik Bescheid geben.«

Kroner verabschiedete sich, fläzte sich in seinen Bürostuhl und verschränkte die Finger über dem Kopf.

»Es stimmt also, was dieser Tim gesagt hat. Laurenz und Sara hatten Sex.« Leo kam näher und lehnte sich neben den Schreibtisch an den Schrank. »Gestern war ziemlich spät am Abend noch ein anderer Besucher des Klassentreffens da, um eine Aussage zu machen. Der junge Mann hat schwer gegen sein schlechtes Gewissen gekämpft, wollte niemanden anschwärzen.«

Kroner zog die Brauen hoch. Und?, schienen sie zu fragen.

»Benedikt Wittek. Seine Schilderung der Dinge rückt Tim Kollmanns Aussage in ein anderes Licht.«

»Lass hören.«

»Tim Kollmann hat anscheinend nicht ganz die Wahrheit gesagt. Laut Witteks Aussage ist Kollmann nicht sofort weitergegangen, nachdem er Sara und Laurenz hinter der Pappel ausgemacht hat, sondern hat angeblich auf der Mauer im Garten hinterm Amtsgericht gelegen und zugesehen.«

»Ein Spanner?« Kroner rieb sich die Schläfen. Seit dem Aufstehen plagten ihn die vermaledeiten Kopfschmerzen. Selbst vier Aspirin hatten bislang nichts ausrichten können.

»Sieht so aus. Klar, dass er das gegenüber der Polizei nicht zugeben wollte, trotzdem bedeutet das noch lange nicht, dass Kollmann etwas mit Saras Tod zu schaffen hat.«

»Zur Brust nehmen sollten wir ihn uns auf jeden Fall. Wenn er dort im Gebüsch lag, dürfte er mehr wissen, als er bisher zugegeben hat.«

»Das hab ich mir auch gedacht«, sagte Leo. »Zwei Kollegen sind bereits unterwegs.«

»Gut.« Kroner wandte sich um. »Bruhan, gibt's was Neues wegen der Dopingsache?«

»Ich treffe mich am Wochenende mit einem Funktionär der LG Passau und weiß inzwischen, wer noch auf dem Foto von Saras Eintragung im Goldenen Buch war. Zwei Männer wurden weggeschnitten: Saras ehemaliger Fitnesscoach Oliver Rothenbach und ihr Disziplintrainer Sven Bischoff.«

»Auch mit diesen beiden sollten wir uns unterhalten.«

»Bischoff lebt nicht mehr in Passau. Er hat vor mehreren Jahren einen vielversprechenderen Trainerjob in München angenommen. Als mit Sara seine Vorzeigeathletin ausgestiegen ist, fehlte ihm in Passau wohl die Perspektive.«

»Und Rothenbach?«

»Ist in Passau gemeldet, wohnt aber seit gut einem Jahr nicht mehr unter der angegebenen Adresse. Kein Festnetzanschluss, keine registrierte Handynummer.«

»Schlegel und Reischl sollen sich darum kümmern«, sagte Leo und holte einen Zettel aus ihrer Hosentasche. »Laurenz Osterby hat sich zwar inzwischen bei seinen Großeltern gemeldet, leider aber nicht bei uns, obwohl er es den alten Leuten versprochen hatte. Die sind jetzt natürlich erst recht aus dem Häuschen und malen sich alles Mögliche aus.« Leo seufzte. »Ich hatte einige Mühe, sie wenigstens etwas zu beruhigen. Laurenz' Mutter hingegen gibt sich uns gegenüber weiter unbeeindruckt. Wie ich aber intern erfahren habe, plustert sie sich hinter den Kulissen auf wie ein Pfau und scheint sich für einen Frontalangriff zu rüsten.«

Kroner nickte abwesend. Damit hatte er gerechnet. Inzwischen wusste er die Betonvilla-Osterby ganz gut einzuschätzen.

»Wir sollten allmählich einige Hebel in Bewegung setzen, um Laurenz Osterby zu finden«, drängte Leo und knallte Kroner den Zettel auf den Tisch.

»Lass uns die Beerdigung morgen Nachmittag abwarten. Bestimmt kommt er.« Kroner nahm den Zettel, sah ihn sich kurz an und drehte ihn zwischen den Fingern. »Interessant.«

Ben sah erst Leo, dann Kroner fragend an. Ihm war klar, dass die letzte Aussage seines Chefs sich auf den Zettel bezog.

»Der hat richtig was auf dem Kerbholz, Hannes. Wir sollten den Mann auf keinen Fall unterschätzen.« Leo folgte Kroner, der inzwischen auf den Gang hinausgegangen war.

Ben lief ihnen hinterher. Kroner wandte sich zu ihm um, freute sich über dessen Ungeduld. So waren sie ihm am liebsten, seine jungen Kommissare: hungrig. »Verwandte, Freunde, berufliches Umfeld, wir müssen alles abklopfen, Alibis überprüfen.«

Ben nickte und fing den Zettel, den Kroner ihm zuschnippte, mit beiden Händen auf. Darauf stand in Leos phänomenal unleserlicher Handschrift geschrieben: »Franz Rieß, Hausfriedensbruch, Scheckbetrug, schwere Körperverletzung, Hehlerei. Zwei Jahre Knast. Entlassen am 2. Mai dieses Jahres.«

17

»Wenn man beim männlichen Borstenwurm das Gehirn entfernt, wird es zum Weibchen?« Markus presste die Worte heraus, keuchte. Valli und Ben legten ein ordentliches Tempo vor. Nach dem Anruf aus der Rechtsmedizin hatte Ben seine neue Wohnung bezogen. Keine zwanzig Minuten später hatten Markus und Valli auch schon bei ihm reingeschaut, nur um feststellen zu müssen, dass Bens Hausstand lediglich aus zwei Klappliegen, einer Sporttasche, einem Mountainbike, einem Kajak, einer Bettdecke und einem megageilen Fernseher bestand. Sonst nichts. Zum Glück hatte der Vormieter die Küchenzeile ohne Ablöse stehen lassen, sogar ein paar versiffte Teller, Tassen und Töpfe fanden sich noch in den Regalen, ansonsten war die Wohnung leer. Vier Zimmer im Dachgeschoss mit Balkon Richtung Innenhof, alten Holzdielen und weißen Wänden – viel zu groß und viel zu stilvoll für einen jungen einsamen Beamten. Valli hatte – auf Markus war Verlass – schnell erfahren, dass Ben eigentlich mit seiner Freundin, die ihren Studienort extra von München nach Passau verlegt hatte, hier hatte einziehen wollen, er allerdings vor gut zwei Wochen aus einer Laune heraus die beste Freundin seiner Freundin flachgelegt hatte. Jetzt hatte er keine Ahnung mehr, warum er das getan hatte. Die Freundin seiner Freundin hätte sowieso einen viel zu fetten Arsch gehabt.

Da es in Bens Wohnung nichts zu tun gab und niemand Lust hatte, die unentbehrlichsten Dinge eines Singlehaushalts einzukaufen, hatten sie beschlossen, trotz des schlechten Wetters eine Runde joggen zu gehen. Markus hatte Valli mitgeschleppt, sie sollte nach den tragischen Ereignissen des letzten Tages den Kopf freikriegen, und Ben hatte aus Mangel an anderen sozialen Verpflichtungen nichts Besseres zu tun.

Sie liefen die übliche Runde: auf Innstadtseite am Fluss entlang Richtung Wernstein bis zum Wehr, dort über die Brücke, dann zurück an Uni und Eisenbahnbrücke vorbei. Der Inn führte bereits sehr viel Wasser, präsentierte sich reißend, aber noch begnügte er sich meist mit dem Flussbett und behinderte die drei Läufer nicht. Als sie unter dem Fünferlsteg hindurchliefen und über ihnen ein Fußgänger das Ende der Brücke erreichte, quietschte es. Markus und Valli wiesen Ben grinsend mit den Augen den Weg nach oben.

»Das hört sich doch an wie ein alter Lattenrost unter massiver Beanspruchung, findest du nicht?«

Ben blieb stehen, lauschte. »Tatsächlich.«

»Das erinnert mich an etwas«, sagte Valli und lief weiter.

»An was denn?« Ben folgte den beiden.

»Du hast doch neulich noch mit deinem super Abi-Schnitt geprotzt?«

Ben stutzte. Er hatte keine Ahnung, worauf Valli hinauswollte. »Das war eine Information, kein Geprotze, klar?«

»Komisch.« Vallis Stimme klang lieblich wie das Zwitschern einer Nachtigall. »Eigentlich neigen eher minder intelligente Männer zum Fremdgehen, weil Monogamie in der Evolutionsgeschichte noch sehr jung ist und sich die Dummen schlechter an eine Neuerung gewöhnen können.«

»Der Punkt geht an Valli.« Markus lachte, wurde aber schnell wieder ernst. »Echt, Ben. Du bist ein richtiger Trottel. Luisa ist eine Traumfrau, ein Jackpot! Wunderschön, intelligent und sogar lustig. Was vögelst du auch mit ihrer Freundin rum? Ich an deiner Stelle —«

»Du bist aber nicht an meiner Stelle«, unterbrach Ben, »und jetzt halt's Maul.« Er war vor allem sauer, weil Markus Valli eingeweiht hatte. So eine Tratschtante!

Schweigend erreichten sie die Marienbrücke. Hier floss der Inn schon über das Ufer, logischerweise war der alte Pemperlprater unbesetzt.

»Rocky?« Markus sah Valli an, die nickte. Es war ein altes Ritual. Erst hangelten sie sich durch den Seilgarten am Kinderspielplatz, dann bezwangen sie die Stufen der Ballhausstiege wie einst Rocky Balboa die Treppen hinauf zum Museum of Art in Philadelphia. Oben tänzelten sie in Stallone-Manier, schwangen die Fäuste und rissen die Arme in die Luft. Die wenigen Passanten schüttelten den Kopf, manche schimpften sogar. Die Treppe hier war viel schmaler als die in Philly, doch das war Markus und Valli egal.

»Bababaaa bababaaaaaa …« Valli sang Bill Contis Song noch lauter, als Ben ihnen hinterherkam, und täuschte eine schnelle Links-rechts-Kombination an. »Im Winter ziehen die Jurastudentinnen in Passau zum Joggen blickdichte Strumpfhosen mit extraknappen Hotpants an, und bei schönem Wetter herrscht auf dieser Laufstrecke Hochbetrieb. Du wirst auf deine Kosten kommen. Ich glaube, das ist sowieso der einzige Grund, wieso Eros sich ab und zu mal zum Laufen überreden lässt.«

Ben winkte ab. Er hatte keine Lust auf Vallis Gequatsche.

»Am Nachmittag triffst du die Schönen dann im ›Café Duft‹, im ›Kowalski‹ oder im ›Café Innsteg‹, nachts im ›Cubana‹, im ›Soda Pur‹ oder in der ›Camera‹. Und am Montag ist das ›Espresso‹ in der Innstadt der Klassiker.«

»Ich brauche deine Tipps nicht.« Ben war langsam echt genervt. »Du kannst den Scheiß für dich behalten.«

Doch Valli dozierte ungeniert weiter. »Solltest du es intellektueller und reifer mögen, dann empfehle ich das ›Scharfrichterhaus‹, die Jazzkneipe ›Café Museum‹, das ›Aquarium‹ oder das ›Kreuzweis‹. Dort triffst du dann wahrscheinlich meine Mum.« Das letzte Wort zog sie in die Länge wie einen alten Kaugummi, der in den Haaren klebt. Anscheinend hatte Markus auch ausgeplaudert, dass Ben sich Vallis Mutter vollkommen anders vorgestellt hatte.

Da Ben sich keine Reaktion entlocken ließ, verlor Valli die Lust daran, ihn aufzuziehen. Also liefen sie weiter bis zur Ortsspitze. Sie wollten noch einmal die Wassermassen begutachten, bevor die Altstadt komplett gesperrt wurde.

»Du weißt schon, dass wir uns hier auf einem Stück Nazivergangenheit befinden?« Markus starrte wie Valli und Ben auf den Zusammenfluss von Ilz, Inn und Donau.

Ben schüttelte den Kopf. Er hatte sich bisher nicht für die Geschichte seiner neuen Heimatstadt interessiert.

»Wir stehen auf dem Aushub der Nibelungenhalle, ein Propagandabau im Dritten Reich, Adis Drang nach Osten sozusagen. War lange Zeit die größte Mehrzweckhalle in Deutschland, da fiel also jede Menge Aushub an.«

»Was hat euch Laurenz erzählt?«, fragte Valli dazwischen. Sie

kannte die Nazigeschichte in- und auswendig. Es war Markus'
Lieblingsanekdote, wenn er Besuchern die Ortsspitze zeigte.

»Laurenz?« Ben sah Valli mit hochgezogenen Brauen an. »Wieso
fragst du?«

»Er hat mir versprochen, Hannes anzurufen.«

»Du hast mit Bunny gesprochen?« Markus packte Valli am Arm.
»Wann?«

»Heute Nachmittag. Ich hab ihm die Nummer deines Vaters
gegeben. Er wollte ihn anrufen. Hat er sich nicht gemeldet?«

Samstag, 1. Juni
Ortsspitze überflutet

18

Die St.-Achatius-Kirche in Hals war brechend voll. Jeder, der die Zachlers kannte, jeder, der je ein Wort mit Sara gewechselt hatte, war da.

Und alle anderen lockte schlicht die Sensation: Stoßstange an Stoßstange parkten die Autos vor der Friedhofsmauer, das Kirchenportal stand weit offen. All diejenigen, die im Inneren keinen Platz gefunden hatten, reckten die Hälse und wippten auf Zehenspitzen, um wenigstens ab und an einen Blick auf die trauernden Eltern zu erhaschen.

Ben stand neben der Aussegnungshalle, lauschte dem Rauschen der Ilz, die direkt am Friedhof vorbeifloss, und versuchte, die Orgelklänge und den vielstimmigen Chor auszublenden. Es war immer das Gleiche: Diese eine Melodie drängte sich in seinen Kopf, sobald er einen Friedhof betrat. Immer dieselben Worte, schmerzhaft und süß zugleich.

Somebody told me
you were not coming home.
The words are spinnin' in time
and the air suddenly went cold.

The sun is still shining
but everything feels like rain, oh.
And if I had one wish
it would be to see you again.

Ben hatte den Song von Anastacia damals in der Kirche spielen lassen, ohne zu fragen. Seine Eltern hätten es niemals erlaubt, aber nichts hätte seinen Gemütszustand nach dem Tod seiner kleinen Schwester in jenen Tagen besser beschreiben können. Er war fünf-

96

zehn Jahre alt gewesen und hatte nicht verstanden, warum das alles passiert war.

Nothing's fair
when we lose
without a moment to say goodbye.

Das Verhältnis zu seiner Schwester war eng gewesen, sehr vertraut. Zoe hatte in seinem Leben ein riesiges Loch hinterlassen.
Riesig!
Ähnliches machten Saras Eltern gerade durch, da war Ben hundertprozentig sicher. Laurenz Osterby war bislang nicht aufgetaucht, zumindest hatte Ben den jungen Mann, den er nur vom Foto kannte, zwischen den vielen Trauergästen nicht erkennen können. Kroner, Markus und Valli, die drinnen Platz genommen hatten, würden ihn sofort entdecken, wenn er da war, so hoffte Ben. Auch wenn der jüngere Zachler-Bruder mächtig Dreck am Stecken hatte, glaubte bislang niemand, dass er mit dem Tod seiner Nichte etwas zu tun hatte. Trotzdem durften sie nichts außer Acht lassen.

How come the world won't stop spinning
now that you're gone?
I know every end has beginnings
but this one's all wrong.
So wrong, so wrong.

Als Kroner aus der Kirche trat, sah er in Bens Richtung. Ben schüttelte den Kopf, Kroners Blick wurde finster. Also hatte auch er Laurenz nicht gesehen.

»Dem Burschen dreh ich den Hals um, wenn ich ihn in die Finger bekomme«, knurrte er, als er Ben erreichte. »So ein Depp!« Nicht einmal der Kriminalhauptkommissar wollte glauben, dass der ehemalige Klassenkamerad seines Sohnes in ein Tötungsdelikt verstrickt war. Alles in Kroner sträubte sich dagegen, obwohl Laurenz' Fernbleiben natürlich eine andere Sprache sprach. »Wenn das hier vorbei ist, fahren wir zur Osterby. Sie wollte heute eigentlich nach

Karlsruhe zurück, aber wie ich höre, hat sie ihren Urlaub um eine Woche verlängert.« Kroner grinste beinahe amüsiert. »Sicherlich tut sie das nur deshalb, damit sie uns besser kontrollieren kann, nicht, um uns zu unterstützen. Aber uns soll es recht sein.«

Ben nickte.

19

»Dein Dad hat mich nach Hause geschickt. Ich soll mich bei meiner Vermieterin einschleimen, das wäre von immenser Wichtigkeit, was mein Überleben hier in der Altstadt angeht.« Ben verdrehte die Augen und schob Markus ein Bier über den neuen Klapptisch, der seit gut fünf Minuten seine Küche zierte. »Hast du eine Ahnung, was er damit meint?«

Markus lachte, nippte in aller Ruhe von seiner »Extra Schwarzen«. Der Träger Innstadt-Schnapperl war sein verspätetes Einstandsgeschenk. »Deine Vermieterin ist ein knickriges altes Luder. Wenn die einen nicht mag, dann …« Er schnalzte mit der Zunge, nahm erneut einen Schluck und wischte sich mit dem Handrücken über den Mund. »Aber so, wie's aussieht, bekommst du ja bald jede Menge Gelegenheit, dich bei ihr beliebt zu machen.«

Ben ahnte, was Markus meinte: Auf seinem Weg in die Milchgasse hatte er live erlebt, was es hieß, wenn sich die Passauer auf Hochwasser einrichteten. Die letzten Warnungen hatten die vorhergehenden weit übertroffen. Das Wasser würde wahrscheinlich höher steigen als in den letzten hundert Jahren – mal abgesehen vom Katastrophenhochwasser 1954. Auf dem Rathausplatz hatte ein grüner Deutz mit Frontladergreifzange die Pflanzenkübel weggefahren, in der Höllgasse bauten Hilfskräfte Schlammbarrieren und Stege auf; überall in Hauseingängen und Fenstern stapelten sich Sandsäcke. Gerade war Ben auf dem Heimweg einem Feuerwehrmann begegnet, der mit einem Bulldog Säcke die Milchgasse hinunter in Richtung »Scharfrichterhaus« gekarrt hatte. Ein bizarres Bild. Als er den Mietvertrag für die neue Wohnung unterschrieben hatte, wäre Ben nicht im Traum eingefallen, danach zu fragen, ob das Wasser jemals so weit ansteigen könnte. Jetzt sah alles danach aus, seine Nachbarn verrammelten bereits Türen und Fenster.

Im Laufe des Tages hatte das Ordnungsamt Meldestufe I und II ausgegeben. Schon in der Nacht würde der Donaupegel die dritte und vierte Meldestufe erreichen. Wenn bei acht Meter Wasserstand die ersten Flut-Touristen anrücken, dann lächelt der Altstädter normalerweise noch leicht belustigt und geht wie gewohnt seinem Tagwerk nach, hatte Markus Ben erklärt, aber alles jenseits der zehn Meter brachte auch die eingefleischtesten Hochwasserveteranen ins Schwitzen.

Die Fritz-Schäffer-Promenade war längst überflutet, Gleiches galt für die Zufahrt zur Nagelschmied- und Höllgasse an der Einmündung zur Unteren Donaulände; der Innkai war ebenfalls unter den Wassermassen begraben, genau wie die Parkplätze am Schanzl. In allen Gassen der Altstadt wimmelte es von Einsatzkräften: THW, Wasserwacht, Feuerwehr, alle waren sie vor Ort.

»Ich hatte wirklich damit gerechnet, dass Laurenz auf die Beerdigung kommt.« Markus knackte einige Pistazien und schob sie sich mit einem Stück Trüffelsalami in den Mund. Bens improvisiertes Abendessen. Er konnte bis jetzt nicht fassen, dass Valli sich mit dem Osterby-Spross getroffen hatte, ohne wenigstens ihm Bescheid zu sagen. »Er weiß, dass Sara tot ist und wir dringend mit ihm sprechen wollen. Wieso meldet sich dieser Scheißkerl nicht endlich?« Markus verzog abfällig den Mund. »Er denkt wohl, mit einer Oberstaatsanwältin als Mutter hätte er es nicht nötig, mit der Polizei zusammenzuarbeiten. Trotz allem war er immer schon ein Snob, da kann er noch so krampfhaft einen auf Aussteiger machen. Das nimmt ihm eh keiner ab.«

Valli platzte in die Küche und knallte drei Kartons mit Pizza vor die Jungs auf den Klapptisch. »So ein Schmarrn!«, knurrte sie. »Das ist doch alles Fassade. Laurenz ist ein verletztes Kind mit einer Riesenmauer um sein Innerstes, mehr nicht. Alles, was er will, ist ein bisschen Wärme und Anerkennung.«

»Verschone uns bloß mit deinem Psychoquatsch!« Markus stand auf. »Was glaubst du, wie viele Kinder eine schwere Kindheit haben. Das entschuldigt gar nichts.«

»Kinder brauchen Liebe, und die hat Laurenz nie bekommen. Fehlende Nestwärme, du weißt ja nicht, was bei Kindern kaputtgeht, wenn —«

»Sie hat recht«, unterbrach Ben ruhig. »Vernachlässigte Kinder werden schon mal zu Tätern.«

Valli fuhr ihre Reißzähne aus, wollte Ben an die Gurgel gehen, doch ein Läuten hielt sie davon ab.

Markus stellte sein Bier auf den Tisch und ging zur Tür, als wäre er der Hausherr und nicht Ben. Valli schickte ihm giftige Blicke hinterher.

Draußen stand ein junger dunkelhaariger Mann etwa in Bens Alter. Unter seinem Arm klemmten ein paar zugeschnittene schwere Bretter, seine Füße steckten in Gummistiefeln. »Hi. Ich bin der Mike und wohne unter dir. Wär gut, wenn du mir helfen könntest, die Haustür dichtzumachen. Ich hab's der Hausherrin versprochen, dass kein Tropfen Wasser ins Haus kommt. Hast du eine Plane oder so was?«

Markus sah Bens neuen Nachbarn von oben bis unten an. »Ist noch Zeit für eine Pizza und ein Bier?«

»Klar. Eine Halbe geht immer!«

»Dann komm rein.«

Sonntag, 2. Juni
Häuser in der Altstadt nur noch über Stege erreichbar

20

Das Wasser steigt unaufhörlich. Mein Herz stolpert. Es fühlt sich an, als liefe man über ein Stoppelfeld. Die kurzen Stümpfe der Maispflanzen bringen dich aus dem Takt, stoßen dir die zackigen Spitzen in deine Knöchel. Da kann man noch so aufpassen.

Dabei wollte ich ihr nur gefallen. Habe alles dafür getan, aber nie war sie zufrieden.

Ich sehe Tränen, sie rollen über ein schmutziges Gesicht, waschen weiße Streifen auf den Wangen aus. Wie alt war ich damals? Acht? Sechs? Oder noch jünger? Wie oft bin ich fortgerannt, nur damit sie sich Sorgen um mich macht, damit sie ein einziges Mal nach mir sucht? Tausendmal. Ich. Sie? Gesucht? Nie!

Was soll ich tun? Alles gleitet mir aus den Händen. Es hätte mir egal sein müssen, was ist.

Jetzt bin ich hier. Gefangen. In meiner eigenen Dummheit. Weil ich es doch allen recht machen will. Noch immer. Und ganz besonders ihr.

Wenn nur das Wasser endlich aufhören würde zu steigen. Es ist, als ob du in einer Kiste sitzt und jemand von außen den Boden mit einer hydraulischen Winde Stück für Stück Richtung Decke dreht. Die Luft geht dir aus, ehe sie wirklich verbraucht ist, der Platz schwindet. Sehr langsam, versteht sich, nicht zu schnell, damit die Angst nicht zu jäh endet, damit es nicht gleich vorbei ist. Denn das wäre zu einfach, das wäre viel zu human. Aber so ist das Leben, genau wie das Wasser: rücksichtslos, grausam und kalt.

21

»Raus! Frauen und Kinder zuerst!«

Vallis Rücken schmerzte. Nachdem sie am Samstagabend im Wimmerhaus alles abgedichtet und den heutigen Vormittag über in der Stadt Sandsäcke geschleppt hatten, waren sie nach einer kurzen Pause in Bens Wohnung ins »Scharfrichterhaus« hinübergewatet, um dort ihre Hilfe anzubieten. Im hinteren, tiefer liegenden Gewölbekeller drückte das Grundwasser bereits herein. Es sah aus, als würde die Steinmauer schwitzen wie ein Leistungssportler unter Maximalbelastung. In einer Höhe von knapp einem halben Meter drang Wasser aus jeder Pore des Mauerwerks. Der vordere Bereich des Lokals war dank einer Doppelschleuse bisher fast vollständig vom Wasser verschont geblieben. Das wenige Grundwasser, das unter der Treppe hereindrückte, schoben Valli, Markus und Ben mit Wischern Richtung Pumpe, die es auf die Straße hinausbeförderte. In der Milchgasse stand das Wasser jetzt ungefähr so hoch wie beim Katastrophenhochwasser 2002. Damals war das »Scharfrichterhaus« als einziges Lokal in der Altstadt nicht vollgelaufen, war mit einem Riss im Mauerwerk davongekommen. Blieb zu hoffen, dass die Pegel nun stagnierten, dann könnten »die Scharfrichter« womöglich auch diesmal Glück haben. Allerdings verhießen die aktuellen Warnungen eher das Gegenteil.

»Raus hier! Frauen und Kinder zuerst!«, schrie der Feuerwehrmann lauter und wies mit einer Hand auf die hintere Wand im Gewölbe. Dann schwang er sein Beil und durchschlug die Stromversorgung von Küche und Kaffeeautomaten. Zack.

Ben und Markus starrten einander an. Valli begann zu schreien – völlig entgegen ihrer sonst recht entspannten Art. Sie war restlos erschöpft, hatte viel zu wenig geschlafen. Ohne Kaffee würden ihr die Augen auf der Stelle zufallen.

Obwohl Ben, Valli und Markus das Anliegen des Feuerwehrmannes nicht nachvollziehen konnten, folgten sie ihm wie die anderen hinaus auf die Gasse.

»Im ›Hotel Residenz‹ hat's die Bodenfliesen an die Decke gesprengt, so stark hat das Grundwasser nach oben gedrückt. Jetzt fluten sie mit klarem Wasser gegen. Das solltet ihr hier auch tun – und zwar schleunigst«, sagte der Feuerwehrler zu den Wirtsleuten des »Scharfrichterhauses«.

Beide sahen von dem Vorschlag wenig angetan aus, obwohl auch ihnen klar sein musste, dass es besser war, die Keller mit klarem Wasser volllaufen zu lassen, als zu riskieren, dass die dreckigen Fluten sich doch ihren Weg bahnten und Unmengen Schlamm mit hereinbrachten. Ganz abgesehen davon konnte niemand garantieren, dass die Mauern dem Druck von unten standhielten. Trotzdem.

Gerade als der Feuerwehrmann in Richtung Römerplatz davonstapfte, durchschnitt Motorenlärm die gespenstische Stille. Durch den kleinen Ausschnitt, den Valli, Markus und Ben von ihrem Standpunkt aus vom Rathausplatz erhaschen konnten, rauschte ein voll besetztes Motorboot. Bierflaschen klackten aneinander. Lachen. Dann war es verschwunden – wie eine Illusion. Kaum drei Atemzüge später durchkreuzte das Boot erneut ihr Blickfeld, anscheinend war es in der Fischmarktgasse nicht weitergekommen.

»Habt ihr das auch gesehen?« Markus rieb sich die Augen, seine Glieder fühlten sich bleischwer an.

»Vor zwei Stunden haben sie die Brenninger von gegenüber der Pferdemetzgerei Breu mit einer Zille aus dem Haus geholt«, sagte Bens neuer Nachbar Mike, der vor einigen Stunden ebenfalls zur Rettung vom »Scharfrichterhaus« ausgerückt war, und fischte ein Bier aus einer seiner hinteren Hosentaschen. »Schwächeanfall, musste zum Doktor gebracht werden. Die aufgebauten Planken stehen längst unter Wasser.«

Zillenfährdienst in der Höllgasse, schoss es Valli durch den Kopf. Genau wie damals beim 54er-Hochwasser. Da hatten die Häuser tagelang unter Wasser gestanden. Gut, dass manche Fischer in Passau auch heute noch die schmalen Holzboote für den Fischfang einsetzten.

Valli musste an Opa Kroner denken, der in seiner Schulzeit jeden Tag mit der Seilfähre von der Innstadt zur höheren Schule in der Altstadt geschippert war und noch immer gern davon erzählte. Zehn Pfennig hatte damals die einfache Fahrt bis zur Anlegestelle

Schaiblingsturm gekostet. Das war immer ein Spaß gewesen, nur einmal, das Fährboot war schon mitten auf dem Inn, war das Stahlseil gerissen und das Boot in der starken Strömung abgetrieben. Die Geschichte war glimpflich ausgegangen, und Valli hatte sie bestimmt schon tausendmal gehört. Die Nähe von Ilz, Inn und Donau hatte sie bisher nie als bedrohlich empfunden. In dieser Nacht war das anders. Die glatte dunkle Oberfläche des Wassers machte ihr Angst.

»Beim letzten Hochwasser hat jemand aus seiner Gefriertruhe eine halbe Sau entsorgt«, erzählte Mike weiter, »die blieb dann irgendwo im Kehrwasser liegen. Kein schöner Anblick.«

Valli hörte ihm nicht zu. Wie hypnotisiert starrte sie auf die stinkende braune Brühe. Das Wasser stand den Passauern buchstäblich bis zum Hals. Valli hatte kein gutes Gefühl. Gar kein gutes.

Montag, 3. Juni
Um 20 Uhr erreicht die Donau die Rekordmarke von 12,80 Metern –
höchster Donaupegel in Passau seit 500 Jahren

22

Kroner war an diesem Montag saugrantig, was sonst ausgesprochen selten vorkam. Nicht nur, dass er wegen des Hochwassers sogar mit dem Rad kaum von der Innstadt bis zur Altstadt durchgekommen war, nein, dieser Laurenz Osterby hatte sich noch immer nicht bei der Polizei gemeldet und schien wie vom Erdboden verschluckt. Bei der Morgenbesprechung hatte Kroner deshalb lieber den Mantel des Schweigens darüber gebreitet, dass Valli – im Kommissariat als sein störrisches Ziehkind durchaus bekannt – sich mit Laurenz getroffen hatte, ohne ihm Bescheid zu geben. Nur Wendlandt hatte er in einem Gespräch unter vier Augen eingeweiht – in modifiziert verharmlosender Form – und ihm kurz geschildert, was Valli erzählt hatte, nachdem Ben sie am Freitagabend im Hause Kroner wie eine Hauptverdächtige vorgeführt hatte. Wenn Valli den Burschen wenigstens gefragt hätte, was passiert war, nachdem er mit Sara das Lokal verlassen hatte. Aber nein, sie wollte sich einfach mit Laurenz unterhalten haben. Nur so. Wie dämlich war das denn?

Kroner biss die Zähne zusammen, als er bei Schlegel und Reischl reinschaute – sie knirschten. Ausgerechnet jetzt mussten die drei Flüsse sich dermaßen aufmandeln. Fast die Hälfte seiner Mannschaft war heute nicht zum Dienst erschienen, alle kämpften zu Hause, bei Verwandten oder Bekannten gegen das Hochwasser an. Paulus hatte es besonders schlimm erwischt. Er und seine Frau wohnten in der Ferdinand-Wagner-Straße in der Ilzstadt und konnten das Haus nicht mehr verlassen: eingeschlossen vom Wasser, ohne Strom und Trinkwasser. Wenigstens hatten sie ein Notstromaggregat, mit dem sie abwechselnd Heizlüfter und Kühlschrank am Laufen hielten.

»Laurenz Osterby ist morgen zweiundzwanzig Uhr dreißig auf eine Maschine nach Toronto gebucht. Er war der Letzte, der mit Sara gesehen wurde, und schickt sich an, das Land zu verlassen. Jetzt *müssen* wir davon ausgehen, dass er Dreck am Stecken hat.

Informiert die Staatsanwaltschaft und verständigt die Kollegen in München. Ich will, dass einer von euch vor Ort ist, verstanden?« Erst vor wenigen Minuten hatte Ligeia Kroner die brandheiße Information zugespielt. Im Grunde konnte es nur eines bedeuten, wenn Laurenz sich aus dem Staub machte, und das gefiel Kroner überhaupt nicht.

»Geht klar, Chef.« Reischl griff bereits nach dem Hörer.

Kroner schloss die Bürotür und entspannte den Kiefer. Das mochte er an seinem Team: Wenige Worte genügten.

Draußen auf dem Gang wartete Ben. Leo Weissenbeck war heute Morgen ebenfalls nicht zur Arbeit erschienen. Ihre Wohnung in der Lederergasse soff ab, sie konnte unmöglich weg. Beim Gedanken daran machte sich bei Kroner prompt das schlechte Gewissen bemerkbar. Hätte er Leo nicht seine Hilfe anbieten sollen, ja sogar müssen? Aber was wäre dann mit dem Fall Sara? Die ersten Tage einer Ermittlung, auch nach der magischen Achtundvierzig-Stunden-Grenze, waren entscheidend, das wusste jeder bessere »Tatort«-Fan.

Kroner schüttelte sich, machte sich von seinen Bedenken frei und legte Ben eine Hand auf die Schulter. Wegen Leos Abwesenheit sollte Bruhan mit Marlis Osterby sprechen, die seit über einer Stunde im Vernehmungszimmer wartete. Kroner hatte sich gewundert, dass Laurenz' Mutter überhaupt aufgetaucht war. Er hätte gedacht, sie würde das Hochwasser als Entschuldigung dafür vorschieben, nicht zu kommen. Die Rechtsbelehrung hatte sie jedenfalls nur widerwillig über sich ergehen lassen.

»Die Frau hat eine steile Karriere hingelegt.« Kroner hielt es für angemessen, Ben die Eckpunkte von Marlis Osterbys Werdegang darzulegen, bevor er ihn in die Höhle des Löwen schickte. Ganz wohl war ihm nicht dabei, aber er musste den Jungen einfach testen und dabei, quasi als Zugabe, die Osterby reizen.

»Nach dem Jurastudium in Passau war sie sieben Jahre lang Anklägerin in Wirtschaftsstrafsachen in München, danach Staatsanwältin beim Landgericht München, von dort Abordnung als wissenschaftliche Mitarbeiterin nach Karlsruhe. Laurenz war zu dieser Zeit längst geboren, keine Ahnung, wie sie das als alleinerziehende Mutter geschafft hat. Nach ein paar Zwischenstationen ist sie schließlich bei der Bundesanwaltschaft in Karlsruhe gelandet. Sie kommt nur alle paar Wochen nach Passau, eigentlich lebt und arbeitet sie in Karlsruhe, auch wenn ihre Wohnung dort als Zweitwohnsitz angemeldet ist.«

Ben wusste das meiste davon bereits, er hatte seine Hausaufgaben gemacht, Marlis Osterby gegoogelt und durchs polizeiinterne System gejagt. Er ahnte, dass Kroner ihm den Vorzug vor anderen, deutlich routinierteren Kollegen gab, weil er die Osterby mit einem Jungspund wie ihm provozieren wollte. Als er die Tür zum Vernehmungszimmer öffnete, war auf den ersten Blick klar, dass Kroners Rechnung aufging.

»Erst lässt mich der Herr Kriminalhauptkommissar warten, obwohl die Sache, ach, so dringlich ist, und jetzt schickt er mir seinen jüngsten Welpen?« Sie sah Ben nicht an, stand direkt vor dem venezianischen Spiegel, den sie natürlich als solchen erkannte. Sie und Kroner trennten – abgesehen vom Spiegelglas – nur wenige Zentimeter. Ben konnte sich nur allzu gut vorstellen, mit welch schelmischem Vergnügen der Chef in diesem Moment die Osterby beobachtete. Aber auch ihm gefiel die Situation: Es war selten ein Nachteil, vom Gegner unterschätzt zu werden.

Ben bemühte sein harmloses Lächeln. »Guten Tag, Frau Osterby. Würden Sie sich bitte zu mir setzen?« Kurze Pause, dann räusperte er sich scheinbar verlegen. »Sie haben doch nichts dagegen, dass wir das Gespräch aufzeichnen?« Ganz Gentleman zog er für sie den Stuhl hervor und wies ihr galant mit einer Hand den Weg. Sein jungenhafter Charme verfehlte auch bei Laurenz' stacheliger Mutter seine Wirkung nicht. Sie setzte sich.

»Möchten Sie einen Kaffee, Cappuccino, Wasser?«

»Einen Cappuccino, bitte.« Sie war wieder ganz die tadellose Geschäftsfrau. Die Zornesfalten auf ihrer Stirn verschwanden.

Ben gab ihren Wunsch auf den Flur weiter, nahm ihr gegenüber Platz und legte seine Hände auf den Tisch. Es war alles andere als üblich, eine Befragung wie diese im Vernehmungszimmer durchzuführen und aufzuzeichnen. Ben vermutete, dass auch das eine gewollte Provokation Kroners sein sollte. »Sie müssen entschuldigen, aber Sara Rieß' Tod hält uns im Moment alle in Atem – und dazu das Hochwasser. Die anderen Räume sind belegt, und wir wollten Ihnen den regen Parteiverkehr auf den Gängen und in den Büros ersparen.« Eine dreiste Lüge. Die KPI war an diesem Morgen wie ausgestorben – leere Gänge, wohin man schaute. Wer nicht unbedingt hier sein musste, kämpfte draußen gegen die Fluten.

Maurer brachte den Cappuccino. Zog Kroner die junge Kollegin absichtlich für Kaffeeautomatendienste heran, oder war ihm gar nicht bewusst, dass er sie öfter als die anderen zum Kaffeeholen schickte? Ben glaubte, in den wenigen Tagen, seit er dabei war, diesbezüglich ein Muster erkannt zu haben.

»Haben Sie etwas von Ihrem Sohn gehört, Frau Osterby?«

»Das sagte ich doch bereits. Ich weiß nicht, wo er ist.« Gelangweilt kramte sie in ihrer Handtasche, natürlich ein Designerstück.

»Kommt es Ihnen nicht komisch vor, dass er just nach Sara Rieß' Tod von der Bildfläche verschwindet?«

»Vielleicht ist er mit Freunden ein paar Tage weggefahren? Mit dem Fall Sara Rieß hat er garantiert nichts zu tun.«

»Was macht Sie da so sicher?«

»Mein Sohn kann keiner Fliege etwas zuleide tun, leider.«

»Leider?« Ben zog die Brauen hoch.

»Ja, leider. Er hat kein Rückgrat.«

»Im Gegensatz zu Ihnen?«

Sie zuckte mit den Schultern.

»Was ist Ihr Sohn für ein Mensch?«

»Fällt Ihnen nichts Dümmeres ein?« Sie lächelte gönnerhaft, legte ihr Filofax vor sich auf den Tisch und blätterte darin.

Ben wunderte sich, dass Marlis Osterby ihre Termine anscheinend noch handschriftlich verwaltete. »Bitte beantworten Sie die Frage. Was ist Ihr Sohn für ein Mensch?«

Die Staatsanwältin hob den Blick, blinzelte Ben mit getuschten Wimpern an, antwortete nicht – demonstrativ.

Ben gönnte ihr den kleinen Sieg. »Haben Sie schon bei seinen Freunden nachgefragt, wo er sein könnte?«

»Nein.«

»Warum nicht?«

Erneut überhebliches Schweigen.

»Weil Sie seine Freunde nicht kennen?«

»Kann sein. Außerdem ist das Ihre Aufgabe.«

»Na ja, meine Mutter würde nachfragen, wenn sie nicht wüsste, wo ich wäre.« Das war eine weitere Lüge, aber das musste Ben Marlis Osterby ja nicht auf die Nase binden.

»Ach, wissen Sie …« Sie schlug die Beine übereinander, und Ben musste an die legendäre Szene mit Sharon Stone in »Basic Instinct« denken. Ihm wurde heiß. »Ich bin eine viel beschäftigte Frau, und es war nie eines meiner Lebensziele, eine Glucke zu sein.« Jetzt lächelte sie herablassend. »Eine Frau muss doppelt so hart für den Erfolg arbeiten wie ein Mann, aber das ist nicht schwer.« Sie rührte in ihrem Cappuccino. Gelassenheit pur − nicht die schlechteste Charaktereigenschaft für eine Staatsanwältin. Sehr wahrscheinlich hatte sie genau diese Kaltschnäuzigkeit auf der Karriereleiter so weit nach oben gebracht.

»Ihr Vorbild ist also Ex-Generalbundesanwältin Monika Harms?«, bemerkte Ben beiläufig.

Marlis Osterby kam für einen kurzen Moment lang aus dem Takt. Das Zitat, es sei nicht schwer, doppelt so hart zu arbeiten wie ein Mann, gab sie gern für ihr eigenes aus, und nicht einmal in Karlsruher Kreisen hatte das bislang jemand bemerkt. »Glauben Sie ja nicht, dass Sie mich damit beeindrucken können, Herr … Wie war noch mal Ihr Name?«

»Bruhan, Frau Osterby, norddeutsch für Brauknecht, falls Sie sich für Namensursprünge interessieren.«

»Lassen Sie das Geplänkel!«

»Gern.« Ben beugte sich nach vorn. »Also, wo könnte Ihr Sohn sein, wenn er − wie Sie behaupten − für ein paar Tage weggefahren ist? Und das auch noch mitten im Semester, kurz vor den Prüfungen.«

»Wird das jetzt ein Ratequiz à la Jauch oder Pilawa?«

»Antworten Sie, Frau Osterby. Bitte. Sie wollen doch auch wissen, ob es Ihrem Sohn gut geht.«

»Wieso sollte es Laurenz nicht gut gehen?«

Ben stutzte. Eine junge Frau war getötet worden, Laurenz Osterby war vermutlich der Letzte, der sie lebend gesehen hatte, und seine Mutter machte sich keine Sorgen? Gar keine? »Antworten Sie.«

»Italien, Österreich … Was weiß ich denn?«

»Kanada?«

Marlis Osterby stellte die Tasse auf den Tisch. Für Bens Empfinden einen Tick zu hastig. Wusste sie am Ende doch etwas? Bisher hatten er und Kroner sie für gleichgültig gehalten, aber jetzt? Deckte Marlis Osterby vielleicht sogar ihren Sohn?

»Toronto, um es genau zu sagen. Ihr Sohn ist für morgen Abend auf einen Flug nach Toronto gebucht. Haben Sie eine Ahnung, was er dort will? Ehrlich gesagt sieht das für uns nach Flucht aus. Was meinen Sie?«

»Jetzt beruhigen Sie sich doch, Frau Rieß.« Kroner reichte Saras Mutter ein Papiertaschentuch. Eigentlich hatte er die Zachlerin warten lassen wollen, bis Marlis Osterbys Befragung vorbei war, aber ihr unterdrücktes Schluchzen auf dem Gang hatte sein Herz erweicht und – mehr noch – an seinen Nerven gezerrt.

»Was ist denn passiert?« Kroner nahm am Schreibtisch Platz und hätte sich am liebsten selbst eine reingehauen: Was ist denn passiert? Gab es eine dämlichere Frage, wenn einem gerade die Tochter weggestorben war? Feingefühl zählte nicht zu seinen Kernkompetenzen, das wusste er.

Die Zachlerin kramte in ihrer altmodischen Handtasche und förderte daraus ein zerlesenes dickes Buch zutage.

Kroners Herz schlug schneller. Bum, bum, bum, bum … Wie ein Vorschlaghammer. »Darf ich?«

Saras Mutter wischte die Tränen fort und nickte. »Gestern … hab ich das Bett abgezogen, da hab ich's gefunden. In der Matratze war's versteckt.«

Das Tagebuch lag schwer in Kroners Hand. Sara hätte nicht gewollt, dass ein Fremder darin las, aber das durfte ihn jetzt nicht kümmern. »Haben Sie hineingeschaut, Frau Rieß?«

Die Tränen rollten unaufhörlich. Sie nickte, wies auf einen Papierschnipsel, der zwischen den Seiten klemmte. Saras Mutter musste einen ziemlichen Umweg in Kauf genommen haben, um bei Kroner im Büro zu erscheinen. Der Georgstunnel war längst dicht.

Kroner ließ seinen Daumen über das abgegriffene Papier gleiten und schlug das Buch an der Markierung auf. Saras Handschrift war ausgesprochen schön:

Alles ist meine Schuld. Ich war blind, ich hätte merken müssen, dass er … Habe ich ihn ermutigt? Dachte er …?
Wenn ich es nur Mama sagen könnte, aber sie erzählt es dem Papa, und der bringt ihn um, das weiß ich, und dann ist nicht nur

mein Leben ruiniert, sondern auch das meiner Eltern. »Ich wurde vergewaltigt, Mama.« Wenn ich es dir doch sagen könnte, dann müsste ich nicht mehr so stark sein, nicht mehr so tun, als wäre alles in Ordnung, nicht mehr …

»Sie wollt uns beschützen. Sie uns, dabei hätt es doch umgekehrt sein sollen. Ich bin ihre Mutter, und ich hab ihr nicht helfen können.« Die Zachlerin starrte auf die Hände in ihrem Schoß, der nass von Tränen war.

Kroner tippte mit dem Zeigefinger auf das Chinadekor des Buchdeckels. »Steht der Name des Täters drin, Frau Rieß?« Er blickte sie an. Saras Mutter kam ihm heute um Jahre älter vor als noch vor wenigen Tagen. Die schwarzen Ringe unter den Augen ließen sie verwahrlost aussehen, als wäre sie auf Drogen. Wahrscheinlich konnte sie nicht schlafen, wurde von Schuldgefühlen erdrückt.

»Dieser Eintrag ist der letzte …« Kroner blätterte ein paar Seiten nach hinten – alles leer – und nach vorn. Nach einigen unbeschriebenen Seiten stieß er auf Saras Schilderungen vom Erfolg in Litauen. Im Juli 2005 waren ihre Worte noch unbeschwert, euphorisch, ja sogar ein klein bisschen überheblich gewesen. Sie hatte sich eine Menge zugetraut. Sara. Danach hatte sie nichts mehr geschrieben, bis auf diesen letzten Eintrag am 18. Februar 2006.

»Glauben Sie, Ihre Tochter könnte sich deshalb umgebracht haben? Hat sie es in den letzten Jahren schon einmal versucht?«

Die mageren Schultern der Zachlerin zuckten ruckartig, als sie Kroner verweint ansah. »Ich weiß es nicht. Ich weiß gar nichts mehr.«

Kroner stand auf. »Wir müssen Saras Tagebuch untersuchen, vielleicht findet sich darin doch irgendwo ein Hinweis auf die Identität des Vergewaltigers. Das muss nicht heißen, dass dieser Mann etwas mit Saras Tod zu tun hat, wir gehen einfach jeder Spur nach. Sie verstehen?« Kroner seufzte. »Sie bekommen das Buch bald zurück. Versprochen.«

Als die Zachlerin weg war, holte Kroner seine Gummistiefel aus dem Schrank und machte sich auf den Weg. Vielleicht konnte er sich ja zu Leo durchschlagen und sie beim Kampf gegen das Hochwasser unterstützen. Falls nicht, würde er anderswo mit anpacken. Jede Hand zählte, jeder angeschleppte Sandsack war Gold wert, und die besten Geistesblitze kamen Kroner ohnehin, wenn er sich bewegte, wenn er sich körperlich anstrengte. Die Altstadt präsentierte sich ausnahmsweise mal frei von Hochwasser-Voyeuren. Die Gaffer kamen einfach nicht mehr durch; überall nur kalte braune Brühe. Hubschrauber kreisten über der Stadt, die Sirenen der Einsatzfahrzeuge heulten ununterbrochen. Es fuhr kein Auto mehr, nur Fußgänger und Soldaten in Geländewagen waren unterwegs. Das war kein Hochwasser, wie es die Passauer kannten, keines, mit dem sie fertig werden konnten, das hier war eine ausgewachsene Naturkatastrophe, ein hinterhältiger Tiefschlag, der Kroners Heimatstadt an den Rand des Zusammenbruchs bringen würde. Dem Hauptkommissar lief es eiskalt den Rücken hinunter. Im Stillen dankte er der heiligen Mutter Maria dafür, dass sein Haus in der Innstadt so weit oben am Hang lag.

Markus hatte die Wohnung im Wimmerhaus zu seinem Retterhauptquartier auserkoren. Seit einigen Stunden paddelte er in Bens Kajak durch die Gassen und evakuierte Menschen aus ihren wasserumspülten Wohnungen, versorgte sie mit Trinkwasser und genoss seinen neu errungenen Heldenstatus.

Vornehmlich konzentrierte er seine Aktivitäten auf das Gebiet rund um die Uni. Der Inn hatte die Promenade bereits völlig unter sich begraben, also gab es dort jede Menge hilfloser Studentinnen, die es zu retten galt. An die hübscheren von ihnen verteilte Markus hartnäckig und mit verführerischem Augenzwinkern seine Handynummer für den Fall, dass seine Hilfe nochmals gebraucht würde oder sich jemand in naher Zukunft mit einem Drink bedanken wollte.

Wenn er Hunger hatte, holte er sich an einer der provisorischen Verpflegungsstationen etwas zu beißen. Die Leute waren wirklich hilfsbereit. Jeder, der nicht selbst vom Hochwasser betroffen war, versuchte, wenigstens mit einer Essensspende die anderen zu unterstützen.

Gerade legte Markus am Retterhauptquartier an, um Ben mitzunehmen, der heute Morgen sein Handy in der Wohnung vergessen hatte, dieses gerade abgeholt hatte und jetzt zurück ins Kommissariat wollte. Auch Valli saß bei Markus im Kajak und sah nach der langen Nacht im »Scharfrichterhaus« völlig übermüdet aus. Sie hatte sich zwar kurz in Bens Wohnung aufs Ohr gelegt, als dieser zur Arbeit ging, war aber kaum eine Stunde später wieder hinaus auf die Gassen geeilt, um in der Altstadt mitanzupacken. Am Ort hatte Markus sie gerade eben aufgelesen. Jetzt wollte sie unbedingt zu ihrer Mutter ins Atelier Andreß, und Markus sollte sie hinbringen.

»Wie praktisch«, flötete Ben beißend, als er durchs Fenster des Nachbarhauses kletterte und über die kleine Dachterrasse auf das Kajak zuging. »Mir wäre im Traum nicht eingefallen, dass ich von meiner neuen Wohnung aus jemals mit dem Boot zur Arbeit fahren würde oder ich übers Dach aus- und einsteigen muss.«

In der Milchgasse stand das Wasser inzwischen so hoch, dass der untere Eingang des »Scharfrichterhauses« direkt gegenüber nicht mehr zu sehen war.

»Vorhin musste ich schwimmen, um bis zu meiner Haustür zu kommen. Stellt euch das mal vor!« Ben konnte das alles kaum fassen. Nie hatte er etwas Ähnliches erlebt. Im Laufe des Tages war der Pegel unaufhörlich gestiegen. Nicht nur er, nein, sogar die erfahrenen Einsatzkräfte waren vom Ausmaß der Katastrophe überrascht worden. Im Moment sah es so aus, als stünde der mit schwarzer Farbe an die Hausmauer gemalte Scharfrichter samt Beil direkt auf der Wasseroberfläche. Ungläubig schüttelte Ben den Kopf darüber.

Als klar gewesen war, dass das »Scharfrichterhaus« diesmal nicht glimpflich davonkommen würde, hatten Markus, Valli und er geholfen, den Bösendorfer-Flügel aus dem Gewölbe zu retten. Hochkant hatten sie das wertvolle Instrument über die Treppe geschleppt, und weil der Torbogen im Innenhof zu niedrig gewesen war, hatten die Scharfrichter sogar den Presslufthammer bemühen müssen. Immerhin würde der Flügel die Fluten unbeschadet in der Vinothek überstehen. Sonst war im Lokal so ziemlich alles hin, denn um das Gewölbe zu fluten, war es zu spät gewesen, damit hätten die Scharfrichter viel früher beginnen müssen. Jetzt konnten sie nur darauf warten, dass sich das Wasser endlich verpisste. Angeblich war der Scheitelpunkt fast erreicht.

Markus hielt sich mit beiden Armen am Geländer des kleinen Balkons fest, damit das Boot nicht wegdriftete, als Ben einstieg.

»Beeil dich!«, nörgelte Valli. Es dauerte ihr viel zu lange, bis sich Ben endlich hinter ihr ins Kajak quetschte. »Du hättest erst mich absetzen sollen. Wir haben gar keinen Platz zu dritt«, schalt sie Markus.

Vallis Mutter hatte vor wenigen Minuten völlig aufgelöst angerufen. Sie bräuchten dringend Hilfe im Atelier Andreß, alle wären total am Ende. Plötzlich hatte Valli Angst, empfand das Hochwasser als echte Bedrohung, nicht mehr als ein außergewöhnliches Abenteuer wie so viele andere Helfer, die wie sie selbst nicht in den betroffenen Gebieten wohnten und jederzeit nach Hause gehen konnten, in eine saubere, aufgeräumte Wohnung, in der wertvolle Erinnerungen nicht von den Fluten zerstört und davongetragen wurden.

Als Markus Ben endlich das zweite Paddel in die Hand drückte, schaukelte das Kajak bedenklich. Vorsichtig tauchten die beiden jungen Männer schließlich die Blätter ein, glitten andächtig die Milchgasse hinunter bis zum Rathausplatz. Erst bewegten sich Ben und Markus so wenig wie möglich, um nicht zu kentern, versuchten, synchron zu paddeln, doch schnell wurden sie sicherer und kühner. Trotz Vallis Protesten kreuzten sie im Zickzack über den Rathausplatz, einfach nur, weil es so unwirklich, so außergewöhnlich war. Über Promenade und Donaukai glitten sie fast lautlos auf die Ortsspitze zu. Die schwarze Wasseroberfläche lag relativ ruhig vor ihnen. Weil der Inn auf der anderen Seite die Donau aufstaute, kam der Fluss diesseits der Stadt fast zum Stillstand. Die Erdgeschosse sämtlicher Häuser lagen in diesem Teil der Altstadt komplett unter Wasser. Valli, Ben und Markus sahen vom Boot aus in die oberen Stockwerke, konnten die Schatten von Menschen erkennen, die im Dunkeln, bei Kerzenschein oder Taschenlampenlicht versuchten zu retten, was zu retten war.

Gerade nahm ein anderes Boot einen Mann in kurzen Hosen auf, der in einem Abfalleimer seine Hasen transportierte. Mit einer Hand drückte er die Tiere immer wieder zurück in den Eimer, um sie am Herausspringen zu hindern.

Am Ort beim Inder bogen Valli, Ben und Markus ab und paddelten zur Innseite hinüber. Hier gab es keinen Stillstand, ganz im Gegenteil. Das Dröhnen des Inns schwoll an, je näher sie kamen, kreischte bedrohlich in ihren Ohren. Vorsichtig tasteten die drei sich bis zum Waisenhaus vor, hielten sich rechts, dicht an den Häusern, um ja nicht in die reißenden Fluten zu geraten, und landeten schließlich über dem Gartencafé des Ateliers Andreß. Valli klopfte an ein Fenster im ersten Stock, die Zimmer im Erdgeschoss waren nicht mehr zu sehen.

»Willst du wirklich aussteigen?«, fragte Markus, während er das Kajak so nah wie möglich an die roséfarbene Hausmauer brachte und sich am Fenstersims festkrallte. Ihm kam es vor, als würde er Valli auf einer einsamen Insel aussetzen.

Valli nickte, versuchte, tapfer zu lächeln, obwohl ihr nicht danach zumute war. In den Straßen und Gassen um sie herum war es dunkel, kein Licht brannte mehr. Ihr Blick schweifte zum anderen Ufer hinüber, auch dort war alles finster. Die Innstadt konnte man schon seit gestern nur noch zu Fuß oder mit dem Rad erreichen, zum Baugebiet Hochstein in Hals gab es kein Durchkommen mehr, Grubweg war allein über den Autobahnzubringer erreichbar. Das hier fühlte sich an wie Krieg.

Heute Nachmittag hatte Valli erstmals verstanden, dass das Füllen und Schleppen von Sandsäcken zwar Knochenarbeit war, dass aber die Gewissheit, dass das Wasser jede Menge Dreck zurücklassen würde, wenn es sich denn endlich dazu herabließ, wieder abzulaufen, tausendmal stärker an den Nerven zerrte und dass erst dann die wirkliche Arbeit begann.

Das Fenster öffnete sich, und Vallis Mum streckte weinend die Arme nach ihrer Tochter aus. Markus drückte Valli schnell ein Sixpack Mineralwasser in die Hand, dann stieg sie vom Kajak aus durchs Fenster.

25

Vierundzwanzig Stunden später saß Valli im Atelier Andreß auf einem Barhocker – völlig erschöpft. Die letzten Tage steckten ihr in den Knochen. Wie viele Stunden hatte sie seit Sonntag geschlafen? Vier, maximal fünf? So gesehen war das Hochwasser ein Segen: Sie hatte keine Zeit zu schlafen, keine Zeit nachzudenken, es gab immer etwas zu tun, um sich abzulenken, um nicht verrückt zu werden. Dennoch machten Saras Tod und Laurenz' Abtauchen Valli schwer zu schaffen. Hoffentlich gelang es Kroner bald, Licht ins Dunkel zu bringen. Die Ungewissheit war kaum zu ertragen.

»Willst du einen Kaffee?« Seufzend stieg Joja neben Valli auf einen Barhocker. Seit mehr als achtundvierzig Stunden half sie ihrer Freundin Josefa und deren Mann im Kampf gegen das Hochwasser. Sie hatten das meiste aus Keller und Erdgeschoss in den ersten Stock geräumt und versucht, den Schlamm draußen zu halten, doch irgendwann gestern Abend, als der Scheitelpunkt fast erreicht und der Druck zu groß geworden war, hatten die Schlammbarrieren nachgegeben und Wasser und Dreck hereingebeten.

In den Räumen im Erdgeschoss stand das Wasser noch immer hüfthoch. Möbel, Bilder und Kleidungsstücke schwammen in der braunen Brühe. Josefas Atelier war völlig zerstört. Immerhin lagen die Kunstwerke sicher verstaut in der oberen Etage, obwohl auch dort, in den Wohnräumen, das Wasser knöchelhoch gestanden hatte.

Jetzt mussten sie warten, bis sich das Wasser wieder zurückzog. Doch dann ging es erst richtig los, dann folgte das große Aufräumen. Josefa Andreß hatte es in den vergangenen Jahren oft schlimm erwischt, ihr Atelier lag direkt am Innkai, aber so katastrophal war bisher noch keine Überschwemmung gewesen. Ihre Existenz stand auf dem Spiel.

»Kaffee wäre super, Mumsi.« Der Strom war erst seit wenigen

Minuten wieder da, und Valli plagte das schlechte Gewissen. Statt im »Scharfrichterhaus« zu schuften, hätte sie besser der Freundin ihrer Mutter helfen sollen. Jetzt war es dafür zu spät, die Räume waren versaut, vieles hätte man vielleicht retten können. Oder. Auch. Nicht.

Besonders unangenehm war, dass sie nicht einmal aufs Klo konnten. Viele Häuser wie dieses hatten noch alte Systeme ohne Rückstauklappen, da kam die ganze Scheiße im wahrsten Sinne des Wortes einfach wieder hoch. Also mussten sie auf einem Eimer Platz nehmen und die Lurre anschließend zum Fenster hinauskippen. Pfui Teufel!

Die Andreß kam die Treppe herunter, ihre Beine steckten in einer Fliegenfischergummihose, die ihr bis zur Brust reichte, die Haare hatte sie mit einem rosa karierten Tuch zurückgebunden. Sie wirkte fröhlich, geradezu unbeschwert, als wolle sie aller Welt entgegenschreien: Was hilft es zu jammern, anpacken, das ist das Mittel der Stunde!

Valli fand diese Gelassenheit unerträglich. Sie war nicht für stilles Aushalten gemacht, sie musste ihrem Ärger immer sofort Luft machen. Pur und ungefiltert. Gerade ihr direktes Umfeld kam häufig in den Genuss ihrer erschreckend weitläufigen Gefühlspalette. Aber gegenüber Josefa ließ sie sich nichts anmerken.

»Gut, dass du noch da bist, Valli.« Josefa Andreß watete durch das Wasser zum etwas höheren Schanktisch und machte sich am Kaffeeautomaten zu schaffen. Die Theke war zu schwer für den ersten Stock gewesen, die hatten sie den Fluten überlassen müssen. Das Holz war massiv, es würden mit Sicherheit Flecken bleiben, aber kein Furnier würde sich aufdrehen und unansehnlich werden. Gute alte Handarbeit. »Mir ist da noch was eingefallen, das solltest du dem Herrn Kroner sagen, wenn du ihn siehst.«

»Das kannst du Hannes auch selber sagen, Josefa«, mischte sich Joja ein.

»Papperlapapp«, wischte die Andreß den Einwand beiseite, »ich kann jetzt hier nicht weg, und wenn der Herr Kriminaler meint, die Sache sei wichtig, kann er sich ja bei mir melden.«

Joja verdrehte die Augen. Ihr eigenes Verhältnis zu Hannes Kroner war – untertrieben ausgedrückt – etwas unterkühlt. Sie nahm es ihm übel, dass er ihrer Tochter Heimat und Familie gab, weil sie dazu nicht in der Lage war. Eigentlich müsste sie ihm dankbar sein, das wusste sie wohl, aber aus Gründen, die niemand wirklich nachvollziehen konnte, fiel ihr gerade das unendlich schwer. Nur Josefa verstand ihre Freundin, deshalb fand sie es normal, Valli vorzuschicken, nicht Joja.

»In der Nacht, in der Sara getötet wurde ...« Josefa stutzte kurz. »Steht mittlerweile eigentlich fest, dass sie getötet wurde?«

Valli zuckte mit den Schultern. Sie wusste es nicht.

»Egal«, fuhr die Andreß fort, »jedenfalls habe ich dem Herrn Kroner junior und seinem charmanten Begleiter berichtet, dass ich kurz nach Mitternacht ein Pärchen aus meinem Garten gescheucht hätte.«

Valli wurde hellhörig. »Und?«

»Danach bin ich ins Bad und anschließend ins Bett. Aber jetzt ist mir eingefallen, dass ich vor dem Zubettgehen noch im Atelier nach dem Rechten gesehen habe. Manchmal vergesse ich, die Kerzen zu löschen oder die Fenster zu schließen ...« Zerstreut wedelte sie mit ihren Händen vor dem Kaffeeautomaten herum, als wäre ihr entfallen, was als Nächstes zu tun war, um an eine Tasse Kaffee zu kommen. Valli glaubte, Tränen in ihren Augen glitzern zu sehen. Anscheinend ging ihr die Zerstörung ihrer Werkstatt doch stärker an die Nieren, als sie alle glauben ließ. Irgendwie beruhigend.

»Ein Fenster stand tatsächlich offen, und direkt unter ihm haben sich ein paar Leute gestritten. Ich konnte nicht viel erkennen, aber ich glaube, es waren drei oder vier Personen.« Sie drehte sich um und lehnte sich an die Theke. »Ich meine, es waren das leidenschaftliche Pärchen aus meinem Garten und ein anderer Mann oder eine andere Frau. Ich kann mich natürlich täuschen, aber bei dem Pärchen bin ich mir ziemlich sicher.«

»Und?« Valli beugte sich nach vorn, Josefa entgegen. »Konntest du sie verstehen? Du sagtest, sie hätten gestritten?«

»Es war ein ziemliches Durcheinander, sie haben sich bemüht, leise zu sein, aber ...« Josefa Andreß überlegte. »Das war kein kleiner, unbedeutender Streit, sie waren sehr erregt.«

»Hast du mitbekommen, worum es ging?« Joja übernahm den Posten an der Kaffeemaschine, legte Filterpapier ein, löffelte Pulver

in die kleine Pfanne und drehte sie anschließend in die Verankerung.

»Nein, nur die Stimme des Mannes war etwas lauter, ihn konnte
ich ab und an verstehen.«

»Und?«, fragten Valli und Joja gleichzeitig. »Was hat er gesagt?«

Josefa wehrte mit erhobenen Händen ab, schien sich angesichts
des steigenden Interesses unwohl zu fühlen. »Ich habe nur zusam-
menhanglose Fetzen aufgeschnappt.«

Joja packte ihre Freundin am Arm. »Jetzt raus damit. Lass dir
doch nicht alles aus der Nase ziehen!«

»Na schön.« Josefa Andreß setzte sich neben Valli an die Theke.
»Der Mann hat sich darüber aufgeregt, dass jemand ihn anlügen
würde.«

»Wer?«

Josefa verdrehte die Augen. »Das weiß ich doch nicht, aber
was ich gehört habe, war sinngemäß etwa Folgendes: ›Du lügst,
wenn du den Mund aufmachst. Niemand glaubt dir. Alles hätte
ich getan … Und jetzt das! Dass du … Ich fasse es nicht, das ist so
billig.‹ Etwas in der Art.«

»Mehr nicht?« Valli senkte die Stirn auf den Tresen herab. Wow!

»Doch, da war noch mehr, aber ich kann mich einfach nicht
daran erinnern, und dann rief jemand den Mann zur Räson und
mahnte ihn, leiser zu sein. Es war eine Frau, glaube ich. Danach
sind sie weiter Richtung Ortsspitze gegangen, und bald darauf hat
das Rauschen des Wassers jedes weitere Wort verschluckt.«

Na toll!, dachte Valli enttäuscht. Dennoch holte sie ihr Handy
heraus und wählte Markus' Nummer.

»Du kommst nicht mit?«, fragte Markus Ben entgeistert. Es war kurz
nach einundzwanzig Uhr. Das Wasser hatte sich weiter zurückgezogen, stand aber nach wie vor in den Gassen, sodass der jüngste
Kroner-Spross dieses Mal über eine Leiter vom Balkon ins Boot
vor Bens Wohnung stieg. Valli hockte noch im Kajak, sie war sitzen
geblieben, hatte sich strikt geweigert, schnell mit hereinzukommen.

Sie war stinksauer auf die beiden Deppen – vor allem auf Ben.
Ewig hatte sie im Ateliercafé Andreß auf Ben und Markus warten
müssen, nachdem Josefa ihre Kurzzeitamnesie überwunden hatte.

Als Markus endlich da war, musste er Valli zum Bleiben überreden, bis auch Kriminaloberkommissar Bruhan sich endlich dazu herabließ, aufzutauchen und seinen Pflichten nachzukommen. Als Entschuldigung für sein deutlich verspätetes Eintreffen hatte Ben die gute Angela und ihren bayerischen Ministerpräsidenten bemüht. Zu Bens großer Überraschung war er ihnen in der Altstadt plötzlich gegenübergestanden und hatte natürlich daraufhin zusehen müssen, wie beide von Kameras umringt den Leuten Mut zusprachen. Na bravo.

Josefas Aussage war schnell aufgenommen gewesen. Ben hatte keine große Sache daraus gemacht und Valli nicht einmal gedankt, das ärgerte sie am meisten. Jetzt wollte Markus unbedingt zu einem spontanen Helferfest ein paar Gassen weiter – ein oder zwei Bierchen kippen. Das hätten sie sich verdient, nur Ben zierte sich, der feine Pinkel.

»Ich kann nicht«, sagte Ben entschieden. »Ligeia hat mich eben angerufen. Wenn sie Laurenz am Münchner Flughafen schnappen, will er mir Bescheid geben. Außerdem muss ich noch ein paar Akten durcharbeiten und irgendwann ein bisschen Schlaf nachholen.«

»Jetzt komm schon, Ben«, drängte Markus. »Auf ein Bier. Eins nur. Das dauert doch nicht lange.«

»Wer nicht will, hat schon«, knurrte Valli und zog Markus ins Kajak. Sie hatte selbst keine große Lust zu feiern, aber zu Hause oder gar in Bens Wohnung an die Decke zu starren, das waren auch keine echten Alternativen.

Ben stopfte seine Fäuste in die Hosentaschen, kramte nach dem Wohnungsschlüssel und warf ihn Markus zu. »Falls ihr später bei mir übernachten wollt, könnt ihr gern wiederkommen. Das Fenster ist zwar sowieso offen, aber ...« Er grinste.

Markus sah auf den Schlüssel in seiner Hand. Seit zwei Tagen waren er und Valli nicht zu Hause gewesen. Jetzt wurde es langsam Zeit, wieder den Heimathafen anzulaufen, wieder mal im eigenen Bett zu schlafen. »Ich glaube, den brauchen wir nicht«, sagte er deshalb und wollte den Schlüssel schon zurückwerfen, doch Ben winkte ab.

»Behalt ihn. Ich habe sowieso einen zweiten, und man weiß ja nie.«

Das überzeugte Markus. Eine Schlafgelegenheit in der Altstadt war nie verkehrt.

Vallis Handy klingelte, sie fischte es aus ihrer Hosentasche. »Ja. – Ah, es tut mir ... – Nein. – Was? – Nein, sie hat nichts gesagt. Das ist ja schrecklich! – Wissen Sie, wer ...?« Aufgelegt.

Bum, bum, bum ... Vallis Herz schrie, sie konnte nicht atmen. Es war, als schlüge ein Dutzend Fäuste auf ihren Körper ein.

Saras Mutter hatte angerufen. Die Zachlerin. Sara hätte doch wohl ihrer besten Freundin das Herz ausgeschüttet, hätte ihr von der Vergewaltigung erzählt? Wieso Valli nichts bemerkt hätte? Wieso. Niemand. Sara. Geholfen. Hätte.

26

Um fünf Uhr morgens schrie Vallis Herz noch immer vor Schmerz und Scham, dröhnte ihr Kopf wie nie zuvor in ihrem Leben. Sie musste sich an Markus festhalten, um einigermaßen aufrecht zu stehen. Aus einem Bier waren fünf geworden, und etliche Runden Schnaps hatten diese begleitet.

Gibt es einen Grund zu feiern?

Die Altstadt stand noch immer unter Wasser, die Menschen hatten ihr Hab und Gut verloren, ihre wertvollsten Erinnerungen, aber es würde weitergehen. Irgendwie. Es ging immer irgendwie weiter. Nur nicht für Sara. Für Sara ging nichts weiter. Gar nichts mehr.

Sara ist tot. Und niemand hat ihr geholfen! Niemand.

Valli konnte Sabine Rieß' Anruf nicht vergessen. Sie hatte Sara nicht geholfen. Nein. Nicht einmal der Willy hatte diese Tatsache ausradieren können.

»Ich schaff's nicht mehr bis nach Hause«, sagte Markus. »Komm, wir haun uns bei Ben aufs Ohr.«

Ein paar Schritte nur, Valli konnte das Wimmerhaus bereits sehen. Ihr Fahrrad lehnte an einer Hausmauer mindestens zwei Straßen weiter. So weit entfernt. Die Vorstellung, sich in wenigen Minuten schlafen zu legen, war mehr als verlockend, doch Valli schüttelte den Kopf. Sie wollte in ihr eigenes Bett, in ihre Höhle, sich verkriechen und nicht bei diesem Arsch auf dem Boden pennen. Schon wieder. Aber ein Taxi war im Hochwasserchaos, noch dazu um diese Zeit, kaum zu bekommen.

Markus zog Valli mit sich, hakte seinen Arm in ihren Nacken, wie er es immer tat. Vor dem Wimmerhaus stand das Wasser noch gut knöchelhoch. Valli zog die Schuhe aus und watete ein Stück die Milchgasse hinunter, um zu sehen, wie es vor dem »Scharfrichterhaus« aussah. Müll und Unrat türmten sich davor.

Weiter unten, am Eingang zur Fischmarktgasse, an der Fassade des Hauptzollamtes, stand das Wasser schätzungsweise noch über eineinhalb Meter hoch.

»Was ist das?« Valli blieb stehen, wischte mit den Zeigefingern über ihre Augen und starrte durchs Dämmerlicht.

»Was?« Markus sah nicht hin. Er konnte Bens Schlüssel in keiner seiner Taschen finden. »Verdammt, irgendwo muss er doch sein.«

»Da schwimmt was im Wasser.« Valli ging ein paar Schritte weiter. »Sieht aus wie ein ...« Sie keuchte, begann zu laufen. Das Schwindelgefühl, die Übelkeit, alles war mit einem Schlag vorbei, sie spürte nur noch das Hämmern ihres Herzens, so als stünde sie im Glockenstübchen des Südturms von St. Stephan, und Pummerin und Stürmerin versuchten, sie entzweizureißen.

Da liegt ein Kind im Wasser. Keine halbe Sau. Nackt. Mit dem Gesicht nach unten. Kahl rasiert. Abgeschabt.

Das Entsetzen schlug sich in Vallis Gehirn wie eine mechanische Schreibmaschine die Buchstaben in ein jungfräuliches Blatt. Sie stolperte, lief tiefer ins Wasser hinein, riss den leblosen Körper an sich und drehte ihn um.

Es muss atmen. Atme! Lebe! Bitte!

Vallis Augen sahen, was ihr Herz nicht wahrhaben, ihr Hirn nicht verarbeiten wollte, doch die Typenhebelmechanik in ihrem Kopf arbeitete erbarmungslos, schlug durch das Farbband gegen das Papier auf der Walze, immer wieder, präzise und unauslöschbar: Loch im Kopf, mitten auf der Stirn, der Hals eine klaffende Wunde, und – das war das Schlimmste – Bauch und Brust des Mädchens waren aufgerissen, und sie waren ... leer. Ausgeweidet.

Oh mein Gott ...

Vallis Augen klebten in der Bauchhöhle, tasteten über das gespaltene Brustbein. Ihre Knie knickten weg, sie verlor das Gleichgewicht, taumelte, fiel und tauchte unter. Das Mädchen entglitt ihr, Valli schluckte brackiges Wasser, fand mit den Füßen keinen Halt. Dann war Markus bei ihr, zog sie hoch, schleifte sie mit sich und setzte sie auf das Kopfsteinpflaster. Die glatte Oberfläche des Granits erinnerte Vallis Tastsinn an die Haut des Kindes.

Kalt. Glatt. Tot.
Ein Traum! Bitte mach, dass alles nur ein Traum ist, ein beschissener Alptraum. Wie der Horrortrip nach ihrem zweiten oder dritten Joint. In Zukunft würde sie die Finger von jeglicher Art von Drogen lassen, wenn das hier nur ein Traum wäre. Der schlimmste Alptraum ihres jungen Lebens. Sie kotzte, bis nichts als Galle in ihrem Innern übrig war.

Markus verständigte die Polizei, riss Ben aus dem Schlaf.

Es ist kein Traum!
Bis Valli wieder einigermaßen klar denken konnte, wuselten in der Morgendämmerung schon überall Streifenbeamte und Spusileute in Overalls herum wie Ameisen, die ihren eingestürzten Haufen in Ordnung bringen wollten. Aber nichts konnte man in Ordnung bringen. Gar nichts. Das Mädchen war tot. Ermordet. Bestialisch.

Valli sah sich benommen um. Milch- und Marktgasse waren mit Flatterbändern abgesperrt, weiter vorn am Rathausplatz bot sich ihr das gleiche Bild. Über ihren Köpfen kreisten die Aasgeier: Presse. Blitzlicht. Gaffer. Arschlöcher.

»Geht's wieder?« Markus ging neben Valli in die Hocke.

Sie nickte.

»Wir sollten nach Hause gehen. Du brauchst dringend trockene Klamotten. Ben wird dir später ein paar Fragen stellen.« Eros versuchte, Valli hochzuziehen, vergeblich. Ihre Knie knickten weg – immer wieder.

»Das war ein Kind, ein Mädchen …«

»Ich weiß, die Kollegen schätzen es auf elf, zwölf … Brustansatz erkennbar …« Er brach ab, wunderte sich, dass es diesmal mit dem Distanzwahren besser klappte als sonst.

»Wisst ihr schon mehr?« Valli konnte nicht aufhören, mit ihrer Zunge durch Mundhöhle und über Zähne zu fahren. Promille-Horsd'œuvre. Kotze. Bäh.

»Ertrunken ist das Mädchen jedenfalls nicht. So viel steht fest.« Markus zerrte Valli hoch. »Jetzt komm schon! Du brauchst trockene Klamotten, einen starken Kaffee, und dann soll ich dich ins Kommissariat begleiten.«

»Wo ist dein Vater?«

»Da drüben, gerade eingetroffen.«

»Hannes schickt mich weg, stimmt's?«

Markus musste nicht antworten. Der gute alte Kroner war immer bemüht, dem Ziehtöchterchen eine heile Welt zu bewahren. Wenn es dafür mal nicht zu spät war. Schon lange.

27

»Was haben wir?« Kroner hockte zusammengesunken auf seinem Tisch. Was für ein beschissener Tag. *Ein Kind, verdammt! Ein junges Mädchen.* Die Kollegen von der Spusi drückten sich an der Kabufftür herum. Keiner wollte freiwillig das Maul aufmachen. »Was habt ihr herausgefunden? Bimsner?«, knurrte Kroner, stand auf und fing an, auf und ab zu gehen. Etwas, das er sonst nie tat.

»Kopfschuss«, begann der Kollege von der Spurensicherung zögerlich. »Was das genau für eine Waffe war, dazu müssen uns die Kollegen aus München mehr sagen. Jedenfalls keine Austrittswunde am Hinterkopf. Außerdem ...« Er räusperte sich, hielt die Faust kurz vor seinen Mund. »Halsschnitt, Brust- und Bauchraum wurden ... ich würde es ausgeweidet nennen ... auf jeden Fall waidgerecht, da war einer am Werk, der wusste, was er tat.« Bimsner war leidenschaftlicher Jäger. Manchem hier im Kommissariat ging er mit seinem nie endenden Jägerlatein auf die Nerven, außer der Arbeit kannte er kein anderes Thema, aber in beidem war er gut, das musste man ihm lassen.

»Und sonst?« Kroner blickte erwartungsvoll in die Runde.

»Ein paar Vermisstenanzeigen könnten passen«, meldete sich Reischl zu Wort, »aber ich brauche Zeit, um sie abzugleichen.«

Kroner nickte. »Sonderkommission. Das Medieninteresse ist jetzt schon riesig. Oberstes Ziel muss eine schnelle Aufklärung sein.« Kroner plapperte Herrlichs Worte nach und dachte mit Schrecken an das Medienaufgebot am Auffindeort der Leiche. Wegen des Hochwassers waren die Fernsehteams quasi direkt vor Ort gewesen. Von ihren Stützpunkten auf der Schanzlbrücke und am Römerplatz hatten sie es nicht weit gehabt bis zum Eingang der Milchgasse und sich gierig wie die Geier auf den spektakulärsten Leichenfund in der Geschichte Passaus gestürzt. Kroner graute vor den Schlagzeilen, die ihn morgen von allen Schundblättern anschreien würden. »Und keiner reißt sein Maul auf, verstanden? Wir halten uns schön bedeckt, die zuständigen Kollegen erledigen wie üblich die Presse, und so aufgeregt, wie die Michels durchs Kommissariat flattert, werden wir in den nächsten Tagen ohnehin genug anderes zu tun haben.« Kroner beschloss, sich wieder zu setzen, diesmal auf den Stuhl hinter seinem Tisch. Unkontrollierte Hektik brachte sie nicht weiter. Eine Weisheit, die im Übrigen auf jede Lebenssituation anwendbar war, wie er fand.

Leo war heute erstmals seit Beginn des Hochwassers wieder aufgetaucht und hatte geweint. Geweint! Kroner hätte nicht für möglich gehalten, dass Kollegin Weissenbeck von Natur aus überhaupt mit Tränendrüsen ausgestattet war. Der Gefühlsausbruch ob ihrer ruinierten Wohnung war ihm unangenehm gewesen. Er konnte mit heulenden Weibern einfach nichts anfangen, ganz egal, ob die Gründe nachvollziehbar waren oder nicht.

In der Lederergasse war irgendwo Heizöl ausgelaufen und hatte das Innwasser rot gefärbt. Jetzt war bei Leo zu Hause nicht nur alles voller Schlamm, sondern es stank auch noch wie in einem alten Heizungsraum. Schlimm. Würden die Studenten nicht so entschlossen mitanpacken, wäre die Situation für viele vollkommen aussichtslos. Eimer um Eimer voller Dreck und Unrat wanderte in langen Ketten aus der Gasse. In der Innstadt-Gärtnerei Moser rückten gar Hunderte Studenten dem Schlamm zu Leibe. Bei der Aktion »Passau räumt auf«, die von den Studenten spontan organisiert worden war, meldeten sich täglich mehr Leute. Alle wollten helfen. Manchmal brachte es die Menschen auch näher zusammen, wenn etwas Schreckliches geschah.

Kroner räusperte sich, zwang seine abschweifenden Gedanken, sich der Arbeit zuzuwenden. »Weissenbeck, Arslan, Bruhan, ihr kümmert euch weiterhin um den Fall Sara Rieß, werdet allerdings auch Aufgaben der SOKO Milchgassenmädchen übernehmen müssen.«

Schon der Name. Entsetzlich. SOKO Milchgassenmädchen! Der verehrte Oberstaatsanwalt höchstpersönlich war mit dieser Wortschöpfung ins Rennen gegangen, und Herrlich verlor nicht gern. Gar nicht gern. Kroner selbst hatte etwas Dezenteres vorgeschlagen.

»Bruhan, du fährst nach München in die Rechtsmedizin. Die sollen den Bericht heute noch schicken.«

»Geht klar, Chef.« Ben wunderte sich nicht über den Auftrag.

Die anderen hatten ihm bereits gesteckt, dass Kroner die Neuen gern zu Leichenöffnungen schickte – als Feuerprobe sozusagen. »Gibt es eigentlich Neuigkeiten, warum Laurenz Osterby nicht am Flughafen aufgetaucht ist?«

Kroner blickte zur Zimmerdecke. »Ich hoffe nicht, dass wir das Vöglein aufgescheucht haben, aber niemand hat von einer Panne berichtet. Er ist einfach nicht gekommen. Weiß der Geier, warum er es sich anders überlegt hat.«

»Vielleicht hat ihm seine Mutter gesteckt, dass wir von dem Flug Wind bekommen haben?«, warf Ben ein.

Das konnte natürlich sein. Kroner raufte sich die Haare. Es war zum Verrücktwerden. Laurenz Osterby war am Flughafen nicht aufgetaucht, war wie vom Erdboden verschluckt. Sie hatten nicht den geringsten Anhaltspunkt, wo er sich aufhalten könnte.

Wenigstens hatte Tim Kollmann die Anschuldigungen von Benedikt Wittek unter Tränen bestätigt. Ja, doch, er hätte das Pärchen von seinem Versteck aus hinter der Pappel beobachtet. Das hätte er sich nicht entgehen lassen können, aber Angaben dazu, was sich nach dem nächtlichen Stelldichein ereignet hatte, konnte er nicht machen. Kollmann war ein Spanner, nicht mehr und nicht weniger; noch dazu einer, der nichts gesehen hatte.

Und auch Josefa Andreß' Aussage brachte sie nicht weiter. Ein Streit am Innkai? Die Möglichkeit bestand, dass es Sara und Laurenz gewesen waren, die sich gestritten hatten, aber wer waren der oder die anderen gewesen? Solange sie das nicht wussten, blieb alles vage.

»Wir werden einen Aufruf in Radio und Lokalzeitung starten. Wer Angaben zu dem Streit machen kann, soll sich bei uns melden.« Kroner wandte sich an Ben. »Übernimmst du das, Bruhan? Du hast immerhin die Andreß-Aussage aufgenommen. Vielleicht haben wir Glück.«

Ben nickte. »Im Übrigen konnte ich mit dem Sportlichen Leiter der LG Passau inzwischen ein paar Worte wechseln.« Er zog sein Smartphone aus der Tasche und suchte nach seinen Notizen. »Dieser Kajek kann sich nicht vorstellen, dass aus dem direkten sportlichen Umfeld von Sara Rieß jemand für eine Vergewaltigung in Frage kommt.«

Was heißt das schon?, dachte Kroner. Hinterher sind alle immer ganz aus dem Häuschen: Aber der war doch so freundlich, so ein netter Mann …

»Wir müssen jeden, der mit Sara Kontakt hatte, auf Vorstrafen überprüfen.« Das war Reischls Spezialgebiet. Kroner nickte ihm zu.

»Als ich das Thema Doping angesprochen habe«, hakte Ben erneut ein, »hat Kajek plötzlich einen wichtigen Termin vorgeschoben und musste sofort weg. Von solchen Dingen wisse er nichts, hat er noch gesagt, sie hätten ohnehin keine Kontrolle über die Athleten und deren Trainer.«

Kroner wunderte das nicht. Er stand auf.

»Wir müssen Laurenz Osterby zur Fahndung ausschreiben, Hannes«, erinnerte ihn Leo. Ihre Augen waren noch immer rot verweint.

Kroner wusste, dass Weissenbeck recht hatte. Er hätte das längst veranlassen müssen. »Na schön. Dann mach endlich diese Aufenthaltsermittlung. Aber diskret, wenn's geht.«

Zufrieden schwirrte Leo ab. Jetzt, da ganz Passau den Atem anhielt, weil mitten in der Altstadt ein totes, aufgeschlitztes Mädchen im Kehrwasser liegen geblieben war, musste sie dafür sorgen, dass der Fall Sara Rieß nicht unterging.

Apropos unterging: Kroner hatte vorhin im Radio gehört, dass die St.-Achatius-Kirche in Hals überflutet und völlig zerstört worden war. Seit jeher erzählten die Leute, dass bei Hochwasser der Friedhof dort unterspült werde, dabei Gebeine ausgeschwemmt und später an den kuriosesten Stellen wieder auftauchen würden. Manche Angehörige müssten gar zu Allerheiligen ans Schwarze Meer fahren, wollten sie wirklich am letzten Bestimmungsort ihrer Lieben stehen, um ihrer zu gedenken. Kroner schluckte. Hoffentlich war Sara nicht ihrem frisch geschaufelten Grab entstiegen. Wäre sie andererseits noch in der Aussegnungshalle aufgebahrt gewesen, dann hätte die Ilz sie mit Sicherheit fortgespült. Am Montag stand das Wasser da drinnen zwei Meter hoch, wie er gehört hatte.

»Ich werde versuchen herauszufinden, wer die Insassen dieses Motorbootes waren, von dem Markus erzählt hat.« Reischl unterbrach Kroner in seinen Gedanken. Bei den Leuten, die in Passau privat und geschäftlich Boote unterhielten, kannte er sich gut aus. »Womöglich haben die das tote Mädchen irgendwo in der Nähe abgeladen.«

Kroner schüttelte den Kopf. Er hielt die Theorie für Schwachsinn. Auffälliger ging's ja wohl kaum. Dennoch war das bislang der einzige Anhaltspunkt, der sich auf irgendeine Weise mit dem Milchgassenmädchen in Verbindung bringen ließ. Ansonsten gab es nichts: keinen Namen, keine Verdächtigen, kein Motiv. Woran war das Mädchen gestorben, wer hatte ihr das angetan und warum?

Ligeia kam herein und quatschte sofort drauflos. »Wir haben in dem Tagebuch keinen Hinweis auf die Identität des Vergewaltigers von Sara Rieß gefunden. Keine Verschlüsselung, keine Code-Namen. Nichts.«

Kroner fuhr sich mit beiden Händen über das Gesicht, seufzte. »Das habe ich befürchtet.« Sosehr ihn Saras Schicksal auch anrührte, im Moment sah er allein das blasse Gesicht des zweiten toten Mädchens vor Augen: ihren kahl rasierten Schädel, die blutleeren Lippen. Beim Anblick des Kindes hatte Kroner einen Würgereiz verspürt, und nicht die Einschussstelle auf der Stirn, nicht der Halsschnitt, auch nicht das gespaltene Brustbein oder die klaffende Höhle unter den Rippenbogen war daran schuld gewesen. Etwas anderes, ganz und gar Widerliches hatte sich in seinem Kopf breitgemacht und pochte jetzt darauf, beachtet zu werden. Er räusperte sich. Sie mussten das Ergebnis der Obduktion abwarten und hoffen, dass sich die Identität des Mädchens bald aufklären würde. Alles andere wäre reine Spekulation.

Nachdem Kroner die Leiter der jeweiligen Ermittlungsabschnitte für die neue SOKO bekannt gegeben hatte, erklärte er die Besprechung für beendet. Reischl würde alle notwendigen Formalitäten übernehmen.

»Hannes«, sagte Arslan schnell, ehe Kroner das Kabuff verlassen konnte, »Franz Rieß hat für die Tatnacht kein Alibi.«

»Was?« Kroner war irritiert. »Du meinst Saras Onkel?«

»Genau den. Er hat kein Alibi. Er sagt, er sei zu Hause gewesen, aber weder der Zachler selbst noch die Zachlerin können das bestätigen. Natürlich haben die nicht nachgeschaut, ob ihr ungebetener Gast auch schön im Bettchen schlummert, wenn im Haus alles still ist.«

28

Ben versuchte sich abzulenken. Es war nicht seine erste Obduktion. Der typische Y-Schnitt, die Organentnahme, das Auseinandergepflücke war keine schöne Sache, aber damit kam er klar. Sein Problem war dieser scheinbar luftdicht abgeschlossene Raum: Alle Luken waren zu, die Türen geschlossen, kein Lüftchen drang herein. Es war kalt, keine Frage. Allein die Kacheln strahlten genug Frostigkeit aus, um ihm einen Schauer über den Rücken zu jagen. Und dennoch meinte Ben, jeden Moment ersticken zu müssen. Er fühlte sich ein bisschen wie Jean-Baptiste Grenouille in »Das Parfum«. Die Aromen des Todes strömten unverdünnt in seine Nase, überfluteten seine Zellen mit ihrem aufdringlichen Odeur, doch leider wusste Ben – im Vergleich zu Grenouille – nichts damit anzufangen. Sie lösten keins der Rätsel, die mit diesem Mädchen vor ihm lagen. Er hätte kotzen können und bereute, dass er die Nasenklammer, die ihm der Sektionsassistent angeboten hatte, großkotzig abgelehnt hatte. Wahrscheinlich hätte er sie genommen, wären da nicht die beiden bildhübschen Studentinnen gewesen, die der Sektion beiwohnen durften.

Bisher hatte der Obduzent lediglich alle äußerlichen Auffälligkeiten, vom Kopf beginnend, in sein Aufnahmegerät diktiert. Schon vor Bens Eintreffen war das tote Mädchen mittels postmortaler Mehrschichten-Computertomografie, kurz pmMSCT, gescannt worden. Damit lagen submillimetergenaue, dreidimensionale und dauerhafte Befunde vor, die – falls nötig – später mit neuen Erkenntnissen abgeglichen werden konnten. Sogar mögliche Tatwaffen konnten gescannt werden, um deren Profile mit Vorbefunden zu vergleichen. Ben hatte sich über die neueste Technik schlaugemacht.

Nachdem der Obduzent lange den leeren Brust- und Bauchraum der Toten betrachtet hatte, setzte er schließlich sein Messer an einem Ohr an, führte es quer über den Schädel zum anderen, zog geschickt die Kopfschwarte nach vorn und schlug sie schließlich über das Gesicht. Das Sirren der Oszillationssäge erinnerte Ben an den fiesesten Bohrer beim Zahnarzt. Seine Augen sogen sich an den Zehen des Mädchens fest, wanderten weiter zu den beiden anderen Stahltischen, die ebenfalls mit *Kundschaft* belegt waren, und von dort zu den hautfarbenen Gummihandschuhen, die an einem Holzgestell baumelten. Er musste nicht sehen, wie der Gerichtsmediziner die Schädeldecke anhob und Sehnerven, Arterien und Rückenmark durchtrennte, bevor er das Gehirn herausholte. Nicht unbedingt.

»Wie ich es mir gedacht habe.« Der Obduzent legte das Geschlingsel in eine Aluschale und stellte alles auf eine Art Küchenwaage. »Sehen Sie sich das an.«

Ben schluckte und trat einen Schritt näher. Seine Knie fühlten sich an wie das wabblige Etwas in der Schüssel. Das vor ihm liegende Gehirn kam ihm irgendwie zu klein und zu trocken vor, aber was wusste er schon? Es war schließlich das Gehirn eines Mädchens.

»Dieses Kind ist nicht erst vorgestern ermordet worden. Sehen Sie?« Der Professor fuhr mit seinem Messer in die Gehirnschlingen. »Es ist zusammengeschrumpft, beinahe ausgetrocknet.«

»Aber ihre Haut, ich meine, alles andere sieht frisch und rosig aus.«

»Die Leiche wurde wohl lange Zeit kühl gelagert, und …« Der Gerichtsmediziner drehte sich um, beugte sich über die Leiche und schnupperte. »Genau, riechen Sie mal. Das hat mich schon die ganze Zeit gestört.«

Ben beugte sich über die Tote, sog etwas Luft ein.

»Was riechen Sie?«

Ben überlegte. Den Tod, wollte er sagen, entschied sich aber im letzten Moment dagegen.

»Würzig.« Der Obduzent fächelte sich mit der flachen Hand Luft zu. »Surfleisch.«

»Surfleisch?«

»Ach, ich vergaß, Sie kommen nicht von hier.« Der Rechtsmediziner schien amüsiert. »Die Tote riecht nach Pökelfleisch. Deshalb auch die Rotfärbung der Haut. Soviel ich weiß, nennt man das im Fachjargon Umröten. Das Nitrit verbindet sich mit dem Muskelfarbstoff zu Nitrosomyoglobin, deshalb die Rötung der

Haut. Ich denke, eine entsprechende Gewebeprobe wird meine Vermutung bestätigen.«

Ben zog die Brauen hoch, verstand nur Bahnhof.

»Fangen wir also von vorn an.« Der Mediziner schob die Schale mit dem Gehirn seinem Assistenten zu, der sofort zu sezieren begann. »Das Mädchen wurde sehr wahrscheinlich mit einem Schussapparat getötet. Mittels Treibladung wurde der Bolzen ins Gehirn eingebracht und danach sofort zurückgezogen, deshalb keine Austrittsstelle am Hinterkopf und keine Kugel im Kopf. Wundkanal und Imprimat sind auf den pmMSCT-Scans wunderbar zu erkennen. Vermutlich kann man den Typ des verwendeten Schussapparates feststellen, allerdings hat sich an den Dingern seit dem Zweiten Weltkrieg nicht viel verändert, wenn ich richtig informiert bin. Das wird also wenig aufschlussreich sein.« Der Obduzent wies auf den Bereich des Schädels, in dem sich das kleine Loch befand, das aber im Moment von der Kopfhaut verdeckt wurde, und deutete dann mit seinem Messer auf den Hals. »Der Mörder ließ sein Opfer ausbluten. Sie können mir folgen, ja? Bolzenschuss, Ausbluten …« Er sah Ben an wie einen Siebenjährigen, der nicht begreifen will, dass im Alphabet immer B auf A folgt. »Auf mich wirkt das wie eine Art Schlachtung.« Der Arzt hielt seine Hände über Brust- und Bauchraum der Toten. »Der Mörder hat dem Mädchen die Organe entnommen, hat sie ausgeweidet wie Caligula seine Schwester Drusilla und sie dann eingepökelt und kalt gestellt, damit sie nicht zu stinken anfängt und er sie aufbewahren kann. Deshalb auch der komische Geruch. Er hat das Mädchen getötet, eingesalzen und aufgehoben, verstehen Sie? Warum er sie nun entsorgt hat, wo er sich doch solche Mühe mit ihr gegeben hat, das zu ermitteln ist Ihre Aufgabe.«

Bens Stirn und das dahinterliegende Gewebe schmerzten.

Bolzenschuss. Geschlachtet. Eingepökelt. Und wer, bitte schön, waren Caligula und Drusilla?

Bislang hatte er mit keinem Rechtsmediziner Bekanntschaft gemacht, der erstens derart viel in verständlichem Deutsch zu ihm gesprochen hatte und der zweitens über eine solch blühende Phantasie verfügte. Natürlich, oft kam es auf kleinste Details an. Mortui vivos docent – die Toten lehren die Lebenden, oder umgekehrt ausgedrückt: Die Lebenden lernen von den Toten. In diesem Fall ging Ben die Lernfreudigkeit des Professors allerdings etwas zu weit. Andererseits besaß der Mann einen ausgezeichneten Ruf, das war sogar Ben schon zu Ohren gekommen. »Sind Sie sich da sicher?«

»Wer kann schon sicher sein? Die bloßen Fakten können Sie später in meinem Bericht nachlesen, aber ich müsste mich doch sehr täuschen, wenn —«

»Schon gut«, versuchte Ben zurückzurudern. »Ihnen eilt ein exzellenter Ruf voraus, Professor Kammerlocher. Ich wollte Ihre Schlussfolgerungen auch nicht anzweifeln, im Gegenteil, ich bin ausgesprochen froh, dass Sie persönlich diese Sektion durchgeführt haben.«

»Lassen Sie die Beweihräucherung. Das liegt Ihnen nicht.« Er schnippte mit dem Finger gegen das Mikro, das über dem Mädchen baumelte. »Wer ist die Tote?«

Ben zuckte mit den Schultern. »Das wissen wir noch nicht.«

Der Professor zog die Brauen hoch. »Sie kennen die Möglichkeiten einer Isotopenanalyse?«

Ben nickte, obwohl es für ihn nach wie vor ein Rätsel war, dass sich anhand einer Gewebeprobe und deren Gehalt an Wasserstoff, Kohlenstoff, Sauerstoff, Stickstoff und Schwefel sowie Strontium und Blei Rückschlüsse auf die Ernährungsweise und somit den Geburts- und Aufenthaltsort einer Person anstellen ließen.

»In unserer Datenbank sind um die vierhundert Isotopendatensätze von weltweit gesammelten Referenz-Haarproben gespeichert, die mit unbekannten Körpergewebeproben verglichen und so einer geografischen Region zugeordnet werden können.«

»Wir stehen noch ganz am Anfang unserer Ermittlungen, Herr Professor. Ich denke, alles wird sich sehr schnell aufklären.«

Professor Kammerlocher nickte. »Na, Sie wissen ja, wo Sie uns finden.« Damit verabschiedete er sich und verschwand Sekunden später durch die Schwingtür.

Ben blieb mit einem unguten Gefühl neben der Leiche zurück.

»Der ist immer so, keine Sorge«, sagte der Assistent, ohne von seiner Arbeit aufzusehen. »Wie dringend ist denn der Bericht?«

Ben atmete tief durch, ignorierte den Geruch nach Pökelfleisch. »Heute Abend?«

Jetzt sah der Assi doch auf. »Da kann ich nichts versprechen. Der Professor hat jetzt noch einen Außentermin, ich weiß nicht, ob er später noch mal im Institut vorbeischaut.«

Ben legte Kroners Visitenkarte auf den Sektionsnebentisch zwischen Waage und Säge. »Schicken Sie den Bericht bitte direkt an meinen Chef.«

»Natürlich, aber für heute kann ich wirklich nichts versprechen. Beim besten Willen nicht.«

»Schon gut.« Ben versuchte, freundlich zu lächeln. »Und bis wann können wir mit den anderen Ergebnissen rechnen?«

»Anfang nächster Woche. DNA dauert länger, aber das wissen Sie ja, nehme ich an?«

Ja, das wusste Ben. Leider. »Könnte es sich denn um eine sexuell motivierte Tat handeln?«

Der Assi unterbrach seine Arbeit und sah Ben über die Ränder seiner Brille hinweg an. »Ich will dem Gutachten ja nicht vorgreifen, aber die Dilatation des Afterschließmuskels könnte ein Hinweis darauf sein. Ja.«

Dilatation? Ben glaubte, das Wort schon einmal gehört zu haben. Hieß das nicht Ausdehnung? Ihm ging die Luft aus. Endgültig.

»Allerdings gehört dies zu den Befunden ohne Beweiswert, wie Sie vielleicht wissen.«

Das wusste er, ja. Ben verließ fluchtartig den Raum.

29

Jedes Mal, wenn Valli die Augen schloss, sah sie das tote Mädchen vor sich. Nach dem Schwammerlsuchen war das genauso, nur waren es da die glitschigen braunen Kappen, die vor ihrem geistigen Auge tanzten, nicht der kahle, glänzende Schädel einer Toten.

Hatte Saras Tod etwas mit diesem Mädchen zu tun? Schwer vorstellbar, dennoch …

Valli war froh, dass Joja vor einigen Stunden ihren Dienst beim Aussichtsturm in der Veste Oberhaus hatte antreten müssen. Dort herrschte Hochbetrieb, die Hochwassertouristen standen Schlange, um zu sehen, wie sich die Katastrophe von oben präsentierte. Gut so. Mütterliche Fürsorge war das Letzte, was Valli jetzt gebrauchen konnte. Milch mit Honig, eine dicke Bettdecke, rundherum eingewickelt, so hatte Joja ihre Tochter schweren Herzens und besorgt zurückgelassen. Fehlte nur noch, dass sie eines ihrer eigenen alten Hörspiele eingelegt hätte, so wie früher, wenn Valli krank gewesen war: Kimba oder Captain Future.

Etwas schwindelig setzte sich Valli im Bett auf. In ihrem Kopf kreischte eine Kreissäge, sie brauchte unbedingt drei oder vier Aspirin. Langsam stand sie auf, durchquerte ihr spartanisch eingerichtetes Zimmer und öffnete die Tür zum Flur, wo das Chaos begann. Überall Stapel mit scheinbar sortiertem Zeug: alt, nutzlos, unbrauchbar. Doch für Joja hatte jedes Stück seinen Wert, von nichts wollte sie sich trennen, an allem hingen wertvolle Erinnerungen. Nur Vallis Zimmer und die Küche blieben vom überbordenden Durcheinander verschont. Wenigstens die.

Das Zischen der sich auflösenden Brausetabletten hallte in Vallis Hangover-Schädel nach. Sie sah an sich hinunter. Schon wieder das Diddl-Nachthemd. Wie hatte Joja es nur geschafft, ihr das anzuziehen?

Schnell kippte Valli ihren Bye-bye-Headache-Drink. Sie musste irgendetwas tun, sonst würde sie noch durchdrehen. Sie nahm ihr Handy und wählte Markus' Nummer. Mailbox. »Scheiße.« Wahrscheinlich schlief er noch, schließlich hatte er die letzte Nacht genauso durchzecht wie sie. Valli beschloss, sich noch einmal hinzulegen und dann ins Kroner-Haus hinüberzugehen.

»Guten Abend, Joja.« Kroner verriegelte seinen Wagen mit der Fernbedienung im Schlüssel. Es war, als würde der 5er-BMW in Spacegrau-Metallic in seiner eigenen Sprache Gute Nacht sagen: Biung, Biung. Schlaf gut, Daddy!

»Wie geht's Valli?« Kroner klemmte sich die Akten unter seinen Arm. Er wollte das Obduktionsprotokoll nach dem Essen noch einmal gründlich lesen. Im Kommissariat hatte er dafür keine Zeit mehr gehabt.

Die Garage der Kroners lag ungefähr fünfzig Meter oberhalb des Hauses im Brunnhäuslweg. Bis hierhin konnte man mit dem Auto fahren, musste dafür allerdings den Umweg über die obere Zufahrt nehmen. Wenn man zwischen den Bäumen hindurchspähte, hatte man einen wunderbaren Blick auf die Passauer Altstadt. Hunderte Lichter blinkten von der anderen Seite herüber, aus der Ferne konnte man das Chaos nur erahnen, das nach dem Hochwasser in den Gassen herrschte.

Joja war über den Fußgängerweg gekommen. Sie trat noch zwei-, dreimal in die Pedale, bevor sie das Bein über den Sattel ihres klapprigen Mountainbikes schwang und ihren langen, wild gemusterten Rock sortierte, den sie einfach auf einer Seite zusammengedreht und von unten in die Unterhose gesteckt hatte, damit er sich nicht in Kette und Ritzeln verfing. »Woher soll ich wissen, wie es Valli geht? Erst saß ich im Turm, und danach habe ich Josefa beim Aufräumen geholfen.« Sie schob das Rad in die offene Garage, ohne Kroner anzusehen, und drückte dann ein Knöpfchen, woraufhin sich das Tor lautlos schloss. Es war längst Gewohnheitsrecht, dass Valli und Joja die Garage mitbenutzten.

Kroner musste schmunzeln. Fast hatte er damit gerechnet, dass Joja ihn dafür verantwortlich machen würde, dass Valli dieses tote Mädchen gefunden hatte. Er wusste nicht, was er sagen sollte – wie so oft in Jojas Gegenwart.

»Wisst ihr jetzt wenigstens, wer das Mädchen ist?« Joja suchte in ihrer Umhängetasche nach dem Haustürschlüssel.

»Nein.«

»Na, toll. Irgendwo läuft ein Monster herum, und die Polizei dreht Däumchen.«

Jojas Abneigung gegen das Beamtentum im Allgemeinen und die Polizei im Speziellen war Kroner nicht neu. Er regte sich längst nicht mehr darüber auf. Irgendwie spürte er, dass ihre Wut auf ihn eine Art Ventil war. Joja hasste es, Kroner wegen Valli etwas schuldig zu sein, obwohl der ihr gefühlte tausendmal gesagt hatte, sie solle sich darüber keinen Kopf machen. Valli hatte ihre Hitzköpfigkeit nicht gestohlen, so viel stand fest. Und die Sturheit erst recht nicht. Schweigend stiegen Kroner und Joja die steile Zickzack-Treppe zum Kroner-Haus hinauf.

Joja sah auf ihre Armbanduhr. Halb elf. Der Erste Kriminalhauptkommissar kam jetzt erst vom Dienst nach Hause? Das konnte nicht mal sie ihm als Däumchendrehen auslegen. Schuldbewusst blickte sie ihn an, versuchte ein Lächeln. »Es ist schon spät, ich sehe mal besser nach Valli.«

Kroner räusperte sich, schloss umständlich die Haustür auf und warf die Akten auf das Sideboard direkt neben dem Eingang. Er focht einen erbitterten Kampf gegen seinen inneren Schweinehund, ehe er den Mund aufmachte: »Warte, Joja. Bitte. Ich muss dich etwas fragen.«

Markus war nicht da. Nicht in seinem Zimmer und auch nicht im Wohnzimmer auf der Couch. Die Haustür war nicht verschlossen gewesen, aber Valli wäre auch so reingekommen. Im Kaninchenstall hinter dem Haus hing immer ein Reserveschlüssel, den Valli benutzte, seit sie denken konnte. Eigentlich war es ihrer, nur dass sie ihn nicht am Schlüsselbund trug.

Wo waren sie nur alle? Enttäuscht sah Valli aus dem Küchenfenster. Es war längst dunkel. Im Kühlschrank wartete eine große Portion Fleischpflanzerl mit Kartoffelbrei darauf, verspeist zu werden. Bohnen- und Kopfsalat standen auf der Ablage neben dem Herd. Valli stopfte sich ein Hackfleischlaiberl in den Mund, griff sich – noch kauend – ein zweites. Opa Kroner war der Koch im Haus, seit Markus' Mutter gestorben war. Er machte seine Sache gut und kalkulierte immer eine Portion für Valli mit ein, wenn sie nicht gerade in Regensburg bei ihrer Freundin übernachtete, um ihren Studien nachzugehen. Valli konnte sich keine eigene Studentenbude leisten, meist pendelte sie deshalb mit dem Zug zwischen Regensburg und Passau, wenn die Freundin das Zimmer anderweitig vergeben hatte, ließ sich mitnehmen oder schwänzte, so wie seit Saras Tod, dem Hochwasser und jetzt, nachdem sie dieses Mädchen gefunden hatte. Nie mehr würde Valli nach Regensburg fahren, nie mehr in einer Vorlesung sitzen. Das glaubte sie zumindest jetzt. Zu tief steckte der Schock in ihren Gliedern. Und dabei hatte sie ohnehin schon sehr viel Zeit verplempert. Sie war im zehnten Semester, Ende Juli stand ihre Diplomprüfung ins Haus, aber das war Valli im Moment scheißegal.

Gern hätte Valli sich jetzt zu Opa Kroner an den Tisch gesetzt und mit ihm gegessen, aber nicht mal er war zu Hause. Opa konnte zuhören, ohne kluge Kommentare abgeben zu müssen. Etwas, das nicht viele Menschen konnten – und Joja schon gar nicht.

Opa! Als Valli vier Jahre alt gewesen war, hatte sie eines Tages beschlossen, dass Markus' Opa auch ihr Opa sein musste. Damals hatte sie nicht verstehen können, wieso sie keinen eigenen Opa hatte.

Ein Schlüssel wurde ins Schloss gesteckt. Die Haustür ging auf. Hoffentlich war das Markus.

Valli stand auf, sah aus dem Fenster. Es war nicht Markus.

Verdammt!

Ihre Mutter und Hannes standen vor dem Haus, eingelullt vom milchigen Licht der Laterne, die sich dank des Bewegungsmelders eingeschaltet hatte. Den beiden wollte Valli keinesfalls begegnen, also schlüpfte sie in den Flur, um sich die Treppe hinauf in Markus' Zimmer zu verdrücken und dort auf ihn zu warten. Im Vorbeihuschen streifte sie mit ihrem Ellbogen Kroners Akte. Die Plastikhülle segelte zu Boden, und einige lose Blätter flatterten Valli in Zeitlupe vor die Füße. Sie bückte sich, wollte alles einsammeln, als ihr Blick auf das Fettgedruckte fiel: »Obduktionsbericht – erstellt vom Institut für Rechtsmedizin der Universität München im Auftrag der Staatsanwaltschaft Passau«.

Joja drehte sich um, zog ungeduldig die Brauen hoch.

»Also«, begann Kroner schleppend, »in zwei Wochen, am Samstag, da habe ich Geburtstag ...«

»Ich weiß, wann du Geburtstag hast, Hannes.« Sie wollte endlich gehen, ihr war kalt. Valli nahm immer an den Feierlichkeiten im Hause Kroner teil, sie selbst nie. »Also?«

»Die Buben kommen alle mit ihren Frauen, es wäre schön, wenn du ... auch Zeit hättest?« Kroner blinzelte verlegen in Jojas Richtung. All die Jahre wollte er Vallis Mutter einladen, nie hatte er sich getraut. Dieses Jahr feierte er seinen Fünfzigsten, es wurde Zeit, dass er seine Befangenheit ihr gegenüber ablegte.

Joja stand da, wie vom Donner gerührt. Ihr Mund öffnete und schloss sich, ohne dass sie etwas sagte.

Kroner fasste Mut. »Ich würde mich wirklich freuen.«

»Auf keinen Fall.« Joja versenkte sich auf der Suche nach ihren Schlüsseln in das Innere ihrer riesigen Stofftasche. »Besser, es bleibt, wie es ist.«

»Wie ist es denn?«

»Valli ist wie eine Tochter für dich, aber ihre Mutter ist unerträglich, nicht wahr?«

Kroner stutzte. »Du glaubst, ich finde dich unerträglich?«

»Oh ja! Und ich glaube es nicht nur, ich weiß es.« Sie tauchte aus den Tiefen ihrer Tasche auf, hielt Kroner die Schlüssel vor die Nase, die sie die ganze Zeit schon in der Hand gehalten hatte. »Ich lasse dir keine Wahl.«

Das stimmte allerdings. Joja bemühte sich redlich, Kroner bei jeder sich bietenden Gelegenheit zu ärgern. Es war eine Art Spiel zwischen ihnen, das Kroner sogar mochte. Seit er denken konnte, hatte er seine Nachbarin wie eine Madonna verehrt. Joja war acht Jahre jünger als er, und dennoch hatte er für sie immer auf eine harmlose Weise geschwärmt, bis Giulia ihm in Campione am Gardasee über den Weg gelaufen war. Seine Frau. Giulia. Jetzt war sie schon so lange tot.

Valli bekam von alldem nichts mit. Hektisch las sie die Auflistung der Obduzenten und blieb an einer Stelle hängen: »Als Ermittlungsperson der Staatsanwaltschaft ist ferner anwesend Herr KOK

Bruhan von der KPI Passau, im Auftrag der Staatsanwaltschaft beim Landgericht Passau.« Ben also. Kroner, das Aas.

Schnell überflog sie den Text. Sie wusste, dass das Fax nicht für ihre Augen bestimmt war, doch sie konnte nicht anders.

Befund und vorläufiges Gutachten
A. Äußere Besichtigung
1. Leiche eines 154 cm großen und 39 kg schweren Mädchens in schlechtem Ernährungszustand bzw. von sehr zierlichem Körperbau.

Es ging tatsächlich um das Mädchen! Kroners Stimme drang von draußen herein. Valli fuhr herum. Die Tür öffnete sich einen Spalt, der Schweiß brach ihr aus. Sie nahm den Stapel Blätter, sah sich panisch um. Kroners Büro lag direkt neben dem Treppenaufgang. Auf Zehenspitzen schlüpfte Valli hinein, ging zum Schreibtisch und drückte den Stand-by-Knopf des Kopierers.

Was um alles in der Welt tue ich hier nur?

Wie hypnotisiert legte sie das Protokoll in den automatischen Einzug und wählte »Kopieren«. Wenn Kroner sie dabei erwischte, war es aus mit dem Ziehtochterdasein, das war ihr klar.

Als das Gerät nach der Aufwärmphase endlich loslegte, war Vallis Körper klatschnass vor Schweiß. Das Knattern des Gerätes hörte sich für sie an, als rolle ein Panzer durchs Haus. Als Mutprobe hatte sie als Zwölfjährige eine Pulle Sekt aus einem Laden geklaut, aber im Vergleich zu dem hier war das ein Pappenstiel gewesen! Panisch griff sie sich die ersten Blätter, die in der Ausgabe landeten, und überflog das Geschriebene:

10. Das Haupthaar ist lediglich in Form bis maximal 1,5 mm langer schwarzer Haarstoppeln angelegt.

...

13. In Projektion auf das seitliche hintere Scheitelbein links besteht eine 4,5 cm lange und bis 4 mm breite weißliche, narbenartige Aufhellung der Haut.
14. Diese Narbe verläuft leicht schräg von vorn nach hinten oben.
15. Im Bereich der zentralen Stirnregion, in der unbehaarten

Kopfhaut gelegen, besteht eine im Durchmesser 11 mm große Ein-
schusslücke (Lochbruch), umgeben von 4 symmetrisch angeordneten
Schmauchhöfen.

Das Papier entglitt Vallis zitternden Händen, flatterte zu Boden.
Schnell bückte sie sich, sammelte alles ein und stopfte es unter ihr
T-Shirt. Noch immer waren nicht alle Blätter kopiert. Ungeduldig
zerrte Valli an der nächsten Kopie, die im Ausgabeschacht erschien.

39. Erstes und zweites Glied der kleinen Finger beidseits abgetrennt
und weitgehend abgeheilt; stecknadelkopfgroße Restkruste ...

Sara! Auch ihr hatten zwei Glieder am kleinen Finger der linken
Hand gefehlt. Valli hatte keine Ahnung, warum ihr das gerade jetzt
einfiel, aber sie erinnerte sich noch gut an den Unfall. Die Eisenplatte, die den Rundling nach oben gegen den Keil drückte, wurde
mit dem Fuß in Gang gesetzt – solche Geräte waren damals längst
verboten gewesen –, und Sara hatte das Stück Holz mit beiden
Händen fixiert. Den kleinen Finger der linken Hand hatte sie aus
Versehen zwischen Holz und Eisenplatte gebracht. Der kleine Knochen wurde einfach zerquetscht. Nach fünf Tagen hatten die Ärzte
den schwarzen Finger amputieren müssen. Wäre es die rechte Hand
gewesen, hätte Saras Kugelstoßkarriere schon viel früher geendet.

51. Im Durchmesser 0,8 cm großes Loch hinter der Achillessehne
beidseits.
...
64. Im Bereich des Handgelenks links, streckseitig gelegen, Tätowie-
rung 2 cm mal 0,5 cm, blau, vermutlich selbst beigebracht: »KARO«
...
76. Anus und Genitalbereich frei und augenscheinlich unverletzt,
jedoch deutliche Anzeichen einer Dilatation des Afterschließmuskels.

»Dann gute Nacht«, drang Kroners Stimme jetzt durch die Tür,
doch Valli konnte sich nicht von der Stelle bewegen. Sie wartete
auf das letzte Blatt der Akte.

C. Vorläufiges Gutachten
II. Zur Sicherung der Diagnose
a) wurden Gewebsteile aus Hirn und verschiedenen Weichteilab-
schnitten in Formol asserviert (Lunge, Leber, Niere, Bauchspei-
cheldrüse, Milz, Nebenniere, Brieseldrüse, Magenschleimhaut,
Zwölffingerdarmschleimhaut und das Herz nicht vorhanden).
b) wurde Blut (kein Urin vorhanden) zur Alkoholbestimmung
sichergestellt.
c) wurden zur chem.-tox. Untersuchung asserviert: Oberschenkel-
venenblut sowie Nasenschleimhaut.
III. Wir bitten gegebenenfalls um Auftrag zu weiteren Untersu-
chungen.
IV. Ein abschließendes Gutachten bleibt vorbehalten.
V. Gegen die Freigabe der Leiche bestehen ärztlicherseits keine
Bedenken.

Ein ganz normaler geschäftlicher Auftrag. Valli schluckte, stopfte das
letzte Blatt zu den anderen unter ihr T-Shirt, packte das Original des
Gutachtens wieder in die Aktenmappe und legte diese zurück auf
das Sideboard. Dann stürmte sie hinaus. Sie wollte nur noch weg.

»Hi, Valli.« Um ein Haar hätte Kroner die Tür voll ins Gesicht
bekommen. Nur sein Ellbogen hatte das Schlimmste verhindert.
Kopfschüttelnd rieb er sich die schmerzende Stelle.

»Sorry«, nuschelte Valli, ohne ihn anzusehen. »Wo ist Markus?«
Kroner legte den Kopf schief. »Was ist los?«

»Nichts. Aber ich kann Markus nicht erreichen. Wo ist er?«

»Soviel ich weiß, wollte er sich mit Flippo, Goof und Beppi
treffen. Wegen eures geplanten Gardaseetrips. Schätze, er hat dir
nicht Bescheid gegeben, weil du ... Du weißt schon.«

Valli nickte. Der Gardaseetrip. An den hatte sie überhaupt nicht
mehr gedacht. Zwischen Valli und Markus lief eine Wette, wer
zuerst mit seinem Bike über die teils sehr steile und steinige Piste
den Gipfel des Tremalzo erklimmen würde. Die letzten Jahre hatte
Valli jedes Mal knapp verloren, heuer sollte sich das ändern. Sie
hatte gut trainiert, war in den letzten Wochen massenhaft Bergwer-
tungen gefahren und hatte außerdem ein neues Rad – eine absolut
geile Rennmaschine, ein Hardtail der Extraklasse. Goof musste

übermorgen bis fünf arbeiten, danach wollten sie eigentlich sofort losfahren – zu fünft in Flippos altem VW-Bus. Übernachten würden sie bei Markus' Großeltern, Giulias Eltern. Sie führten eine kleine Panetteria in Campione und freuten sich jedes Mal riesig, wenn der Enkel mit Freunden zu Besuch kam. Kost und Logis frei – der pure Luxus. Ben, den Markus dieses Jahr auch eingeladen hatte, würde nun doch nicht mitfahren. Klar, nach dem Milchgassenmord gab es für die Leute der KPI Passau keine freien Wochenenden mehr, auch nicht für diejenigen, die ihren Dienst eigentlich noch gar nicht angetreten hatten.

Lago di Garda! Für Valli waren die Tage bei Markus' italienischen Großeltern meist der einzige Urlaub im Jahr, mehr konnte sie sich nicht leisten. Doch im Moment interessierte sie das herzlich wenig, sie wollte einfach in Ruhe nachlesen, was dem Mädchen passiert war. Sie musste es wissen, fühlte sich der Toten verpflichtet. Genau wie Sara. Mit abartig schlechtem Gewissen verabschiedete sich Valli von ihrem Ziehvater und lief über die Steinplatten in den Hinterhof zum milnerschen Hexenhaus.

Donnerstag, 6. Juni
Nach tagelangem Regen scheint endlich die Sonne über Passau

30

Grausiger Fund in der Passauer Altstadt
Am Morgen des 5. Juni wurde in der Milchgasse, am Eingang zur Fischmarktgasse, im abfließenden Hochwasser der Donau eine nackte Mädchenleiche gefunden. Wer die Tote ist, ist zunächst noch unklar. Taucher und Hundeführer waren vor Ort. Die Staatsanwaltschaft Passau hat Ermittlungen wegen Verdachts auf ein Gewaltverbrechen aufgenommen. Einen Tatverdächtigen gibt es zunächst noch nicht, auch weil die Identität des Opfers und die Todesursache nicht bekannt sind. Die Tote ist zur weiteren Untersuchung ins Rechtsmedizinische Institut nach München überführt worden. Die Polizei hat das Gelände abgesperrt und erste Spuren gesichert. Möglicherweise wird die Rechtsmedizin die Identität der Toten nur mittels aufwendiger DNA-Analysen ermitteln können.

Kurz, knapp und farblos waren die Vorgaben an das Presseteam in Straubing gewesen, aber keine einzige Zeitung hatte diesen Text, wie er sonst unscheinbar bildlos zwischen den Lokalnachrichten zu finden gewesen wäre, abgedruckt. Verloren lag er als Schwarz-Weiß-Ausdruck einer Mail zwischen den Titelblättern mit den marktschreierischen Schlagzeilen der Presse auf Kroners Tisch.

Wer ist der Schlächter von Passau?
Der Scharfrichter hat zugeschlagen
Mord vor dem »Scharfrichterhaus«

Vom letzten Schundblatt bis hin zur seriösen Tageszeitung hatte jedes Blatt heute Morgen das Milchgassenmädchen auf der Titelseite. Das Foto war eindeutig eine Amateuraufnahme, aus dem oberen Stockwerk eines der umliegenden Häuser aufgenommen. Obwohl unscharf und dunkel, waren das Gesicht des Mädchens und

Valli von hinten, wie sie den leblosen Körper aus dem Wasser zog, gut zu erkennen. Für diesen goldenen Schuss hatte der Fotograf vermutlich eine schöne Summe eingesackt.

Im Kabuff quatschten alle durcheinander, die Zeitungen raschelten, als sie herumgereicht wurden. Kroner war seit fünf Uhr morgens im Büro und zermarterte sich das Hirn. Der Obduktionsbericht enthielt nichts, was ihm Bruhan nicht schon telefonisch mitgeteilt hatte. Auch der Abgleich mit den Daten vom BKA und LKA hatte nichts ergeben. Alle vermissten Mädchen, die in Alter, Größe, Gewicht und Haarfarbe in etwa auf das Michgassenmädchen hätten passen können, hatten sich bei näherem Hinsehen als falsche Treffer erwiesen. Sie hatten nichts in der Hand, wussten weder, wer die Tote war, noch, warum sie jemand auf eine solch bestialische Art und Weise ermordet hatte.

»Wir haben das Zahnschema mit einer kurzen Beschreibung der Toten an die umliegenden regionalen Polizeidienststellen weitergeleitet«, meldete sich Schlegel zu Wort. »Vielleicht passt da ja was.«

»Gut.« Kroner fuhr sich durch die grau melierten Haare. Ihre Ermittlungen würden vorerst in zwei Richtungen laufen. Einerseits mussten sie versuchen, die Identität der Toten zu klären. Aus welchem Milieu stammte sie? Wo war sie zu Hause gewesen, wie war ihr bisheriges, viel zu kurzes Leben verlaufen? Über den Umweg zum Opfer hofften sie, mehr über den Täter zu erfahren. Parallel dazu mussten sie alle Vermisstenfälle überprüfen, die ins Schema passen könnten. Hier waren die Kollegen bereits an der Arbeit, diese Maßnahme würde systematisch räumlich ausgedehnt werden: auf Bayern, Deutschland, die EU und die Nachbarländer. Das dauerte.

»Was ist mit ViCLAS?« Kroner holte einen Zettel aus seiner Hemdtasche. »Gibt es Fälle, die dem unseren ähneln?«

»Glaubst du, wir haben es mit einem Serientäter zu tun?«, fragte Ligeia.

»Das hoffe ich nicht, aber der Abgleich mit der Datenbank vom BKA kann nicht schaden.« Damit war für Kroner das Thema erledigt. »Wer übernimmt das?«

Ligeia tat es.

»Was haben wir sonst?«

»Der Zachler«, Ben musste sich auf die Zehenspitzen stellen, um ins Kabuff hineinsehen zu können; es war gerammelt voll, und vor ihm stand ausgerechnet der Hüne vom K3, »also, auf dem Zachler-Hof gibt es alles, was man für eine solche Tötung gebraucht hätte.«

Kroner nickte. Auf den Höfen im Umland würden sie vermutlich fast überall noch alte Gerätschaften für Hausschlachtungen finden. Obwohl? Die wenigsten besaßen wahrscheinlich einen Schussapparat. »Schaut euch den Bolzenschusser vom Zachler mal genauer an«, sagte Kroner in Richtung der Kollegen der Spusi, »aber ein bisschen behutsam, wenn ich bitten darf.« Konnte gut sein, dass der Zachler ausflippte, wenn er mitbekam, dass die Kripo ihn mit dem Milchgassenmädchen in Verbindung brachte, gerade jetzt, wo seine Tochter tot war. Aber es half nichts, sein Bruder hatte Zugang zu den Gerätschaften, und der hatte einiges auf dem Kerbholz. Der Zachler selbst? Den konnte sich Kroner beim besten Willen nicht als Mörder vorstellen. Und wie sollten beide Fälle überhaupt zusammenhängen?

»Erinnert ihr euch, was in Saras Tagebuch stand?« Ligeia hob eine Hand, um sich Gehör zu verschaffen. »Würde sie – die Mutter – es dem Papa erzählen, würde der den Vergewaltiger umbringen. So in etwa waren ihre Worte.«

»Das tote Mädchen wird kaum der Vergewaltiger von Sara Rieß gewesen sein.« Arslan, der neben Ligeia saß, boxte seinen Freund mit den Knöcheln in den Oberarm.

»Das nicht«, entgegnete dieser leicht säuerlich, »aber es könnte trotzdem ein Zusammenhang bestehen.«

Das Schnaufen, Seufzen und Zischen im Kabuff sprach eine andere Sprache. Niemand glaubte daran, dass Saras Tod etwas mit dem neuerlichen Leichenfund zu tun hatte.

»Vielleicht haben wir es mit offensiver Leichenverstümmelung zu tun?« Obwohl in Leos Wohnung noch immer das Wasser stand und sich auch im Laufe dieses Freitags daran nichts ändern würde, war sie voll bei der Sache.

»Du meinst, der Täter hätte das alles getan, weil ihn der Vorgang der Organentnahme als solcher erregt oder er die Innereien als Souvenirs oder Trophäen aufhebt, um den Mord und die Leichenzerstückelung später wieder und wieder in seiner Phantasie zu durchleben?« Tina Maurer verzog angewidert den Mund.

»Könnte doch sein, oder?«, erwiderte Leo gelassen. »In unserer Vorstellung gibt es nichts, was so abartig ist wie die Realität selbst.« Sie war wieder ganz die Alte, ohne Tränendrüsen. Kroner war froh. »Von Leichenzerstückelung im eigentlichen Sinn kann man aber nicht sprechen. Da glaube ich eher an die Version des Rechtsmediziners«, sagte Ben. »Er meint, all dies geschah, um die Leiche besser verbergen zu können.«

Leo Weissenbeck pinnte jetzt Notiz neben Notiz an die Wand und bekritzelte das Flipchart. Meist übernahm sie es, beim Brainstorming die Stichworte zu notieren und dafür zu sorgen, dass kein Gedanke verloren ging. Das kollektive Gesamtwissen, Gedächtnis, Intelligenz, wie immer man es nennen mochte, spielte in der Ermittlerarbeit eine wichtige Rolle, wie Kroner gern betonte.

Jetzt tippte Leo auf eine Karte, die Passau und Umgebung zeigte. »Wir müssen herausfinden, woher die Leiche kommt. Es gibt nicht allzu viele verschiedene Möglichkeiten.«

Es gibt tausend Möglichkeiten, empörte sich Kroner innerlich, nickte seiner Hauptkommissarin aber dennoch zu. Leos Gedankengänge waren oftmals ausufernd und nicht auf den ersten Blick nachvollziehbar, führten aber nicht selten in die richtige Richtung.

»Entweder«, erläuterte Leo weiter, »wollte unser Mörder seine Leiche nun doch loswerden, nachdem er sich so viel Mühe mit der Konservierung gemacht hatte, dann kann es sein, dass er irgendwo aus Deutschland oder sogar aus einem Nachbarland angereist ist und die Kleine hier in der Nähe in die Donau geworfen hat. In diesem Fall wird es schwierig. Das wäre definitiv der *worst case*.« Sie sah vielsagend in die Runde. »Oder es hängt mit dem Hochwasser zusammen, dass die Leiche ausgerechnet jetzt aufgetaucht ist.«

Kroner stutzte. Das konnte tatsächlich sein. Er stand auf. »Weissenbeck hat recht. Im Grunde gibt es nur drei Szenarien, wie das Mädchen in die Altstadt gelangt sein könnte. Erstens«, er hob den Daumen in die Höhe, »der Täter hat die Leiche willkürlich im Wasser entsorgt. Damit hätte der Fundort keinen Bezug zum Tatort.« Er streckte auch seinen Zeigefinger in die Luft. »Zweitens: Er hat sie im Wasser entsorgt, aber unweit seines Lebensmittelpunktes. Dann könnten wir das Gebiet eingrenzen, dazu gibt es Vergleichswerte, Gewohnheiten. Oder drittens«,

Kroner hob nun auch den Mittelfinger, und ein kluges Lächeln umspielte seinen Mund, »die Leiche wurde versehentlich ausgeschwemmt. Nennen wir das mal die weissenbecksche Hochwassertheorie. Träfe sie zu, hätten wir einen ersten Anhaltspunkt.« Er lachte. »Jemand muss abklären, welche Gebiete in diesem Fall in Frage kommen.«

Im Grunde konnte das jeder überschwemmte Keller in Passau sein. Dazu alle überfluteten Areale entlang der Donau und ihrer Nebenflüsse. Insgesamt ein riesiges Gebiet. Ilz und Ilzstadt konnten zum Glück ausgeschlossen werden, da die Leiche dann niemals in der Milchgasse aufgetaucht, sondern schlussendlich wie Sara Rieß im Kraftwerk Jochenstein gelandet wäre. Was Innstadt und Inn betraf, so war sich Kroner nicht mehr ganz so sicher. In der Altstadt, Höhe Brunn- und Heiliggeistgasse, waren in den letzten Tagen Inn und Donau zusammengeflossen, und dieses Mal hatte es sich dabei sicher nicht nur um Grundwasser gehandelt, wie noch beim Hochwasser im Jahr 2002 vermutet worden war. Auch das Kraftwerk Kachlet durften sie nicht außer Acht lassen. Falls allerdings ein Mädchenkörper da nicht durchkam, wäre das in Frage kommende Gebiet sofort überschaubarer. Doch Kroner glaubte sich zu erinnern, dass bei Hochwasser die Schleusen in Kachlet geöffnet wurden, um Schäden zu vermeiden.

»Das kann ich übernehmen, Chef«, meldete sich Reischl zu Wort. »Mein Nachbar arbeitet beim Wasserwirtschaftsamt, aber wir sollten uns auf jeden Fall auch Satellitenaufnahmen der letzten Tage besorgen. Soviel ich weiß, greift das Wasserwirtschaftsamt lediglich auf Google-Earth zurück, das heißt, sie werden keine aktuellen Bilder vom Hochwasser verfügbar haben. Zumindest war das noch vor einigen Jahren so. Ich kann mich da an einen ähnlich gelagerten Fall erinnern, allerdings ging es dabei nicht um Hochwasserdaten.«

»Wer macht was?« Kroner blickte in die Runde. Die Aufgaben verteilten sich schnell. Was konnten sie jetzt noch tun? Die Fundortdaten mussten ausgewertet werden, aber viel hatten die Kollegen nicht sicherstellen können. Wasser war nicht gerade das liebste Kind der Spurensucher, sie hatten keine einzige verwertbare Spur, die auf einen Täter hinweisen könnte. Opferdaten erheben?

Unmöglich, solange die Tote nicht identifiziert war. Biografie, Lebensstil? Fehlanzeige. Mordklassifikation, Opferrisiko, Täterrisiko, Eskalation, alles heiße Luft, solange das Mädchen keinen Namen hatte. Eine ungefähre Tatrekonstruktion war immerhin möglich, allerdings erst ab dem Zeitpunkt, da der Täter dem Kind den Bolzen ins Hirn gejagt hatte. Anschließend hatte er die Leiche bearbeitet und abgelegt – sorgfältig wie ein Fisch seine Eier in einem ausgewählten Laichrevier. Kroners Haut kribbelte, die Härchen im Nacken stellten sich auf. Sie mussten herausfinden, wo das Revier dieses Psychopathen war – und zwar so schnell wie möglich.

Ben schnippte wie ein Schuljunge mit dem Finger, um Kroner auf sich aufmerksam zu machen. »Was ist mit dem Tattoo? ›KARO‹. Ihr eigener Name oder vielleicht der einer Freundin? Könnte er auf eine lesbische Beziehung hindeuten?«

»Die Rechtsmediziner schätzen das Mädchen auf zwölf, höchstens dreizehn Jahre, Ben!« Tina konnte ihre Empörung nicht verbergen.

»Alt genug für Schwärmereien«, unterstützte Schlegel Bens Hypothese.

»Nun, laut Skelettalterbestimmung nach Tanner und Whitehouse war das Mädchen zwölf oder dreizehn«, Ben drückte sich am Hünen vorbei durch die Tür, »aber die Kleine war unterernährt, was zu Entwicklungsverzögerungen führen kann. Ihr Zustand könnte auf einen geringen sozioökonomischen Status hinweisen und darauf, dass sie vielleicht doch schon fünfzehn oder sechzehn Jahre alt war.«

»Sagt wer?« Reischl, der Skeptiker vom Dienst, wirkte nicht gerade überzeugt.

»Der Sektionsassistent hat mir das so erklärt. Bei Unterernährung kann auch die Skelettentwicklung deutlich unterdurchschnittlich sein.«

Kroner nickte Leo zu, die Bens Vermutungen sofort auf dem Flipchart festhielt: »Geringer sozioökonomischer Status, ein Mädchen aus armen Verhältnissen?«

Kroner stand auf.

»Der Name, das Tattoo«, Ben war noch nicht fertig, »er könnte eine Abkürzung für Karoline sein, also deutschen Ursprungs, oder für Karolina als tschechische Variante des Namens. Die finnische Karoliina scheint mir eher unwahrscheinlich, aber wer weiß das schon mit Sicherheit?«

»Na gut, fragt auch bei den Kollegen in Tschechien nach, Finnland können wir wohl erst mal außen vor lassen.« Kroner überließ es Ben, in diese Richtung weiterzuermitteln. »Wir treffen uns dann später, um siebzehnhundert, zur Tagesabschlussbesprechung. Die Michels will Ergebnisse, also strengt euch an.«

Die meisten standen auf, drängten zur Tür. Ligeia kramte hektisch in seinen Unterlagen. »Ich hab noch was zum Fall Sara Rieß.«

Kroner sah auf seine Uhr, seufzte. »Lass hören.«

»Saras Exfreund aus der Drogenszene kommt als Täter nicht in Frage. Er hat ein Alibi: War mit Freunden von Dienstag bis Sonntag in Amsterdam und ist erst seit gestern wieder in Passau. Der war ehrlich bestürzt, als er von ihrem Tod erfuhr. Sah zumindest so aus.«

Kroner verzog keine Miene. Ligeia war nicht der größte Menschenkenner unter der Sonne, seine Beobachtung musste also nichts heißen.

»Wegen der Vergewaltigung«, fügte jetzt auch Arslan hastig hinzu, »niemand aus Saras Umfeld ist einschlägig vorbestraft. Kein Missbrauch, nichts. Alle haben weiße Westen.«

Kroner nickte, wollte endlich raus aus dem Kabuff.

»Eine Sekunde noch, Chef.« Leo trat von einem Bein auf das andere.

Kroner drehte sich um. Kollegin Weissenbeck zögerte, schien irgendwie verlegen. Er wurde sofort misstrauisch. »Raus damit!«, knurrte er.

»Die Fahndung nach Laurenz Osterby hat ja bislang nichts ergeben, aber Arslan ist im Internet auf etwas Interessantes gestoßen.« Sie knetete ihre Finger wie ein Schulmädchen, das Angst vor der Strafe hat.

»Jetzt mach's halt nicht so spannend«, drängte Kroner und sah erneut auf die Uhr. Eigentlich hätte er seit fünfzehn Minuten bei seinem Termin mit der Michels und dem Herrlich sitzen sollen.

»Ein User namens Bunny tauscht Fotos von halb nackten Mädchen. Das könnte Laurenz sein.« Arslan war sehr gründlich, wenn es darum ging, eine Person, die es aufzuspüren galt, im Netz zu finden. Oft stieß man dort auf Hinweise auf einen möglichen Aufenthaltsort.

»Was?« Für Kroner war alles, was im weitesten Sinne mit EDV zu tun hatte, ein böhmisches Dorf. Er wusste zwar, dass man als User im Web mit jedem Klick Spuren hinterließ, aber das war's dann auch schon. Bei diesem Thema musste er gezwungenermaßen auf die Spezialisten des Hauses vertrauen, und Arslan war einer von ihnen.

»Ich habe bei der Michels schon um einen Durchsuchungsbeschluss für Laurenz Osterbys Wohnung, also bei seinen Großeltern, angefragt«, fuhr Weissenbeck etwas kleinlaut fort. »Um neun Uhr geht's los. Ich konnte dir nicht früher Bescheid geben, tut mir leid. Der ganze Rummel um den Leichenfund in der Milchgasse, das Hochwasser ...« Sie zuckte mit den Schultern.

Kroner verdrehte die Augen, seine Kiefermuskulatur arbeitete hart, als er das Kabuff endlich verließ. Leo konnte als leitende Ermittlerin natürlich einen Durchsuchungsbeschluss beantragen, ohne ihn vorher zu fragen oder wenigstens zu informieren, aber ganz sicher hätte sie die Zeit gefunden, um ihn früher davon in Kenntnis zu setzen, *wenn* sie das gewollt hätte. Kroner war nicht dumm, und die Osterby würde garantiert ausflippen, sobald sie von der Durchsuchung Wind bekam.

31

Valli drückte den Blauen Wiener fest an ihre Brust, strich ihm über die samtigen Ohren und das weiche Fell. Es war noch früh am Morgen, die Luft angenehm kühl im Schatten. Opa Kroner sortierte sein Werkzeug, rückte Schüsseln und Wassereimer zurecht und nahm dann das Eisenrohr in die Hand. »Gib ihn mir.«

Valli drückte dem Kaninchen einen Kuss zwischen die Ohren und setzte es auf den alten ausrangierten Küchentisch. Opa Kroner packte das Tier am Rückenfell, murmelte ein paar freundliche Worte und zertrümmerte dem Blauen mit einem präzisen Schlag den Schädel. Valli schloss die Augen.

Das ist der Preis.

An der gekachelten Stallwand hingen an einer Edelstahlleiste die Haken. Mit ihnen durchstach Opa Kroner die dünne Haut zwischen den Sehnen, um das tote Kaninchen an seinen Hinterläufen aufzuhängen. Der Blaue zuckte noch, etwas Blut tropfte zu Boden.

Valli hatte den Obduktionsbericht des Mädchens letzte Nacht so oft gelesen, dass sie ihn fast auswendig konnte. Viel davon hatte sie nicht verstanden, das heißt, verstanden hatte sie ihn im Prinzip schon, aber sie hatte einfach nicht gewusst, was die Auflistung der körperlichen Merkmale bedeuten sollte. Jetzt fiel es ihr wie Schuppen von den Augen.

Ein Loch hinter der Achillessehne!

Opa Kroner nahm das Messer – es musste ein sehr scharfes sein –, trennte den Kopf ab, löste knapp oberhalb des Sprunggelenks etwas Fell vom Fleisch und zog dann den Balg mit einem festen Ruck ab. Nackt, muskulös und kopflos hing das Kaninchen an den Haken. Kein bisschen Fett, ein wunderschöner Schlachthase.

Neunundneunzig von hundert Leuten fänden es garantiert abartig zuzusehen, wie die blauen Kuschelmonster ihr Leben ließen. Valli fand, dass sie es den Viechern schuldig war, wenn sie hinterher ihr Fleisch essen wollte, ja, sie hatte sogar schon einmal eigenhändig einen Hasen geschlachtet. Ihr kam es schizophren vor, wenn sogenannte *Tierfreunde* sich das abgepackte Fleisch in Discount-

Supermarktketten kauften, ohne darüber nachzudenken, dass das Billigfleisch aus Massenhaltung von Tieren stammte, die über lange Strecken lebend hergekarrt wurden, womöglich aus Ost- oder Südländern. Das war Tierquälerei, nicht das Szenario im kronerschen Hinterhof. Opa Kroners Blaue Wiener hatten ein schönes Leben in dem riesigen Garten. Sie durften im Sand buddeln, wühlen und hüpfen, so viel sie wollten, bevor sie irgendwann eben doch auf dem Teller landeten, in Rahmsoße mit Semmelknödeln und Blaukraut als Beilagen. Lecker.

»Gib mir mal den Nächsten, Valli«, sagte Opa Kroner, während er, vom Schwanz beginnend, Bauch- und Brustraum des geschlachteten Kaninchens öffnete. Als die Gedärme hervorquollen, fasste er mit der Rechten ins Geglitsche und räumte alles heraus. Platschend fielen die Innereien in eine Schüssel. Einen Hasen zu töten, ihm das Fell abzuziehen und ihn auszunehmen, das dauerte keine zwei Minuten, wenn man etwas Routine darin hatte. Eine rundum schnelle und saubere Sache.

Valli musste daran denken, wie Opa Kroner vor gut zwei Jahren einen Schussapparat ausprobiert hatte, um die Kaninchen zu betäuben. Einige Kollegen aus dem Zuchtverein schworen auf diese Methode und hatten ihm ein Gerät zum Ausprobieren geliehen. Valli und Opa Kroner hatten damals nach Anweisung den Nacken des Kaninchens fest auf den Tisch gepresst, den Schussapparat zwischen den Ohren senkrecht auf das Schädeldach aufgesetzt und mit ihm den Kopf des Tieres leicht auf die Unterlage gedrückt, bevor sie den Schuss ausgelöst hatten. Eine Millisekunde vorher hatte das Kaninchen angefangen zu zappeln, der Schussapparat war minimal verrutscht und der erwünschte Betäubungseffekt ausgeblieben. Eine Riesensauerei. Seither verwendete Opa Kroner wieder das gute alte Eisenrohr, schlug damit nicht ins Genick, weil sonst der Muskel einblutete und das Fleisch für den Verzehr weniger geeignet war – gerade dann, wenn es verkauft werden sollte, war das wichtig. So wie heute.

… im Bereich der zentralen Stirnregion, in der unbehaarten Kopfhaut gelegen, eine im Durchmesser 11 mm große Einschusslücke …

»Was ist?«, drängte Opa Kroner. »Gibst du mir den Nächsten, oder muss ich mich selbst drum kümmern?«

Valli starrte wie paralysiert auf den leeren Blauen. Das war es! Das Mädchen war ... Aber das war unmöglich, entsetzlich ... Doch, ja, es war geschlachtet worden. Mit einem Schussapparat getötet und wie ein Schwein an s-förmigen Haken aufgehängt worden. Deshalb die Löcher hinter den Achillessehnen.

»Dirndl, du bist ja kasweiß.« Opa Kroner legte das Messer weg, packte Valli an den Schultern und schüttelte sie. »Was ist denn los, bist doch sonst nicht so zimperlich?«

»Wieso haben Sie sich nicht umgemeldet?«

Im abgedunkelten Besprechungszimmer saß Leo Weissenbeck Saras ehemaligem Fitnesscoach gegenüber: Oliver Rothenbach. Vierzig Jahre alt, gut aussehend, durchtrainiert und durchaus charmant. Niemand, von dem man annahm, dass er Gewalt anwenden musste, um jemanden ins Bett zu kriegen. Über die LG Passau hatte Schlegel seine neue Handynummer bekommen. Rothenbachs zivilisierter Anblick enttäuschte Leo etwas.

Der Coach zuckte mit den Schultern, lächelte schwach.

»Sie wissen schon, dass Sie sich damit ein Ordnungsgeld von fünfhundert Euro eingehandelt haben?« Leo liebte die Bad-Cop-Rolle. Natürlich würde niemand Rothenbach ein Ordnungsgeld aufbrummen, wenn er die Ummeldung in den nächsten Tagen nachholte – maximal ein Bußgeld von zwanzig oder dreißig Euro.

»Ich habe es schlichtweg vergessen, Frau Weissenbeck, das müssen Sie mir glauben. Aber ich werde das Versäumnis gleich am Montag nachholen, das verspreche ich.«

Leo hatte lange überlegt, welche Strategie sie bei dem Gespräch verfolgen sollte. Es war kurz nach neun Uhr morgens, Sven Bischof, Saras ehemaliger Disziplintrainer, war für zehn Uhr einbestellt worden. Er war nicht gerade davon angetan gewesen, von München anreisen zu müssen. Trotzdem: Leo erhoffte sich viel von den beiden Gesprächen, schließlich hatten die Männer jahrelang sehr engen Kontakt zu Sara gepflegt.

»Wo, sagten Sie noch mal, wohnen Sie jetzt?«

»Mariahilfberg 5, Innstadt.«

Leo notierte die Adresse auf ihren Block. Kroner wohnte doch da ganz in der Nähe?

»Die Sache mit Sara ist wirklich schrecklich, aber ich frage mich, was ich damit zu tun haben soll. Wissen Sie —«

Jetzt war es entschieden. Leo würde die harte Tour fahren. »Sara Rieß, Ihr Schützling, das Goldkind der LG Passau, wurde irgendwann nach dem Gewinn des Europameistertitels in Litauen vergewaltigt. Das waren nicht zufällig Sie, Herr Rothenbach, oder?«

Alle Farbe wich aus Rothenbachs Gesicht, nur um Sekunden später einer flammenden Röte Platz zu machen. Er sprang auf. »Was sagen Sie da?« Die charmante Nonchalance war aus seiner Stimme verschwunden.

»Sie haben mich schon ganz richtig verstanden«, murrte Leo säuerlich. »Haben Sie Sara Rieß vergewaltigt?«

»Wie kommen Sie auf diesen absurden Gedanken?« Er fuhr sich durch die Haare, auf seiner Stirn glänzte ein dünner Schweißfilm. »Natürlich habe ich Sara nicht vergewaltigt. So ein Wahnsinn!«

»Wo waren Sie in der Nacht vom 29. auf den 30. Mai zwischen Mitternacht und drei Uhr morgens?«

Rothenbach sackte zurück auf seinen Stuhl, rang sichtlich um Fassung. »Sie sind doch verrückt!«

Leo neigte missbilligend den Kopf.

Der Trainer verstand den Tadel, beeilte sich, eine Entschuldigung herauszupressen, und streckte der Kommissarin abwehrend die Hände entgegen. »Natürlich machen Sie nur Ihre Arbeit, ich weiß, aber ... diese Anschuldigungen sind doch absurd, ich habe nie —«

»Wo waren Sie?« Leo unterbrach ihn schroff und beugte sich nach vorn. »Das ist alles, was mich im Moment interessiert.«

Rothenbach ließ die Hände sinken. »Ich war zu Hause.«

Leo lachte auf. »Kann das jemand bestätigen?«

Er nickte. »Meine Lebensabschnittsgefährtin.«

»Dann lassen Sie mal deren Namen hören, damit ich das überprüfen kann.«

Er seufzte. »Marlis. Marlis Osterby.«

Valli sprang die ausgetretenen Stufen der Holztreppe nach oben und schlug die Zimmertür hinter sich zu.

Was für ein Irrsinn! Wer tut so etwas?

Fahrig klappte sie ihren Laptop auf und drückte den Startknopf. Sofort röhrte das Gebläse der alten Kiste los.

Erst vor Kurzem hatte ein Kommilitone seine Diplomarbeit per Mail geschickt. Valli hatte versprochen, Korrektur zu lesen, war aber bislang nicht dazu gekommen. Sie erinnerte sich, dass es darin um Schlachterlebnisse bei Kindern und Jugendlichen ging, die zu fehlgeleiteten sexuellen Neigungen geführt hatten. Sie wollte unbedingt einen Blick hineinwerfen. Sofort.

»Wo hab ich diesen Dreck bloß abgespeichert?« Sie klickte sich durch die Dateien, die im Ordner mit dem Namen »Studium« abgelegt waren. Nichts. »Verdammt!« Valli öffnete ihren E-Mail-Account. Gelesene Nachrichten nach Alphabet sortieren. »Bitte, bitte.« Ah, da war die Mail. Dank DSL dauerte das Herunterladen der Datei nur wenige Sekunden: »Datei kann nicht geöffnet werden«. Was war denn jetzt schon wieder los? Wahrscheinlich hatte der Schnösel ein MacBook, aber trotzdem müsste das verschissene Word das doch konvertieren können? Valli trommelte mit den Fingern über die Tastatur, überlegte.

Sie öffnete den Internetbrowser und tippte »KARO« ins Suchfeld ein. Die Tätowierung ging ihr schon den ganzen Vormittag nicht aus dem Kopf.

Markus hatte Valli heute Morgen kurz Bescheid gegeben, dass die Tote noch immer nicht identifiziert war. Das war natürlich nicht ganz vorschriftsmäßig, aber Valli konnte hartnäckig sein, wenn sie es darauf anlegte.

Niemand vermisste das Mädchen. Irgendwie schien sie nicht zu existieren.

Karo.

Für Valli war das kurze, unscheinbare Wort am Handgelenk der Toten der einzige Beweis dafür, dass es jemanden geben musste, der sich um dieses Mädchen sorgte.

Der erste Treffer ihrer Suche verwies auf »KaRo, Hightech fürs Rohr«. Nun ja. Das zweite Suchergebnis warb für eine Rohrreinigungstechnologie, dann folgte Wikipedias Erklärung für ein Karomuster. Der vierte Link verwies auf »KARO e.V.«, einen Verein für grenzüberschreitende Sozialarbeit. Valli klickte nichts an, zog stattdessen ihr Handy aus der Tasche. Sie musste dringend mit

Markus über alles reden. Der würde sie nicht an Kroner verpfeifen.
Wieder die Mailbox.

Genervt klickte Valli nun doch einen Link aus der Google-Suche an:

> *Seit 1994 engagiert sich KARO e.V. gegen Zwangsprostitution, Menschenhandel und sexuelle Ausbeutung von Kindern. Ziel des Vereins ist es, Kindern, Jugendlichen und Frauen, die physische, psychische und/oder sexuelle Gewalt erfahren haben, Schutz und Hilfe anzubieten.*

Vallis Herz begann zu rasen, in ihren Ohren rauschte es.
Das ist es. Das muss es sein!
Sie war sich hundertprozentig sicher.

»Chef?« Paulus fiel mit der Tür ins Haus. Er war heute das erste Mal wieder im Kommissariat aufgetaucht, nachdem die unfreiwillige Isolationshaft in der Ilzstadt endlich ein Ende genommen hatte. Aufräumen wollte er später, erst musste er Körper und Geist von der erlittenen Überdosis trauter Zweisamkeit mit Gattin Ilse befreien. Und das funktionierte am besten, wenn er sich in die Arbeit stürzte.

»Das wirst du mir nicht glauben!«

Kroner telefonierte gerade. Er hielt eine Hand über die Sprechmuschel des Telefons und wedelte den Kollegen herein. »Selbstverständlich halten wir uns an Ihre Anweisungen, Herr Herrlich.« Theatralisch entfernte Kroner das Mobilteil vom Ohr, als Herrlich antwortete, und verdrehte die Augen.

Paulus' Mundwinkel wanderten nach oben bis zu seinen altmodischen Koteletten. Kroner bedeutete ihm, sich zu setzen.

Erst als Herrlichs Gezänk nicht mehr aus dem Lautsprecher drang, presste Kroner das Telefon wieder an seine Wange. »Ihnen auch, Herr Herrlich, einen schönen Tag.« Er legte auf.

»Ungemütlicher Zeitgenosse, unser Herr Herrlich.« Paulus wippte auf Kroners neuem Freischwinger-Besucherstuhl. »Gemütlich.«

Kroner nickte. Er schätzte Paulus für seine Integrität und war ihm bis heute dankbar, dass dieser ihm, als er den Posten des Ersten

Kriminalhauptkommissars übernommen hatte, den Einstand so leicht gemacht hatte. Immerhin hatte Willi Paulus bereits unter Kroners Vater gedient und, soviel Hannes wusste, war der nicht immer ein umgänglicher Chef gewesen. Alte Hasen – und zu denen hatte Paulus schon damals gezählt – konnten normalerweise wenig mit einem jungen Fuchs anfangen, den man ihnen vor die Nase setzte. Paulus hatte den Fuchs anerkannt, vom ersten Tag an.

»Du wirst nicht glauben, was ich gerade erfahren habe.« Paulus schwenkte ein Protokoll.

Kroner zog die buschigen Brauen hoch. Los jetzt, schienen sie zu brüllen.

»Eine Frau war hier und wollte Anzeige gegen einen Mann erstatten, der im alten Trifttunnel bei Hals Kinder belästigt.«

Kroner beugte sich über seinen Schreibtisch nach vorn, schnappte sich das Papier und überflog die ersten Zeilen. »Was genau ist unter belästigen zu verstehen?«

Paulus wiegte den Kopf. »Dieser Mann hat nichts getan, das strafrechtlich relevant wäre, aber die Art und Weise, wie er sich dort herumtreibt, ist wohl sehr komisch und –«

»Und was?« Kroner verlor die Geduld. Was hatte das mit seinen aktuellen Fällen zu tun? Hatte er nicht klipp und klar gesagt, dass er von den Kollegen bis auf Weiteres nur dann gestört werden wollte, wenn es um Sara oder das Milchgassenmädchen ging?

»Na ja, die Nachbarn rundherum wissen eben, dass der Franzl Rieß erst kürzlich aus dem Knast entlassen wurde, jetzt spinnen sich die Leute so allerhand zusammen.«

»Der Franzl Rieß?«

»Genau der. Er soll stockbesoffen im Trifttunnel herumhängen und Kinder erschrecken.«

»Soweit ich mich erinnere, steht in seiner Liste von Straftaten nichts von Missbrauch.« Kroner konnte sich nur an Hehlerei, Hausfriedensbruch, Scheckbetrug und schwere Körperverletzung erinnern.

»Du hast recht, in dieser Hinsicht war er bisher nie auffällig, aber das muss nichts heißen.«

Kroner nickte. Gewaltbereit war der Zachler-Bruder allemal,

gerade im Suff, das hatte er schon mehrfach bewiesen. »Irgendwelche Übergriffe?«

»Nein. Er erschreckt die Kinder, treibt dumme Späße, aber viele Eltern lassen ihre Kleinen trotzdem nicht mehr allein zum Spielen raus, sagt die Frau. Und auch die größeren Kinder halten sich vom Trifttunnel fern.«

Kroner überlegte. Diese Neuigkeiten brachten dem Zachler-Bruder nicht gerade einen Vertrauensvorschuss ein. »Wie heißt die Frau, die dir das erzählt hat?«

Paulus zögerte. »Das wird dir nicht gefallen.«

»Sag schon.«

»Maria Schatz.«

»Die Hex von der Ilz?« Kroners Kopf sank in seine Hände. Auch das noch.

Freitag, 7. Juni
Überall türmen sich Schlamm und Müll auf den Straßen

32

Hey, Valli,
hoffe, du bist okay. Muss für den Alten ein paar Zeugen befragen
(uff, ausgerechnet heute!). Unsere Bikes habe ich gestern zu Flippo
gebracht und auf den Radlständer montiert. Um fünf bin ich wieder
da. Pack dein Zeug zusammen, Opa fährt uns zum Treffpunkt.
Um neun, spätestens um zehn, springen wir in den Gardasee.
Geil, oder? Ein bisschen Abwechslung wird dir guttun, aber glaub
nicht, dass ich dich wegen dieser Sache gewinnen lasse. Niemals!
Markus

Valli saß im »Altstadt Beisl« am Residenzplatz Ecke Innbrückgasse
auf der Terrasse und strich mit beiden Händen über den Zettel, der
vor ihr auf dem Tisch lag. Gestern, nachdem sie zum x-ten Mal
versucht hatte, Markus zu erreichen, und sonst niemand da gewesen
war, mit dem sie über ihre Entdeckung – wenn es denn eine war –
reden konnte, war sie irgendwann in einen komaähnlichen Schlaf
gefallen und erst heute Morgen wieder aufgewacht. Markus' Zettel
hatte sie auf ihrem Nachtkästchen gefunden.

»Was für ein Idiot«, murmelte sie. »Wenn man den einmal
braucht.«

Heute Vormittag hatte Valli unter den angegebenen Telefonnummern bei KARO e.V. nur den Anrufbeantworter erreicht, und
auf die Nachricht, die sie gestern bereits an die auf der KARO-
Website angegebene Mail-Adresse geschrieben hatte, hatte bislang
auch niemand reagiert. Jetzt war es früher Freitagnachmittag –
wahrscheinlich hatten sich die KARO-Leute bereits ins Wochenende verabschiedet. Hätte sie nur gestern schon angerufen und
nicht darauf gewartet, dass Markus das für sie übernahm. Vallis
Bauchgefühl schrie es geradezu hinaus, dass die Tätowierung am
Handgelenk des Milchgassenmädchens mit dieser Organisation zu

tun haben musste – auch wenn das sachlich betrachtet natürlich ziemlich abwegig war.

»Hier bist du«, sagte Ben wenig euphorisch und setzte sich zu Valli an den Tisch. »Lauschiges Plätzchen.« Er sah sich um. Gute Lokale schätzte er seit jeher, und Markus hatte Ben erklärt, dass das »Altstadt Beisl« *die* Vinothek im Herzen der Altstadt wäre.

In ihrer Not hatte Valli sich nicht anders zu helfen gewusst, als Ben anzurufen. Mit Kroner konnte sie auf keinen Fall sprechen, der würde sofort merken, dass sie mehr wusste, als sie wissen durfte, konnte und sollte. Und Markus? Tja, der war wieder nicht erreichbar gewesen, und in ein paar Stunden würden sie gemeinsam nach Italien zum Mountainbiken verschwinden. Dann war es zu spät.

Ben hatte sich anfangs geziert, er hätte viel zu tun, alles ginge drunter und drüber. Da er aber den ganzen Tag nichts Richtiges gegessen hatte, willigte er schließlich ein.

Das »Altstadt Beisl« war als eines der wenigen Lokale nicht vom Hochwasser ruiniert worden, und außerdem kannte Valli die alten Wirtsleute seit Ewigkeiten. Sie waren über tausend Ecken mit Kroners verstorbener Frau verwandt. Valli fühlte sich normalerweise wohl hier. Heute nicht. Nicht im Geringsten.

»Du verpasst was«, sagte sie, um das zähe Schweigen zu brechen. Sie wusste nicht, wie und wo sie anfangen sollte.

»Was meinst du?«

»Der Gardaseetrip. Du wolltest ja eigentlich auch mitkommen?«

»Ach, das.« Ben bestellte einen Flammkuchen, Valli orderte ein Wasser. Normalerweise ließ sie sich von der Wirtin einen Wein empfehlen, aber im Moment brauchte sie einen klaren Kopf.

»Ich hätte wirklich gern Markus' italienische Großeltern kennengelernt. Er ist ja mächtig stolz drauf.« Ben lächelte herablassend. »Allerdings hätte ich das Rennen gewonnen. Das ist dir hoffentlich klar.«

Valli musste trotz allem lachen. »Träum weiter!« Wenn Ben sich nicht regelmäßig über steile Pisten nach oben quälte – und davon hatte sie bislang nichts mitbekommen –, hatte er keine ernsthafte Chance, dafür waren sie und Markus einfach zu gut. Was die andere Sache anging, so hatte Ben allerdings recht. Bei jeder sich bietenden Gelegenheit erwähnte Markus, dass er Halbitaliener war – vor allem dann, wenn Damen zugegen waren. Doch Valli war nicht hier, um mit Ben zu plaudern. Sie zerknüllte Markus' Nachricht, stopfte sie in ihre schlabbrigen Shorts und zupfte an ihrem verwaschenen T-Shirt. Sie hatte keine Ahnung, wie sie das Gespräch angehen sollte. Wahrscheinlich würde Ben sie an Kroner verpfeifen, wenn sie jetzt damit herausrückte, was sie herausgefunden hatte. Sie war nervös, dümpelte lieber noch ein wenig in seichteren Gewässern. »Gibt's schon was Neues?«

Deshalb also bestellte sie ihn hierher? Unfassbar. Als Ziehtochter eines Kriminalhauptkommissars sollte sie wissen, dass er ihr darüber nichts sagen konnte. Wäre er bloß mit den beiden Chicas in ihren knappen Shorts gegangen, die ihm vor nicht mal zwei Minuten noch *free sweets and hugs* angeboten hatten, die eigentlich für die vielen Fluthelfer in der Stadt gedacht waren. Das wäre sicherlich erquickender gewesen als dieses Gespräch hier.

»Du solltest dir mal wieder die Haare waschen«, sagte Ben pampig. »Und vielleicht ersparst du mir beim nächsten Mal auch den Schlafanzug, wenn du dich mit mir zum Essen triffst, noch dazu in einem öffentlichen Lokal.« Glaubte sie tatsächlich, er würde Polizei-Interna ausplaudern? So dumm konnte sie nicht sein. Oder?

Valli brauchte einen Moment, um Bens Boshaftigkeit zu verdauen. Sie fuhr sich mit den Fingern durch ihre Haare. »Es wird keine Wiederholung geben«, blaffte sie schließlich zurück. »Ich wollte dir nur ein paar Dinge sagen. Rein dienstlich, wenn du so willst.«

Ben betrachtete Valli etwas genauer. Ihre Haare sahen tatsächlich schmierig aus, ihr T-Shirt war fleckig, und unter den Fingernägeln hatten sich schwarze Ränder eingenistet; es sah nach einer dauerhaften Invasion aus. Gut, Vallis ehemals beste Freundin war tot, und sie hatte eine fürchterlich zugerichtete Mädchenleiche in der Altstadt gefunden, das konnte jeden aus der Bahn werfen, dazu das Hochwasser und das Schlafdefizit. Was Ben irritierte: Er fand Valli trotz allem süß, sein Beschützerinstinkt regte sich, und nach anfänglicher Skepsis hatte er sich tatsächlich einen kurzen Moment lang darüber gefreut, dass sie ihn treffen wollte. Seine Eitelkeit hatte ihm ein Schnippchen geschlagen, aber nun war die Katze ja aus dem Sack. Anscheinend ging es Valli um die Morde – nur darum.

Er ärgerte sich. »Wenn du glaubst, dass ich dir irgendetwas über die aktuellen Fälle erzähle, bist du dümmer, als ich angenommen habe.«

Valli lachte zu laut und warf ihre langen braunen Haare unnötigerweise zurück. »Dann erzähle ich dir mal etwas.« Plötzlich war ihr alles scheißegal. Selbst wenn Ben sie an Kroner verpfiff, dann war das eben so, Valli konnte es nicht ändern. Sie legte die Hände auf den Tisch und sah Ben an. »Irgendein Irrer hat das Mädchen geschlachtet und ausgenommen. Er hat sie mit einem Bolzenschussapparat betäubt, ihr die Kehle durchgeschnitten und sie ausbluten lassen. Anschließend hat er die Innereien herausgerissen und sie mit Saupech eingerieben.« Wie war das noch gleich im Bericht formuliert worden? Valli überlegte. »Von einem alten Sautrog steckten Holzsplitter in ihrer Haut. Der Kerl hat sie mit Kette und Schepser bearbeitet. Hast du so was schon mal live miterlebt, Bruhan?«

Der Wirt servierte den Flammkuchen, der unbekümmert in den blauen Sommerhimmel dampfte. Bens Hände ballten sich zu Fäusten, er sah Valli nicht an. »Hat Markus dir das erzählt?«

Valli lachte. »Er hat mir so einiges erzählt.«

Scheinbar gelassen nahm Ben Gabel und Messer zur Hand und begann zu schneiden. »Ich dachte wirklich, er wäre professioneller.«

»Kannst uns ja an seinen Vater verpetzen, das bringt dir sicher einige Pluspunkte ein.« Valli nahm einen Schluck von ihrem Wasser.

Ben schwieg, steckte ein Stück Flammkuchen in den Mund und kaute. Er bereute, dass er sich auf das Treffen eingelassen hatte. Was hatte er erwartet? Wenigstens schmeckte das Essen phantastisch.

Valli rutschte auf ihrem Stuhl hin und her. Am liebsten hätte sie Ben die Augen ausgekratzt. Seine abgeklärte Art machte sie wahnsinnig, reizte sie bis aufs Blut – schon von der ersten Sekunde ihres Kennenlernens an. Wieso blieb der so locker, wo sie sich doch solche Mühe gab, ihn aus der Fassung zu bringen? Sie ließ Luft durch ihre Zahnlücke entweichen.

»Gut, dass wenigstens das Ventil funktioniert«, sagte Ben, ohne aufzusehen.

»Halt die Fresse!« Valli bemühte sich nicht länger um einen neutralen Tonfall. »Markus hat mir nichts erzählt. Wenn es um seine

Dienstverschwiegenheit geht, ist er geradezu vorbildlich, keine Bange.«

Ben hörte auf zu kauen. »Woher weißt du dann den ganzen Scheiß?«

Valli lächelte. »Es stimmt also?«

Ben musterte sie. »Woher weißt du es? Hat etwa Kroner ...?«

Jetzt musste Valli lauthals lachen. »Spinnst du? Wenn der erfährt, dass ich das Obduktionsprotokoll gelesen habe, bringt er mich um.«

Ben ließ sein Besteck fallen. »Du hast was?« Die Gäste an den Nachbartischen drehten sich nach ihnen um. Ben senkte seine Stimme. »Du hast das Protokoll gelesen?«

»Es war Zufall, ist mir in Kroners Flur direkt vor die Füße gesegelt, ich konnte gar nicht anders. Ehrenwort.« Die Aktion mit dem Kopierer erwähnte Valli aus strategischen Gründen lieber nicht.

»Wenn ich Kroner wäre, würde ich dir den Hals umdrehen.«

»Noch eine Tote in Passau? Ob das so klug wäre?«

»Dass du das Protokoll gelesen hast, kann ihn seinen Job kosten.« Ben schien ehrlich entsetzt.

»Du bist vorerst der Einzige, der davon weiß, und außerdem hätte ich sowieso lieber mit Markus gesprochen als mit dir, das kannst du mir glauben.«

»Na toll.«

Valli versuchte sich an einem unbekümmerten Lächeln. »Aber jetzt lässt es sich nicht mehr ändern. Ich wollte dir ohnehin nur zwei Dinge sagen, bevor ich mich ins Ausland absetze.«

Ben stöhnte, er war nicht gerade versessen auf Vallis geistigen Auswurf.

»Die Tätowierung des Mädchens ...« Sie tippte sich auf die Innenseite ihres Handgelenks.

»Was ist damit?«

»Hast du ›KARO‹ schon gegoogelt?«

»Nein.« Valli musste schließlich nicht alles wissen.

»Ist dir ›KARO‹ ein Begriff?«

»Als Abkürzung für den Namen Karolin, ansonsten —«

»KARO ist eine Anlaufstelle für Kinder, Jugendliche und Frauen im Prostitutionsmilieu entlang der sächsisch-böhmischen Grenze.«

Valli holte Luft, um noch mehr zu sagen, doch Ben unterbrach sie sofort.

»Und du meinst, die Sozialarbeiter tätowieren den kleinen Schlampen ›KARO‹ aufs Handgelenk, sobald sie in der Beratung waren?« Er verstummte. Manchmal hasste er sich selbst für seinen Sarkasmus und die verbalen Entgleisungen.

Valli schnaubte, sie hätte kotzen können. Am liebsten hätte sie Ben ihr Wasser ins Gesicht geschüttet, hielt sich aber zurück. Sie wusste ja selbst, dass ihr Verdacht alles andere als stichhaltig war.

»Natürlich nicht, aber die Beratungsstelle könnte doch etwas mit dem Mädchen zu tun haben. Was kann es schaden, das nachzuprüfen? Für dich wäre das ein Anruf. Ein einziger!«

»Überlass das Ermitteln der Polizei.« Ben schob sich das letzte Stück Flammkuchen in den Mund und winkte dem Kellner, der gerade am Tisch vorbeiging. »Ich würde gern zahlen.«

»Aber deshalb bin ich doch hier, damit die Polizei der Sache nachgeht«, sagte Valli eindringlich. »Googel es und ruf dort an, das ist alles, was ich verlange, Ben. Bitte!«

Er wühlte in seinem Portemonnaie. »Meinetwegen. Wenn ich etwas Zeit habe.« Er stand auf, biss die Zähne zusammen. Er hatte »KARO« bereits in eine Suchmaschine gehackt, aber ihm war nichts aufgefallen. So ein Mist!

»Warte.« Valli packte Ben am Handgelenk. »Was ist mit Laurenz? Habt ihr ihn gefunden?«

Ben verdrehte die Augen und machte sich von ihr frei. »Du raffst es echt nicht, oder? Von mir wirst du nichts erfahren.«

»Aber da ist noch eine Sache … Ich hab's Kroner nicht erzählt, weil ich erst dachte, es wäre nicht wichtig.«

»Was?« Ben verlor langsam die Geduld.

»Du weißt doch, dass ich kurz mit Laurenz gesprochen habe, bevor er, na ja, verschwunden ist.«

»Wie könnte ich das vergessen?« Ben knallte das abgezählte Geld auf den Tisch.

»Er hat mir was Komisches erzählt, er …« Sie hielt inne.

Ben sah auf seine Uhr. »Ich muss wirklich dringend zurück, Valli. Sag es jetzt oder lass es bleiben.«

»Marlis Osterby hat Laurenz all die Jahre Briefe unterschlagen, die sein Vater ihm aus Landshut und später aus Kanada geschickt hat. Er war –«

»Aus Kanada?« Ben erstarrte.

Valli überlegte. »Ja, ich bin ziemlich sicher, dass Laurenz Kanada gesagt hat.«

Ben setzte sich wieder. »Weiter!«, forderte er Valli auf, zückte sein iPhone und aktivierte die Aufnahmefunktion.

»Was soll das?« Valli zeigte auf sein Handy.

»Erzähl, Valli, das war doch der Sinn dieses Treffens, oder irre ich mich? Die Info könnte ausnahmsweise wirklich wichtig sein.«

»Na schön.« Valli sank ebenfalls zurück auf ihren Stuhl. »Die Osterby hat ihren Sohn jahrelang in dem Glauben gelassen, sein Vater wäre einfach aus seinem Leben verschwunden. Und das, obwohl er es war, der sich die ersten Lebensjahre um ihn gekümmert hat – nicht die Mutter. Kurz vor Saras Tod hat Laurenz einen Brief von seinem Vater erhalten und weitere in einem alten Tresor gefunden. Ich glaube, dass er sich deshalb nicht meldet. Die Entdeckung hat ihn vollkommen aus der Bahn geworfen. Er glaubt, dass auch seine Großeltern wussten, was für ein Spiel seine Mutter trieb.«

Ben stöhnte. »Valli, dein Mitleid für diesen jungen Mann ehrt dich, aber glaub mir, er hat es nicht verdient. Ganz im Gegenteil, er hat …« Ben stockte. Die Hausdurchsuchung bei Laurenz' Großeltern ging ihm schon den ganzen Tag nicht aus dem Kopf. Die Kollegen hatten allerhand ausgegraben. Erschreckend.

Valli starrte ihn an. »Laurenz hat was?«

»Ach, nichts.« Ben faltete mit zwei Fingern die Rechnung. »Du sagtest, ein Teil der Briefe kam aus Kanada. Vielleicht aus Toronto?«

Valli schüttelte den Kopf. »Keine Ahnung. Laurenz hat nichts Genaues gesagt, aber …« Sie war sich nicht sicher, ob Ben noch mehr hören wollte.

»Aber was?«

»Ich habe ein bisschen recherchiert. Laurenz' Vater war Eishockeyprofi. Meine Mutter konnte sich an ihn erinnern. Sie hat ihn bei der Einschulung mal kennengelernt, wusste aber den Namen nicht mehr. Die Vereine, bei denen man damals hier in der Gegend als Profi spielen konnte, lassen sich an einer Hand abzählen. Den EHC München gab's noch nicht, aber bei den Cannibals, ehemals

EV Landshut, bei den Passau Black Hawks und den Straubing Tigers spielten zur fraglichen Zeit mehrere Kanadier. Also habe ich das Netz bemüht, die alten Triumph-Galerien der Vereine durchgeklickt, und siehe da, es gab ein Foto, auf dem Marlis Osterby neben einem kanadischen Profi nach der gewonnenen Meisterschaft in die Kamera lächelte: Ty Sullivan. Er könnte Laurenz' Vater sein, allerdings ...«

Ben sah erneut auf seine Uhr, er hätte längst bei Leo im Büro vorbeischauen sollen. »Allerdings was?«

»1984, ein Jahr nachdem Sullivan mit dem EVL Deutscher Meister geworden war, hat ihn eine junge Frau wegen Vergewaltigung angezeigt. Die Presse war auf seiner Seite, die Fans hielten ihn für unschuldig, und das konnte er auch vor Gericht glaubhaft machen. Marlis Osterby hat ihm ein paar gute Anwälte besorgt. Die Anklage wurde fallen gelassen.« Diese Info hatte Valli nicht in den Vereinschroniken gefunden, um die alten Journale zu durchforsten, hatte sie sich über ihren Onlinezugang in die Regensburger Uni-Bibliothek einloggen müssen.

Ben nickte. Die Geschichte war in der Tat hochinteressant.

33

Die verbeulten Blechschüsseln, die Messer, der Schepser, die Haken, die Ketten, alles blitzblank. Ja, sogar den alten Sautrog habe ich geschrubbt. Da hat der Vadder viel Wert darauf gelegt, da hat der Vadder keine noch so gute Ausrede gelten lassen. »Sauber gmacht wird gleich, da kann ma nicht warten bis zum nächsten Tag. Aufs Zeug muass ma sich schaun, denkt dran, ein Leben lang«, hat er immer gesagt.

Ich habe es mir gut gemerkt, so wie alles, was im alten Schlachthaus passiert ist. Das waren die gruseligsten und schönsten Momente in meinem Leben – mit dem Vaddern. Er hat mir viel beigebracht, obwohl ich nur ein ... Na, und krank wurde ich ja auch. Hirnhautentzündung. An alles aus dieser Zeit kann ich mich deshalb gar nicht mehr erinnern, ich war ja noch klein, und dann war er auch schon weg, der Vaddern. Einfach weg.

Aber einige Handgriffe habe ich mir gut gemerkt, obwohl ich noch so ein Schraz gewesen bin. »Auch so ein Schussapparat muss in Schuss ghalten wern«, hat der Vadder gesagt und sich narrisch über das findige Wortspiel gefreut. »Erst schraubst den hintern Teil mit dem Schlagbolzen ab, dann vorn die Muttern am Lauf, und dann ziagst den Schussbolzen mit dem Gummiring und der Spirale raus.« Wie eine Kugelschreibermine schaut das aus, das habe ich sogar noch im Schlaf gesehen, wenn ich wieder bei der Muttern daheim war. »Mit am weichen Tüchlein wischst dann den Schussbolzen ab, weil das kann schon sein, dass da a bisserl Hirn und Blut und Knochenzeugs dranhängt. Das kann gut sein«, so hat der Vadder immer gesagt.

Der alte Lappen ist immer noch derselbe. Beim Waschen gebe ich ganz besonders auf ihn acht, weil ohne den Lappen wäre das ja alles nichts. Das wäre einfach nicht das Gleiche. Und das dünne Steckerl, auf das man vorn die verschieden großen Bürsten draufschrauben kann, das habe ich freilich auch gut aufgehoben. Das zu benutzen hat mir als Kind besonderen Spaß gemacht. Erst mit der dicken Bürscht durch die Mutter, die vorne auf den Lauf gehört, dann durch den Lauf selbst und schließlich ganz vorsichtig in die Öffnung zum Schlagbolzen hinein – wie ein Kaminkehrer. »Den Gummiring darfst fei nicht vergessen«, hat der Vadder dann gesagt, »da kann auch noch a rechte Sauerei drin sein.« Obwohl, eigentlich war das Schlachten beim Vaddern immer eine saubere Sache. Und schon musste man die feine, kleine Bürscht draufschrauben, auf das dürre Steckerl. Mit der bin ich dann in die kleinen Löcher reingefahren. Das war ähnlich wie Ohrwaschl ausputzen, da hat die Muttern auch kein Pardon gekannt, genau wie ich mit dem Apparat. »Ja, ja«, hat der Vaddern dann gesagt und mir übers Haar gestrichen, »mit der Sorgfalt kann man nicht früh genug anfangen.«

Wenn alles erledigt ist, streift man die Kugelschreiberspirale wieder über den Schussbolzen – heute würde ich sagen wie ein Präservativ, aber an so etwas habe ich damals nicht gedacht, da war ich ja noch ein Kind, ein unschuldiges kleines ... Und der Gummiring muss natürlich auch wieder an seinen Platz. Erst danach kommt der Schussbolzen wieder da rein, wo er herkommen ist.

»Den Schlagbolzenteil mit Feder und Abzugshebel schraubst auch noch drauf«, hätte der Vadder gesagt, »aber die Patron tun wir erst rein, wenn man wieder brauchan, den Schussapparat. Erst dann.«

Also jetzt. So schnell wollte ich ihn eigentlich nicht wieder hernehmen. Die Zweite wollte ich mir aufsparen, nur für mich. Ein bisschen muss man sich ja auch aneinander gewöhnen, erst dann wird es so richtig schön. Schade drum! Aber da kann man nix machen.

Das mit den Patronen hab ich eigentlich nie so recht verstanden. »Da nimmst immer nur so viel, wie's braucht«, hat der Vadder gesagt. Weil der Vadder, das war ja ein ganz Sparsamer. Die Muttern hat ihm den Lohn abgenommen – wie seine ganze Schneid auch –, drum hat er nie was gehabt, und drum hat er für die Sau auch nicht die Patronen vom Ochsenviech hergenommen.

Mir ist es im Grunde egal, trotzdem zerbrech ich mir den Kopf, ob ich nun die grüne oder die gelbe Patrone einlegen soll, weil der Vadder – oder gar die Muttern – könnte ja wie ein Blitz aus dem hellblauen Himmel runterfahren, wenn ich etwas verschwenden würde.

Ich kann mich nicht entscheiden. Die grüne ist die schwache Ladung für die Sau und anderes Kleinvieh. Die gelbe ist eher eine mittlere Ladung für Kühe, Ross und leichte Ochsen. Die blaue und die rote braucht es sicher nicht für so ein zartes Persönchen, wie sie eines ist.

Letztes Mal hab ich die grüne hergenommen, aber sie hier ist halt ein bisserl schwerer, obwohl sie noch jünger ist. Ein braves Mäderl, ganz nach *meinem Geschmack. Muckt nicht auf, schreit nicht rum. Die andere war nicht recht, die war viel zu ... Die hat mich erinnert an ... Na, ist ja auch eigentlich egal. Die Jetzige jedenfalls ist mir viel lieber, das hätte wirklich was werden können mit uns, aber leider ...*

Da sind die Herren Kommissare dran schuld, dass ich das jetzt so bald machen muss. Hätten die nicht ganz Passau narrisch gemacht, dann könnte die Kleine noch ein bisserl bei mir bleiben. Hätte es doch gut bei mir gehabt. Wirklich wahr. Viel besser als dort, wo ich sie gefunden habe.

Das Mädchen verstand kein Wort, wippte vor und zurück, vor und zurück, immer wieder. Manchmal kratzte sie mit den Überresten ihrer Fingernägel über die Narben an ihren Unterarmen. Wenn sie bloß ein Messer gehabt hätte. Die Schmerzen halfen ihr, nahmen den inneren Druck, lenkten ab. So war es schon immer gewesen, seit sie überhaupt denken konnte.

Ihre Knie waren blutig, die Fingernägel teilweise herausgerissen. Stunden-, tagelang hatte sie mit aller Kraft die Mauern bearbeitet. Ihre Hände taten weh, ihre Fingerspitzen waren nur noch rohes Fleisch, das war gut. Schmerz überlagerte die Angst. Sie zitterte in der Dunkelheit.

Als sie das erste Mal nach der langen Fahrt zu sich gekommen war, hatte sie nicht gewusst, was geschehen war. Die Erinnerung kehrte stückchenweise zurück, schlich sich an wie ein hinterhältiger Dieb in der Nacht. Sie war so dumm gewesen, so entsetzlich dumm.

Zum Glück hüllte die Schwärze sie bald wieder ein, eine Art Halbschlaf, in den sie immer wieder flüchtete. Manchmal glaubte sie, dass noch jemand da war, doch jedes Mal, wenn sie ihre Hand ausstreckte, driftete sie wieder in die Halbwelt hinüber. Als sie endgültig erwachte, schnappte sie nach Luft, glaubte zu ertrinken. Überall war Wasser, es stieg und stieg, und ihr war so entsetzlich kalt. Sie konnte sich nicht mehr bewegen, erstarrte vor Angst, doch jemand hielt ihren Kopf und sang beruhigend. Die ganze Zeit.

Dann kam er zurück. Sie hatte nicht mehr damit gerechnet. Seine Stimme klang freundlich, wenn er leise mit ihr sprach. So wie damals, als er sie mitgenommen hatte. Jetzt wusste sie, dass er ein Teufel war.

Mit dem schwarzen Ding in der Hand ging er auf sie zu, sprach beruhigend auf sein kleines Mädchen ein und strich ihr mit dem Daumen sanft über die immer gleiche Stelle auf der glatten Stirn.

»Ganz ruhig, Herzilein, dann ist es gleich vorbei.«

34

Was brauchte sie noch? Radlhose, -schuhe, Socken, Sonnencreme, Unterwäsche, Trikots, Helm, Handschuhe, Regencape, Rucksack, Powerbars, Wundcreme, Pulsuhr, Erste-Hilfe-Set, Camel-Bag. Einiges davon lag bereits in ihrem Reisekistl. In Vallis Zimmer hing eine Liste mit allen notwendigen Dingen, damit sie bei Ausflügen wie diesem nicht das Wichtigste vergaß. Heute war die Liste Gold wert. Valli konnte sich nicht auf das Packen konzentrieren, ihr Zeigefinger, der immer wieder Richtung Packliste flog, musste das Gehirn ersetzen: Flick- und Werkzeug, Ersatzschlauch und Trinkflaschen. Den Rest, bestehend aus Waschbeutel, Abendgarderobe und Badezeug, stopfte sie, ohne groß nachzudenken, in ihren Rucksack. Es war kurz vor fünf. Markus hatte gerade angerufen, er würde sich ein bisschen verspäten.

Nach dem Treffen mit Ben hatte Valli sich noch einmal an den Rechner gesetzt. Wo landete eine unidentifizierte Tote? Sie musste wissen, was mit dem Mädchen passieren würde, falls die Polizei …

Das World Wide Web kannte die Antwort: Es gab auf Friedhöfen unzählige Grabtafeln mit der Inschrift »Unbekannt«. Viel zu viele! Obwohl Valli nicht sonderlich gläubig war, erschreckte sie die Vorstellung. Entsetzen bereitete ihr aber etwas anderes: Laut Internetseite des Bundeskriminalamtes gingen bei der Polizei in Deutschland täglich zweihundertfünfzig bis dreihundert neue Vermisstenanzeigen ein.

Zweihundertfünfzig bis dreihundert! Täglich!

Etwa die Hälfte davon waren Jugendliche und Kinder, und niemand sollte das kleine, tote Mädchen aus der Milchgasse vermissen? Das wäre doch absurd.

Valli wollte das nicht glauben. In Gedanken versunken warf sie sich ihren Rucksack über, steckte Geld und die kleine Canon aus ihrer Schublade in das Reißverschlussfach ihres Bauchgurts und stieg mit ihrer Reisekiste beladen die Treppe hinunter. Sie würde im Auto auf Markus warten, lange konnte es ja nicht mehr dauern.

»Der alte Zachler war ein Tyrann, der hat seine Söhne kurzgehalten, das darfst mir glauben.« Paulus hatte in der Nachbarschaft des Zachler-Hofes herumgefragt. Alle hatten den alten Zachler gemocht, hatten gesagt, er wäre ein uriger Typ gewesen, ein Gaudibursch. Dennoch herrschte Konsens darüber, dass es »seine Buam nicht leicht gehabt hätten mit ihm«. Die Hex von der Ilz wusste es natürlich wieder ganz genau: Der Zachler hätte die Jungen rumgescheucht wie Federvieh, nix hätten die ihm recht machen können. Dauernd hätte sie ihn schreien gehört, weil die Höfe nicht weit auseinanderlagen. »Ihr seid's ja zu allem z' deppert! Wie die Mutter«, so hätte er sie tagaus und tagein beschimpft.

»Was die sagt, muss man nicht unbedingt glauben«, sagte Kroner und öffnete eine Schranktür hinter seinem Schreibtisch.

»Jedenfalls ist der Zachler-Schussapparat baugleich mit dem, der beim Milchgassenmord verwendet wurde. Das ist ziemlich sicher.«

Das wusste Kroner schon. Baugleich, ja, aber bislang war noch nicht geklärt, ob er auch die Tatwaffe war. »Was ist mit dem Franzl Rieß? Hat jemand die Anschuldigungen der Schatz bestätigt?«

Arslan nickte. »Alle sagen das Gleiche, allerdings hat niemand außer der Schatz angegeben, dass es sich bei dem Mann, der die Kinder erschreckt, tatsächlich um Franz Rieß handelt. Und ob die Schatz ihn mit eigenen Augen gesehen hat, wissen wir nicht sicher, auch wenn sie beharrlich darauf besteht. Vielleicht hat sie aus den Beschreibungen der Kinder geschlossen, dass es der Zachler-Bruder sein könnte, und ihn dann angeschwärzt. Zuzutrauen wär's ihr.«

Kroner nickte. »Wann kommt er zurück?«

»Heute Abend, wenn es stimmt, dass er mit einem Bekannten nach München gefahren ist, so wie die Zachlerin annimmt.«

»Ich will, dass er sofort ins Kommissariat gebracht wird, klar?«

»Klar. Eine Zivilstreife überwacht die Zufahrt zum Hof.«

»Gut.«

»Was ist eigentlich mit diesem Rothenbach?«

Kroner hielt inne. »Was soll mit dem sein?«

»Findest du es nicht komisch, dass der ausgerechnet mit Laurenz' Mutter liiert ist?«

Fand er das komisch? Kroner zuckte mit den Schultern. Er wusste es nicht. Nicht jetzt jedenfalls.

An der Bürotür klopfte es. Leo steckte den Kopf herein, Ben stand direkt hinter ihr. »Hast du kurz Zeit, Chef?«

Kroner winkte die beiden herein, froh, dass seine Hauptkommissarin endlich da war. Er war neugierig, was die Hausdurchsuchung bei Laurenz Osterby ergeben hatte. In einer halben Stunde war Besprechung, vorher musste er wissen, was Sache war.

»Die armen Großeltern haben sich vielleicht erschrocken, als wir mit Sack und Pack angerückt sind«, sagte Leo. »Die taten mir echt leid.«

Kroner wedelte mit der Rechten, während er wieder begann, sich durch den Schrank zu wühlen.

»Das Zimmer von Laurenz Osterby war unauffällig, aber auf seinem Rechner haben die Kollegen tatsächlich Fotos gefunden. Genau wie Arslan vorausgesagt hat.«

»Es stimmt also?« Kroner setzte sich und legte den gefundenen Leitz vor sich auf den Tisch.

»Ja. Laurenz tauscht Fotos, aber es ist nicht so, wie wir ursprünglich angenommen haben, und das Ausmaß der Tauschaktionen hält sich in Grenzen. Wie es aussieht, interessiert er sich für Fotografie im künstlerischen Sinne, sein Hauptinteresse scheint der Aktfotografie zu gelten. Dass seine bevorzugten Objekte junge bis sehr junge Frauen sind, die er vermutlich ohne deren Wissen fotografiert, muss nichts heißen. Sicher, nicht jede sieht aus, als wäre sie schon achtzehn, und alle haben nicht viel an, aber ansonsten gibt es keinen Hinweis darauf, dass er dabei sexuell motiviert handelt.« Sie seufzte. »Es sind ästhetisch schöne Fotos.«

Kroner rieb sich das Kinn. Bens Blick huschte von einer Ecke zur anderen, seit er im Zimmer war. Der Jungspund konnte ihm nicht in die Augen sehen. Warum nur?

»Und wo kann man so viele halb nackte Frauen fotografieren, ohne dass die etwas davon mitbekommen?«, fragte Paulus interessiert.

»Die meisten hat er an der Oberilzmühle und am Halser Stausee aufgenommen.«

Badeseen. Klar, dass die Damen dort nicht gerade viel an ihren Leibern trugen. Kroner sah von Leo zu Ben. »Ist sonst noch was?«

»Die meisten sind oben ohne fotografiert«, erläuterte Leo geschäftsmäßig. »Er macht die Bilder an öffentlichen Plätzen, das ist an sich nicht strafbar, der Tausch hingegen sehr wohl. Er muss ein gigantisches Teleobjektiv haben.«

Kroner hatte die Schnauze voll, er stand auf. »Ihr zwei schaut's mich schon die ganze Zeit an wie junge Katzl, die ertränkt werden sollen. Ich will jetzt endlich wissen, was los ist!«

Leo zögerte, sah Ben an. Sie hatte ein gutes Gefühl, was den neuen Kollegen betraf, war froh, ihn in ihrem Team zu haben, aber jetzt gerade war er ihr keine große Hilfe.

Kroner haute mit der Faust auf den Tisch. »Wird's bald?«

Leo seufzte. »Ein Mädchen ist auffällig oft auf den Fotos.«

»Wer?«

In der Kroner-Garage war es angenehm kühl. Valli stellte ihre Kiste ab. Die Kartons mit dem Zeug, das Markus gestern eingekauft hatte, stapelten sich an der Wand: hauptsächlich Rotwein, Bier, Chips, Salzstangen und Schokolade. Eigentlich übertrieben, denn Markus' Oma verwöhnte ihren Enkelsohn und dessen Gäste stets mit allem, was eine italienische Nonna auffahren konnte. Wahrscheinlich war die Notration für den Fall gedacht, wenn sie dem großmütterlichen Fürsorgewahn entfliehen wollten, um eine chillige Nacht am See zu verbringen.

Bei Valli wollte sich die Vorfreude auf Italien und auf Gesellschaft, die sie sonst kurz vor der Abreise immer packte, partout nicht einstellen. Sie konnte an nichts anderes denken als an das leere, namenlose Mädchen. Sie glaubte nicht daran, dass Ben dem Hinweis auf KARO e.V. nachgehen würde, also hatte sie im Kommissariat angerufen und sich unter falschem Namen mit einem Beamten von der Sitte verbinden lassen, um diesen zu fragen, ob ihm KARO e.V. ein Begriff wäre. Fehlanzeige. Valli war darüber ehrlich verwundert gewesen. Immerhin hatte der Herr am Telefon sie an ein Kommissariat für Sexualdelikte in Hof beziehungsweise an das dortige Kommissariat mit dem Namen »Grenze« weiterverwiesen, doch dort hatte niemand abgenommen.

Valli ließ ihre Arme schlaff an ihren Seiten herunterhängen. Warum nur kam Markus nicht? Es war bereits halb sechs vorbei, Goof, Flippo und Beppo warteten sicher schon. Sie öffnete den

Kofferraum, warf ihren Rucksack hinein und stellte eine von den Kisten daneben. Markus hatte noch nicht einmal seine Sachen in die Garage getragen.

Vallis Handy vibrierte. Es war Markus, sie nahm ab.

»Ich bin gleich da, dauert höchstens noch fünf Minuten. Kannst du mein Zeug aus meinem Zimmer holen? Steht alles schon bereit.«

»Ja.« Valli hörte nicht richtig zu.

»Und könntest du auch schon mal die Kisten mit den Getränken ins Auto packen?«

»Geht klar«, antwortete sie abwesend.

»Wo ist Opa? Ist er bereit?«

»Ich glaub, der wartet in der Küche.«

»Gut, dann bis gleich.« Markus legte auf.

Valli presste das Handy immer noch gegen ihr Ohr, starrte wie versteinert durch die Heckscheibe. Unter dem Lenkrad baumelte der Autoschlüssel vor sich hin. Langsam setzte sie einen Fuß vor den anderen, ging zur Fahrertür und stieg ein.

»Das kann doch nicht wahr sein!« Kroner war außer sich. »Was will dieser kleine Scheißer mit Nacktfotos von Valli?«

»Beruhige dich, Chef.« Leo wollte Kroners Ausbruch in ruhigere Bahnen lenken. »Es sind keine obszönen Fotos, eigentlich sind die Bilder fast schon künstlerisch. Ben haben sie, glaube ich, gut gefallen – sehr gut sogar. Jedenfalls hat er sie sich länger als notwendig angesehen.« Leo zwinkerte, wollte mit der letzten Bemerkung die Stimmung etwas auflockern, doch der Versuch ging mächtig in die Hose.

»Das ist nicht lustig, Weissenbeck!«, donnerte Kroner. Er wollte nicht, dass irgendwer Valli auf den baren Busen starrte, nicht auf Fotos und sonst auch nicht. Es hatte ihm nie gepasst, dass sie in der Oberilzmühle das Oberteil wegließ, aber was hätte er dagegen sagen können? Joja tat es ja auch, und das passte ihm noch viel weniger! Er hatte die beiden einmal zufällig dort getroffen und hätte sich in derselben Sekunde am liebsten eigenhändig im See ertränkt, so peinlich war ihm das gewesen.

»Was ist mit Sara Rieß?« Kroner bemühte sich redlich um Gelassenheit. »Hat Laurenz sie auch fotografiert?«

Leo reichte ihm einen USB-Stick. »Es sind zwei, drei Bilder von ihr dabei, allerdings aus der Zeit vor 2006. Schau sie dir am besten selbst an.«

Ben sah zum Fenster hinaus. Hätte er Valli vor Laurenz warnen sollen? Die Gelegenheit dazu war beim Mittagessen nutzlos verstrichen. Außerdem hätte sie ihm ohnehin nicht geglaubt. Valli war zu blauäugig, was Laurenz anbelangte. Ben dagegen war sich sicher, dass der Osterby-Spross etwas mit den beiden Morden zu tun hatte. Warum sonst war er auf dem Kommissariat noch nicht aufgetaucht? Er sah auf seine Uhr. Kurz vor sechs. Valli sollte sich mittlerweile auf dem Weg nach Italien befinden, dort würde sie sicher sein, falls Laurenz tatsächlich …

»Beeen?« Leo tippte ihm auf die Schulter. »Träumst du im Stehen?«

»Sorry.« Schuldbewusst blickte er von einem zum anderen. Sie sahen ihn erwartungsvoll an, aber sein Unterbewusstsein spuckte auf die Schnelle keine Frage aus, die er überhört hatte und jetzt beantworten konnte.

»Bist du mit dem Tattoo weitergekommen?«, wiederholte Leo nach einer gefühlten Ewigkeit.

Das Tattoo! Na klar. »Ich hatte wegen der Hausdurchsuchung wenig Zeit, aber …«, er zögerte, »es gibt keine Signatur oder einen anderen Hinweis, wer es gestochen haben könnte.« Er räusperte sich, ihm wurde heiß. »Allerdings gibt es eine gemeinnützige Organisation – KARO e.V. –, die sich gegen sexuelle Ausbeutung von Kindern und Jugendlichen im tschechischen Grenzgebiet engagiert.« Er sah die skeptischen Gesichter, kam sich schäbig vor. Wahrscheinlich hatte er Valli genauso angesehen, bevor er diese bemitleidenswerten Frauen und Kinder kleine Schlampen genannt hatte, obwohl er genau wusste, wie der Hase im Prostitutionsgeschäft läuft. »Mit etwas Phantasie könnte das mit der Tätowierung am Handgelenk der Toten zu tun haben. Soll ich das mal nachprüfen? Vielleicht kennen diese Leute die Tote. Ein solches Milieu würde jedenfalls den miserablen Ernährungszustand des Mädchens erklären.«

Kroner rieb sich mit Zeige- und Mittelfingern die Schläfen. »Einen Versuch ist es wert, aber lass uns damit bis Montag warten.

Das Foto des Milchgassenmädchens geht heute an die Presse raus, vielleicht kennen wir schon morgen ihren Namen.« Er öffnete die oberste Schublade seines Schreibtisches und reichte Ben eines der Fotos, die die Rechtsmedizin heute geschickt hatte.

Die Aufnahme war bearbeitet worden, das Mädchen hatte nun halblange dunkle Haare und einen frischen Teint. Doch alle Mühe, die sich jemand mit Photoshop gegeben hatte, konnte nicht darüber hinwegtäuschen, dass es sich um eine Tote handelte. Das Aufsehen in der Bevölkerung würde riesig sein, die Telefone nicht stillstehen. Die meisten Anrufe würden wie immer bei solchen Aktionen in Ablage 17 landen – sie würden als nicht sachdienlich abgeheftet werden. Ein einziger Treffer wäre genug.

Einer!

»Noch etwas«, begann Ben erneut, »ich habe Valli heute Mittag kurz gesehen, anscheinend hat Laurenz ihr bei dem Treffen nach Saras Tod noch etwas anderes erzählt. Sie dachte, es wäre nicht wichtig, sie –«

Die Tür ging auf, und Paulus stürmte herein. »Chef, wir haben einen Treffer!«

Die dicken Karossen flogen an Valli vorbei wie die Wischblätter der Windschutzscheibe auf höchster Stufe. Bleifuß nonstop. Sie hatte ein schlechtes Gewissen, der Benz war Opa Kroners Ein und Alles.

Mit jedem Kilometer, den der alte Mercedes brummend bewältigte, kam Valli ihr Unterfangen dämlicher vor. Zu allem Überfluss musste sie auch noch ständig Umleitungen fahren, weil die A3 aufgrund des Hochwassers teilweise gesperrt war. Das untergrub ihre Moral, sägte an ihrer Entschlossenheit. Wahrscheinlich würde sie in Plauen an einer verschlossenen Bürotür rütteln und unverrichteter Dinge wieder zurück nach Hause fahren müssen. Sechshundert Kilometer hin und zurück – für den Arsch.

Es war halb sieben, Markus hatte gefühlte zweihundertmal angerufen, doch sie hatte nie abgenommen. Natürlich warteten alle auf sie, aber was sollte sie ihnen sagen?

Das Handy machte sich schon wieder bemerkbar: »Sie dumme

Gans, Sie, wir sind doch da nicht in einem Wirtshaus, sondern auf einem Tennisplatz ...«

Valli hatte den Klingelton aktiviert, Polt in Reinform brüllte aus dem Lautsprecher, Markus' Erkennungsmelodie.

»... du Matz, du verreckte, hoid die Fotzn, sag i, du Schoaßwiesn, du mistige, sag i, du Schoaßbladdern, ha! Du Brunzkachl, du ogsoachte ...«

Valli zögerte.

»... du ghörst doch mit da Scheißbürschtn ausghaut ...«

Sie nahm ab.

»Wo bist du, verdammt? Wieso gehst du nicht ans Telefon?«

»Ich —«

»Schieb deinen Arsch gefälligst sofort hierher! Die anderen sind stinksauer, weil du nicht da bist.«

Valli spürte einen riesigen Fremdkörper im Hals. »Ich komme nicht mit, ihr müsst ohne mich fahren.«

»Was? Scheiße, verdammt!« Es knackte in der Leitung, dann hörte es sich an, als hätte Markus gegen eine Mülltonne getreten.

»Warum?«

»Ich habe einfach keine Lust. Die Sache mit Sara und dem toten Mädchen ...«

Valli konnte förmlich hören, wie Markus sich mühte, einen sensibleren Gang einzulegen, aber das Getriebe krachte gewaltig.

»Mensch, Valli, es wird dir guttun, dich von dem ganzen Schlamassel abzulenken, und wenn wir zurück sind, ist der Täter sicher schon gefasst.«

»Ja, klar!«, höhnte Valli. Sie kannte die magische Achtundvierzig-Stunden-Grenze und wusste, dass mit jeder Stunde, die danach verstrich, die Wahrscheinlichkeit drastisch sank, dass ein Verbrechen aufgeklärt wurde. »Du kannst mich nicht überreden. Ich komme nicht mit.«

Stille antwortete am anderen Ende der Leitung.

Markus' Überredungskünste stießen schnell an Grenzen, das wusste Valli. Gott sei Dank.

»Und was machst du mit Opas Wagen? Er ist auf hundertachtzig.«

»Ich fahr nur ein bisschen rum. Er kriegt ihn unversehrt zurück. Ich versprech's.«

»Als ob es darum geht.« Markus seufzte. »Ich weiß, dass es dir schlecht geht, Valli, aber ich kann nicht hierbleiben, das würde Nonna umbringen. Sie freut sich so.«

Valli wollte gar nicht, dass Markus ihretwegen den Gardaseetrip absagte. Sie wusste, wie sehr seine Oma sich jedes Mal auf die Besuche ihrer Enkelkinder freute, ganz besonders, wenn diese Freunde mitbrachten. Markus' Mutter Giulia war ihre einzige Tochter gewesen. Für Nonna war es nur schwer zu ertragen, dass sie deren vier Söhne kaum zu Gesicht bekam.

»Mach aber bloß keinen Scheiß, ja?«, sagte Markus.

Im Hintergrund hörte Valli Beppo fragen, ob er Vallis Rad vom Ständer bauen solle. Es raschelte und knackte, dann bejahte Markus leise die Frage.

»Mach dir um mich keine Sorgen.« Sie versuchte ein kleines Lachen. »Sei lieber froh, dass ich daheim bleibe. Die Schmach der Niederlage hättest du nie verkraftet.«

Markus lachte ebenfalls, dann ertönte weit entfernt Goofs ungeduldiges Schnaufen.

»Meld dich, wenn du wieder da bist.« Valli legte auf. Sie war froh, dass das erledigt war.

»Jemand von der Abteilung für Forensische Genetik hat angerufen«, sagte Paulus aufgeregt. »Das sichergestellte Sperma aus Sara Rieß' Leiche stammt von Laurenz, genau wie wir vermutet hatten. Der Vergleich mit der Haarprobe aus seinem Zimmer hat das zweifelsfrei ergeben.«

Das sollte ein Treffer sein? So ein Witz. Nichts anderes hatten sie schließlich erwartet! Kroner würde bei Laurenz einen echten Treffer landen, wenn der ihm in die Finger kam. Das wäre ein Treffer – ein Zentraltreffer sogar. Oben-ohne-Fotos von Valli. Nicht zu fassen. Dafür würde er büßen.

Kroners Kiefer knirschte hörbar.

Paulus blickte in die Runde, bemerkte erst jetzt die umwölkten Mienen. In dem Büro herrschte eindeutig dicke Luft, und das, obwohl er mit solch sensationellen Nachrichten aufwarten konnte. »Ist was passiert?« Leo und Ben sahen betreten zu Boden, Kroner schwieg sich aus, also fuhr Paulus fort, er musste es endlich loswerden. »Das Fremdblut, das mit dem Sperma in der Genitalregion gefunden wurde, konnte Laurenz allerdings nicht zugeordnet werden.«

Tataaa!

Jetzt sahen ihn alle an, jetzt hatte er die volle Aufmerksamkeit der Kollegen. Paulus grinste.

Leo hatte als Erste ihre Gedanken sortiert. »Heißt das, es gibt einen großen Unbekannten? Einen Mr. X?«

»Nicht ganz.« Paulus genoss den Exklusivberichterstatterstatus sichtlich. Überhaupt sprühte er geradezu vor Aktionismus und Lebensfreude, seit er der Isolationshaft mit seiner Frau entkommen war. »Ich habe das unbekannte DNA-Muster natürlich sofort ans LKA weitergeleitet.«

»Und?«, fragten Leo, Ben und Kroner wie aus einem Mund.

»Die Abfrage ergab einen Treffer. Dreimal dürft ihr raten!«

Doch nach heiteren Ratespielen stand den Kollegen nicht der Sinn. Kroners buschige Brauen wanderten sofort in schwindelerregende Höhen.

»Na gut«, murrte Paulus, der wie jeder im Kommissariat Kroners Brauensprache kannte. »Besagter Treffer hatte eine Anklage wegen Vergewaltigung am Hals, wurde aber freigesprochen. Kanadier, ehemaliger Eishockeyprofi, hat bei den Cannibals in Landshut gespielt, also beim EVL – wie der Club damals hieß.«

»Name?« Kroner tippte ungeduldig mit dem Kuli auf seine Schreibunterlage.

»Ty Sullivan.«

Ben rutschte das Herz in die Hose. Ty Sullivan, war das nicht …?

»Könnte sein«, fuhr Paulus fort, »dass er der Vergewaltiger von Sara Rieß ist, nach dem wir suchen. Jetzt hat er es wieder getan und Sara anschließend –«

»Wie muss ich mir das vorstellen?«, unterbrach Leo Paulus' Gedankengänge sofort. »Laurenz hat hinter der Pappel einvernehmlichen Sex mit Sara, dieser Sullivan kommt dazu, stößt ihn weg und *übernimmt*? Es kommt aber zu keinem Samenerguss, weil Laurenz sich nun seinerseits dazwischenwirft, und deshalb hinterlässt der Kanadier nur ein bisschen Blut in ihrer Vagina?«

184

Kroner stopfte sich innerlich die Finger in die Ohren. Warum musste Leo immer alles so direkt aussprechen. Pietät war ein Fremdwort für sie.

»Und dann kloppen sich alle am Innkai gegenseitig, und Sara fällt ins Wasser?« Leo sah nicht überzeugt aus.

»Zu den Aussagen von der Andreß würde das einigermaßen passen.« Paulus legte das Fax vom LKA vor Kroner auf den Schreibtisch.

»Sie wollte vier Personen gehört haben«, widersprach Leo.

»Drei *oder* vier«, konterte Paulus.

»Was wissen wir sonst von diesem Ty Sullivan?« Kroner hatte sich erhoben und ging zum Fenster. Hatte nicht dieser Tim Kollmann ausgesagt, dass Sara mit Laurenz hinter der Pappel …? Von einem zweiten Mann war nie die Rede gewesen.

»Ich habe die Protokolle der Zeugenaussagen von Nina Achrainer und Tim Kollmann rausgesucht.« Paulus legte prompt auch diese Papiere auf Kroners Schreibtisch. »Laut Nina Achrainer standen Laurenz und Sara händchenhaltend am Schaiblingsturm. Der Kollmann hat hingegen nie gesagt, dass es tatsächlich die zwei waren, die er beobachtet hat, er sprach lediglich von einem Pärchen.«

»Von einem *Dreier* hat er aber nichts gesagt, oder?« Leo blieb skeptisch.

»Ich habe gerade mit Kollmann telefoniert, er sagt, es war viel zu dunkel, um Genaueres zu erkennen, er hätte lediglich aus Ninas Aussage geschlossen, dass es sich um Sara und Laurenz handeln könnte. Eine dritte Person will er nicht gesehen haben, aber vielleicht fand das eine zeitversetzt vom anderen statt. Das können wir nicht wissen.«

Leo warf einen Blick auf die Protokolle. »Sagen wir, Laurenz und Sara hatten einvernehmlichen Sex, womöglich schon vorher, während des Klassentreffens.« Sie sah die zweifelnden Blicke der anderen, zuckte mit den Schultern. »Das geht schnell, dauert keine zwei Minuten, wenn's denn sein muss, und irgendwie ist sein Sperma ja an den endgültigen Bestimmungsort gekommen.« Sie zwinkerte Kroner provokant zu. »Nichts in Kollmanns Aussage lässt darauf schließen, dass der Geschlechtsakt, den er beobachtet hat, gewaltsam herbeigeführt wurde. Und es ist nicht anzunehmen, dass die Reihenfolge umgekehrt war, denn nach einer Vergewaltigung während des Klassentreffens wäre Sara garantiert nicht zurück ins ›Schloss Ort‹ gegangen, um weiterzufeiern.«

Kroner verdrehte schon wieder die Augen. Die Weissenbeck, aber echt! Für solche Fälle gab es doch sicher Seminare oder Fortbildungen, da musste er Leo unbedingt mal hinschicken. »Pietät in der polizeilichen Ermittlung – Eine Hinführung«, oder so ähnlich.

»Angst macht gefügig«, warf Paulus ein, »viele Opfer wehren sich nicht, und vielleicht hat ja nicht nur Tim Kollmann die Szene beobachtet, sondern auch Laurenz. In der Nähe war er jedenfalls, schließlich hat Nina ihn kurz vorher noch mit Sara gesehen. Laurenz gefiel nicht, was er sah, er fühlte sich in seiner Ehre gekränkt, wenn stimmt, dass er und Sara sich an jenem Abend nähergekommen waren, und erst recht, wenn er vorher mit ihr, ihr wisst schon. Dann sind ihm die Sicherungen durchgebrannt. So einfach.«

Kroner überlegte. »Was denkst du, Bruhan?«

Ben erschrak, räusperte sich ausgiebig. »Ty Sullivan ist … Dieser Mann ist möglicherweise Laurenz Osterbys Vater.«

Schlagartig war Ruhe im Kuhstall. Die anderen starrten den jungen Kollegen mit offenen Mündern an.

Ben zog einige Ausdrucke aus der Mappe, die die ganze Zeit unter seinem Arm eingeklemmt gewesen war. Sie zeigten Marlis Osterby in Begleitung eines bulligen Typen. Er legte sie nebeneinander auf dem Tisch aus. Bei allen handelte es sich um Ausschnitte aus Tageszeitungen aus dem Jahr 1984, die sich mit der Frage beschäftigten, ob Ty Sullivan, Top-Scorer des EVL, Meistermacher des Jahres 1983 und Liebling der Fans, ein Vergewaltiger war. Wenigstens dafür hatte Ben sich Zeit genommen.

»Woher weißt du das?« Leo und Kroner erkannten sofort, dass hier etwas faul war.

Ben zuckte mit den Schultern. »Das war es, was ich euch vorher schon sagen wollte, als Paulus mit dem DNA-Treffer hereingeplatzt ist. Valli hat wieder einmal nicht alles verraten, sie dachte, es wäre nicht wichtig.«

Und dann erzählte Ben seinen neuen Kollegen von Laurenz und seinem Vater – wenn er es denn war – und davon, welche Rolle Marlis Osterby bei der Vater-Sohn-Trennung gespielt hatte. Dass Valli das Obduktionsprotokoll gelesen hatte, behielt er für sich. Vorerst jedenfalls.

35

Kurze Zeit später meldete die Streife, dass Franz Rieß aus München zurück sei. Kroner und Ben disponierten um, wollten ihn nun doch nicht im Kommissariat sprechen, sondern fuhren sofort los. Leo musste heim, die Nachbarn hatten angerufen, aus ihrer Wohnung käme seit Stunden ein nervtötendes Piepen. Paulus spielte Taxi für Gattin Ilse, die heute ihren Yoga-Abend hatte und selbst keinen Führerschein besaß. Also fiel es Bruhan zu, Kroner zu begleiten.

»Ich war einmal dort. Ein einziges Mal, verstehen Sie?« Franz Rieß hockte lässig auf der verwitterten Bank vor dem Zachler-Haus, auf der schon Generationen vor ihm laue Abende wie diesen verbracht hatten. Neben ihm stand die obligatorische Halbe, in der Mitte des Hofes stank ein Misthaufen in den Abendhimmel.

»Sie erschrecken Kinder!« Ben stand neben Kroner auf dem groben Kies.

»Ja, und?« Der Zachler-Bruder rülpste. »Ist doch ein Mordsspaß.«

Der Mann war total dicht. Voll bis obenhin, das hatten Kroner und Ben natürlich sofort erkannt. Die Zachlerin hatte sich furchtbar aufgeregt, als Kroner ihr kurz erklärt hatte, warum sie hier waren. Ihr Mann hatte nur stumm zugehört, war dann in den Stadl marschiert und mit einem alten Dreschschlegel zurückgekommen. »Ich schlag dir den Schädel ein!«, hatte er seinen Bruder angeschrien, und Kroner war froh gewesen, dass die Streife noch da war, um den Zachler einzubremsen. Er traute dem Bruder offensichtlich jede Schandtat zu.

»Ein Mordsspaß?« Kroner starrte Franz Rieß in die rot geäderten Augen.

Der glotzte zurück, setzte mit zwei Fingern die Flasche an die Lippen und trank. Sein Adamsapfel bewegte sich rauf und runter, rauf und runter, bis die Flasche leer war. »Ahhh! Das tut gut.«

Kroner biss die Zähne zusammen. Es war sinnlos. Der Zachler-Bruder war viel zu abgebrüht. Er wusste, dass die Polizei ihm aus der Sache im Trifttunnel keinen Strick drehen konnte, da konnte er noch so viele Halbe intus haben. Er war es ja gewohnt. Und vielleicht war er tatsächlich nur einmal dort gewesen. Ein mieser Scherz, aber definitiv kein Straftatbestand.

Aber was, wenn er seine Nichte, wenn er Sara vor Jahren vergewaltigt hatte? Franz Rieß war zur fraglichen Zeit auf freiem Fuß gewesen, und Missbrauch und Vergewaltigung fanden häufig im familiären Umfeld statt. Dann stünde die Sache im Trifttunnel in einem gänzlich anderen Kontext, dann wäre womöglich Gefahr im Verzug. Es war zum Verrücktwerden! Kroner wischte sich mit dem Handrücken über die verschwitzte Stirn.

Franz Rieß stand auf, verschwand im Haus und kam mit drei Flaschen zurück. »Wollen die Herrschaften auch eine?«

Ben verdrehte die Augen, seinem Chef wurde der Mund trocken. Die Flaschen glänzten, waren mit einem feinen Film Kondenswasser überzogen, also gut gekühlt. Wie gern hätte Kroner jetzt eine mitgetrunken, noch dazu seine Lieblingssorte: Urtyp Hell von der Löwenbrauerei Passau. Das beste Bier Europas – mit dem European Beer Star Award in Gold ausgezeichnet.

Es wurde aber auch Zeit für den Feierabend. »Wenn mir zu Ohren kommt, dass du dich je wieder in der Nähe des Trifttunnels rumtreibst, dann kriegen wir dich am Arsch. Dann landest du schneller wieder im Knast, als du schauen kannst.« Kroner schätzte den Wechsel in der Anrede gepaart mit einem derben Ausdruck, allerdings sahen manche Kollegen das anders, vor allem seine Vorgesetzten.

Unbeeindruckt öffnete Franz Rieß seine Halbe mit einer anderen Flasche. Der Kronkorken schnalzte in Bens Richtung, der ihn auffing.

»Was für eine Reaktion! Respekt, Herr Kommissar.« Rieß wandte sich an Kroner. »Die sind auf Zack, die jungen Kollegen, da gibt's nix.« Aus den alkoholschwangeren Augen blitzte der blanke Hohn.

Kroner sah Ben an und nickte in Richtung Wagen, den sie in der Hofeinfahrt hatten stehen lassen.

»Morgen um neun Uhr kommen Sie zu uns ins Büro, und zwar nüchtern«, sagte Kroner und wandte sich zum Gehen. »Sonst holen wir Sie ab und behalten Sie so lange da, bis Sie es sind.«

Der Zachler-Bruder bekam einen Lachkrampf. »Und wenn ich keine Lust habe? Was dann?«

»Dann stelle ich einen Antrag auf richterliche Vernehmung beim Amtsgericht, darauf kannst du einen fahren lassen.«

»Da freu ich mich jetzt schon drauf, Herr Kommissar«, antwortete Franz Rieß gelassen. »An mir haben sich schon ganz andere Kaliber die Zähne ausgebissen.«

Kroner fuhr selbst.

Ben saß neben ihm und starrte in die Dunkelheit. »Traust du ihm den Milchgassenmord zu?«

Kroner brummte. »Darauf kommt es nicht an.«

Ben sah seinen Chef kurz an. Er hatte längst registriert, dass Kroner sich äußerst selten hinreißen ließ, laut Vermutungen anzustellen. Das überließ er lieber den Kollegen. »Weißt du, was mich wundert?«

»Nein.«

»Die Zachlers reden schon ziemlichen Dialekt, nur der Franz scheint sich einigermaßen gepflegt ausdrücken zu können, ohne dass es verkrampft wirkt wie bei so vielen Leuten, die des Hochdeutschen nicht mächtig sind.«

Kroner sah Ben von der Seite an. »Meinst du damit jetzt mich, oder was?«

Ben wehrte mit den Händen ab. »Oh Gott, nein, dich habe ich damit nicht gemeint!« Er schmunzelte. Kroner hörte sich urkomisch an, wenn er sich an gestochenem Hochdeutsch versuchte.

»Bei uns nennt man das aufstiegsorientierte Dialektvermeidung.«

»Was?«

»Aufstiegsorientierte Dialektvermeidung. Wie bei der Osterby: Sie ist ein waschechtes Passauer Kindlein, aber ihrer Sprache ist davon nichts anzuhören, sonst könnten sie die Hochwohlgeborenen aus Karlsruhe, München oder wer weiß woher ja belächeln.« Kroner hasste es, wenn man die eigenen Wurzeln verleugnete. Es durfte doch jeder hören, dass man Passauer, dass man Niederbayer war, und er selbst drückte sich gern mal derb aus, holte die bayerischen Kraftausdrücke bei so mancher Gelegenheit hervor. Allerdings ertappte er sich auch dabei, sich mit der deutschen Sprache besonders dann abzumühen, wenn Preußen zugegen waren. Irgendein tief verwurzelter Minderwertigkeitskomplex war da am Werke. Dämlich eigentlich.

»Na ja, sehr weit hat die Dialektvermeidung den Franz Rieß nicht gebracht, da hat ihm auch das Abitur nicht geholfen.« Ben zückte sein Handy, das in der Hosentasche vibrierte, und drückte den Anrufer weg.

»Auch wieder wahr.« Kroner setzte den Blinker. »Was ich dir die ganze Zeit schon sagen wollte …«

Ben blickte seinen Chef erwartungsvoll an.

»Ich habe meine Dienstwaffe noch nie benutzt, weißt du, und ich wünsche mir das Gleiche für meine Mitarbeiter.«

»Okay.« Ben war sich nicht sicher, was er davon halten sollte.

»Versteh mich nicht falsch, Bruhan, aber ich kann in meinem Team keine Leute gebrauchen, die es kaum erwarten können, endlich mal einen Schuss außerhalb des Schießkinos abzufeuern.«

Instinktiv griff Ben an das Holster seiner HK P7.

»Natürlich benutzen wir die Waffen, wenn es sein muss, wenn wir uns oder Kollegen schützen müssen, als letzte Möglichkeit der Verteidigung, aber –«

»Ich gehöre ganz sicher nicht zu der Sorte Polizisten, deren größter Traum es ist, Rambo zu spielen, Chef. Keine Bange.«

Kroner schien beruhigt. »Gut.« Er hatte einmal miterlebt, wie ein junger Kollege blindwütig um sich geschossen hatte, das reichte ihm. Für drei Leben. Seither nahm er sich alle Neuen zur Brust.

Bens Handy vibrierte erneut. »Es ist Markus«, sagte er, als müsse er sich vor Kroner rechtfertigen.

»Markus?« Kroner sah auf die Uhr im Armaturenbrett. Es war mittlerweile fast acht. »Der will dir wahrscheinlich nur die Zähne langmachen, weil du nicht mitkommen konntest. Nonna ist eine phantastische Köchin.«

Die Zähne langmachen? Wieder so ein Ausdruck, den Ben noch nie gehört hatte. Er ging ran.

»Gut, dass ich dich erreiche, Ben.«

»Hi.« Ben, der eigentlich auf laut hatte stellen wollen, damit Kroner mithören konnte, überlegte es sich im letzten Moment anders. Markus klang seltsam.

»Valli ist abgehauen, sie fährt mit dem Auto rum, sagt, sie müsse den Kopf freikriegen.«

»Sie ist nicht …?«

»Scheiße, nein, sie ist nicht bei uns. Sie hat in letzter Sekunde abgesagt, den alten Benz von Opa genommen und ist weggefahren. Ich habe keine Ahnung, wohin, aber …«

Aber was?, dachte Ben. Valli war erwachsen, was sollte schon sein? Sie konnte tun und lassen, was sie wollte.

»Tu mir einen Gefallen, Ben. Valli ist vollkommen durcheinander wegen dieser Sache.«

»Das kannst du laut sagen, sie hat …« Ben bremste sich, weil Kroner ja neben ihm saß. Er musste Markus ein andermal erzählen, dass Valli den Obduktionsbericht gelesen hatte und nun anscheinend Detektiv spielen wollte.

Die Verbindung wurde schlechter, es knackte und knisterte.

»Hörst du mich noch?«, fragte Markus.

»Ja.«

»Pass ein bisschen auf sie auf, ja. Valli ist imstande und …« Rauschen, Knacken. »… und kein Wort zu meinem Alten, hast du mich verstanden?« Damit tauchte Markus in einem österreichischen oder italienischen Funkloch unter. Ben starrte auf das Display.

»Was ist los?« Kroner überquerte bereits die Brücke zur Altstadt, die seit Kurzem wieder passierbar war.

»Ach, nichts«, sagte Ben so beiläufig wie möglich. »Markus wollte mir nur die Zähne langmachen, wie du schon vermutet hattest.«

Vor dem Rathausplatz, wo die Feuerwehr gerade ihre Schläuche auspackte, stoppte Kroner den BMW. Sobald der Pegelstand der Donau unter neun Meter sank, wurden Schlamm und Gschwemmsl zurück ins Flussbett gespritzt, damit nichts antrocknen konnte. Auch andernorts waren die Aufräumarbeiten jetzt in vollem Gange. Kroner hatte sich während der Mittagspause kurz ein Bild gemacht. Am Spielplatz bei der Marienbrücke sah es aus, als hätten Lkws Hunderte Ladungen Sand abgeladen. Nun schaufelten Studenten und ein riesiger Bagger Seite an Seite das Zeug zurück in den Fluss. In einigen Gassen stand das Wasser noch zwischen Möbeln und Müll, vor dem Buchladen in der Grabengasse stapelten sich nasse

Bücher, bei der Altstadtschule am Ort schob ein Radlader Schlamm zurück ins Wasser, und im Hirschwirtsgassl türmten sich die Abfallberge an den Hausmauern, genau wie in vielen anderen Gassen auch: Regale, Teppiche, Dämmung, Parkett, Kühlschränke, Öfen, Bilder und Lebensmittel. Das versaute Zeug aus den Wohnungen und Häusern musste raus auf die Straße. Die Schutthaufen wuchsen sich teils zu mannshohen Gebilden aus. Vielerorts sah es aus wie in einem Katastrophengebiet – und das war Passau schließlich auch seit ein paar Tagen.

Traktoren und Lader fuhren durch die Straßen, luden den Müll auf und brachten ihn zu den verstreuten Sammelstellen in der Stadt. Kolonnen von freiwilligen Helfern rückten dem Schlamm an der Ortsspitze mit Schaufeln, Schneeschiebern und Besen zu Leibe. In allen Stadtteilen hatte Kroner Jung und Alt, Passauer und Studenten gesehen, die mit Gummistiefeln und Handschuhen nebeneinander schufteten. Er war sonst kein sentimentaler Typ, aber als dann noch Leute aufgetaucht waren, um die Helfer mit Semmeln, Wasser und Sonnencreme zu versorgen, wären ihm beinahe die Tränen gekommen.

»Mir will das alles nicht in den Kopf«, sagte er, bevor Ben aus dem Wagen stieg. »Sara verlässt um Viertel nach zwölf das Lokal, hält mit Laurenz Händchen und wird keine zehn Minuten später von dessen Vater vergewaltigt?«

Ben kramte in seiner Jackentasche nach seinem Haustürschlüssel. »Vielleicht war es keine Vergewaltigung.«

»Hm.« Alles war möglich, klar. »Ich wundere mich, wieso dieser Ty Sullivan ausgerechnet jetzt aus der Versenkung auftaucht und seine DNA in Sara Rieß hinterlässt, wo es doch zwischen beiden, soweit wir wissen, gar keine Verbindung gibt. Anzunehmen, dass er Sara Rieß' Vergewaltiger aus dem Tagebuch ist, nur weil er mehr als zehn Jahre zuvor wegen Vergewaltigung angeklagt war, ist mehr als kühn.« Außerdem war er damals freigesprochen worden, demnach hatte er ohnehin – rein rechtlich – eine weiße Weste, fügte Kroner im Stillen hinzu.

Ben öffnete die Tür. »Tatsache ist, dass Sullivan von Mittwoch auf Donnerstag hier in Passau war, das verrät uns die Spurenlage. Wir wissen auch, dass Sara mit ihm kurz vor ihrem Tod Sex oder etwas Ähnliches gehabt haben muss, denn sein Blut war definitiv in Sara, und es gibt nicht allzu viele Möglichkeiten, wie es da auf andere Weise hineingekommen sein könnte. Laurenz befand sich laut Zeugenaussagen zu diesem Zeitpunkt in unmittelbarer Nähe.« Kroner fuhr mit Daumen und Zeigefinger über seinen Nasenrücken. »Laurenz' Fotos … Valli …« Er stöhnte auf. »Trotzdem kann ich mir nicht vorstellen, dass Laurenz Sara getötet hat, auch wenn er gesehen haben sollte, wie sein Vater …« Er brach ab, konnte die Dinge einfach nicht beim Namen nennen.

»Immerhin wäre dadurch nachvollziehbar, dass Laurenz so durch den Wind ist, dass er abgehauen ist, auch wenn er mit Saras Tod nichts zu tun hat. Vielleicht war es ja einfach nur ein tragischer Unfall? Vielleicht wollte er Sara zur Rede stellen, und sein Vater ist ausgetickt, oder Laurenz hat gesehen, wie sein Vater Sara in den Inn gestoßen hat? Sein geliebter Vater, den er gerade erst wiedergefunden hatte und der sich nun als das entpuppte, was er immer war und wovor Marlis Osterby ihren Sohn hatte bewahren wollen: ein Vergewaltiger und womöglich ein Mörder.« Es gab so viele mögliche Versionen.

»Ich werde der Osterby morgen einen Besuch abstatten«, sagte Kroner wenig euphorisch. »Sie wird mir sagen müssen, ob Sullivan der Vater ihres Sohnes ist und ob sie ihn sich als Vergewaltiger von Sara Rieß vorstellen kann.«

»Das Gesicht würde ich gern sehen«, sagte Ben. »Wie wär's, wenn du sie auch fragst, ob sie ihren Sohn deckt?« Ben traute es dieser Frau durchaus zu, einem Kommissar ins Gesicht zu lügen.

»Laurenz hat bei uns am Tisch gesessen«, knurrte Kroner. »Valli hat ihn ein paarmal mitgebracht, er war Gast in meinem Haus.« Die Fotos gingen Kroner gar nicht mehr aus dem Kopf.

Ben stieg aus. »Ich werde übers Wochenende so viel wie möglich über diesen Ty in Erfahrung bringen. Leo hat die Fahndung nach ihm noch rausgegeben, bevor sie Feierabend gemacht hat. Es wird sich bestimmt alles klären.«

Machte er einen derart geknickten Eindruck, dass sein Neuer ihm Trost spenden musste? Kroner musste lachen. »Bis jetzt bin ich ganz zufrieden mit dir, Bruhan.«

»Das bin ich auch«, sagte Ben mit einem breiten Grinsen im

Gesicht. »Gute Nacht.« Er schlug die Beifahrertür zu, und Kroners Wagen rumpelte über das Granitpflaster davon. Ben sah der Karosse nach. Sein neuer Chef war ein ziemlich komischer Kauz. Ganz anders als all die Vorgesetzten, denen er bisher »gedient« hatte. Einer, der nicht permanent den Boss raushängen ließ. Gut so.

Nachdenklich ging Ben die Milchgasse hinauf. An der Stelle, wo Valli vor zwei Tagen das tote Mädchen gefunden hatte, blieb er stehen. Wie war die Kleine hierhergekommen, wer hatte zugelassen, dass ihr so etwas passiert war? Eine ähnliche Frage hatte Ben sich schon einmal in seinem Leben stellen müssen.

Wer hat Schuld?

Seine Knie begannen zu zittern, Tränen stiegen ihm in die Augen, doch Ben ließ nicht zu, dass sie über die Ränder seiner Lider schwappten, um den Sturm zu entfachen, der seit so vielen Jahren in seinem Inneren tobte.

Er legte seine Hand an das Holster seiner Dienstwaffe. Sofort fühlte er sich besser.

Es war kurz vor zehn, als Valli das Auto abstellte. Draußen war es dunkel, sie hatte Hunger und fror. Sie hätte heulen können.

Plauen? Was mache ich hier?

Vor einem halben Tag hätte sie nicht mal gewusst, wo die Stadt lag, hätte sie jemand nach Plauen im Vogtland gefragt. Und jetzt war sie hier. Allein. Um was zu tun? Sie stieg aus. Ein Fluss rauschte in der Nähe.

Von Regensburg war sie Richtung Hof/Weiden gefahren, so viel hatte Valli sich noch zusammenreimen können. Doch dann hatte sie an einer Tankstelle stoppen müssen, um einen Verkäufer um eine Straßenkarte mit Plauen und dem tschechischen Grenzgebiet zu bitten. Die Kontaktdaten von KARO e.V. lagen nutzlos auf ihrem Schreibtisch, ein internetfähiges Handy hatte sie nicht.

Scheiße.

Immerhin konnte sich Valli daran erinnern, dass das Büro der Organisation am Bahnhof lag. Allerdings gab es in Plauen sechs davon – zumindest dem Namen nach. Also war Valli ziellos durch die Straßen gefahren, hatte kein Auge für die prächtigen alten Fassaden, verwinkelten Gassen und die vielen Bäume an den Fahrbahnrändern gehabt. Ein beschauliches Städtchen, kein Industriezentrum. Vielleicht aber auch nur ein Ort, dem man die Nachbarschaft zum tschechischen Ödland ansah.

An einem anderen Tag hätte Valli die Scheibe heruntergekurbelt und den erstbesten Passanten gefragt, wo sie das KARO-Büro finden konnte, aber heute blieb ihr Mund geschlossen.

Valli stieg aus, zog die Hose runter, sackte in die Knie und sah zu, wie ihr Pipi zwischen ihren Beinen in drei Bahnen über den Asphalt pullerte. Sie musste dringend etwas trinken, ihre Zunge klebte am Gaumen. Wenigstens eine Kiste von Markus' Einkäufen hatte sie eingeladen, ehe sie so kopflos aufgebrochen war.

Sie federte, schwenkte den Arsch, um die letzten Tropfen abzuschütteln, zog Unterhose und Shorts hoch und ging um das Auto herum. Aus dem Kofferraum griff sie sich zwei Bierflaschen. Der Kronkorken flog durch die Luft, Valli sah ihm nach. Gut, dass sie seit ein paar Monaten wusste, wie man ein kühles Helles mit einer zweiten Flasche aufmachte. Sie nahm den ersten Schluck. Lauwarm! Und das war noch untertrieben.

Valli stopfte sich ein Snickers in ihre Hosentasche, schloss den Kofferraum, ging nach vorn und ließ sich auf den Beifahrersitz fallen. Sie kurbelte das Fenster ein kleines Stück herunter, drehte die Lehne zurück und verriegelte alle Türen. Dann breitete sie sich ihren Fleecepulli, den sie aus dem Rucksack geholt hatte, über die nackten Knie und prostete ihrem Spiegelbild im Seitenspiegel zu: Na dann, gute Nacht!

Samstag, 8. Juni
Zurück bleiben Verzweiflung, Schlamm und Zerstörung

36

Marlis Osterby war über Kroners zeitigen Besuch am Samstagmorgen nicht entzückt. Einen kurzen Moment lang dachte er, sie würde ihm die Tür vor der Nase zuknallen. Dabei hatte er ihr sogar Brötchen mitgebracht, frisch vom Bäcker. Einen derartigen Luxus gönnte sich der Hauptkommissar selbst nie.

»Von mir aus, kommen Sie rein, ich werde Sie doch eh nicht los, bevor Sie Ihre Fragen gestellt haben.« Marlis Osterby führte Kroner in ihre Küche, die die gleiche Kühle ausstrahlte wie die Hausherrin: glatt, gerade, glänzend, sauber, unifarben und aufgeräumt. Es hätte eine Ausstellungsküche sein können, davon, dass hier jemand lebte, fehlte jede Spur – fast. Ein kleiner Topf mit Basilikum, dessen welke Blätter der Erdanziehung nichts mehr entgegenzusetzen hatten, war das einzige Indiz für menschliches Leben in dieser sterilen Umgebung.

Marlis Osterby hatte gestern Oliver Rothenbachs Alibi für die fragliche Zeit von Mittwoch auf Donnerstag bestätigt – unübersehbar sauertöpfisch und ausgesprochen missgelaunt. Offiziell war Rothenbach ihr Hausmeister, davon lebte er jetzt. Nach dem BWL-Studium hatte er bei der Zahnradfabrik in Passau, einem der größten Arbeitgeber Niederbayerns, angefangen, die während der Probezeit jedoch den Vertrag mit ihm gelöst hatte, angeblich aus wirtschaftlichen Gründen, so die Aussage des Personalreferenten. Ihm habe es für den jungen Kerl damals leidgetan, hatte dieser etwas zerknirscht hinzugefügt, da Rothenbachs Mutter ausgerechnet in derselben Woche verstorben sei.

»Ist Ihr Freund auch da?«

Marlis Osterby lächelte, nur ihre feinen Nasenflügel bebten mürrisch. »Sie meinen den Hausmeister? Nein.«

Kroner kannte sich mit den Anti-Aging-Methoden von heute nicht sonderlich gut aus, aber die Stirn der Osterby war derart glatt und bewegungslos, dass er hätte wetten wollen, dass sie mit Schlangengift stillgelegt worden war.

»Schade. Wo ich schon mal hier bin, hätte ich ihm auch gleich ein paar Fragen stellen können.«

»Da müssen Sie sich bis Montag gedulden. Er besucht seine Schwester.«

»Und wo wohnt seine Schwester, wenn ich fragen darf?«

Die Osterby schaltete ihren Kaffeeautomaten ein. Natürlich eine Jura, das Feinste vom Feinen, ein High-End-Gerät. »Ich wüsste nicht, was das mit der Sache zu tun haben sollte.«

»Auch wieder wahr«, sagte Kroner freundlich, fast schon entschuldigend, und trat näher. »Ein schönes Stück.« Mit dem Kinn deutete er in Richtung des silbermatten Kaffeeautomaten. »Möchten Sie einen Cappuccino?«

»Ein Latte macchiato wäre mir lieber.« Insgeheim hoffte Kroner, dass die Osterby ihm keine von den sündteuren, katzengeschissenen Kaffeebohnen unterjubeln würde – möglich wäre es, so exaltiert, wie es hier zuging.

»Auch gut.« Mit spitzen Fingern nahm Marlis Osterby Kroners Bäckertüte mit den Semmeln und Brezen entgegen, öffnete einen Unterschrank, aus dem geräuschlos ein vierfach geteilter Müllsortierer herausglitt, der aussah, als wäre er noch nie benutzt worden, und ließ die Mitbringsel des Kommissars in einen der Behälter fallen. »Danke, aber ich frühstücke nie.«

Kroner fehlten die Worte. Essen wegzuwerfen, noch dazu unverdorbenes – das hatte ihm seine Mutter eingebläut –, kam einer Sünde gleich. Für den Hauptkommissar war es zwar keine Glaubensfrage – nicht mehr –, aber es war ein zementierter moralischer Anspruch an die Menschheit.

»Sie erlauben?« Gelassen umschiffte er den Küchenblock und holte die Frühstückstüte aus der Müllversenkung. »Dafür ist das viel zu schade.«

Die Osterby verdrehte die Augen, lachte gekünstelt. »Wie Sie wollen.« Mit der Hand wies sie Kroner einen Platz auf einem der lederbezogenen Hocker an der Küchenbar zu.

Kroner machte Sitz wie ein gut dressierter Hund.

»Wenn Sie nicht bald zur Sache kommen, werde ich Ihnen

leider nicht mehr zur Verfügung stehen können. Ich muss in ein paar Minuten weg. Termine, Sie verstehen.«

»An einem Samstag?«

»In meiner Position gibt es keine Sonn- und Feiertage und schon gar keine freien Samstage.«

Kroner nickte. Arrogantes Weibsbild! »Na schön, Frau Osterby. Dann lassen wir das Geplänkel, und ich komme gleich zur Sache. Wer ist der Vater Ihres Sohnes?«

»Wie bitte?« Sie zupfte den Kragen ihrer Bluse zurecht. »Was geht Sie das an?«

»Könnten Sie mir Laurenz' Geburtsurkunde zeigen?«

Sie stand auf, holte Zucker aus einem Regal und knallte ihn vor Kroner auf das polierte dunkle Holz der Bar. »Leider nein. Was soll die Fragerei?«

Kroner hätte gern gesagt: Weil Ty Sullivans DNA in der Toten sichergestellt wurde, deshalb! Aber das war unmöglich, auch wenn Oberstaatsanwalt Herrlich seiner Busenfreundin Osterby vermutlich sowieso jedes fallinterne Detail stecken würde, wenn er es nicht bereits getan hatte. »Kennen Sie einen gewissen Ty Sullivan?«

Langsam legte Marlis ihren Löffel neben die Tasse. »Was ist das für ein Spiel, das Sie mit mir spielen?«, fragte sie frostig.

»Kein Spiel«, entgegnete Kroner ebenso kühl. »Wir haben den Tod einer jungen Frau aufzuklären. Sara Rieß war eine Klassenkameradin Ihres Sohnes, Frau Osterby, und sie wurde vor einigen Jahren vergewaltigt. Wir glauben, dass ihr jetziger Tod in direktem Zusammenhang mit der damaligen Vergewaltigung steht, und es gibt Anhaltspunkte dafür, dass es sich bei dem Täter von damals um Ty Sullivan handeln könnte.«

Die Osterby fiel nicht auf das taktische Schweigen herein, das Kroner seiner Ansprache folgen ließ. Sie war schließlich Profi, kannte alle Tricks, wandte sie selbst an. Gelassen blickte sie Kroner in die Augen, ließ sich mit ihrer Antwort Zeit. »Ich hatte vor langer Zeit eine Affäre mit Ty, vor sehr langer Zeit. Aber es stimmt, Ty Sullivan ist Laurenz' Vater.«

Eine Affäre? Wohl kaum. Von Marlis Osterbys Vater, den Kroner vorhin angerufen hatte, wusste er, dass Marlis und Ty zehn Jahre lang ein Paar gewesen waren. Zehn Jahre! Warum machte sie daraus eine lächerliche Affäre?

»Ich dachte damals wirklich, er wäre unschuldig.«

Zum ersten Mal schien es Kroner, als zeige Marlis Osterby ihre wahren Gefühle, nicht wie sonst das aufgesetzte, stereotype Getue. Ihre Maske bröckelte.

»Sie sprechen von der Vergewaltigung 1984?«

»Ja. Ich habe Ty geholfen, habe meine Beziehungen spielen lassen. Ich war von seiner Unschuld überzeugt, dachte, dieses Mädchen hätte gelogen.« Sie stützte den Kopf in die Hände. »Ich war ein dummes, verliebtes Huhn.«

Kroner wartete ab. Das Wort »dumm« hatte in seiner Vorstellung von Marlis Osterby keinen Platz. Jetzt allerdings sah sie verletzlich aus, angreifbar. Noch vor zwei Minuten hätte er allein bei der Vorstellung lauthals gelacht.

»Erst Jahre später habe ich bemerkt, was er wirklich für ein Mensch ist.« Sie atmete tief durch, stand auf. »Warten Sie einen Moment.« Über die scheinbar frei schwebende Treppe verschwand sie nach oben und huschte mit ihren Pantoletten über die durchsichtige Decke in eines der oberen Zimmer.

Ein Boden aus Glas! So etwas hatte Korner in seinem ganzen Leben noch nicht gesehen.

Als Marlis Osterby zurückkam, drückte sie ihm einen dünnen Hefter in die Hand. Er klappte den Deckel auf und sah ein Gutachten der Gewaltopferambulanz des Rechtsmedizinischen Institutes München, unterzeichnet am 24. April 1993 von einer gewissen Dr. med. Lena Mützelbach. Kroner überflog das Schreiben, betrachtete die Fotos und Dokumentationen hauptsächlich von Spreiz- und Griffverletzungen an Oberschenkelinnenseiten und Oberarmen, aber auch von vaginalen Verletzungen. Das Übliche. »Ty Sullivan hat Sie …?«

Marlis Osterby strich sich die längeren Strähnen ihres Pagenschnittes hinter die Ohren und straffte den Rücken. »Er hat mich vergewaltigt. Ja. Und nicht nur einmal.« Sie lachte traurig. »Er nannte es wilden Sex, ich wollte das nicht. Er hat mich gezwungen.«

Es waren keine schwerwiegenden Verletzungen, nichts Dramatisches; das Gutachten sprach explizit nicht von brachialer Gewalt. Aber häusliche Gewalt konnte sehr subtil ausgeübt werden und trotzdem furchtbar sein. Kroner wusste das. Nur entsprach Marlis Osterby nach seinem Dafürhalten nicht im Geringsten dem gängigen Opfertypus. Nie hätte er gedacht, dass ausgerechnet sie …!

Unter den Fotos und Gutachten entdeckte er einen Flyer der Ludwig-Maximilians-Universität München: »Gewalt gegen Frauen – Richtig handeln!« Auf der zweiten Seite war eine Stelle unterstrichen: »In der Notfallambulanz können Frauen, die Opfer eines sexuellen Übergriffes oder einer Gewalttat geworden sind, fachgerecht und gerichtstauglich ihre Verletzungen dokumentieren lassen.« Kroner sah auf. »Haben Sie ihn angezeigt?«

Marlis Osterby schüttelte den Kopf. »Nein. Ich wollte meinen Sohn schützen, er sollte nicht das Kind eines Vergewaltigers sein.«

Darum also das Versteckspiel mit den Briefen. Langsam wurde Kroner so einiges klar.

»Ich brauchte ein Druckmittel, damit er sich von uns fernhält, deshalb habe ich mich …«

»Schon gut.« Kroner fühlte sich unwohl, Marlis Osterby tat ihm leid. »Es war keine kurze Affäre, wie Sie mir weismachen wollten, Sie waren über zehn Jahre lang ein Paar, Frau Osterby. Warum, wenn er doch gewalttätig war?«

Marlis Osterby sah auf, blickte Kroner offen ins Gesicht. »Wir hatten immer wieder Unterbrechungen in unserer Beziehung, seine Gewalttätigkeiten haben erst später begonnen«, sagte sie fast entschuldigend. »Und wie gesagt, ich war dumm, ich habe ihn geliebt, und er –«

»Er hat Ihnen immer wieder gesagt, es würde nie wieder vorkommen?«

Sie nickte. »Natürlich begann ich zu zweifeln. Musste ständig an den Vergewaltigungsprozess von damals denken, aber er hatte eine so wunderbare Seite. Mit Laurenz konnte er … so liebevoll sein.«

Die typische Geschichte. »Wissen Sie, wo sich Ty Sullivan derzeit aufhält?«

»Er ist zurück nach Kanada gegangen, nachdem ich …« Sie ließ den Satz unvollendet.

»Hatte Sullivan in den Jahren 2005 und 2006 Kontakte zur LG Passau? Zu Sara Rieß?«

»Das weiß ich nicht.«

»Hatten Sie in letzter Zeit Kontakt zu ihm?«

»Wie kommen Sie darauf?«

»Er hat Ihrem Sohn regelmäßig Briefe geschrieben, und –«

Sie zog überrascht die gezupften Brauen hoch. »Woher wissen Sie das?«

»Von Laurenz.«

»Laurenz? Hat er sich bei Ihnen gemeldet?«

»Nein, aber er hat Valli Milner davon erzählt.«

»Ihrer Nachbarin? Wie kommt er dazu, und wie hat er das herausgefunden?«

»Das weiß ich leider nicht. Fakt ist, dass Laurenz vor nicht allzu langer Zeit erfahren hat, dass Sie die Briefe seines Vaters abgefangen haben.«

»Mein Gott!« Marlis schlug die Hand vor den Mund. »Jetzt denkt er bestimmt …«

»Es wäre hilfreich, wenn wir einen Blick auf die Briefe werfen könnten.« Es war ein Schuss ins Blaue, denn Ben hatte Kroner nicht sagen können, ob Laurenz die Briefe seines Vaters nur gesehen oder sie an sich genommen hatte.

Marlis Osterby schien zu erstarren.

»Anhand der Briefstempel ließe sich rekonstruieren, wann Sullivan sich wo aufgehalten hat.«

»Natürlich, Sie haben recht«, sagte sie dann schnell. »Ich werde veranlassen, dass sie aufs Kommissariat gebracht werden.«

»Danke.« Kroner sah aus dem Fenster. Der Garten war bis ins Detail durchgestylt, ein Naturpool beanspruchte fast die gesamte Fläche. Er stand auf, packte sein Frühstückstütchen und wandte sich zur Tür. »Noch eins, Frau Osterby: Sollten Sie uns den Aufenthaltsort Ihres Sohnes noch immer wissentlich verschweigen, so muss ich Sie jetzt dringend auffordern, damit herauszurücken. Sie kennen die Konsequenzen.«

»Um Himmels willen, natürlich weiß ich nicht, wo Laurenz ist!« Längst saß die starre Maske wieder auf Marlis Osterbys Gesicht. »Glauben Sie etwa, ich wäre so dumm?«

Kroner schüttelte den Kopf. Dumm war diese Frau ganz sicher nicht, und gerade deshalb würde sie ihnen vielleicht nicht alles sagen. »Wir haben Grund zur Annahme, dass Ty Sullivan sich in letzter Zeit in der Nähe von Passau aufgehalten hat und es möglicherweise noch immer tut. Falls er sich bei Ihnen meldet, wäre ich Ihnen sehr verbunden, wenn Sie uns sofort verständigen könnten.«

Marlis Osterby nickte, dann packte sie Kroner am Arm. Eine Geste, die nicht im Geringsten zu ihr passte. »Behalten Sie die Sache mit der Vergewaltigung bitte für sich. Davon darf nichts an die Öffentlichkeit gelangen, verstehen Sie?«

Kroner verstand. Er nickte. »Wann müssen Sie zurück nach Karlsruhe?«

»Nächsten Donnerstag.« Sie hob ihre schmalen Hände gen Himmel. »Ich habe meinen Urlaub eine Woche verlängert – wegen Laurenz. Aber ich kann nicht noch länger hierbleiben.«

»Wie sind Sie geschäftlich zu erreichen?«

Marlis Osterby öffnete eine Schublade, entnahm ihr ein silbrig glänzendes Etui, öffnete es und reichte Kroner eine ihrer Visitenkarten. »Ich werde meinen Assistenten anweisen, Sie jederzeit zu mir durchzustellen und Sie gegebenenfalls an meine private Nummer weiterzuleiten.«

»Vielen Dank«, sagte Kroner artig und starrte auf die Karte. Sie war ebenso beeindruckend wie die Frau, zu der sie gehörte.

37

Das Büro von KARO e.V. lag am Unteren Bahnhof in Plauen. »Da wollen Sie hin?«, hatte die angesprochene Dame empört gefragt und Valli von oben bis unten gemustert. Wenigstens hatte sie den Weg gewusst.

Das fünfstöckige zartgelbe Haus war das erste in der Straße: alt und imposant, mit Charakter. Valli hatte etwas anderes, Schäbigeres erwartet. Im Grunde war sie kein Deut besser als die Auskunft gebende Dame. Vorurteile – eine Geißel der Menschheit.

Seit halb neun Uhr morgens saß Valli jetzt schon auf dem Bürgersteig vor dem Eingang und wartete, hoffte, dass jemand kam. Auf ihren Knien lag eine Tageszeitung, die sie zusammen mit einem Coffee to go und einer Butterbreze an der Tankstelle gekauft hatte. Sie konnte ihre Augen nicht von der Schlagzeile und dem Titelbild losreißen. »Wer kennt dieses Kind?« Die geschlossenen Augen des Milchgassenmädchens starrten Valli bis in den hintersten Winkel ihrer Seele.

Wie konntet ihr zulassen, dass mir jemand wehtut.

Das las Valli aus diesem Gesicht. Warum? Hat? Mir? Niemand? Geholfen? Sara zwängte sich in Vallis Gedanken, überlagerte das Bild in der Zeitung. Es war entsetzlich. Valli ließ ihren Tränen freien Lauf.

Niemand kam. Valli vergeudete ihre Zeit. Um kurz vor elf gab sie auf. Sie war zu erschöpft vom Weinen, die Nacht auf dem Beifahrersitz und die Ereignisse der letzten Tage steckten ihr in den Knochen. Markus hatte mehrmals versucht, sie anzurufen, nach dem fünften oder sechsten Mal hatte Valli ihr Handy ausgeschaltet.

Opa Kroners Benz stand auf der gegenüberliegenden Straßenseite. Valli überquerte gerade die Fahrbahn, als von der Holbeinstraße ein silberner Kia einbog und direkt neben dem Benz parkte. Eine Frau stieg aus und schob ihre Sonnenbrille über die Stirn in die rot glänzenden schulterlangen Haare. Einige Fransen des Ponys kamen durcheinander, standen vorwitzig in alle Richtungen. Sie musste in Jojas Alter sein, trug ein knallbuntes, weites Shirt und verwaschene Jeans mit Löchern, unter denen zwei braun gebrannte Knie zu sehen waren.

»Sie sind nicht zufällig Cathrin Schauer?«, platzte Valli heraus und fuhr sich mit beiden Händen über das Gesicht, um die getrockneten Tränen fortzuwischen.

Die Rothaarige drehte sich um. »Wer will das wissen?« Sie hatte einen starken sächsischen Dialekt.

Valli kam ein paar Schritte näher. »Sie sind es, oder?« Im Internet hatte sie ein Foto gesehen. »Ich bin extra aus Passau hergefahren.«

Die Rothaarige musterte Valli eingehend. »Sie haben uns diese seltsame Mail geschickt, oder?«

Seltsame Mail? Was sollte daran seltsam gewesen sein? Valli hatte lediglich ihre Vermutungen dargelegt und wissen wollen, ob sie in Plauen ein dunkelhaariges, dünnes Mädchen vermissen würden. Sie hatte das Tattoo erwähnt und wie sie darüber auf die Webseite von KARO gestoßen war. Auch das geschätzte Alter und das Gewicht der Toten hatte sie angegeben.

»Sind Sie von der Polizei?«

»Nein.«

Cathrin Schauer öffnete schweigend den Kofferraum und stellte einen Karton, der augenscheinlich mit Klamotten vollgestopft war, auf einen zweiten, hob beide hoch und versuchte dann vergeblich, die Heckklappe mit einem Ellbogen zuzuschlagen.

»Kann ich helfen?« Ohne eine Antwort abzuwarten, schloss Valli den Kofferraum. Als Cathrin Schauer die Straße überquerte, folgte sie ihr.

»Ty war mein Kumpel. Er konnte keiner Fliege was zuleide tun, und vergewaltigt hat der ganz sicher niemanden, das können Sie mir glauben.«

Ben rührte in seinem Kaffee. Ihm gegenüber saß Manfred Steiner unter einem cremefarbenen Schirm in der Landshuter Altstadt. Ben hatte sich mit dem Ex-Eishockeyprofi zum Brunch im »Michelangelo« verabredet, nachdem ein Funktionär der LA Cannibals ihm dessen Nummer gegeben hatte.

»Er war ein paar Jahre älter als ich, die Meisterschaft 1983 war für uns beide der erste wirklich große sportliche Erfolg, so ein Erlebnis schweißt zusammen.« Steiner war beim EVL groß geworden, war einer der besten Spieler in der Liga gewesen und gehörte jetzt dem Trainerstab der Cannibals an.

»Sagt Ihnen der Name Marlis Osterby etwas?«

Steiner verdrehte die Augen. »Die dumme Kuh.« Er riss mit den Fingern eine Semmel auseinander, legte sie auf seinen Teller und drückte sie platt. »Ich habe nie verstanden, wie Ty sich von dieser Schreckschraube derart abhängig machen konnte. Für das Weib hat er alles aufgegeben, nur weil die ihm ein Kind angehängt hat.«

»Wie meinen Sie das?«

»Wie ich das meine?« Steiner lachte, wickelte ein Butterpäckchen aus, klatschte es auf eine Semmelhälfte und begann es zu verstreichen. »Anfangs konnte ich ihn ja noch verstehen. Marlis sah umwerfend aus, der berufliche Erfolg dampfte förmlich aus ihren Poren.« Er hielt kurz inne, seufzte. »Sie war irre sexy, das können Sie mir glauben. Wir haben uns alle nach ihr umgedreht, als sie damals in diese Bar gerauscht kam. Aber es war Ty, der noch am gleichen Abend mit ihr im Bett landete.«

Ben stocherte in seinem Rührei mit Schinken, grinste. Eigentlich mochte er solche Geschichten.

»Sie müssen wissen, dass Ty damals die Damen zu Füßen lagen. Er hätte nur mit dem Finger zu schnippen brauchen, und ein ganzes Dutzend wäre bereitwillig in sein Bett gehüpft. Diese Vergewaltigungssache war lächerlich. Das Mädchen war achtzehn, er hat ein- oder zweimal mit ihr geschlafen, und das war's dann für ihn. Sie hatte sich mehr erhofft, war enttäuscht und wollte ihm eins auswischen. *That's it!*«

Das klang zu einfach. »Sie waren damals sein Hauptentlastungszeuge«, sagte Ben. »Es war Ihre Aussage, die das mutmaßliche Opfer unglaubwürdig erscheinen ließ.«

Steiner zuckte mit den Schultern. »Wissen Sie, selbst wenn ich Ty eine Vergewaltigung zugetraut hätte, hätte ich dasselbe sagen müssen. Dieses junge Ding war auch mit mir im Bett gewesen, keine zwei Tage bevor sie sich an Ty rangeschmissen hat. Sie war eine Wucht, wirklich wahr, aber anschließend war ich heilfroh, dass sie nicht mit mir so ein Theater veranstaltet hat.«

Und trotzdem, dachte Ben, auch wenn es die jungen Damen

nicht so genau nahmen, war das noch lange kein Freifahrtschein. In ihrem Wahn, den eigenen Samen möglichst weit zu streuen, verwechselten das die Herren der Schöpfung gern mal. »Sie sagten, Ty hätte sich von Marlis abhängig gemacht. Was haben Sie damit gemeint?«, bohrte er nach.

»Anfangs lief alles gut. Sie arbeitete zu der Zeit in München, ich glaube als Anklägerin für irgendwelchen Wirtschaftskram. Beide führten eine lockere Beziehung, sahen sich sporadisch, vielleicht alle zwei, drei Wochen mal. Wenn sie dann zusammen waren, war ihre Umgebung wie elektrisch aufgeladen. Damals war ich echt neidisch auf das, was sie hatten. Ty war Marlis nicht treu, und umgekehrt war es wahrscheinlich genauso. Das war kein Problem zwischen ihnen.« Er lachte. »Eigentlich die perfekte Beziehung, doch dann lief alles aus dem Ruder.«

Ben schob eine Gabel Rührei in den Mund, er liebte es, wenn das Eiweiß noch durchsichtig war. Schweigend begann er zu essen, wartete.

»Als Ty diese leidige Sache mit der Vergewaltigung am Hals hatte, hat sich Marlis derart für ihn ins Zeug gelegt, dass viele Leute zu glauben begannen, Ty hätte sich tatsächlich etwas zuschulden kommen lassen. Ich habe es ihm tausendmal gesagt, aber er hat mir nicht geglaubt, ließ Marlis einfach machen.« Steiner nippte an seinem Cappuccino. »Er war total entspannt. ›Ich bin unschuldig‹, hat er immer wieder gesagt. ›Das Gericht wird schon richtig entscheiden.‹« Steiner seufzte. »Meine Güte, war der naiv.«

»Aber er hat recht behalten?«

Steiner nickte. »Ja. Die Sache mit der Vergewaltigung ist für ihn glimpflich ausgegangen, obwohl so was an einem haften bleibt wie Staub auf einem frisch lackierten Auto. Da kann man tausendmal freigesprochen werden.«

Ben nickte. »Und wie ging es weiter?«

»Nach dem Freispruch veränderte sich zwischen Marlis und Ty alles. Von der einstigen Leichtigkeit ihrer Beziehung war bald nichts mehr übrig. Marlis beanspruchte ihn allein für sich – wie eine Trophäe, die ihr zustand.«

Das war interessant. »Wie hat Ty das aufgenommen?«

»Er hat sich gefügt.« Steiner wirkte konsterniert – noch immer, nach all den Jahren.«Er hat klein beigegeben und ist mit Marlis in eine Wohnung in der Nähe von Freising gezogen. Er stand vollkommen unter ihrer Fuchtel. Es war entsetzlich, das mitansehen zu müssen. Von da an begann unsere Freundschaft auseinanderzubrechen. Wir sahen uns nur noch beim Training und an den Spieltagen.« Steiner verschlang eine halbe Semmel und kippte seinen Cappuccino hinterher. Ben wartete geduldig.

»Kein Jahr später war sie schwanger.« Abfällig schüttelte Steiner den Kopf.

»Beabsichtigt?«

»Keineswegs, zumindest nicht von Ty, das hat er mir unter vier Augen anvertraut. Heute glaube ich, dass Marlis nicht verkraftet hat, dass Ty berühmter war als sie. Deshalb hat sie ihn entmannt, ihm genommen, was für ihn am wichtigsten war.«

»Was?«

Steiner sah Ben an wie einen Außerirdischen. »Seine sportliche Karriere natürlich, seine Berühmtheit. Was sonst?«

»Na ja«, wandte Ben ein, »normalerweise bekommen die Karrieren der Mütter nach der Geburt einen Knick.«

»Von wegen!« Steiner knallte seine Serviette auf den Tisch. »Wissen Sie, was diese Frau getan hat?«

Ben sah sein Gegenüber aufmunternd an.

»Sie hat ihm den positiven Schwangerschaftstest unter die Nase gehalten und gesagt: ›Wenn du dich nicht um das Kind kümmerst, treibe ich ab.‹«

Ben war durchaus der Ansicht, dass Väter ihren Teil zur Aufzucht der Jungen beitragen sollten, aber das ging auch ihm zu weit. »Und? Wie hat Sullivan darauf reagiert?«

»Er war stinksauer, das können Sie sich vorstellen. Aber das Todesurteil über sein Kind sprechen, das konnte er nicht. Ihm war klar, dass Marlis es ernst meinte. Jeder, der Marlis kennt, weiß, dass sie niemals scherzt.«

Ben fragte sich, wie er selbst reagiert hätte. Er wusste es nicht.

Steiner wurde noch wütender. »Verstehen Sie denn nicht? Marlis hat Ty ein Kind angehängt, um ihn damit zu erpressen. Sie wollte Kontrolle über ihn.«

Ben überlegte. Wenn stimmte, was Manfred Steiner behauptete, dann war die Osterby noch ausgefuchster, als sie bisher angenommen hatten.

»Marlis hat sich in ihrem Leben nicht eine Sekunde lang um ihren Sohn gekümmert. Alles blieb an Ty hängen. Nach der gesetzlichen Zwangspause begann sie wieder zu arbeiten – natürlich Vollzeit, ohne Abstriche.«

»Und was war mit Sullivans Eishockeykarriere? Konnte er trainieren? An den Spielen teilnehmen?«

Steiner seufzte. »Es war ein Spagat. Manchmal hatte er den Kleinen dabei, aber dann war er nicht richtig bei der Sache. Mit den Kindermädchen, für die er ein Heidengeld ausgab, war er nie zufrieden. Als Laurenz vier Monate alt war, zogen sie zu dritt nach Passau zu den Großeltern. Marlis nahm sich ein Zimmer in München, war selten zu Hause. Von da an kam Ty wieder regelmäßig zum Training, und auch mit den Spielen klappte es wieder besser. Die alten Osterbys waren in Ordnung. Ich glaube, er verstand sich ganz gut mit ihnen.«

»Sullivan hat sich also rührend um seinen Sohn gekümmert, verstehe ich das richtig?«, fragte Ben.

Steiner lächelte. »So war es. Der Kleine war ihm wichtiger als Sport, Ruhm und Weiber.« Verlegen rieb er sich die Nase. »Damals konnte ich das nicht verstehen, dachte, die Osterby hätte meinen Kumpel nicht nur die Eier abgerissen, sondern ihm auch noch das Gehirn amputiert. Jetzt weiß ich es besser, ich habe selbst zwei Söhne und eine Tochter. Nichts im Leben könnte wichtiger sein. Gar nichts.«

So war das also. Der toughe Steiner hatte ein weiches Herz. Ben schmunzelte. »Aber wieso hat Ty seinen Sohn dann einfach im Stich gelassen?«

Steiner schob das Kinn nach vorn, kratzte mit dem Löffel die letzten Milchschaumreste aus seiner Tasse. »Das frage ich mich bis heute. Ganz freiwillig war das bestimmt nicht. Da bin ich ziemlich sicher.«

Ben beobachtete den Ex-Eishockeyprofi genau, registrierte jede Geste, jede Veränderung seiner Mimik. Steiner wirkte plötzlich verwirrt, geradezu unsicher.

»Im Jahr '86 wechselte ich zu den Kölner Haien, danach hatten

Ty und ich noch weniger Kontakt. Ab und zu haben wir telefoniert – Sie wissen ja, wie das ist.« Steiner wurde immer unsicherer. »Irgendwann herrschte vollkommene Funkstille. Er meldete sich nicht mehr bei mir und ich mich nicht bei ihm, auch nicht, als ich nach Landshut zurückkehrte.«

»Es ist schwer, über so lange Zeit und eine solche Entfernung den Kontakt zu halten.« Ben fand das nicht weiter ungewöhnlich. So war das Leben. Jeder ging seiner Wege.

»Vielleicht, aber ich musste ständig an diese eine Sache denken. Aus irgendeinem idiotischen Grund hat mich das zurückgehalten, vielleicht hätte ich sonst den Kontakt gesucht.«

»Welche Sache?«

»Der Unfall. Ich hatte darüber in der Zeitung gelesen.« Steiner seufzte, strich sich über das Kinn. »Als ich noch nicht lange weg war, direkt nach einem Spiel, kam es zu einer Schlägerei. Die Jungs hatten die Helme bereits abgenommen, als Ty mit dem Center des Gegners aneinandergeriet. Soviel ich weiß, hat Ty nicht angefangen, er hat sich nur gewehrt, aber auf dem Feld war er ein Heißsporn – schon immer.«

»Was ist passiert?«

»Der andere ist unglücklich mit dem Hinterkopf auf das Eis geknallt. Schädel-Hirn-Trauma. Eine Woche später war er tot, und Ty hörte von einem Tag auf den anderen auf zu spielen. So war das.«

Ben überlegte. »Neigte Sullivan generell zu Gewalt?«

»Ach, woher!« Steiner winkte ab. »Nicht wirklich.«

Ben horchte auf. »Nicht wirklich« war kein klares Nein. »Und dennoch haben Sie ihm die Sache irgendwie angekreidet. Das wollten Sie doch vorher sagen, oder nicht?«

Steiner nickte zögerlich. »Ich weiß bis heute nicht, warum. Die Untersuchungen ergaben glasklar, dass es ein Unfall war.«

»Hatten Sie danach wieder Kontakt zu Sullivan?«

»Er hat mich noch ein einziges Mal angerufen, das war Anfang 1995. Ich weiß es deshalb so genau, weil meine Tochter gerade geboren war.«

»Und?«

»Es war komisch«, begann Steiner. »Kein Gespräch unter alten

Freunden. Er wollte nicht wissen, wie's mir geht, was ich so mache, nichts dergleichen.«

»Was dann?«

»Er sagte, er müsse aus Passau weg, vielleicht sogar aus Deutschland verschwinden.«

»Warum?« Ben beugte sich nach vorn.

»Marlis würde ihn unter Druck setzen. Er sagte, es sei die alte Geschichte.«

»Was meinte er damit?«

»Ich glaube, er sprach von der Anklage, dass ihn die Vergangenheit einhole, oder so ähnlich. Aber das war es nicht, was er mir sagen wollte.«

»Was dann?«

Steiner stiegen Tränen in die Augen, er blinzelte sie verstohlen weg. »Er wollte, dass ich ein Auge auf seinen Sohn habe.«

»Wie hat er sich das vorgestellt?«

»Keine Ahnung. Wie gesagt, ich war gerade selbst Vater geworden, ich konnte ihn nicht verstehen.« Steiner fummelte an seinem Löffel herum. »Ich habe zu ihm gesagt, wenn er sein Kind im Stich ließe, wäre er ein Riesenarschloch.«

»Und wie hat Sullivan reagiert?«

»Er hat geheult wie ein Schlosshund, gejammert, es gebe Gründe, und er hätte Fehler gemacht. Aber ich wollte davon nichts hören, habe ihm gesagt, es gebe immer einen Weg, für jedes Problem eine Lösung. Sein Kind zu verlassen, das wäre jedenfalls das Allerletzte, und dann habe ich aufgelegt.« Steiners Kopf sank in seine Hände. »Ich habe ihn im Stich gelassen. Er hätte einen Freund gebraucht, und ich habe keinen Finger gerührt, um ihm zu helfen.«

38

»Ich dachte, Sie wären von der Polizei.« Cathrin Schauer setzte sich Valli gegenüber auf die rote Couch. »Unsere Organisation ist ziemlich bekannt, aber bei Vermissungen gibt es seitens der Behörden kaum Interesse, mit uns zu kooperieren.«

Das Büro war klein, in Pastelltönen gehalten – irgendwie vertrauenerweckend. Valli fasste Mut, zog die Tageszeitung aus ihrem Hosenbund und legte sie vor Cathrin Schauer auf den Couchtisch. »Kennen Sie dieses Mädchen?«

Die Leiterin der Beratungsstelle betrachtete das Porträt lange. Als sie den Text las, bildeten sich auf ihrer Stirn Falten. »Einen Moment lang dachte ich … Aber nein, ich kenne das Mädchen nicht. Tut mir leid.«

Valli war enttäuscht. »Sind Sie sicher?«

Cathrin Schauer hob entschuldigend die Hände. »Es gibt zu viele Mädchen und Jungen entlang der Grenze. Seit dem Fall des Eisernen Vorhangs boomt die Straßenprostitution. Die meisten der Kinder erreichen wir mit unserer Arbeit gar nicht.«

»Warum?« Valli hatte sich nie mit derlei Themen befasst, sie wusste nichts darüber. »Ich meine, warum gerade hier?«

Cathrin Schauer lachte traurig. »Wollen Sie das wirklich wissen?«

Valli nickte.

»Dann sind Sie eine Ausnahme. Die meisten Menschen verschließen die Augen, wollen das Elend nicht sehen. Auch die Behörden nicht. So lebt es sich leichter, glauben Sie mir.«

»Bitte.«

»Na schön.« Cathrin Schauer stand auf, holte eine Broschüre aus dem Schrank und reichte sie Valli. »Nach der Grenzöffnung wurden ganze Industriezweige in der Region geschlossen. Viele Menschen verloren ihre Arbeit, und die, die noch eine hatten, verdienten nicht besonders gut. Durch den wirtschaftlichen Verfall in Mittel- und Osteuropa entstand ein großes Wohlstandsgefälle, das an der Grenze zwischen Deutschland und Tschechien besonders sichtbar ist. Die Leute hier sind arm, sie wissen kaum, womit sie ihren Lebensunterhalt bestreiten sollen. Es gibt wenige Alternativen, um der Armut zu entfliehen, Ausbildungs- und Arbeitsplätze sind Mangelware. All das ist ein idealer Nährboden für Prostitution und kommerzielle sexuelle Ausbeutung – gerade von Kindern. Die Menschenhändler haben in solchen Regionen leichtes Spiel.«

Valli wusste nicht, was sie sagen sollte. Frauen *und Kinder!*

Cathrin Schauer wies auf das Bild des Milchgassenmädchens. »Dieses Mädchen ist noch ein Kind, und dennoch gibt es weitaus jüngere.«

»Aber –«

»Kinder werden hier in aller Öffentlichkeit angeboten. Es gibt eine kleine Grenzstadt, in der in den späten Abendstunden Kleidchen, Babyschuhe und Spielsachen in den Fenstern auftauchen. Oder es stehen nachts Kinderwagen vor den Hauseingängen. Beides Zeichen dafür, dass dort ganz frische Ware zu bekommen ist.«

In Vallis Magengrube breitete sich ein Gefühl aus, das ihr den Atem raubte. »Aber das kann doch nicht legal sein?«

»Der sexuelle Missbrauch von Kindern bis zum fünfzehnten Lebensjahr steht laut Strafgesetzbuch der Tschechischen Republik unter Strafe, das stimmt.«

»Und wieso unternimmt dann niemand etwas dagegen?«

»Erstens leugnen die Behörden, dass es Kinderprostitution in diesem Ausmaß tatsächlich gibt, und zweitens müssen die Täter auf frischer Tat ertappt werden. Es reicht nicht, wenn die Polizei einen Mann mit heruntergelassenen Hosen erwischt oder wenn sie sehen, wie ein Kind mit einem Fremden wegfährt. Der Akt des Missbrauchs muss gegeben sein, aber dieser findet natürlich hinter geschlossenen Türen statt: in Hotels, in Wohnungen, in Autos oder an sogenannten Stichplätzen an Stadträndern, in nahe gelegenen Waldstücken, in der Nähe von Parkanlagen oder abgelegenen Garagen.«

»Sie meinen, nicht einmal dann, wenn absolut klar ist, was läuft, werden diese Arschlöcher zur Rechenschaft gezogen? Es sei denn ...« Valli konnte es nicht fassen.

»So ist es.« Es war Cathrin Schauer anzusehen, dass sie das Elend, mit dem sie tagtäglich konfrontiert wurde, nicht abgestumpft hatte, ganz im Gegenteil.

Vallis Kehle war wie zugeschnürt, sie fühlte sich ohnmächtig. Ein Ausdruck kam ihr in den Sinn: Anrennen gegen Windmühlen.

Aussichtslos. Völlig aussichtslos!

In was für einer Welt lebten sie eigentlich?

»Wir versuchen, das Leid der Frauen und Kinder zu lindern. Das ist alles, was wir tun können. Manchmal gelingt es uns, jemanden aus dem Teufelskreis von Armut und Prostitution zu befreien. Wir wollen neue Alternativen und Perspektiven aufzeigen, aber das ist ein sehr langwieriger und schwieriger Prozess.«

»Wie hält man das aus?« Der Satz war raus, ehe Valli darüber nachdenken konnte.

»Man hält es nicht aus. Die Frauen und Kinder zerbrechen, stumpfen ab, nehmen Drogen, um zu vergessen. Sie haben keine Wahl, und die psychischen Folgen —«

»Ich meinte Sie. Wie halten Sie das aus?«

Cathrin Schauer schien überrascht. »Ich? Es geht hier doch nicht um mich.« Sie seufzte. »Wenn man weiß, was diese Frauen, Kinder und Jugendlichen ertragen müssen, kommt es einem geradezu lächerlich vor, sich über die ein oder andere schlaflose Nacht zu beklagen.«

Valli bewunderte den Mut und die Kraft dieser Frau. Sie selbst hatte das Elend bisher noch nicht einmal mit eigenen Augen gesehen und fühlte sich dennoch von Schauers Worten wie erschlagen.

»Bist du sicher?« Ben saß auf der Rückbank seines schwarzen VW-Busses und beobachtete durch die getönten Scheiben den Vorgarten eines Reihenhauses im Landshuter Vorort Auloh. Zwei Jungen – einer kurz vor der Pubertät und einer mittendrin – spielten Basketball, der Korb war in der Zufahrt vor den Garagen angebracht. Sie lachten und stritten, rangelten und umarmten sich: Brüder. Laut Auskunft seiner Kollegen mussten das die Söhne von Jasmin Gollas sein – der Frau, die Ty Sullivan 1984 wegen Vergewaltigung angezeigt hatte. Hoffentlich war sie da.

Bevor Ben sich von seinem Navi hatte hierherlotsen lassen, hatte er im Studentenwohnheim, das nur ein paar hundert Meter weiter direkt gegenüber der Hochschule Landshut gelegen war, nach Laurenz gefragt. Doch niemand, nicht einmal der Hausmeister, hatte Osterby in den letzten Tagen gesehen. Die meisten hatten die Augen verdreht, als der Name fiel.

Verdammt! Wo steckt der Kerl nur?

Viel schlimmer jedoch war, was Ben vor wenigen Minuten erfahren hatte. Da Valli seit gestern nicht aufgetaucht und auch per Handy nicht erreichbar gewesen war, hatte Ben sich entschlossen, einen alten Münchner Kollegen, der ihm noch einen Gefallen schuldig war, zu bemühen. Vallis Handy war zuletzt vor drei Stunden in Reichweite eines Sendemastes in Plauen im Vogtland eingewählt gewesen. Seither keine weiteren Signale.

»Die hat definitiv einen Knall«, knurrte Ben, bevor er Vallis Nummer wählte, die ihm Markus schon am Freitag per SMS zugeschickt hatte. Wütend wartete er auf den Piep der Mailbox. »Ich weiß, dass du in Plauen bist. Melde dich innerhalb der nächsten Stunde bei mir, sonst werde ich Kroner informieren müssen.« Na super, jetzt durfte er das Kindermädchen für diese Irre spielen. Ben wünschte, Markus wäre nicht nach Italien gefahren, und vor allem wünschte er, Markus hätte ihn nie darum gebeten, ein Auge auf Valli zu haben. Wie kam Markus überhaupt dazu, ihm das aufzuhalsen? Er tastete nach seinem Dienstausweis und stieg aus. Die Schiebetür des Wagens quietschte erbärmlich, sie musste dringend geölt werden. Die zwei Jungen hielten in ihrem Spiel inne, sahen Ben neugierig an.

»Hi. Ist eure Mutter zu Hause?«, fragte Ben.

»Sie ist drinnen«, sagte der größere.

Ben nickte und ging zur Haustür. Nach dem Gespräch mit Steiner hatte er kurz mit Kroner telefoniert. Die Neuigkeiten aus dem Hause Osterby in Bezug auf Sullivan passten nicht mit dem zusammen, was Ben gerade von Steiner erfahren hatte. Jetzt war er sehr gespannt, was Jasmin Gollas für einen Eindruck auf ihn machen würde.

»Einfach reingehen, die Klingel funktioniert nicht«, sagte der kleinere Junge, fing den Pass seines Bruders und machte ein Dunking. Der Korb hing zwar etwas niedriger als normal, trotzdem war Ben beeindruckt. Beide Jungs trugen Shirts der Cannibals.

Im Flur herrschte ein heilloses Durcheinander. Überall Schuhe, Jacken, Caps.

»Hallo? Frau Gollas, sind Sie da?«, rief Ben ins Chaos hinein. Ein rundliches Gesicht tauchte in einer Tür auf. Blonde strähnige Haare umrahmten halb abgeschminkte blaue Augen, die Ben freundlich entgegenblickten. »Und wer sind Sie?«

Er zückte seinen Ausweis, klappte ihn auf. »Kriminalpolizei Passau, Bruhan. Guten Tag, Frau Gollas, ich möchte Ihnen ein paar Fragen stellen.«

Der Blick der Frau flog sofort zum Küchenfenster, vor dem ihre Jungs spielten. Mütterlicher Instinkt: Bei Gefahr musste zuallererst die eigene Sippe um sich geschart werden. »Geht es um meinen Mann?«

»Nein, es geht um Sie. Genauer gesagt um Ihre Anzeige gegen Ty Sullivan vor fast dreißig Jahren.«

Sie erstarrte, wischte eine Sekunde später ihre Hände an der Jeans ab und bedeutete Ben, sich an den Küchentisch zu setzen. Diese Frau hatte gut und gern fünfzehn Kilo zu viel auf den Rippen, aber alles war rund und drall und gut verteilt. Sie gefiel Ben, und er musste an Steiners Worte denken: *Sie war eine Wucht!*

»Was gibt es da noch zu fragen, ihr habt ihn damals laufen lassen.« Bitterkeit schwang in ihrer Stimme mit. Ben versuchte, keine Nuance zu überhören. Er war hier, um sich ein Bild von ihr und der damaligen Situation zu machen, er wollte Ty Sullivan besser einschätzen können.

»Hatten Sie in letzter Zeit Kontakt zu Sullivan? Hat er sich bei Ihnen gemeldet?«

Frau Gollas setzte sich, begann mit den Fingern ihre Haare glatt zu streichen, sah Ben nicht an. »Nein.«

»Hat er Sie nach dem Freispruch belästigt?«

Sie schüttelte den Kopf. »Warum fragen Sie mich das?«

»Sein Name ist bei einer unserer aktuellen Ermittlungen aufgetaucht, das ist alles.«

»Woher, sagten Sie, kommen Sie? Aus Passau?« Entsetzen breitete sich auf ihrem Gesicht aus. »Hat er etwa etwas mit dem Milchgassenmädchen zu tun?«

»Nein, nein«, beeilte sich Ben zu beschwichtigen. »Es geht um eine andere Sache. Wir suchen ihn als Zeugen. Wissen Sie, wo er sich aufhält?« Wieso um alles in der Welt brachte diese Frau Sullivan sofort mit dem Milchgassenmord in Verbindung?

»Fragen Sie mich das ernsthaft? Glauben Sie vielleicht, ich habe ihm hinterherspioniert, nachdem er ohne Strafe davongekommen ist?«

Ben sah Jasmin Gollas unverwandt an, beobachtete genau.

»Sie glauben nicht, dass meine Vorwürfe damals berechtigt waren, nicht wahr?«, fragte diese nach einer Weile. »Niemand hat mir geglaubt. Für alle war ich doch nur eine kleine, dreckige ...« Sie klappte den Mund zu, wischte sich die Hände an der Hose ab – wieder und wieder. »Verlassen Sie jetzt bitte mein Haus.«

Ben stand auf. Er wusste, dass die Gegenseite bei solchen Verfahren stets am Image des Klägers zu kratzen versuchte. Im Fall Gollas gegen Sullivan war das bravourös gelungen. Die Frau tat ihm leid, trotzdem musste er seine Frage stellen. »Frau Gollas, ich möchte Ihnen wirklich gern glauben, aber falls Sie Ty Sullivan damals zu Unrecht beschuldigt haben, sollten Sie jetzt mit der Wahrheit herausrücken. Der Mann steckt in Schwierigkeiten – nicht zuletzt wegen dieser Sache vor so vielen Jahren. Sie waren jung, Sie waren verletzt, aber das Stigma, ein mutmaßlicher Vergewaltiger zu sein, wird man so schnell nicht wieder los. Wenn Sullivan unschuldig war, müssen Sie mir das jetzt sagen. Es würde auch Ihr Gewissen erleichtern.«

Jasmin Gollas erstarrte, schnappte kurz nach Luft. »Den Ruf, ein liederliches Ding zu sein, wird man genauso schwer los«, spie sie aus und wies zum Ausgang. »Und jetzt raus hier!«

Ben legte eine seiner neuen Visitenkarten, die von der Druckerei gestern geliefert worden waren, auf den Tisch. »Sollten Sie es sich anders überlegen, können Sie mich jederzeit anrufen.«

»Die Nachfrage regelt das Angebot.« Cathrin Schauer goss Valli ein Glas Wasser ein. »An manchen Tagen fahren sie in Karawanen über die verschiedenen Grenzübergänge nach Tschechien. Meist sind es vorbildlich gepflegte Mittelklassewagen mit vorwiegend männlichen Fahrern oder voll besetzte Kleinbusse. Solange es Leute gibt, die Kinder für ihre abartigen Phantasien brauchen, wird es auch immer Zuhälter geben, die die entsprechende Ware auf dem Markt anbieten – zu jeder Tageszeit.«

Obwohl Valli Cathrin Schauer darum gebeten hatte, mehr zu erzählen, hätte sie sich nun am liebsten die Ohren zugehalten. »Laut UN-Jahresbericht wächst die Nachfrage nach Sex mit Kindern ständig. Die Täter entstammen allen Altersgruppen, können männlich oder weiblich sein und sehr unterschiedlichen Berufsgruppen angehören. In Tschechien können deutsche Sextouristen hemmungslos ihre Perversionen ausleben. Sie treten mit großer Selbstverständlichkeit und Offenheit auf – ohne jedes Schuldbewusstsein. Dabei geht es ihnen nicht ausschließlich um Sex, sondern auch um Dominanz, Gewalt und Kontrolle.«

»Aber wie können Menschen das tun?«

»Ich weiß es nicht. Wegen des gesellschaftlichen Werteverfalls, der Medialisierung der Sexualität, aus Menschenverachtung und Machtstreben? Ich habe wirklich keine Ahnung. Unsere Leistungsgesellschaft vermittelt uns, dass alles konsumierbar und käuflich ist. Lust wird psychologisiert, medialisiert und technisiert. Tag für Tag macht das Fernsehen junge Menschen glauben, dass es ihre einzige Existenzberechtigung sei, jederzeit geil, sexy, potent und erfolgreich zu sein.«

Valli nickte. So hatte sie das noch nie gesehen, aber es stimmte schon. Die Medien erschufen eine Welt, die mit der Realität nur wenig zu tun hatte und in der die Grenzen zwischen Gewalt und Sex aufgehoben wurden. Beides war im Fernsehen und in Computerspielen allgegenwärtig.

»Die Lust an unverbrauchten jungen Prostituierten, an Strichern und Kindern lockt jedes Jahr Tausende aus Deutschland und Österreich hierher. Man muss schon lange nicht mehr nach Bangkok oder Phuket fliegen, um das zu bekommen, was zu Hause verboten ist.«

In Vallis Kopf wütete ein Vorschlaghammer. Bum. Bum. Bum. »Wäre es möglich, dass ein Freier eine Prostituierte anspricht und sie über die Grenze nach Deutschland bringt?« Sie versuchte, sich auf das Gesicht des Mädchens in der Zeitung zu konzentrieren, das immer noch vor ihr lag. Sie zwang sich, sachlich zu denken.

»Ja, das wäre ein Leichtes.« Cathrin Schauer seufzte. »An den Grenzen gibt es keine Personenkontrollen mehr, und selbst bei einer

Zollkontrolle würde niemandem etwas auffallen, da die jungen Frauen oder Mädchen in der Regel aus Angst schweigen.«

»Aber was ist mit den Zuhältern? Die würden doch sicher nicht zulassen, dass ihre Mädchen verschleppt werden? Schließlich sind sie ihr Kapital.«

»In den meisten Fällen sind die Zuhälter sogar involviert. Sie selbst verkaufen die Mädchen oder organisieren den Transport nach Deutschland.«

»Es kommt also vor, dass Mädchen aus Ihrer Kartei einfach verschwinden?«

»Ja. Viele von ihnen werden ins Ausland verkauft: nach England, Frankreich oder in die Niederlande. Nachfrage gibt es überall. Im schlimmsten Fall werden sie ermordet. Sogar dafür gibt es einen Markt.«

»Wie meinen Sie das?«

»Wir haben mit Leuten aus der Umgebung Interviews geführt. Angeblich werden auf Bauernhöfen und in verschiedenen Hotels in der Grenzregion junge Kinder missbraucht und für pornografische Aufnahmen sogar ausgeschlachtet. Diese Kinder werden nach Belieben bestellt und geliefert. Und manchmal ist dabei auch deren Tötung eingeplant – gewissermaßen als Zugabe.«

Valli verspürte einen entsetzlichen Würgereiz, doch ihre Ohnmacht wich allmählich unbändiger Wut. »Erstattet denn niemand Anzeige? Wo sind die Mütter, die Eltern?«

»Nur in vereinzelten Fällen kommt es zur Anzeige. Stammen die Kinder aber aus Heimen oder haben sie keine Familie, dann schert sich niemand um sie.«

Valli schluckte gegen die Übelkeit an. »Und von wem erfahren Sie, wenn ein Kind verschwindet?«

»Wenn überhaupt, dann meist aus der Szene selbst. Die tschechischen Behörden werden nur in den seltensten Fällen tätig.«

»Das heißt, auch wenn Anzeige erstattet wurde, bekommen die Behörden in Deutschland kein Foto, keine Vermisstenanzeige – nichts?«

»Die Zusammenarbeit zwischen den Ländern ist nicht besonders gut. In den meisten Fällen sind wir es, die die Ermittlungsbehörden kontaktieren.«

»Vorausgesetzt, das Mädchen ist bei KARO bekannt.« Valli starrte noch immer auf das Bild in der Zeitung. »Ich kann mir vorstellen, dass es ziemlich schwierig ist, das Vertrauen der Mädchen zu gewinnen.«

Cathrin Schauer nickte. »Das stimmt, sie haben Angst vor ihren Zuhältern, misstrauen jeder Art von Behörde. Zwei- bis dreimal die Woche verteilen wir Gleitmittel, Kondome, Kanülen und Broschüren, um die Hemmschwelle gegenüber unseren Beratungsangeboten abzubauen. Einmal im Monat organisieren wir eine mobile Suppenküche. Wir wollen Vertrauen schaffen, damit die Betroffenen die Beratungsstellen annehmen und schließlich von sich aus herkommen.«

»Wie finanzieren Sie das alles?«

Cathrin Schauer lachte, es klang nicht fröhlich. »Es ist schwer. Wir müssen ohne staatliche Hilfe auskommen, für uns ist der Regierung das Geld zu schade. Alles läuft über freiwillige Spenden.«

In Vallis Kopf pulsierte eine Welle der Empörung, die mit jedem Wort Schauers härter gegen ihre Schädeldecke brandete. Unsummen von Steuergeldern wurden sinnlos verheizt, aber diesen Frauen und Kindern half niemand? Davor verschloss man die Augen? »Wo?«, stieß sie heiser hervor.

Cathrin Schauer sah auf. »Was meinen Sie?«

»Wo finde ich den Straßenstrich?«

Die Stirn der Sozialpädagogin legte sich in Falten. »Was haben Sie vor?«

Valli nahm die Zeitung und hielt sie hoch. »Ich werde nach ihr fragen. Vielleicht kennt sie jemand.«

Cathrin Schauer sprang auf. »Das ist keine gute Idee. Auf diese Weise werden Sie gar nichts erfahren. Sie bringen sich nur unnötig in Gefahr und ...«

Doch Valli war schon durch die Tür.

Und unsere Arbeit gefährden Sie damit auch, wollte Schauer ihr noch nachrufen, ließ es aber bleiben. Trotz aller Unvernunft imponierte ihr die junge Frau.

39

Ben stand mit Kroner auf dem Kirchenplatz der Passauer Innstadt, direkt vor dem »KaffeeWerk«. Beide hielten ein kühles Bier in der Hand, während um sie herum dreckverschmierte Menschen ausgelassen in ihren Gummistiefeln tanzten. Aus der allabendlichen Versammlung der freiwilligen Fluthelfer war heute ein Fest geworden. Ben schätzte, dass um die fünfhundert Leute da waren. »Kein einziger brauchbarer Hinweis – alles Ablage 17.« Gleich nach seiner Rückkehr aus Landshut hatte Ben Leo angerufen. Die hatte ihn gebeten, Kroner an ihrer statt auf den neuesten Stand zu bringen, was die Veröffentlichung des Fotos vom Milchgassenmädchen in Presse und Medien betraf. Sie selbst musste endlich den Schlamm vor ihrer Garage wegschaufeln, sonst würde der noch hart wie Beton werden – wenn er es nicht schon war. Außerdem kamen ihr einige Freiwillige zu Hilfe, die sie gestern bei »Passau räumt auf« angefordert hatte, also blieb ihr gar nichts anderes übrig, als persönlich vor Ort aufzutauchen.

»So viele Anrufe und nichts Konkretes dabei.« Kroner nahm einen Schluck von seinem Bier und starrte missmutig auf die Tanzenden. Er wollte nicht wahrhaben, dass die Zeitungsaktion umsonst gewesen sein sollte. Obwohl das Bild des Milchgassenmädchens deutschlandweit abgedruckt worden war, sollte niemand es erkannt haben?

»Was ist mit der Aufenthaltsermittlung für Sullivan? Und mit Laurenz? Gibt es da etwas Neues?«, fragte Ben.

»Leider nein. Wir wissen noch immer nicht, wo sie stecken, aber die Kollegen sind dran, wie es so schön heißt.«

Vor ihnen brutzelten Dutzende Würstchen auf einem Grill. Es roch so lecker, dass Ben das Wasser im Mund zusammenlief. Unmengen Grillzeug hatte er inzwischen braun und knusprig werden sehen. Es war kurz nach einundzwanzig Uhr, und seit dem Frühstück mit Steiner hatte er nichts mehr gegessen.

»Die Michels hofft, dass sich noch jemand meldet. Sie wird erst am Montag entscheiden, ob wir eine groß angelegte Befragung der Bewohner aller in Frage kommenden Gebiete starten.« Kroner sprach von den möglichen Überschwemmungsorten, jenen Häusern und Anwesen, von denen eine Leiche versehentlich hätte ausgeschwemmt werden können.

Ben nickte. »Was hat die Befragung von Franz Rieß ergeben? Er ist doch zum Termin erschienen, oder?«

Kroner verdrehte die Augen. »Schon, aber er war glatt wie ein Fisch. Ganz anders als sein Bruder, der immer gleich die Beherrschung verliert. Er bleibt bei seiner Aussage, dass er nur einmal im Trifttunnel war. Die Nachbarn haben bisher nichts anderes bestätigt.«

»Das Alibi?«

»Wie gehabt. Beharrt darauf, er hätte geschlafen – wie ein Kind.« Dass Rieß Letzteres provokant und anzüglich von sich gegeben hatte, erwähnte Kroner nicht.

»Und was ist mit Saras Vater? Traust du ihm zu, seine eigene Tochter umgebracht zu haben?« Ben fuhr sich mit beiden Händen durch die Haare. Er freute sich auf eine kalte Dusche und sein Bett.

Kroner wiegte den Kopf. »Eigentlich nicht, aber was heißt das schon? Ich werde einfach das Gefühl nicht los, dass beide Fälle zusammenhängen. Ich weiß nicht, warum, aber ...« Er brach ab, wollte sich nicht in Mutmaßungen verstricken und schon gar nicht von Bauchgefühl reden.

Ben war überrascht. »Dafür gibt es bis jetzt keinen Grund, oder?«

Kroners Schultern wanderten nach oben, fielen. »Keine Ahnung.« Er machte zwei Schritte nach vorn, stibitzte sich ein Würstchen vom Grill und biss hinein. Er wusste nicht, woher der stetige Nachschub über den Kohlen kam. Wahrscheinlich waren die Geschäftsleute in Spendierlaune und wollten sich damit für die enorme Hilfsbereitschaft, der man überall begegnete, bedanken. Recht so! Als eben ein Streifenwagen vorbeigefahren war, hatten die Beamten gegrinst und gewunken, obwohl das Fest logischerweise nicht angemeldet und genehmigt war. Kroner war stolz auf seine Kollegen, und der Wirt vom »KaffeeWerk« hatte ihm dankbar zugenickt. Worte waren in diesen Tagen nicht nötig, auch wenn es nicht Kroners Verdienst war, dass die Kollegen ausnahmsweise sämtliche Augen zudrückten.

»Hat sich Markus noch mal bei dir gemeldet?«

Ben trat von einem Bein aufs andere. »Nein, wieso?«

Kroner winkte ab. »Normalerweise ruft er an, sobald er bei seiner Nonna angekommen ist, aber bisher habe ich nichts von ihm gehört.«

»Er wird's vergessen haben«, sagte Ben schnell.

»Komisch ist nur, dass Joja ebenfalls nichts gehört hat. Valli läutet normalerweise auch kurz durch, damit sich niemand Sorgen macht.«

Ben schwieg. Er fühlte sich gar nicht wohl dabei, seinem Chef Wissen vorzuenthalten. Zu seinem Glück wurde gerade der dreckigste Helfer gekürt, und Kroner stellte sich auf die Zehenspitzen, um etwas zu sehen.

»Die Roth war heute auch da.« Der Chef klaute sich ein weiteres Würstchen vom Grill. »Mit Eimern, Handschuhen und Schaufeln im Kofferraum.«

Ben nickte eifrig, froh darüber, dass sich das Gespräch in eine andere Richtung entwickelte. »Ja, scheint so, als gäben sich die Politiker die Klinke in die Hand.«

»Jeder will einen Teil vom Kuchen abhaben.« Kroner kaute genüsslich. »Aber es ist schon auch enorm, was die Leute hier leisten. Heute Morgen stand am Ort der Schlamm noch einen Meter hoch, und vorhin haben die Feuerwehrler schon die Gassen sauber gespritzt.« Kroner leerte sein Bier. Und dennoch war noch längst kein Land in Sicht. Auf den Straßen sah es mancherorts zwar wieder ganz passabel aus, in den meisten Häusern herrschte dagegen immer noch das blanke Chaos. Das »Schloss Ort«, die Wirtschaft, in der Sara das letzte Bier ihres Lebens getrunken hatte, war vollkommen zerstört. Dabei war das marode historische Gebäude erst vor zwei Jahren verkauft worden, und die neuen Eigentümer hatten viel Geld investiert. Jetzt waren Türen und Fenster rausgerissen, Garagentore kaputt, Heizungs- und Elektroinstallationen verwüstet, die Gastroküche, Computer- und Telefonanlage, sogar der Aufzug, alles war nur noch wertloser Schrott. Eine Elementarschadenversicherung hatte niemand, weil keine Gesellschaft der Welt das Risiko eingehen wollte, wenn drei Flüsse das Versicherungsobjekt umspülten. Die Leute waren auf staatliche Hilfe angewiesen. Hoffentlich hielten die Politiker, was sie in den Medien lauthals versprachen.

Ben fischte sich jetzt auch ein Würstchen vom Grill und stopfte es schnell in den Mund, damit er nichts sagen musste.

»Ohne die freiwilligen Helfer wären die Passauer arm dran.« Kroner umfasste mit einer ausladenden Bewegung alle Menschen auf dem Platz. »Bei der Innsteg-Aula dachte man noch am Dienstag, dass sie abgerissen werden muss, und jetzt ist sie schon wieder eingerichtet und benutzbar.« Er sah seinen neuen Kollegen von oben bis unten an. »Was ist los? Bist doch sonst die Eloquenz in Person. Warum heute so maulfaul?«

Ben spülte die Wurst mit einem Schluck aus der Flasche hinunter. »Ich bin nicht maulfaul, sondern müde. Ich gehe wohl besser nach Hause.«

Kroner nickte. »Hast ja recht. Das Hochwasser und die Arbeit haben uns allen ganz schön zugesetzt. Ich bleibe auch nicht mehr lange.«

Ben verabschiedete sich schnell, zückte sein Handy, kaum dass er außer Sichtweite war, und checkte die Mailbox. Keine neuen Nachrichten.

Valli!

Sie hatte nicht zurückgerufen.

Verdammter Mist!

Ben wählte Markus' Nummer: »Der Teilnehmer ist zurzeit nicht erreichbar.«

Valli brauchte über eine Stunde nach Cheb, sie hatte die Entfernung unterschätzt, hatte gedacht, Plauen und Cheb wären Nachbarstädte, lägen dicht beieinander. Weit gefehlt. Mittlerweile war es Abend, ein wunderbarer, lauer Sommerabend, viel zu schön für das, was sie heute erfahren hatte.

Schon seit einiger Zeit entdeckte Valli an Straßenrändern, Supermärkten und Tankstellen immer wieder Frauen und kleinere Gruppen minderjähriger Mädchen, manche von ihnen hochschwanger. Viele von ihnen sahen kaputt aus, waren gezeichnet von Rauschgift und Krankheit. Noch wehrte sich Vallis Verstand dagegen zu glauben, was sie sah, aber im Inneren der Stadt konnte sie nicht länger die

Augen verschließen. Mehrmals musste sie bremsen, weil die Fahrer vor ihr das Tempo ihrer Wagen drosselten, um die *ausgestellte Ware* am Straßenrand zu begutachten. Gut zehn Meter weiter vorn auf der rechten Seite sah Valli eine junge Frau, die ein etwa zweijähriges Kind an der Hand und ein Baby auf dem Arm hatte. Bei jedem vorbeifahrenden Auto mit deutschem Kennzeichen winkte sie den Fahrern zu und zeigte dabei abwechselnd auf beide Kinder. Als Vallis Benz an ihr vorbeirollte und die Frau erkannte, dass kein Mann am Steuer saß, wandte sie sich sofort dem nachfolgenden Auto zu.

Valli hätte kotzen können. Nie zuvor in ihrem Leben hatte sie solches Entsetzen empfunden. Sie bog irgendwo ab, fuhr ziellos weiter, schaltete ihren Körper auf Autopilot, um nicht auszuticken. An einer größeren Kreuzung im Zentrum lief ihr ein Mädchen vors Auto, ungefähr zwölf oder dreizehn Jahre alt. Sie schien betrunken zu sein oder vollkommen zugedröhnt. Sie trug ein gelbes T-Shirt und schmutzige graue Jogginghosen. Andauernd fuhr sie sich durch die strähnigen blonden Haare, bewegte sich komisch – irgendwie untypisch für ein so junges Mädchen. Ganz offensichtlich versuchte sie, aufreizend zu sein, machte immer wieder obszöne Gesten, öffnete den Mund und drückte dann ihre Zunge von innen gegen ihre Wangen. Valli hatte davon im Studium gehört: Missbrauchte Kinder nahmen oft für ihr Alter untypische Verhaltensweisen an, und die Täter behaupteten hinterher, die kleinen, geilen Luder hätten es ja so gewollt, hätten sie zu den Taten animiert, das könne doch wohl jeder sehen, der Augen im Kopf habe. Valli trat auf die Bremse.

Verdammt!

Um ein Haar wäre sie in den Kleinbus direkt vor ihr geknallt. Ihr wurde schwindelig, sie hielt sich am Lenkrad fest.

Der Bus stand in einer Art Parkbucht, Valli schräg dahinter. Als die Schiebetür aufging, sprangen zwei Männer um die vierzig heraus, stießen mit Bierflaschen an und prosteten sich zu. Erst jetzt sah Valli, was in großen Lettern am Heckfenster des Ford Transit mit dem Straubinger Kennzeichen prangte: »Ficken-Tour 2013«.

Die Männer lachten, schienen sich köstlich zu amüsieren. Valli würgte den Motor ab, riss den Schlüssel aus dem Schloss, stieg aus und rannte auf die beiden zu. »Ihr Drecksäcke!«, schrie sie. »Kinderficker! Arschlöcher!« Mit voller Wucht sprang sie dem Größeren der beiden gegen die Brust, krallte sich mit einer Hand an seinem T-Shirt fest und versuchte, ihm mit der anderen das Gesicht zu zerkratzen.

»Was will die Schlampe?«, lallte der Kleinere. Jetzt stieg auch der Rest der Männergruppe aus. Einige von ihnen öffneten den Hosenstall und urinierten auf den Gehsteig, manche rülpsten, alle lachten.

»Sollen wir gleich die nehmen?«, fragte einer schwankend.

»Wenn sie sich wehren, macht es mir am meisten Spaß.«

Die anderen grölten zustimmend.

»Ihr kommt hierher und meint, ihr könnt euch alles erlauben, was?« Vallis Stimme überschlug sich, all die Wut, die Verzweiflung musste hinaus. Sie schrie wie eine Wahnsinnige.

»Kennt die jemand?« Erst allmählich wurde den Männern klar, dass Valli keine tschechische Prostituierte sein konnte. Vielleicht fürchteten sie auch, dass eine ihrer doch sonst so ahnungslosen Ehefrauen oder Freundinnen, deren Kindern man ein liebevoller Vater war, Wind vom eigentlichen Ziel des alljährlichen Männerausflugs bekommen und ihnen nachspioniert hatte. Als niemand antwortete, trat ein dunkelhaariger Typ Valli gegen die Knie. »Hau ab, du blöde Sau!«

Valli bekam keine Luft mehr, Schmerz schoss durch ihr Bein, sie fiel auf die Knie. »Ich bin von der Polizei, das hier«, sie wies auf den Tour-Aufkleber und dann auf das Wagenkennzeichen, »wird Konsequenzen haben.« Doch sie bemerkte selbst, wie ihre Stimme zitterte, wie lächerlich sie wirken musste.

»Von der Polizei? Na, dann zeig uns mal schön deinen Ausweis, Püppchen.«

Der zweite Tritt traf Vallis linke Schläfe, ihr wurde schwarz vor Augen, und sie kippte hintenüber. Wie durch einen Schleier hörte sie die Stimmen, das Lachen der Männer, registrierte dennoch, dass einige von ihnen um sie herum Aufstellung bezogen. Eine angenehme Wärme kroch über ihren Bauch, die Arme und über ihr Gesicht, bevor alles um sie herum in einem schwarzen, stinkenden Gully versank.

Kurz vor elf schlug Kroner mit dem verrosteten Eisenring gegen die rissige Eichentür. Normalerweise vermied er es, Joja in ihrem Haus aufzusuchen, kam sich dabei vor wie ein Eindringling, weil er wusste, dass seine Nachbarin sich trotz allem für das Chaos schämte, dessen sie nicht Herr wurde.

Ein Vorhang bewegte sich, die Tür ging auf. »Hannes?« Ein leicht genervter Ton schwang in ihrer Stimme mit. Eindeutig.

Kroner blinzelte. Mit den zerzausten Haaren, dem kurzen weißen Rüschennachthemd und der beigen Wolljacke, die sie sich nachlässig um die braun gebrannten Schultern geschlungen hatte, sah sie bezaubernd aus. Seine sorgfältig zurechtgelegten Worte purzelten durcheinander. »Äh ... Joja, entschuldige, aber ... hast du was von Valli gehört?«

Joja zog das Jäckchen enger. »Nein, und ich wundere mich ehrlich gesagt ein wenig darüber. Sonst ruft sie immer an, wenn sie angekommen ist, und ich kann sie auch nicht erreichen.«

»Markus hat auch nichts von sich hören lassen und geht nicht ans Telefon.« Kroner wusste, dass Joja ihn nicht hereinbitten würde, das tat sie nie. »Ich werde jetzt bei Nonna anrufen. Willst du dabei sein? Und hinterher könnten wir ein Glas Wein ... auf der Terrasse ... Natürlich nur, wenn du magst.« Obwohl Kroner hundemüde war, stellte er sich darauf ein, nicht schlafen zu können. So war es immer, wenn er in einer Mordermittlung steckte, und außerdem wollte er jetzt endlich wissen, was mit Markus und Valli los war.

Joja überlegte. Sie sah aus, als wäge sie ab, ob sie sich einen Abendplausch mit dem Oberbeamten, mit Mister Korrekt antun sollte. Kroner bemerkte es und drehte schon ab, als sie zu seiner großen Überraschung doch noch nickte. Kurz verschwand sie im Haus und kam in Jeans und einer weiten Trainingsjacke zurück.

Welch ein Jammer!, dachte Kroner, dem das Nachthemdchen lieber gewesen wäre, doch sein Herz jubelte.

Valli blinzelte, sah den Ford wegfahren, prägte sich das Kennzeichen ein. Vorsichtig stützte sie sich auf, ihr Kopf dröhnte, aber es war nicht schlimm.

Gar nicht so schlimm.

Langsam kam sie in die Hocke, stemmte sich hoch. Erst jetzt registrierte sie, dass sie nass war. Sie wischte sich mit beiden Händen über ihr Gesicht.

Verdammt, wonach riecht das?

Valli packte ihr T-Shirt und riss den feuchten Saum unter ihre Nase.

Urin! Diese Schweine haben mich angepisst!

Sie würgte, spuckte aus, stolperte die wenigen Schritte zu Opa Kroners Benz. Die Fahrertür stand noch immer sperrangelweit offen, vorbeifahrende Autos hupten, erst recht, als Valli den Kofferraumdeckel aufriss, sich T-Shirt, Shorts, BH und Unterhose vom Leib zerrte und sich erst eine, dann die zweite und schließlich die dritte und letzte Wasserflasche über den Kopf goss. Mit einem Handtuch aus ihrer Reisekiste trocknete sie sich ab, dann zog sie eine Radlhose mit Polsterung und ein Radtrikot an, da ihre anderen Wechselklamotten in einer Plastiktüte in Kroners Garage steckten. Die versauten Klamotten warf Valli in eine verbeulte Blechtonne am Fahrbahnrand.

Was soll ich bloß tun?

Valli zitterte am ganzen Leib. Diese Sache hier war zu groß für sie allein. Wenn nur Markus hier wäre, er könnte ihr sicher helfen.

Sie stieg ein, überlegte, versuchte, nicht durch die Nase zu atmen, trotzdem kam sie sich vor wie in der Herrentoilette einer Autobahnraststätte. Dann fuhr sie los und bog erneut planlos immer wieder in Seitenstraßen ein. Sie fuhr an alten, heruntergekommenen Fassaden mit teilweise glaslosen Fenstern vorbei, vor denen Kinder am Straßenrand standen. Sie begannen zu winken, sobald ein Auto auftauchte. In einer Wohnung im Erdgeschoss stand ein Mann, der einen kleinen Jungen aus dem Fenster hielt.

Valli hatte keine Kraft mehr. Tränen liefen ihr über die Wangen. Wie konnte sie etwas ausrichten? Wie konnte KARO dagegen ankommen, wenn die Behörden nicht eingreifen wollten? Es war so aussichtslos, so entsetzlich! Sie musste herausfinden, wer das tote Mädchen in der Milchgasse war. Wenigstens das!

Mittlerweile war Valli felsenfest davon überzeugt, dass die Kleine ein ähnliches Schicksal erfahren hatte wie die Kinder hier auf der Straße. Die Tätowierung am Handgelenk, das war kein Zufall. Niemals!

An einem Kiosk, an dem eine größere Gruppe junger Frauen und Männer herumstand, hielt Valli an und kaufte eine Dose Cola. Die Verkäuferin mit der großen Zahnlücke lächelte freundlich.

Valli trank die Cola in einem Zug aus, holte die Zeitung vom Beifahrersitz und ging auf zwei Frauen zu, die in etwa in ihrem Alter waren. Sie zeigte auf das Foto. »Kennt ihr die?«

Die beiden schreckten zurück, als sie merkten, dass es sich um eine Tote handelte, und wehrten mit den Händen ab. »Wir nix verstehen«, sagten sie schnell und blickten ängstlich in Richtung Kiosk.

Valli versuchte es bei einem Jungen, bartlos und sehr mager, und einem ungefähr gleichaltrigen Mädchen mit Locken. Beide waren barfuß, ihre Blicke huschten unstet umher. Als Valli auf sie zukam, liefen sie weg. Auch von den anderen wollte sich niemand das Bild ansehen. Doch Valli gab nicht so schnell auf, fragte immer weiter, bis die Frau vom Kiosk mit einem Baseballschläger in der Hand auf die Straße gerannt kam und Valli eine tschechische Schimpftirade entgegenschleuderte, die sich gewaschen hatte. Den Kindern und jungen Frauen rief sie Befehle zu, woraufhin diese sich in alle Richtungen zerstreuten.

Auch Valli nahm die Beine in die Hand, rannte zum Auto. Ihr Fluchtinstinkt funktionierte wieder. Sie riss die Beifahrertür auf, sprang hinein und verriegelte alle Türen. Dann atmete sie tief durch und beobachtete, wie die Alte einmal ums Auto ging und dabei den Schläger drohend in ihre freie Hand fallen ließ. Ehe Valli ausgestiegen war, hatte sie darauf geachtet, dass kein Schlägertyp in der Nähe herumstand, die Frau vom Kiosk hatte sie nicht auf der Rechnung gehabt. Jetzt wusste sie es besser.

Das Telefon war auf laut gestellt. Joja hatte das Gespräch zwischen Kroner und seiner Schwiegermutter gespannt mitverfolgt. Valli war nicht in Italien, so viel hatten sie inzwischen erfahren. »Aber wo ist sie dann?« Joja nippte an ihrem Barolo Falletto. Die Flasche Rotwein aus dem Piemont hatte weit über fünfzig Euro gekostet, das hatte Hannes beiläufig erwähnt. Jeder Tropfen war an Joja verschwendet. Sie legte keinen Wert auf teure Weine – eine solche Exaltiertheit wollte und konnte sie sich gar nicht leisten.

»Markus wird es uns sagen, wenn er zurückruft.« Kroner lehnte sich in seinem Stuhl zurück und prostete Joja zu. Wenigstens sein Sohn war in Italien angekommen, und wo Valli abgeblieben war, würde sich auch in Kürze klären. Nonna hatte ihm versprochen, so lange aufzubleiben, bis der jüngste Kroner-Spross mit seinen Freunden zurückkäme, um ihm zu sagen, dass er zu Hause anrufen solle – egal, wie spät es sein möge. Er und Joja würden warten.

»Ich verstehe das einfach nicht, sonst lässt Valli doch nie einen Gardaseeausflug sausen.« Joja rückte sich im Stuhl zurecht, legte eine dünne Decke über ihre Knie. Sie nippte erneut am Glas. So schlecht war der Wein gar nicht.

Kroner schwieg, schob die Platte mit den verschiedenen Käsesorten und den Oliven in Jojas Richtung. Er hütete sich zu erwähnen, dass er es durchaus für möglich hielt, dass Valli erneut Kontakt zu Laurenz gesucht hatte. Bislang wusste niemand, welchen Anteil er an Saras Tod hatte, er gehörte nach wie vor zum Kreis der Verdächtigen.

»Ein Schluck entspricht in etwa zwanzig Millilitern, das ergibt fünfunddreißig Schlucke bei einer Null-Komma-sieben-Liter-Flasche, somit kostet jeder davon nicht ganz zwei Euro fünfzig. Wahnsinn, oder?«

Joja legte den Kopf schief. »Hast du vor, mir eine Rechnung zu schreiben?«

Kroner lachte. Seit Monaten schlich er um diese Flasche Wein herum. Er kannte ihren Wert, und genau das war das Problem. Kroner war bekennender Billigweintrinker, immer schon gewesen. Er mochte einen gut gekühlten Lambrusco ebenso wie einen schönen schweren Roten. Seine Frau Giulia hatte sich zu Lebzeiten abgemüht, ihm das kleine Wein-Einmaleins beizubringen, verinnerlicht hatte er es jedoch nie. »Einer vom Innenministerium hat mir die Flasche mal vor Jahren geschenkt. Ein echter Weinkenner.«

»Soso«, sagte Joja kühl.

»Der Typ kann stundenlang über ein Bouquet referieren. Entsetzlich! Ich habe bei einer Veranstaltung mal den Fehler gemacht, einen seiner Weine mit Mineralwasser zu strecken, seither bin ich bei dem unten durch.«

Joja sah Kroner überrascht an, ein Lächeln huschte über ihr Gesicht. Sie hätte Hannes eher als jemanden eingeschätzt, der mit seinen Weinkenntnissen hausieren ging, der sich damit wichtigmachte und seine gesellschaftliche Stellung demonstrieren wollte. Joja waren solche Leute zuwider, sie hasste Standesdünkel und Aufplusterei, nur um einer Rolle gerecht zu werden. Wie wenig sie ihren Nachbarn doch kannte. »Und trotzdem hat er dir die Flasche geschenkt?«

Kroner zuckte mit den Schultern. »Er schenkt immer teuren Wein. Ist wohl angeboren bei solchen Leuten.«

»Und welcher Anlass rechtfertigt ein so teures Geschenk?« Joja war neugierig geworden.

»Ich habe ihm mal einen Gefallen getan, und dafür hat er sich revanchiert.«

»Muss ein ziemlich großer Gefallen gewesen sein.« Joja nahm ein Stück vom Feigenkäse, steckte es sich in den Mund und leckte ihre Finger ab.

»Mittelgroß, könnte man sagen.« Kroner lehnte sich zurück. Hier mit ihr zu sitzen, Wein zu trinken und die Sterne zu beobachten – er konnte sich im Moment nichts Schöneres vorstellen. Kroner hatte immer vorgehabt, den Barolo mit Joja zu trinken. Nur mit ihr. Dass der Anlass dafür ein unangenehmer war, tat seiner Freude keinen Abbruch. Valli war ein großes Mädchen, sie kam schon klar.

Im Haus ging das Licht an, keine zwei Minuten später trat Opa Kroner auf die Terrasse. »Joja?«, sagte er und zog die struppigen grauen Brauen hoch. »Was für eine nette Überraschung.« Er schmunzelte – eindeutig zweideutig.

»Wir warten auf Markus' Anruf aus Italien«, erklärte Kroner. »Wir wollen endlich wissen, warum Valli nicht mitgefahren ist und vor allem, wo sie jetzt steckt.«

Opa Kroner kratzte sich am Kopf. Er war heute Morgen sehr früh zu einer Schau eines befreundeten Kaninchenzuchtvereines aufgebrochen und gerade erst zurückgekommen. »Ist sie noch nicht wieder da?«

Hannes und Joja starrten ihn an. »Du weißt, dass sie nicht am Gardasee ist?«

»Freilich. Hat sich einfach den Benz genommen und ist losgefahren. Der Markus hat gesagt, sie hätte wegen der Sache mit dem toten Mädchen keine Lust auf Radlfahrn. Wusstet ihr das etwa nicht?«

»Dann warst nicht du mit dem Auto weg, sondern Valli?«, fragte Kroner nach.

»Was meinst, was ich mich geärgert hab? Der Alois musste mich abholen, fast hätten wir die Käfige in seinen Passat nicht reingebracht.« Er seufzte. »So ein Saudirndl! Der werd ich die Löffel lang ziehen, wenn sie wieder daheim ist.«

Kroner und Joja sahen sich an.

Mittlerweile war es kurz vor Mitternacht. Opa Kroners alter Benz stand auf einem Seitenstreifen in der Nähe einer Tankstelle, Vallis Stirn lag auf dem Lenkrad. Gerade hatte sie sich auf der versifften Toilette noch einmal notdürftig gewaschen und danach den Inhaber der Tanke nach dem Milchgassenmädchen gefragt – Fehlanzeige. Seit Stunden nur Kopfschütteln und Beschimpfungen, ängstliche Blicke und abwehrende Gesten. Cathrin Schauer hatte recht behalten, auf diese Art würde sie nichts erfahren. Valli drehte den Zettel mit der Notfallnummer von KARO e.V. zwischen Zeige- und Mittelfinger und schnippte ihn dann aufs Armaturenbrett. Sie wollte unbedingt noch einmal mit Cathrin Schauer reden, aber heute war es dafür viel zu spät, sie würde morgen anrufen müssen.

An der gegenüberliegenden Straßenseite hielt ein silbergrauer Mercedes GLK: Passauer Kennzeichen – schon wieder. Valli versetzte es jedes Mal einen Stich, wenn sie bekannte Nummernschilder sah, obwohl es eigentlich nicht den geringsten Unterschied machte, woher die Autos stammten, es kam allein darauf an, weshalb ihre Fahrer hier waren.

Hinter einer halbhohen Betonmauer trat ein Mann hervor, der ein etwa achtjähriges Mädchen mit langen dunklen Haaren an der Hand führte und genau auf das Auto zusteuerte. Der automatische Fensterheber auf der Beifahrerseite fuhr nach unten, es folgten wenige Worte, Geld wechselte den Besitzer, dann schubste der Mann die Kleine auf den Rücksitz. Valli hörte, wie die Türverriegelung klickte. Der Mercedes fuhr los.

Ihr Herz klopfte gegen eine entsetzliche Ohnmacht an. Sie

drehte den Zündschlüssel um, trat aufs Gas und folgte dem Wagen, ohne auf den Verkehr zu achten. Hupen, Bremsenquietschen, egal, sie war an dem GLK dran.

Drei- oder viermal bog sie ab, der Wagen war höchstens fünfzig Meter voraus und aufgrund seiner Form gut von den anderen zu unterscheiden.

Schnell wurden die Häuser am Straßenrand spärlicher, wichen dem Waldrand. Valli registrierte es kaum, sie hatte nur Augen für die Silhouette des Wagens. Blind tastete sie auf dem Beifahrersitz nach ihrem Rucksack, fand den Reißverschluss des Bauchgurtes, holte ihre kleine Canon heraus und machte durch die Windschutzscheibe ein Foto.

Der Mercedes hielt, Valli parkte verborgen hinter einem Gebüsch auf der anderen Straßenseite. Nichts geschah. Fünf Minuten, zehn Minuten, dann stieg der Fahrer aus. Er war zwischen fünfzig und sechzig Jahre alt, trug teure Kleidung, machte einen gepflegten Eindruck. Er sah aus wie der nette, gebildete Nachbar, der regelmäßig zum Sport ging, auf seine Ernährung achtete, aus gutem Hause stammte und über ein gehobenes Einkommen verfügte.

Valli fotografierte wie verrückt, der Blitz erhellte die Nacht. Ein-, zweimal drehte der Mann sich um, konnte aber anscheinend die Quelle des Lichtes nicht ausmachen. Langsam ging er um seinen Wagen herum und öffnete die hintere Tür.

Inzwischen war Valli ebenfalls ausgestiegen und verbarg sich mehr schlecht als recht hinter einem Holundergebüsch.

Nur wenige Leute waren hier. Ein paar Autos mit deutschen Kennzeichen und eines aus Österreich parkten am Straßenrand, ausgetretene Pfade führten in den Wald. Auf einen solchen steuerte der *nette, deutsche Onkel mit seiner kleinen, süßen tschechischen Nichte* an der Hand zu, um im Wald ein bisschen ungestört zu kuscheln.

»Halt! Verdammt. Lass gefälligst die Finger von dem Kind, du perverses Schwein!« Schreiend sprang Valli aus ihrer Deckung, lief auf den Mann zu, hielt die Kamera in die Luft und drückte auf den Auslöser – immer wieder. Sie war wie von Sinnen.

Der Freier drehte sich um, sah Valli erschrocken an.

Ich kenne ihn! Scheiße, verdammte, ich kenne den Mann!

Wie angewurzelt blieb Valli stehen. Klack, klack, klack. Noch mehr Blitze in der Nacht. Sie kannte den Mann, hatte ihn schon einmal gesehen. Irgendwo.

»Jeder wird erfahren, was du hier treibst, du Arschloch! Deine Frau, deine Kinder.« Valli stand noch ungefähr zwanzig Meter von dem Mann und dem Mädchen entfernt, als auf der anderen Straßenseite wie aus dem Nichts zwei junge Männer auftauchten. Unschlüssig hielten sie inne, beobachteten die Szene.

Vallis Selbstschutz funktionierte jetzt besser als zuvor bei den Männern von der »Ficken-Tour«. Das Adrenalin schoss ihr ins Blut. Dem Aussehen nach zu urteilen waren diese Männer Zuhälter, nicht Kunden. Ziemlich sicher sogar. Valli reagierte, drehte ab, tat so, als wolle sie in die Büsche, um zu pinkeln. Ja, sie winkte den beiden sogar zu. Ihr Herz klopfte wie wild.

In der Hocke, mit heruntergelassenen Hosen, holte sie die Speicherkarte aus der Kamera und steckte sie in ihre Radlerhose, als sie diese wieder hochzog. Keine Sekunde später knackten hinter ihr Zweige, drohten tschechische Worte in ihren Ohren. Langsam drehte sich Valli um. Die beiden Männer standen direkt vor ihr. Der größere riss Valli die Kamera aus der Hand, warf sie zu Boden und bohrte die Absätze seiner Stiefel hinein.

Valli protestierte, sie wäre Touristin, hätte sich verfahren und den Mann dort nur nach dem Weg fragen wollen.

Das kleine dunkelhaarige Mädchen verfolgte teilnahmslos die Szene, ihre kleine Hand steckte in den Pranken des Freiers fest – für sie gab es keine Chance zu entkommen. Valli fing ihren Blick auf, Tränen stiegen ihr in die Augen. Sie konnte dem Mädchen nicht helfen, niemand konnte ihr helfen, wenn die Einzigen, die dazu in der Lage waren, die Augen verschlossen.

Ein heftiger Schmerz im Genick kappte die Verbindung, Valli verlor das Bild, und die Augen des Mädchens verschwammen mit dem Gesicht der Toten aus der Milchgasse.

Sonntag, 9. Juni
Die Hilfsbereitschaft in Passau kennt keine Grenzen

40

Das Licht, es blendet, zerschneidet mein Gesicht wie ein Laser. Endlos. Stark.

Sie blinzelte, sah die großen schwarzen Augen des kleinen Mädchens.

Ich muss ihr helfen …

Valli schluchzte auf, warf sich hin und her, schlug mit den Händen nach … nach was eigentlich? Vorsichtig öffnete sie die Augen, konnte nichts sehen. Um sie herum war es viel zu hell.

Wo bin ich?

Sie tastete mit den Händen. Weich, kühl, Samt? Allmählich zeichneten sich Konturen im gleißenden Licht ab. Valli meinte, ein Zimmer zu erkennen, ein Fenster. Sie lag auf einem Bett – Typ Romantik. Farben wurden sichtbar: Pink, Rosa, Bordeaux. Billig. Wie ein …

Auf einen Schlag war Valli hellwach. Das hier war eindeutig ein Zimmer für gewisse Stunden.

Was ist passiert?

Sie erinnerte sich an die Zuhälter, wie sie ihre Canon zertraten, die Augen des Mädchens, den Schlag ins Genick … Und dann?

Nichts. Zero.

Vallis Nacken schmerzte, ebenso ihre linke Seite. Sie stemmte sich hoch, ging ans Fenster. Heruntergekommene Gegend, vierter oder fünfter Stock. Es war hell. Morgen? Mittag? Abend? Sie hatte keine Ahnung. Wie viel Zeit war vergangen, seit …?

Valli brach der Schweiß aus, sie hinkte zur Tür. Ihr Bewusstsein arbeitete im Zeitlupentempo, ihr Herz dagegen raste wie im Zeitraffer, als sie die Klinke drückte. Bitte! Bitte, lieber Gott, mach, dass sie mich nicht eingesperrt haben.

Natürlich war abgeschlossen. Ein Tennisball rollte durch Vallis Kehle, sie schluckte, Tränen quollen ihr aus den Augen.

Was bin ich doch für eine dumme Kuh!

Sie tastete nach ihrem Handy. Es war nicht da. Klar, sie hatte es im Auto liegen lassen, hatte keine genügend große Tasche an ihrer Radlerhose gehabt.

Radlerhose?

Die Speicherkarte fiel ihr wieder ein. Valli durchsuchte die engen Shorts, fand die Karte und begann zu heulen.

Scheiß auf die Karte!

Jetzt ging es darum, ihre eigene Haut zu retten. Sie erstarrte. An ihren Fingern klebte Blut.

Kroner war in Gedanken weit weg, als das Telefon klingelte. Joja saß ihm gegenüber in ihrem Gartenstuhl, die Decke hatte sie sich mittlerweile um die Schultern geschlungen. Sie schlief.

»Wird ja auch Zeit!«, motzte er ins Mobilteil und wunderte sich gleichzeitig, dass es hell war. Ein Blick auf seine Timex verriet ihm, dass es kurz nach sechs Uhr war. Joja bewegte sich. Kroner stellte sofort auf laut. Anscheinend waren sie beide auf der Terrasse eingeschlafen.

»Verdammt, Dad, wir sind im Urlaub und haben die Nacht durchgemacht. Was soll der Terror? Nonna ist ganz aus dem Häuschen. Was hast du ihr erzählt?« Markus war heiser, er klang nach Hangover und Dehydration.

»Wo ist Valli?«

Stille. Einen kurzen Moment lang glaubte Kroner, die Verbindung wäre unterbrochen. »Markus? Hörst du mich?«

»Ja.«

»Wo ist Valli?«

»Ist sie nicht zu Hause?«

»Nein. Wir dachten, sie wäre bei dir. Was ist los? Wo ist sie?«

»Scheiße.« Markus druckste herum, brauchte zwei Anläufe, um endlich mit der Sprache rauszurücken. »Alles war bereit, aber auf einmal wollte sie nicht mehr mit. Sie sagte, sie hätte keine Lust auf Urlaub, weil so viel passiert sei. Ich dachte, ihr wüsstet längst Bescheid.«

»Wo wollte sie hin? Wollte sie sich mit Laurenz …« Kroner brach ab, blickte schuldbewusst zu Joja hinüber.

»Laurenz?«

Kroner konnte förmlich hören, wie sich in Markus' Kopf Bilder zusammensetzten. »Scheiße! Daran habe ich überhaupt nicht gedacht. Aber davon hat sie nichts gesagt, nur, dass sie den Kopf freikriegen will, das ist alles.«

»Bist du sicher?«

Markus zögerte. »Wie kann man bei Valli je sicher sein?«

Kroner sah Joja über den Tisch hinweg fest in die Augen. Sie zitterte, schien den Tränen nahe.

»Papa?«

»Ja.«

»Ruf Ben an. Ich hab ihm gesagt, er soll ein bisschen auf Valli aufpassen, vielleicht weiß er etwas.«

Valli konnte die Bilder, die vor ihrem inneren Auge auftauchten, nicht aufhalten, hatte keine Kraft, sie zu verjagen. Ihr eigener Körper verschmolz mit denen der missbrauchten Kinder, sie spürte deren Schmerz.

Die würden doch nicht wagen, eine Deutsche …?

Selbst diese Leute mussten doch wissen, dass es mit modernen Ermittlungsmethoden ein Leichtes war, jemanden wie sie ausfindig zu machen.

Oder etwa nicht?

Valli ging zurück zum Fenster, sah hinaus. Kaum jemand war auf der Straße, alles war ruhig. Zweimal war Valli kurz davor gewesen, gegen die Tür zu trommeln und um Hilfe zu schreien. Die Angst, dass diese widerlichen Typen kommen und sie zum Schweigen bringen würden, hatte sie davon abgehalten.

Sobald Schritte auf dem Gang hallten, zog sich alles in ihr zusammen, verkrampfte, dann drückte sie sich in eine Ecke wie ein dreijähriges Kind, das glaubt, nicht gesehen zu werden, wenn es nur selbst die Augen verschließt. Heile Welt. Von wegen.

Durch die dünne Wand zum Nebenzimmer drangen Gestöhne, verhaltene Schreie und das Quietschen eines Lattenrostes – wie in einem schlechten Film. Valli spürte Übelkeit in Wellen aufsteigen, übergab sich ins türkisfarbene Waschbecken neben der Garderobe. Im Spiegel, der darüberhing, entdeckte sie die Platzwunde an ihrer

Schläfe, seither pulsierte der Schmerz. Sie versuchte nicht, das Blut abzuwaschen. Wofür auch? Damit sie für die Männer ein ansehnlicheres Bild abgab?

No way!

Ihr linkes Auge war fast ganz zugeschwollen. Unter dem T-Shirt war ihre Haut am linken Rippenbogen blauschwarz verfärbt, jeder Atemzug schmerzte, und das Knie sah aus wie das eines Allergikers nach einem Wespenstich.

Valli legte sich aufs Bett, schloss die Augen und kämpfte gegen die aufsteigenden Tränen. Sie wollte nach Hause. Jetzt sofort. Und sie würde sich nie wieder über das Chaos ihrer Mutter beschweren, nie mehr.

Als sie hörte, wie ein Schlüssel ins Schloss gesteckt wurde, meinte Valli, von diesem unscheinbaren Geräusch in zwei Hälften gerissen zu werden.

Ben deutete auf ein Brötchen mit Schinken und eine Butterbreze, bestellte einen Kaffee und legte noch eine Flasche Mineralwasser auf die Ablage. Gerade als er seine Brieftasche herausholen wollte, klingelte sein Handy. Kroner. Da die knackige Verkäuferin noch mit seinem Coffee to go beschäftigt war, ging Ben ran. »Ah, Chef, was gibt's?«

»Tut mir leid, Bruhan, dass ich dich am Sonntag derart früh aus den Federn holen muss, aber ...«

»Danke«, sagte Ben zur Verkäuferin, die den Kaffee auf die Theke stellte, und bezahlte. »Einen Moment noch, Chef.«

»Wo bist du?« Kroner hörte im Hintergrund die Kasse rattern und war irritiert.

»In einer Tanke, kaufe gerade mein Frühstück.«

»Um diese Zeit?«

»Was dagegen?«

»Entschuldige, es geht mich natürlich nichts an, was du in deiner Freizeit anstellst, ich habe nur eine kurze Frage.«

Von wegen Freizeit, dachte Ben. »Ich höre.«

»Hast du was von Valli gehört?«

Ben erstarrte. »Von Valli?«

»Sie war seit vorgestern Abend nicht zu Hause«, fuhr Kroner

ungeduldig fort. »Wir dachten, sie wäre am Gardasee, aber dort ist sie nicht. Hat sie dich angerufen? Weißt du, wo sie ist?«

»Ähm.« Ben hätte Markus jetzt liebend gern den Hals umgedreht. Der hatte ihm diesen Schlamassel hier eingebrockt.

»Reiß dich zusammen, Bruhan, es ist wirklich wichtig. Markus hat uns erzählt, dass er dich wegen ihr angerufen hat. Also: Hat sie sich bei dir gemeldet?«

Das wenigstens konnte Ben mit reinem Gewissen beantworten. »Nein. Sie hat sich nicht bei mir gemeldet.« Er ärgerte sich. Was hielt ihn eigentlich davon ab, Kroner zu erzählen, welch falsches Spiel Valli spielte? Es war nicht sein Problem, wenn sein Chef erfuhr, dass seine liebe kleine Nachbarin geheime Protokolle las und sich in Sachen einmischte, die sie nichts angingen. Am anderen Ende der Leitung wurde es still. Aufgelegt.

41

Valli drückte sich tiefer und tiefer in die Ecke hinter dem Vorhang. Sie schloss die Augen. Wären die Verletzungen nicht gewesen, hätte sie versucht, sich zu wehren. Doch so war es aussichtslos, sie konnte kaum den linken Arm heben, geschweige denn ...

»Hallo?« Die Tür fiel ins Schloss.

Vallis Körper zitterte wie Humusbelag, der mit einem schweren Rüttler bearbeitet wird.

»Valli? Bist du wach?«

Schritte. Diese Stimme?

Vallis Verstand arbeitete langsam, der Rüttler hemmte ihn. Kannte sie die Stimme nicht?

Ja. Mein Gott! Das ist doch ...

Ben ließ das Wasser, die Tüte mit dem Gebäck und das mitgebrachte Verbandszeug auf das Bett fallen und sah sich um. »Wo bist du, verdammt?« Er checkte das Fenster, sie war doch nicht etwa gesprungen? Dann entdeckte er sie hinter dem Vorhang. Sie schlotterte vor Angst, sah aus, als würde sie jeden Moment aus den Latschen kippen. Ben schlug die langen pinken Spitzengardinen zurück, packte Valli am Arm und hievte sie auf das Bett. Es geschah ihr nur recht, fand er, die Angst und die Schmerzen. Vielleicht würde sie jetzt ihre Lektion lernen.

»Du?« Vallis sonst so vorlaute Stimme war kaum zu hören.

»Mit wem hast du gerechnet? Dachtest du, jemand hätte dich verschleppt und würde sich jetzt mit dir vergnügen wollen?« Seine Stimme war alles andere als freundlich. Er empfand kein Mitleid – nicht die Spur. Nachdem er sich gestern Abend von Kroner verabschiedet hatte, war Ben nach Hause gegangen, hatte geduscht, sich noch ein Bier aufgemacht und sich dann bei laufendem Fernseher auf eine der beiden Klappliegen gefläzt. In den Spätnachrichten war das Bild des Milchgassenmädchens gezeigt worden, anschließend hatte er schlafen wollen, vergeblich. Kurz vor zwölf Uhr hatte er sich angezogen und war losgefahren. Richtung Plauen. Weiß der Henker, warum.

»Ich hätte mir im Leben nicht träumen lassen, dass ich mich mal so darüber freuen würde, dich zu sehen.« Vallis Stimme klang dünn, zerbrechlich, und abgesehen von den Ergüssen am Auge war sie kalkweiß im Gesicht. Sie sah schrecklich aus, war kaum wiederzuerkennen.

»Und ich hätte gern auf ein Wiedersehen unter diesen Umständen verzichtet.« Ben wollte damit nicht sagen, dass er Valli lieber in ihrem Auto sich selbst überlassen hätte, aber er fand die ganze Situation einfach nur überflüssig. Warum konnte Valli sich nicht um ihren eigenen Kram kümmern, anstatt der Polizei ins Handwerk zu pfuschen?

»Wie hast du mich gefunden?«

Ben dachte nicht daran, darauf zu antworten. Er ging zum Waschbecken, warf Valli einen bösen Blick zu, als er die Sauerei sah, und war erst einmal damit beschäftigt, die ekligen Bröckchen fortzuspülen.

»Danke«, sagte Valli und rollte sich auf dem Bett ein.

Das war das Mindeste. Ben hatte Plauen kurz vor vier Uhr nachts erreicht, war zum Büro von KARO e.V. gefahren und hatte die auf der Website angegebene Notfallnummer gewählt. Dank internetfähigem Handy war die Abfrage kein Problem gewesen, denn seine Rechercheunterlagen hatte er dummerweise im Kommissariat liegen gelassen. Als sich tatsächlich jemand meldete, war er nach einigem Hin und Her mit Cathrin Schauer verbunden worden.

Ben riss ein Päckchen mit sterilen Wundauflagen auf, hielt sie unter den Wasserhahn und weichte sie ein. Er musste das Blut von Vallis Verletzung waschen, um sehen zu können, wie tief die Platzwunde am Auge war. Im schlimmsten Fall musste sie genäht werden.

Frau Schauer hatte Ben in knappen Worten erzählt, wie das Gespräch mit Valli verlaufen war und mit welch hirnrissigem Plan die junge Frau ihr Büro verlassen hatte. Ben hatte sich keine Sekunde gewundert. Inzwischen wusste er, dass Valli eindeutig verrückt war und dumm dazu. Und es hätte ihm egal sein können, was mit ihr geschah, trotzdem war er nach Cheb gefahren, um in den Gegenden, die Schauer ihm genannt hatte, nach Valli Ausschau zu halten.

Die Zustände an den Straßenrändern schockierten ihn. Die Berichte im Internet hatte er immer als übertrieben abgetan, aber was er in dieser Nacht sah, machte ihn krank. Vielleicht hatte Valli doch recht, und die Tätowierung am Handgelenk des Milchgassenmädchens hatte tatsächlich etwas mit dieser Organisation zu tun. Für ausgeschlossen hielt Ben das nicht mehr, und insgeheim hoffte er das sogar, denn das würde bedeuten, dass der Tod dieses Kindes nicht die Grundfeste einer heilen Familie zerstört hatte, so wie es damals in seiner Familie geschehen war. Ben schämte sich für den Gedanken, konnte aber nicht anders. Im Prostitutionsmilieu gab es keine heile Welt, so viel wusste er. Es war die Hölle. Dennoch.

»Au! Das tut weh.« Valli versuchte, Bens Hände abzuwehren.

»Halt still, oder willst du, dass eine hässliche Narbe zurückbleibt?«

Narben waren im Moment Vallis kleinstes Problem. Jeder Zoll ihres Körpers schmerzte, sie wollte, dass es aufhörte. Langsam setzte sie sich auf. »Wie hast du mich gefunden?« Sie musste es wissen. »Bitte.«

Ben seufzte. Valli würde keine Ruhe geben, wenn sie den ersten Schock einmal verdaut hatte, also konnte er es ihr genauso gut gleich erzählen. »Nur, wenn du stillhältst.«

Valli nickte und biss die Zähne zusammen, als Ben das nasse Tuch auf ihre Wunde drückte, um das verkrustete Blut aufzuweichen.

»Markus wollte, dass ich auf dich aufpasse«, begann Ben und bemühte sich keineswegs, bei der Wundversorgung behutsam vorzugehen. Es sollte ihr ruhig wehtun. »Er hat mich ausdrücklich darum gebeten. Anscheinend weiß er, wozu du fähig bist und dass du … na ja … nicht alle Tassen im Schrank hast.«

Valli atmete schwer, hielt aber still und versuchte zu lächeln. Egal, was Ben ihr an den Kopf warf, nach dem erlebten Alptraum klang in ihren Ohren alles wie Musik. Hauptsache, Ben saß neben ihr auf dem Bett und kein schmieriger Zuhälter. Sie schloss die Augen.

»Diese Cathrin Schauer hat mir gesagt, wo du sein könntest. Ich bin an dem Waldstück vorbeigekommen, wo der alte Benz parkte. Das Standlicht brannte, eine Tür stand offen, deshalb ist er mir sofort aufgefallen.«

Die Blutkruste war einigermaßen ab, Ben betastete die Wundränder. »Wir sollten besser in ein Krankenhaus fahren. Das muss genäht werden.«

Valli schüttelte den Kopf. Sie wollte nach Hause, wollte schlafen, sonst nichts. Sie zeigte auf die verschiedenen Schachteln, die neben Ben auf dem Bett lagen. »Mach einfach ein Pflaster drauf, wird schon gehen.«

Mit so einer Antwort hatte Ben gerechnet und vorgesorgt. Er öffnete den Verbandskasten, den er aus seinem Auto mitgebracht hatte. Obenauf lag ein Einmal-Hautklammergerät. Seit seiner Rugbyzeit hatte er es immer dabei, benutzt hatte er es bislang nie. Er zeigte es Valli.

Sie nickte, hatte keine Ahnung, was das war.

»Du lagst bewusstlos auf der Rückbank des Mercedes, hast geblutet wie ein Schwein.« Er bremste sich, dachte an die Todesumstände des Milchgassenmädchens und fand den Vergleich auf einmal unpassend. »Die Sitze sind total versaut.«

»Dann hast du mich hergebracht und nicht die Zuhälter?«

»Zuhälter?« Ben zog die Brauen hoch.

Also keine Zuhälter?

Valli winkte ab, betastete ihre Wunde.

Ben schob ihre Hand beiseite. »Zu nachtschlafender Zeit war natürlich kein anständiges Zimmer zu bekommen, deshalb dieses Etablissement.« Ben hielt das Klammergerät testweise in verschiedenen Winkeln an die Wunde, wusste nicht so recht, wie er es angehen sollte. Schließlich resignierte er und holte doch die Wund-Strips aus der Verpackung. Bevor er den ersten Nahtstreifen klebte, sprühte er Desinfektionsmittel auf die Wunde.

»Autsch!«

»Die Scheibe in der Beifahrertür war eingeschlagen, ein Scheinwerfer vorn war demoliert.« Dass Ben im ersten Moment gedacht hatte, Valli wäre tot, sagte er lieber nicht. Dass er einen Krankenwagen rufen wollte, nachdem er sich überzeugt hatte, dass ihr Herz schlug, und er ihr mit seiner kleinen Lampe am Schlüsselbund in die Augen geleuchtet hatte, genauso wenig. »Die haben dich ganz schön zugerichtet. Du hast gesagt, es waren Zuhälter. Was hast du getrieben, zum Teufel?«

Valli zögerte erst, erzählte dann aber atemlos ihre Geschichte.

Tränen der Erleichterung mischten sich mit Tränen der Empörung und der Scham. Sie konnte nicht aufhören, an das kleine dunkelhaarige Mädchen zu denken und daran, dass sie ihr nicht mehr wichtig gewesen war, als sie um ihr eigenes Leben hatte bangen müssen. Jeder steht sich selbst am nächsten. Valli hatte das früher nie geglaubt.

Als das Desinfektionsmittel getrocknet war, klebte Ben im Abstand von einem halben Zentimeter die Strips abwechselnd von links und rechts auf. Er brauchte fünf und fixierte diese mit einem parallel zur Wunde verlaufenden weiteren Strip auf jeder Seite.

»Und wo warst du, als ich aufgewacht bin?«, fragte Valli vorwurfsvoll zwischen all den Tränen. »Du hättest mir eine Nachricht hinterlassen können, ich dachte, ich wäre hier eingesperrt.«

Ben runzelte die Stirn, zeigte auf einen Zettel, der auf dem Nachttisch lag: »Bin gleich wieder da, muss Verbandszeug besorgen. Ben«.

Den Zettel hatte Valli in ihrer Panik übersehen.

Kopfschüttelnd öffnete Ben eine weitere Packung steriler Wundauflagen und drückte sie Valli aufs Auge, bevor er das Ganze mit einem Verband fixierte. »Du musst die Wundauflage zweimal täglich wechseln, die Strips bleiben mindestens fünf Tage dran, besser wären sieben. Und falls die Wunde zu eitern anfängt, Strips runter und ab ins Krankenhaus. Klar?«

»Klar.« Valli betastete ihren Turban. »Danke.«

»Bedank dich bei Markus. Wenn es nach mir gegangen wäre, hätte ich dich im Auto liegen lassen.« Das war gelogen. Trotzdem. »Wofür hältst du dich eigentlich? Für eine Art Superheldin, der niemand etwas anhaben kann?«

Valli musste lachen, bereute es aber sofort und hielt sich vor Schmerz die Seite.

Ben war nicht amüsiert, ganz im Gegenteil. »Was du getan hast, war dumm. Verdammt dumm sogar!«

Valli setzte sich auf, wurde ernst. »Du hättest das Gleiche getan, wenn du gesehen hättest, wie dieser Perverse mit dem Kind in den Wald gehen wollte. Ich konnte doch nicht einfach zusehen, wie —«

»Du täuschst dich, Valli. Ich wäre nicht so dumm gewesen. Damit erreichst du nämlich nichts – absolut gar nichts. Oder hast du dem Mädchen vielleicht in irgendeiner Weise geholfen?«

»Aber —«

»Wenn der eine nicht mit ihr in den Wald geht, dann eben ein anderer. Hunderte rücken nach. Laut UNICEF werden jährlich über zwei Millionen Minderjährige Opfer von Kinderprostitution, das entspricht einem Jahresumsatz von rund zweihundertfünfzig Milliarden Euro.« Er hatte die Zahlen gestern Nachmittag recherchiert.

Vallis Augen verengten sich zu Schlitzen, sie wollte keine Zahlen hören. »Wie kannst du so kaltherzig, so gänzlich ohne Mitleid sein?«

Ben lachte. »Man muss der Realität ins Auge sehen, Valli. Es liegt in der Natur des Menschen. Schon Kaiser Tiberius hielt sich in seiner Villa auf Capri kleine Jungen, die unter Wasser seine erlahmende Libido wecken sollten. Pädophilie war im alten Rom Standard.«

»Hör auf!«, schrie Valli. »Es geht hier nicht um die alten Römer, sondern um diese Kinder, um dieses eine Mädchen, im Hier und Jetzt!«

Aber Ben ließ sich nicht bremsen. »So ist das Leben eben. Wenn Tiberius seiner Fischchen überdrüssig war, ließ er sie von den Klippen stürzen. Vielleicht war es beim Milchgassenmädchen ja ganz ähnlich?«

»Du bist ein Arschloch!« Valli begann wieder zu weinen. Die sonst so knallharte Valli hatte heute nichts zu melden. Gar nichts.

»Tiberius' Nachfolger Caligula, der einst selbst eines der Fischchen seines Großonkels gewesen war, machte seine Schwestern zu seinen Geliebten. Drusilla war seine Favoritin. Und rate mal, was er mit ihr tat, als sie schwanger wurde?« Gleich nach seinem Termin in der Rechtsmedizin München hatte Ben im Internet Caligula recherchiert. Der Vergleich des Professors mit dem römischen Imperator hatte ihm keine Ruhe gelassen. »Er hat sie getötet und ausgeweidet.« Ben lachte bitter. »Kommt uns bekannt vor, oder?« Er stand auf, fuhr sich mit beiden Händen durch die Haare. »Das ehemalige Fischchen wurde zum Massenmörder – Opfer werden zu Tätern.«

»Wenn ihnen niemand hilft.« Valli starrte Ben an, irgendwie verhielt er sich komisch. Ein flaues Gefühl schlich sich in ihre Magengrube.

»Pah! Niemand kann helfen«, fuhr Ben Valli an. »Und schon gar nicht diese Psychoheinis, deren einziges Ziel es ist, ihre persönliche Liste an erfolgreich Therapierten möglichst lang werden zu lassen, möglichst viele Erfolge vorweisen zu können. Denen ist doch egal, wenn einer mit günstiger Prognose rückfällig wird.«

Valli rückte von Ben ab. »Wovon redest du?«

Ben atmete ein paarmal tief durch, seine Fäuste entspannten sich etwas. Er drehte sich um, ging zum Fenster. »Ach, vergiss es einfach.« Er holte sein Handy aus der Tasche, wählte. »Ich bin's, Chef, Ben. Valli hat sich bei mir gemeldet, sie hatte einen kleinen Unfall und traut sich nicht nach Hause. – Nein, nur ein paar Kratzer, kaputtes Glas und versaute Autositze, aber ihr geht es eigentlich ganz gut. – Irgendwo in der Nähe von Passau, in einem abgelegenen Waldstück. Ich kenne mich ja noch nicht so gut aus.« Er sah Valli an. »Sie kommt im Laufe des Tages nach Hause, macht euch keine Sorgen.«

42

»Du meine Güte, wie sehen Sie denn aus?« Cathrin Schauer schob ihre Sonnenbrille ins Haar, um sich Valli genauer anzusehen. »Ich sagte doch, es ist gefährlich. Und Sie sind Herr Bruhan?« Ben nickte zur Begrüßung und zog für Cathrin Schauer einen Stuhl heran. Sie quittierte die Geste mit einem breiten Lächeln. Valli war wie ein Baby eingeschlafen, als Ben das Gespräch mit Kroner beendet hatte. Danach war er mit einem Taxi in besagtes Waldstück, das ganz und gar nicht in der Nähe von Passau lag, zurückgekehrt, um den demolierten Benz zu holen, und hatte bei der Gelegenheit noch einmal mit Cathrin Schauer telefoniert. Sie hatten sich zu einem späten Frühstück in einem Straßencafé am Klostermarkt in Plauen verabredet.

Ben hielt Cathrin Schauer gegenüber nichts zurück, schonte Valli kein bisschen. Im Gegenteil, er betonte immer wieder, wie hirnrissig er die ganze Aktion fand und dass nichts davon im Einverständnis mit den Behörden geschehen war.

Cathrin Schauer hörte aufmerksam zu und bestellte bei der Kellnerin ein kleines Bio-Frühstück. »Wissen Sie, was ich mich schon die ganze Zeit frage? Wie kommen Sie auf uns? Auf KARO e.V.? Sie sagten doch, Sie hätten früher bei der Drogenfahndung in München gearbeitet. Kennen Sie uns von Ihrer Arbeit dort?«

Ben verstand nicht, blickte Valli an. Diese zuckte mit den Schultern. Die Sportbrille über ihren zugeschwollenen Augen sah albern aus. Ben musste lächeln. Das geschah ihr ganz recht. »Wie meinen Sie das?«, fragte er.

»Entlang der Grenze ist KARO bekannt, aber ich bezweifle, dass Ermittler wie Sie je mit uns in Kontakt kommen.« Es klang wie ein Vorwurf. »Die Polizei arbeitet mit den Behörden zusammen, nur selten mit uns.«

Die Bedienung brachte Orangensaft und ein Körbchen mit Vollkorngebäck.

»In Passau wird eine Frauenleiche angeschwemmt«, fuhr Cathrin

Schauer fort, »ihre Identität kann nicht geklärt werden. Woher kommt da die Verbindung zu uns?«

Ben runzelte die Stirn.

»Die Tätowierung.« Valli richtete sich etwas auf, wies auf die entsprechende Stelle an ihrem eigenen Handgelenk. »Ich habe Ihnen davon in meiner Mail geschrieben.«

»Eine Tätowierung?« Cathrin Schauer rollte ihr Besteck aus der Serviette und sah Valli irritiert an. »Ich habe Ihre Nachricht überflogen, lediglich die ersten paar Sätze gelesen, zu mehr reichte die Zeit nicht.«

Ben verstand allmählich. Schauer wusste gar nichts von der Tätowierung. »Das tote Mädchen hatte ein Tattoo am Handgelenk«, erklärte er. »Selbst beigebracht, in Großbuchstaben: ›KARO‹. Ihr Ernährungszustand ließ auf einen geringen sozioökonomischen Status schließen, deshalb —«

Cathrin Schauer sah von Ben zu Valli, ihre Augen weiteten sich. »Oh mein Gott!«

»Du glaubst also nicht, dass es eine Verbindung gibt?« Kroner saß auf dem Beifahrersitz von Leo Weissenbecks nagelneuem Mini in Hot Chocolate metallic. Mit dem heruntergelassenen Verdeck kam Kroner sich kindisch vor. Wie ein Mann im zweiten Frühling, der sich von seiner neuen Freundin durch den Sonntag kutschieren ließ. Irgendwie war die Vorstellung aber auch verlockend. Er sah zu Leo hinüber.

Der Fahrtwind zerzauste deren schulterlanges blondes Haar, sie schüttelte den Kopf. »Ich habe die beiden Obduktionsberichte gestern Abend rauf- und runtergelesen. Die einzige Parallele, die diese Bezeichnung nur mit sehr viel Wohlwollen verdient hätte, sehe ich in den abgetrennten Fingergliedern.« Weissenbeck blinkte, bog ab. »Sara Rieß fehlten am kleinen Finger der linken Hand zwei Glieder — eine alte Verletzung, ein Unfall beim Holzmachen, hat mir ihre Mutter gesagt, und auch dem Milchgassenmädchen wurden genau diese Glieder abgetrennt, an beiden Händen zwar und nicht fachmännisch, wie mir der Obduzent bestätigt hat, aber immerhin.«

Kroner überlegte. Diese Details waren ihm bislang nicht aufgefallen. »Was könnte das bedeuten?«

»Nichts vermutlich.« Leo lachte. »Vielleicht hat der Milchgassenmörder nur probeweise die Finger des Mädchens abgehackt, um zu sehen, ob er zu einer solchen Tat überhaupt fähig ist. Oft sind die Details der Ausführung in den Köpfen dieser Perversen aufs Akribischste ausgearbeitet, aber deren Umsetzung steht auf einem ganz —«

»Hör auf!«, unterbrach Kroner sie. Leo nannte die Dinge ja gern beim Namen, sodass Hannes sich gelegentlich wünschte, sie würde nicht gleich jedem Gedanken Tür und Tor nach draußen öffnen. Doch das änderte nichts daran, dass Leo recht hatte. Wenn alle kranken Gedanken der Menschheit gleich ausgeführt würden, dann gnade ihnen Gott. In der Realität brauchte es meist einen Auslöser, einen Initialreiz, damit pathologische Phantasien Realität wurden.

Inzwischen holperte der Mini über den Kiesweg auf den Zachler-Hof zu. Obwohl Leo den Wagen erst gestern beim Händler abgeholt hatte, schenkte sie ihm nichts. Mit über fünfzig Sachen bretterte sie dahin, Steinchen spritzten wie Wasser in die Höhe, als plötzlich eine Gestalt neben der Straße auftauchte und wild mit den Armen fuchtelte. Leo stieg dem Mini voll in die Eisen. »Auch das noch«, knurrte sie, als der Wagen nach einigem Schlingern endlich zum Stehen kam. »Die ist ja wohl verrückt geworden.«

»Sie kennen sie?« Valli hielt nichts mehr auf ihrem Stuhl, obwohl ihr jede Bewegung Höllenqualen verursachte.

»Ja, wahrscheinlich.« Cathrin Schauer stützte den Kopf in beide Hände, sah sich das Bild auf dem Display von Bens Smartphone genau an. Es war die unbearbeitete Version aus der Rechtsmedizin, das reale Abbild des toten Mädchens.

Ben ließ Frau Schauer Zeit, packte Valli am Ellbogen und zwang sie, sich zu setzen. Zu seiner Überraschung wehrte sie sich nicht und ließ sich zurück auf den Stuhl fallen.

»Das Foto«, die Leiterin der Beratungsstelle schluckte, »es ist so anders, so …« Sie straffte den Rücken, schob sich eine Haarsträhne nach hinten. »Ich hätte sie auf dem Foto niemals wiedererkannt, aber sie hat mir vor einiger Zeit mal die Tätowierung gezeigt, wollte mir damit beweisen, dass sie es ernst meinte, dass sie rauswollte aus dem ganzen Schlamassel.«

»Wie heißt sie?« Ben bemühte ausnahmsweise seinen Notizblock, nicht die Aufnahmefunktion seines Handys.

»Marcela Dankova, dreizehn Jahre alt. Ich kenne sie schon sehr lange, über fünf Jahre. Sie wurde seit frühester Kindheit zur Prostitution gezwungen.« Cathrin Schauer atmete tief durch. »Wir haben Marcela seit Monaten nicht gesehen, ich dachte, sie wäre vielleicht weiterverkauft worden.«

»Wann genau haben Sie sie aus den Augen verloren?«, hakte Ben ein.

Cathrin Schauer überlegte. »Da müsste ich in unseren Unterlagen nachsehen, es muss Ende Februar, Anfang März gewesen sein. Im April hätte ich für sie einen Platz zum Entgiften gehabt, auch ein Therapieplatz stand in Aussicht. Sie hätte wieder zur Schule gehen können.«

Die Angaben passten mit denen der Rechtsmedizin zusammen. Ben reichte Frau Schauer den Korb mit den Brötchen. »Haben Sie über Marcelas Verbleib Erkundigungen eingeholt?«

»Wir haben nach ihr gefragt, aber niemand konnte uns etwas sagen. Es war komisch, denn auch wenn die Mädchen weiterverkauft werden, weiß meist jemand etwas davon. Aber alles, was ich erfahren konnte, war, dass ihr Bruder gesehen hat, wie sie mit einem deutschen Auto weggefahren ist.«

»Hat er sich das Kennzeichen gemerkt? Den Fahrzeugtyp?« Eine vage Hoffnung keimte in Ben. Er hielt die Luft an.

»Deutsch. Mehr wusste Antonín nicht.«

Ben ließ sich seine Enttäuschung nicht anmerken. »Waren Sie bei den tschechischen Behörden? Haben Sie Marcela als vermisst gemeldet?«

Cathrin Schauer nickte. »Ja, aber ich bezweifle, dass meine Angaben aufgenommen wurden.«

»Sie sprachen von Entzug.« Ben warf Valli, die immer tiefer in ihrem Stuhl versank, einen schnellen Blick zu. »Welche Drogen hat Marcela konsumiert?«

»Das weiß ich nicht genau. Üblich bei den Mädchen sind Crystal oder Pico, ein amphetaminhaltiger Stoff, der in tschechischen Labors hergestellt wird. Aber viele schnüffeln auch Klebstoff, rauchen Haschisch oder trinken.«

Der Abgleich mit den Ergebnissen der Gewebeproben würde das bestätigen können. Ben notierte eifrig mit. »Hatte Marcela außer Antonín noch andere Verwandte? Eltern? Geschwister?«

»Ich glaube nicht. Ihr Bruder passte auf, wenn sie auf der Straße war. Er war alles, was sie hatte, und dennoch sagte Marcela einmal, Antonín würde sie umbringen, würde er davon erfahren, dass sie zu uns kam.«

Der Bruder als Zuhälter seiner Schwester! Vallis Gesichtsfarbe glich sich mehr und mehr dem weißen Tischtuch an.

»Geht es dir gut?«, fragte Ben. Um Vallis Nasenspitze glänzte ein feiner Schweißfilm. Das Frühstück hatte sie bislang nicht angerührt.

»Sie sollten ihr etwas Ruhe gönnen.« Cathrin Schauer berührte Valli sanft an der Schulter. »Oder sie ins Krankenhaus bringen.«

Ben nickte, obwohl er im Moment wenig Empathie für Fräulein Mit-dem-Kopf-durch-die-Wand empfand. »Eine Frage noch: Wie sieht es mit der medizinischen Versorgung der Mädchen aus? Gehen sie zum Arzt? Zahnarzt?« Irgendwie mussten sie einen Beweis darbringen, dass das tote Mädchen tatsächlich Marcela Dankova war. Bislang sprach nur Cathrin Schauers Aussage dafür, aber vielleicht gab es ja Röntgenaufnahmen, ein Zahnschema?

Schauer schüttelte den Kopf. »Die wenigsten sehen je eine Praxis von innen, dafür haben sie kein Geld.«

»Und der Bruder? Könnte er vielleicht Marcela identifizieren?« Auch ein DNA-Vergleich wäre denkbar.

Cathrin Schauer zuckte mit den Schultern. »Schwierig, aber Sie können es versuchen.«

Ben verabredete mit Schauer einen Treffpunkt später am Nachmittag. Sie würde ihm helfen, Antonín zu finden. Auch er hatte seine Kindheit als Stricher auf der Straße verbracht.

Als Vallis Gesicht immer fahler wurde, legte Ben Geld auf den Tisch, überreichte Schauer seine Karte und verabschiedete sich.

Cathrin Schauer steckte die Karte ein und reichte ihm eine der ihren. Plötzlich sah sie unentschlossen aus und irgendwie auch müde. Ben hievte Valli hoch, sie konnte sich kaum auf den Beinen halten, drohte jeden Moment wegzukippen.

»Herr Bruhan?«

»Ja?«

Cathrin Schauer knetete ihre Hände, schien mit sich zu ringen. »Seit zwei Wochen vermissen wir noch ein anderes Mädchen.«

Valli sah auf, versuchte, sich zu konzentrieren, aber es war, als würde ein ganzer Bienenschwarm durch die Gehörgänge in ihr Hirn krabbeln.

»Es ist komisch, denn ich glaube nicht, dass sie weiterverkauft wurde oder abgehauen ist. Wir standen in gutem Kontakt zu ihr und hätten wohl irgendwas gehört, wenn dem so wäre.«

Ben legte sich Vallis Arm um die Schultern, stützte sie. »Sie meinen …?«

Cathrin Schauer schüttelte resigniert den Kopf. »Es ist nur ein Gefühl, eine Ahnung … Wie bei Marcela.«

»Wie heißt das zweite Mädchen?«

»Hana. Hana Sládek.«

»Der bringt ihn um! Beeilen Sie sich, Herr Kommissar! Der Zachler bringt seinen Bruder um.« Maria Schatz' sonst blasse Haut war rot vor Aufregung, an ihrem faltigen Hühnerhals leuchteten hektische Flecken, ihre Augen funkelten. Doch es war nicht Entsetzen, das Kroner darin las, es war die reine Sensationslust.

»Wo?«, fragte Leo, deren Herz raste wie der Donnerhall fliegender Hufe auf der Zielgeraden der Galopprennbahn in Ascot. Um ein Haar hätte sie die Hex von der Ilz über den Haufen gefahren.

»Am Hof, wo sonst?« Die Schatz machte Anstalten, hinten in den Mini zu steigen.

Leo schickte einen Gruß ans Getriebe und trat auf das Gas. Wieder flog der Kies durch die Luft, und Kroner konnte durch die Heckscheibe beobachten, wie die Schatz ihnen hinterherschimpfte.

Sie sahen die Zachler-Brüder schon von Weitem. Saras Vater stand mit dem Rücken zu ebenjener Leiter, an der die abgestochene Sau gehangen hatte, sein jüngerer Bruder drückte ihm mit einer quer gehaltenen Mistgabel die Kehle zu. »Du Drecksau, du dreckerte!«, schrie er wie von Sinnen.

Sogar aus der Entfernung erkannte Kroner, dass Toni Rieß sich nicht mehr wehrte, seine Arme hingen schlaff an den Seiten herunter, aus dem ganzen Körper war jegliche Spannung gewichen.

Kroner hätte erwartet, dass der ältere Zachler dem jüngeren die Meinung geigte, aber es war genau umgekehrt.

Hektisch tippte er die Kurzwahl des Notrufs in sein Handy – wenigstens hatte er Netz –, orderte einen Krankenwagen und sprang aus dem Wagen.

Leo war wie immer schneller. Seit sie in der Leichtathletik in der Altersklasse W40 starten durfte, räumte sie bei Meisterschaften reihenweise Titel über sechzig und hundert Meter ab, obwohl man ihr das nicht ansah – überhaupt nicht. Ehe Franz Rieß reagieren konnte, war Leo bei ihm, packte ihn von hinten und riss ihn von seinem Bruder fort. Die Gabel landete auf dem Boden, und der Zachler wäre um ein Haar in die himmelwärts gerichteten Zinken gefallen, als er vornüberkippte. Er blieb bewusstlos liegen.

Der Zachler-Bruder ging keuchend in die Knie, hielt sich die Seite. Zwischen seinen Fingern quoll Blut hervor.

Kroner sah von einem zum anderen, während Leo Toni Rieß' Puls fühlte. Erleichtert nickte sie Kroner zu, als sie den Herzschlag spürte, und tätschelte die Wange des Bewusstlosen.

»Was ist hier los?«, fragte Kroner schließlich.

Franz Rieß kniete vor ihm und starrte wie ohnmächtig auf seine blutverschmierten Hände. »Der wollt mich abstechen wie eine Sau.«

»Ihr Bruder?« Kroner ging neben dem jüngeren Zachler in die Hocke.

»Wie ein wild gewordener Ochs ist der auf mich losgegangen, nur weil …«

An den Zinken der Mistgabel klebte eindeutig Blut, und soviel Kroner erkennen konnte, hatte Saras Vater keine Wunde von dem Kampf davongetragen. Von Weitem hörte er das Martinshorn näher kommen. »Warum? Warum ist er auf Sie losgegangen?«

»Der wollt mich davonjagen wie einen räudigen Köter.« Anscheinend steckte dem Franz der Schock in den Knochen, er redete einfach drauflos, ohne nachzudenken. »Wegen der Sach im Trifttunnel, wegen dene Kinder. Aber ich hab nichts getan, da war noch wer da. Jemand anders. Ich hab mir nur die Beine vertreten wollen. Der andere, der kam mir komisch vor, da hab ich zu den Kindern gsagt, sie sollen von hier verschwinden, da wär ein Teufel im Tunnel, und sie solln gefälligst schaun, dass s' heimkommen.«

Keine Spur mehr von aufstiegsorientierter Dialektvermeidung. Und trotzdem glaubte Kroner Franz Rieß kein Wort.

»Und als ich aus dem Tunnel rauskim, kommt ausgrechnet die Schatz daher. Weiß der Teufel, was die um diese Zeit da gmacht hat. Eigentlich hätt die daheim bei der Stallarbeit sein müssen, ihre paar Küh melken, die sie noch hat.«

»Und was hat das alles mit Ihrem Bruder zu tun?« Kroner sah mit wachsender Besorgnis zu Toni Rieß, der immer noch reglos am Boden lag.

»Der hat mir das nicht glauben wollen. Der meinte, ich hätt die Kinder … Und das mit dem Milchgassenmädchen traut der mir auch zu, der spinnt doch!«

Endlich war der Krankenwagen da, und zwei junge Männer sprangen aus dem Kombi.

»Da ist er nicht der Einzige«, sagte Kroner und machte Platz für die Sanitäter.

Ben lag ausgestreckt auf der Rückbank seines VW-Busses und gähnte. Eine Baumreihe aus Akazien spendete Schatten, die Schiebetür stand offen, und ein laues Lüftchen wehte herein. Einen kurzen Moment lang fühlte es sich an wie Urlaub.

Verdammt! Noch ein Mädchen. Hana. Kein Urlaub.

Durch geschwollene Augen sah Ben auf seine Uhr. Er hatte fast zwei Stunden lang geschlafen. Neben ihm hockte Valli im Schneidersitz und sah ihn an. »Du bist wach?« Ben rieb sich die Augen.

»Ja, schon länger.«

»Geht es dir besser?« Ben stemmte sich hoch, rutschte nach vorn, damit er die Beine abstellen konnte.

Valli nickte, sah dabei aber nicht überzeugend aus. Nachdem sie sich von Cathrin Schauer verabschiedet hatten, war Ben zu einem Krankenhaus gefahren, doch Valli hatte sich geweigert, hineinzugehen. Sie hätten keine Zeit für solchen Quatsch, und sie bräuchte außerdem nur ein bisschen Schlaf, dann wäre sie wieder ganz die

Alte. Also hatte Ben die Rückbank umgelegt, und da waren sie nun.

»Was, wenn es stimmt?« Obwohl es noch keinen stichhaltigen Beweis gab, dass Hana Sládek ein ähnliches Schicksal wie Marcela erfahren haben könnte, zweifelte Valli keine Sekunde daran, dass Cathrin Schauer mit ihrem Bauchgefühl richtiglag.

Ben wusste sofort, wovon Valli sprach, ging aber nicht darauf ein. »Hast du Kopfschmerzen, ist dir schwindlig?«

Sie schüttelte genervt den Kopf. »Was, wenn Cathrin Schauer recht hat und das andere Mädchen auch entführt wurde?«

»Fühlst du dich gut genug, um mit dem Mercedes später nach Hause zu fahren?« Ben wollte sich nicht auf eine Diskussion einlassen – nicht mit Valli –, er würde das alles in Ruhe mit Leo und Kroner besprechen, wenn er zurück in Passau war. Gleich morgen früh, noch vor der Morgenandacht.

»Natürlich kann ich fahren«, sagte Valli entschieden. »Aber glaubst du, dass es möglich wäre?«

Sie konnte es nicht lassen! Ben hätte Valli ein Pflaster über den Mund kleben sollen, aber er hatte anderes vor. Es war inzwischen fast fünf. Cathrin Schauer hatte gesagt, dass sie um diese Uhrzeit mit ein bisschen Glück Marcelas Bruder an einer der Einfallstraßen Chebs antreffen würden. Es war Zeit, aufzubrechen, Ben wollte pünktlich am Treffpunkt sein. »Bis ich zurück bin, ruhst du dich noch ein bisschen aus, und dann fahren wir, okay?« Ben stieg aus und öffnete die Fahrertür von Opa Kroners Benz, der direkt neben dem Bus stand. Er würde Klebeband besorgen und irgendetwas, womit er die kaputte Scheibe für die Fahrt notdürftig reparieren konnte, dann würde es schon gehen. Schnell sah er zu Valli hinüber. Sie sah aus wie ein Kind. Allmählich tat sie ihm doch leid. »Ich werde auch bei der tschechischen Polizei vorbeifahren. Vielleicht wissen die ja doch mehr, als Frau Schauer annimmt. Es kann also spät werden.«

Valli fingerte an ihrer Radlerhose herum und förderte die Speicherkarte zutage. »Ich habe Fotos von dem Mann gemacht, der mit dem kleinen Mädchen in den Wald wollte. Zeig das der Polizei.«

Ben winkte ab. »Das hat keinen Sinn. Hast du nicht gehört, was Cathrin Schauer gesagt hat?«

Vallis Augen funkelten gefährlich, sie zog einen Flunsch.

Ben verdrehte die Augen.

»Glaubst du, es handelt sich um einen Serientäter?« Als Valli ebenfalls ausstieg, schwankte sie leicht.

»Das hoffe ich nicht. Wenn hier ein zweites Mädchen verschwindet, muss das noch lange nichts heißen.« Jetzt hatte er doch wieder etwas gesagt. Was für eine Scheiße!

»Aber es könnte sein. Und vielleicht lebt Hana ja noch, wir müssen —«

»Gar nichts musst du, Valli! Das ist nicht deine Aufgabe, du bist uns nur im Weg!« Ben drehte sich entnervt um, stieg wieder in seinen Bus und baute mit ein paar Handgriffen die Rückbank um, sodass man wieder darauf sitzen konnte.

»Serientäter sind überdurchschnittlich intelligent. Das könnte weiterhelfen, oder? Vielleicht werdet ihr in Hochbegabtenprogrammen fündig oder —«

»Du kannst es nicht lassen, was?« Ben blickte Valli böse an.

»Außerdem stimmt es nicht: Serientäter sind im Allgemeinen nur durchschnittlich intelligent. Und gerade die unterdurchschnittlich intelligenten schaffen es, sich doppelt so lange der Polizei zu entziehen wie die intelligenten. Hast du das an der Uni nicht gelernt? So was wird doch sicher irgendwann in einem zehnsemestrigen Psychostudium durchgekaut, oder?« Ben hatte über dieses Phänomen in einer Studie aus den USA gelesen. Er erwähnte nicht, dass mit doppelt so lange vier Jahre gemeint waren.

Vier Jahre! Verdammt.

»Hattest du eigentlich noch mal Kontakt zu Laurenz?«, fragte er Valli möglichst beiläufig.

»Nein, warum? Habt ihr ihn gefunden?«

Ben schwieg.

»Dann muss ihm irgendetwas passiert sein. Er hat mir versprochen, sich bei Kroner zu melden.«

Ben schloss die Augen, atmete tief durch. »Jetzt pass mal auf, Valli. Laurenz Osterby ist nicht das Unschuldslamm, für das du ihn hältst. Wir haben jede Menge Fotos von halb nackten Mädchen auf seinem Rechner gefunden, und jetzt rate mal, wer am häufigsten abgelichtet war?«

Valli hob ratlos die Schultern.

»Du.«

Montag, 10. Juni
An der Uni finden wieder Vorlesungen statt

43

Ben lief der Schweiß in der Rinne am Rückgrat entlang und schlängelte sich ungeniert unter den Bund seiner Hose bis in die Arschfalte.

Ausgerechnet heute muss mir das passieren.

Nervös trat er von einem Bein aufs andere. Er hatte verschlafen. Um kurz nach zwei Uhr nachts, nach einer langen, eintönigen Fahrt von Plauen nach Passau und einem nicht enden wollenden Kampf gegen die Müdigkeit, hatte er Valli und den Benz im Brunnhäuslweg abgeliefert und war ohne ein weiteres Wort nach Hause gefahren. Seine Armbanduhr hatte er dummerweise im Bad liegen lassen, ihr Piepsen um sechs Uhr morgens nicht gehört. Keine Chance.

Um kurz nach halb acht, als Ben im Kabuff eintraf, war es bereits gerammelt voll. Die Luft stand still, anscheinend hatte nicht nur er seit vorgestern keine Zeit gefunden, sich zu duschen. Eine Horde schwitzender Männer, und niemand kam auf die Idee, ein Fenster zu öffnen? Ben fand es schier unerträglich. Alle warteten gespannt auf den Chef, der noch mit der Michels, dem Big Boss und den anderen Kommissariatsleitern zusammensaß, um die Marschrichtung für die nächsten Tage abzustimmen. Es dauerte. Länger als sonst üblich. Anspannung und Temperatur stiegen mit jeder Sekunde, die verstrich.

Als Kroner endlich kam, wälzte sich mit ihm ein ausgeprägtes Tiefdruckgebiet in den Besprechungsraum. Seine Brauen standen auf Sturm, irgendetwas ging ihm gehörig gegen den Strich – alle konnten das sehen.

Ben hätte sich dafür ohrfeigen können, verschlafen zu haben. Es wäre dringend erforderlich gewesen, seinen Chef *vor* der Besprechung mit Dr. Wendlandt und Dr. Michels darüber zu informieren, dass sich die Identität des Milchgassenmädchens mit ziemlicher

Sicherheit geklärt hatte. Wie sollte er das jetzt anstellen, ohne vor versammelter Mannschaft wie ein Depp dazustehen?

Kroner setzte sich auf seinen Schreibtisch, schnaufte ein paarmal tief durch. »Zuallererst: Niemand hat das Mädchen in der Zeitung erkannt.«

Ben hob die Hand, drängelte sich nach vorn. »Chef, bevor wir anfangen, ich muss –«

»Bruhan«, knurrte Kroner, »erst rede ich, und dann kannst du deinen Senf dazugeben. So läuft das hier, merk es dir besser gleich.«

»Aber –« Ben wollte weiterreden, die Neuigkeiten endlich loswerden.

»Ruhe! Zefix. Jetz red i!« Kroner schlug mit der flachen Hand auf den Tisch. »Geht das nicht in deinen preußischen Sturschädel rein, Bruhan?«

Ben verdrehte die Augen, wollte widersprechen, da packte ihn Leo am Arm und flüsterte ihm ins Ohr: »Wenn er so drauf ist«, sie nickte in Kroners Richtung, »ist es besser, sich zurückzuhalten. Unser lieber Chef schlägt äußerst selten um sich, aber wenn er's dann mal tut, ist demütige Zurückhaltung angebracht.«

Ben hätte schreien wollen, so sehr ärgerte ihn Kroners Alphamännchengehabe, das er ausgerechnet heute an den Tag legen musste. Als er wenigstens Leo sagen wollte, was er gestern erfahren hatte, legte auch sie nach wenigen Worten den Finger auf die Lippen und nickte vielsagend in Kroners Richtung.

Ben gab auf, schaltete sein Sprachzentrum aus und stellte seine Lauscher auf Empfang.

»In einer Stunde wird ein Briefing stattfinden, das alle Kollegen, die an der weiträumigen Bürgerbefragung mitwirken, mit dem Raster, auf das wir uns geeinigt haben, vertraut machen wird. Wir werden Kellerräume, Schuppen, Werkstätten und andere Bauten, die sich im eingegrenzten Gebiet befinden, einsehen. Wer nicht kooperiert, ist für uns automatisch verdächtig. Da Kachlet bei Hochwasser die Schleusen öffnet, kommt ein weitaus größeres Gebiet in Frage als bisher angenommen. Die Gebiete am Inn lassen wir vorerst außen vor. Die Experten glauben nicht, dass die Leiche über die Brunn- und Heiliggeistgasse in die Milchgasse gelangen konnte, dafür stand das Wasser an manchen Stellen nicht hoch genug.« Neben Leuten aus den anderen Kommissariaten würden Kroner zusätzlich Mitarbeiter der Operativen Ergänzungsdienste zur Verfügung stehen. Dennoch erwartete sie in den nächsten Tagen Arbeit ohne Ende.

»Anika und Mel kopieren gerade die relevanten Adressen.« Die Büromädels waren die einzigen Mitarbeiter, die Kroner beim Vornamen nannte. »Bis zum Briefing sollte alles bereit sein. Da wir nicht hundertprozentig ausschließen können, dass es zwischen den Fällen Rieß und Milchgassenmädchen einen Zusammenhang gibt, werden bis auf Weiteres alle relevanten Infos aus beiden Fällen in dieser Runde besprochen.« Kroner blickte sich um, erläuterte seine Äußerung nicht weiter. »Reischl, lass hören, was es Neues aus der Rechtsmedizin und der Kriminaltechnik gibt.«

Kollege Reischl stand auf und klappte seinen Hefter auf. »Es sieht so aus, dass der Hautabrieb, der unter Sara Rieß' Fingernägeln sichergestellt wurde, nicht für eine DNA-Analyse ausreicht. Die Kollegen in München arbeiten zwar noch daran, allerdings sollten wir nicht damit rechnen, dass das noch was wird.« Ein Raunen lief durch die Reihen. Keine neuen Erkenntnisse also, die zur raschen Aufklärung des Falles führen könnten. Reischl fuhr fort. »Die toxikologischen Untersuchungen des Milchgassenmädchens haben ergeben, dass sie regelmäßig chemische Drogen auf Amphetaminbasis eingenommen hat.«

Bens Arm schnellte hoch, Kroner rief ihn mit einem warnenden Blick zur Räson.

»Die Einnahme endete etwa drei Monate vor ihrem Tod.«

»Ich dachte, ihr Kopf war kahl geschoren?« Stelio Ligeia sah Reischl fragend an.

Reischl griff sich an den Hinterkopf. »Es war gerade so viel Haupthaar übrig, wie wir brauchten.«

Kroner wedelte mit der Rechten, hatte keinen Nerv für solche Details. »Und was sagt uns das?«

Reischl guckte dumm aus der Wäsche. Konnte sein Chef sich das nicht denken? »Na, sie war definitiv drogenabhängig – in dem Alter – und hat dann ziemlich abrupt aufgehört. Warum und wieso? Dafür kann es unzählige Möglichkeiten geben. Eine davon könnte sein —«

Ben ließ sich jetzt nicht länger aufhalten. »Kann ich auch endlich mal was sagen?«

Kroner war kurz davor zu explodieren. Was wollte dieser kleine Klugscheißer nur von ihm? Warum spielte er sich plötzlich so auf? Hatte er sich in Bruhan vielleicht doch getäuscht, und er war nichts weiter als ein Blender? Nicht genug, dass er Valli gestern viel später zurückgebracht hatte als versprochen, nein, bislang hatte Kroner von ihm nichts weiter erfahren, als dass Jojas Tochter einen kleinen Unfall gehabt hatte. Wie und unter welchen Umständen? Davon hatte er nichts vernommen. Kroner hätte erwartet, dass Ben ihm heute Morgen reinen Wein einschenken, dass er mit eingezogenem Schwanz in seinem Büro antanzen würde, und zwar *vor* allen anderen Terminen. Sein Ermittlerinstinkt sagte ihm deutlich, dass etwas an dieser ganzen Geschichte faul war. Und zwar richtig faul.

»Wir … also, ich war gestern in Plauen und habe mit Cathrin Schauer von KARO e.V. gesprochen.« Ben atmete tief durch. Mit dieser Aktion – so, wie er sie jetzt und hier darstellte – hatte er sich definitiv über eine Anordnung Kroners, der in puncto KARO e.V. bis heute hatte abwarten wollen, hinweggesetzt. »Frau Schauer hat das Milchgassenmädchen auf dem Foto erkannt. Ziemlich sicher. Ihr Name ist Marcela Dankova.«

Im Kabuff wurde es mucksmäuschenstill, dann begannen einige, mit den Fingerknöcheln gegen Tische und Wände zu klopfen, je nachdem, wo sie standen oder saßen. Ben fand das unerträglich, es war schließlich nicht sein Verdienst, dass das tote Mädchen jetzt wahrscheinlich einen Namen hatte.

Kroner war Bens kleiner Versprecher nicht entgangen. »Wir?«

»Eine Bekannte und ich.« Ben lächelte verlegen. »Es war Sonntag, wir hatten seit Langem einen Ausflug nach Dresden geplant, da lag Plauen auf dem Weg.« Das Lügen wurde Ben allmählich zur Gewohnheit.

Kroner nickte zwar, doch Ben konnte die Skepsis deutlich in seinem Gesicht sehen. Hoffentlich knickte Valli nicht ein. Sie hatten sich kurz vor Passau per Handy auf eine Geschichte geeinigt, die sie Kroner und Joja präsentieren wollten. In dieser Version war Valli nie in Plauen oder Cheb gewesen.

»Die Ergebnisse aus der Rechtsmedizin passen zu Schauers Aussage. Das Mädchen soll seit frühester Kindheit der Prostitution ausgesetzt und abhängig von Pico gewesen sein.« Er sah in Reischls Richtung. »Eine amphetaminhaltige Droge, die in tschechischen Labors hergestellt wird.« Dass es Pico war, hatte Ben von Antonín erfahren, den er tatsächlich getroffen hatte.

»Alter?« Kroner notierte etwas auf ein Post-it, steckte dieses in seine Hemdtasche und sah Ben dabei an.

Ben war sicher, dass dieser Zettel nichts mit dem Fall, sondern mit ihm zu tun hatte. »Dreizehn«, sagte er möglichst gelassen. »Auch das passt zu den Angaben der Rechtsmedizin.« Ben stellte ein Eppendorf-Gefäß vor seinem Kollegen auf den Tisch. »Ich konnte mit dem Bruder der Toten sprechen. Er hat sie auf dem Foto als seine Schwester erkannt, und da es wahrscheinlich keine Röntgenaufnahmen von Marcela gibt, habe ich eine Speichelprobe von ihm für einen DNA-Vergleich mitgebracht.« Ben registrierte, dass Kroners Blick sich zusehends verfinsterte. Korrekterweise wäre eine Einverständniserklärung zur Entnahme und für den Vergleich nötig gewesen, aber da Ben nicht sicher hatte sein können, dass Antonín für die Polizei jemals wieder greifbar sein würde, hatte er Marcelas Bruder einfach darum gebeten.

Zwei Stunden lang war Cathrin Schauer auf der Suche nach Antonín mit Ben durch Chebs Straßen gefahren – vergeblich. Als sie sich verabschieden musste, hatte Ben beschlossen, sich als Freier auszugeben und wenigstens noch eine Weile allein sein Glück zu versuchen. Als der Junge endlich in Bens Auto saß, gab er sich – nachdem Ben ihm einen Hunderteuroschein zugesteckt hatte – erstaunlich kooperativ. Dass seine Schwester tot war, schien für den Jungen keine Überraschung zu sein. Er habe es gespürt, sagte er, irgendwie. Damit war das Thema erledigt. Für Emotionen war in seiner Welt kein Platz. Schon lange nicht mehr.

»Als der Bruder seine Schwester das letzte Mal gesehen hat, ist sie in einen weißen Van gestiegen. Das ist ungefähr drei oder vier Monate her. Er konnte sich weder an einen Wochentag noch an einen Monat erinnern. Ende des Winters war die konkreteste Zeitangabe, die ich aus ihm rausbekommen habe.« Dass Antonín nicht nur der Bruder, sondern auch der Zuhälter von Marcela gewesen war, erwähnte Ben nicht. Auch nicht, dass Antonín seit dem Verschwinden seiner Schwester wieder selbst an der Straße stand, obwohl er dafür eigentlich zu alt war. Er müsse Geld zur Seite legen, weil er irgendwann einen normalen Beruf, eine Frau und zwei Kinder haben wolle. Doch es sei schwer, so Antonín, die Freier bevorzugten Jüngere. Ein Schauer lief Ben über den Rücken, als er an Antoníns Gebaren dachte, bevor der gewusst hatte, was Ben wirklich von ihm wollte. Dabei schien der Kerl ein heller Kopf zu sein, Antonín hatte erstaunlich gut Deutsch gesprochen und aufmerksam zugehört.

»Fabrikat des Wagens? Besondere Merkmale? Kennzeichen?« Kroner sah Ben nicht an.

»Hell, vermutlich weiß. Van. Deutsches Kennzeichen.« Ben zuckte mit den Schultern. »Er meint, sich an einen Schriftzug erinnern zu können. Eine Art Werbung. Schwarz. Vier oder fünf Buchstaben.«

»Wenn es sich um das Logo einer Autovermietung handelt, könnten wir der Sache nachgehen.« Ligeia kratzte sich am Kopf. Sein T-Shirt wies zwei verdächtige dunkle Flecken unter den Achseln auf. »Mach doch mal jemand das Fenster auf«, sagte er genervt.

Einer von den Kriminaltechnikern stand auf und ließ Frischluft herein. Die ganze Versammlung atmete hörbar auf.

»Bei anderen Firmenlogos könnte es schwierig werden«, sagte Ben. Er hatte sich schon während der Rückfahrt von Plauen darüber Gedanken gemacht. »Die gängigsten Autovermieter sind meines Wissens Avis, Sixt, Hertz und Europcar, aber sicher gibt es noch mehr. Wenn wir uns auf dunkle Schrift mit wenigen Buchstaben konzentrieren, kommen von den größeren Firmen nur Sixt und Hertz in Frage. Die anderen sind hell, glaube ich.«

»Es könnte sich auch um einen Kurierdienst gehandelt haben«, warf Tina Maurer ein.

Kroner stimmte ihr zu. »Kannst du dich darum kümmern?«

»Klar.« Maurer nickte.

»Ich war gestern auch bei der tschechischen Polizei. Es gibt keine Akte zu Marcela Dankova, obwohl Cathrin Schauer sie im April als vermisst gemeldet hat. Wir sollen den Kollegen heute im Laufe des Tages alle Daten zukommen lassen.« Die tschechischen Beamten hatten Ben zwar zuvorkommend behandelt und ihm Kooperationsbereitschaft signalisiert, aber alles in allem waren sie in ihren Aussagen schwammig geblieben. »Ich glaube, das Mädchen wurde entführt, über die Grenze gebracht und an einem uns unbekannten Ort festgehalten. Deshalb das abrupte Ende der Drogeneinnahme.« Ben war sich in dieser Hinsicht inzwischen sicher. »Und es gibt noch etwas. Ein weiteres Mädchen wird seit drei oder vier Wochen vermisst. Frau Schauer zieht in Erwägung, dass sie unter ähnlichen Umständen wie Marcela Dankova verschwunden sein könnte.«

Kollektives Kopfzerbrechen. Arslan meldete sich als Erster zu Wort. »In diesem Milieu verschwinden sicher ständig Mädchen, oder?«

Ben nickte. »Ich sagte ja, dass es keinen konkreten Beweis dafür gibt. Es ist bisher nur eine Annahme.«

Valli drückte ihre Nase gegen die Scheibe. Ab und an wechselte sie die Position, besah sich den dreieckigen Fettfleck, der auf dem Glas zurückblieb, rieb mit dem Daumen daran herum und kaute mit offenem Mund – Dental-Gum statt Zähneputzen. Dafür war keine Zeit geblieben, die Flucht aus Mutters Umarmung zu überstürzt gewesen. Ihr fleckiger Turban musste in Kombination mit der platt gedrückten Nase und dem blauen Auge sicher bescheuert aussehen, aber das war Valli egal, und auch der Beamte hinter der Trennscheibe reagierte auf ihren Anblick eher gelassen. Er kannte Valli von einem Grillabend bei Kroner. Ihn wunderte nichts.

Nur unter Aufbringung all ihrer Willenskraft hatte sie der mütterlichen Fürsorge entfliehen können. Zu viele Fragen, zu viele Vorwürfe für einen Morgen – viel zu viele! Valli hatte sich die Speicherkarte geschnappt und war unter entsetzlichen Schmerzen mit dem Mountainbike ins Kommissariat gefahren. Sie musste dringend mit Kroner sprechen. Die Geschichte, die Ben und sie auf der Heimfahrt vereinbart hatten, war einfach nur bescheuert. Das war ihr heute Morgen klar geworden. Wie hatte sie dem nur zustimmen können? Ben hatte ganz sicher Valli und vor allem sich selbst einen Gefallen tun wollen, aber Valli war nicht fürs Lügen gemacht. Überhaupt nicht. Sie würde die Wahrheit sagen und hoffte, Kroner würde ihr das unter diesen Umständen nicht ernsthaft übel nehmen. Sie musste Kroner sogar ganz zwingend die Wahrheit sagen, denn wie sonst sollte sie ihm erklären, woher das Foto von diesem Mann stammte? Ben würde das nicht für sie tun, so viel stand fest. Außerdem wollte sie wissen, ob es stimmte, was Ben ihr über Laurenz und die sichergestellten Bilder erzählt hatte.

Valli ärgerte sich darüber, dass der Beamte an der Anmeldung sie – obwohl er sie erkannt hatte – nur in den Vorraum gelassen hatte. Sie wartete jetzt schon seit gut einer Stunde, und ständig kamen irgendwelche Leute zur Tür herein, tippten unter vorgehaltener Hand ihre Zugangscodes ein und verschwanden in den heiligen Hallen der Passauer Kriminalhoheit. Allmählich war sie mit ihrer Geduld am Ende. Sie drückte die Nase fester gegen die Scheibe, kaute mit offenem Mund und presste ihren Handballen gegen die Klingel, die links neben dem Empfangsraum an der Wand angebracht war. Sturmgeläut. Nur für den Fall, dass der Beamte sie vergessen haben sollte.

Motiv? Gelegenheit? Mittel? Sie waren meilenweit davon entfernt, Licht ins Dunkel zu bringen. Sie hatten einen Namen, Gott sei gepriesen, aber mehr nicht.

»Arslan, klink dich mal in die einschlägigen Foren ein, vielleicht erfährst du da was. Und ruf die zuständigen Kollegen vom LKA an.« Kroner zog aus seinem Stapel Papier einen dicken braunen Umschlag hervor. »Das sind die Briefe von Ty Sullivan an Laurenz Osterby. Ich brauche eine Aufstellung, wann dieser Kerl sich wo aufgehalten hat.« Zu Kroners Überraschung war Marlis Osterby tatsächlich mit den Briefen aufgetaucht, hatte sie ihm persönlich übergeben, noch dazu in seinem Privathaus! Es waren zwar nur Kopien, und alle Stellen, in denen stand, wie sehr der Vater seinen Sohn vermisst hatte, waren dick unterstrichen, doch das machte nichts. Anscheinend hatte Laurenz die Kopien für seine Mutter zurückgelassen, um sie daran zu erinnern, was sie ihm angetan hatte. Die Originale hatte er vermutlich an sich genommen. Weder in seinem Zimmer bei den Großeltern noch in seiner Studentenbude, die mittlerweile ebenfalls durchsucht worden war, hatten die Beamten sie gefunden. Die Briefe waren mit Laurenz verschwunden.

»Apropos«, Paulus stand auf und reichte Kroner einen Ausdruck,

»Osterbys Handy war übers Wochenende nicht eingeschaltet, und er hat auch keine Rufumleitung aktiviert. Wir konnten es nicht orten. Sorry.«

»Dafür habe ich die Motorbootfahrer ausfindig gemacht, die in der Nacht vor dem Leichenfund in der Milchgasse durch die Straßen getuckert sind.« Reischl reckte den Hals, um einen Blick nach vorn zu erhaschen. »Sie sind für neun Uhr einbestellt.«

»Gut. Übernimmst du das gleich selbst?«

Reischl nickte. Seit einem Hüftleiden machte er nicht mehr gern Außendienst und war heilfroh, bei der groß angelegten Bürgerbefragung einen Koordinierungsposten im Büro besetzen zu können.

»In Saras persönlichem und beruflichem Umfeld gibt es nach wie vor niemanden, der vorbestraft ist«, sagte ein Kollege aus dem K2. »Kleinere Delikte, Verkehrssünden, ja, aber nichts, was auf echtes Gewaltpotenzial schließen lässt. Und schon gar kein Missbrauch, keine Nötigung oder Vergleichbares. Einzig der Zachler-Bruder hat Dreck am Stecken, aber das wissen wir ja.«

Der Zachler-Bruder! Toni und Franz Rieß waren vorerst stationär untergebracht. Die Stichverletzungen, die der Ältere dem Jüngeren zugebracht hatte, waren nicht von Pappe. Das hätte auch schiefgehen können. Verdenken konnte es Kroner Saras Vater dennoch nicht. Der Franz hatte ihn sicherlich bis aufs Blut gereizt und dazu der Tod der einzigen Tochter. Der Mann war nervlich total am Ende.

»Die neuerliche Bürgerbefragung am Innkai hat nichts ergeben«, fuhr der Kollege fort. »Außer der Andreß hat niemand in der Nacht von Mittwoch auf Donnerstag einen Streit mitgekriegt.«

Herrschaftszeiten! Kroner hätte seinen Bleistift am liebsten an die Wand gepfeffert. Neugierige Leute gab es doch sonst überall. Würde die Schatz am Innkai wohnen, hätte sie genau gewusst, wer, wann, wo mit wem und warum und weshalb. Aber so?

»Und was ist, wenn der Franzl Rieß doch die Sara vergewaltigt hat, und ihr Vater hat es jetzt rausgefunden?«, warf Arslan ein. »Das ist doch definitiv ein Grund, seinen Bruder abstechen zu wollen, oder etwa nicht? Die Täter kommen meist aus dem familiären Umfeld. Also?«

»Stimmt schon. Aber wie würde das mit Saras Tod zusammenpassen?« Ligeia wollte Arslans Theorie nicht gelten lassen.

»Franz Rieß wohnte zum Zeitpunkt von Sara Rieß' Vergewaltigung nicht bei den Zachlers.« Arslan ließ sich nicht beirren. »Soweit ich weiß, auch später nicht. Erst nach seiner Entlassung Anfang Mai ist er auf dem Zachler-Hof eingezogen. Die Eltern ahnen nicht, dass sie den Vergewaltiger ihrer Tochter im Haus haben, bei Sara kommt alles wieder hoch. Vielleicht vertraut sie sich doch den Eltern an, oder Franz macht sich neuerlich an seine Nichte ran. Alles wäre möglich. Außerdem hat Franz Rieß nach wie vor kein Alibi für die Nacht, in der Sara umgekommen ist.«

»Diese Theorie stützt meiner Meinung nach eher die Suizid-Variante«, warf Paulus ein, »ihren früheren Vergewaltiger ständig vor Augen, weiß Sara keinen anderen Ausweg. Könnte genauso gut sein.«

Es war zum Verrücktwerden. Kroner hätte schreien mögen, stattdessen klopfte er immer wieder gegen das gelbe Post-it in seiner Brusttasche. Den Burschen würde er sich vorknöpfen – gleich nach der Besprechung. Er musste sowieso Dampf ablassen.

Leo stand auf und machte sich an der Pinnwand zu schaffen. »Was ist mit Ty Sullivan?« Sie steckte die Fotos von Sara, Laurenz und Sullivan zu dem Zettel, auf dem stand: »Beobachtungen Andreß Innkai, Donnerstag, 30.05., 1.10 Uhr«. »Wer ist die vierte Person, die die Andreß gehört haben will?«

Ligeia stand auf, nahm das Foto von Saras Vater und pinnte es neben Ty Sullivan. »Angenommen, dieser Kanadier ist Saras Vergewaltiger, und der Zachler hat es erfahren.«

»Wie das denn?«, warf Arslan ein.

»Keine Ahnung? Vielleicht hat Sara sich ihm anvertraut?«

»Kann ich mir nicht vorstellen, dass die über so was reden konnten.« Auch Paulus hatte eine Tochter. Intime Angelegenheiten hätte diese sicherlich nicht mit ihm besprochen, und dabei war er viel fortschrittlicher eingestellt als der Zachler. Auch suchten die Opfer bei Vergewaltigung nicht selten die Schuld bei sich und schwiegen.

»Egal«, fuhr Arslan unbeirrt fort, »irgendwie geraten sie jedenfalls am Innkai aneinander, Sara will verhindern, dass ihr Vater sich ins

Unglück stürzt, gerät dabei zwischen die Fronten und landet im Inn.«

»Und der Vater sieht zu, wie seine Tochter von den Fluten davongetragen wird, ohne Hilfe zu holen?« Ligeia lachte auf. »Das ist doch lächerlich! Und was ist mit Laurenz? Was spielt er für eine Rolle? Wenn er schon nackte Frauen fotografiert, wieso sollte er da nicht auch gleich der Vergewaltiger von Sara sein?«

»Damals war der doch noch nicht mal volljährig.« Arslan verzog abfällig den Mund.

»Wir hatten schon jüngere Täter«, erwiderte Ligeia.

»Trotzdem. Deine Theorie passt nicht mit den Aussagen von Nina Achrainer und Valli Milner zusammen. Und Sara Rieß würde wohl kaum mit dem Kerl anbandeln, der sie vor Jahren vergewaltigt hat. So was vergisst man nicht einfach.«

Ligeia zuckte mit den Schultern. »Weiß man's?«

Kroner nahm das Bild vom Zachler und steckte es an seinen ursprünglichen Platz zurück. »Halten wir uns lieber an die Fakten: Sullivan hat Spuren hinterlassen. Ihn müssen wir finden. Und Laurenz.« Wenn der Osterby-Spross tatsächlich nichts mit Saras Tod zu tun hatte, dann mussten sie allmählich annehmen, dass er Dinge beobachtet hatte, die er besser nicht gesehen hätte. »Marlis Osterby wurde von Ty Sullivan vergewaltigt. Das haben wir schwarz auf weiß – dokumentiert von der Gewaltopferambulanz in München.« Kroner hoffte, dass sich alle in diesem Raum ihrer Verpflichtung zur Dienstverschwiegenheit bewusst waren. Frau Osterby würde ihm lächelnd einen Strick daraus drehen, würde sich das herumsprechen. »Leo? Sullivan zu finden hat jetzt oberste Priorität.«

»Klar, Chef.«

»Ansonsten konzentrieren wir uns auf den Van und die überschwemmten Gebiete. Sollte es tatsächlich ein zweites Mädchen geben, dann lasst uns hoffen, dass sie noch lebt und wir es schaffen, dem Täter zuvorzukommen. Strengt euch an, Leute.«

Als Kroner das Kabuff verließ, tippte ihm Mel auf die Schulter. »Da unten wartet jemand auf dich. Scheint dringend zu sein. Führt sich auf wie eine Irre.« Die Bürofee grinste frech.

Kroner war sofort klar, wer die Irre sein musste. Er verdrehte die

Augen, zog den Daumen über seine Kehle und bedeutete seiner Teamassistentin, sich zu verdrücken.

»Bruhan!«, brüllte er keine Sekunde später, ohne sich umzusehen. Ben, der gerade in seinem Büro verschwinden wollte, horchte auf.

»In mein Büro!«

Der junge Kollege parierte. Scheinbar einträchtig marschierte er mit dem Chef durch die Gänge bis in Kroners Büro. Schweigend setzte Letzterer sich an seinen Schreibtisch, bewegte die Maus. Der Bildschirm erwachte, Kroner klickte auf eine Desktop-Verknüpfung mit dem Namen »Eingangsbereich«, und einen Moment später war Valli auf dem Bildschirm zu sehen, wie sie sich die Nase an der Empfangsscheibe platt drückte und Sturm läutete. »Was soll das?« Kroner deutete mit dem Zeigefinger auf den Flatscreen.

Ben kam um den Schreibtisch herum, um besser zu sehen. »Keine Ahnung«, sagte er, konnte sich aber ein Lachen nur knapp verkneifen. Es sah zu grotesk aus.

»Was will sie hier?«

»Woher soll ich das wissen, Chef?«

Kroner klickte die Sequenz aus der Überwachungskamera weg. Valli war noch nie im Kommissariat aufgetaucht. Warum gerade jetzt?

»Hol sie rauf, Bruhan, und dann will ich hören, was gestern *wirklich* passiert ist.«

Der Beamte hinter der Scheibe war sichtlich erleichtert, als Ben auftauchte, um Valli mitzunehmen.

»Du?« Valli ließ die Klingel los. »Aber ich muss Kroner sprechen, nicht dich.«

»Ich soll dich zu ihm bringen.« Ben hielt Valli die schwere Glastür auf.

Damit war Valli einverstanden. »Ist genau so, wie ich es mir vorgestellt habe.« Sie fuhr mit einer ausladenden Armbewegung durch die abgestandene Luft des niedrigen grauen Gebäudekomplexes. Sie gingen zu einem Aufzug, der Menschen mit Klaustrophobie in Panik versetzen konnte. »Passt zu euch spießigen Beamten. Original Plattenbau. Lichtlos chic.«

»Dir geht es also besser.« Keine Frage, eine Feststellung. Ben drückte den Knopf, die Tür schloss sich, der Aufzug ratterte. »Was willst du bei Kroner?«

Valli zögerte. »Die Geschichte, die wir uns ausgedacht haben, das können wir nicht bringen. Ich muss –«

»Stopp!« Ben drückte die Aufzugtür zu, die sich gerade öffnen wollte, um sie in der anvisierten Etage auszuspucken, und presste den Knopf für das Kellergeschoss. »Du willst *was*?«

»Ich werde ihm die Wahrheit sagen. Ist doch egal. Es geht darum, dass die Polizei das zweite verschwundene Mädchen findet und jemand was gegen diese Perversen unternimmt.«

»Hast du einen Knall?« Ben konnte es nicht fassen. Er ballte die Hände zu Fäusten, hätte am liebsten gegen die Aufzugtür geschlagen. »Ich habe Kroner bereits gesagt, dein Unfall wäre in der Nähe von Passau passiert. Was glaubst du, wie ich dastehe, wenn du ihm jetzt erzählst, dass alles gelogen war?«

Daran hatte Valli bislang nicht gedacht. Es war ihr egal, wenn sie Schwierigkeiten bekam, aber sie wollte nicht, dass Kroner seinen neuen Mitarbeiter ihretwegen für einen Lügner hielt. Sie war Ben dankbar für das, was er gestern für sie getan hatte. Mehr als das. »Was schlägst du stattdessen vor?«

Ben schien für einen kurzen Moment überrascht, hatte wohl mit einer anderen Reaktion gerechnet. »Ich schätze, du willst ihm deine Fotos zeigen?«

Valli nickte.

»Kroner kann dir und diesen Kindern nicht helfen, das darfst du mir ruhig glauben.«

Vallis Gesichtsausdruck sprach Bände. Damit würde sie sich niemals zufriedengeben.

»Okay.« Ben überlegte. »Dann sagen wir eben, dass du die Bekannte warst, die mich begleitet hat. Der Unfall war vorher, du wolltest nicht allein sein, also habe ich dich nach Tschechien mitgenommen.«

»Das glaubt er uns nie.«

»Dann tu eben so, als hättest du dich in mich verknallt. Das würde er dir sicher glauben.« Er grinste breit, aber es war kein fröhliches Grinsen.

»Vergiss es«, zischte Valli abfällig.

Der Aufzug stoppte, die Türen glitten auseinander, und Kroner stand vor ihnen. Er hielt einen Plastikbeutel mit undefinierbarem Inhalt aus dem Asservatenkeller in der Hand. Runter nahm er immer die Treppe, rauf fuhr er gern mit dem Aufzug. Sein Blick sprang von Valli zu Ben und zurück. »Was habt ihr zwei im Keller verloren?«

Valli und Ben sahen einander an wie aufgescheuchte Rehe. Irgendwie passte die Situation zu Bens Vorschlag von vorhin.

Kroner schlug sich gegen die Stirn. »Anfängerfehler«, knurrte er und trat zu den beiden in den Aufzug. Valli sah aus, als wäre sie verprügelt worden, fast keimte so etwas wie Mitleid in ihm auf, doch er hatte sich im Griff. »Wir lassen Zeugen nie im gleichen Raum warten, damit sie ihre Aussagen nicht abstimmen können, und jetzt schicke ich ausgerechnet dich runter, um Valli abzuholen. Ein saudummer Fehler.«

44

Wollte dieser gefühlsduselige Kommissar etwa schon wieder mit ihr frühstücken? Irgendwie fand sie ihn ja ganz süß – so vertrauensselig, wie der war, so hinterwäldlerisch. Marlis Osterby öffnete die Tür. Sie war nervös. Nicht wegen Kroner, nein, das hatte andere Gründe. »Du?« Marlis Osterby sah die Waffe, ihre Knie wurden weich.

»Wo ist er?«

Mit allem hatte sie gerechnet, aber nicht damit, dass er den Mut aufbringen würde, hier aufzutauchen.

»Wo ist Laurenz?« Sullivan sah alt aus. Er hatte immer noch den athletischen, bulligen Körper von damals, aber seine Haare waren grau, und der Glanz seiner Augen, der früher jedes Mädchen verzaubert hatte, war seit Langem erloschen.

»Nimm die Pistole runter, sonst rufe ich die Polizei!«

Ehe Marlis Osterby ihre Drohung wahrmachen konnte, legte Sullivan von hinten den Arm um ihre Kehle.

Er roch nach altem Schweiß und Alkohol und doch irgendwie vertraut. »Ich weiß nicht, wo er ist. Das musst du mir glauben.« Ihre Stimme zitterte.

Ty Sullivan presste seinen Körper an ihren, packte mit der freien Linken ihren Busen und begann, seine Hüften hart gegen ihren Po zu stoßen. »Erinnerst du dich?«

Panik erfasste Marlis Osterby, sie bekam kaum noch Luft. »Was willst du?«

»Ich will meinen Sohn zurück.«

Sie versuchte, sich zu beruhigen. Er würde es nicht wagen. Nicht hier. »Mein Mann wird jeden Augenblick zurückkommen!«

Sullivan zog die Haustür hinter sich zu, schubste Marlis Osterby vor sich her in die Küche und drückte ab. Zweimal.

Sie schrie, riss die Arme über den Kopf.

Überrascht starrte der ehemalige Eishockeyspieler auf die Löcher in der Wand, sog den Schmauchgeruch tief in die Lungen. »Du bist nicht verheiratet.« Seine Rechte zitterte, die Stimme kratzte, klang verbraucht. Spucke flog aus seinem Mund. »Wo ist Laurenz?«

Marlis Osterby flüchtete hinter die Theke ihrer Nobelküche, verschanzte sich, indem sie alle Auszüge öffnete, und griff sich ein großes Messer aus einer Schublade. Durch die Einlegeböden des Apothekerschränkchens sahen sie einander an.

»Du hast mich kaputtgemacht, hast mir alles genommen. Alles.« Er taumelte. Der Alkohol vernebelte ihm die Sinne.

»Ty, hör mir zu.« Marlis Osterby bemühte sich um einen versöhnlichen Ton, sie musste Zeit gewinnen. Dieser Mann hatte auf sie geschossen, er hatte eine Waffe benutzt! Aber Oliver war auf dem Weg. Er hatte angerufen, kurz bevor sie Ty leichtsinnigerweise die Tür geöffnet hatte. Verdammt, wieso musste die Überwachungskamera ausgerechnet heute kaputt sein? »Ich habe damals einen Fehler gemacht. Es war meine Schuld, ich habe überreagiert.« Ihr Verstand arbeitete auf Hochtouren. Er. Hat. Geschossen! Aber wenn sie unter Druck stand, war sie normalerweise noch besser als sonst. »Dich trifft keine Schuld.«

Er lachte. Konnte sich kaum halten vor zynischer Heiterkeit. »Nein. Es war nicht meine Schuld. Du hast recht.« Mühsam setzte er sich auf einen der Barhocker. »Ich hätte niemals …« Er ließ den Kopf auf das dunkle Holz der Bar sinken und begann von einem Moment auf den anderen zu weinen. »Wo ist Laurenz? Amalie und Max sagen, dass er verschwunden ist.«

Marlis Osterby legte das Messer weg, holte ein Glas aus dem Regal und stellte es in den Eiswürfelspender ihres Kühlschranks. Zwei Kuben klackten ins Glas, und wenig später schwappte bernsteinfarbener irischer Whiskey um das Eis. Sie wusste, dass der Vater ihres Sohnes den milden Geschmack des dreifach gebrannten Bushmills dem des rauchigeren schottischen Whiskys vorzog. Vor Ewigkeiten waren sie gemeinsam in der alten Brennerei in Nordirland gewesen und hatten eine Flasche des *Sixteen Year Old Malt* mit nach Hause gebracht – für einen besonderen Anlass –, nur wenige Wochen bevor diese Vergewaltigungssache alles ruinierte.

Schnell schob sie die schlechte Erinnerung beiseite, lockte die schönen Momente aus ihrem Gedächtnis hervor, denn die hatten sie gehabt – sie und Ty. Durchaus. Wenn überhaupt, dann war er der Mann in ihrem Leben gewesen, bei dem sie von Liebe sprechen würde. Sie lächelte, die Worte des alten Haudegens, der sie durch die Destillerie geführt hatte, waren so präsent wie damals: »Dieser Whiskey reift sechzehn Jahre lang in Bourbon-, Oloroso-Sherry- und Portweinfässer. Letztere verleihen dem Whiskey seine rubinrote Farbe.« Genau so hatte er es gesagt. Genau so.

Ist er jetzt gekommen, der besondere Anlass?

Ty Sullivan starrte auf die Flasche, nahm die Blechdose, in der der Whiskey gewesen war, in beide Hände. Auch er erinnerte sich, erinnerte sich gut. Die Ruger lag neben ihm auf der Bar. Es fiel Ty schwer nachzurechnen, es musste fast auf den Tag genau zwanzig Jahre her sein.

Welch eine Ironie des Schicksals!

Erneut eruptierte ein unheilvolles Lachen aus seinem Innersten, er griff die noch offene Flasche Bushmills und schleuderte sie in Marlis' Richtung. Glas splitterte, das Ceranfeld zersprang unter dem Aufprall, und der Single Malt lief wie eine Flut blutiger Tränen über die blanken Fronten aus Edelholz, Stahl, Marmor und glattem Kunststoff.

Marlis Osterby schrie auf, duckte sich und hob die Arme über ihren Kopf, während Ty Sullivan in aller Seelenruhe das Glas nahm, es leerte und für einen Augenblick die süßliche Weinnote genoss, die im Abgang mit den verschiedenen anderen Aromen verschmolz. Als er seine Zunge gegen den Gaumen rollte, fand seine Hand den Weg zurück zur Ruger. Er stand auf, ging um die Bar herum, kickte mit den Füßen die Auszüge zu und setzte den Lauf der Pistole zentral auf Marlis' Stirn auf. Ihr kranker Geist hatte all das Elend ersonnen. Das wusste er jetzt. Laurenz war nie glücklich gewesen. Keinen einzigen Tag. Und das hatte nur Marlis zu verantworten. Immer und überall hatte sie Lügen verbreitet! Laurenz hatte sich stets nach seinem Vater gesehnt so wie er sich nach seinem Sohn. Sie hatte ihnen zwanzig Jahre gestohlen. Dafür würde sie büßen. Auf Marlis' Gesicht erschien ein Lächeln. Mittlerweile hasste er dieses selbstgefällige, herablassende Grinsen.

»Hände hinter den Kopf!«

Die Stimme kam aus dem Nichts, legte sich Ty wie eine kalte Eisenmanschette um die Brust. Langsam drehte er sich um, schloss die Augen. Sekundenbruchteile später fiel ein Schuss.

45

»Und jetzt raus mit der Sprache!« Kroner fläzte sich in seinen Bürostuhl und verschränkte seine Finger über seinem Bauch. Des Mannes ganzer Stolz, sein ehemals ausdefiniertes Sixpack, lag seit Jahren unter einer wachsenden Fettschicht begraben. Ich muss wirklich mehr Sport machen, dachte er und quetschte heimlich eine Speckrolle unter dem Hemd zusammen. Einmal die Woche Alt-Herren-Fußball reichte bei Weitem nicht aus, er musste wieder anfangen zu laufen – und zwar regelmäßig. »Warum hast du Valli ins Vogtland geschleppt, Bruhan?«, fragte er, ohne das Röllchen loszulassen.

Zwei Münder klappten auf, schlossen sich, ohne ein Wort zu formulieren. Alles schön gleichzeitig, wie beim Synchronschwimmen.

Kroner schüttelte ungläubig den Kopf. »Habt ihr etwa geglaubt, ich würde euch diese irrwitzige Geschichte abkaufen?« Er ließ das Fett um den Nabel herum los und sah Valli und Ben an. Seine Miene war ernst. »Es gefällt mir nicht, wenn mir neue Mitarbeiter ins Gesicht lügen.«

Ben wurde abwechselnd heiß und kalt, es kam ihm vor, als schwappe siedendes Wasser durch seinen Kopf, gleich würde mit Sicherheit Dampf aus seinen Ohren pfeifen. Doch ehe er eine Strategie ersinnen konnte, wie er sich am besten verteidigen konnte, plätscherten die Worte unbedacht über Vallis Lippen, und bevor Ben auch nur einmal atmete, hatte sie schon alles zugegeben: dass sie den Obduktionsbericht gelesen hatte, dass sie Ben gezwungen hatte, ihren Mutmaßungen zuzuhören, obwohl er das partout nicht gewollt hatte, dass Markus Ben beauftragt hatte, auf sie aufzupassen und Ben daraufhin nach Cheb gefahren war, wo er sie vor dem sicheren Tod gerettet hatte.

Bei jedem ihrer Worte hob es Kroner weiter aus seinem Stuhl. Wie ein Luftballon, den man so lange aufbläst, bis es ihn zerreißt. Als Valli geendet hatte, stand Kroner vor ihr und raufte sich die Haare. »Ja, sag einmal, spinnst du jetzt komplett?«, schrie er.

Immerhin galt Kroners Ausbruch nicht Ben, darüber war Valli ebenso dankbar wie dieser, der neben ihr hörbar aufatmete.

»Wie kommst du dazu, dienstliche Protokolle zu lesen?«

Valli fing noch einmal von vorn an, ließ nichts aus, und erstaunlicherweise hörte Kroner aufmerksam zu, ohne direkt an die Decke zu gehen, wie seine Gesichtsfarbe eigentlich hatte vermuten lassen. »Und hier«, sie zog die Speicherkarte aus der Hosentasche, »ist das Foto von diesem perversen Schwein. Der Typ wollte mit dem kleinen Mädchen in den Wald, als die Zuhälter mich entdeckt haben.«

Kroner sagte dazu nichts, starrte schweigend einfach durch sie hindurch.

»Mensch, Hannes!« So schnell gab Valli nicht auf. »Ich kenne den Mann von irgendwoher. Sieh dir das Bild wenigstens mal an. Ich habe das Auto fotografiert, bestimmt kann man das Kennzeichen entziffern.«

In Kroner breitete sich dumpfe Wut aus, sie begann sofort, gegen seine Schläfen zu hämmern. Es gab einen Aspekt in seinem Job, den er abgrundtief hasste. Hass! Was für ein starkes Wort. Und dennoch konnte es seine Abscheu nicht annähernd ausdrücken, wenn Kroner zusehen musste, wie jemandem ganz offensichtlich Unrecht geschah – noch dazu Kindern – und ihm die Hände gebunden waren. Aus formalen Gründen! Die Wut darüber entlud sich prompt über Valli und Ben. »Raus hier! Alle beide. Und kommt mir nicht mehr unter die Augen, verstanden!«

Als die Welpen mit den eingezogenen Schwänzen draußen waren, schloss Kroner die Augen und drückte beide Daumen fest gegen seine Lider. Düstere Bilder tauchten in seiner Erinnerung auf, eine empörte Männerstimme drängte sich rücksichtslos in den Vordergrund: »Sie brauchen mich nicht zu therapieren. Das ist doch normal. Zu Hause habe ich eine Frau mit großen Titten, hier aber suche ich etwas Kleines, Zierliches. Das machen alle so. Und wenn ich das jetzt nicht haben kann, weil Sie mich davon abhalten, komme ich eben morgen wieder oder übermorgen. Ich hole mir, was ich will. So einfach ist das. Sie sind doch auch ein Mann. Haben Sie noch nie daran gedacht, mit einem Kind zu schlafen?«

Kroner war damals noch nicht lange bei der Polizei gewesen. Danach hatte er wochenlang nicht schlafen können, weil sie dieses Arschloch hatten gehen lassen müssen, da sie nichts Konkretes gegen ihn in der Hand gehabt hatten. Er stöhnte auf, versuchte, die Erinnerung wegzuschieben.

Die Speicherkarte lag wie ein unheilverheißendes Kleinod auf seinem Schreibtisch. Valli hatte sie demonstrativ vor ihm abgelegt, ehe sie beleidigt hinter Bruhan aus seinem Büro gestapft war.

Verdammt! Verdammt! Verfluchte Scheiße.

Kroner steckte die Flashcard in seinen Adapter und stopfte das dazugehörige USB-Kabel in die vorgesehene Öffnung seines Computers. Zweihundertachtunddreißig Fotos. Es würde eine Weile dauern, bis alle übertragen waren.

Was für ein Wahnsinn!

Er beobachtete, wie der Balken des Ladevorgangs im Schneckentempo länger wurde: Fotos einer Bergtour, Fotos von Schuhen, Büchern und Klamotten, die Valli vermutlich auf Ebay verkaufen wollte. Fotos von Joja. Joja? Kroner lächelte kurz. Er würde später das schönste davon auf seinem PC speichern. Wenigstens eine kleine Entschädigung hatte er sich verdient.

Die Festplatte ratterte. Fotos von ausschweifenden Partys, Fotos von kleinen und großen Tüten, mal konisch, mal dünn. Valli, wie sie die Base baute, Valli, wie sie das Paper zusammenklebte. Valli, wie sie den Tabak mit dem Haschisch in die Tüte packte.

Kroner atmete tief durch. Darüber musste er dringend mal mit Valli reden. Es Joja zu überlassen war keine gute Idee. Wahrscheinlich rauchten Mutter und Tochter jeden Abend gemeinsam einen Joint vor dem Schlafengehen. Vorstellbar war es jedenfalls.

Endlich die letzten Fotos. Ein silbergrauer Mercedes GLK mit Passauer Kennzeichen. Kroner notierte die Buchstaben- und Ziffernkombination auf seiner Schreibunterlage und griff zum Telefon, um eine Halterabfrage zu machen. Doch mitten in der Bewegung hielt er inne. Das nächste Foto baute sich gerade auf. Kein Zweifel: Auch er kannte den netten Onkel mit dem kleinen Mädchen an der Hand. Eine Verwechslung war ausgeschlossen. Das Arschloch sah direkt in die Kamera.

46

Ein Notarzt und zwei Rettungsfahrzeuge standen neben den beiden Streifenwagen vor der Betonvilla. Kroner und Leo stürmten die wenigen Treppenstufen zur offen stehenden Haustür hinauf, als ihnen die Sanitäter mit einer Trage entgegenkamen. Darauf lag Marlis Osterby, der Stoff ihres Kleides war in der Bauchgegend blutdurchtränkt, als habe jemand einen ganzen Kübel Filmblut über ihr ausgekippt. Kroner stockte der Atem. Heiliger Strohsack! Hinter der Rettung tauchte Polizeiobermeister Sturms aufgedunsenes Gesicht auf. »Ah, Hannes, gut, dass du kommst. Der Täter ist flüchtig, aber ihn hat's erwischt.« Er wies auf Blutspuren, die sich von der Küche über den Flur bis zur Haustür zogen. »Der kommt nicht weit. Unsere Leute sind an ihm dran.«

»Was ist passiert?«

»Bewaffneter Überfall. Bauchschuss. Mehr weiß ich auch noch nicht.« Der Beamte zuckte mit den Schultern.

Kroner nickte. Leo stand hinter ihm und war darin vertieft, den gläsernen Boden über sich zu bestaunen. Ein weiterer Sanitäter drängelte sich an ihnen vorbei. Er trug seinen Koffer zurück in den Wagen, reckte den Daumen in die Luft und nickte in Richtung Küche. Das sollte wohl heißen, dass sonst alles in Ordnung war. Gut, dass sie nicht im Kolosseum in Rom waren. Kroner hatte erst vor ein paar Tagen den Film »Gladiator« mit Russell Crowe in der Hauptrolle gesehen. Im noch nicht christianisierten Rom hatte ein erhobener Daumen die Entfernung von Mutter Erde, also den Tod, bedeutet, der nach unten gerichtete dagegen den Verbleib auf ebendieser, also das Leben. Im Film war das falsch dargestellt gewesen, wahrscheinlich, weil der ordinäre Kinozuschauer es sonst wieder nicht kapiert hätte. Wohin der Daumen des Schicksals wohl bei Marlis Osterby weisen würde? Bauchschuss. War die Leber verletzt? Das Blutspeicherorgan. Dann zählte jede Minute, dann ging das Verbluten sehr schnell. Magen, Darm, Nieren? Alles lag eng beieinander. Und auch die Wirbelsäule konnte verletzt sein. Auf jeden Fall waren es höllische

Qualen. Kroner konnte nur hoffen, dass die Osterby nicht allzu viel davon mitbekam.

»Now we are free ...« Die Melodie der Schlussszene aus »Gladiator« schlich sich in Kroners Gedanken, Bilder drängten nach vorn: Crowe, wie er seine Hand durch die goldenen Ähren gleiten ließ, wie er durch das Tor schritt, dem Licht entgegen, zu seinen Liebsten. Endlich vereint. Kroner hatte geweint wie lange nicht mehr, seit er allein war. Er vermisste Giulia immer seltener, und er schämte sich dafür. Ob Marlis Osterby von jemandem im Jenseits erwartet wurde?

Leo riss Kroner aus seinen Gedanken, indem sie ihn vorwärtsschob. Allein der aufmerksamen Beamtin in der Zentrale hatten sie es zu verdanken, dass das K1 so schnell verständigt worden war. Sie hatte den Notruf aus der Osterby-Villa sofort mit den aktuellen Mordfällen in Verbindung gebracht.

War es ein Zufall, dass Marlis Osterby ausgerechnet jetzt überfallen und angeschossen wurde? Kroner glaubte nicht an Zufälle. Hatte Laurenz etwas damit zu tun?

Er ging in die Küche. Heute war Leben in der Bude. Aber hallo! Der spärliche Zierrat, der bei seinem letzten Besuch millimetergenau arrangiert gewesen war, lag durcheinander, das sündteure, überdimensionierte Ceranfeld sah aus wie eine geborstene Windschutzscheibe, irgendeine Flüssigkeit hatte sich über die halbe Küche ergossen, noch mehr Scherben lagen auf dem Boden. Es roch nach Alkohol, Schmauchgeruch lag in der Luft, und neben dem Dunstabzug aus Edelstahl klaffte ein Einschussloch in der moccafarbenen Wand.

Auf der anderen Seite des riesigen Raumes kniete ein Sanitäter vor einem Diwan in Creme und Edelgrau. Im ersten Moment dachte Kroner, das Ding schwebe in der Luft, erst als er näher kam, sah er die Plexiglasfüße. Anscheinend schätzte Marlis Osterby einen klaren Durchblick ungemein, und Kroner hoffte, dass sie diesen noch eine Weile würde genießen können.

Das Ratschen der Manschette eines Blutdruckmessgerätes holte ihn zurück ins Hier und Jetzt. Pft, pft, pft, pft, pft, dann ein Zsssssssssssssssssssssssst und ein erneutes Raaaaaaaaaatsch.

»Alles im Rahmen«, erklärte der Sanitäter und machte Kroner

Platz. »Der Arzt hat ihm ein Beruhigungsmittel verabreicht, also machen Sie's kurz.«

Kroner bedankte sich, obwohl er es nicht schätzte, wenn ihm die Ärzteschaft seine Zeugen unter der Nase wegsedierte, bevor er mit ihnen gesprochen hatte. Er wusste inzwischen, dass Oliver Rothenbach, Marlis Osterbys *Hausmeister*, den Notruf abgesetzt hatte. Wie es aussah, war er unverletzt.

»Geht es?«

Rothenbach nickte. Um die Nase schimmerte seine Haut gelblich.

»Können Sie mir sagen, was passiert ist?«

Rothenbach schloss die Augen. Er sah mitgenommen aus.

Kroner wartete geduldig.

»Ich war auf dem Heimweg«, begann Rothenbach nach einer Weile stockend. »Von meiner Schwester. Kurz vor meiner Ankunft habe ich Marlis Bescheid gegeben – ich war früher dran als geplant, und sie liebt Überraschungen nicht besonders, müssen Sie wissen.«

Kroner schmunzelte. Es stimmte also, was Valli ihm über die Osterby erzählt hatte: Die Männchen hatten es nicht leicht bei dieser Frau.

»Ich sperrte nichtsahnend die Haustür auf und hörte Stimmen, dann Glas, das zersprang. Mir war sofort klar, dass etwas nicht in Ordnung war, also habe ich mich über den Flur ins Büro geschlichen und die Pistole geholt.«

Marlis Osterby hatte eine Pistole, und ihr Lover wusste erstens, wo sie aufbewahrt wurde, und zweitens, wie man eine solche benutzte. Hochinteressant.

»Er wollte sie gerade …« Rothenbach fuhr sich mit beiden Händen durch das dichte Haar. »Ich meine … es sah aus wie eine Hinrichtung. Dieser Wahnsinnige hat ihr die Pistole auf die Stirn gedrückt, und … ich wusste einfach nicht, was ich tun sollte.« Er schluchzte auf.

Kroner wartete geduldig, bis Rothenbach sich wieder beruhigt hatte. »Sie haben also auf ihn geschossen?«

Rothenbach sah auf, seine Hände zitterten. Bei seinem Anblick musste Kroner kurz an Parkinson denken. Ein Onkel von ihm litt an der Krankheit.

»Erst nicht.« Ein Schauer durchlief Rothenbachs Körper, Gänsehaut überzog seine Arme. »Ich habe gesagt, er soll die Waffe fallen lassen, aber das hat er nicht getan. Es sei ihm egal, wenn ich ihn erschießen würde, hat er gesagt.«

Und dann? Und weiter? Kroner ging vor Ungeduld fast an die Decke.

»Er hat angefangen zu lachen. Wie irr. Hat gar nicht mehr aufgehört.« Rothenbach setzte sich auf, starrte auf seine Hände. »Marlis, er hat sie hochgezogen, in meine Richtung geschubst und ...«

Kroner zählte in Gedanken die Sekunden: einundzwanzig, zweiundzwanzig ... Erst bei dreißig würde er das Schweigen brechen und eine Frage stellen.

»Sie hat sich umgedreht, etwas gesagt, und ... dann hat er auf sie geschossen. Einfach so.« Rothenbachs Kopf sank in seine Hände.

»Was hat Frau Osterby gesagt?«

»Ich weiß nicht.«

Vielleicht würde er sich ja später erinnern. Kroner hoffte es.

»Was ist nach dem Schuss geschehen?«

»Marlis sank in die Knie, fiel zu Boden ... Blut ... Ich konnte es einfach nicht fassen, und dann habe ich auch geschossen.«

Rothenbach hat geschossen!

Diese Info musste Kroner erst einmal verdauen. »Wo haben Sie ihn getroffen?«

Rothenbachs Rechte wanderte zu seiner linken Schulter. »Ich glaube hier. Ich wollte ...« Er brach ab.

»Wie oft haben Sie abgedrückt?«

Rothenbach sah auf. »Zwei Mal, vielleicht auch drei Mal. Ich weiß es nicht mehr.«

Na schön. »Hat der Täter das Feuer erwidert? Hat er auf Sie geschossen oder Sie bedroht? Wollte er Geld? Schmuck? Wertgegenstände?«

»Nein.« Rothenbach schüttelte vehement den Kopf. »Wird Marlis überleben?«

»Bei einem Bauchschuss zählt jede Sekunde. Sie haben sofort den Rettungsdienst verständigt, mit etwas Glück stehen die ...« Kroner brach ab, presste die Lippen aufeinander. »Kannten Sie den Mann?«

»Nein.«

»Was ist passiert, nachdem Sie geschossen haben?«

Rothenbach zeigte Richtung Tür. »Als er abhauen wollte, habe ich ihm den Weg versperrt, aber ... er hat mich niedergeschlagen.« Der vermeintliche Osterby-Hausmeister führte die Handkante an seinen Hals und stöhnte auf. »Mir wurde schwarz vor Augen, ich ... ich war kurz weg.«

Mist! »Und als Sie wieder zu sich kamen, was haben Sie da getan?«

Rothenbach hob das Kinn, fuhr über die Stelle am Hals, die der große Unbekannte wohl getroffen hatte. »Er war weg. Marlis lag am Boden, das viele Blut ... Ich konnte die Blutung einfach nicht stoppen. Dann habe ich den Notruf abgesetzt.«

Kroner kannte die Auswirkungen eines präzise ausgeführten Handkantenschlags: Die Nerven an der Halsschlagader waren eine Art Messstelle für den Blutdruck. Ein solcher Schlag, er musste gar nicht einmal besonders stark ausgeführt worden sein, verursachte eine Falschbewertung der Blutdrucklage, in dessen Folge der Organismus annahm, dass der Druck viel zu hoch war, sodass er das Missverhältnis auszugleichen versuchte. Die Folge: Der Blutdruck sank in den Keller, die Sauerstoffzufuhr zum Gehirn ging gegen null. Sendepause.

»Der Täter war verletzt, und Sie hatten eine Waffe in der Hand!« Und Sie haben sie benutzt!, wollte Kroner hinzufügen, tat es aber nicht. »Wie konnte er Ihnen so nahe kommen?«

Rothenbach steckte seine zitternden Hände zwischen die Knie. »Ich weiß nicht, es ... Alles ging so schnell, und ... Marlis lag am Boden, das ganze Blut ...«

»Schon gut«, sagte Kroner entschuldigend und legte Rothenbach kurz die Hand auf die Schulter. Blieb zu hoffen, dass die Zeitspanne zwischen Knock-out und Notruf nicht zu lang gewesen war. »Machen Sie sich keine Vorwürfe, Sie haben getan, was Sie konnten.«

Rothenbach schluckte, seine Pupillen sahen seltsam aus. »Nach den Schüssen hatte ich keine Kraft mehr, ich war total ...« Im Zeitlupentempo sank er zurück auf den Diwan. Das Beruhigungsmittel begann zu wirken.

»Nur eine Frage noch, Herr Rothenbach: Wo ist die Waffe, mit der Sie geschossen haben?«

Marlis Osterbys Freund versuchte, sich wieder aufzusetzen, schaffte es aber nicht. Er sah aus wie ein kleiner Junge, der von der Mutter ausgeschimpft wird. »Ich ... ich weiß nicht. Sie müsste ...« Sein Zeigefinger wies in Richtung Küche, wo Leo stand und ihrem Chef gerade ein Zeichen gab.

Kroner gab es auf, wandte sich ab und ging Leo ein paar Schritte entgegen. Rothenbachs Befragung musste warten, bis er wieder alle Sinne beieinanderhatte. »Wurde eine Waffe gefunden?«, fragte er, bevor Leo den Mund aufmachen konnte.

Sie schüttelte den Kopf. »Nein. War etwa eine zweite im Spiel? Ich nehme an, der Flüchtige hat seine immer noch bei sich, oder?«

Kroner hob beide Hände gen Himmel. »Rothenbach hat ebenfalls geschossen. Seine Waffe müsste hier irgendwo sein.«

Leo nickte, ein kurzes Lächeln huschte über ihr Gesicht. »Rate mal, wer unser großer Unbekannter ist.«

Kroner zog die Brauen hoch. Leo meinte wohl den Flüchtigen, aber für Ratespielchen hatte er gerade keinen Nerv.

»Ty Sullivan.«

Das kronersche Tuffsteinherz machte einen Sprung. Endlich! Wenn Sullivan so schwer verletzt war, wie es die Spurenlage annehmen ließ, dann würde er nicht weit kommen. Blieb nur zu hoffen, dass er nicht allzu viel Blut verlor. Tot war er für die Polizei nichts wert. »Woher weißt du das?«

»Der Sturm hat's verlauten lassen. Anscheinend hat die Osterby auf der Bahre den Namen genannt, bevor die Sanitäter die Klappen zugemacht haben.«

»Trage«, verbesserte Kroner.

»Ist doch egal.« Leo winkte ab.

»Na ja.« Kroner verzog den Mund. Trage oder Bahre, das war durchaus ein eklatanter Unterschied, fand er. »Was sagt denn der Arzt? Kommt sie durch?«

»Keine Ahnung, er hat sich dazu nicht geäußert, und ich habe nicht gefragt. Du weißt ja, wie das bei Bauchschüssen ist.« Sie hielt Kroner ihr Handy, das sie hinter dem Rücken versteckt hatte, vors Gesicht. »Hier. Die Michels ist dran. Du hast sie dringend um Rückruf gebeten, und als sie versucht hat, dich zu erreichen, hast du ihr Läuten angeblich ignoriert. Sie ist leicht angesäuert, um es mal milde auszudrücken.«

Schuldbewusst griff Kroner in seine Gesäßtasche. Kein Handy. Es musste im Wagen liegen. »Gib her!«, raunzte er. Erst als er durch die Schiebetür in den Garten gegangen war, meldete er sich. »Frau Dr. Michels! Ich habe Ihren Anruf bereits erwartet.«

Eine Schimpftirade brach über ihn herein: So *dringend* könne es ja wohl nicht sein, wenn er nicht ranging, er müsse doch ihren Namen im Display …

»Hören Sie, Frau Dr. Michels. Ich muss unbedingt mit Ihnen reden. Unter vier Augen.«

Er solle es gefälligst nicht so spannend machen, fuhr sie ihn an. Raus mit der Sprache, runter mit den Hosen, aber hopplahopp!

»Nein, Verehrteste. Nicht am Telefon.«

Mensch Meier, Kroner! Immer das Gleiche mit ihm, aber ihretwegen. Heute Abend kurz vor sieben im »Bouillabaisse« in der Rosengasse. Sie hätte ab halb acht einen privaten Termin dort, vorher könne sie sich kurz Zeit für ihren EKHK nehmen.

Das Luder liebte Abkürzungen und teure französische Küche.

»Danke, Frau Dr. Michels. Ganz herzlichen Dank auch. Küss die Hand!«

47

Bei der Besprechung um fünf war das Kabuff ziemlich leer. Die meisten Kollegen waren noch dabei, mögliche Tatorte aufzuspüren, der Rest jagte Ty Sullivan hinterher. Eine Personenbeschreibung war raus, sämtliche Zufahrtsstraßen seit Stunden gesperrt, rund um Passau war alles dicht. Laut Aussage Rothenbachs gab es nur ein knappes Zeitfenster, das es Sullivan ermöglicht hätte, falls er denn, was aber niemand genau wusste, im Besitz eines Wagens war, hintenraus in Richtung Schärding, Österreich, zu entschwinden.

Wenn es keine Komplizen gab, würde er nicht weit kommen, da waren sich die Kollegen einig. Eigentlich müssten sie ihn längst haben, denn die Spusileute hatten den Blutverlust in Küche und Flur als zu kritisch eingeschätzt, als dass Sullivan sich allein versorgen könnte. Entweder verbarg er sich und leckte seine Wunden, oder er hatte Hilfe, ansonsten blieb ihm nichts anderes übrig, als sich zu stellen, in ein Krankenhaus zu fahren oder einen Arzt aufzusuchen. Und das würde die Polizei erfahren – ganz sicher.

»Wie geht's der Osterby?«, fragte Kroner. Normalerweise eröffnete er Besprechungen mit einem lockeren Spruch oder sonst einem Schmarren – dem Grauen die Härte nehmen, so nannte er das –, aber heute fiel ihm nichts ein.

»Die Ärzte konnten noch nichts Genaues sagen«, erklärte Ben, obwohl Kroner ihn ja eigentlich für den Rest des Tages nicht mehr hatte sehen wollen. Leo hatte den Ausbruch des Chefs als vorübergehende geistige Verwirrung abgetan und Bruhan mit der Begründung zurück ins Rennen geschickt, er wäre schließlich ihr und nicht Kroner zugeteilt. »Aber die Notoperation hat sie wohl überstanden, und ihr Zustand ist so weit stabil. Alles hängt jetzt davon ab, wie die Nacht verläuft.«

Kroner nickte. »Was ist mit dem Projektil?«

»Glatter Durchschuss. Müsste noch in der Osterby-Villa sein, allerdings haben die Kollegen von der Spurensicherung bislang nichts gefunden. Komisch, oder?« Ben setzte sich. Er hatte gehofft, wenigstens berichten zu können, mit welcher Waffe Sullivan geschossen hatte. »Einen detaillierten Bericht bekommen wir erst morgen.«

Kroner kritzelte etwas in sein Notizbuch, sagte nichts. Wie es aussah, war sein Ärger über die Lügengeschichte verraucht.

»Sullivan war sehr früh am Morgen bei den Großeltern«, übernahm Leo. »Max und Amalie Osterby haben das bestätigt. Er hat wohl nach Laurenz gefragt.« Sie blätterte ihre Notizen durch. Sie selbst hatte das Gespräch mit Marlis Osterbys Eltern geführt und sie über den Zustand ihrer Tochter aufgeklärt. »Er sei nett gewesen – wie immer. Die beiden hatten zu dem Schwiegersohn in spe von damals anscheinend ein gutes Verhältnis. Von einer Vergewaltigung wollen sie nichts wissen, auch nichts von den Briefen. Sie waren sogar ziemlich überrascht, als ich ihnen Marlis' Version vom Verschwinden des Vaters ihres Enkels erzählt habe. Das könnten sie sich nicht vorstellen, haben sie gesagt.« Sie seufzte. »Ehrlich gesagt weiß ich nicht mehr, wem ich glauben soll. Das sind so nette Leute.«

Von wegen nette Leute. »Warum haben sie uns nicht Bescheid gegeben?« Da hörte für Kroner der Spaß auf, wenn die ihn nicht anriefen, wo sie doch wussten, dass Sullivan polizeilich gesucht wurde.

Leo deutete auf Kroners Handy, das jetzt neben ihm auf dem Tisch lag und nicht mehr nutzlos im Auto.

Kroner kommentierte den Seitenhieb nicht. »Haben sie mit Sullivan noch über etwas anderes gesprochen? Laurenz zum Beispiel?«

»Die Großeltern wollten natürlich wissen, warum er sich nie gemeldet hätte.«

»Und?«

»Daraufhin hätte Sullivan nur gelacht und wäre gegangen.«

»Hat er eine Telefonnummer hinterlassen?«

Leo schüttelte den Kopf. »Er war wohl betrunken, sah total fertig aus. Der Besuch hat Laurenz' Großeltern arg mitgenommen. Die alte Frau ist ein einziges Nervenbündel. Wenn du mich fragst, braucht es nicht mehr viel, und sie klappt zusammen. Von ihr hat die Tochter das eherne Gemüt jedenfalls nicht geerbt.« Leo verzog vielsagend den Mund. »Er hingegen gab sich recht gefasst.«

»Hast du die anderen Telefonnummern gecheckt, dich bei den Behörden erkundigt?«

Leo nickte. In Sullivans Briefen hatten sie verschiedene Telefonnummern gefunden: Einige stammten aus Landshut, später dann aus Kanada. Zwei der Nummern waren inzwischen anderweitig vergeben worden, die Leute, die abgenommen hatten, wussten nichts von einem Ty Sullivan. Bei der letzten, der aktuellsten Nummer, hatte sich niemand gemeldet. Laut Auskunft der Behörde wohnte Sullivan seit einem halben Jahr im Haus der Eltern, die vor einem und zweieinhalb Jahren gestorben waren. »Er arbeitet als Eishockeytrainer im Seneca College in Toronto.«

»Wir sollten mit einem Vorgesetzten sprechen.«

»Das habe ich bereits versucht, aber die Dame am Telefon wollte mir nicht ohne Weiteres Auskunft geben. Sie bräuchten eine offizielle Anfrage. Aber wenn wir INTERPOL einschalten, dauert das.«

Kroner verdrehte die Augen. »Bruhan soll Steiner anrufen. Vielleicht hat Sullivan sich bei ihm gemeldet.« Blieb zu hoffen, dass Tys ehemals bester Freund sich nicht ausgerechnet jetzt darauf besann, seinem alten Kumpel beizustehen. Kroner knallte seine Ellbogen vor sich auf den Tisch und fuhr mit den Zeigefingern am Nasenbein entlang. Etwas an der ganzen Geschichte störte ihn. Ein zweites vermisstes Mädchen? Nur ein Bauchgefühl, sonst nichts? Oder doch mehr? Die Zachler-Brüder versuchten, sich gegenseitig umzubringen, und ein Irrer trieb im Trifttunnel Späße mit Kindern. War es vielleicht doch der Franzl Rieß? Und was war mit Sara? Wie passte sie in dieses schauerliche Szenario? Warum jetzt? Und dann noch dieses verdammte Foto. In Kroners Bauch glomm unterdrückte Wut wie Glut in einem alten Ofen.

Dieser Drecksack!

»Ich will noch mal mit Tim Kollmann und Benedikt Wittek sprechen«, platzte Leo in Kroners Gedanken. »Wieso sollte jemand, der andere Leute heimlich beim Sex beobachtet, nicht auch —«

»Mach das.« Kroner stand auf und sah auf die Uhr. Er musste dringend nach Hause, duschen und einen Happen essen, bevor er die Michels traf, denn die würde bestimmt nicht mit ihm dinieren, wenn sie hinterher noch mit jemandem verabredet war. Kroner nahm sich insgeheim vor, so lange zu bleiben, bis ihr Date da war. Er wusste von dieser Frau nicht viel, was über die berufliche

Ebene hinausging. Da hielt Frau Staatsanwältin sich stets bedeckt. Verheiratet war sie jedenfalls nicht.

Paulus kam zur Tür herein, bei ihm und Reischl liefen alle Ergebnisse der groß angelegten Bürgerbefragung zusammen. Er setzte sich, zog ein Stofftaschentuch aus seiner Hosentasche und wischte sich die Stirn trocken. »Das ist ein Riesenhaufen Arbeit, Chef.« Als die erhofften Mitleidsbekundungen ausblieben, seufzte Paulus. »Also, wir haben bislang sieben Meldungen. Sieben!« Das bedeutete, dass sieben Anwohner der Polizei den Zugang zu Kellern, Gebäuden und so weiter verweigert hatten. »Die Michels ist gerade dabei, die Durchsuchungsbeschlüsse zu beantragen, aber wir haben kaum Personal für diese Geschichte, und nach einundzwanzig Uhr können wir nicht mehr ...«

Kroner winkte ab, ging zur Tür und verließ den Raum. Er kannte die seltsame Nachtregelung der Strafprozessordnung. Falls eine von den sieben Adressen der Tatort sein sollte, dann hatte der Milchgassenmörder eine ganze Nacht lang Zeit, um in seinen vier Wänden klar Schiff zu machen.

48

Valli war stinksauer auf Kroner. Den ganzen Tag schon. Wieso unternahm er nichts? Er konnte doch nicht genauso gleichgültig sein wie alle anderen. Oder doch?

Seit ihrem Rauswurf aus Kroners Büro hatte sie versucht, in diversen Foren nach dem Mann auf der Speicherkarte zu suchen. Es war hirnrissig, das wusste sie, aber gleichzeitig war es das Einzige, was sie tun konnte. Und sie musste sich beschäftigen, sonst wurde sie noch verrückt.

Natürlich bekam sie keinen Zugang. Diese Leute wussten sich sehr wohl zu schützen, und sie war keine Expertin, aber die Berichte aus Ermittlungserfolgen, auf die sie sehr wohl im Internet stieß, gaben ihr allein schon den Rest. Mit jedem Wort, das sie las, mit jedem zitierten Forenbeitrag wuchs ihre Ohnmacht, ihr Grauen. Ben hatte recht: Wenn es einen erwischt, rücken Hunderte nach. Entsetzlich!

Der Spruch ihres Professors, der in einer der letzten Vorlesungen Joseph Conrad zitiert hatte, kam ihr in den Sinn: Nichts wird so leicht für Übertreibung gehalten wie die Schilderung der reinen Wahrheit.

Angebot: Pseudonym E 55 hat zwei Tschechenpüppchen, gerade sieben und neun Jahre, zu allem bereit.
Antwort: Geld spielt keine Rolle. Ich bin ohnehin in den nächsten Wochen in Tschechien. Würde gern eine der beiden genießen.

Das war die Wahrheit, die abartige Realität. Valli wurde schlecht, wenn sie nur daran dachte. Sie würde Kroner zusetzen, bis er … Ja, bis er was? Cathrin Schauer von KARO hatte Ben angeblich gesagt, dass die Polizei in Deutschland vermutlich nichts unternehmen würde. Ein sensibler Beamter könnte allenfalls nachprüfen, um wen es sich bei dem Mann handelte, wenn das denn möglich war, und den mutmaßlichen Täter mit den Fotos konfrontieren, aber dann? Um einiges besser stünden die Chancen, wenn Valli das Geschäft am Straßenrand fotografiert hätte, die Geldübergabe, etwas in der Art. Das wäre eventuell Futter genug, um über die Koordinierungsstellen den Fall ins Rollen zu bringen. Aber so?

Valli fuhr am Römerplatz über die Hängebrücke und trat in die Pedale. Es war schon spät, sie musste sich beeilen. Zu Schulzeiten waren sie vom Leo aus immer über die Wehrgänge rauf zum Oberhauser Sportgelände gegangen. Mit Sonni. Heile Welt. Die gab es nicht mehr.

Valli schulterte ihr Bike, trug es die Stufen zum Einstieg in die Wehrgänge hoch. Autsch, tat das weh! Ihr Körper hatte sich längst noch nicht von den Blessuren erholt. Sobald es ging, schwang sie sich trotzdem auf ihr Rad. Sie konzentrierte sich, genoss für einen Augenblick das Gefühl, als die ultrasteife Cannondale-Kurbel ihre Kraft übertrug und der leichte Carbonrahmen unnachgiebig nach Vortrieb gierte. Das Taurine 1 war der einzige Luxus, den Valli sich in ihrem bisherigen Leben geleistet hatte. All ihr Erspartes war für das Rad draufgegangen, aber sie bereute keinen Cent. Nur der schwer bepackte Rucksack störte, wenn sie das Vorderrad mit einem leichten Lupfer des Lenkers über die niedrigen Stufen hob.

»Hey, Valli!«

Sie erschrak, vergaß, im rechten Moment das Vorderrad anzuheben, knallte gegen die nächste Stufe und flog über den Lenker. Wenigstens kam sie aus den Klickpedalen. Die jüngsten Wehwehchen sandten innigste Grüße ans Schmerzzentrum, und Valli war erst einmal damit beschäftigt, das exponentiell ansteigende Tränenaufkommen in ihren Augen möglichst unauffällig wegzublinzeln.

»Allmählich glaube ich, dass du masochistisch veranlagt bist.«

Es war Ben. Er hielt ihr seine Hand hin. Valli spürte, wie ihr zu allem Überfluss auch noch das Blut ins Gesicht schoss. Schon wieder. Super Bike, aber fahrtechnisch ist das Mädel eine Niete. Genau das wird er denken. Valli wäre am liebsten im Erdboden versunken.

»Respektable Rennmaschine«, sagte Ben und packte das Cannondale am Hörnchen, als Valli keine Anstalten machte, seine Hand zu nehmen. Er richtete das Bike auf und betrachtete interessiert die Federgabel mit einseitiger Radaufnahme. »Nur eine Gabel, das irritiert irgendwie.«

Valli rappelte sich hoch, griff nach ihrem Rad und versuchte, gerade zu stehen. Alles tat weh.

Ben zeigte auf ihren Kopf. »Du solltest wenigstens einen Helm tragen, solange du noch nicht sicher bist.«

Er machte sich tatsächlich über sie lustig! Unfassbar. »Halt's Maul!«

»Das ist auch eine Art, seine Dankbarkeit auszudrücken. Sehr charmant.« Ben grinste unverschämt und setzte seinen Weg bergab fort.

Valli sah ihm nach, schämte sich sofort für ihre harschen Worte. »Warte!«, rief sie ihm hinterher. Er hatte ja recht. Sie könnte ruhig netter sein, nach allem, was er für sie getan hatte. »Was machst du hier?« Am Morgen nach Kroners Rausschmiss hatten sie nicht weiter miteinander geredet.

Er verdrehte die Augen, blieb aber stehen.

Valli tippte sich an den Kopf. »Verstehe schon. Dienstgeheimnis.«

»Und du? Triffst du dich mit Laurenz? Für ein Fotoshooting?«

Valli blieb der Mund offen stehen. Sie hatte sich die Sache mit den Oben-ohne-Fotos am Morgen von Kroner bestätigen lassen wollen, war aber nicht dazu gekommen. Sie konnte die Geschichte einfach nicht glauben.

»Fällt dir darauf nichts ein, oder habe ich mit meiner Vermutung ins Schwarze getroffen?«

Vallis Augen glitten über die Steinmauern links und rechts des Weges. In der Spätnachmittagssonne wirkten sie golden, wärmten einem die Seele, stimmten den Betrachter milde. Sie schnaufte tief durch. »Komm mit.«

Ben wandte sich überrascht um. »Wohin?«

»Ich zeige dir was.«

»Du hast aber nicht vor, erneut …?«

»Quatsch.« Valli lächelte gequält und griff sich unauffällig in die Seite. »Vertrau mir, es ist meine Art, Danke zu sagen.«

Ben überlegte. Was die Suche nach Sullivan betraf, war für ihn heute sowieso Schluss. Sie mussten endlich mit den Fällen Rieß und Milchgasse weiterkommen, und außerdem …

»Es ist eine einmalige Gelegenheit, und ich werde es dir kein zweites Mal anbieten.« Valli hängte ihren Rucksack in die Hörnchen am Lenker ein. »Deine Chance, mit mir etwas zu erleben, das sonst nur Eros bekommt.« Sie lachte, sah, wie sich Widerwillen, Skepsis, Ablehnung, Neugier und noch etwas anderes, das für Valli nicht greifbar war, in Bens Gesicht abwechselten. »Was ist jetzt, kommst du?«

Die Michels plauderte mit dem Wirt des »Bouillabaisse« an der Gourmet-Theke, als Kroner das Lokal betrat. Noch war nicht viel los. Bei der vorbeiflanierenden Chefin bestellte er flugs das Carpaccio vom Thunfisch – wenigstens eine Vorspeise wollte er sich gönnen, hatte er zu Hause beschlossen.

Der Blick aus den blauen Augen der Staatsanwältin verfinsterte sich. »Wir sind hier nicht zum Essen verabredet, Kroner.« Schuldbewusst flog ihr Blick Richtung Theke. »Wenngleich die Küche natürlich formidabel ist, keine Frage.«

Der Wirt winkte lächelnd ab, wandte sich dem offenen Grill zu und überließ Kroner das Schlachtfeld.

»Also«, eröffnete Michels die Partie, »was kann so dringend sein?«

Kroner zog seine Digitalkamera aus der Tasche und zeigte der Staatsanwältin das Bild von Vallis Speicherkarte. »Erkennen Sie den Mann?«

»Natürlich!« Sie schob Kroner die Kamera zurück. »Was soll das? Ist das seine Enkeltochter? Wollen Sie mit mir private Familienalben ansehen und bestellen mich dafür her?«

»Schön wär's.« Kroner kannte den genervten Tonfall in Dr. Michels Stimme. Sie war eine hervorragende Staatsanwältin, ein Juwel, das gab er gern zu, aber sie hasste Redundanzen und wurde sofort stinkig, wenn jemand ihr – nach ihrem Dafürhalten – überflüssige Informationen unterjubeln wollte.

»Worauf wollen Sie hinaus?«

Kroner atmete durch. Jetzt betrat er die Höhle des Löwen. »Das Mädchen ist weder seine Enkelin noch seine Nichte. Die Aufnahme stammt von einem Stichplatz in der Nähe von Cheb, tschechische Grenze. Das Kind wird zur Prostitution gezwungen. Er geht gerade mit der Kleinen in den Wald.«

Die staatsanwaltlichen Augen erkalteten. »Woher haben Sie das Foto?«

»Das spielt keine Rolle.«

Sie lachte höhnisch. »Meinen Sie wirklich?«

Kroner platzierte seinen Ellbogen auf der Theke und beugte sich weit zu seiner Staatsanwältin hinüber. Es musste schließlich nicht jeder hören, was sie hier zu besprechen hatten. Kurz irritierte ihn der Anblick der Hügellandschaft, die ihm aus dem Wasserfallausschnitt entgegenquoll und ihn seltsamerweise an den riesigen Sandhaufen Dune du Pilat an der Atlantikküste erinnerte. Weniger der Form wegen, eher wegen ihrer Größe und dem glatten, makellosen Weiß, das er unter dem Stoff vermutete. Michels trug heute ausnahmsweise nicht Grau, Blau oder sonst eine gedeckte Farbe, sondern Rosa, das ihre gebräunte Haut wunderbar zum Strahlen brachte und einen aufregenden Kontrast bilden würde zu den …

Stopp! Vollbremsung.

Kroner schloss die Augen. Er musste sich sammeln und ernsthaft darüber nachdenken, sich eine neue Partnerin anzulachen. Die Gelegenheiten seit Giulias Tod konnte er an einer Hand abzählen. Das war sicher ungesund und schadete nachweislich dem Denkvermögen.

»Jetzt machen Sie endlich den Mund auf, sonst beende ich unsere Unterhaltung an dieser Stelle.«

Kroner erschrak. Hatte er etwas nicht mitgekriegt? Allmählich forderte sein Schlafdefizit Tribut, er hatte sich nicht mehr unter Kontrolle. Schnell zeigte er Dr. Michels die weiteren Fotos und zoomte das Kennzeichen näher heran. »Es gibt keinen Zweifel. Das ist sein Auto.«

Dr. Dorothee Michels starrte auf das kleine Display, räusperte sich und bestellte eine Flasche Sancerre mit zwei Gläsern.

»Hi, Mum.«

»Valli?« Jojas Oberkörper kippte wie eine Kelle der Verkehrspolizei aus dem Verkaufshäuschen im Aussichtsturm der Veste Oberhaus. »Gerade noch geschafft, wir schließen in fünf Minuten.« Sie sah von ihrer Uhr zu Ben. »Bleibt er etwa auch?«

Valli zog fragend die Brauen hoch. Sie hatte Ben auf dem Weg zur Veste Oberhaus erklärt, was sie vorhatte. Wenigstens einmal im Sommer blieb sie in einer Sternschnuppennacht auf dem Aussichtsturm, meistens allein, manchmal mit Markus.

»Das ist Hausfriedensbruch.« Ben stopfte seine Fäuste in die hinteren Taschen seiner Jeans.

»Ich weiß.«

Joja reichte Valli ein Fernglas und hielt Ben ein zweites entgegen. »Valli weiß, wo der Schlüssel liegt. Ihr müsst morgen früh nur rechtzeitig draußen sein, dann kann gar nichts schiefgehen.« Sie zwinkerte Ben zu. »Valli hat das schon oft gemacht, es ist ein wirklich einmaliges Erlebnis.«

Ben zögerte, aber Valli trug schon ihr Rad die Stufen zur ersten Plattform des Aussichtsturms hoch. »Jetzt komm schon, du Hosenscheißer! Ich will dir auch nicht an die Wäsche, wenn es das ist, wovor du dich fürchtest.« Sie sah über die Schulter und lachte. Sie war sich durchaus bewusst, wie sie mit dem blauen Auge und in ihrem Schlabberlook aussah, aber das war ihr egal. Deshalb war sie nicht hier.

Joja drückte Ben das Fernglas in die Hand. »Du kannst es dir ja noch ein paar Minuten lang überlegen.«

Schließlich gab Ben sich geschlagen und folgte Valli die Treppe hinauf. Oben angekommen, breiteten sich Inn, Donau, Ilz, Altstadt, Ilzstadt und Innstadt mit all ihren Sehenswürdigkeiten wie eine aufklappbare Panoramaansichtskarte vor ihnen aus.

Ben stellte sich neben Valli. »Ich werde mir den Arsch abfrieren.«

»Es wird eine laue Nacht, außerdem habe ich einen Schlafsack und eine Decke dabei.«

»Und du würdest teilen?«

»Wenn du artig bist.«

»Ich habe Hunger.«

Valli zeigte auf ihren Rucksack, der nach wie vor am Lenker ihres Mountainbikes baumelte.

»Genug?«

»Reicht locker für zwei.«

»Getränke?«

»Eine Flasche Rotwein und Wasser.« Valli hatte sich vorhin vergewissert, dass beim Sturz alles heil geblieben war.

Joja tauchte auf und forderte die wenigen Touristen, die wie

Valli und Ben noch auf die Altstadt hinuntersahen, auf, langsam den Heimweg anzutreten. Als die letzten Besucher im Treppenhaus verschwunden waren, winkte sie Valli und Ben komplizenhaft zu und schloss das Tor hinter sich.

»Und? Was machen wir jetzt?«, fragte Ben nicht gerade euphorisch.

Valli lächelte und führte ihn über einhundertdreißig hölzerne Stufen hinauf zum höchsten Punkt des Turms. Ein laues Lüftchen blies ihnen um die Ohren, die Dächer der Altstadt glänzten golden, der Dom protzte mit seiner Pracht, das Umland mit sattem Grün.

»Sternschnuppen zählen. Das machen wir. Aber dafür muss es erst richtig dunkel werden.«

Ben fühlte sich unwohl. Er bereute inzwischen, sich auf dieses Spiel eingelassen zu haben. Seine vage Hoffnung, Valli könnte ihm verraten, wo Laurenz sich versteckt hielt, war die einzige Rechtfertigung für seine Anwesenheit. Wenigstens war er telefonisch erreichbar. Er checkte sein Handy, beantwortete einige Mails, während Valli schweigend auf die Stadt hinuntersah. »Du magst deine Heimatstadt?«, fragte er nach einer halben Ewigkeit.

Valli sah ihn an. »Jeder Passauer liebt seine Heimatstadt.«

»Ich hatte nie ein richtiges Zuhause.«

Sie fragte nicht nach. Ihr Nest, ihre Zuflucht war das Kroner-Haus. Schwer vorstellbar, wie es gewesen wäre ohne dieses Gefühl der Geborgenheit, der Sicherheit.

»Willst du wissen, in welchem Zusammenhang ich zum ersten Mal von der Stadt Passau gehört habe?« Ben stellte sich neben Valli, ließ nun auch den Blick über das Dächermeer schweifen.

Sie nickte.

»Wenn einer aus Passau kommt, kommt er aus Niederbayern. Also kommt er von unten. Er kommt aus dem Passauer Kessel, hat also zwangsläufig den Blick nach oben gerichtet. Man muss immer eine gewisse Kraft aufwenden, um den Passauer Kessel verlassen zu können.«

»Häh?« Valli verstand nur Bahnhof.

Ben lachte. »Das hat Bruno Jonas über diesen Till Eulenspiegel gesagt, als der die Lach- und Schießgesellschaft in München übernommen hat.«

»Du meinst Till Hoffmann.«

»Kann sein. Jedenfalls habe ich damals für mich beschlossen, dass ich überall hingehen werde, nur nicht nach Passau, nicht freiwillig in diesen niederbayerischen Sumpf.«

»Das nenne ich konsequent.« Valli grinste. »Bruno Jonas ist Passauer und Till Hoffmann ebenfalls. Beide haben viel erreicht.«

»Ich weiß. Trotzdem.«

Valli stemmte die Arme in die Hüften, legte den Kopf schief. »Wir Passauer lassen uns ja nicht gern als depperte niederbayerische Hinterwäldler hinstellen, aber wenn einer wie der Jonas das sagt, macht es uns doch stolz.«

»Das ist schizophren.«

»Ganz genau.«

Da es auf der Aussichtsplattform auf Dauer zu zugig war, stiegen Valli und Ben die Holztreppe wieder hinunter und breiteten unten die Decken aus. Valli reichte Ben den Lambrusco, dann landeten die Chipstüte, eine Stange Baguette und Käse neben ihm.

»Das wolltest du alles allein verputzen?«

Valli zauberte noch eine Tupperschüssel aus dem Rucksack und nahm den Deckel ab: Nudelsalat. »Opa Kroner hat sich um meine Verpflegung gekümmert. Er übertreibt's manchmal.« Es war seine Idee gewesen, dass Valli die Nacht hier oben verbringen sollte, um etwas Abstand zu gewinnen, mal durchzuschnaufen, wie er sich ausgedrückt hatte. Opa, die treue Seele. Bislang hatte er den demolierten Benz mit keinem Wort erwähnt.

Sie aßen schweigend. Die Stille war nicht unangenehm, ganz im Gegenteil, sie fühlte sich fast vertraut an. Es gab nicht viele Leute, mit denen man so ohne Weiteres schweigen konnte. Valli war erstaunt.

»Woher haben Sie das Foto?«

»Die Tochter meiner Nachbarin hat an der tschechischen Grenze in Sachen Kinderprostitution recherchiert. Sie studiert Psychologie, muss darüber irgendeine Semesterarbeit schreiben.« Eine Notlüge musste erlaubt sein. Kurz dachte Kroner an Bruhan. Der hatte vermutlich auch aus einer Notlage heraus die Unwahrheit gesagt. Valli verstand sich vorzüglich darauf, Leute in brenzlige Situationen zu bringen.

»Schon gut. So genau will ich das gar nicht wissen.« Dr. Michels nippte an ihrem Weißwein. »Ihnen ist klar, dass Fotos wie diese nicht als Beweismittel zugelassen sind? Und im Grunde beweisen sie ja auch nichts.«

Kroner nickte. »Trotzdem gibt es keinen Zweifel daran, was da passiert.«

Die Staatsanwältin kippte ein ganzes Achtel Sancerre auf einmal weg und wischte undamenhaft mit dem Handrücken über ihren Mund. Der nudefarbene Lippenstift verschmierte. »Der Mann steht in der Öffentlichkeit. Was glauben Sie, wie der um sich schlagen wird, sollten wir –«

»Spielt das denn eine Rolle?« Kroner hatte sich inzwischen einigermaßen im Griff, ab und an gelang es ihm sogar, seine Augen von La Dune de Michels zu lösen. Er fand den Abplatzer im Lack der sonst untadeligen Staatsanwältin sexy. So hatte er sie noch nie erlebt. Normalerweise war sie zu jeder Zeit tough, korrekt, makellos und gerecht. Ihre Konsterniertheit machte ihn richtig an. Er musste wirklich dringend seinen Bedürfnissen nachgeben, nahm er sich vor, schämte sich aber im nächsten Moment dafür. Das hatte dieser Drecksack auf dem Foto auch getan – seinen Bedürfnissen nachgegeben.

Aber nein, das ist etwas völlig anderes!

Kroner schüttelte sich innerlich, straffte die Schultern.

Dr. Michels blaue Augen fixierten ihren EKHK. »Und? Was soll ich Ihrer Meinung nach tun? Sagen Sie es mir, schließlich ist der Mann doch Ihr ganz spezieller Freund.«

Kroner dachte an die Flasche Barolo und an den mittelgroßen Gefallen, den er diesem Perversen getan hatte. Am liebsten würde er sich jetzt noch den Finger in den Mund stecken und den teuren Rotwein hochwürgen. Er zuckte mit den Schultern. »Ich weiß es nicht, um ehrlich zu sein. Wenn wir ihn damit konfrontieren, wird er alles abstreiten.«

Kroners Thunfisch wurde serviert, das Carpaccio sah phantastisch aus und roch noch viel besser.

»Wie alt sind die Fotos?«, fragte Dr. Michels, bevor sie Kroner guten Appetit wünschte.

»Zwei Tage. Vom Samstag.«

Frau Staatsanwältin fiel das Schlucken sichtbar schwer, sie strich sich über ihre Kehle. »Cheb, sagten Sie? Ist das nicht die Gegend, in der diese Organisation tätig ist? Woher das tote Mädchen stammt?«

Kroner nickte. Er liebte die Michels dafür, dass sie Marcela Dankova nur selten das Milchgassenmädchen nannte.

»Sie glauben also, es könnte ein Zusammenhang bestehen?« Kroner wiegte den Kopf. Darüber hatte er bis jetzt noch gar nicht nachgedacht.

»Überprüfen Sie ihn. Checken Sie, ob er ins Schema passt.« Michels Dünen kippten nach vorn und landeten fast in Kroners Schoß, als sie ihm ins Ohr flüsterte: »Sie kümmern sich persönlich darum, niemand sonst erfährt von der Geschichte. Ist das klar?«

»Ein lauschiges Plätzchen.« Pappsatt streckte Ben sich auf der Decke aus und verschränkte die Arme hinter dem Kopf.

»Ich war acht Jahre alt, als mich Joja zum ersten Mal mitgenommen hat. Damals haben wir über achtundsiebzig Sternschnuppen gezählt.« Valli sah in den Himmel hinauf, es war noch viel zu hell.

»Sie sieht jung aus.«

Valli sah Ben überrascht an. »Meine Mutter?«

Ben nickte. »Eigentlich finde ich Ökotussis entsetzlich.«

»Du bist ein Chauvi.«

»Ich weiß. Der Glaube an die Überlegenheit der eigenen Sippe wurde mir im Elternhaus nachdrücklich eingeimpft. Ich kann nichts dafür.«

»Ich wusste bis jetzt nicht, dass du Humor hast.«

»Du weißt vieles nicht über mich.«

Valli sah Ben an, setzte sich neben ihn. »Dann erzähl mal.«

»Noch bist du keine Therapeutin.«

Vallis Brauen wanderten nach oben, als wäre sie Kroners leibliche Tochter. »Ich wusste nicht, dass es ein Therapiegespräch werden würde. Jetzt hast du mich neugierig gemacht.«

Ben schwieg.

»Jetzt komm schon!« Valli zerplatzte die Chipstüte zwischen ihren Handflächen. »Du hast mich in einem derart desaströsen Zustand gesehen, jetzt bist du dran, die Hosen runterzulassen.«

»Kannst du vergessen. Außerdem hätte ich gern darauf verzichtet, dich so zu sehen. Ganz ehrlich.«

Valli schnaubte empört, obwohl sie wenigstens in diesem Punkt ganz Bens Meinung war.

Sie sahen lange in den noch hellen Nachthimmel hinauf. Bens Atem wurde ruhig und gleichmäßig. Schlief er?

Erst als es richtig dunkel war, stieß Valli ihm den Ellbogen in die Seite. »Es geht los. Wer die meisten Sternschnuppen sieht, gewinnt.«

Ben gähnte und streckte sich, lachte abfällig. »Okay. Dir muss aber klar sein, dass ich ein Siegertyp bin. Nicht dass du dich hinterher beschwerst.«

»Chauvi! Ich sag es doch.«

Aber nichts leuchtete am Firmament auf, kein Meteorit ließ sich dazu herab, in die Erdatmosphäre einzudringen.

»Was würdest du dir wünschen?«, fragte Valli.

Dass meine Schwester lebt.

»Nichts. Man hat im Leben keinen Wunsch frei.«

Valli sah Ben von der Seite an. »Natürlich hat man das. Wenn man aufhört zu wünschen, macht doch alles keinen Sinn.«

»Ich bin da eher Realist.«

»Solche Leute nenne ich Pessimisten.«

»Selig, die arm sind im Geiste.«

»Was?«

Ben setzte sich seufzend auf. »Ich weiß, dass es sich leichter lebt, wenn man allem etwas Positives abgewinnen kann, aber das ist doch naiv, oder?«

»Meinst du mich damit?«

Ben wiegte den Kopf, gerade so, als wäre er sich nicht ganz sicher.

Valli musste an sich halten. »Du denkst, ich wäre naiv? Ausgerechnet ich?«

Oh, ja!, dachte er, sagte aber: »Meinetwegen.«

»Meinetwegen was?«

»Du wolltest doch mehr über mich erfahren? Von mir aus. Jeder darf eine Frage stellen, und der andere muss antworten.«

Valli überlegte. So hatte sie sich das nicht vorgestellt. Er sollte von sich erzählen, nicht umgekehrt. »Das ist mir zu riskant.«

»Aber du hast doch damit angefangen.«

»Na ja, von mir war nie die Rede.« Valli fühlte sich auf einmal klein und verletzlich. Ihr Herz klopfte – viel zu schnell. Sie war aufgeregt. »Quid pro quo oder gar nicht.« Ben hielt ihr seine Hand hin. Er würde sie nach Laurenz fragen. Das auf jeden Fall, aber – und das irritierte ihn jetzt genauso wie vor ein paar Tagen, als er Valli im »Altstadt Beisl« zum Mittagessen getroffen hatte – er wollte Valli kennenlernen, sie verstehen. Und er wollte sie an sich ziehen, sie berühren und küssen. Jetzt gleich. Und das, obwohl sie mit ihrem fleckigen Turban – sie hatte ihn garantiert kein einziges Mal gewechselt! – und den Jogginghosen grauenhaft aussah. Immer öfter ertappte er sich dabei, dass er einen Tick zu lange in ihre warmen braunen Augen starrte, während er ihr gleichzeitig den Hintern versohlen wollte, weil sie einfach nur ein stures, unangepasstes, leichtsinniges, dummes Ding war.

Valli schlug ein. »Na gut, aber ich fange an.«

Ben akzeptierte.

»Hast du Kroner das mit dem zweiten Mädchen gesagt?«, schoss die erste Frage aus ihrem Mund.

»Ja.«

»Und hat er dir geglaubt?«

»Das war die zweite Frage. Jetzt bin ich dran.«

Valli murrte, gab sich aber geschlagen.

»Weißt du, wo Laurenz sich versteckt hält?«

Vallis Augen verdunkelten sich, Iris und Pupille verschmolzen.

»Deshalb bist du also mitgekommen. Und ich habe mich schon gewundert.«

Ben stutzte. Nahm sie es ihm übel, dass er nicht ihretwegen hier war? »Du hast auch eine«, er zeichnete Gänsefüßchen in die Luft, »dienstliche Frage gestellt. Und das, obwohl du weißt, dass ich dir gar nichts sagen darf. Also?«

Valli nickte, ganz eindeutig enttäuscht.

Ben ärgerte sich über ihre Reaktion oder, besser gesagt, über die Frauenwelt im Allgemeinen. Natürlich durfte sie eine sachliche Frage stellen, aber wehe, er tat das Gleiche. Vielleicht war sie ja doch nicht so unkompliziert, wie Markus immer behauptete. »Ich muss wissen, wo Laurenz ist.«

»Ich habe keine Ahnung, und das habe ich dir schon tausendmal gesagt.«

Ben atmete auf. Er glaubte ihr. Zum ersten Mal. »Und du hast auch bestimmt nicht vor, dich erneut mit ihm zu treffen?«

»Wie könnte ich, wenn ich nicht mal weiß, wo er steckt?«

»Und du hast seit eurem ersten Treffen auch nichts mehr von ihm gehört?« Ihn zu treffen und miteinander zu sprechen, zum Beispiel am Telefon, war ja nicht das Gleiche. Ben war kein Idiot.

Valli verdrehte die Augen, aber in ihr Gesicht stahl sich ein Grinsen. »Das war jetzt schon die dritte Frage. Sorry, ich bin dran.«

Ben trank einen Schluck Lambrusco. Der Wein war einigermaßen kalt und rann ihm angenehm prickelnd die Kehle hinunter. Er hasste Fusel, aber der perlende Rotwein passte wunderbar zu diesem Abend, und außerdem war es keiner von der ganz billigen Sorte. »Na, dann los, frag mich.«

»Warum bist du nach Cheb gefahren? Es hätte dir egal sein können.«

Ben zögerte einen Moment. Er kannte die Antwort auf diese Frage selbst nicht genau. »Ich habe Markus versprochen, auf dich aufzupassen. Deshalb.« Aber das war nur die halbe Wahrheit.

Valli nickte, schien nicht ganz zufrieden mit der Antwort. »Du bist dran.«

»Wie, wo und wann wurdest du das erste Mal geküsst?« Ben lachte hämisch, als seine Frage dem Sternenhimmel entgegenschwebte. »Jetzt wäre dir eine dienstliche Frage bestimmt lieber, habe ich recht?«

Klar hatte er recht. Valli war es endpeinlich, dass sie erst mit sechzehn das erste Mal mit einem Jungen geknutscht hatte. »2003 am Inglinger Parkplatz.« Sie lachte. »Damals wusste ich nicht, dass das eigentlich die Location für die fortgeschritteneren Aktivitäten war. Ein gutes Passauer Mädel bekommt seinen ersten Kuss normalerweise am Innkai und wird erst später zum Inglinger Parkplatz oder zum Jägerhof gelotst.«

»Du warst also kein gutes Mädel?«

»Doch. Aber das wusste der Typ nicht.« Valli zeigte in den Himmel. Eine Sternschnuppe. Die erste der Nacht. »Hast du Geschwister?«

Auf diese Frage war Ben nicht vorbereitet. Er wollte nicht darüber reden, hatte noch nie mit jemandem darüber gesprochen.

»Eine Schwester.«

»Habt ihr viel Kontakt?«

Ben streckte zwei Finger in die Luft.

»Ich habe vorhin auch zwei Fragen beantwortet. Also?«

Aber Valli bekam keine Antwort mehr, und Ben stellte keine weiteren Fragen. Schweigen breitete sich aus wie zäher Nebel, und diesmal wurde die Stille bald unerträglich.

Als Kroner nach Hause kam, hatte er ein Dulliäh, ein Räuschlein, einen Schwips. Allerdings keinen von der leichten, angenehmen Sorte. Im Gegenteil: Er schluckte an einem abartig großen Brocken, der ihm im Hals steckte.

Oberstaatsanwalt Herrlich war Michels Date gewesen – ausgerechnet der Herr Herrlich! Minimum fünfzehn Jahre älter als sie und ein blatterter Fettsack. Kroner fühlte sich tief in seiner Männerehre gekränkt, dennoch fügte sich in seinem vernebelten Kopf damit endlich alles zusammen: die vielen dienstlichen Termine, die die beiden gemeinsam wahrnahmen, die Blicke, die sie tauschten.

Dorothee Michels hatte sich bei Herrlichs schleimigem Begrüßungshandkuss eilig von Kroner verabschiedet – dabei hatte sie ihrem EKHK kurz zuvor noch das Du angeboten! Am liebsten wäre Kroner dem Herrlich an die Gurgel gegangen, aber ein strenger Blick von Dorothee hatte ihn zur Räson gebracht.

Sie wolle eine Nacht über die Sache schlafen, hatte sie noch ausweichend gesagt, bevor sie Kroner fürnehm mit ihrer Rechten wie eine lästige Fliege aus dem »Bouillabaisse« gewedelt hatte.

Eine Schande ist das!

Da konnte er noch so diskrete Nachforschungen anstellen, die würde niemals etwas unternehmen, wenn der Herrlich dabei auch ein Wörtchen mitzureden hatte. Niemals!

Zu allem Überfluss hatten die Kollegen im Büro Kroner auf seine Nachfrage hin eben berichten müssen, dass Sullivan noch immer flüchtig war. Den richterlichen Beschluss für die Hausdurchsuchungen der sieben Anwohner hatten sie wie erwartet zu spät bekommen, um das heute noch durchzuziehen.

Was für ein Bockmist!
Immerhin war keine Hiobsbotschaft aus dem Krankenhaus einge-
troffen. Marlis Osterby ging es den Umständen entsprechend gut.
Die Bahre blieb im Keller – vorerst.

Kroner warf seine Jacke über den Stuhl, als er auf dem Küchentisch ein Kuvert mit seinem Namen darauf entdeckte. Eindeutig
Vallis Handschrift. Das hieß sicher nichts Gutes.

Er seufzte, ging erst mal zum Kühlschrank, um nachzusehen, ob
sein Vater irgendeine Kleinigkeit für ihn hinterlassen hatte. Eine
grüne Tupperschüssel lachte ihn an, er nahm sie heraus und zog
den Deckel ab: gewaschener Salat. Ohne alles. Na ja. Er stellte
die Schüssel, ohne sie wieder zu schließen, zurück ins Fach und
griff stattdessen die weiße Schüssel mit dem Glasteller als Deckel.
Nudelsalat. Besser.

Kroner nahm einen Löffel aus der Schublade und setzte sich an
den Tisch. Das Carpaccio hatte wunderbar geschmeckt, aber das
Portiönchen war für einen Kroner freilich zu klein gewesen. Opa
Kroners gehaltvoller Nudelsalat kam da gerade recht.

Er öffnete das Kuvert. Ein Liedtext von VanWolfen. Kannte er
nicht. Er begann zu lesen.

Sie war grade mal
süße sieben Jahre alt.
Missbraucht und misshandelt,
jetzt ist ihr kleiner Körper kalt.
Die Gutachter sagen,
er musste es machen.
Schließlich hatte er als Kind
selber nix zu lachen.
Er sah sie auf der Schaukel
und dachte …
… die oder keine.
Seine Pornophantasien
haben nun mal …
… kurze Beine.
Da draußen stehen Tausende
auf solche Videoclips.

Und das sind nicht mal Penner,
die meisten tragen Schlips.

Kroner verging der Appetit, der Löffel fiel scheppernd auf den Tisch. Was bildete sich Valli eigentlich ein?

Ihr habt ihn erwischt?
Das kann schon mal geschehen.
Und ist ja kein Drama ...
... im Deutschen Rechtssystem.
Auf Psychiater und Richter
ist immer Verlass.
Und Schmusetherapie ist ja auch
viel humaner als Knast.
Kindermörderland!

Kroner würgte einen Thunfisch-Nudelsalat-Mix in den Ausguss, zerknüllte den Zettel mit dem Liedtext und warf ihn gegen die Fensterscheibe. Valli stempelte ihn zum Mittäter ab? Was für eine bodenlose Frechheit! Und Joja würde in dasselbe Horn blasen. Der Apfel fällt nicht weit vom Stamm. Na klar. Die beiden machten es sich leicht – viel zu leicht.

Als das Telefon klingelte, hob Kroner ab.

Es war Paulus. »Chef, wir haben ihn.«

Dienstag, 11. Juni
Viele Lokale in der Altstadt bleiben vorerst geschlossen

49

Jungfrau, Mutter Gottes mein,
lass mich ganz dein eigen sein.
Dein im Leben, dein im Tod,
dein in Unglück, Angst und Not;
dein in Kreuz und bitt'rem Leid,
dein für Zeit und Ewigkeit.
Jungfrau, Mutter Gottes mein,
lass mich ganz dein eigen sein.

Kroners Knie schmerzten, kalter Schweiß stand auf seiner Stirn. Dreihunderteinundzwanzig Steinstufen. *De Stiang aufebetn?* Jawoll, genau das tat er. Wie schon sein Vater, sein Großvater und sein Urgroßvater, wenn sie mit einem Fall nicht weitergekommen waren, das war Tradition in der kronerschen Familie, ein guter alter Brauch. Das Gebet zur Mutter von der immerwährenden Hilfe hatte Kroner schon mit vier Jahren auswendig aufsagen können, weil der alte Kroner-Vadder ihn jedes Mal mitgenommen hatte, wenn es was zum Erbitten gab. Und das gab es damals recht oft. Was zum Erbitten.

Mutter, auf dich hoff und baue ich,
Mutter, zu dir ruf und seufze ich,
Mutter, du Gütigste, steh mir bei,
Mutter, du Mächtigste, Schutz mir verleih.

Kroner nahm die nächste Stufe in Angriff. Die Morgenandacht war eine einzige Katastrophe gewesen. Zu viele Informationen, die nicht zuzuordnen waren, und jede einzelne hinterließ bei ihm das Gefühl, er wäre zu deppert, um zu erkennen, was ganz offensichtlich war. Er, der Herr Oberermittler, hatte keinen blassen

Schimmer. Aber wer sollte ihn sonst haben, den Schimmer, wenn nicht er?

Das Bauchgefühl, das im Fernsehen jeden guten Ermittler ausmachte, fehlte ihm schlichtweg. Er verstand sich eher als Handwerker, als eine Art Fliesenleger, der ein kompliziertes Muster zusammenfünferlte. Er musste den passenden Stein finden, sonst kam er keinen Schritt weiter. Nix da Intuition. Gleich nach der Morgenandacht im Kommissariat war er deshalb am Kapuzinerplatz auf die überdachte Wallfahrtstreppe gehuscht. Bis er sich zum Kloster hinaufgebetet hatte, würde er hoffentlich wissen, was zu tun war. Freilich glaubte der naturwissenschaftlich abgeklärte Kroner nicht daran, dass die Gottesmutter Maria tatsächlich ihre Hand im Spiel haben könnte, nein, das nicht, aber hier fiel ihm das Denken leichter als im Büro. Die Ruhe, die Kühle, beides schätzte Kroner, und nicht nur einmal war ihm mitten beim *Stiangaufebetn* ein Geistesblitz gekommen, ein passender Stein vor die Füße gepurzelt. Wo immer der herkam, wollte der mickrig restgläubige Kroner gar nicht wissen. Hauptsache, er purzelte. Der Stein.

O Mutter, so komm, hilf beten mir.
O Mutter, so komm, hilf streiten mir.
O Mutter, so komm, hilf leiden mir.
O Mutter, so komm und bleib bei mir.

O Mutter, so komm, hilf denken mir, fügte Kroner im Stillen hinzu. Die Kollegen hatten Ty Sullivan gegen einundzwanzig Uhr keine fünfhundert Meter von der Betonvilla-Osterby entfernt gefunden. Fünfhundert Meter! Kroner war schier ausgerastet, als er das gehört hatte. Die Umstände erklärten allerdings so einiges: Anscheinend hatte sich Sullivan am Brunnhäuslweg durchs dichte Gebüsch geschlagen und sich ein paar Meter weiter in einer Hecke auf dem Gelände der Innstädter Grundschule verborgen. Wie er es geschafft hatte, bis dahin keinen Tropfen Blut zu verlieren, blieb ein Rätsel.

Da zum Zeitpunkt seines Verschwindens die Schüler draußen in der Pause waren, hatten sich die Beamten auf ein kurzes Abschreiten der Grünanlagen beschränkt, schließlich wollte man den Kindern keinen Schrecken einjagen. Dabei hatten sie Sullivan wohl übersehen. Am Nachmittag waren die Oasen-Kinder immer noch da gewesen, schließlich bezahlten deren Eltern dafür, dass ihre Kinder ganztags betreut wurden. Also war das Schulgelände auch beim zweiten Suchdurchlauf außen vor geblieben. Zu diesem Zeitpunkt hatte ohnehin niemand mehr damit gerechnet, dass Sullivan noch in der Nähe sein könnte.

Erst die angeforderten Suchhunde, die am Abend eingetroffen waren, brachten den Erfolg, wären aber fast zu spät gekommen. Sullivan hatte so viel Blut verloren, dass die Ärzte im Klinikum gestern nicht sagen konnten, ob er überleben würde. Heute Morgen hieß es zwar, er habe das Schlimmste überstanden, aber eine Einvernahme mache vor dem Nachmittag keinen Sinn. Geduld wurde verlangt. Aber was, wenn Sullivan etwas mit der bestialischen Ermordung von Marcela Dankova zu tun hatte? Wenn er ein zweites Mädchen in seiner Gewalt hatte? In Sara Rieß' Tod war er definitiv auf irgendeine Art verstrickt, sie wussten nur nicht, auf welche. Rätselhaft blieb auch, dass die Mitarbeiterin des Franz-Josef-Strauß-Flughafens in München felsenfest behauptete, ein gewisser Ty Sullivan, geboren am 2. Januar 1953, wohnhaft in Toronto, sei in diesem Jahr ein einziges Mal in den Passagierlisten aufgetaucht, und zwar am Samstag, den 8. Juni 2013. Über eine Woche *nach* Saras Tod und einige Tage nach dem grausigen Fund in der Milchgasse. Er sei an Bord der Maschine von British Airways gewesen, nein, nicht nur gebucht, er habe auch eingecheckt, ganz sicher. Aber wie konnte das sein? Wie kam seine DNA dann in den Körper von Sara Rieß? Das war ja fast wie beim Tiefkühlsamenversand in der modernen Pferdezucht, nur dass es im vorliegenden Fall nicht um die teuren Gene eines Spitzenvererbers ging, sondern um den genetischen Fingerabdruck von Laurenz' Vater.

Du kannst mir ja helfen, o Mächtigste,
du willst mir ja helfen, o Gütigste,
du musst mir ja helfen, o Treueste,
du wirst mir auch helfen, Barmherzigste.

Dann, bittgarschön, tu es doch möglichst bald! Die Flughafentussi hatte versprochen, erneut alle Daten zu prüfen. Irgendwo musste ein Fehler sein. Das Blut war nachgewiesenermaßen *vor* der Ankunft des *Spenders* in Deutschland in Sara gelandet. War Sullivan unter falschem Namen einige Wochen vorher gereist? Aber wer war dann der Typ in der Maschine gewesen? Es gab jede Menge Rätsel. Zu viele. Kroner rauchte der Kopf.

Und warum hatte Sullivan auf Marlis Osterby geschossen? Wollte er sich an ihr rächen? Dafür, dass sie ihm den Sohn genommen hatte? Die Verjährungsfrist für die Vergewaltigung, die Marlis Osterby hatte dokumentieren lassen, war erst seit April abgelaufen. Sicher hatte Sullivan von dem Pamphlet gewusst, und jetzt, da es seine abschreckende Wirkung verloren hatte, wollte er es Marlis endlich heimzahlen. Gut möglich. Aber wenn er sich damit zum Mörder machte, was brachte es ihm dann, erst die Verjährung abzuwarten? Hatte Sullivan am Ende doch etwas mit Sara Rieß' Vergewaltigung zu tun? Diese wäre schließlich nicht verjährt, nicht einmal dann, wenn sie vor Gericht nur dem Tatbestand des sexuellen Missbrauchs standhalten würde. Hatte die Osterby dazu auch ein Geheft im Schrank? Zuzutrauen wäre es ihr.

O Mutter der Gnade, der Christen Hort,
du Zuflucht der Sünder, des Heiles Pfort.
Du Hoffnung der Erde, des Himmels Zier,
du Trost der Betrübten, ihr Schutzpanier.

Kroner rutschte eine Stufe weiter. Er fand einfach die Teile nicht, die in diesem Puzzle fehlten. Nicht ums Verrecken! Der DNA-Vergleich des Milchgassenmädchens mit der Speichelprobe des mutmaßlichen Bruders Antonín war in Arbeit, doch Kroner zweifelte ohnehin nicht daran, dass es sich bei der Toten um Marcela Dankova handelte. Wenigstens da war er sich sicher. Von den großen Autovermietungen hatten sie die Listen mit den Mietverträgen erhalten, die in den Zeitraum des Verschwindens von Marcela fielen. Ein paar Kollegen waren gerade dabei, sie durchzusehen. Gab es eine Überschneidung mit der Liste der überschwemmten Gebiete und/

oder der Leute, die nachweislich einen Schussapparat besaßen, dann würde die Spur heiß werden. Kroner wünschte sich im Moment nichts sehnlicher als das: eine heiße Spur.

Wer hat je umsonst deine Hilf angefleht?
Wann hast du vergessen ein kindlich Gebet?
Drum ruf ich beharrlich in Kreuz und Leid:
Maria hilft immer, sie hilft jederzeit.

Kroners Blick schweifte zu den Votivtafeln, die links und rechts an die weißen Wände genagelt waren. Über manchen hingen Rosenkränze, auch über der kronerschen. Ein Bild zum Dank für die Rettung aus dem Inn im Jahr 1738. Der dargestellte Votant war angeblich ein Vorfahre der Kroners, dessen erstgeborener Sohn um ein Haar im Inn ertrunken wäre. Der Bub lag tropfnass in den Armen des Vaters und lächelte, genau wie die Gottesmutter, die ihre schützenden Hände über ihn hielt.

Wenn Kroner doch nur eine solche Tafel für Sara Rieß stiften könnte, wenn die Gottesmutter doch nur ihre schützenden Hände auch über sie und das tschechische Mädchen gehalten hätte. Wenn, wenn, wenn ...

Ich ruf voll Vertrauen in Leiden und Tod:
Maria hilft immer, in jeglicher Not.
So glaub ich und lebe und sterbe darauf;
Maria hilft mir in den Himmel hinauf.

Wenigstens das würde sie für Sara Rieß und Marcela Dankova tun: ihnen in den Himmel hinaufhelfen.

Eigentlich müsste Kroner jetzt den Psalter beten. Ab dem großen Kreuz blieben genau hundertfünfzig Stufen für das Rosenkranzgebet, doch seit dem Tod des Großvaters hatte er das nicht mehr getan, und das war jetzt gut dreißig Jahre her. Das *Kugelnschieben* war ihm mittlerweile einfach zu ...

Apropos Kugeln! Die Kriminaltechniker und Ballistikspezialisten hatten heute im Kabuff ein ziemliches Durcheinander ausgespuckt: Sie hätten im Haus der Osterby nirgendwo auch nur ein Kügelchen gefunden. Nix. Nicht einmal einen Steck-schuss in der Küchenwand, obwohl eindeutig Einschusslöcher vorhanden waren. Das Einzige, womit sie hatten aufwarten können, war ein Geschossrest gewesen, den sie aus der Wand gekratzt hatten. Mit ein bisschen Glück konnte das BKA damit etwas anfangen, aber das würde ein paar Tage dauern. Ihnen lief die Zeit davon.

Bei Sullivan war eine Ruger Standard sichergestellt worden, von der zweiten Waffe keine Spur. Hatte Sullivan die Pistole, mit der Rothenbach gefeuert hatte, am Ende doch nicht an sich genommen? Alle waren bislang davon ausgegangen, denn im Haus hatten die Beamten nichts gefunden. Auch nicht im Garten. Nirgends. Und falls Sullivan eine der beiden Waffen entsorgt hatte – wie auch immer er das in der kurzen Zeit, die ihm zur Verfügung gestanden hatte, geschafft haben sollte –, welche war dann seine und welche Marlis Osterbys? Kroner musste dringend mit der Osterby reden. Heute Morgen hieß es, sie sei zwar über den Berg, aber leider noch nicht vernehmungsfähig.

Gerade hatte Kroner einen Fachmann zu Rothenbach ge-schickt. Er sollte sich von Marlis Osterbys Freund erklären lassen, wie dieser die Waffe entsichert und abgefeuert hatte. Daraus ließ sich mit etwas Glück der benutzte Waffentyp ableiten. Außer-dem sollte Rothenbach seine, Osterbys und Sullivans Positionen vor, während und nach dem Schusswechsel in einen Küchenplan einzeichnen, damit die Polizei die Angaben später mit den vorhan-denen Einschusswinkeln und den daraus resultierenden Standorten der Schützen vergleichen konnte. Passte beides nicht zusammen, saß ihnen entweder eine Laus im Pelz, oder Rothenbach konnte sich einfach nicht mehr genau erinnern. Bei traumatischen Er-lebnissen, wie er eines hinter sich hatte, war Zweiteres gar nicht so selten.

Jungfrau, Mutter Gottes mein,
lass mich ganz dein eigen sein.
Dein im Leben, dein im Tod,
dein in Unglück, Angst und Not;

dein in Kreuz und bittrem Leid,
dein für Zeit und Ewigkeit.
Jungfrau, Mutter Gottes mein,
lass mich ganz dein eigen sein.

Amen.

Geschafft! Kroner betrachtete das bleiverglaste Marienbild mit dem blauen Himmel im Hintergrund, das am Ende des Stiegenbetens die Hinführung zu Jesus Christus verhieß – sozusagen als Belohnung für die überstandene Qual.

Fritzl. Priklopil.

Warum geisterten diese Namen nur ständig durch seinen Kopf? Kroner seufzte tief. Warum pulsierte dieses Hirngespinst immer fordernder durch seine Synapsen? Seit er wusste, wann ungefähr Marcela Dankova aus Cheb verschwunden war, tauchten Bilder von Kellerverliesen vor seinem geistigen Auge auf, rauschte der Name Natascha Kampusch wieder und wieder durch seine Ohren. Letzte Nachte hatte er sogar davon geträumt. Es gab ein unklares Zeitfenster vom Verschwinden Marcelas bis zu deren Tod. Wo war sie in der Zeit gewesen? Was war mit ihr passiert?

Kroner betrat den Vorraum des Klosters und ging zur Kapelle weiter. Obwohl im Stil des Frühbarock errichtet, fehlten die dafür typischen pompösen Stuckverzierungen. Kroner empfand die Schlichtheit als ausgesprochen angenehm, liebte aber auch den Anblick des bis an die Decke reichenden Hochaltars im Chorraum. Vor allem das Marienbild, die allererste Kopie des berühmten Gemäldes von Lucas Cranach, hatte es ihm angetan. Das Original hing im Innsbrucker Dom, hatte aber weit weniger Verehrung erfahren als das Duplikat hier in der Wallfahrtskirche Mariahilf. Der gütige, wissende Blick der Gottesmutter, die den kleinen Jesus an sich drückte, das war die Belohnung für das ewige Stiegenbeten gewesen, als Kroner noch ein Bub gewesen war. Und jetzt? Was war mit Marcela Dankova nach ihrem Verschwinden passiert? Was?

50

»Ja, bitte?«

Kroner stand einem unfassbar zierlichen Persönchen mit wippendem Pferdeschwanz gegenüber. Man hätte Dr. med. Lena Mützelbach glatt für eine Sechzehnjährige halten können, wären da nicht die verräterischen Fältchen um Augen und Mund gewesen. Dennoch sah sie Lichtjahre jünger aus als das, was Kroner aus den Tiefen des Polizeicomputers erfahren hatte. Lichtjahre! Faszinierend, dass sich eine falsche Bezeichnung derart in den Sprachgebrauch einer Spezies einschleichen konnte. Genauso gut hätte er sagen können, sie sähe Kilometer jünger aus.

»Wie kann ich Ihnen helfen?«

Mist! Er war nicht bei der Sache. Kroner fingerte seinen Ausweis hervor. Hinter der Frau Doktor tauchten zwei – für Kroner – identische Mädchen auf, die ihre Arme um die Knie der Mutter schlangen. Auf jeder Seite eines. Vier neugierige Augen musterten Kroner ungeniert von oben bis unten.

»Kriminalpolizei Passau, Kroner mein Name.« Er klappte den Ausweis zu, als Lena Mützelbach nicht danach griff, um ihn sich genauer anzusehen. »Entschuldigen Sie die Störung, aber ich würde Ihnen gern ein paar Fragen stellen.«

Auch Akademikerinnen waren nicht davor gefeit, beim Wort Kriminalpolizei nervös zu werden, das wusste Kroner, aber die hier verbarg es gut.

»Worum geht es, wenn ich fragen darf?«

Was sollte er ihr darauf antworten? Kroner wusste es ja selbst nicht genau. Das Dossier der Gewaltopferambulanz hatte derart einladend auf Marlis Osterbys aufgeräumtem Schreibtisch gelegen, dass er es einfach hatte mitnehmen müssen, das Geheft hatte ihn regelrecht angesprungen. »Es geht um eine Vergewaltigung, die Sie gerichtstauglich dokumentiert haben.«

Sie zog die Brauen hoch. »Ich arbeite seit zehn Jahren nicht mehr im Rechtsmedizinischen Institut.«

»Ich weiß.«

Sie überlegte. »Sie haben sich also schon erkundigt. Verstehe.«
»Die Sache ist verjährt, darum geht es nicht. Ich möchte lediglich eine Einschätzung von Ihnen.« Kroner fühlte sich unbehaglich. Mützelbach war eine Frau, bestimmt würde sie ihm ins Gesicht lachen und sagen, das sei mal wieder typisch Mann.

Die Ärztin schob die Zwillinge zurück ins Haus, hinein in ein Zimmer, in dem ein Lausbub Herr eines überbordenden Chaos war, und führte Kroner in die Küche. Er musste an die Osterby-Villa denken. Das hier war das krasse Gegenteil. Das i-Tüpfelchen des Durcheinanders war eine dicke Mehlschicht, die den Boden bedeckte und in der sich kleine Fuß- und Handspuren abzeichneten.

Anscheinend sah auch die Hausherrin die Bescherung zum ersten Mal, denn sie schlug die Hände über dem Kopf zusammen.

»Das kenne ich«, sagte Kroner schnell und lachte. »Bei mir daheim sah es auch immer so aus, wenn ich von der Arbeit heimkam. Vier Buben wie die Orgelpfeifen.« Kroners Hand zeichnete das Gesagte in der Luft nach.

Aus dem Kinderzimmer erhob sich Geschrei, fuhr in die Mutter wie ein Blitz, krümmte ihren Rücken und ließ die Schultern nach vorn sacken.

Überfordert, dachte Kroner. »Bei dreien ist immer einer zu viel, was?«

Mützelbach sah Kroner an, als spräche er Japanisch. »Der Kleinste ist gerade eingeschlafen, Dreimonatskoliken. Er hält mich ziemlich auf Trab.« Sie nickte in Richtung Treppenaufgang.

Wie ein Damoklesschwert erhob sich prompt von oben das Greinen eines Säuglings. Die Schultern der Mutter sackten noch ein Stück tiefer.

»Einen Moment, bitte.« Mützelbach schlichtete zuerst den Streit im Kinderzimmer, rannte dann die Treppe hinauf und kam schließlich mit dem Schreiling im Anschlag zurück.

Die Töne, die da aus dem kleinen zittrigen Mund kamen, waren nichts, was Kroner gut vertrug. Sie gingen ihm durch und durch. Der Schweiß brach ihm aus. »Vielleicht komme ich besser ein andermal?«

Mützelbach lächelte gequält, klopfte resolut Schätzeleins Popöchen. »Dann ist es vermutlich auch nicht besser. Also?« Sie visierte die Sitzgruppe an.

Kroner setzte sich, revidierte sein Überfordert-Urteil vorerst. »Erinnern Sie sich an den Fall Marlis Osterby?« Kroner musste sich konzentrieren, um das Wäh, Wäh, Wääääääh und das atemlose Luftholen des kleinen Mannes auszublenden.

Mützelbach unterbrach Schaukelei und Schsch. »Ich kann dazu nichts sagen, das unterliegt der ärtztlichen Schweigepflicht. Das wissen Sie doch.«

Kroner warf das Geheft auf den Couchtisch, blätterte demonstrativ bis zur Seite mit der Unterschrift. »Ich kenne die Fakten, all das haben Sie dokumentiert.«

»Wenn Sie so gut Bescheid wissen, warum fragen Sie dann?«

»Marlis Osterby wurde vom mutmaßlichen Vergewaltiger von damals angeschossen.«

Mützelbach schnappte nicht nach Luft, zeigte keinerlei Entsetzen. »Mutmaßlich? Sie glauben ihr nicht?«

Kroner zögerte. Glaubte er der Osterby? Eigentlich ja. »Ich glaube ihr, alles passt zusammen. Ich frage mich nur, warum sie ihren Peiniger schlussendlich nicht angezeigt hat, wo sie sich doch die Mühe mit der Dokumentation gemacht hat. Das ist bestimmt nicht angenehm.« Er brach ab.

»Das ist es ganz sicher nicht, da haben Sie recht.« Der kleine Schreihals beruhigte sich etwas und beschränkte sich für eine Weile gönnerhaft darauf, zu wimmern.

»Was hatten Sie für einen Eindruck von Frau Osterby?«

Lena Mützelbach verdrehte die Augen, seufzte. »In der Klinischen Rechtsmedizin geht es nicht darum, sich einen *Eindruck* zu machen, man sammelt Fakten, hält sie fest. Das ist auch schon alles.«

Anscheinend hatte Kroner einen wunden Punkt bei Lena Mützelbach getroffen. Trotzdem würde sie ihre ärztliche Schweigepflicht nicht ohne Weiteres brechen, und Kroner hatte seinerseits nichts in der Hand, um sie dazu zu bewegen. Er musste sich also auf Allgemeinplätze beschränken. »Angenommen, jemand würde versuchen, sich die für eine Vergewaltigung typischen Verletzungen selbst beizubringen.« Kroner hielt der Frau Doktor die Fotos von

Marlis Osterbys Blessuren unter die Nase. »Würde ein diensthabender Arzt in der Gewaltopferambulanz dies erkennen?«

Sie lachte. Kroners plumper Versuch schien sie zu amüsieren, trotzdem anwortete sie. »Sicher doch.«

»Wie sicher?«

Der kleine Schreiling schwang sich zu neuen Höhen auf, die Mutter schwenkte ihr Söhnchen routiniert in die begehrte Fliegerposition. »Es ist ausgeschlossen, sich derartige Verletzungen selbst beizubringen, ohne dass rechtsmedizinisch geschultes Personal dies bemerken würde. Unmöglich.«

»Das heißt im Umkehrschluss, dass Marlis Osterbys Verletzungen echt waren?«

Sie schwieg, aber ihre Augen verneinten Kroners Frage eindeutig.

Seine Beobachtung brachte ihn einen Moment aus dem Takt, er musste überlegen, ehe er fortfuhr. »Es wäre hingegen nicht nachzuweisen, wenn eine andere Person, ein Helfer …«

Jetzt waren die Mützelbach-Äuglein wieder ganz Kroners Meinung, sie strahlten regelrecht. »Es bedarf dafür einiger Entschlossenheit, das können Sie sich sicher vorstellen, aber möglich ist es durchaus. Da routinemäßig Gewebeproben für einen späteren Abgleich asserviert werden – sofern solche vorhanden sind –, könnte man einen DNA-Vergleich in Erwägung ziehen, wenn die von Interesse –«

Kroner packte das Dossier, suchte hektisch die Stelle, an der von Spurenträgern die Rede war. Aha. Sehr gut. Er bohrte seinen Finger ins Papier und sah Mützelbach an.

Sie nickte, lächelte sogar.

»Ich sollte ehrlicherweise wohl erwähnen, dass wir DNA des mutmaßlichen Vergewaltigers von Marlis Osterby in einer Leiche gefunden haben. Vaginal. Einer jungen Frau, die vor einigen Jahren von einem bislang unbekannten Täter vergewaltigt wurde. Vielleicht von ihm.« Spätestens jetzt müsste Mützelbach zurückrudern, falls sie sich ihres unausgesprochenen Verdachts nicht ganz sicher war, aber sie tat nichts dergleichen. Kroner fuhr fort. »Der Mann hat sich zum fraglichen Zeitpunkt laut Aktenlage nicht in Deutschland aufgehalten. Wir haben sein Blut in der Leiche gefunden, ich kann mir das eigentlich nicht erklären.«

Mützelbach legte den Säugling kurz auf der Couch ab, drückte ihren Rücken durch und massierte mit einer Hand den Nacken. »Falsch-positives Ergebnis«, sagte sie lapidar, nahm den Kleinen wieder auf und legte ihn sich über die Schulter.

Kroner sah auf, überdimensionale Fragezeichen im Blick.

»Könnten Sie das für mich konkretisieren, bitte?«

»Seit ich die Gewaltopferambulanz verlassen habe, ist das mein Spezialgebiet: falsch-positive Ergebnisse bei DNA-Analysen. Im Grunde gibt es nur wenige Möglichkeiten: vertauschte oder verunreinigte Proben, eineiige Zwillinge«, Mützelbach nickte vielsagend in Richtung des Kinderzimmers, »oder ein Knochenmarkempfänger ist im Spiel.«

»Der Abgleich der Listen hat nichts ergeben.«

Leo hatte Schlegel am Apparat, der auf dem Weg zu einer Hausdurchsuchung an der Schanzlbrücke war. Sie und Ben stellten gerade mit Kriminaltechniker Rossmeisl, der die ballistischen Untersuchungen geleitet hatte, die Geschehnisse vor Ort in der Osterby-Villa nach. »Danke«, sagte Leo und ächzte. Alle waren mit Aufträgen zugeschissen, Überstunden en masse. Kaum jemand, der die *Oarschhockn* in diesen Tagen zu annehmbaren Büroschlusszeiten verließ. Im Grunde genommen gab es keine mehr, so wie üblich bei aktuellen Tötungsdelikten. Da wurde durchgearbeitet.

Ben tippte seinen Bleistift kräftig in den Küchenentwurf, um die Gedanken seiner Chefin auf den Plan zurückzurufen.

Rothenbach hatte die Skizzen für die Kripo rausgesucht, schließlich hatte er den Kücheneinbau überwacht und wusste, wo Marlis Osterby die Unterlagen aufbewahrte.

»Hier stand Sullivan?«, richtete Ben seine Frage an Kriminaltechniker Rossmeisl.

»Das hat Rothenbach so angegeben. Ja.«

»Und der Geschossrest, den ihr aus der Wand gekratzt habt, stammt von da?« Ben zeigte auf das Einschussloch im Küchenbereich.

»Korrekt. Der Einschusswinkel lässt allerdings vermuten, dass der Schuss von hier abgegeben wurde.« Rossmeisl ging zu den

Stufen, die Küchen- und Wohnbereich voneinander trennten. »Die Kollegen vom BKA konnten bereits sagen, dass dieser Geschossrest sicher nicht von einer Ruger stammt.«

Leo stand an der Stelle, an der die Hausherrin zusammengebrochen war. »Marlis Osterby verfügt über keine Waffenbesitzkarte oder einen Waffenschein. Wenn sie eine Pistole hat, wie Rothenbach angegeben hat, dann ist das ein Straftatbestand nach Paragraf 51 des Waffengesetzes.«

Ben nickte. Dass die Osterby damit gegen geltendes Recht verstieß, interessierte ihn gerade nicht die Bohne. »Also hat Sullivan von hier geschossen, obwohl Rothenbach es anders im Plan vermerkt hat?« Marlis Osterbys Freund war bewusstlos gewesen, das verfälschte das Erinnerungsvermögen schon mal. »Habe ich recht?« Ben sah Rossmeisl fragend an.

»Hast du. Der Schuss kam von da.« Rossmeisl holte ein Plastiktütchen aus der Hosentasche. »Diese Hülse stammt von einer Walther PPK, 9 mm. Wir glauben, dass der sichergestellte Geschossrest zu diesem Waffentyp passt.« Rossmeisl ging zu Leo hinüber und fuhr mit der Hand über eine Delle im Edelstahl des frei stehenden Küchenblocks. »Hier muss das zweite Projektil nach dem Durchschuss abgeprallt sein. Dafür sprechen die Gewebereste und das Blut. Sonst haben wir allerdings noch nicht besonders viel herausgefunden.«

Ben und Leo sahen den Kollegen Rossmeisl auffordernd an.

»Wir konnten nirgends das dazugehörige Geschoss finden.«

»Kein Zweifel?« Leo bückte sich und scannte automatisch den Boden, die Stufen, jedes Eck.

»Wir haben alles abgesucht, manchmal gibt es ja die eigenartigsten Zufälle, aber Fehlanzeige.«

»Das heißt, Sullivan hat sich die Mühe gemacht, Projektile, Hülsen, alles einzusammeln? Warum?« Leo kratzte sich am Kopf, ihre Stirn faltete sich wie tektonische Platten. »Das ist doch merkwürdig: Sullivan schießt seine Ex über den Haufen, knockt ihren Lover aus und sammelt dann in aller Ruhe den Abfall ein? Und das, obwohl ihm Rothenbach gerade eine Kugel in die Schulter gejagt hat und er blutet wie Sau?«

»Und nicht nur seine«, fügte Rossmeisl hinzu. »Er nimmt auch die Geschossreste der anderen Waffe mit. Wir haben auch sonst nichts gefunden.«

»Was?«, riefen Ben und Leo gleichzeitig.

»Die Einschusslöcher im Küchenbereich stammen von derselben Waffe, vermutlich einer Walther. Die im Wohnbereich von einer anderen, diesmal ziemlich sicher von der Ruger, es sei denn, es war noch eine dritte Knarre im Spiel, aber das ist wohl eher unwahrscheinlich.«

»Dann muss Rothenbach lange bewusstlos gewesen sein.« Leo schickte sich an, die Blenden der Küchenkästchen abzumontieren.

»Leo«, sagte Rossmeisl genervt, »lass das. Wir haben wirklich alles abgesucht. Wir machen unseren Job.«

Leo hob entschuldigend die Hände und stand auf.

»Die Ärzte im Krankenhaus sagen, dass Marlis Osterby längere Zeit als zuerst angenommen nicht versorgt war.« Ben schritt erneut Küche und Wohnraum ab. »Das würde auch zu einer längeren Bewusstlosigkeit Rothenbachs passen.« Er blieb stehen. »Wir müssen endlich wissen, welche Waffe der Osterby gehört: die Ruger oder die Walther. Rothenbach kennt sich mit den Dingern nicht aus, angeblich jedenfalls. Er konnte keinen Typ nennen, und seine Schilderung vom Entsichern bis zum Betätigen das Abzugs war ebenfalls mehr als schwammig.«

Angeblich! Das Wort erfüllte den Raum wie die Unheil verheißende Mundharmonikamelodie in Sergio Leones »Spiel mir das Lied vom Tod«.

Allmählich kamen Ben Zweifel an Rothenbachs Version der Dinge. Hatte der Mann in seiner Panik vielleicht die Falsche getroffen und wollte das jetzt vertuschen? »Wir sollten noch mal mit ihm reden.«

Leo war da ganz seiner Meinung. Zwar hatten sie den Lebensgefährten der Osterby gebeten, herzukommen, der aber hatte sich mit der Begründung entschuldigt, er wolle Marlis Osterby im Krankenhaus nicht allein lassen, solange sie noch auf der Intensivstation lag. »Und wir sollten Frau Osterby kurz fragen, welche Waffe ihr gehört.«

»Die Ärzte sagen, sie ist noch nicht vernehmungsfähig«, merkte

Ben der Form halber an. Er ahnte, dass Leo das nicht mehr abhalten würde.

»Scheiß auf die Weißkittel«, sagte seine Chefin prompt. »Wir fahren jetzt ins Krankenhaus und reden mit der Osterby und Rothenbach.« Sie bedeutete Ben, ihr zu folgen. »Und bei Sullivan schauen wir bei der Gelegenheit auch gleich vorbei. Basta!«

51

Eltern fordern Härte gegen Mörder der Tochter
Keine zweite Chance für Täter
Die Leiche wurde einen Tag nach dem Verschwinden des Mädchens in einem Schrebergarten nur etwa tausend Meter Luftlinie vom Elternhaus entfernt aufgefunden. Der Sexualstraftäter E. Dellmeier hatte die damals dreizehnjährige Schülerin auf dem Heimweg vom Schwimmtraining betäubt, sie in sein Auto gezogen, in seine Wohnung gebracht, missbraucht und später getötet und im nahe gelegenen Schrebergarten abgelegt. Dellmeier war Wiederholungstäter: Bereits als 17-Jähriger hatte er ein elfjähriges Mädchen vergewaltigt und umgebracht. Dafür hatte er sechs Jahre Jugendstrafe bekommen, war aber schon nach vier Jahren aus dem Gefängnis entlassen worden – aufgrund guter Führung und günstiger Prognose durch den behandelnden Psychologen.

Valli saß wie versteinert vor ihrem Laptop. Nachdem sie sich auf der Suche nach diesem Perversling stundenlang vergeblich durch alle möglichen Bildergalerien im Netz geklickt hatten, um diesem Arschgesicht – das sie doch irgendwoher kannte – endlich einen Namen zu verpassen, hatte sie aufgegeben und »Bruhan« bei Google eingegeben. Bens Reaktion bei der Geschwisterfrage gestern Nacht auf dem Aussichtsturm hatte sie stutzig gemacht. Einer der ersten Beiträge blinkte ihr nun vom Bildschirm entgegen. Sie klickte auf »Weiterlesen«.

Mittlerweile hat der Mörder von Zoe Bruhan den Großteil seiner Haftstrafe abgesessen. Da bei seiner Verurteilung keine Sicherungsverwahrung ausgesprochen wurde, fürchten die Bruhans nun, dass er in den nächsten Jahren aus dem Gefängnis entlassen werden könnte. Eine unerträgliche Vorstellung für die Eltern: »Dieser Mann hat zwei Kinder auf dem Gewissen und bekommt trotzdem die Chance, wieder freizukommen.« Eine Rückkehr in die Gesellschaft sollte für Sexualstraftäter generell ausgeschlossen werden,

sagt der Vater des ermordeten Mädchens, Dr. Dr. Julius Otto
Bruhan, deutscher Botschafter in Kabul. »Solche Täter verdienen
keine zweite Chance«, fügt seine Frau Susanne hinzu. »Der
Staat muss die Kinder schützen. Um sie geht es, nicht um die
Rechte der Täter.«

Valli fuhr sich durch die Haare. Jetzt verstand sie auch, was Ben
in dem schäbigen Hotelzimmer in Plauen gemeint hatte, als er
sagte: *Denen kann niemand helfen. Und schon gar nicht diese Psycho-*
heinis, deren einziges Ziel es ist, ihre persönliche Liste an Therapierten
möglichst lang werden zu lassen, möglichst viele Erfolge vorweisen
zu können. Denen ist doch egal, wenn einer mit günstiger Prognose
rückfällig wird.
Ein Wiederholungstäter hatte Bens Schwester missbraucht
und getötet. Valli stiegen Tränen in die Augen. Ob Markus davon
wusste? Wahrscheinlich nicht. Wie sie Ben einschätzte, sprach er
mit niemandem darüber. Typisch Männer, dachte Valli, die fressen
die Sorgen so lange in sich hinein, bis es zum großen Ausbruch
kommt. Ben war damals noch ein Kind gewesen. Valli rechnete
nach. Er musste ungefähr fünfzehn gewesen sein, als seine Schwester
ermordet worden war.
Fünfzehn!
Hoffentlich hatte er damals psychologischen Beistand bekommen.
Sie erhob sich vom Schreibtisch, klaubte den Ausdruck auf, den
ihr Tintenstrahler auf den Zimmerboden gespuckt hatte, und ließ
sich aufs Bett fallen, um den Bericht ein zweites Mal zu lesen. Etwas
kam ihr bekannt vor, lockte eine Erinnerung aus den Tiefen ihres
Gedächtnisses an die Oberfläche, aber der Weg war weit – zu weit.
Sie kam sich vor wie eine Ertrinkende, die die Wasseroberfläche
sehen kann, ihr aber nicht näher kommt.
Sie schloss die Augen, dachte daran, dass sie womöglich auf der
falschen Seite stand. Psychologie. Valli wollte verletzte Kinderseelen heilen, deshalb hatte sie sich für dieses Fach eingeschrieben.
Lächerlich idealistisch, zugegeben. Aber dieses Muster hatte sich
durch ihre gesamte Pubertät bis ins Erwachsenenalter gezogen.
Sollte sie die Seiten wechseln, um dafür zu sorgen, dass das Unrecht

erst gar nicht geschah? Wäre sie besser zur Polizei gegangen, genau wie Markus? Und Ben?

Urplötzlich kam die Oberfläche doch näher, Valli tauchte auf – Luft holen, endlich: Schrebergarten? Schrebergarten! *Schrebergarten!!!*

Das war es! Das hatte Laurenz bei ihrem Treffen im »Oberhaus« auf den Kassenbon gekritzelt: Schrebergarten. Und in einem solchen hatte man Zoe gefunden. Das Wort hatte die verschollene Erinnerung nach oben gespült. Bingo!

»Noch auf Intensiv.« Die Schwester hatte es eilig. An drei Türen auf ihrem Gang blinkten rote Lichter.

Leo war das egal. »Und warum konnte Frau Osterby nicht auf Normalstation verlegt werden?«

»Das weiß ich nicht. Da müssen Sie mit dem zuständigen Arzt reden.«

Und weg war sie, die Schwester. Das Pflegepersonal hatte keine Zeit für Patientengespräche, und für anderes Geschwafel erst recht nicht. Leo murrte, vielleicht hätte sie der jungen Frau doch ihren Ausweis zeigen sollen. Zuvor hatte ihr die Empfangsdame gesagt, Marlis Osterby sei auf Station fünf verlegt worden, und jetzt das.

Leo ging allein zum Aufzug zurück, Ben hatte sie zu Sullivan geschickt, als ihr vom Treppenhaus her Kroner entgegenkam.

»Du? Was machst du denn hier?«, bellte der Chef schon von Weitem.

»Ich wollte mit Marlis Osterby reden«, erklärte Leo. »Und du?«

»Ich auch.«

»Sie ist noch auf der Intensiv.«

»Ich weiß«, nuschelte Kroner und kramte in seinen Hosentaschen. »Von dort komme ich gerade.«

»Und?«

»Sie hat zu viel Schmerzmittel erwischt. Irgendein opiumhaltiger Stoff, der bei Überdosierung zu Atemdepressionen führen kann. Jedenfalls ist sie total high, schwebt in anderen Sphären.«

Leo zog die Brauen hoch. »Erklär mir das bitte genauer.«

»Der Dosierer an der Infusion war verstellt, entweder hat sie selbst daran herumgedreht oder ...«

»Rothenbach.« Leo strich ein paar blonde Fransen zurück, die ihr ständig ins Gesicht fielen.

»Wie kommst du auf ihn?« Kroner war mehr als überrascht.

»Der war die ganze Zeit bei ihr, und außerdem stimmt etwas mit seiner Aussage nicht.«

Kroner schüttelte den Kopf. »Das Pflegepersonal von der Intensiv hat mir eben erzählt, Rothenbach wäre heute Morgen nur kurz bei Marlis Osterby gewesen. Die Sache mit der Infusion ist aber gerade eben erst passiert. Er kann es also nicht gewesen sein. Wieso auch?«

»Verdammt.« Leo biss die Zähne zusammen. »Trotzdem: Er hat uns zum zweiten Mal angelogen.«

Auf dem Weg zu Sullivan erzählte Leo Kroner vom Treffen mit Rossmeisl und den Ungereimtheiten, was die ballistischen Untersuchungen anbelangte. Kroner seinerseits erhellte Leo mit Mützelbachs Eindruck, was Marlis Osterbys Vergewaltigung betraf, und ihrer Theorie von falsch-positiven DNA-Analysen. Im Gang vor der Intensivstation rief Leo bei Rothenbach an, der sich prompt meldete und einwilligte, sich mit ihr und Kroner um siebzehn Uhr in der Osterby-Villa zu treffen. Warum er nicht im Klinikum sei, wie er behauptet hatte, wollte Leo wissen. Die Schwestern hätten ihm gesagt, Marlis brauche Ruhe, antwortete er. Und er könne ja ohnehin leider nichts für sie tun.

Na schön. Sie würden sehen, was er zu sagen hatte. Jetzt war es zwanzig nach vier.

Ein junger Intensivpfleger begleitete Kroner und Leo in die Umkleide und verpasste ihnen Gummizughütchen, Kittel und Plastiküberzieher für die Schuhe. Auch er bestätigte, dass Marlis Osterby bis auf Oliver Rothenbach, der kurz vorbeigeschaut hatte, den ganzen Tag keinen Besuch gehabt hatte. Das mit der Infusion sei wohl ein Missgeschick gewesen.

Ein Missgeschick!

Dem zuständigen Pfleger habe man ein paar Tage Urlaub verordnet, er hätte schon einmal einen Bock geschossen. Eine Untersuchung würde folgen.

»Sie müssen jetzt Ihre Handys ausschalten.«

»Aber wir sind von der Kripo, wir müssen erreichbar bleiben.«
Der Pfleger schüttelte den Kopf. »Wir können es trotzdem nicht
erlauben. Mobiltelefone der zweiten und dritten Generation, also
GRPS und UMTS, können medizinische Geräte wie Infusionspum-
pen, Dialysegeräte und Monitore stören. Das haben neuere Studien
ergeben. Tut mir leid, aber entweder schalten Sie Ihre Handys aus,
oder Sie bleiben draußen.«

»Verdammte Scheiße!« Valli schleuderte ihr Mobiltelefon aufs Bett.
Kroner ging nicht ran. Sie sah auf die Uhr. Halb fünf.
Schrebergarten. Schrebergarten. Schrebergarten.
Wo, bitte, gab es in Passau Schrebergärten? Das war doch eher
eine norddeutsche Marotte. Okay, auf Innstadtseite, am Rosenauer
Weg, da gab es eine Kleingartensiedlung, aber war das die einzige?
Musste die jetzt nicht vom Hochwasser überschwemmt sein? Sie
klappte den Laptop auf und googelte »Schrebergarten + Passau«.
Die meisten Hits stammten von Anzeigenwerbern, erst auf der
zweiten Seite stach ihr etwas ins Auge:

Tragödie in Passau:
In der Kleingartenanlage »Doblweg« ist ein 43-jähriger Mann in
der Nacht zum Samstag in den …

Sie notierte den Straßennamen auf einem Post-it und stopfte den
Zettel in ihre Tasche, dann sah sie sich auf dem PC die Kleingar-
tensiedlung aus der Vogelperspektive an. Sie musste in der Nibelungenstraße an der KPI vorbei, in der Verlängerung weiter die
Spitalhofstraße und dann hinter dem städtischen Bauhof links: Dort
lagen die Schrebergärten, direkt hinter dem Stadion. Valli drückte
die Taste zur Wahlwiederholung, wartete, bis Kroners Mailbox
Gesprächsbereitschaft signalisierte, und hinterließ eine Nachricht:
»Mir ist eingefallen, wo Laurenz nach unserem Treffen hinwollte.
Ruf mich sofort an, wenn du das hörst.« Ben, der wie Kroner nicht
erreichbar war, erhielt die gleiche Nachricht.

Ty Sullivan war ein Hüne, das Krankenhausleiberl spannte über
seiner breiten Brust, allerdings trug der Schulterverband freilich

einiges dazu bei. Unvorstellbar, dass der schmächtige Laurenz der Sohn dieses Mannes sein sollte.

Ben trat einen Schritt zur Seite, Kroner klappte vor Sullivans Gesicht seinen Ausweis auf, Leo nickte nur. Auch Ben war eben erst zu Sullivan vorgedrungen, da Ärzte- und Pflegerschaft noch damit beschäftigt gewesen waren, den Verband zu wechseln und die weitere Therapie zu besprechen.

Von einer Schwester hatte Kroner indes erfahren, dass Sullivan sich erstaunlich gut von dem doch recht kritischen Blutverlust erholt hatte. Fachbegriffe wie Dilutionskoagulopathie, Fibrinogen, Kolloide, Frischplasmen und weiß der Geier, was noch, waren Kroner ins Gesicht geklatscht wie einer Windschutzscheibe bei hundertachtzig Stundenkilometern die fetten Fliegen. Ihm wurde schon schlecht, wenn er eine Spritze in steriler Verpackung sah, er wollte solche Details nicht hören.

»Wie geht es Ihnen?« Kroner hatte keine Lust auf die harte Tour, seine Knie waren weich. Er las etwas in den Augen dieses Mannes, das ihm zu Herzen ging, und Dr. Mützelbachs unausgesprochenen Worte hallten in seinem Kopf nach. War Sullivan eine tragische Figur? Hatte ihm das Leben übel mitgespielt? Hatte Marlis Osterby ihn am Ende doch reingelegt? Er straffte die Schultern. Quatsch, Sullivan war ein Vergewaltiger, möglicherweise sogar ein Mörder! Sein verschissenes Blut war in Sara Rieß gefunden worden. In Sonni, Vallis Freundin. Kroners Stimme wurde eine Spur schärfer: »Sagen Sie uns, was gestern passiert ist.«

Sullivan sah aus dem Fenster. Seine Augen füllten sich mit Tränen. »Ich möchte mit einem Anwalt sprechen.«

Das Recht hatte jeder, egal, was er ausgefressen hatte, trotzdem stöhnten alle drei Kommissare genervt auf. Sie hatten keine Zeit, sie brauchten endlich etwas Konkretes. Leo erklärte sich schließlich bereit, alles Nötige zu veranlassen, und verließ das Krankenzimmer.

Kroner ließ sich auf einen Hocker sinken, der neben einer riesigen Apparatur stand, und stellte ihn mit dem Hebel auf die richtige Höhe ein. Wenn Sullivan ohne Anwalt nichts sagen wollte, bitte sehr, deshalb musste Kroner noch lange nicht den Schnabel halten. »Haben Sie einen Zwillingsbruder?«

Sullivans Augen wurden groß. Mit so einer Frage hatte er sicher nicht gerechnet. Er schüttelte den Kopf.

»Kennen Sie Sara Rieß?«

»Nein.«

Er antwortete ja doch. Gut so. »Wie kommt es dann, dass wir Ihre DNA in Sara Rieß' Leiche sicherstellen konnten? Erklären Sie uns das bitte.«

Sullivan sah Kroner zum ersten Mal in die Augen und begann zu lachen. »Ich weiß nicht. Vielleicht fragen Sie besser Marlis.« Er klang wie jemand, dem alles egal war.

Kroner warf Ben einen Blick zu, der nur mit den Schultern zuckte. Auch er wusste nichts mit Sullivans letztem Satz anzufangen. »Sie haben Marlis Osterby beinahe getötet. Es hat nicht viel gefehlt. Sie ist noch immer nicht in der Lage, unsere Fragen zu beantworten.« Über Sullivans Gesicht huschte ein Ausdruck, den Kroner nicht einordnen konnte. War es Bestürzung? Berechnung? Aggression? Müsste er tippen, würde er auf Letzteres sein Geld setzen. »Warum haben Sie auf Marlis Osterby geschossen?«

Sullivan fuhr sich mit der Zunge über die aufgeplatzten Lippen. »Ich habe nicht auf die Mutter meines Sohnes geschossen, das habe ich Ihrem Kollegen hier bereits gesagt.«

Kroner bemühte sich um Gleichgültigkeit, setzte sein Pokerface auf. »Wer dann? Rothenbach?«

»Sie glauben mir doch sowieso nicht. Wenn sich Leute wie Sie erst einmal auf eine Version eingeschossen haben, bringt sie niemand mehr davon ab.«

»Testen Sie uns«, sagte Ben.

Sullivan schien abzuwägen. Bis der Anwalt kam, würde noch eine ganze Weile vergehen, und abhängig von seinem Gesundheitszustand würde man ihn schnellstmöglich einem Haftrichter vorführen. Er kannte sich aus, hatte all das schon einmal durchgemacht. »Wer ist Rothenbach?«

»Marlis Osterbys Lebensgefährte. Er hat auf Sie geschossen, nachdem Sie …«

Sullivan schlug mit seiner unversehrten Rechten auf das Laken. Eine erstaunlich kraftvolle Geste, die Kroner ihm so nicht zugetraut hätte – jedenfalls nicht in diesem Zustand. »Ich habe nicht auf Marlis geschossen! *Fuck!* Ich habe sie bedroht, ihr den Lauf meiner Pistole ins Gesicht gehalten, ja, aber dann ...«

»Was für eine Pistole?«, fragte Ben dazwischen und handelte sich dafür einen strafenden Blick vom Chef ein.

»Eine alte Ruger. Die habe ich mir zugelegt, als diese Vergewaltigungssache ... Ich habe sie gestern bei Amalie und Max aus dem Versteck geholt.«

Ben notierte eifrig auf sein Blöckchen – sein iPhone lag ja im Koma.

»Sie haben Marlis Osterby also bedroht. Wie ging es weiter?«

Kroner dankte still den Göttern, dass Sullivan redete und damit nicht wartete, bis sein Anwalt auftauchte.

»Ich wollte ihr nichts tun, wollte sie nur erschrecken. Sie sollte mir sagen, wo Laurenz ist, aber ... auf einmal war noch jemand da, plötzlich spürte ich den Lauf einer Pistole im Rücken.« Sullivans Oberkörper wölbte sich nach vorn, als ob er die Waffe noch spüren würde. »Die Stimme hörte sich komisch an, verzerrt, ich konnte sie nicht gut verstehen. Er hat gesagt, ich solle abhauen, mich nicht umdrehen. Dann fiel der Schuss, und ich bin nur noch gerannt.«

Kroner sträubten sich alle Haare. Das war mal eine Geschichte. »Können Sie den Mann beschreiben? Es war doch ein Mann, oder?«

Sullivan wiegte den Kopf. »Wahrscheinlich. Ich habe mich nicht umgedreht, das wäre ja Selbstmord gewesen.«

»Aber Marlis war zu diesem Zeitpunkt unverletzt, sagen Sie?«

Sullivan nickte.

»Haben Sie mit der Ruger geschossen?« Ben stand hinter Kroner und legte ihm kurz die Hand auf die Schulter, um ihm zu signalisieren, dass die Frage wichtig war.

Sullivan überlegte. »Ich war ziemlich betrunken. Ja, ich glaube, ich habe zwei- oder dreimal gefeuert – um Marlis Angst einzujagen. Einmal sollte sie sich fürchten, nicht ich! Wenigstens einmal.«

»Von wo aus haben Sie geschossen? Standen Sie auf der Treppe zum Wohnbereich oder in der Küche?«

»Küche. Ich war in der Küche, ganz sicher.«

Ben beugte sich zu Kroner hinunter und flüsterte ihm ins Ohr: »Alles, was er sagt, stimmt mit den ballistischen Untersuchungen überein. Rothenbach muss auf Marlis Osterby geschossen haben.«

Kroner wandte sich überrascht um. »Du glaubst ihm?«

Ben nickte. Er wusste selbst nicht, warum. Sullivan hatte schließlich jede Menge Zeit gehabt, sich eine gute Geschichte auszudenken.

Kroner stand auf. »Mr. Sullivan, wir werden morgen wiederkommen, wenn es Ihnen besser geht.« Er reichte ihm zum Abschied die Hand. »Und Sie sollten sich dann auf die Wahrheit beschränken. Das wäre besser für Sie und für uns.«

Sullivan heulte auf wie ein Wolf bei Vollmond. »Die Wahrheit? Das ist ein guter Witz! Was ich gesagt habe, ist die Wahrheit. Ich habe in meinem ganzen Leben die Polizei nicht ein einziges Mal angelogen.«

Kroner hätte ihm gern geglaubt. Ben war bereits in der Umkleidekabine, er selbst fast schon draußen auf dem Gang, aber eine Frage musste er unbedingt noch loswerden, die brannte ihm schon die ganze Zeit unter den Nägeln. »Haben Sie irgendwann in Ihrem Leben Knochenmark gespendet, Mr. Sullivan? Oder eine Knochenmarkspende empfangen?«

Laurenz' Vater richtete sich auf und sah Kroner verwirrt an, als der Überwachungsmonitor anfing zu piepsen, um mitzuteilen, dass die Infusion leer war. Der Intensivpfleger trat ans Bett, stoppte den Alarm und begann, die alte Flasche gegen eine neue zu tauschen.

»Haben Sie Knochenmark gespendet?«, wiederholte Kroner seine Frage.

Sullivan atmete tief durch, als läge eine schwere Last auf seiner Brust. »Warum wollen Sie das wissen?«

»Antworten Sie einfach.«

»Nein.«

Kroner ließ den Kopf hängen. Mützelbachs Theorie traf nicht zu. Kein Zwilling, keine Knochenmarktransplantation, blieb als letzte Möglichkeit eine Verunreinigung der Probe, aber auch das war nahezu ausgeschlossen. Sullivan arbeitete weder bei der Polizei noch in der Rechtsmedizin, was eine solche Verunreinigung hätte erklären können. Er war ratlos.

»Warten Sie.«

Kroner blieb stehen, drehte sich um.

Sullivan fiel es sichtlich schwer zu sprechen. »Ich habe meinem Sohn Stammzellen aus peripherem Blut gespendet, eine sogenannte haploidente Stammzelltransplantation. Laurenz hatte Leukämie.« Tränen liefen ihm über die Wangen.

52

Am Rosenauer Weg in der Innstadt zeigte Valli ein paar Leuten Laurenz' Foto. Sie waren mit Aufräumen beschäftigt. Ob hier noch etwas zu retten war? Das Wasser hatte die meisten Hütten und Häuschen einfach weggespült, der Schlamm war mittlerweile getrocknet und zu Sand zerfallen. Es sah aus wie an einem Strand. Niemand wollte Laurenz gesehen haben, die Leute hatten andere Sorgen.

In der Laubensiedlung am Doblweg gleich hinter dem Stadion war es ähnlich. Valli sprach zwei ältere Herren an, die ihr nicht weiterhelfen konnten. Jetzt lief sie einer Dame mit typischer Altweiberwellenlegung hinterher, die auf einem Fahrrad mit einem Haufen Grünzeug im Körbchen am Lenker an ihr vorbeisegelte wie eine Jolle bei Windstärke sieben. Valli rechnete jeden Augenblick damit, dass die Alte kenterte. Im Heck saß Omas Wuffilein, dessen Öhrchen im Wind wehten und der von Vallis Ansinnen nicht gerade entzückt war. Der Köter kläffte wie verrückt – typisch Jack Russell.

»Einen Moment, bitte!«, schrie Valli lauter als nötig. Das tat sie bei Menschen mit grauen Haaren ganz automatisch.

»Schrei doch nicht so, ich bin nicht schwerhörig.« Wankend kam die Alte zum Stehen und zwang mit Mühe ihr rechtes Bein über den extratiefen Einstieg. Ein nettes Gesicht mit großmütterlichen Augen sah Valli an. »Was willst du denn von mir, Kindchen?«, fragte die Alte und hielt ihrem Jacky das Maul zu. Der Köter verlegte sich sofort aufs Knurren. Ganz klar, Wuffi war ein Fall für Rütter, den Hundeprofi.

Valli zeigte der alten Dame das Foto von Laurenz. »Haben Sie den hier schon mal gesehen?«

Großmütterchen nahm das Bild in die Hand und holte umständlich die Brille heraus. »Nicht dass ich wüsste.«

»Gibt es hier viele leer stehende Parzellen? Gärten, wo selten jemand da ist?«

Die alte Dame schüttelte den Kopf. »Nein. Alles ist belegt, und im Sommer sind die meisten auch regelmäßig da. Es ist schwer, ein so schönes Stückchen Garten zu bekommen. Die Warteliste ist lang.«

»Kennen Sie alle Pächter?«

»Natürlich. Der Zusammenhalt ist gut, hier kennt jeder jeden.« Stolz schwang in ihrer Stimme mit. Jacky bekam einen Klaps auf den Popo, weil er sich nicht beruhigen wollte, und wurde postwendend für diese Ungerechtigkeit aufs Schnauzi geküsst.

»Wenn sich dieser junge Mann hier versteckt hielte, würden Sie das mitbekommen?«

Die Alte überlegte. »Wahrscheinlich. Mein Mann und ich sind oft auch abends hier, und, na ja, mein Mann ist recht neugierig.«

Valli nickte, hegte aber insgeheim den Verdacht, dass eher sie diejenige war, die über alles Bescheid wusste.

»Hat er denn was angestellt, der junge Mann?«

»Nein, nein. Er hatte nur Streit mit seiner Mutter, geht ihr aus dem Weg.«

»Nun, das soll vorkommen.«

»Sagt Ihnen der Name Osterby zufällig etwas?«

Das Mütterchen verneinte. »Leider nicht.«

Damit hatte Valli gerechnet. Osterby und Schrebergarten, das passte nicht zusammen. Sie bedankte sich artig.

Die Alte stieg mühsam auf ihr Rad und brachte die wackelnde Jolle erneut auf Kurs. Nach zwei, drei Metern überlegte sie es sich anders und bremste. »Ach, weißt du, Mädchen, in meinem Alter lässt einen das Gedächtnis häufig im Stich.«

Valli lief ihr nach und stellte sich als Abstiegsassistentin zur Verfügung. Sie reichte der Dame die Hand, hielt das Rad fest und achtete darauf, nicht in Reichweite des kleinen schwarz-weißen Monsters zu kommen. Geduld! Geduld!, mahnte sie sich und schwieg auffordernd.

»Letztes Jahr war da dieser schreckliche Vorfall mit der Gertraud.«

Gertraud? Sprach das Mütterchen etwa von der Tragödie am Doblweg, die Valli vorhin im Internet nachgelesen hatte?

»Der Gertraud ihr Neuer ist ausgeflippt und wollte ihr was antun. Und als der gute Heribert ihr helfen wollte, hat er den Johann in der Herzgegend getroffen, mit dem Messer. Beide waren stockbesoffen, aber es war Notwehr, da kann das Gericht tausendmal … Er konnte doch … Der war sofort tot … Oh mein Gott …« Die alte Dame rang nach Luft.

Aber Valli hörte schon nicht mehr richtig hin. Sie interessierte sich nicht für die Details von damals, die der gesamten Kleingartenanlage garantiert über Monate hinweg Gesprächsstoff geliefert hatten. Sie wollte gehen. Das hier führte zu nichts.

»Jedenfalls ist die Gertraud seit dem Vorfall nicht mehr da gewesen. Hat sich nicht blicken lassen, aber gestern … gestern hat ein junger Mann eine Kiste mit Einkäufen in ihr Häuschen getragen.«

Valli horchte auf. »Wie hat er ausgesehen?«

Die Alte zwinkerte. »Es könnte der junge Kerl auf dem Foto gewesen sein, aber sicher bin ich mir nicht.«

»Welche Nummer?«

»Ach, Schätzchen, die Telefonnummer von der Gertraud weiß ich nun wirklich nicht auswendig.«

»Die Parzellennummer?«

»Ach, die meinst du.« Die Alte wandte sich um und deutete mit dem Finger nach vorn. »Gleich da drüben ist es. Nummer 16.«

Kroner checkte sein Handy, als er neben Ben die Auffahrt zur Osterby-Villa hochstapfte. Valli hatte auf die Mailbox gesprochen. Er ignorierte die Nachricht. Wahrscheinlich würde sie ihm den Liedtext von VanWolfen so lang aufs Band singen, bis er etwas gegen diesen Perversen unternahm. Doch Kroner würde sich nicht rechtfertigen, würde keinen Ton sagen, solange er nicht sicher sein konnte, dass die *geheimen Ermittlungen*, die ihm die Michels großzügig zugestanden hatte, nicht im Sande verliefen. Nur gut, dass Valli lediglich das Gesicht des Mannes kannte, nicht dessen Namen. Ihr war alles zuzutrauen.

»Sie sind aber spät dran.« Oliver Rothenbach sah demonstrativ auf seine Uhr, als er die Tür öffnete. »Ich wollte gleich noch mal ins Krankenhaus zu Marlis. Die Stationsschwester hat gerade angerufen, dass es ihr schlechter geht.«

Kroner und Ben betraten grußlos das Haus. Leo hatten sie zuvor bei der KPI abgesetzt. Die Kollegin hatte von einem starken Gefühl, etwas übersehen zu haben, geschwafelt und wollte sicherheitshalber erneut die Unterlagen durchackern.

Ben war enttäuscht. Eigentlich hatte er damit gerechnet, dass Rothenbach sie versetzen würde. Dass er sogar auf sie gewartet hatte, gab ihm viel von seiner verlorenen Glaubwürdigkeit zurück. Zu gern hätte Ben Rothenbach einen Strick um den Hals gelegt und ihm den Überführt-Stempel aufgedrückt. Schließlich hatte Sara Rieß Rothenbach, ihren Fitnesstrainer, vom Foto abgeschnitten. Okay, nicht ihn allein, auch diesen anderen Kerl, ihren Disziplintrainer, aber der war nachgewiesenermaßen nicht in Passau gewesen, als Sara starb.

»Apropos Krankenhaus«, eröffnete Kroner das Gespräch, »Sie haben uns angelogen.«

Rothenbach wirkte ehrlich überrascht. »Was meinen Sie?«

»Ad A«, begann Kroner, »Sie waren nicht den ganzen Tag im Krankenhaus, wie Sie uns gesagt haben, und ad B kann mit Ihrer Aussage den Schusswechsel betreffend etwas nicht stimmen.«

Ben behielt Rothenbach genau im Auge, versuchte, jede Gefühlsregung in dessen Gesicht zu deuten. Der Kerl war nervös, sein Blick unstet, er kämpfte mit sich, überlegte.

»Die Pfleger haben mich regelrecht rausgeschmissen. Sie haben gesagt, ich könne sowieso nichts für sie tun.« Rothenbach bot den Kommissaren die Hocker an der Küchentheke an. Die Untersuchungen der Kriminaltechniker waren abgeschlossen, das Haus war wieder freigegeben. Rothenbach musste den gesamten Nachmittag lang geputzt haben, alles sah beinahe so steril aus wie zuvor.

Kroner lehnte ab. Er zog es vor, zu stehen. »Und warum haben Sie sich nicht bei uns gemeldet, um den Termin mit den Ballistikern wahrzunehmen? Sie wussten doch, dass wir Sie gern dabeigehabt hätten. Für uns sieht das so aus, als wäre Ihnen nicht daran gelegen, dass sich dieser ganze Spuk hier rasch aufklärt.«

Rothenbach wandte ihnen den Rücken zu, bestückte die Jura, hantierte an der Maschine herum. »Ich ... ich hatte keine Lust ... Diese ganze Geschichte ... geht mir ziemlich an die Nieren. Es tut mir leid, es war ein Fehler, dass ich nicht da war, aber ...« Er drehte sich langsam um, das Döschen mit den Kaffeebohnen noch in der Hand, und atmete tief durch. »Sie haben recht. Ich habe Sie angelogen.«

Kroner und Ben sahen sich an. Diese Offenbarung kam für beide überraschend.

Rothenbach stellte die Kaffeedose weg, stützte sich mit den Armen auf der Arbeitsplatte ab, als könne seine Muskulatur das Gewicht seines Rumpfes nicht länger tragen. »Ich wollte erst mit Marlis sprechen, er ist immerhin ihr Sohn, und sie würde ganz bestimmt nicht wollen ...«

Kroners Mund klappte auf. »Sprechen wir von Laurenz? War Laurenz Osterby hier?«

Rothenbach nickte. »Ja. Er hat seine Mutter niedergeschossen.«

Kroner und Ben waren platt. Laurenz? »Er hatte also die Waffe aus Marlis Osterbys Schreibtisch?«

Rothenbach nickte. »Ich konnte nichts tun, das müssen Sie mir glauben.«

»Aber wieso, verdammt noch mal, haben Sie uns das nicht gleich gesagt?« Kroner war stinksauer, am liebsten hätte er diesen Hausmeisterschnösel am Kragen gepackt, ihn durchgeschüttelt und ihm im Detail erklärt, was der Vorwurf der Strafvereitelung für rechtliche Folgen haben konnte.

Rothenbach zuckte hilflos mit den Schultern. »Ich war zu feige, wollte es lieber Marlis überlassen, ihren Sohn zu beschuldigen.«

»Papperlapapp! Wieso sollten ausgerechnet Sie ihn schützen wollen? Sie hatten zu Laurenz sicher kein freundschaftliches Verhältnis. Er hatte kaum Kontakt zur Mutter.«

Rothenbach nickte. »Das stimmt, aber Sie kennen Marlis nicht. Sie hat gern alles unter Kontrolle, besonders dann, wenn es um die Familie geht.«

Kroner war mit seiner Geduld am Ende. Er packte Rothenbach am Arm und zog ihn in die Mitte der Küche. »Darüber reden wir später, aber jetzt erklären Sie uns noch einmal ganz genau, wie das gestern hier abgelaufen ist. Und morgen früh melden Sie sich um sieben Uhr im Kommissariat, dort werden wir Ihre Fingerabdrücke nehmen und prüfen, ob Schmauchspuren an Ihren Händen sind.« Kroner ärgerte sich, dass er das nicht schon gestern angeordnet hatte.

Ben lief von der Nibelungenstraße die Auffahrt zur Kriminalinspektion hinauf. Jetzt passte alles einigermaßen zusammen.

Rothenbachs zweite Version der Geschehnisse vom gestrigen Tag stimmte mit den Untersuchungsergebnissen der Kriminaltechnik überein. Allerdings gab es zwei Dinge, die Ben nach wie vor bitter aufstießen und ihm arge Bauchschmerzen bereiteten: Laurenz sollte Rothenbach den Handkantenschlag verpasst *und* auf seinen eigenen Vater und seine Mutter geschossen haben? Ausgerechnet der schmächtige Laurenz?

Rothenbach hatte ihnen im Detail erklärt, dass Laurenz durchaus in der Lage wäre, einen solchen Schlag auszuführen, schließlich hätte er einen roten Gürtel, und im Taekwondo stünde Rot für die Sonne, von der bereits eine große Kraft ausgeht. Der rote Gürtel sei ein Signal, dass der Schüler kurz davorstand, Meister zu werden, und er angehalten war, sich noch intensiver und ausdauernder mit dem Taekwondo zu beschäftigen. Rothenbach gab an, er wisse das alles, da er sich als Trainer auch für andere Sportarten interessiere. Natürlich werde ein solcher Handkantenschlag im Training niemals gelehrt, aber die koordinativen Fähigkeiten dazu besäße Laurenz allemal.

Kroner war bereits auf dem Weg zu Laurenz' Großeltern, um die Taekwondo-Geschichte und die Sache mit der Blutstammzelltransplantation nachzuprüfen. Außerdem wollte er sich davon überzeugen, dass Laurenz nicht doch dort Unterschlupf gefunden hatte. Irgendwo in der Nähe musste er ja sein, wenn er gestern im Haus seiner Mutter herumgeballert hatte.

Laurenz, so Rothenbach weiter, habe natürlich von der Waffe im Schreibtisch seiner Mutter gewusst. Sie hätten erst vor Kurzem darüber gesprochen, deshalb wisse er das so genau. Aber wieso, verdammt noch mal, sollte Laurenz auf seinen Vater schießen? Das war es, was Ben am meisten an Rothenbachs Version störte.

Er war außer Atem, als er am Haupteingang die Ziffernkombi eintippte, haute zweimal daneben. Wenn Laurenz auf Sullivan geschossen hatte, konnte das nur bedeuten, dass sein Vater doch etwas mit Sara Rieß' Vergewaltigung vor acht Jahren oder sogar mit deren Tod zu tun hatte.

Hatte Laurenz vielleicht die Wahrheit über seinen Vater erfahren und war ausgeflippt, weil Daddy nicht der Heilige war, für den sein Sohn ihn all die Jahre gehalten hatte? Aber wieso sollte er dann seine Mutter niederschießen? Denn laut Rothenbachs letzter Aussage war gar nicht mehr klar, wer denn nun auf Marlis geschossen hatte – Sullivan oder Laurenz. Alles sei viel zu schnell vonstattengegangen, und der Handkantenschlag habe wohl einige Erinnerungen aus Rothenbachs Kurzzeitgedächtnis gelöscht. Marlis Osterbys Motivation, einen solchen Vater vom Sohn fernzuhalten, wäre damit jedenfalls für Laurenz nachvollziehbar gewesen.

Sollte sich allerdings bewahrheiten, dass Sullivan seinem Sohn Blutstammzellen gespendet hatte, hieße das, dass sowohl das Blut als auch das Sperma, das sie in Sara Rieß' Leiche sichergestellt hatten, von ein und demselben Mann stammte: nämlich von Laurenz. Durch die Transplantation waren seine Blutzellen ausgetauscht worden, das hatte Ben mittlerweile recherchiert. Laurenz trug demnach bereits kurz nach dem Eingriff die genetische Information seines Spenders, also des Vaters. Und zwar ausschließlich im Blut, seine Spermien und jedes andere Gewebe seines Körpers behielten die ursprünglichen genetischen Merkmale. Eine neuerliche Vergewaltigung durch Sullivan war damit so gut wie ausgeschlossen, schließlich war dieser erst nach Saras Tod in Deutschland gelandet. Warum also sollte Laurenz auf seinen Vater schießen? Um seiner Mutter zu helfen, die er dann aber ebenfalls über den Haufen schoss? Tausend Ungereimtheiten, ziemlich vertrackt, es war zum Verzweifeln.

Im Aufzug zückte Ben sein Handy. »Sie haben drei neue Nachrichten«, meldete es gehorsamst. Zweimal hatte Leo draufgesprochen: Ben solle schnellstmöglich seinen Arsch herbemühen, sie sei da auf etwas Interessantes gestoßen und müsse allerdringendst mit ihm sprechen. Die letzte Nachricht war von Valli, aber für ihren geistigen Auswurf hatte Ben keine Zeit – nicht jetzt. Er musste bei der Chefin antanzen und ihr die Neuigkeiten berichten.

Valli!

Ben mochte sie. Komischerweise. Sie war anders, so absolut anders als alles, was er sonst im Bett gehabt hatte. Wollte er mit ihr ins Bett? War es nur das? In der Nacht auf dem Aussichtsturm hatte Vallis Frage nach Geschwistern alles zerstört. Wieso hatte sie ausgerechnet danach fragen müssen? Wäre das nicht passiert, hätte Ben Kroners Ziehtöchterchen mit Sicherheit geküsst, er hatte das

Funkeln in ihren Augen gesehen. Auch sie mochte ihn. Irgendwie jedenfalls, sonst hätte sie ihn gar nicht erst mit auf den Turm genommen. Bloße Dankbarkeit? Das zu glauben, verbot Ben sein ausgeprägtes Selbstbewusstsein.

Wollte sie ihn wiedersehen? Deshalb der Anruf? Das große nächtliche Schweigen nach dieser einen Frage war unerträglich gewesen. Ben hatte bald vorgegeben zu schlafen, und Valli war aufgestanden und hatte sich auf die Mauer gesetzt. Eine Ewigkeit lang. Bei Sonnenaufgang waren sie runter vom Turm, hinein in den Wehrgang, wo sie sich in einer Ecke verkrochen hatten, bis die Tore geöffnet wurden, für die Valli keinen Schlüssel hatte. Dann waren sie ihrer Wege gegangen – jeder für sich. Ohne ein Wort.

Ben öffnete Leos Bürotür. Er würde Vallis Nachricht abhören, sobald er das hier erledigt hatte. Er wollte wissen, was sie zu sagen hatte. Unbedingt.

»Endlich«, empfing ihn Leo. »Rate mal, wem dieses Grundstück hier gehört.« Sie schob ihm den Ausdruck einer digitalen Flurkarte über den Tisch.

»Keine Ahnung.«

»Dem jüngeren Zachler-Bruder, dem Franz Rieß. Das sind alles Schrebergärten, schön versteckt unter der Eisenbahnbrücke bei Kachlet, direkt an der Regensburger Straße und genauso direkt am Ufer der Donau.« Aufgeregt tippte sie mit dem Kuli auf das entsprechende Flurkartenstück. »Der hat das zwar alles verpachtet, aber das Grundstück – sein Grundstück – liegt mitten im überschwemmten Gebiet.«

53

Hier musste es sein. Valli spähte durch den Maschendrahtzaun, wunderte sich über die hoch aufragenden, dicht verzweigten Hainbuchen, die jeden Blick auf das Grundstück unmöglich machten. Stacheldraht? Eine Laube, ein Gartenhäuschen – umzäunt wie ein Hochsicherheitstrakt?

Sie stopfte Laurenz' Foto zurück in die Gesäßtasche ihrer Jeans, rüttelte am Tor, drückte die Klingel. Nichts geschah, niemand öffnete, auch nicht nach einer halben Ewigkeit. Valli sah sich um. Ein perfektes Versteck. Laurenz hätte sich auf Monate hier verkriechen können, ohne dass jemand davon Wind bekommen hätte, wäre nicht die Notiz auf dem Kassenbon in Vallis Hirn aufgeblitzt wie eine Sternschnuppe am Himmel.

Schrebergarten. Auch eine Telefonnummer hatte danebengestanden, aber an die konnte Valli sich nicht erinnern.

Valli hörte Schafe blöken. Määhh, määäääääääääääääh ... *Damit die lieben Tierchen nicht absaufen, dafür bin ich gut genug*, das hatte Laurenz gesagt. Wortwörtlich. Er war hergefahren und hatte beschlossen, hier dem Polizeitrubel zu entgehen und die ganze Geschichte einfach auszusitzen. Todsicher.

Das Grundstück lag direkt am Wasser – auch das passte. Es war das letzte einer Reihe von kleinen Anwesen. Bei den anderen hatte Valli bereits nach Laurenz gefragt – ohne Erfolg. Sie hob einen schweren Stein auf und donnerte ihn gegen das Tor. »Laurenz!«, schrie sie. »Ich weiß, dass du da bist. Mach auf!«

Keine Antwort. Valli fischte ihr Handy aus der Tasche, wählte Kroners Nummer. »Der Teilnehmer ist zurzeit nicht erreichbar.« *Mist!*

Sie hinterließ die Nachricht von vorhin ein zweites Mal auf Kroners Mailbox. Warum rief er nicht zurück? Verdammt! Sie wählte Bens Nummer. Nicht erreichbar. Bei ihm fiel die Zweitversion der Ansage etwas länger aus. Valli quatschte drauflos, ohne nachzudenken.

Ben.

Sie schluckte schwer. War sie verknallt? Bruhan war garantiert nicht gut für sie, und außerdem interessierte er sich wahrscheinlich nicht die Bohne für Mädchen wie sie. Ein Buamamädel, so hatte Markus Valli früher immer genannt, und sie war stolz darauf gewesen, war es heute noch, irgendwie jedenfalls. Aber Ben stand hundertpro auf Frauen à la Bar Refaeli, Gisele Bündchen oder Adriana Lima und ganz sicher nicht auf Typen wie Abby Wambach oder Hope Solo. Valli hatte auch gar keine Lust, so viel Zeit auf ihr Äußeres zu verschwenden. Es seien die inneren Werte, die zählten, sagte Joja immer, aber auch damit könne Valli niemanden umhauen, konterte Markus. Außerdem sei das totaler Quatsch, so der jüngste Kroner-Spross. Auf innere Werte beriefen sich immer nur die bladen Blunzn, weil die außenrum nix zu bieten hatten außer einer angsteinflößenden Schwarte. Basta.

Valli musste schmunzeln. Markus war in dieser Hinsicht unverbesserlich. Sie drosch den Stein erneut gegen das Metalltor. Es überraschte sie, dass die Osterbys einen Schrebergarten hatten. Beides passte irgendwie nicht zusammen. Und dann auch noch Schafe! Was wollte Frau Oberstaatsanwältin mit Schafen, wenn sie doch die meiste Zeit in Karlsruhe hockte?

Gut, der Baron und die Baronin hatten bis vor ein paar Jahren Pferde gezüchtet, vielleicht hatte die Tochter ja die Liebe zu den Tieren geerbt. Aber wieso hielt sie ihre Viecher dann nicht auf dem Grundstück ihrer Eltern in Bergfried, sondern pachtete dafür diese Parzelle?

»Laurenz! Mach auf. Ich bin's, Valli.« Der Stein donnerte gegen das Eisen – unaufhörlich. Es war ihr scheißegal, ob sich die Anrainer davon gestört fühlten. Die Gärten waren ohnehin riesig, da bekam sicher niemand etwas vom anderen mit. Valli hatte sich eine Schrebergartensiedlung anders vorgestellt: enger, familiärer.

Schließlich gab sie es auf, ließ den Stein fallen und ging am Zaun entlang. Einige Meter entfernt stand ein Apfelbaum – ideal zum Klettern. Valli schwang sich hoch und kraxelte bis in die Krone. Sogar von hier aus war lediglich der Giebel des Hauses zu sehen, so hoch war der Zaun. Ihre lädierten Körperteile beschwerten sich, aber sie biss die Zähne zusammen.

»Laurenz! Hörst du mich?« Valli sah sich um. Einige Äste des

Apfelbaums ragten über den Zaun, und die Hainbuchen auf dem Grundstück mussten uralt sein. Sie waren stabil gewachsen, würden Vallis Gewicht locker tragen. Nur der Stacheldraht auf dem Zaun war ein Problem. Valli überlegte: Sollte sie hinüberspringen? Aber wie kam sie wieder raus, falls Laurenz tatsächlich nicht da war? Aber raus kam man immer irgendwie. Sicher ließe sich das Tor von innen öffnen, und notfalls würde sie es auf demselben Weg zurück schaffen.

Der Stacheldraht riss ihr die Haut am linken Oberschenkel auf, ein Ast bohrte sich in ihren Magen, ein Fingernagel platzte ab, aber sie war drüben. Schimpfend krallte sie sich an den Stamm, duckte sich durch die Verzweigungen der Äste und schob den blutenden Finger in den Mund. Der Schmerz pochte.

Tut das weh!

Jetzt sah sie das Haus. Haus? Wohl eher ein Anwesen. Haupthaus und Nebengebäude, zum Fluss hin schloss sich ein Schuppen an. Valli sprang auf den Boden, trat aus dem Schatten der Bäume und legte sich eine Hand über die Augen. Die Sonne ging gerade unter, alles war in orangerotes Licht getaucht. Valli blinzelte.

Abendrot – Schlechtwetterbot.

Hinter ihr knackte ein Zweig, sie fuhr herum, stolperte direkt hinein in den gut gezielten Schlag. An ihrer Schläfe explodierte eine Sprengladung, die frische Naht platzte auf wie eine reife Tomate. Kurz sah Valli die Detonation grell in ihren Augen leuchten, dann ging das Licht aus, und sie fiel und fiel und fiel …

Ein Großaufgebot der Polizei durchforstete seit neunzehn Uhr dreiundzwanzig die Laubensiedlung an der Eisenbahnbrücke Kachlet. Alles, was nach der Überschwemmung noch übrig war, nahmen die Beamten auseinander: Jeder Deckel wurde gelupft, jede halbseidene Wand abgeklopft, aber vergeblich. Sie fanden nichts. Absolut gar nichts! Kein geheimes Schlachthaus, keine Horrorkammer, wie Kroner, Leo und Ben insgeheim vermutet hatten, nur spießig eingerichtete Gartenhäuschen, in denen brave Bürgerinnen und Bürger, wie es sich gehörte, auf flimmernde Bildschirme starrten. Normalerweise. Nicht jetzt, da die Donau jede Gemütlichkeit fortgespült hatte.

In den Schuppen lagerten Hacken, Harken, Schaufeln, Unkrautstecher, Dünger und Schneckengift. Keine Messer, keine Beile, kein Sautrog, keine Ketten, kein Saupech, auch kein Pökelsalz und schon gar kein Schussapparat – ganz zu schweigen von einem tschechischen Mädchen, das sich in Todesangst an eine Wand drückte.

Die Spurensicherer drehten schon bald Däumchen, die Leute vom OED wollten nach Hause, und Kroner war bei aller Enttäuschung heilfroh, nicht das Sondereinsatzkommando bemüht zu haben.

Er raufte sich die Haare. Vor gut einer Stunde war er mit einigen Beamten und Blaulicht zum Zachler-Hof gefahren, um Franz Rieß vorläufig festzunehmen, aber der jüngere Zachler-Bruder war nicht da gewesen. Laut Auskunft der Schwägerin hatte er sich am frühen Nachmittag – wie üblich – auf Sauftour begeben. Vor Mitternacht käme der gewiss nicht zurück, hatte die Zachlerin geschimpft, keine Chance, aber gar nie nicht eine! Ihr Mann schliefe, Gott sei Dank, er sei erst vor einer Stunde aus dem Krankenhaus entlassen worden – psychisch schwer angeschlagen, wie es hieß.

Ja, wo denn da der Franz normalerweise hingehe, zum Saufen, hatte Kroner sich weiter erkundigt.

Das könne man so genau nicht sagen, erwiderte die Zachlerin, mal nach Salzweg, mal in die Altstadt, gern auch in Inn- und Ilzstadt treibe sich der werte Herr Schwager herum. Sie könne sich beim besten Willen nicht denken, woher das Geld für die Zeche stamme. Wahrscheinlich schrieb er an. Eine Schande sei das.

Seit wann er denn wieder so gut beieinander sei, dass er sich derlei Strapazen zumuten könne, nachdem der Bruder ihn doch fast abgestochen hätte.

Ach, das sei schon am gleichen Tag gegangen, als er entlassen worden war. Das Essen ließe er sich aber nach wie vor am Bett servieren, und auch sonst könne er keinen Handstreich tun vor lauter Ungemach.

Sogar Kroner hatte Saras Mutter ansehen können, dass sie völlig am Ende war, und er war beileibe niemand, der dafür ein Auge hatte. Alle Arbeit blieb jetzt an ihr hängen und dazu der Kummer wegen der Tochter. Wie konnte ein Mensch das aushalten? Aber Kroner wusste aus eigener leidvoller Erfahrung, dass es immer weiterging. Irgendwie. Und dass der Schmerz nachließ. Irgendwann.

Kroner dachte einen kurzen Moment an Valli und Joja, atmete tief durch, ehe Leo, die ihm über die reißbrettartig angelegten Wege des Schrebergartens entgegenlief, ihn erreicht hatte. Ben kam gerade aus der anderen Richtung, hatte anscheinend ebenfalls etwas zu berichten.

»Und?«, rief die Chefermittlerin schon von Weitem. »Was gefunden?«

Kroner schüttelte den Kopf.

»Wieso geht ihr zwei Helden nicht ans Telefon?«

Kroner und Ben zückten die Handys und sahen aus wie Cowboys, die nicht fassen können, dass jemand ihnen heimlich das Magazin geleert hat: Funkloch!

»Dass es so was in Passau noch gibt.« Kroner hielt Leo sein Handy unter die Nase: ein einsamer Strich. Kein Empfang. Musste an der einbetonierten Umgebung liegen.

»Na schön, die Ausrede lass ich gelten.« Leo zog Kroner und Ben ein paar Meter mit sich, um den Kollegen nicht im Weg zu stehen. »Aufgepasst! Die Kugel in Sullivans Schulter stammt definitiv von einer Walther PPK. Eine solche ist vor drei Stunden auf einem Fließband in der Müllverbrennungsanlage aufgetaucht. Ich wette, das ist unsere.« Leo strich sich ihre blonden Fransen hinter die Ohren. »Kollege Ligeia prüft gerade die Routen des Abfallentsorgers gestern und heute. Stehen angeblich im Internet.« Einen Moment lang verfolgte sie gespannt das Gewusel in den Parzellen. »Die Fahndung nach Laurenz läuft. In den Abendnachrichten wurde ein Bild von ihm gezeigt.«

Kroner nickte, strich mit zwei Fingern über die Bartstoppeln an seinem Kinn. »Als wir vorhin auf dem Zachler-Hof waren, habe ich den Alten nach dem Grundstück hier gefragt. Ich wollte wissen, wann er es dem Franz überschrieben hat.«

Ben und Leo sahen ihn erwartungsvoll an.

»Vor ein paar Jahren, hat er gesagt, ihn würde es eh wundern, dass der Franz es noch nicht versoffen hat.« Das jedenfalls hatte Kroner aus dem Gebrabbel geschlossen, dass der alte Zachler im wahrsten Sinne des Wortes ausgespuckt hatte. Dass der Alte, halbseitig gelähmt, wie er war, tatsächlich die Kraft aufgebracht hatte, um der knackigen Streifenbeamtin, die neben dem Krankenbett gestanden hatte, an den Hintern zu tatschen, das mussten die zwei hier nicht wissen. Interessant war etwas anderes gewesen. »Die Zachlerin wusste davon nichts, sagte, das Gelände am Kraftwerk hätte der Vadder eigentlich der Sara versprochen. Sie war ehrlich bestürzt über diese Neuigkeit, das kann ich euch sagen.« Ging es am Ende vielleicht um eine Erbschaft? Hatte Sara deshalb sterben müssen? Kroner sah förmlich, wie es in den Köpfen seiner Kollegen ratterte. »Wir sollten überprüfen, ob der Zachler-Hof überhaupt schon an die jungen Zachlers übergeben ist. Vielleicht hat Saras Vater ja irgendwie von der heimlichen Übergabe an den nichtsnutzigen Bruder erfahren und sich zu Recht gesorgt, dass der Alte dem Franz nach dem Grundstück hier womöglich auch noch den Rest vermacht.« Die Kinder, die daheimblieben und sich um alles kümmerten, galten ja oft nichts. Da hatte es bei Testamentseröffnungen schon so manch böse Überraschung gegeben.

Kroner zog das Papier mit den Namen der Pächter hervor, das die Zachlerin auf Anweisung ihres Schwiegervaters schimpfend aus dem hintersten Winkel einer Kommode zutage gefördert hatte. Offensichtlich hatte der verlorene Sohn zum Vater einen besseren Draht, als alle angenommen hatten, und das ein oder andere Geheimnis dazu.

»Mir ist vorerst nichts aufgefallen. Kein bekannter Name, soweit ich sehen konnte.« Kroner drückte Leo die Liste in die Hand. »Mädchennamen, Anverheiratete, Lebensgefährten, wir sollten alles durchkauen und anschließend mit den anderen Listen abgleichen.«

Leo nickte. »Gut.«

Ben konnte nicht klar denken, hörte seinen Chefs nur mit halbem Ohr zu. Vallis Anruf, den er vorher nicht abgehört hatte, blinkte auf seinem Handy. Er starrte auf das Display, alles geriet durcheinander. Plötzlich hatte er das Bild vor Augen, wie Laurenz auf seinen Vater schoss. Von hinten! »Wieso hat Sullivan in der Villa die Stimme seines eigenen Sohnes nicht erkannt?«

Kroner und Weissenbeck drehten sich zu Ben um.

»Ich meine, Sullivan hat doch ausgesagt, dass die Stimme des Mannes, der auf Marlis Osterby geschossen hat, komisch geklungen hat. Er hat sie nicht erkannt. Er hat die Stimme seines eigenen Sohnes nicht erkannt! Das stinkt doch zum Himmel, verdammt noch mal!«

Leo wunderte das nicht. »Sullivan hat seinen Sohn zwanzig Jahre nicht gesehen und gehört. Laurenz hat inzwischen den Stimmbruch durchgemacht. Vielleicht empfand Sullivan die Stimme gerade deshalb als komisch. Sie war ihm fremd und doch irgendwie vertraut.«

Ben nickte widerwillig und trat wütend gegen einen Stein.

»Wir brechen hier jetzt ab.« Kroner winkte den Einsatzleiter zu sich. »Das hat keinen Sinn mehr, schick deine Leute nach Hause.«

Während die Ermittler zurück zum Parkplatz gingen, hielten alle drei ihre Handys in die Luft. Inzwischen war es vollkommen dunkel: unheimlich, wie in einem alten Horrorstreifen.

»Habt ihr Netz?«, fragte Kroner.

»Drei Striche.« Ben tippte auf »Neue Nachrichten«.

»Ah, ich jetzt auch.« Kroner presste sein Telefon gegen das Ohr. »Valli hat mich schon wieder angerufen. Sie kann einfach nicht aufhören …«

Ben blieb stehen, Vallis aufgeregte Stimme hallte in seinem Kopf: »Scheiße, Ben, ich weiß jetzt, was mit deiner Schwester passiert ist.« Das Blut rauschte in seinen Ohren, schwoll zu einer schäumenden Gischt an. »Sorry, dass ich gefragt habe. Das tut mir echt leid. Falls du darüber reden willst, ich … also, ich stehe jederzeit zur Verfügung, okay? Und … dafür wirst du mir sicher den Kopf abreißen, aber ich kann Kroner nicht erreichen, dabei muss ich ihm dringend etwas sagen … Wegen Laurenz. Mir ist eingefallen, wo er hinwollte, nachdem wir uns im ›Oberhaus‹ getroffen hatten. Bitte ruf mich an oder gib wenigstens Kroner Bescheid, dass er mich anrufen soll.«

Sie weiß es also!

Leo packte Ben an den Schultern, rüttelte kräftig. »Bruhan! Was ist los? Du schaust aus, als hätte dir der Leibhaftige seinen nackerten Arsch ins Gesicht gereckt.«

Ehe Ben antworten konnte, fuhr Kroner dazwischen und fasste Ben hart am Arm. »Hat sie dich auch angerufen?«

Ben nickte.

»Hat sie dir gesagt, wo Laurenz hinwollte?«

Ben blieb stumm.

»Bruhan!« Kroners Faust schloss sich um die vordere Knopfleiste von Bens knitterfreiem Hemd. »Mach den Mund auf! Hat Valli gesagt, WO! VERDAMMT! NOCH! MAL! Laurenz hinwollte?«

»Nein.«

54

Die erste Empfindung, die Vallis Synapsen wieder verarbeiten konnten, war Übelkeit – eine entsetzliche, allumfassende Übelkeit, die in Wellen vom Magen in Richtung Mund schwappte. Valli konnte sich nicht bewegen, konnte kaum atmen.

Wo bin ich? Was ist passiert?, schrie ihr Innerstes in Panik, aber sie brachte keinen Ton heraus.

Klebeband?

Valli streckte die Zunge nach vorn, bewegte den Mund und verzog die Lippen. Das Gewebeband gab nach, verrutschte, löste sich – leichter als gedacht. Gierig öffnete sie den Mund, sog Luft ein. Wie gut, dass ihre Gesichtshaut eher zur fettigen Sorte gehörte.

Atmen. Atmen. Atmen.

Ihre geschwollene Nase fühlte sich an wie ein riesiger Klumpen Fleisch. Sauerstoff floss viel zu spärlich an den Scheidewänden vorbei in Richtung Lunge. Bald wäre Schluss mit lustig gewesen.

In Vallis Rücken bewegte sich etwas. Zeitungspapier raschelte. Sie konnte sich nicht umdrehen, nicht einfach so, spürte, wie getrocknetes Blut bei jedem Zucken ihres Gesichtes ziepte und aufbrach. Langsam kamen die Schmerzen – schon wieder.

Was bin ich nur für ein Rindvieh!

Ihr Herz begann zu rasen. Hatte Laurenz sie niedergeschlagen? Hatte er Sara umgebracht? Aber warum? Warum sollte er so etwas Schreckliches tun? Die Fotos! Na klar.

Vallis Hände waren hinter ihrem Rücken gefesselt, die Riemen schnitten ins Fleisch, ihre Fäuste fühlten sich an wie riesige Ballons, pumpten wie wild.

Wollte er sie auch umbringen? Weil sie ihn Bunny genannt hatte?

Valli erhaschte einen Blick auf ihre nackten Füße. Kabelbinder. Voll auf Zug. Sie konnte ihre Zehen bewegen, sonst nicht viel. War ihre Haut tatsächlich so blau?

Sie blinzelte, alles verschwamm. Musste würgen. Was für ein entsetzlicher Alptraum!

Scheiße, verdammte!

Wo war sie überhaupt? War das fester Lehmboden? Jedenfalls fühlte sich der Untergrund kalt und feucht an. Valli versuchte, den Geruch näher zu bestimmen, aber ihre Nase war zu lädiert. Sie stöhnte auf. Sie lag auf der linken Seite, und jetzt, da sie den Kopf einmal angehoben hatte, konnte sie ihn nicht wieder ablegen. Zu stark waren die Schmerzen an der Schläfe, dazu das verletzte Auge, die zermanschte Gesichtshälfte. Sie biss die Zähne zusammen, feuerte sich an.

Ich will leben!

Sie versuchte, sich zu drehen, um zu sehen, was hinter ihr war. Um überhaupt den Ansatz einer Rotation hinzubekommen, schlängelte sie ihren Körper wie gallertartiges Plankton in den Weiten des Meeres. War das das Ende ihrer Existenz? Wie bei Sonni? Wie bei dem tschechischen Mädchen? Bei Marcela?

Bin ich jetzt dran?

Valli schossen die Tränen in die Augen, sie musste sich zusammenreißen, musste klar denken.

Unter wahnsinnigen Schmerzen drehte sie sich ein Stück weiter, erhaschte einen Blick auf einen Rücken, an dessen Schultern sich wie die Tentakel eines Kraken Arme bewegten, die wie irr Dinge von den Wänden rissen.

Gleich schnappe ich über. Alles dreht sich.

Sie musste das bisschen Verstand, das noch übrig war, darauf verwenden, zu … Ja, wozu eigentlich? Sie war halb tot, gefesselt, niemand wusste, wo sie war. Was könnte sie schon ausrichten? Auf was konnte sie da noch hoffen?

Warum sind diese Blödmänner auch nicht ans Telefon gegangen?

Der Krakenmann wandte sich um, Valli schoss das Mittagessen in den Mund, die Sauerei ergoss sich über den Lehmboden. Ihr Blick huschte davon, erkannte ein Gesicht: Es war Laurenz. Er lächelte.

»Beruhige dich, Joja«, sagte Kroner und versuchte, ihren Arm zu fassen. »Das muss überhaupt nichts heißen.«

»Sie ist mit dem Mountainbike weg, etwa gegen fünf.« Vallis Mum fuhr sich mit beiden Händen durch die kastanienbraunen Haare. Sie trug das Nachthemdchen, das Kroner so abartig sexy fand – man musste die Dinge auch mal beim Namen nennen –, und sie zitterte am ganzen Körper, hatte schon geschlafen. Die Luft war kühl.

»Valli wollte, dass ich dich abpasse und dir sage, du sollst sie anrufen. Ganz dringend.«

»Und?« Kroner biss sich auf die Lippen, bereute die Frage sofort. Joja machte sich garantiert Vorwürfe, dass sie es nicht getan hatte.

»Ich hatte keine Zeit, ich …« Sie vergrub das Gesicht in ihren Händen. »Meinst du, Laurenz … Ist er Sonnis Mörder?«

Kroners Schultern hoben sich, um anschließend schwer wie Felsbrocken nach unten zu fallen. »Dass er seine Mutter niederschießt, macht ihn nicht gerade glaubwürdiger.«

»Er hat was?«

Was war er doch für ein Idiot! Im Geiste klatschte sich Kroner mit der flachen Hand gegen die Stirn. Er musste Joja beruhigen, nicht in Panik versetzen, noch war nichts passiert. Vielleicht trieb sich Valli herum und hatte das Handy ausgeschaltet, oder der Akku war leer, es gab alle möglichen Varianten, keine davon musste in irgendeiner Weise gefährlich für das Mädchen sein. »Und sie ist wirklich nicht auf dem Aussichtsturm? Bist du sicher?«, fragte Kroner kleinlaut. »Ben hat erwähnt, dass —«

»Nein.«

Kroner nickte. »Na gut. Ruf mich an, wenn sie wieder auftaucht, okay?«

Joja nickte. »Ich glaube, sie wollte …«

»Ja?« Kroner kam einen Schritt näher und sah Joja aufmunternd an.

»Wenn mich nicht alles täuscht, wollte sie zur Laubensiedlung am Rosenauer Weg … sich in den Schrebergärten umsehen. Ich glaube, das hat sie gesagt, bevor sie los ist. Keine Ahnung, warum.«

Ben drückte auf seinem Weg ins Büro jeden Schalter. Über ihm an der Decke knisterten die Neonröhren widerwillig, als hätten sie jetzt — mitten in der Nacht — keine Lust, zu leuchten. Bei Paulus und Reischl brannte Licht. Ben platzte rein, ohne anzuklopfen. »Gibt's was Neues?«

»Der Chef hat gerade angerufen, seine Nachbarin sagt, Valli
wäre zum Rosenauer Weg gefahren, wollte sich Schrebergärten
anschauen.« Schlegel sah ratlos aus, seine Augen waren gigantische
Fragezeichen. Mit den dunklen Ringen darunter erinnerte er Ben
an Klaus Kinski.

»Wieso Schrebergärten?« Ben versuchte, sich zu konzentrieren,
auch er war hundemüde.

»Valli war die Letzte, mit der Laurenz Osterby vor seinem
Abtauchen gesprochen hat. Das war am Freitag vor eineinhalb
Wochen. Wie es aussieht, wollte er danach zu den Schrebergärten
am Rosenauer Weg.« Paulus schob Ben die Abschrift von Vallis
Aussage über den Tisch. »Mit dem, was Joja Milner zu Kroner
gesagt hat, und dem hier haben wir uns das zusammengereimt. Es
könnte passen.«

Ben nahm den Hefter und las: ... *Laurenz Osterby nahm ein
Gespräch an, in dessen Verlauf ich mich auf die Terrasse des Lokals
zurückzog. Als ich zurückkam, beendete Laurenz das Telefonat und
sagte zu mir:* »*Meine Mutter.*« *Er hielt mir den Kassenbon vor die Nase.*
»*Wie immer darf ich mich um alles kümmern und soll nach dem Rechten
sehen, damit die lieben Tierchen nicht absaufen. Dafür bin ich gut genug.*«
*Etwas, ich glaube, es war eine Adresse, stand auch auf dem Zettel, aber
ich kann mich nicht mehr dran erinnern.*

Ben überlegte. So könnte es in der Tat gewesen sein. Valli hatte
sich an die Adresse erinnert und war auf eigene Faust hingefahren.
Dieses dumme, dumme Mädchen! »Habt ihr eine Liste der Pächter,
der Eigner?«

Paulus' Antlitz umwölkte sich. »Der Chef hat grad erst angerufen,
was glaubst du denn?«

»Außerdem stand der Rosenauer Weg nie im Fokus unserer Untersuchung«, pflichtete Reischl seinem Kollegen bei. »Der war zwar
auch überschwemmt, aber das Milchgassenmädchen hätte schon
stromaufwärts schwimmen müssen, um von dort in die Altstadt zu
gelangen.«

»Aber Sara Rieß könnte nach dem Klassentreffen am Rosenauer
Weg gewesen sein.« Ben ließ sich nicht beirren. »Die Schrebergärten
liegen direkt am Donauufer. Wie weit ist das vom ›Schloss Ort‹
entfernt?«

Reischls Augen wurden groß. »Zu Fuß eine halbe Stunde, mit dem Rad geht es schneller, und mit dem Auto braucht man keine fünf Minuten.«

»Logisch!« Paulus haute auf den Tisch. »So könnte es freilich gewesen sein.«

»Aber wo ist die Verbindung? Glaubt ihr denn, die Osterbys haben einen Schrebergarten in der Innstadt?« Reischl notierte Stichpunkte auf seiner Schreibtischunterlage.

Niemand konnte sich das vorstellen.

»Darf man da überhaupt Tiere halten?« Schlegel kratzte sich am Kopf. »Enten oder Hühner?«

Paulus griff zum Hörer, wählte. »Zufällig kenne ich den Vorsitzenden von dem Kleingartenverein da.«

Die anderen sahen auf die Uhr und verdrehten die Augen, aber Paulus ließ es unbeeindruckt läuten. Es dauerte ziemlich lange, bis am anderen Ende abgehoben wurde. »Servus, Schorsch, tut mir leid, dass ich dich mitten in der Nacht aus den Federn reiß, aber wir brauchen dringend eine Liste aller Pächter und Eigner von dieser Kleingartensiedlung am Rosenauer Weg, von der du ... – Na, und wie dienstlich das ist, sonst würde ich dich ja wohl kaum mitten in der Nacht ... – Geh weida, Schorsch, des weißt doch, dass ich da nix dazu sagen kann. Dienstgeheimnis. – Sacklzement, hast du jetzt so eine Liste oder ned? – Sauber! Was? Faxen kannst du mir die auch noch, das ist ja echt pfundig. Vergelt's Gott. – Ja, an deine Alte auch! Servus.«

Vom Gang her waren Schritte zu hören. Kroner war im Anmarsch. »Und?«, dröhnte sein Bass durch die noch geschlossene Tür. »Was habt ihr?«

»In Passau gibt es außer in der Innstadt auch noch Schrebergärten am Doblweg. Da, wo letztes Jahr einer abgestochen wurde, und dann noch das Gelände unter der Eisenbahnbrücke Kachlet, das ja bereits durchsucht wurde«, berichtete Reischl und legte Kroner das Papier vor. »An der Gaißa gibt's auch noch ein paar Grundstücke, die man als Art Kleingartensiedlung bezeichnen könnte, aber richtige Schrebergärten, so, wie man sich das vorstellt, sind das nicht.« In Bens Richtung gewandt fügte er hinzu: »Der Chef meint, es könne nicht schaden, alle Laubensiedlungen in

Passau und Umgebung unter die Lupe zu nehmen, nur für den Fall, dass –«

Kroners Arme fuhren energisch durch die abgestandene Luft. »Wir schicken alle verfügbaren Kräfte hin.«

»Was?« Paulus war entsetzt. »Jetzt? Um diese Uhrzeit?« Kroners Faust landete schwer und träge auf dem Tisch. Paulus hatte natürlich recht. Blinder Aktionismus brachte sie nicht weiter, besser war es, morgen in aller Ruhe eine systematische Befragung durchzuführen. »Na gut. Aber schickt wenigstens eine Zivilstreife in den Rosenauer Weg, die Kollegen sollen dort den Rest der Nacht alles im Auge behalten.«

Leo kam durch die Verbindungstür aus ihrem Büro herüber. »Die alten Osterbys haben bestätigt, dass Laurenz seit Jahren Taekwondo macht und im Vorschulalter Leukämie hatte. Hätte der Vater nicht Stammzellen gespendet, wäre der Sohn wahrscheinlich gestorben.« Die Großeltern hatten noch mehr erzählt, wie schrecklich alles gewesen wäre und wie sehr der Vater mit dem Kind gelitten hätte. Von der Mutter hatten sie nichts gesagt. Kein Sterbenswörtchen. Laurenz hatte an einer besonders schweren Form der Leukämie gelitten, sein Zustand hatte sich rasant verschlechtert, es war keine Zeit geblieben, einen geeigneten Spender für eine herkömmliche Knochenmarktransplantation zu suchen. Die Lage war aussichtslos, sie hatten mit dem Schlimmsten gerechnet. An der Kinderklinik in Tübingen wurden damals die ersten haploidenten Stammzelltransplantationen in Deutschland durchgeführt. Nur dank dieses neuen Verfahrens war es überhaupt möglich gewesen, dass Sullivan seinem Sohn als Spender zur Verfügung stehen konnte. Bei der herkömmlicheren Knochenmarktransplantation kamen die Eltern eines kranken Kindes gar nicht als Spender in Frage. Kroner lief es eiskalt den Buckel hinunter, wenn er daran dachte, was die Familie Osterby damals hatte durchmachen müssen.

»Hat Laurenz sich in den letzten Tagen bei den Großeltern gemeldet? War er da, hat er angerufen?«, wollte Kroner wissen.

Leo schüttelte den Kopf. »Nein. Keine Spur von ihm.«

Das Faxgerät erwachte zum Leben.

»Das wird die Liste vom Schorsch sein. Die Pächter der Schrebergärten am Rosenauer Weg.« Paulus stand auf und schnappte sich das Blatt. »Ziemlich überschaubar.«

»Und?«, fragte Kroner, kam näher und sah dem Kollegen über die Schulter. »Kommt uns da was bekannt vor?«

Paulus sog hörbar die Luft ein, sein typisch asthmatisches Röcheln erfüllte das Büro, ein fleischiger Zeigefinger tippte mittig auf das Fax. »Da schau her! Das ist ja mal eine Überraschung.«

Mittwoch, 12. Juni
Unwetterartige Regenfälle lassen die Pegel erneut steigen

55

»Guten Morgen. Kriminalpolizei. Mein Name ist Weissenbeck. Ist Ihr Sohn zu Hause?«

Kroner, der zwei Schritte hinter Leo stand, sah, wie der Hausherrin alle Gesichtszüge entglitten. Es war kurz nach sieben.

»Äh ... Moment ... Warum denn? Was wollen Sie?«

»Frau Kollmann«, sagte Leo leicht genervt und zückte den Durchsuchungsbeschluss, »wir wollen Ihren Sohn sprechen. Es gibt Hinweise darauf, dass sich Sara Rieß in den Stunden vor ihrem Tod in Ihrer Laube am Rosenauer Weg aufgehalten haben könnte – zusammen mit Tim. Unsere Leute von der Spurensicherung warten vor Ort. Ich muss Sie und Ihren Sohn bitten, uns zu begleiten.«

Kroner konnte sehen, wie es der Frau den Schweiß aus den Poren trieb. »Und was, wenn Tim nicht zu Hause ist?«

»Das wäre äußerst schade. Wir möchten ihm ja nur ein paar Fragen stellen. Wenn er dazu nicht bereit ist, müssten wir ihn vorläufig festnehmen. Mit Blaulicht und allem Pipapo, der ganze Rummel, Sie verstehen. Die Nachbarn hätten ihre wahre Freude.«

Rosemarie Kollmann kapitulierte, zog den Bademantel enger. »Klaus. Klaus! Kommst du mal?«, schrie sie ins Haus hinein.

»Was ist denn? Mir pressiert's, ich bin spät dran.«

»Polizei.« Frau Kollmann legte bedeutungsvoll den Finger auf die Lippen.

Vor Leo und Kroner tauchte ein großer, extrem hagerer Mann in Maurerkluft auf. Er sah seine Frau erschrocken an. »Polizei? Ja, aber warum?«

»Morgen, Herr Kollmann.« Leo zeigte ihren Ausweis, und Kroner hinter ihr tat es ihr gleich. Mit einer Engelsgeduld erklärte Leo dem konsternierten Papa, was ihr Besuch in aller Herrgottsfrühe zu bedeuten habe. Die Polizei wolle anhand der Spuren in der Laube feststellen – falls es nach dem Hochwasser da überhaupt noch welche gab –, ob Sara Rieß je dort gewesen war. Fanden sich Haare, Hautpartikel, vielleicht sogar Blutspuren, dann hätte ihr Sohn Tim die Polizei angelogen, und an seiner Version der Geschehnisse nach dem Klassentreffen stimme etwas ganz und gar nicht.

Kroner wich ein paar Schritte zurück, um sich umzusehen. Das Haus der Kollmanns war ein Achtziger-Jahre-Bau: geschmacklos bis ins letzte Detail. Eine typische Arbeiterfamilie, dachte er. Die müssen jeden Cent sparen, um dem Sohn das Studium zu ermöglichen.

Nachdem sie den Namen Kollmann auf der Schrebergartenliste vom Schorsch entdeckt hatten, hatte Kroner die Kollegen angewiesen, die entsprechende Parzelle am Rosenauer Weg die Nacht über nicht aus den Augen zu lassen, doch das wäre nicht nötig gewesen, es hatte sich nichts getan. Absolut gar nichts. Trotzdem hatte Kroner dem Bereitschaftsstaatsanwalt um zwei Uhr früh die Notwendigkeit einer Durchsuchung der Schrebergartenparzelle nahegelegt, und tatsächlich war der richterliche Beschluss in den frühen Morgenstunden durchs Fax gerauscht.

Leo und Klaus Kollmann debattierten inzwischen ziemlich hitzig miteinander. Der Papa wollte seinen Sohn aus dem ganzen Schlamassel raushalten, aber Leo war nicht weichzukriegen. War sie nie.

Kroner drückte die Hände gegen seinen Bauch. Seit der Nacht plagten ihn diese entsetzlichen Magenschmerzen, und sein Iberogast-Fläschchen schlummerte natürlich friedlich zu Hause auf der Kommode in seiner Schachtel. Nach dem Tod von Giulia hatte Kroner oft Magenbeschwerden gehabt. Das sei psychosomatisch, hatte der Arzt gemeint, und würde sich von allein geben. Und der Herr Doktor hatte recht behalten. Seit gut zwei Jahren war Kroner die Magenschmerzen los gewesen. Eigentlich. Fing das jetzt wieder an?

Aber zurzeit ging auch alles drunter und drüber. Gut, in Passau war kriminalistisch betrachtet immer etwas los, aber zwei Tötungsdelikte so schnell nacheinander und noch dazu dermaßen spektakulär, das war schon eine Ausnahme. Und jetzt sollte er außerdem noch diskrete Nachforschungen in dieser anderen Sache anstellen, wie sollte er das nur bewerkstelligen? Er hatte keine Zeit, vor allem nicht für Diskretion. Dieses pädophile Schwein hatte

Rücksichtnahme sowieso nicht verdient. Außerdem steckte Valli womöglich in Schwierigkeiten – schon wieder!

Die Haustür schnappte ins Schloss, die Kollmanns verschwanden. Das arme Bubilein musste geweckt werden.

Bens Augen brannten. Die Nacht hatte er damit verbracht, Protokolle zu lesen. Vergeblich. Nun starrte er auf die Listen der größten Autovermieter Deutschlands und der Eigner und Pächter von Grundstücken, die die Experten als Überschwemmungsgebiet ausgewiesen hatten.

Inzwischen war Ben sicher, dass beide Fälle zusammenhingen. Irgendwo. Ein winziger Kontaktpunkt – eine Tangente. Wenn sie die fanden, dann hatten sie ein gutes Stück des Weges geschafft.

Seine Augen glitten über die vielen Namen. Namen von Personen, die im fraglichen Zeitraum einen Van gemietet hatten, versus überschwemmte Anrainer versus Pächter oder Eigentümer von Schrebergartenparzellen hier in Passau.

Agnes Höfling
Ruppert Winzenbach
Sahin Aziz
Susanne Schreiber

Die Liste vom Schorsch hatte einen neuen Namen ins Spiel gebracht: Kollmann. Der Sohn, Jurastudent aus bescheidenen Verhältnissen, hatte direkten Zugang zu einem Schrebergarten. Seine Eltern rackerten Tag und Nacht dafür, den Kindern ein besseres Leben zu ermöglichen. Sparten, wo es ging. Gemüse und Grünzeug kamen in dieser Familie nicht aus dem Supermarkt oder vom Bioladen, sondern aus ihrem Schrebergarten. Und, und das war vielleicht das verdächtigste Detail: Tim Kollmann war ein Spanner. Vielleicht war es ja nicht beim Zusehen geblieben.

Eray Yildis
Michael Thiele
Christoph Schneider

Die Bürotür schwang auf, Ligeia schaute herein. »Ist Leo da?«

Ben machte vor dem letzten Namen ein Kreuz, damit er später die Stelle fand, wo er weiterlesen musste. »Nein. Sie ist mit Kroner zu den Kollmanns. Erst wenn die beiden wieder da sind, steigt die Morgenandacht.«

»Alles klar«, sagte er, blieb aber unentschlossen im Türrahmen stehen. Ligeia war gestern ab dem Nachmittag zu Hause gewesen. Seine Frau arbeitete jeden Dienstag bis zwanzig Uhr bei Lidl an der Kasse, und die Kinder waren noch zu klein, um allein zu bleiben. Er hatte die neuesten Entwicklungen also nur am Rande mitbekommen. »Übrigens, ich habe zur Sicherheit nochmal von daheim aus beim Abfallwirtschaftsamt nachgefragt, die Abholpläne im Internet sind aktuell, die Walther muss also mit dem Restmüll aus dem Weinholzer Weg oder aus der näheren Umgebung angeliefert worden sein. Die Sachbearbeiterin war sich ziemlich sicher.« Er kam herein und senkte seinen Hintern auf Bens Schreibtischkante ab. »Was sagt uns das?«

Ben zuckte mit den Schultern. »Ich habe keine Ahnung, wo der Weinholzer Weg ist.«

»Jedenfalls weit weg von Sullivans Auffindeort. Haidenhof. Das heißt, Sullivan hat die zweite Waffe auf seiner Flucht nicht mitgenommen und entsorgt. So viel steht fest.«

»Wäre ja auch komisch, wenn doch der Osterby-Spross vorher damit auf ihn geschossen hat.« Ben öffnete den Passauer Stadtplan, der in der Liste der Favoriten seines Internetbrowsers ganz oben stand, und tippte die Adresse ein. »Interessant.« Er drehte den Bildschirm in Ligeias Richtung. »Liegt direkt auf dem Weg zu den Schrebergärten am Doblweg. Wahrscheinlich wollte Laurenz zurück in sein Versteck und hat auf dem Weg dorthin die Waffe entsorgt.«

»Steht denn der Doblweg auch im Fokus? Ich dachte, wir durchsuchen gerade die Gärtchen am Rosenauer Weg, und Tim Kollmann wäre involviert, nicht Laurenz?«

Ben stand auf, griff nach seiner Jacke. »Jeder Schrebergarten in Passau steht ab jetzt im Fokus, egal, ob er überschwemmt wurde oder nicht. Am besten, wir zwei fahren da gleich mal hin.«

Die Gartenlaube musste ein echtes Prachtstück gewesen sein. Jetzt aber war überall Sand, und da in Bayern Regenwetter herrschte, stiegen die Pegel von Inn, Donau und Ilz wieder an. Das Sandsackgeschleppe ging von vorn los.

Ein halbes Dutzend Leute der Spusi wuselte um Kroner herum. Wenn Sara in der Kollmann-Laube gewesen war, würden die Kollegen einen Beweis dafür finden, ganz sicher. Das Wasser war hier nicht so hoch gestiegen, dass jede Spur weggespült worden war. Sie konnten hoffen, und dann konnte Tim noch so viele Tränen vergießen, niemand würde ihm mehr glauben. Der schnieke Jurastudent stand neben dem Herrn Hauptkommissar und sah aus wie ein Häuflein Elend: erbärmlich! Er konnte partout nicht aufhören, seine Unschuld zu beteuern, obwohl Kroner dem Spanner gefühlte tausendmal gesagte hatte, er solle endlich das Maul halten – selbstverfreilich hatte Kroner das kultivierter ausgedrückt, aber doch nachdrücklich. Er konnte den jungen Kollmann einfach nicht ab. Vorverurteilung nannten die Polizeipsychologen das, aber was sollte man machen?

Kroners Handy läutete. Er ging ran. Es war Joja. Sofort wurden seine Hände nass. »Ach, du bist's. Hat sich Valli …?« Nein. Hatte sie nicht. Und was sollte er ihr nun sagen?

Ob es etwas Neues gebe, wollte Joja wissen. Sie könne die Wahrheit vertragen, er dürfe sie nicht schonen.

»Nein. Nichts Neues.« Ein anderes Gespräch klopfte an. Zum Glück. »Joja, ich rufe dich an, sobald ich etwas weiß. Ich versprech's dir, aber ich habe einen anderen Anrufer in der Leitung.«

Klick. Joja hatte aufgelegt.

Kroner blieb keine Zeit, nachzudenken. Der Anrufer war Johann vom Kraftwerk Jochenstein: Er hätte da ein Paar Schuhe aus dem Wasser geholt, vielleicht gehörten die ja zu der toten Kugelstoßerin.

»Ich schick jemanden zu euch runter, der sie abholt. Danke, Johann.«

»Ja, sicher. Das Mädchen hat nach einem jungen Mann gefragt.« Das Jack-Russell-Großmütterchen stand mit ihrem kleinen Monster am Gartentor und erklärte Ben und Ligeia, sie habe gestern mit Valli gesprochen. »Gegen halb sechs muss das gewesen sein.«

»Und?«, drängte Ligeia.

Die Alte fuhr den Zeigefinger aus. »Dort drüben wollte sie sich nach dem jungen Mann erkundigen, aber ich weiß nicht, ob sie's auch getan hat. Ich bin dann heimgefahren.«

Ben und Ligeia drehten sich um. Am Tor prangte eine rot aufgemalte Sechzehn, ansonsten war nichts Auffälliges zu sehen. Das Grundstück war völlig zugewuchert.

»Die Gertraud war schon über ein Jahr nicht mehr hier«, sagte die Alte. »Nach der Messergeschichte …« Sie räusperte sich, fuhr sich mit einem Spitzentaschentüchlein über die Stirn. »Aber vor ein paar Tagen, da war zum ersten Mal jemand anderes da. Hoffentlich entfernen die jetzt den Stacheldraht und schneiden die Hecke zu. Eine Schande ist das für unseren Verein.«

»Vielen Dank, Frau …?« Ben schenkte dem Großmütterchen sein einnehmendstes Lächeln.

»Bieringer. Henriette Bieringer.«

»Frau Bieringer, Sie haben uns sehr geholfen, aber jetzt gehen Sie besser zurück ins Haus.« Ben nickte in Richtung der Gartenlaube, wo ein älterer Herr hinter dem Vorhang stand und sie beobachtete.

»Dann hatte der junge Mann also doch nicht nur Streit mit seiner Mutter, wie das Fräulein behauptet hat?«

Ben schüttelte den Kopf und legte den Finger an die Lippen.

Die Bieringer verstand. Ohne Widerspruch watschelte sie zurück ins Haus und tauchte keine Sekunde später neben ihrem Mann am Fenster auf.

Ligeia griff an das Holster seiner HK P7. »Sollen wir Verstärkung anfordern?«

»Nein. Ich denke, wir klingeln erst mal.«

56

Laurenz! Laurenz?
Vallis Gehirn arbeitete träge, das dumpfe Pochen in den Schläfen hinderte sie am Denken wie dicke Betonwände eines Tunnels das Mobilfunknetz. *Laurenz!*
Valli blinzelte. Laurenz lächelte nicht. Nein. Sein Gesicht sah aus wie eine Fratze. Zwischen seinen Zähnen blitzte etwas Blaues, Faseriges, spannte sich bis ins Haar hinter die Ohren. Das zog seine Mundwinkel nach oben – nicht die Freude, sie zu sehen. Vallis Hirn ratterte. Es war viel zu dunkel, Valli konnte kaum etwas sehen. Sie starrte Laurenz an, verstand plötzlich. *Er ist gefesselt. Laurenz ist gefesselt!*
Ihr Herz detonierte, sprengte schier den Brustkorb. In Zeitlupe wanderten ihre Augen zum Tentakelmann. Nach wie vor sah sie nur seinen Rücken und die hektischen Arme. Er schien nicht bemerkt zu haben, dass sie aufgewacht war. Noch nicht. Hatte er Sonni umgebracht? War er der Milchgassenmörder?
In Valli stieg Panik auf. Sie wollte davonrennen, sich in Luft auflösen, schreien, doch sie brachte keinen Ton heraus, und aufstehen konnte sie schon gar nicht.
Laurenz kauerte Valli gegenüber an der Wand. Seine Arme verschwanden hinter seinem Rücken … Auch gefesselt? Um seine Knöchel wanden sich mindestens drei sehr starke Kabelbinder.
Was ist das überhaupt für ein Raum? Ein Schuppen?
Allmählich durchdrangen Vallis Augen die Düsternis. Ihr Blick huschte über den Boden. Eindeutig aus Lehm. Und die Wände? Gekachelt? Ja, jedenfalls auf einer Seite. Und da hing diese Eisenstange an der Decke – bestückt mit gut zwei Dutzend S-Haken, die wie überdimensionale Creolen an den Ohrläppchen einer schönen Frau baumelten: hin und her, hin und her, ganz sacht, wunderbar geschmeidig …
Loch hinter der Achillessehne. Beidseits.
In Vallis Kopf setzten sich Bilder zusammen, die Detonationen begannen von Neuem, steigerten sich exponentiell. Sie starrte

dem Tentakelmann auf den Rücken, der Schweiß brach ihr aus. Sie blickte zu Laurenz, der sie aus traurigen Augen ansah. Mehr konnte er nicht tun, er war bewegungsunfähig, und es war kein Klebeband, das seinen Mund verschloss, sondern ein fest zusammengedrehter Stoffknebel. Einer, den man nicht mit der Zunge wegdrücken konnte. Ganz sicher nicht. Valli bekam keine Luft mehr.

Der Tentakelmann riss weiter Dinge von den Wänden. Sie konnte nicht genau erkennen, was es war. Bilder? Fotos? Zeitungsausschnitte? Hastig stopfte er sie in zwei alte Surkübel, die zu seinen Füßen standen.

War das eine Werkbank? Ja, da war ein Schraubstock. Valli erkannte Hammer, Schraubenzieher, einen Dreizehner-Schlüssel, einen Fuchsschwanz, alles altes Zeug wie bei Opa Kroner, und … Oh mein Gott!

… in der unbehaarten Kopfhaut gelegen, eine im Durchmesser 11 mm große Einschusslücke …

Verdammte Scheiße, da lag der Schlachtschussapparat. Und da lagen Messer − Schlachtmesser, eindeutig.

Valli hyperventilierte, atmete viel zu schnell, ihr wurde schwarz vor Augen. Kein Sauerstoff mehr … Sie versuchte, sich zu beruhigen, zählte, einundzwanzig, zweiundzwanzig, schaffte es irgendwie, runterzukommen.

Neben der Werkbank stand ein Zimmererschragen − oder so etwas Ähnliches. Anstelle des Kantholzes war eine Küchenarbeitsplatte aus Massivholz montiert. Sie sah aus wie der Ausschnitt eines Spülbeckens.

Hilfe, er dreht sich um!

Valli erstarrte. Sie kannte ihn, hatte ihn schon einmal irgendwo gesehen. Es konnte nicht lange her sein, die Erinnerung war noch frisch, doch ehe sie weiter darüber nachdenken konnte, kam das Ungeheuer auf sie zu, packte sie an den Haaren und schleifte sie über den Lehmboden zu Laurenz hinüber.

Valli schrie. Sie konnte gar nicht anders. Ihr Kopf explodierte, der Schmerz, einfach alles, und sie hatte eine Scheiß-Angst. Die

Begegnung mit den Zuhältern in Tschechien war gegen das hier der reinste Kindergeburtstag gewesen.

Eine schwielige Hand tauchte in ihrem Gesichtsfeld auf, stopfte etwas in ihren Mund. Faserig. Ein Knebel? Valli bäumte sich auf, spürte an den Ohren, wie eine raue Schnur festgezurrt wurde. Haare verfingen sich im Knoten, es tat so weh! Sie strampelte, riss den Kopf zurück. Hinter ihr hingen die abgeschnittenen blauen Schnüre von Strohbündeln, fein säuberlich aufgeknüpft ...

Drrrrrrr ... Drrrrrrrrrr!

Vallis Herz machte einen Sprung, Laurenz' Oberkörper schnellte nach vorn. Er hatte es also auch gehört.

Drrrrrrrrrrrrrrrrrrrrrrrrrr ... Drrrrrrrrrrrrrrrrrrrrrrrrrrrr!

Der Tentakelmann wandte sich um, ließ Vallis Haare los, ging langsam durch die Schlachtkammer zur Tür, öffnete sie einen Spalt und lauschte.

Drrrrrrrrrrrrrrrrrrrrrrrrrrrrrrrrrrrrrrrrrrrrrrrrrrr!

Die Glocke klang hell und dominant über den Hof. Mit so einer hatte die Bäuerin früher den Bauern vom Feld hereinläuten können, ohne den Herd zu verlassen.

Drrrrrrrrrrrrrrrrrr!

»Polizei. Machen Sie bitte auf!« Die Stimme kam von weit her, Valli konnte sie kaum verstehen.

Der Tentakelmann wurde hektisch, zog ein Handy aus der Tasche, wischte darauf herum, wusste scheinbar nicht, was er tun sollte, sah wieder und wieder auf das Display und verließ dann den Raum. Sorgfältig schloss er die alte Holztür hinter sich.

Valli hörte seine Schritte, die sich auf dem Kies entfernten. Kurz lehnte sie ihre Stirn an Laurenz' Schulter, der bei der Berührung zusammenzuckte. Seine Atemgeräusche erinnerten Valli an ein Kind, das vom Weinen erschöpft war. Er zitterte.

Ein Tor quietschte, Stimmen waren zu hören. Durch die schwere Holztür konnte Valli nicht mehr verstehen, was gesprochen wurde. Sie versuchte zu schreien, kein Laut drang an den Stofffetzen vorbei aus ihrem Mund, sie wollte auf den Knien zur Tür kriechen, sich nur irgendwie bemerkbar machen, aber Laurenz schüttelte den Kopf und wandte ihr den Rücken zu. Seine Hände waren wie die ihren mit Kabelbindern gefesselt, und ein weiteres dünnes Stück

Plastik verband sie mit einem Seil, das durch zwei Ringe führte, die in die Mauer eingelassen waren. Sie waren an der Wand festgebunden, wie Ochsen. Von der kalten Mauer kroch ihnen die Kälte in die Knochen, unaufhörlich, sie konnten nichts tun. Sie konnten einfach nichts tun.

Ein dünnes Stück Plastik!

57

»Niemand da, wie's ausschaut.« Ligeia drückte den Klingelknopf unanständig lang. »Was machen wir jetzt?«

Ben sah sich das Metalltor genauer an: so viel Stacheldraht. Alles wirkte neu, wie frisch montiert. Wahrscheinlich war nach dem Doblweg-Mord hier allerhand los gewesen. Bei solchen Vorfällen gab es ja die kuriosesten Szenarien, da pilgerten manchmal Scharen von Schaulustigen zur Stätte des Grauens. In so einem Fall galt es, die Privatsphäre zu schützen – mit allen verfügbaren Mitteln. Das war nur allzu verständlich.

»Lass uns zurück ins Büro fahren. Wir sagen Leo und Kroner Bescheid. Sollen die entscheiden.« Ben schob Ligeias Hand vom Klingelknopf. Sturmgeläut brachte sie hier auch nicht weiter.

»Ob Staatsanwaltschaft und Gericht sonderlich begeistert sein werden, wenn wir schon wieder einen Schrebergarten hopsnehmen wollen? Gestern in Kachlet, das war ja ein Griff ins Klo – ein ganz tiefer.«

Ben nickte. »Diesmal reicht mir ein Durchsuchungsbeschluss für Parzelle Nummer 16.« Er war sauer. Im Fernsehen würde der unerschrockene Ermittler keine Zeit verlieren, sich in Spiderman-Manier über den Zaun schwingen, sich gewaltsam Zugang verschaffen – komme, was wolle – und dem Täter zuallererst eine aufs Maul hauen. Und im echten Leben? Da musste alles strikt nach Vorschrift laufen, ansonsten kam man vor Gericht in Teufels Küche. Täter hatten eine Menge Rechte. Zu viele für Bens Geschmack.

Zoe. Altgriechisch. Bedeutet Leben. Was für ein Witz!

»Komm jetzt, wir fahren!« Ligeia war bereits auf dem Weg zum Parkplatz.

Ben zögerte. In der angetrockneten Pfütze unterhalb des Tores, war das nicht der Abdruck eines Moutainbikeprofils? Sicher war Valli mit dem Bike hergefahren. Soweit er wusste, besaßen Valli und Joja gar kein Auto.

Er ging in die Hocke, machte mit seinem iPhone ein Foto vom

Reifenabdruck und schickte es an einen Kollegen von der Kriminaltechnik: »Bitte checken, ob das ein Maxxis-Crossmark-Profil ist.«

Ben hatte sich vor ein paar Wochen den gleichen Mantel gekauft, deshalb war er ihm an Vallis Bike aufgefallen. Wenn sich seine Vermutung bestätigte, dann könnte Valli im Schrebergarten Nummer 16 gewesen sein und war womöglich immer noch dort. Oder ging mit ihm gerade der Gaul durch?

Gegen elf trudelten die verfügbaren Beamten zur Besprechung ein. Als Leiter der Sonderkommission hatte eigentlich Kroner das erste Wort, doch der Herr Herrlich und die Michels tänzelten herum wie Hundert-Meter-Sprinter kurz vor dem Start. Sie bräuchten Ergebnisse, sonst würde sie die Presse in der Luft zerreißen.

Bla, bla, bla … Kroner ließ das Gezeter der beiden über sich ergehen, hörte gar nicht hin. Er musste sich zwingen, ruhig zu bleiben, sonst würde er noch aufspringen und irgendetwas Unüberlegtes tun. Die Gefahr bestand durchaus.

Ausgerechnet der Herr Herrlich! Aber die Damen der gehobenen Gesellschaftsschicht waren eben auch nur Menschen, und in der Partnerwahl herrschten andere Gesetze als im Job. Punktum.

»Jetzt sind Sie dran, Kroner.« Dorothee Michels nickte in seine Richtung.

Heute, ohne den Rosa-Kontrast, wirkte ihre Haut eher aschfahl. Nix mehr mit Dune du Pilat. Und nix mehr mit per Du.

Kroner blieb einfach sitzen. Seine Schultern hingen schlapp nach vorn, breiteten seinen Gemütszustand nahezu spöttisch vor versammelter Mannschaft aus – da war nichts zu machen. Dabei müsste er, der Feldherr, doch allen voran in die Schlacht reiten, nur dafür reichte im Moment die Kraft nicht. Sie hingen fest wie Kletterer in der Steilwand, die den nächsten Griff nicht erreichen können. Auch Valli befand sich wahrscheinlich in der Wand. Hoffentlich stürzte sie nicht ab.

Verdammt!

Warum hatte sie auch das Obduktionsprotokoll lesen müssen? Und wieso hatte er sein Handy nicht früher abgehört? Kroner beauftragte Schlegel, sich um die Franz-Rieß-Fahndung zu kümmern,

Ben wollte einen Durchsuchungsbeschluss für eine Schrebergartenparzelle am Doblweg, weil er dort in einer ausgetrockneten Wasserpfütze den Profilabdruck eines besonderen Reifenmantels entdeckt hatte – das hatten die KTler bestätigt –, der angeblich mit dem Reifenprofil von Vallis Mountainbike übereinstimmte. Überprüfen ließ sich Letzteres nicht, da Vallis Rad wie vom Erdboden verschluckt war, genau wie das Mädchen selbst. Woher wusste Ben das also so genau? Kroner hatte keine Ahnung, und es war ihm auch egal. Wenn Ben keinen Schwachsinn erzählte, und das war nicht anzunehmen, dann war das ein konkreter Hinweis, dem sie nachgehen mussten. Kroner war mittlerweile für jeden Strohhalm froh, den man ihm anbot.

In der Kollmann-Laube hatten die Kriminaltechniker kaum Spuren sichern können. Das Hochwasser hatte mögliche Beweise – wenn es sie denn gegeben hatte – vermutlich fortgespült. Ob die wenigen gefundenen Spuren Sara Rieß zugeordnet werden konnten, das zu erfahren würde einige Tage dauern. Jedenfalls wartete Tim Kollmann gerade in einem Nebenraum darauf, dass ihm jemand auf den Zahn fühlte. Kroner würde das höchstpersönlich übernehmen.

Marlis Osterby ging es mittlerweile besser. Gleich nach Mittag würde Kroner zu ihr ins Krankenhaus fahren, damit sie ihm endlich Rothenbachs Schießerei-Version bestätigte. Von ihrem Sohn fehlte nach wie vor jede Spur. Was für ein Desaster.

Kriminalrat Wendlandt wollte wissen, was bislang bei den systematischen Befragungen rausgekommen war. Reischl erhob sich und las aus seinen Aufzeichnungen vor. Die meisten Anwohner überschwemmter Gebiete hätten der Polizei bereitwillig Zutritt gewährt, die Überprüfung der wenigen schwarzen Schafe machte selbstredend überproportional viel Mühe: eine Menge Papierkram, dazu kam noch das Personalproblem. Reischl schätzte, dass sie damit noch mindestens eine Woche beschäftigt sein würden.

Ben saß in einer der hinteren Reihen – auf Kohlen. Es hatte nicht viel gefehlt, dann wäre er über den Zaun ins Grundstück eingestiegen, nachdem er die Reifenspur entdeckte hatte. Ligeia hatte ihn mit Müh und Not davon abhalten können. Bis der Durchsuchungsbeschluss durch war, würde es Minimum eine Stunde dauern – wenn es denn schnell ging. Immerhin war Kroner sofort einverstanden gewesen.

Reischls Stimme wurde lauter: »Ich habe denen zigmal gesagt, dass wir uns von der Altstadt beginnend vorarbeiten, aber die jungen Kollegen vom OED haben sich einfach ein Gebiet ausgesucht, und ich kann jetzt schauen, wie ich das geregelt kriege, dass wir nicht doppelte Arbeit machen. Ich hab die Kollegen aus Passau schon zurückgepfiffen, die eigentlich an der Gaißa nachfragen sollten – in drei Tagen –, aber –«

Kroners Rechte fuhr durch die Luft. »Und?«

Reischl knurrte. »Von zwölf in Frage kommenden Anwesen an der Gaißa haben die Burschen sich eins nach dem anderen angeschaut und Zutritt erhalten, nur beim letzten durften sie nicht rein.«

»Wem gehört das Grundstück?« Kroners Magen rebellierte, er stöhnte leise.

»Einem gewissen Zacharias Kleebaur, aber aufgemacht hat ein anderer.«

»Der wie hieß?«

Reischls Gesicht wurde puterrot, er blätterte hastig durch seine Aufzeichnungen. »Christoph Schneider.«

»Habt ihr den Namen schon mit den Listen abgeglichen?« Kroner stand auf und ging zum Flipchart. Allmählich kamen ihm doch Zweifel an der weissenbeckschen Leichenausschwemmtheorie. Waren sie auf dem Holzweg?

Ben schlug den Hefter auf, den er aus seinem Büro mitgebracht hatte. Schneider? Der Name kam ihm bekannt vor. Seine Hände zitterten, als sein Zeigefinger über die nach Datum sortierte Autovermietungsliste fuhr. Da! Das Kreuz. Hier war er von Ligeia unterbrochen worden. Christoph Schneider. War das Zufall? Sein Arm schnellte hoch. »In der Liste von Sixt habe ich einen Christoph Schneider!«

Reischl kratzte sich am Kopf. »Schneider ist der dritthäufigste Nachname in Deutschland, nach Meier, Huber und Konsorten. Kann Zufall sein, wie gesagt, eingetragen ist das Grundstück auf den Namen Kleebaur.«

Heute kritzelte ausnahmsweise Kroner die Namen aufs Flipchart: »Zacharias Kleebaur – Christoph Schneider???«

»Schlegel, prüf nach, ob es da eine Verbindung gibt.«

»Jetzt gleich?«

»Sofort!« Kroner ging zurück an seinen Tisch. Nachdem Reischl aus dem Kabuff gerauscht war, um die Ergebnisse der Listenvergleiche zu holen, wurde es mucksmäuschenstill. Niemand sagte einen Piep. Alle warteten.

Reischl war außer Atem, als er zurückkam. »Christoph Schneider hat am 4. März 2013 in Plauen einen weißen Kastenwagen der Firma Sixt gemietet. Wohnhaft ist der Mann in Geiersberg, Talstraße 3, Plauen, ansonsten unauffällig.«

»Plauen?«, platzte es aus Ben heraus.

Reischl verstand den Seitenhieb, reagierte genervt. »Hätte ich vor, ein Mädchen von Cheb aus über die Grenze zu entführen, würde ich wohl kaum den Wagen dafür in Plauen mieten, oder?«

Ben nickte. Auch wieder wahr. Und dennoch hatten sie genau für dieses Gebiet die erste Abfrage gemacht.

»Was ist mit diesem Kleebaur?« Kroner ignorierte die aufkommenden Emotionen. Gerade in stockenden Ermittlungen ging es gern hitzig zu. Das war nichts Neues, und es schadete nicht, wenn die Bluthunde ihre Ketten loswerden wollten – um jeden Preis.

»In Passau gemeldet, aber …« Reischl zögerte. »Der Kleebaur ist längst tot. 'tschuldigung, aber das habe ich jetzt erst gesehen. Eine Tochter von ihm heißt Bärbel Brandtner.«

»Hast du ihre Personendaten überprüft?«

Reischl senkte den Kopf. »Hatte bisher keine Zeit, ich wusste ja nicht, dass du gleich –«

»Dann Beeilung, wenn ich bitten darf!« Kroner stand auf.

Reischl *was not amused*. Kroners Reaktion wirkte so, als hätte er schlampig gearbeitet, dabei war die Info eben erst reingekommen.

Kroner klopfte ihm versöhnlich auf die Schulter. »Ich weiß, dass ihr kaum Luft zum Atmen habt, aber ich will das jetzt gleich wissen.«

Reischl zog ab – eindeutig eingeschnappt –, und die Versammlung löste sich auf. Alle hatten jede Menge Arbeit am Hals und sahen dementsprechend aus, nur die Michels tippelte quietschvergnügt mit ihrem Herrn Herrlich davon.

Kroner gab Ben ein Zeichen, ihm zu folgen. Im Büro holte er die Digitalkamera mit Vallis Speicherkarte heraus und hielt sie ihm hin. »Hat Valli dir die Fotos gezeigt?«

»Welche Fotos?«

»Na, die, die sie in Cheb gemacht hat, kurz bevor … Du weißt schon.«

Ben schüttelte den Kopf. »Sie wollte sie mir zeigen, unbedingt, aber ich wollte sie nicht sehen.«

»Warum?«

Ben zuckte mit den Schultern. »Keine Ahnung. Hat doch keinen Sinn.«

»Dann sieh sie dir jetzt an.« Kroner warf Ben die Kamera zu.

Er fing sie auf, fummelte an den Knöpfen herum, dann fuhr das Objektiv aus, und die Bilder leuchteten auf dem Minidisplay auf. »Das ist doch …«

»Korrekt. Das ist er.«

»Was wirst du tun?«

»Was wohl?«

Ben starrte seinen neuen Chef ungläubig an.

»Wenn die Michels nicht mitspielt, sind mir die Hände gebunden, und es sieht nicht so aus, als hätte sie Lust, sich die Finger zu verbrennen – nicht an ihm.«

»Aber …« Ben konnte es nicht fassen.

Kroners Bürotür flog auf, und Reischl stürmte herein. »Chef, hör zu, diese Bärbel Brandtner heißt jetzt Schneider! Verheiratete Schneider.«

»Schneider?« Die Kroner-Brauen hoben sich, während Ben die kleine Canon in der Schreibtischschublade verschwinden ließ. »Und?«

»Na, die ist mit diesem Christoph Schneider von der Sixt-Liste verheiratet.«

War das die Tangente, nach der sie so verzweifelt gesucht hatten? Kroner überlegte. Was bedeutete das jetzt? Damit wurde zuerst einmal nachvollziehbar, dass der Mann dieser Bärbel Schneider, geborene Brandtner, den Kollegen die Tür geöffnet hatte. »Weiter!«

»Das ist noch nicht alles. Rate mal, wer der Bruder von der Brandtner ist? Also, der Halbbruder.«

»Jetzt sag schon, Reischl, sonst hau ich dir eine rein!«

»Der Rothenbach. Die Brandtner ist Oliver Rothenbachs Halb-schwester.«

58

Der Weg in die Hölle ist steinig. Da können noch so viele Jahre vergehen, da kannst du dir noch so viele Schrunden zulegen. Die Erinnerung an damals ist meine ganz persönliche Hölle, die Farben, die niemals verblassen werden, und dazu ihr Gesicht. Das Gesicht meiner Mutter, während sie die Zähne fletscht, wenn sie mich in die Erdmiete sperrt. Allein, stunden- und tagelang. Der Speichel, den der Zorn aus dem Loch in ihrem Gesicht spritzen lässt, dass einem angst und bange wird:»Du bringst mich noch ins Grab! Du Bangert, du elendiges.« Damit sollte sie recht haben: Wenigstens das ist mir gelungen.

Er kam zurück! Valli musste sich zwingen, ruhig zu bleiben, versuchte, flach zu atmen. Sie bekam kaum mehr Luft, die Nase war zugeschwollen, und in ihrem Mund steckte eine ganze Waschmaschinenladung Schmutzwäsche – so fühlte der Knebel sich an, und so schmeckte er auch.

Waren das Schritte einer einzelnen Person? Quietschte der Kies unter einem Paar Schuhe oder unter mehreren? Die Polizisten mussten doch ...

Er kommt allein zurück.

Alle Hoffnung war dahin. Wie hatte sich die Polizei nur abwimmeln lassen? Die Tränen stiegen auf, Valli wimmerte, alle Kraft floss aus ihren Gliedern. Sie kannte Leos Leichenausschwemmtheorie und die dazugehörige Vorgehensweise der Polizei aus den Medien. Ihr zufolge hatte der Kerl ab jetzt jede Menge Zeit, seine Spuren zu beseitigen.

Laurenz und ich werden sterben.

Er kam näher, direkt auf Valli zu, hob ihr Kinn an. Lächelte. »Die Ziehtochter vom Herrn Kommissar. So was! Damit hätte ich wirklich nicht gerechnet. Den Schlamassel hast dir jetzt selbst eingebrockt. Meinst denn, mir macht das Spaß?« Der Tentakelmann nickte in Laurenz' Richtung. »Und er da hatte auch nichts Besseres zu tun, als hier aufzutauchen, um nach dem Rechten zu sehen. Da ist es doch wirklich nicht meine Schuld, wenn ich euch beide ...«

Urplötzlich ließ er von Valli ab, brach in hysterisches Lachen aus und fegte die restlichen Bilder und Zeitungsausschnitte von den Wänden, sammelte das Werkzeug zusammen, nahm die S-Haken von der Eisenstange und lehnte Letztere an die Wand. Eine Stange, ein Hebel, den man bereithielt, um sich so manche Arbeit zu erleichtern – mehr nicht. Die Schlachtkammer verwandelte sich zurück in eine stinknormale alte Werkstatt. Zwei, drei Schläge mit dem Steinhammer, und der Sautrog zersprang in seine Einzelteile. Der Milchgassenmörder – daran gab es für Valli nicht mehr den geringsten Zweifel – warf die Bretter auf eine Schubkarre und verschwand in den Hof.

Als er zurückkam, hatte er Reisigbesen, Schaufel und einen Eimer voller Sägespäne dabei. In der Mitte der Werkstatt lagen fünf gut anderthalb Meter lange Eichenbohlen. Mit der Eisenstange hebelte er sie aus und stellte sie dann nebeneinander an die Wand.

Eine Grube für Reparaturen. Klar, in ihr konnte man bequem aufrecht stehen, wenn es unter dem Bulldog was zu richten gab, und man konnte eine Menge Zeug darin verschwinden lassen. Jede Menge.

Er hatte den Namen seines Schwagers angegeben. Wenn die Polizisten ihn überprüften, würde es ihnen garantiert nicht verdächtig vorkommen, dass der Ehemann der Eigentümerin hier nach dem Rechten sah. Wenn nicht gerade dieser Kroner oder die Weissenbeck auftauchten, konnte er das Spiel weiterspielen und die Prinzessin behalten. Wenigstens noch ein kleines Weilchen. Sie war aber auch zu goldig.

Er hatte es nicht übers Herz gebracht. Der Schussapparat, alles war bereit gewesen, aber das kleine Ding hatte so treuherzig zu ihm aufgeblickt, dass er …

Und wieso sollten ausgerechnet die leitenden Ermittler hier aufkreuzen? Das hier war eine Routineangelegenheit, eine Massenbefragung, da tanzten erst mal die anderen an, und mit denen kam er klar. Ganz sicher. Er würde sie ein bisschen herumführen, wenn sie wiederkämen, aber das war's auch schon.

Alles, was im Entferntesten mit Schlachten zu tun hatte, schob er in die Werkstattgrube. Er kehrte zusammen, entfernte sogar die

Spinnweben von der Decke, so viel Zeit musste sein. Das war ihm schon als Kind in Fleisch und Blut übergegangen:

»Vor dem Zamkehrn musst die Spinnfeddern runterkehrn, Bua«, hat der Vadder gsagt.

Den hat die Mutter auch auf dem Gewissen. Das Bier hat ihm halt geschmeckt, da konnte man nichts machen. Der musste seinen Kummer ja ersäufen. Kein Wunder, bei der Frau, das haben sogar die Nachbarn verstanden. Und als der Vadder an meinem achten Geburtstag schon Mittag mit einem Rausch in der Fotzen heimkommen ist, hat die Mutter ihm die gusseiserne Bratpfanne drübergezogen. Und hin war er.

Ich stand da im Sonntagsanzug mit meinem Geschenk in der Hand, da hat sie auch mich gepackt, die Mutter, an den Haaren, und hat geschrien: »Wennst dein Maul aufmachst, geht's dir genauso!«

Von da an hab ich kein Wort mehr gesagt. Kein Wort.

Die Bärbel hat von alldem nix mitbekommen. Die war im Internat, die war der Mutter ihr ganzer Stolz, ihr Augenstern. Nur Einser hat die geschrieben, keinen einzigen Zweier. Mir hat es die Mutter mit dem Stockerl reingedroschen, ich habe mich nicht so leichtgetan in der Schule. Das wären dem Vaddern seine Gene, hat sie immer geschimpft. So ein saudummer Fehler mit dem Vaddern, hat sie gesagt. Aus lauter Angst vor ihr habe ich es dann sogar aufs Gymnasium geschafft, und studiert habe ich auch. Trotzdem war sie nicht zufrieden. Nie.

Und immer wenn der Mutter was nicht gepasst hat, hab ich in den Erdkeller müssen.

»DU BRINGST MICH NOCH INS GRAB. DU BANGERT, DU ELENDIGS!«

Und wie ich meinen ersten Job in der Probezeit verloren habe und sie mich wieder reinsperren wollte in das Loch, da habe ich ihr das Maul gestopft. Aber richtig. Da war sie endlich still.

Er erinnerte sich jetzt häufiger als sonst an früher, er verstand nun, dass das Töten der Mutter der Wendepunkt in seinem bisherigen Leben gewesen war. Manchmal konnte er deshalb nachts nicht schlafen, vor allem dann, wenn Marlis in Passau war, wenn sie ihn ständig schikanierte und herumkommandierte. Aber damit war jetzt auch Schluss. Endgültig!

Als die Holzbohlen wieder an Ort und Stelle lagen, kippte er die Sägespäne aus, griff nach einem Eimer mit Altöl und goss die dunkle Brühe hinterher. Dann öffnete er das Werkstatttor. Eine tief stehende Sonne stach Valli in die Augen wie ein Tausend-Watt-Flutlicht. Wenig später hämmerte der Sound eines alten Eicher über den Hof: Dag, dag, dag, dag, dag, dag, dag, dagdagdag … Immer schneller, bis der Motor seinen Takt gefunden hatte und zu schnurren anfing. Es war ein Modell mit Fahrerkabine, die Frontscheibe war nach vorn weg aufklappbar. Himmelblau, die Felgen in Signalrot angemalt. Ein Schmuckstück. Der Tentakelmann fuhr den Bulldog in die Werkstatt, bis er direkt über der Grube stand. Er stieg ab, setzte ein riesiges Radkreuz an, holte einen Wagenheber und bockte auf. Die Muttern saßen fest, Caramba-Rostlöser und die Eisenstange kamen zum Einsatz. Keine drei Minuten, dann war das Hinterrad ab.

Zufrieden wischte sich der Tentakelmann die schmierigen Hände an der Hose ab, fuhr sich über das Gesicht. Alles musste echt aussehen. Valli verstand. Woher kannte sie ihn bloß? Wo hatte sie ihn schon einmal gesehen? Bei Sara? Und woher wusste er, dass sie Kroners Ziehtochter war?

59

»Rothenbachs Halbschwester gehört also ein Grundstück an der Gaißa.« Ben verschränkte die Arme hinter dem Kopf. »Heißt das ...?«

Kroner winkte Reischl näher. »Besorg mir die Telefonnummer.«

»Von der Schwester? Die hab ich hier, glaub ich«, sagte Ben. »Die von ihrem Mann steht ja auf der Liste vom Autovermieter.«

Während Kroner wählte, blätterte Schlegel in seinen Unterlagen. »Oliver Rothenbachs Schwager hat also einen Sixt-Wagen im Zeitfenster gemietet. Vielleicht hat er das Mädchen ja hergebracht? Weit weg vom Lebensmittelpunkt in Plauen, aber an einen Ort, den er durch seine Frau dennoch kennt, der ihm vertraut ist. Gelegenheit, Mittel und Motiv – alles passt.«

»Kroner, Kriminalpolizei. Frau Schneider? – Ihr Mann hat im März einen Kastenwagen gemietet. Richtig? – Wir hätten ein paar Fragen bezüglich eines kleineren Verkehrsdeliktes. – Nein, keine Sorge, wir möchten lediglich wissen, wer gefahren ist. – Aha, Sie sind umgezogen. – Ja, verstehe, nur zwei Straßen weiter. – Also hat Ihr Mann den Transporter gefahren, weil Sie sich das nicht zugetraut haben. Ah ja, und Ihr Bruder? – Wie wir darauf kommen? Ach, nur so, aber hören Sie, nur dass ich das richtig verstehe: Ihr Bruder hat also beim Umzug geholfen und sich auch um die Abwicklung mit Sixt gekümmert? Das war aber nett von ihm. – Wann waren Sie denn zum letzten Mal in Passau? – Im letzten Jahr. Das ist aber schon lange her. Und Ihr Mann? – Aha, und wer kümmert sich in der Zeit um Ihr Grundstück an der Gaißa? – Woher wir das wissen? Das tut doch jetzt gar nichts zur Sache. Sagen Sie uns einfach, wer dort nach dem Rechten sieht. – Ach, Sie haben das von Ihrem Vater geerbt, aber die Schlüssel hat der Zach? Der Vater wollte immer, dass der Zach es bekommt, aber die Mutter hat es Ihnen hinterlassen, das ist sehr großzügig. Wer ist überhaupt der Zach? – Ah, der Bruder. Wie viele Brüder haben Sie denn? – Ach, leider nur den einen, und der heißt eigentlich Oliver. Sehr interessant. Wann war Oliver das letzte Mal bei Ihnen zu Besuch? – Im März, stimmt ja, natürlich, als er Ihnen beim Umzug geholfen hat. Und vor ein paar Tagen war er nicht zufällig da? – Ach so. Danke. Könnte ich Ihren Mann jetzt kurz sprechen? – Nein, wenn er gerade unter der Dusche ist, dann … Es reicht mir schon, wenn Sie sagen, dass er daheim ist. – Sie haben uns sehr weitergeholfen, Frau Schneider. Vielen Dank. Auf Wiederhören.«

Kroners Herz klopfte, seine grauen Zellen waren so wach wie schon lang nicht mehr, und plötzlich purzelten die Mosaiksteinchen ohne viel Aufhebens an die richtigen Stellen: Rothenbach war ihr Mann! Er stand auf. »Reischl, sieh nach, ob die Michels noch da ist! Die soll dem Herrn Richter Feuer unter dem Arsch machen: Wir brauchen einen Durchsuchungsbeschluss für das Grundstück an der Gaißa und einen Haftbefehl für Oliver Rothenbach. Ich wette, dass er den jungen Kollegen aus Straubing geöffnet hat.«

»Und mit welcher Begründung verlangen wir die Beschlüsse?« Reischl stand abwartend in der Tür.

»Sag ihr einfach, was wir in den letzten fünf Minuten erfahren haben, das sollte ausreichen.« Haftgründe gab es schließlich mehr als genug – Flucht- und Verdunkelungsgefahr –, doch da sie seit wenigen Minuten davon ausgingen, dass Oliver Rothenbach der Milchgassenmörder war, bedurfte es dieser nicht mehr. Mord und Totschlag waren laut Strafprozessordnung absolute Haftgründe, und allein der Verdacht reichte für eine Festnahme aus. »Ich muss wissen, wie viele gefahrene Kilometer der Autovermieter abgerechnet hat. Die Büromädels sollen mich auf dem Handy anrufen.«

Reischl nickte und verschwand.

»Wir fahren sofort hin.« Kroner holte seine HK P7 aus der abgeschlossenen Schublade und steckte sie in das Holster am Gürtel. »Ihr kommt mit mir, SEK und MEK sollen sich abrufbereit halten.« Er sah Arslan, Ligeia und Ben der Reihe nach an.

»Was ist denn jetzt mit den Reifenspuren?« Ben sah auf die Uhr. »Ich bin sicher, dass Valli am Doblweg war.«

»Schick eine Streife hin, das Grundstück an der Gaißa hat jetzt Vorrang. Dort sind wir richtig.« Kroner hatte ein flaues Gefühl im Magen. Entscheidungen mussten getroffen werden, und zwar am besten so, dass die ihm Anvertrauten nicht den Hauch eines Zweifels seinerseits erkennen konnten. Aber was, wenn er die falsche

Entscheidung traf, was, wenn Valli … Nein, er hatte keine Zeit, darüber nachzudenken.

»Und wenn ich allein zum Doblweg fahre?« Ben ließ nicht locker. »Was, wenn Valli … und Laurenz … Ich meine, was, wenn beides nichts miteinander zu tun hat?«

»Nix da, du kommst mit mir. Ich brauche dort ein paar Männer, auf die ich mich verlassen kann. Wir dürfen keine Fehler machen, dürfen nichts überstürzen, verstehst du?«

Zufrieden betrachtete er sein Werk, das Hinterrad war ab. Er nahm das Stöckchen vom Wagenheber und fieselte es über das kleine Stäbchen, mit dem er den Heber entriegeln konnte.

Pfffffffffffffffttttttttttt … Der Eicher kippte zur Seite, exakt auf die Eichenbohlen.

»So, das wäre erledigt.« Er sah sich um. Die beiden Patronen lagen auf der Werkbank. Eine gelbe und eine grüne. Seine letzten – die letzten vom Vadder. Er setzte die grüne in den Schussapparat ein. Die würde für Laurenz sein. Marlis' Sohn. So ein Witz.

Dabei war ihm der Junge sogar sympathisch, er litt unter seiner Mutter beinah genauso wie er selbst unter seiner gelitten hatte. Nur wurde Laurenz das Leid subtiler zugefügt als ihm damals. Marlis spielte ihre Macht versteckter aus. Vielleicht war das noch grausamer.

Wieso geriet er nur immer an solche Frauen? Frauen, die seiner Mutter ähnlich waren. Frauen, die ihn unterdrückten. Frauen, die so unglaublich dominant waren.

Die kleine Hana war da ganz anders. Sie war sein Liebling! Die muckte nicht auf, die widersprach nie, war weich und warm und dabei so hilflos und schön. Sie würde er sich aufsparen, aber die anderen mussten weg. Sie waren zu gefährlich.

»Steh auf, du Bankert, du greisligs! Auf geht's!« Er drosch der Ziehtochter des Herrn Kommissars vorsorglich seinen Absatz in den Rücken. Die brauchte gar nicht auf die Idee kommen, hier aufzumucken. »Mia san ned zum Dummschaun da!« So hatte die Mutter ihn auch immer ausgeschimpft, wenn er nicht gleich pariert hatte, und der Vadder war sowieso nur eine dreckerte Kletzen, ein

376

Langweiler, ein Schwächling für sie gewesen. Oh ja, die Mutter kannte sie alle, die bösen Worte. Und doch hatte er, der Sohn, mit ihr nur Hochdeutsch sprechen dürfen. Das Bayerische wäre einer Karriere abträglich, hatte sie immer gesagt. Nur mit dem Vaddern durfte Oliver, wenn sie zu zweit in der Schlachtkammer waren, reden, wie er wollte. Der Vadder hat ihn dann auch nicht Oliver genannt, sondern Zach, weil sein Vadder – Gott hab ihn selig – schon Zacharias geheißen hatte und dessen Vadder auch und so weiter und so fort. Die Mutter war es gewesen, die ihm bei der Fortführung der Namenstradition einen Strich durch die Rechnung gemacht hatte. Einen ganz dicken Strich. Wie durch den Vaddern sein ganzes Leben auch.

Zach packte Valli an den Haaren und zwickte mit einem Seitenschneider den Kabelbinder durch, der die Handfesseln mit dem Strick an der Mauer verband. Auch das Plastik an ihren Knöcheln durchtrennte er. Grob zog er Valli hoch, schubste sie vorwärts. Sie fiel, hatte kein Gefühl in den Beinen, bis das Blut in ihre Füße schoss und sie vor Schmerz aufheulen ließ.

Mittlerweile war es Abend, der Wind legte sich, und draußen im Hof wurde es totenstill. Zach führte Valli und Laurenz über einen Kiesweg weg von den Häusern zu einer Streuobstwiese. Schafe grasten friedlich, die Gaißa plätscherte nicht weit entfernt dahin, war aber nicht zu sehen, da eine Reihe Erlen die Sicht aufs Wasser versperrte.

Schafe! Logisch. Um die hatte sich Laurenz kümmern sollen. Valli verstand, und dann fiel es ihr wieder ein, und sie schöpfte Hoffnung: Marlis Osterby wusste von diesem Grundstück. *Sie weiß es!*

Nach der Begegnung mit der Jack-Russell-Oma hatte Valli bei Parzelle Nummer 16 am Doblweg geläutet. Ein Mann um die vierzig hatte aufgemacht. Ein freundlicher, schrulliger Typ, der null Ähnlichkeit mit Laurenz' Foto gehabt hatte. Dieser Jens, wie er sich vorstellte, hatte ihr erzählt, dass er Glück gehabt hätte, einen Schrebergarten zu ergattern. Heutzutage sei das quasi unmöglich. Lieber hätte er zwar ein größeres Grundstück gehabt wie eins von denen an der Gaißa, für die er schon ewig auf der Warteliste stand, aber mit dem hier sei er auch zufrieden, und das mit dem Mord mache ihm nichts aus. Rein gar nichts. Gewissermaßen sei der Mord ja sein Glück gewesen.

Wie eins von denen an der Gaißa!

So war Valli hierhergeraten, weil dieser Jens Schrebergärten an der Gaißa erwähnt hatte. Und das Grundstück war in der Tat riesig, damit hatte Jens recht gehabt. Wäre sie nur nicht über den Zaun gestiegen!

Direkt am Wasser, halb unter einem Haselgebüsch versteckt, ragte eine Art Huf aus der Erde. Bei genauerem Hinsehen erkannte Valli eine grün gestrichene Holztür mit alten Beschlägen, wie man sie auf Burgen sah. Ein Mauerbogen aus alten Klinkern, der Rest zum Hang hin mit Beton ummantelt und teilweise mit Gras überwachsen. Das musste der Eingang sein in eine ... Na, was? In einen Luftschutzbunker, in eine Erdmiete?

Valli konnte nicht mehr klar denken, stolperte vorwärts. Abwechselnd bohrte sich der Schussapparat in ihre und Laurenz' Nierengegend. Zach trieb sie zum Wasser. Eindeutig. Ein kleiner Steg. Ein Boot, die Ruder lagen bereit.

»Knia de hi!« Zach schubste Laurenz auf die Bretter des Steges. »Und jetzt beugst dich übers Wasser, dass des koa sechane Sauerei gibt.«

Laurenz verstand nicht. Er zitterte, schien vollkommen apathisch. Valli überlegte. Was wollte das Monster? Verdammt, das Denken fiel ihr so schwer. Wollte der Mann etwa ...?

Ihre Schreie verfingen sich in der schmutzigen Wäsche in ihrem Mund. Sie würgte, fiel auf die Knie. Ihr wurde schwarz vor Augen. Auf einmal wusste Valli, woher sie diesen Mann kannte, natürlich! Er war das bemitleidenswerte Männchen, das die Gottesanbeterin nach der Paarung verspeisen würde.

Er ist Marlis Osterbys Liebhaber.

Doch im Moment sah er nicht bemitleidenswert aus. Überhaupt nicht. Mit einem gezielten Tritt beförderte er Laurenz ins Wasser.

»Dann hoid a so!«, schrie er und sprang hinterher. Das Wasser war nicht tief, es reichte Zach bis zur Hüfte, aber Laurenz tauchte nicht wieder auf.

Valli starrte auf das Bild, das sich ihr bot: der Schatten eines Menschen – Laurenz' Schatten – unter Wasser, regungslos.

Endlich packte Zach zu, zog ihn hoch, stemmte ihn regelrecht über Wasser. »Dei Mudda is de gleiche Mistkrampn, moant, sie kand jedn umanandschaffa, an jedn schikaniern …«

Als Laurenz einigermaßen sicheren Stand hatte, ließ Zach seinen Arm los, packte ihn stattdessen an den Haaren. Keine Sekunde später setzte er den Schussapparat auf Laurenz' Stirn auf.

»Da macht niemand auf. Verdammt!« Kroner drückte ein zweites Mal auf die Klingel.

Drrrrrrrrrrrrrrrrrrrrrrrrrrrrrrrrrrrrrr!

»Was sollen wir tun?« Ligeia ging am Zaun entlang. Zwei Meter zehn hoch mit einer Rolle Stacheldraht am oberen Ende.

»Vielleicht ist er ja abgehauen, nachdem die Kollegen vom OED vorbeigeschaut haben?« Arslan ging ein paar Meter in die andere Richtung. »Ihm muss doch klar sein, dass er sich verdächtig gemacht hat, indem er die Beamten nicht hereingelassen hat. Er wird damit rechnen, dass wir wiederkommen.«

Kroner nickte. »Frag bei den Nachbarn, ob denen was aufgefallen ist.«

Arslan parierte.

Drrrrrrrrr … Drrrrrrrrrrrrrrrrrrrrrrrrrrrrrrrrrrrrrrrrrrr!

Ben lief den Weg entlang Richtung Gaißamühle. Die Hainbuchen vor und hinter dem Zaun waren riesig, er konnte kaum einen Blick auf das Grundstück erhaschen, und unten, zum Ufer hin, wucherte dichtes Gestrüpp. Kein Durchkommen. Nirgends. Auf dem Rückweg quetschte Ben sich dicht am Bretterzaun entlang, durch die Ritzen konnte er nicht viel erkennen. Oder doch? Moment. Was war das da vorn? Ben kämpfte sich näher heran, sah den Ausschnitt einer Federgabel mit einseitiger Radaufnahme.

Sie ist hier. Valli ist hier!

Kroner hatte recht behalten.

Laurenz sackte in sich zusammen, bewegte sich nicht mehr, versank erneut.

Hatte Valli den Schuss nicht gehört? In ihren Ohren rauschten alle Weltmeere im Chor, ihre Wahrnehmung geriet durcheinander. Bilder aus dem Fernsehen überlagerten sich: ein riesiger

Stier, der nach einem gut gesetzten Bolzenschuss zusammenbrach. Eine Tonne Fleisch. Niedergemetzelt in einem blutverschmierten Schlachthaus.

Ist Laurenz tot? Eine Hinrichtung? Ist das das Ende?

Zach hatte Valli am Steg festgebunden. Sie musste zuschauen, wie Laurenz unter Wasser blieb und die Wellenringe sich langsam beruhigten, gemächlich ausliefen.

»Aus is da Tanz!« Zach watete ans Ufer, sprang auf den Steg zurück und spuckte Valli ins Gesicht.

Sie spürte es nicht, starrte auf die Stelle, wo Laurenz versunken war.

Weg. Einfach weg.

Laurenz war tot. Er war tot! Und sie hatte ihm nicht geholfen, hatte nicht einmal den Schuss gehört, weil sie zu sehr mit ihrer eigenen Angst beschäftigt gewesen war.

Jetzt stand er direkt vor ihr, der Milchgassenmörder, band sie los, zerrte an ihr. Doch mehr noch als die Angst vor ihm versetzte Valli die Gewissheit, bald zu ersticken, in Panik. Sie bekam keine Luft, ihre Nase war endgültig dicht, der Mund zu voll. Ihre Extremitäten begannen zu kribbeln. Osterbys Liebhaber schrie sie an, gestikulierte wild. Valli hörte ihn nicht, das Rauschen in ihren Ohren übertönte alles, jede Spannung wich aus ihrem Körper, und ganz allmählich erstarben ihre letzten Lebensgeister. Das Holz des Steges raste auf sie zu, dann detonierte die nächste Sprengladung in ihrem Kopf.

Bens Bauch blutete, seine Handinnenflächen waren aufgerissen. So ein Stacheldraht richtete mehr Schaden an, als er gedacht hätte. Es war Vallis Mountainbike, kein Zweifel. Dicht am Zaun entlang rannte er zum Tor. Gott sei Dank: Der Schlüssel steckte! Er drehte ihn leise um, und eine Sekunde später hatte er Kroners HK P7 im Gesicht.

»Bruhan! Herrschaftszeiten.« Kroner riss die Waffe nach unten, drehte sich halb zur Seite, atmete schwer. »Um ein Haar hätte ich abgedrückt, ich dachte …« Eine Sekunde lang musste er an den schrecklichen Unfall vor acht Jahren denken, als sich bei der Waffe eines Kollegen ein Schuss gelöst hatte. Drückte man die Griffballensicherung der P7, so entsicherte diese automatisch. Hielt man die Dienstwaffe in der rechten Hand und öffnete zum Beispiel mit der linken eine Autotür, so folgte die rechte der Bewegung der linken – eine sogenannte Phantombewegung – und ließ einen ungewollten Schusslöser folgen. Als Beamter musste man sich deshalb klar für Handlungs- oder Schussbereitschaft entscheiden. Vor allem in einer Stresssituation – und das hier war definitiv eine solche, besonders für Kroner. Valli war immerhin so etwas wie eine Tochter für ihn.

»Vallis Rad ... Da vorne ...« Ben wies in die entsprechende Richtung. »Sie muss hier sein.«

»Bist du über den Zaun?« Kroner sah von Bens blutigem Shirt zum Stacheldraht. »Autsch.«

»Ich sage Arslan Bescheid, er soll zurückkommen und uns den Rücken freihalten.« Ligeia rief den Kollegen an, der noch in der Nachbarschaft unterwegs war.

»Und benachrichtige auch Spezialeinheiten und KT. Die sollen herkommen. Geiselnahme.« Kroner war jetzt wurscht, dass Letzteres lediglich eine Vermutung war. Er nickte Ben zu. »Auf geht's!«

Der Hof sah in der Abendsonne idyllisch aus. Das Grün, die Sträucher, das Holz, alles gehegt und gepflegt: eine Augenweide.

»Muss ein alter Bauernhof gewesen sein«, flüsterte Kroner und bemühte sich, auf dem Kies leise zu treten. Sein Blick glitt über die Fassade des Haupthauses und blieb an den offenen Toren einer Werkstatt hängen.

»Was ist denn da los?« Ligeia ging voraus, sah sich um und strich dem gekippten Eicher ehrfürchtig über die Motorhaube. »Da war ja wohl ein Stümper am Werk.«

Ben trat ebenfalls in die Werkstatt. »Sieht unauffällig aus, recht aufgeräumt. Wahrscheinlich ist das Wasser nicht so weit angestiegen.«

»Oder es war alles ganz anders«, sagte Ligeia leise, »und Leos Theorie hat uns nur zufällig hierhergeführt. Wo steckt sie eigentlich, die werte Kollegin?«

»Müsste bald hier sein«, sagte Kroner und besah sich die Werkbank. »Hier an der Wand war mal was.«

Für jedes Werkzeug gab es Nägel zum Aufhängen, ihre nachgezeichneten Formen ließen erahnen, wo welches hingehörte. Bis auf Stemmeisen, Wasserwaage und Zimmererhammer hing allerdings nichts da, wo es hängen sollte. Stattdessen wies das Holz viele kleine Löcher auf. Ein einzelner Reißnagel fixierte ein abgerissenes Stück Zeitung. Kroner nahm das Papierfitzelchen ab und las: »Nummer 102/Seite 10«. Er drehte es um: »Montag, 28. April 2008«. Er drückte die Kurzwahl der Büromädels. Mel meldete sich sofort. »Tu mir einen Gefallen und finde raus, was die PNP am Montag, dem 28. April 2008, auf Seite zehn gebracht hat. Ruf mich sofort wieder an, wenn du es weißt, okay?«

»Alles klar, Chef.«

»Könnte auch eine andere Zeitung gewesen sein«, gab Ben zu bedenken.

Kroner schüttelte den Kopf. Er kannte dieses Zeitungseck, die Typo, alles. Seit er denken konnte, las er die Passauer Neue Presse. Er griff in die Sägespäne. »Sieht aus, als hätte jemand das Öl erst vor Kurzem ausgeschüttet.«

»Da gebe ich dir recht«, sagte Ligeia und kam näher. »Wenn dieser Rothenbach tatsächlich unser Mann ist, dann finde ich das ziemlich verwunderlich. Ich würde nicht anfangen, die Reifen und das Öl bei meinem alten Eicher zu wechseln, wenn ich damit rechnen müsste, dass mir die Polizei in naher Zukunft in den Arsch tritt.«

»Stimmt.« Kroner fegte mit den Schuhspitzen die Sägespäne zur Seite. Bohlen kamen zum Vorschein. »Was haben wir denn da? Eine Werkstattgrube.« Er bückte sich, versuchte, eine der Bohlen auszuheben, aber sie waren allesamt vom Gewicht des Eichers blockiert. Kroners Hintern vibrierte, Mel rief zurück. Es dauerte nicht lange, und er legte wieder auf.

»Was?« Ligeia und Ben starrten ihren Chef an.

»Fritzl.«

»Häh?« Ligeia verstand nicht, wurde zappelig. Er war eher der nervöse Typ, wollte sich weiter umsehen.

Kroner schnaufte. »Das entsprechende Zeitungseck stammt exakt von der Seite, auf der über den Fall Fritzl berichtet wurde, das war der Inzestfall in Amstetten.«

»Und?«

Kroner umfasste mit seiner Rechten den Raum. »Ich denke, wir könnten hier auf etwas Ähnliches stoßen. Kein Inzestfall, aber …«

Als er an Valli dachte, wurde ihm schlecht.

»Hallo!« Ben fiel auf die Knie und klopfte gegen die Eichenbohlen. »Valli? Bist du da drin?«

Niemand antwortete.

Es ist nicht schlimm – gar nicht so schlimm. Das Wasser fühlt sich gut an: weich, kühl, beruhigend. Ich muss nicht atmen. Jetzt nicht mehr. Bald ist alles vorbei.

Vallis Augen waren weit aufgerissen, sie sah das grünliche Wasser, sah einen Fisch, der vorbeischwamm, und spürte, wie sie dem Grund entgegensank. Zu Laurenz. Sie würde sterben, aber das war nicht schlimm. Nein. Sie empfand es als Erleichterung, als Erlösung.

Plötzlich zerrte jemand an ihren Armen, umfasste ihren Oberkörper. Die Schmerzen waren weit entfernt, dennoch fühlte sich ihr Kopf an, als gehöre er zu einer vielköpfigen Bestie. Wasser floss aus ihrem Mund, aus ihrer Nase, aus ihren Ohren.

Müsste sie jetzt nicht atmen? Es ging nicht. Ihre Nase war zu, der Knebel fest fixiert. Jemand riss an ihren Haaren, die Schnur über ihren Ohren schnitt ins Fleisch, aber das machte nichts, sie spürte es nicht – es tat nicht mehr weh. Plötzlich verschwand die Schmutzwäsche aus ihrem Mund, ihre Zunge kam frei, und Luft strömte in die Mundhöhle und weiter Richtung Lungen. Sie atmete. Sie war über Wasser. Sie lebte?

Und da war Laurenz, der wie ein Irrer auf sie eindrosch, gegen ihre Wangen klopfte, mit der Faust auf ihren Brustkorb schlug. Waren sie im Himmel? Sie und Bunny?

Eine halbe Stunde später traf Leo mit den Spezialkräften und den Spusileuten an der Gaißa ein. Jeder Raum in Haupthaus und Nebengebäude wurde vorschriftsmäßig gesichert, und mit jeder Minute, die verstrich, mit jedem Zimmer, das die Polizei vereinnahmte, schwand die Hoffnung, am richtigen Ort zu sein.

Ben musste an den Schrebergarten Nummer 16 am Doblweg denken. Wieso war er nicht dorthin gefahren? Vorhin, als Mel die

Info vom Fritzl-Fall durchgegeben hatte, war er sicher gewesen, dass Valli hier war. Und jetzt? Nichts. *Nothing.* Nirgendwo eine spanische Wand, nirgendwo ein gut abgeschottetes Tor zur Hölle. Durch seine lädierte Rechte glitten die blauen Schnüre der Strohballen, er überlegte. Irgendetwas hatte ihn in die Werkstatt zurückgetrieben. Auf dem sonst sauber gefegten Boden lagen zwei durchtrennte Kabelbinder. Damit konnte man gut jemanden fesseln, und man konnte genauso gut lose Schnüre zusammenbinden – ganz harmlos. Langsam ging er auf den Hof hinaus und weiter hinter das Haus. Eine riesige Streuobstwiese breitete sich vor ihm aus. Zusammen mit Arslan und Ligeia war er kurz hier gewesen, hatte die Schafe bemerkt und sich umgesehen, doch die Überprüfung der Gebäude war vorerst dringlicher gewesen.

Alles passte so gut zusammen. Ben blieb stehen. Weiter unten, gut hundertfünfzig Meter entfernt, ragte eine Reihe junger Erlen auf. Wenn ihn nicht alles täuschte, war dahinter der Fluss: »D' Goaßa«, hatte Kroner mit tief dröhnendem OA gesagt. »Die Schrebergärten an der *Goaßa*.«

Ben empfand es als bodenlose Untertreibung, ja als Frechheit, das Anwesen als Schrebergarten zu bezeichnen. Gemessen an Bonner Verhältnissen war das hier ein herrschaftliches Grundstück – keine Gartenparzelle.

Schrebergarten. Zoe.

Bens Herz schlug zornig, er biss die Zähne aufeinander. Gut zwei, drei Meter oberhalb der Erlenreihe lagen Geäst und Unrat auf der Wiese. Vertrockneter Schlamm überdeckte in einer Mulde die Grasnarbe, vereinzelt spitzte Grün daraus hervor. Laut Wasserwirtschaftsamt war die Gaißa während des Hochwassers nur einige Meter über das Ufer getreten. Ben konnte sich nicht mehr an die genauen Angaben erinnern, jedenfalls waren die Grundstücke hier aus diesem Grund auf der Liste der zu befragenden Gebiete ganz ans Ende gerutscht. Niemand vermutete, dass entlang der Gaißa versehentlich irgendetwas hätte ausgeschwemmt werden können – schon gar keine Leiche.

Je länger Ben die Streuobstwiese mit den Schafen und dem Erlenbestand im Hintergrund betrachtete, umso deutlicher zeichnete sich für ihn die Überschwemmungskante ab, bis zu der das Wasser angestiegen war und wo es Schlamm und Blattzeug zurückgelassen hatte. Bis zur Hofstelle hatte es bei Weitem nicht gereicht.

Wenn dies der Ort war, an dem der Milchgassenmörder in aller Abgeschiedenheit agierte, dann musste es da unten noch irgendetwas geben. Ben glaubte nicht, dass Rothenbach so dumm gewesen war, die Leiche absichtlich direkt vor seiner Haustür zu entsorgen. So weit gab er Leo vollkommen recht.

Er setzte einen Schritt vor den anderen, eine Ahnung trieb ihn an, ein Gefühl, so wie damals, als er seine Schwester gefunden hatte. Auch sie hatte der Mörder in einem Schrebergarten abgelegt.

Zoe.

Der Missbrauch und die Tötung, sie hatten nachgewiesenermaßen an einem anderen Ort stattgefunden. In der Wohnung dieses Perversen, den sie bald freilassen würden, damit er sich das nächste Kind schnappen konnte. Ben hatte das in der Zeitung gelesen, es machte ihn krank, er konnte nicht mehr schlafen, seit er das wusste.

Er schluckte, wollte die Erinnerungen wegschieben. Er musste jetzt klar denken, durfte seine Vergangenheit nicht mit der Arbeit vermischen. Niemals!

Ein Schrebergarten, verdammte Scheiße! Schon wieder.

Er begann zu laufen, bahnte sich einen Weg durch die vielstämmigen Erlen. Das Riedgras reichte ihm stellenweise bis zum Bauch, weiter östlich entdeckte er einen ausgetretenen Pfad. Er hielt auf ihn zu. Zwischen den Stämmen glitzerte der Fluss in der Abendsonne, ein alter Holzsteg kam in sein Blickfeld … und …

Bens Herzschlag setzte aus, er blieb stehen, spürte die Waffe wie einen glühenden Stock in seiner Hand.

Da vorn war jemand im Wasser! Zwei Personen, es sah aus wie ein Kampf.

Ist das Valli?

Noch konnte er es nicht mit Gewissheit sagen, doch mit jedem Schritt, den er sich der Szene näherte, wurde das Bild schärfer: Valli. Sie war es tatsächlich. Aber wer war der andere? Rothenbach? Ben wusste, wie Rothenbach aussah: groß, athletischer Körperbau, blond. Nicht so.

Vorsichtig pirschte er sich näher heran und erkannte: Niemand kämpfte, niemand versuchte mehr, sich zu wehren. Valli hing schlapp in den Armen des anderen und wurde von ihm unter Wasser gedrückt. Jetzt schlug er ihr ins Gesicht, drosch auf ihre Brust ein. Blut! Ben war jetzt nahe genug, um es deutlich zu sehen. Aus der alten Platzwunde an Vallis Schläfe strömte frisches rotes Blut. Nicht nur ein bisschen. Nein. Jede Menge Blut.

Aber das war nicht Rothenbach! Die braunen kinnlangen Haare, das schmale Gesicht, der schmächtige Körper. Nie und nimmer war das Rothenbach!

Bens Gehirn zuckte gegen seine Schläfen. Er hatte das Fahndungsfoto von Laurenz Osterby x-mal in Händen gehalten.

Er ist es!

Laurenz Osterby versuchte, Valli zu töten.

Bens Hände hörten auf zu zittern, sein Atem beruhigte sich. Er hob die Waffe, seine Arme nicht ganz durchgestreckt waagrecht zum Boden, Hände, Schultern und Füße ein mustergültiges Dreieck. Die Beine im hüftbreiten Stand, Spannung im Körper, locker in der Schulter. Eine hervorragende Schussposition. Er zielte auf den Kopf und drückte ab.

60

»Neunhundertfünfzehn Kilometer also. Danke, Mel.« Kroner verabschiedete sich, steckte das Handy weg und fasste Leo am Arm. »Rothenbach hat die Sixt-Rechnung bezahlt, obwohl der Schwager als Rechnungsempfänger angegeben war. Die haben fast tausend Kilometer abgerechnet. Da müsste man die paar Kilometer zwischen altem und neuem Zuhause sehr oft hin- und hergefahren sein, damit so viel zusammenkommt.«

»Du meinst also wirklich, dass Rothenbach unser Mann ist?« Leo sah vom Hof aus zu, wie die Spezialeinheiten sich sammelten. Die Suche im Haupthaus war abgeschlossen, jetzt würden sie sich auf die Nebengebäude konzentrieren.

Kroner nickte. »Ich ruf die Michels an, wir müssen sofort eine Fahndung rausgeben. Die Kollegen vom OED waren vor gut zwei Stunden hier, Rothenbach hatte also jede Menge Zeit, er könnte längst aus Deutschland raus sein.«

»Glaubst du, er hat das Mädchen hier festgehalten? Da hätten die Nachbarn doch ...«

Peng!

»Was war das?« Leo drehte sich um die eigene Achse.

»Das kam vom Fluss. Schnell!« Kroner begann zu laufen, Leo überholte ihn locker. Er sah ihr hinterher, wie sie über die Streuobstwiese sprintete und zwischen dicht gedrängten Baumstämmen durchbrach, dann war sie weg.

Was ist da los?

Kroners Herz klopfte wie bescheuert. Er hasste es, wenn ihm sein Körper diesen Hormon-Hammer ins Blut kippte, fühlte sich unzurechnungsfähig, und doch brachten ihn seine Beine schneller ins Erlenwäldchen, als er es ohne Adrenalin-Cocktail in seiner Blutbahn geschafft hätte.

Da stand Ben! Seine Stirn an einen Baum gelehnt, die Rechte mit der P7 hing schlapp nach unten. »Was ist los, Bruhan? Hast du geschossen?«

Ben antwortete nicht. Kroner ließ ihn stehen, rannte weiter, sah, wie Leo das Ufer der Gaißa erreichte, jemanden unter den Achseln packte und ans Ufer zog, und dann sah er … Valli.

Valli!

Sie war triefnass und blutete. Kroners eigenes Blut haute Richtung Zehenspitzen ab, ihm wurde übel, ihm wurde schwarz vor Augen.

Leo winkte ihn näher, fuchtelte wie wild mit den Armen und zeigte auf ein kleines Ruderboot, das herrenlos mit der Strömung flussabwärts trieb. »Er ist abgehauen!«, schrie sie.

»Wer?« Kroners Verstand hatte sich eine Auszeit genommen, sein Blut war überall, nur nicht im Kopf. Es hatte schon seine Richtigkeit damit, dass Polizeibeamte sofort von einem Fall abgezogen wurden, wenn auch nur der geringste Verdacht auf Befangenheit bestand. Scheiße, ja! Er war befangen, es ging um Valli! Sie war in eine Sache verstrickt, mit der sie nichts zu tun hatte, und sie blutete wie …

»Hörst du mich eigentlich?« Leo sah zu Kroner auf, der inzwischen bei ihr war. »Er haut ab! Da drüben!«

Am anderen Ufer der Gaißa rannte ein Mann die Böschung hinauf. Er nahm die Arme zu Hilfe, hielt dann auf den Wald zu und verschwand zwischen den eng stehenden Fichten.

»Kroner, verdammt! Sag den anderen Bescheid. Sie müssen ihm den Weg abschneiden.« Leo legte Laurenz vorsichtig auf den Boden. Valli versuchte zu helfen. Überall war Blut: an ihren Händen, an ihrem Kopf, auf ihrem T-Shirt.

Kroners Lider zuckten. Das war Laurenz Osterby.

Hat Ben auf ihn geschossen?

Valli fiel neben Laurenz auf die Knie. »Hey, Bunny, hörst du mich?«

Leo gab den Kollegen nun doch selbst Bescheid und schüttelte den Kopf. »Was ist los mit dir, Kroner?« Ihr Blick streifte Valli, die Laurenz die Wangen tätschelte. »Sie ist in Ordnung, glaube ich.«

In Ordnung? Davon hatte Kroner eine gänzlich andere Auffassung.

In Ordnung! So ein Witz.

Leo drückte erneut die Tasten ihres Diensthandys, orderte zwei

Krankenwagen und sah dabei Kroner an. »Soll ich dir auch einen bestellen, Hannes? Brauchst du ärztliche Versorgung?«

Kroner winkte ab, aus seinem Mund platzte ein heiseres Heulen, dann riss er Valli in seine Arme.

Sie beklagte sich, alles tue weh, aber ein Lachen tröpfelte dennoch aus ihrem zittrigen Mund, und die Tränen flossen in Strömen, wuschen das Blut ab. Sie war froh. So unendlich froh, dass sie noch lebte und dass Laurenz …

Das Hufeisen. Die grüne Tür. Das dicke Eichenbrett.

Vallis Nackenhärchen stellten sich auf. Mühsam wand sie sich aus Kroners Umklammerung und torkelte auf die Holztür zu, die gut zwanzig Meter entfernt aus dem Boden ragte.

»Wohin gehst du?« Kroner wollte Valli zurückhalten, doch er griff ins Leere. Das Mädchen lief ihm einfach davon. Schon wieder.

Leo überließ Laurenz, der noch nicht wieder bei Bewusstsein war, dessen Herz aber stetig und fest schlug, den Leuten vom OED, die, vom Schuss angelockt, ebenfalls zum Fluss heruntergekommen waren, und zerrte Kroner hinter Valli her.

Der Balken in der Verankerung vor der grünen Tür war zu schwer für Valli, also packte Kroner mit an. Im Inneren war es dunkel und eiskalt. Lehmboden, genau wie in der Werkstatt. Ein Lagerraum, eine Erdmiete, eindeutig, auch wenn die Lage so nah am Wasser nicht gerade ideal war.

Valli bückte sich, trat ins Innere. Ihre Augen gewöhnten sich schnell an die Dunkelheit. Der Raum war leer, nur ein Surkübel lag umgekippt vor dem Ausgang. Weiter hinten entdeckte Valli eine zweite Tür, die von außen mit drei schweren Riegeln versehen war.

Kroner entsicherte den ersten, zog ihn zurück, der zweite folgte, dann der dritte.

Valli konnte, sie wollte nicht glauben, was sie sah. Zuerst flog ihr Blick zu einem Loch in der gut drei Meter hohen Decke. Gitter. Dickes Plexiglas. Die Abendsonne fiel schräg hindurch und malte verzerrte Muster an die lilafarben gestrichene Wand. Dieser Wahnsinnige hatte sich die Mühe gemacht, das Erdloch sauber abzumauern, die Wände mit Gips zu verkleiden und zu malern, und trotzdem eroberte die Feuchtigkeit unaufhaltsam ihr Terrain zurück. Stockflecken – überall. An der Wand hingen Bilder und Kreuze, ein kleiner Schrank stand in einer Ecke, es gab ein Waschbecken und eine alte Kloschüssel, einen Schreibtisch und … ein Bett. Darauf lag zusammengekauert ein kleines Mädchen. Eine Hand steckte in Handschellen, die am Bettpfosten befestigt waren, der freie Arm verdeckte halb das porzellanweiße Gesicht, das von einem wie abgebissen wirkenden Pony umrahmt wurde. Es zitterte, schaukelte kaum merklich hin und her, so als wiege es sich selbst in den Schlaf. Die ganze Zeit. Seine Augen waren fest zusammengekniffen.

Das hier war ein Gefängnis. Ein Verlies. Der Ort, an dem Marcela Dankova die letzten Stunden ihres Lebens verbracht hatte, der Kerker, in dem Rothenbach das zweite tschechische Mädchen versteckt hielt. Valli wusste, dass es so war. Sie wusste es.

Lautlos trat Leo hinter Kroner hervor, ging langsam auf das Bett zu und tat dann etwas, das Valli und Kroner einen Schauer der Anteilnahme über die Haut jagte. *»Hana, bude to fajn! Bude to okay, Hana!«*, sagte Leo leise.

Alles wird gut.

Bens Stirn schmerzte. Mit aller Gewalt presste er seinen Kopf gegen die Rinde der jungen Erle.

Zoe. Zoe. Zoe.

Er hatte geschossen. Er hatte auf Laurenz Osterbys Kopf gezielt und geschossen und dabei das Gesicht eines anderen Mannes vor Augen gehabt. Das Gesicht von Zoes Mörder, die Züge des Perversen, der seine Schwester auf dem Gewissen hatte, der ihr unaussprechliche Dinge angetan hatte.

Meiner kleinen Schwester.

Erst im letzten Moment hatte Ben die Waffe nach oben gerissen, im allerletzten Moment, und in die Luft gefeuert. Dann hatte er gesehen, wie Laurenz Osterby Valli hochhob, ihren Puls fühlte, ihr den Knebel aus dem Mund riss und sie an sich drückte. Er wollte sie nicht umbringen, das hatte Ben allein sein kranker Geist vorgegaukelt. Ganz im Gegenteil: Laurenz hatte Valli das Leben gerettet.

Ben atmete schwer. Kroner war plötzlich neben ihm, klopfte

ihm auf die Schulter. »Alles ist gut, Bruhan. Das zweite tschechische Mädchen lebt. Hana Sládek lebt. Wir haben sie gefunden.«

Ben begann zu weinen. Es war das erste Mal, seit er von zu Hause weg war, seit er mit seinen Eltern gebrochen und sein Leben allein in die Hand genommen hatte. Das erste Mal, dass er um Zoe weinen konnte, ohne diese Wut in seinem Bauch zu spüren, ohne den Zorn in seinem Herzen. »Gar nichts ist gut«, sagte er zu Kroner und drückte ihm seine Waffe in die Hand. »Rein gar nichts, Chef.«

Kroner machte kein überrasches Gesicht und stellte auch keine dummen Fragen. Er sah Ben nur an, und in seinem Blick lag eine Ruhe, ein Wissen, das dem jungen Beamten den Boden unter den Füßen wegzog. »Ich wusste, du würdest mir irgendwann eine Geschichte erzählen«, sagte Kroner. »Ich hatte nur nicht damit gerechnet, dass es so bald geschieht.« Er legte den Arm um Ben. »Und jetzt raus damit. Spuck den alten Müll aus, dann hat die liebe Seele ihre Ruh.«

61

Markus saß auf Vallis Bett und hielt ihre Hand.

»Ist echt nicht nötig, dass die Ärzte mich noch eine Nacht dabehalten. Mir geht's gut, saugut sogar!«, motzte sie, zog die Hand weg und stopfte sich das weiße Krankenhausleibchen unter ihr nacktes Hinterteil. Ihre Mutter war zwar gestern, nach Rothenbachs Festnahme und Vallis und Laurenz' Transport ins Krankenhaus, sofort zu ihr geeilt, hatte Kroner auf dem Stationsflur zusammengeschissen, dass ganz Passau in seinen Grundfesten erschüttert worden war, aber ein Nachthemd und die nötigsten Sachen für einen kurzen Krankenhausaufenthalt hatte sie nicht dabeigehabt. Typisch. Nur deshalb musste Valli jetzt mit diesem hinten von oben bis unten geschlitzten Teil vorliebnehmen.

Flügelhemdchen! Ätzend.

»Papa hat mich angerufen, ich bin sofort losgefahren.«

Das wusste Valli inzwischen. Joja hatte die ganze Nacht über und den ganzen Tag an ihrem Bett gewacht, aber heute Abend musste sie eine Gruppe Japaner durch Passau führen, das konnte sie nicht absagen, die bezahlten ein Heidengeld, deshalb hatte Kroner noch gestern Nacht Nonna anrufen müssen, um Markus heimzubeordern, Valli brauche ihn.

Als ob sie ein havarierendes Schiff wäre: beschädigt und kurz vorm Absaufen. Was für ein Quatsch! Immerhin hatte wenigstens Markus ihr ein paar Basics mitgebracht: Diddl-Nachthemd und Zahnbürste lagen in einer Aldi-Tüte auf ihrem Bauch. Ein bisschen extrem basic für Vallis Geschmack, aber wiederum typisch Markus.

»Und?« Valli raschelte mit der Plastiktüte, hielt sich daran fest. Sie wusste nicht, ob sie schon bereit für die Wahrheit war. »Erzähl!«

Markus presste die Lippen aufeinander. Ihm war anzusehen, dass er mit seinem Gewissen kämpfte. Kroner hatte seinem Sohn eingebläut, Valli eine Weile zu schonen und nicht gleich mit der ganzen grausamen Wahrheit rauszurücken. Aber auf Markus war Verlass: Zwei Sekunden zögerte er, dann erzählte er Valli alles.

Die Polizei hatte Rothenbach keine Stunde nach Vallis Rettung im Niedernharter Wald ohne Gegenwehr festgenommen. Noch in der Nacht hatte er ein umfassendes Geständnis abgelegt, und auch wenn ein Strafverteidiger darauf plädieren könnte, dass sein Mandant zu diesem Zeitpunkt übermüdet gewesen war, deckten sich Rothenbachs Angaben doch zu sehr mit dem vorhandenen Täterwissen.

Rothenbach hatte Marcela nicht umbringen wollen. Ursprünglich hatte er vorgehabt, sie für alle Zeit in dem Erdloch einzusperren und ein gemeinsames Leben mit ihr zu führen. Die Polizei hatte im Haus an der Gaißa fünfundzwanzig sorgfältig aufbewahrte Kinokarten gefunden. »3096 Tage« – die Verfilmung von Natascha Kampuschs Martyrium. Der Streifen war erst Ende Februar in die Kinos gekommen, Rothenbach musste besessen von der Vorstellung gewesen sein, sich ein Mädchen nach dem Vorbild Priklopils und Fritzls zu halten. Doch die Realität hatte nicht seinem Idealbild entsprochen. Marcela wäre aufmüpfig und herrisch gewesen, hätte nie das getan, was er von ihr gewollt hatte. Sie hätte einfach nicht mitgespielt und ihn irgendwann zu stark an seine Mutter erinnert. Das war ihr Todesurteil gewesen. Mit den amputierten Fingergliedern und der Vermutung, dass es sich um Probeschnitte gehandelt haben könnte, hatte Leo ins Schwarze getroffen. Aber Hana hätte er niemals ein Haar gekrümmt, hatte Rothenbach ausgesagt. Nicht seinem Herzipuppi. Todsicher nicht.

»Wie krank ist das denn?« Valli richtete sich in ihrem Bett auf, drückte den Knopf für die Rückenlehne und ließ sich hochfahren.

»Im Haus haben die Leute von der KT außerdem ein Tagebuch von Oliver Rothenbach gefunden. Seine Mutter war keine Heilige, hat ihn als kleinen Jungen und sogar noch als Teenager stunden- und tagelang in der Erdmiete eingesperrt. Der Vater war Alkoholiker.«

Valli stöhnte auf. »Ja, so etwas zerstört Kinderseelen.«

»An die Geschichte mit der Schlachtung erinnert sich Rothenbach angeblich nicht, das wäre einfach so passiert, da wären Automatismen ausgelöst worden, das hätte er nicht im Griff gehabt.«

»Und die Leiche hat er so präpariert, dass er sie für alle Ewigkeit hätte aufbewahren können?«

Markus nickte. »Er wusste nicht, wohin mit dem toten Mädchen. So schien es ihm am sichersten, sie im Vorraum der Erdmiete unterzubringen. Das Einsuren hatte aber wohl auch Ritualcharakter, schließlich hat ihm das der geliebte Vater beigebracht.« Markus fuhr sich mit der Rechten über die Augen. Rothenbachs Tagebucheinträge hatten sich als sehr detailverliebt erwiesen, und Kroner hatte heute einen redseligen Tag gehabt.

»Und dann ist ihm das Hochwasser in die Quere gekommen. Der Balken außen, das Wasser hat ihn einfach ausgehoben, die Tür ging auf, und –«

»Der Korpus tauchte mitten in der Passauer Altstadt auf.«

»Wahnsinn.«

»Mit ihrer Ausschwemmtheorie hat Leo voll ins Schwarze getroffen.«

Valli dachte daran, was Kommissarin Weissenbeck noch getan hatte, an ihre Worte: *Bude to fajn.* Alles wird gut.

Ob für Hana tatsächlich alles gut werden würde? Das, was ihr widerfahren war, konnte man nicht ungeschehen machen, und kein noch so erfahrener Therapeut würde ihr die Ängste nehmen können. Doch vielleicht gab es ein klein wenig Hoffnung für die Zukunft, einige Tage mit Sonnenschein. Wenigstens das. »Was passiert jetzt mit Hana?«

Markus presste die Lippen aufeinander, druckste herum.

Valli war sofort alarmiert. »Was? Sag schon!«

»Normalerweise werden solche Fälle abgeschoben.«

Vallis Beine flogen aus dem Bett. »Solche Fälle? Was heißt das? Hana wird zurückgeschickt?«

»Sie wird nach Tschechien gebracht, sobald Polizei und Staatsanwaltschaft ihre Aussagen nicht mehr benötigen. Da sie keine ladungsfähige Anschrift vorweisen kann, bleibt sie immerhin so lange hier, ansonsten würde sie sofort –«

»Aber das kann doch nicht wahr sein!« Valli sprang vom Bett auf, stöhnte vor Schmerz.

Markus zog den Kopf ein. »Alle wissen, dass sie in Tschechien keine Chance hat, aber«, er wurde leiser, »so ist das nun mal geregelt, so ist das Gesetz.«

»Das Gesetz ist Bullshit, Markus, und das weißt du genauso gut wie ich. Es gibt immer einen Weg.«

Er hob überrascht den Kopf. »Genau das Gleiche hat Ben auch gesagt. Und dann hat er irgendeine Karin oder Cathrin angerufen und lange mit ihr telefoniert.«

Valli nickte.

»Du weißt, wen ich meine?«

»Ja.«

Markus wunderte sich, bohrte aber nicht nach. Er würde schon noch alles erfahren, irgendwann, das hatte Zeit. »Jedenfalls wird diese Karin –«

»Cathrin.«

»Meinetwegen. Dann eben Cathrin. Sie wird sich um Hana kümmern. Sie sagt, sie hätten bisher in solchen Fällen noch immer einen Weg gefunden.«

»Was heißt das: einen Weg finden?«

»Dass Hana hierbleiben kann, in Deutschland, dass sie Hilfe bekommt? Ich weiß es nicht genau.« Ben hatte Markus einiges über Kinderprostitution erzählt. Dinge, die er noch vor wenigen Tagen als Übertreibung abgetan hätte. »Als seine Schwester umgezogen ist, hat Rothenbach Marcelas Entführung spontan durchgezogen. Aber er hatte es vor, seit die Sache mit Natascha Kampusch und später mit Fritzl aufgeflogen war. Er hat darüber immer und immer wieder in seinem Tagebuch geschrieben, alles war bereit. Das Mädchen ist ihm zur falschen Zeit am falschen Ort vor den Wagen gelaufen, er hat sie einfach mitgenommen, und den Rest kennst du ja.«

Ja, den Rest kannte Valli. Er hatte sie eingesperrt, ziemlich sicher missbraucht und schließlich getötet. »Wieso hat sie niemand gehört? Das Loch in der Decke, jemand muss doch ihr Schreien gehört haben.«

Markus sah aus dem Fenster. »Die Spusileute haben heute Morgen alles nachgestellt. Am Fluss und an den Grenzen zu den Nachbargrundstücken war nichts zu hören, egal, wie laut sie geschrien haben. Das Rauschen der Gaißa …«

Valli nickte. »Wie lange?«

»Was meinst du?«

»Wie lange war sie in seiner Gewalt?«

»Die Entführung fand Anfang März statt, umgebracht hat er sie nach eigenen Angaben Anfang Mai.«

Valli drehte den Kopf zu Seite, ihr wurde schlecht. »Und Hana?«

»Wie es aussieht, hat er sie erst ein paar Tage nach unserem Klassentreffen entführt. Diesmal mit dem eigenen Wagen. Hana muss wahnsinniges Glück gehabt haben, denn der Raum, in dem sie gefangen war, lag ein gutes Stück höher als der Vorraum der Erdmiete. Die KTler gehen davon aus, dass sie während des Hochwassers zeitweise im Wasser gelegen haben muss, falls sie auch da schon ans Bett gefesselt war. Die Annahme stimmt mit dem überein, was Hana einer Dolmetscherin während einer sehr kurzen Befragung erzählt hat. Sie sagte, ein Mann, der nicht ihr Entführer war, sei bei ihr gewesen und habe ihren Kopf über Wasser gehalten, als sie zu sich kam. Wahrscheinlich Laurenz, aber er selbst hat das noch nicht bestätigt. Seine Befragung musste ebenfalls sehr kurz ausfallen.«

Laurenz also. Er war tatsächlich zu der Adresse gefahren, die ihm seine Mutter am Telefon genannt hatte.

Seine Mutter!

Valli schnappte nach Luft, erinnerte sich daran, dass sie die Erkenntnis, dass Marlis Osterby von dem Schrebergarten gewusst haben musste, schon einmal durchzuckt hatte. In der Werkstatt. Die Härchen an ihren Armen stellten sich auf, sie wollte etwas sagen, doch Markus erzählte schon weiter.

»Laurenz stand eines Tages im Hof, hat Rothenbach ausgesagt. Er hätte das Tor nur kurz offen gelassen, da wäre Laurenz wie aus dem Nichts hinter ihm aufgetaucht, während Hana – frisch aus Tschechien *importiert* – gefesselt und geknebelt im offenen Kofferraum seines Wagens in der Garage lag. Rothenbach hatte keine Wahl, er konnte Laurenz nicht gehen lassen.«

Valli konnte all das kaum fassen. »Seine Mutter, Marlis Osterby, sie muss von dem Grundstück gewusst haben.«

Markus nickte erneut. »Rothenbach hat Marlis gegenüber behauptet, für ein paar Tage zu seiner Schwester ins Vogtland zu wollen, aber in Wahrheit wollte er einfach nur in Ruhe ein neues Mädchen entführen und herbringen. Er war auf den Geschmack gekommen.« Markus machte eine Pause. »Wahrscheinlich war er wirklich dort, hat seelenruhig mit seiner Schwester und dem Schwager Kaffee getrunken, ist dann los und hat Hana in seinen Wagen gelockt. Doch Marlis Osterby, ganz Staatsanwältin, die sie ist, wusste von einem Schlüssel, den Rothenbach so geheimnisvoll in einer seiner Kommodenschubladen versteckt hielt, und da er manchmal nach Schaf roch, kombinierte sie. Als das Hochwasser im Anmarsch war, hat sie Laurenz aufgetragen hinzufahren, um nach dem Rechten zu sehen. Sie ahnte nicht, dass sie damit ihren Sohn beinahe ins Verderben geschickt hätte.«

Für Vallis Geschmack gab es bei dieser Geschichte noch zu viele Fragezeichen. »Wie konnte Laurenz' Mutter wissen, wo das Haus zu diesem geheimen Schlüssel war?«

»Auf dem Schlüsselanhänger stand die Adresse. So einfach.«

»Aber wieso hatte Rothenbach den Schlüssel nicht bei sich, wenn er doch vorhatte –?«

»Zweitschlüssel.«

»Hat die Osterby das ausgesagt?«

»Nein. Rothenbach hat es den Beamten erzählt, er konnte gar nicht aufhören zu erzählen, und Laurenz hat seine Version bestätigt. Er weigerte sich erst, seiner Mutter den Gefallen zu tun und an der Gaißa nach dem Rechten zu sehen, aber als das Hochwasser immer schlimmer wurde, begann ihn das schlechte Gewissen zu plagen. Er fuhr hin – ohne Schlüssel – wollte einfach mal schauen, ob wegen seines Streits mit der Mutter nicht vielleicht doch unschuldige Tiere ertrinken würden, und ausgerechnet da stand das Tor offen, und er sah das Mädchen im Kofferraum.«

»Er lief diesem Irren also direkt in die Arme.«

Markus hievte Vallis Beine zurück auf das Krankenbett. »Die Osterby muss dort gewesen sein, bevor Rothenbach Laurenz in seine Gewalt brachte. Sie hatte ja die Schlüssel, da Laurenz sie entgegen ihrer Anweisung nie bei ihr abgeholt hatte. Laut Rothenbach hat sie bei ihrer Stippvisite das Verlies nicht entdeckt, aber sehr wohl all die Zeitungsausschnitte und Bilder gesehen, die Rothenbach in seiner Werkstatt – oder sollte ich besser Schlachtkammer sagen –

aufgehängt hatte. Er sagt selbst, er hätte jeden Artikel, den es je zu den Fällen Fritzl und Priklopil gegeben hätte, ausgeschnitten und an sein Werkzeugbrett gepinnt. Es müssen Unmengen gewesen sein, und die haben Marlis Osterby natürlich misstrauisch gemacht.« Valli ließ es zu, dass Markus sie auch noch zudeckte. »Was hat sie daraufhin getan?«

»Die Osterby ist bislang nicht befragt worden, es gab Wichtigeres, außerdem hatten die Ärzte gestern noch Bedenken wegen ihres Gesundheitszustandes. Papa holt das gerade nach. Aber Rothenbach behauptet, dass sie ihn am Telefon zur Rede gestellt hätte. Sie wollte wissen, was diese ganzen Bilder für eine Bedeutung hätten und wo Laurenz wäre. Rothenbach muss ihr eine gute Geschichte erzählt haben, denn er konnte ihr weismachen, dass alles ganz harmlos wäre und er keine Ahnung hätte, wo Laurenz sein könnte.«

»Und sie hat ihm das geglaubt?«

»Dass Laurenz unauffindbar war, machte Marlis ohnehin keine allzu großen Sorgen, der Kontakt war nie eng gewesen, also gab sie sich zufrieden, vorerst. Als jedoch Marcelas Leiche vor das ›Scharfrichterhaus‹ gespült wurde und sie über den guten Herrn Herrlich beinahe alle Details der SOKO Milchgassenmädchen erfuhr, konnte sie nicht länger die Augen verschließen. Sie zitierte Rothenbach, von dem sie ja annahm, dass er die ganze Zeit über bei seiner Schwester in Plauen gewesen war, nach Hause.«

»Um Himmels willen! Warum ist sie nicht zur Polizei gegangen?«

Markus stand auf, goss Wasser in Vallis Glas und reichte es ihr. »Größenwahn? Angst vor dem Skandal? Ich weiß es nicht. Sie muss um ihren guten Ruf als Staatsanwältin gebangt haben, sonst wäre sie doch niemals so dumm gewesen, ihn zu einer *Aussprache* in ihr Haus zu beordern. Anscheinend hatten sie sich seit dem Auftauchen der Leiche nicht gesehen, hatten lediglich telefoniert. Rothenbach versprach Marlis, bei ihr vorbeizukommen, um ihr alles zu erklären. Aber er wollte nicht reden, er fuhr mit der Absicht zu ihr, sie umzubringen. Sullivan war nur zufällig da, und auch die Waffe gehörte Rothenbach, nicht Laurenz' Mutter.« Markus blies den Rauch von der Mündung eines imaginären Colts. »Laurenz hat, nachdem er die Briefe im Tresor entdeckt hatte, Kontakt zu seinem Vater aufgenommen, er wollte ihn besuchen. Deshalb der

Flug nach Toronto, und vermutlich hat er sich deshalb auch nicht bei der Polizei gemeldet. Er wollte nach all den Jahren unbedingt zu seinem Vater. Damit hattest du also recht.«

»Und am Flughafen ist Laurenz nie aufgetaucht, weil Rothenbach ihn in seiner Gewalt hatte.« Valli verstand allmählich.

»Yep! Laurenz und Sullivan haben telefoniert, und als Laurenz nicht in der verabredeten Maschine saß, ist der Vater kurzerhand hergeflogen. Er dachte, Marlis Osterby hätte das Treffen verhindert, und wollte sich nicht wieder von ihr abhalten lassen, endlich seinen Sohn zu treffen.« Markus räusperte sich. »Nicht Laurenz hat also auf seine Mutter und seinen Vater geschossen, sondern Rothenbach, um seine Haut zu retten.«

»Aber Laurenz hat mich trotzdem angelogen.« Valli zupfte an der Plastiktüte. »Er hat gesagt, er hätte nicht mit Sara ... hinter der Pappel. Es war ihm wohl peinlich.«

Markus zuckte mit den Schultern. »Verständlich, oder?«

Valli seufzte, fuhr sich mit beiden Händen durch die Haare. »Ich verstehe einfach nicht, warum Laurenz' Mutter nicht zur Polizei gegangen ist. Sie hat die Zeitungsausschnitte gesehen, das Schlachthaus und alles. Jeder Idiot hätte da eins und eins zusammenzählen können.«

Markus wiegte den Kopf. »Sie hat sich überschätzt, dachte wohl, niemand könne ihr was, keine Ahnung. Aber du hast schon recht, das ist die einzige Ungereimtheit der ganzen Geschichte. Ansonsten scheint Rothenbachs Aussage endlich mit der Spurenlage übereinzustimmen.« Auch die verschwundenen Geschossreste waren aufgetaucht. Direkt nach der Schießerei hatte Rothenbach sie eingesammelt, in eine Plastiktüte mit ein paar schweren Steinen gesteckt und im Biopool versenkt. Damit hatte er größtmögliche Verwirrung stiften wollen.

»Und was ist mit Sonni? Wie passt ihr Tod da hinein?«

»Erst einmal gar nicht. Aber Rothenbach hat zugegeben, Sonni vergewaltigt zu haben.«

Valli riss die Augen auf. »Rothenbach hat Sonni vergewaltigt?«

»Rothenbach hat die Kugelstoßerinnen bei der LG Passau betreut. Er war ihr Trainer, zuständig für Fitness und Kraft. Sara war seine beste Athletin, und —«

»Aber warum Sonni?«

»Rothenbachs Mutter hatte bei einem Arbeitsunfall je zwei Glieder der kleinen Finger verloren. Sie hat die Schuld dafür ihrem Sohn gegeben. Sara hatte eine ähnliche Verletzung. Außerdem hat Rothenbach ausgesagt, Sara hätte ihm eines Tages damit gedroht, sich einfach die Finger ihrer so wichtigen rechten Hand zu quetschen, wenn er sie zwingen würde, unerlaubte Substanzen einzunehmen, und da ist er ausgetickt. Anscheinend wollte sie mit dem Leistungssport aufhören, wollte bei der Dopinggeschichte nicht mitmachen, was weiß denn ich?« Markus kratzte sich am Kopf.

Ein Initialreiz. Valli nickte.

»Ich kann das nicht nachvollziehen, aber –«

»Hat Rothenbach Sonni umgebracht?« Valli fasste Markus' Arm.

Er nickte. »Er hat es nicht gestanden – noch nicht –, aber ich … Also, die Polizei ist sich eigentlich sicher, dass er es war. Wer sonst?«

»Und Ben?« Die Frage war raus, ehe Valli darüber nachgedacht hatte. »Wie geht es ihm?«

Markus' Augen verengten sich zu Schlitzen. »Er hat meinem Dad eine abenteuerliche Geschichte erzählt.«

»Von seiner Schwester?«

»Du weißt es? Hat er dir davon –?«

»Nein. Nicht direkt jedenfalls. Ich bin selbst darauf gestoßen.«

»Seine Schwester Zoe wurde von so einem kranken Schwein missbraucht und getötet«, Markus schluckte schwer, »und Ben hätte um ein Haar Laurenz erschossen, weil er dachte, er würde dich umbringen, weil er … Er hat meinem Vater versprochen, sich beim Zentralen Psychologischen Dienst in München vorzustellen.«

»Gut.«

»Na ja.«

Valli sah Markus fest in die Augen. »Untersteh dich, ihm das auszureden.«

Markus nickte. Er wusste ohnehin nicht, wie er mit Ben über diesen Vorfall hätte reden können.

»Ich habe vorher kurz bei Laurenz reingeschaut.« Der Besuch hatte Markus einige Überwindung gekostet, vor allem, weil er das mit den Fotos wusste. »Sein Vater war bei ihm.«

Valli grinste dümmlich, Tränen stiegen ihr in die Augen. Sentimentale Vater-Sohn- oder Vater-Tochter-Geschichten rührten sie immer zu Tränen, da war nichts zu machen. An die Fotos dachte sie lieber nicht, die machten ihr Angst. Sie hatte nie bemerkt, dass Laurenz einen solchen Narren an ihr gefressen hatte. »Ich dachte wirklich, er wäre tot. Ich dachte, Rothenbach hätte Laurenz einen Bolzen ins Gehirn gejagt.«

Markus nickte ernst. »Laurenz hat meinem Vater gesagt, dass Rothenbach euch beide umbringen wollte, aber anscheinend war sein iPhone mit einer Webcam in der Hofeinfahrt verbunden. Er hat gesehen, wie Ben über den Zaun ist und den anderen das Tor geöffnet hat. Die Zeit wurde knapp, und als ihm alles aus dem Ruder lief, ist er über den Fluss abgehauen.«

»Ich dachte, ich würde sterben.« Valli tastete vorsichtig über ihr Gesicht. »Meine Nase war zugeschwollen, ich konnte nicht atmen, wenn Laurenz mich nicht …«

»Laurenz hat kurz das Bewusstsein verloren, als er den Schussapparat an seiner Stirn gefühlt hat. Das hat ihm das Leben gerettet. Als er wieder zu sich kam, saß Rothenbach im Boot und ruderte ans andere Ufer. Laurenz hat dich gerade noch erwischt. Rothenbach hätte dich ertrinken lassen.«

Valli schloss die Augen, schluckte. Es war knapp gewesen, sehr knapp sogar.

»Laurenz hat dich ins seichte Wasser gezogen und ist dann selbst wieder ohnmächtig geworden. Er ist immer noch sehr schwach. Anscheinend hat Rothenbach ihm während seiner Gefangenschaft nichts zu essen und kaum zu trinken gegeben.«

Valli lehnte sich zurück, ihr war jetzt wirklich übel.

»Er will mit seinem Vater nach Kanada gehen.«

Das war gut.

»Du hast Tschechisch gelernt. Wahnsinn.« Kroner schritt neben Leo durch den Stationsflur.

»Es war nur ein Satz – ein einziger«, antwortete Leo bescheiden.

»Trotzdem.«

»Was willst du eigentlich von ihr wissen?«

»Ich will hören, warum sie sich Rothenbach ins Haus bestellt hat, ohne vorher die Polizei zu verständigen. Sie musste doch annehmen, dass er etwas mit dem Leichenfund in der Milchgasse zu tun hat.«

Leo blieb vor Marlis Osterbys Zimmertür stehen. Laurenz' Mutter war inzwischen auf Normalstation verlegt worden. »Die ist halt irre, denkt, ihr könne niemand was. Du wirst schon sehen.«

Kroner ließ Leo den Vortritt und erschrak über den Anblick, der sich ihm bot: Marlis Osterby lag elend und zerbrechlich in den Laken, ihre Augen waren gerötet, sie hatte geweint. Der Baron und die Baronin verabschiedeten sich sofort, sie wussten, was sich gehörte. Im Hinausgehen drückte Marlis Osterbys Vater Kroners Hand. Kurz und kräftig, es war eine Botschaft, die Kroner nicht verstand.

Marlis Osterby versuchte, sich aufzurichten, sie stöhnte. Durch eine Infusion tröpfelte Schmerzmittel. »Herr Kroner.«

»Guten Tag, Frau Osterby. Darf ich vorstellen?« Kroner spürte den festen Händedruck des Barons noch immer, wusste damit noch immer nichts anzufangen. Die Worte kamen zäh, er nickte in Leos Richtung. »Meine Kollegin Weissenbeck, Kriminalhauptkommissarin. Wir möchten kurz mit Ihnen sprechen.«

»Das dachte ich mir.«

»Oliver Rothenbach hat uns alles gesagt.«

Sie schluckte, drehte den Kopf zum Fenster. »Sie haben ihn also festgenommen?« Erleichterung schwang in ihren Worten mit.

»Ja. Gestern schon. Ihr Sohn und ein tschechisches Mädchen waren in seiner Gewalt.« Valli erwähnte Kroner lieber nicht. Er traute es der Osterby sogar in diesem Zustand zu, ihm seine Unfähigkeit, was häusliche Geheimhaltung betraf, um die Ohren zu hauen. »Laurenz steht noch unter Schock, er hat viel Flüssigkeit verloren, aber es geht ihm den Umständen entsprechend gut. Sobald es die Ärzte erlauben, wird er Sie besuchen kommen.«

Sie lachte auf, bereute es aber sofort und presste die Hände gegen den Bauch. »Wieso sollte er *mich* besuchen kommen?«

Kroner wunderte sich, fuhr aber fort. »Oliver Rothenbach hat ein umfassendes Geständnis abgelegt, jetzt möchten wir Sie …« Sollte er sie bitten, die Angaben des Mörders, ihres Freundes, zu bestätigen? Sie konnte von ihrem Zeugnisverweigerungsrecht

Gebrauch machen. Kroner schätzte, dass sie das schon von Berufs wegen tun würde.

Marlis Osterby verzog den Mund vor Schmerz. »Er war hier, hat meine Hand gehalten, und als die Schwester kurz vor der Tür war, hat er mir gedroht.«

»Gedroht? Womit?«, fragte Kroner überrascht.

»Dass Laurenz sterben würde, falls ich Ihnen erzähle, was er getan hat. Ich wusste nicht, dass Laurenz ... Sonst hätte ich doch ... Ich hätte natürlich mit Ihnen gesprochen, wenn ich von dem zweiten Mädchen gewusst hätte.«

Kroner konnte der Osterby nicht recht folgen. »Hat Rothenbach die Infusionspumpe verstellt?«

Marlis Osterby schüttelte den Kopf. »Das war ich selbst.«

Kroner und Leo sahen einander an. Etwas lief hier verkehrt.

»Meine Karriere ist ruiniert, wofür lohnt es sich da noch zu leben?«

Sogar jetzt dachte sie keine Sekunde an ihren Sohn. Kroner war schockiert. Aber warum sollte ihre Karriere ruiniert sein? Weil sie den falschen Mann liebte? »Wieso haben Sie nicht sofort die Polizei verständigt, als Sie herausgefunden haben, dass Ihr Freund −«

Ihr Gesicht verwandelte sich in eine Fratze. »Ich hatte keine Wahl, er hatte mich in der Hand.« Tränen liefen über ihr schmales Gesicht. »Er wollte mich umbringen, verstehen Sie das nicht?«

Natürlich verstand Kroner. Marlis Osterby war Rothenbach auf die Schliche gekommen, und deshalb sollte sie sterben. Aber warum hatte sie es so weit kommen lassen? Sie war Staatsanwältin, verdammt noch mal!

Er hatte mich in der Hand, hatte Marlis Osterby das gerade gesagt? Kroner sah Leo an. Auch ihr Blick war voller Fragezeichen.

»Ich wollte das nicht. Diese dumme Gans kam direkt am Schaiblingsturm auf uns zugelaufen und hat uns eine entsetzliche Szene gemacht. Sie wollte Oliver ins Wasser stoßen. Sie hat gebrüllt, war wie von Sinnen, hat behauptet, er hätte sie vergewaltigt. So ein Wahnsinn, Oliver und eine Vergewaltigung? Er ist doch ein Waschlappen, nie und nimmer hätte der ...« Sie verstummte, als wäre ihr erst jetzt klar geworden, dass ihr Liebhaber nicht nur vergewaltigt, sondern auch getötet hatte.

Leo stieß Kroner unauffällig mit dem Ellbogen an.

»Ich habe ihr Geld angeboten, wollte sie beruhigen, aber diese Kugelstoßerin wurde immer hysterischer. Sie hat mich bespuckt und beschimpft, und dann ist sie auch auf mich losgegangen. Ich habe mich nur gewehrt. Glauben Sie mir, es war Notwehr.«

Kroner musste sich sammeln, ehe er sprechen konnte. »Verstehe ich das richtig? Sie haben Sara Rieß in den Inn gestoßen?«

»Es war Notwehr! Ich kenne das Gesetz.« Langsam kehrte die Kraft in Marlis Osterbys Stimme zurück, sie versuchte, sich weiter aufzurichten. »Egal, was Rothenbach Ihnen darüber erzählt hat, es war Notwehr.«

Rothenbach hat uns nichts dergleichen erzählt, wollte Kroner sagen, hielt sich aber zurück. Es dauerte, bis er vollends begriff und nachfragte: »Sie haben Sara Rieß in der Nacht nach dem Klassentreffen am Innkai ins Wasser gestoßen?« Die Worte kamen abgehackt. Wenn das stimmte, lagen endlich alle Puzzleteile an der richtigen Stelle. Das Bild war vollständig.

»Ja, verdammt noch mal! Ich habe sie gestoßen. Es war ein Reflex, nichts weiter. Das dumme Ding wollte mein Geld nicht. Nur deshalb konnte ich Oliver nicht auffliegen lassen. Verstehen Sie? Er hätte mich doch verraten, wenn ich es getan hätte.«

Freitag, 14. Juni
Jedes Ende ist ein Neubeginn

62

Valli hielt ein Büschel Wiesenblumen in der Hand, drehte sich im Kreis und zeigte auf die alten Ring- und Zwingermauern der Innstadt. »Hier haben Markus und ich früher Ritter gespielt und Gladiatorenkämpfe ausgetragen.« Sie war wie aufgezogen, so wie immer, wenn sie aufgeregt war.

Ben hatte ihr die Blumen mitgebracht. Sie im Krankenhaus zu besuchen, hatte er versäumt: Beweisaufnahme, Akten gerichtstauglich machen und so weiter. Nach der Aufklärung eines Falles gab es im Kommissariat immer einen Haufen Arbeit. Valli kannte das von Kroner und Markus, und sie ahnte außerdem, weshalb Ben so befangen war: Er wusste, dass sie es wusste, und sie wusste, dass ihm das unerträglich war.

A fuckin' one way road.

Sie gingen weiter, unter den Walnussbäumen entlang. Schweigend. Valli hatte den Spaziergang vorgeschlagen, sie brauchte dringend frische Luft. Der Krankenhausmief hatte sie zermürbt, jetzt wollte sie atmen und die Sommerfrische genießen, aber allmählich empfand sie das Schweigen als unangenehm. Es lastete schwer auf ihr, hatte all die Leichtigkeit vom Aussichtsturm verloren.

»Wir kennen den Typen von deinen Fotos«, sagte Ben unvermittelt.

Valli blieb wie angewurzelt stehen. Sie hatte Kroner die vergangenen Tage nicht darauf angesprochen, wollte abwarten; aber vergessen hatte sie es freilich nicht.

»Er ist ein hohes Tier im Innenministerium, außerdem irgendwie mit dem Herrn Herrlich verwandt. Kroner hat ihn an den Eiern, Gott sei Dank.« Die IT-Spezialisten hatten auf Marlis Osterbys Rechner Fotos gefunden, die die Vorlieben des Mannes eindeutig dokumentierten. Auf Marlis Osterbys Rechner!

Es existierten sogar Telefonmitschnitte. Wie Marlis Osterby an die gekommen war, wusste die Polizei bis jetzt nicht. Wahrscheinlich wollte sie den Mann damit für ihre Zwecke benutzen oder hatte es bereits getan. Es steckte definitiv keine noble Absicht dahinter, trotzdem würde das sichergestellte Material ausreichen, dem Perversen einige Schwierigkeiten zu bereiten, und Vallis Fotos würden das Ihre dazu beitragen. Die Michels hatte Kroner jede Unterstützung zugesagt, und sogar der arrogante Herr Herrlich hatte sich angesichts des Materials nicht zieren können – Verwandtschaft hin oder her. Ben war zufrieden, wenngleich seine These ihre Gültigkeit behielt: Wenn einer erwischt wurde, rückten Hunderte nach.

»Danke.« Vallis Stimme klang brüchig. Das alles ging ihr ziemlich an die Nieren. Beinahe jede Nacht sah sie die Augen des Mädchens.

»Wofür?«

»Für alles.«

Ben sah Valli von der Seite an. Ihr Gesicht war geschwollen, die Haut blau und schwarz verfärbt.

»Du hast Cathrin Schauer angerufen.«

»Ich … Na ja, es schien mir die einzige Möglichkeit, der Kleinen auf irgendeine Art zu helfen.« Ben hatte Hana Sládek an der Gaißa nur kurz zu Gesicht bekommen. Ein Kriseninterventionsteam hatte sich sofort ihrer angenommen. Und trotzdem: Wenn er abends im Bett lag und die Augen zumachte, sah er die vielen alten und neuen Schnitte an ihren Unterarmen. Sie hatte sich selbst verletzt, um ihre inneren Qualen, ihre Ängste besser ertragen zu können. Auch der erste Bericht der Psychologin bereitete ihm Magenschmerzen. Dieses kleine Mädchen hatte Unvorstellbares durchgemacht.

»Es ist gut, dass du eine Therapie machen willst.« Valli entschied sich für den Direktangriff, sie hielt die länger werdenden Schweigephasen nicht gut aus.

Ben blieb stehen, lachte gespreizt. »Von wollen kann keine Rede sein, Kroner hat mich dazu verdonnert.«

»Und recht hat er damit! Du musst den Tod deiner Schwester verarbeiten.«

Ben war nicht sicher, ob Valli wusste, dass er um ein Haar Laurenz in den Kopf geschossen hätte, weil er Vergangenheit und Gegenwart nicht mehr hatte trennen können. »Bisher bin ich gut zurechtgekommen.«

»Das sagen sie alle.«

»Psychotusse, neunmalkluge!«

»Arroganter, selbstgerechter Schnösel!«, gab Valli zurück. Sie lachte zaghaft, wusste nicht genau, ob Heiterkeit angebracht war. Ben packte ihre Hand und zog sie zu sich heran. »Ich habe nie mit jemandem darüber gesprochen, was da mit meiner Schwester passiert ist.« Er senkte den Kopf, drückte Vallis Hand fester, als wolle er sie zerquetschen. »Nicht mal mit meinen Eltern. Kroner hat einfach zugehört, keine Ratschläge erteilt, das hat gutgetan.« Valli legte ihren Kopf schief, blies sich eine Haarsträhne aus dem Gesicht. »Hannes war nie eine Nervensäge, das hätte ich dir gleich sagen können.«

Ben lachte. »Na ja, er hat mir immerhin Sitzungen beim Polizeipsychologen aufgebrummt. Das nervt schon.«

»Ein Heilungsprozess beginnt immer mit Schmerz. Das ist nie leicht.«

Ben presste empört alle Luft aus seinen Lungen. Er musste schlucken, damit die zynische Bemerkung, die ihm auf der Zunge lag, nicht vom Stapel ging. Valli nahm kein Blatt vor den Mund, nicht einmal jetzt! »Ich muss los«, sagte er schnell, »die Besprechung um fünf darf ich nicht versäumen.«

Valli warf die Haare zurück, begann wieder zu plappern. Das böse Schweigen war verpufft, die Unbeschwertheit kehrte zurück. Sie war froh.

Ben hörte ihr nicht zu, plötzlich musste er an ein Gedicht denken, an Zoes Lieblingsgedicht. Es handelte von Unsicherheit. Valli plapperte und plapperte, und er hielt ihre Hand – noch immer.

Und dann küsste er sie, mitten hinein in all die Worte, flüchtig und ungeschickt. Ihre Lippen fühlten sich aufgerissen an und trocken, kein bisschen verführerisch, und trotzdem machte sein Herz einen Sprung. Er ließ ihre Hand los, drehte sich um und ging.

Epilog

Gewitterwolken zogen über Passau wie schwerer Rauch, in der Ferne grollte Donner. Joja saß am Tisch hinten im Hof. *Endlich!* Zwischen den Jungs und ihren Frauen, als wäre sie ein Teil der Familie. Kroner sog das Bild in sich auf, spürte, wie gut es ihm gefiel. Er hätte ewig so dasitzen und dem Geschnatter um sich herum lauschen können. Das Wetter würde schon halten, es konnte ja nicht schon wieder regnen. Sogar die Glückwünsche und dummen Sprüche zu seinem fünfzigstens Geburtstag ließ er ausnahmsweise anstandslos über sich ergehen. Sein Astralkörper steckte in einem blauen »Passau räumt auf«-T-Shirt. Insgesamt fünf davon hatte er bekommen, weil er wollte, dass seine Gäste für die Flutopfer spendeten, statt Geschenke anzuschleppen.

Sie hatten gegrillt und zum Nachtisch Tiramisu gegessen, tranken jetzt Wein oder Bier. Später wollten alle zusammen zum Open-Air-Sommerfest des »Scharfrichterhauses« – die Hochwasserschäden wegfeiern.

Markus spielte mit Simon, Kroners Ältestem, Tischtennis, und ein großkotziger Spruch folgte dem nächsten. So stellte Kroner sich Familie vor. Genau so!

Dass Marlis Osterby den Totschlag von Sara Rieß gerichtsverwertbar zu Protokoll gegeben hatte, wunderte ihn noch immer. Er hatte erwartet, sie würde im Nachhinein alles abstreiten, es wäre ihr schwer etwas nachzuweisen gewesen. Kroner vermutete, dass Marlis Osterby angesichts ihrer schweren Verletzungen eine Schwäche gezeigt hatte, die sie bald bereuen würde, aber bei ihrer Aussage war sie nicht zu bremsen gewesen, hatte alles detailreich beschrieben: Wie ihnen Sara am Schaiblingsturm zufällig über den Weg gelaufen war, mitten in der Nacht, wie sie sich aufgeführt hatte, wie sie geschrien hatte und wie sie ihnen gefolgt war bis unter das Atelierfenster der Andreß. Sie erzählte, wie es zu den Handgreiflichkeiten gekommen war und, und, und … Die Andreß hatte recht gehabt: Es waren drei Personen gewesen, die sie unter ihrem Atelierfenster gehört hatte, und es stimmte, dass Rothenbach Sara der Lüge bezichtigt hatte. Zu diesem Zeitpunkt war Laurenz längst auf dem Nachhauseweg gewesen, er hatte von dem Zwischenfall nichts mitbekommen.

Die Arbeit mit Tim Kollmann und seiner Laube hätte sich die Polizei sparen können. Dort war rein gar nichts passiert. Aber so lief die Ermittlerarbeit, manchmal machte man einen Haufen Zeug umsonst.

Und Franz Rieß? Ein asoziales Arschloch, keine Frage, aber im Trifttunnel hatte er nichts angestellt, das hatte sich die Hex von der Ilz zusammengesponnen, und mit Saras Tod hatte er auch nichts zu tun.

»Wo bleibt eigentlich Ben?« Markus zog einen verwegenen Vorhand-Topspin über das Netz. Der Ball landete knapp hinter der Platte. »Scheiße!«

Ja, Ben. In seiner Haut wollte Kroner nicht stecken. Eine Schwester auf diese Art zu verlieren, das war nicht leicht. An das, was die Eltern durchmachen mussten, wollte er gar nicht denken. Trotzdem durfte das Geschehene Bruhans Arbeit als Ermittler nicht beeinträchtigen. In einer ersten Reaktion auf seinen Aussetzer hatte Ben alles hinschmeißen, den Polizeidienst quittieren wollen, aber Kroner hatte darauf bestanden, dass er in Ruhe über alles nachdachte, eine Therapie anfing. Bruhan war ein guter Mann, Kroner mochte ihn. Wäre jammerschade, ihn so schnell wieder zu verlieren.

Mattias, Kroners Zweitältester, beugte sich zu seinem Vater herüber. »Und Valli war tatsächlich in Tschechien, um auf eigene Faust rumzuschnüffeln?«

Kroner nickte. Dass Valli außerdem in die Fänge des Milchgassenmörders geraten war, wussten seine drei älteren Söhne noch nicht, doch Joja oder Markus würden es im Laufe des Abends früher oder später hinausposaunen. Das war so sicher, wie jedem Tag ein Abend folgte.

Dass die Michels angesichts der sichergestellten Fotos auf Marlis Osterbys Rechner nun ebenso erpicht darauf war wie er, ihren perversen Vorgesetzten am Arsch zu kriegen, freute Kroner ungemein. Er hatte in Marlis Osterbys Villa eigentlich nach Beweisen dafür suchen lassen, dass sie die Vergewaltigung durch Ty Sullivan vorgetäuscht hatte. Es war ein einsames Negativ zwischen einigen alten Akten aufgetaucht, das Sullivans Beteuerung, er hätte Marlis Osterby nie vergewaltigt, möglicherweise stützte. Nur eines. Darauf hatte sie ihre blauen Flecken in die Kamera gehalten und dabei dermaßen selbstgefällig gegrinst, dass man eine Gänsehaut bekommen konnte. Und das Schwein vom Stichplatz hatte neben ihr gestanden. Hier war die Verbindung! Vermutlich hatte Marlis Osterby die sexuellen Vorlieben dieses Mannes deshalb für sich behalten. Eine Hand wäscht die andere. Der DNA-Vergleich, den Dr. Lena Mützelbach so stillschweigend vorgeschlagen hatte und den Kroner natürlich angeordnet hatte, würde diesbezüglich Gewissheit bringen.

Ob Sullivan Jasmin Gollas vergewaltigt hatte, das würde sich vermutlich nie aufklären, aber Kroner zweifelte stark daran. Sullivan war kein Verbrecher, darauf würde er sich glatt festlegen. Aber warum hatte die Osterby dann den Vater vom Sohn ferngehalten? Leo gegenüber hatte Sullivan erwähnt, dass ihm Marlis eines Tages offenbart hatte, dass er nicht mehr ins Schema passen würde. Die Vergewaltigungssache holte ihn im Laufe der Jahre immer wieder ein, dann der Unfall auf dem Eis. Sullivan zog sich aus dem öffentlichen Leben zurück, verbrachte seine ganze Zeit mit Laurenz, erst recht als dieser krank wurde. Marlis Osterby wollte keinen Loser an ihrer Seite, deshalb musste Sullivan gehen – zu einem Zeitpunkt, da Laurenz dem Tod im letzten Moment von der Schippe gesprungen war. Diese Frau musste wahrlich ein Herz aus Stein haben.

Valli saß abseits in der Hollywood-Schaukel. Kroner sah zu ihr hinüber. Es kam selten vor, dass sie still und in sich gekehrt war. Aber sie hatte einiges mitgemacht, musste ihre Blessuren erst auskurieren, und natürlich brauchte auch sie professionelle Hilfe, was ihr Seelenheil anbelangte. Solche Dinge waren kein Pappenstiel. Trotzdem machte sie auf Kroner den Eindruck, als käme sie alles in allem gut mit der Situation zurecht. Sie war ein starkes Mädchen, Gott sei Dank!

Plötzlich hellte sich ihr Gesicht auf. Kroner drehte sich um, um die Ursache für Vallis Stimmungswechsel zu erfahren: Ben. Er war also doch noch gekommen. Aber freute Valli sich tatsächlich über Ben? War ihm da etwas entgangen?

Kroner hatte keine Zeit, darüber nachzudenken. Ben steuerte auf ihn zu, drückte ihm eine Flasche teuren Rotwein und ein blaues T-Shirt in die Hand. »Gratuliere, Chef«, sagte er und zerrte hinter seinem Rücken eine blonde Schönheit ins Rampenlicht. »Darf ich vorstellen, Luisa Theissen, meine … ähm … Freundin.«

»Freut mich.« Kroners Blick huschte zu Valli. Markus schlug ihr gerade auf die Schulter, sagte etwas wie: »Das ist sie. Seine Freundin, du weißt schon, der Jackpot … Stand wohl gestern unangemeldet mit Sack und Pack vor seiner Tür, hat ihm verziehen. Der Hammer, oder?«

Luisa gratulierte Kroner, machte sich mit dessen Söhnen bekannt und war Sekunden später mittendrin im Geschehen. Alle lächelten sie an, konnten kaum die Augen von ihr lassen.

Everybody's darling. Was für ein Mist!

Valli konnte, sie wollte das nicht glauben.

Er hat sie mit ihrer besten Freundin betrogen! Hallo? Geht's noch?

Sie hatte die Wohnung in der Milchgasse ausgesucht, hatte ihren Studienplatz seinetwegen nach Passau verlegt, und er hatte nichts Besseres zu tun, als mit ihrer besten Freundin zu vögeln? Und jetzt kam sie schwanzwedelnd zu ihm zurückgekrochen? Wie blöd musste diese Frau sein? Wie blöd war Ben überhaupt?

Und wie blöd bin ich?

Valli stand auf, ging. Hoffentlich merkte niemand, dass sie sich aus dem Staub machte, aber alle waren ja mit Luisa beschäftigt, quatschten auf sie ein, lachten über ihre Witze. Nur Ben stand da wie ein Baum, stierte in Vallis Richtung und lächelte wie ein Teenager, der das fetteste Ehrenwort seines bisherigen Lebens nicht gehalten hatte.

Valli wandte sich ab, eine Melodie sprang ihr ins Hirn, wiederholte sich gnadenlos in Endlosschleife:

Isn't it ironic, don't you think,
it's meeting the man of my dreams
and then meeting his beautiful wife …

Die gute alte Alanis wusste, wovon sie sprach. Wäre Vallis Hirn ein iPod, hätte sie es jetzt an die Wand geklatscht.

Verdammt! Alanis! Halt die Fresse!

Im Hasenstall griff Valli nach den Schlüsseln des Kroner-Hauses. Sie brauchte jetzt dringend Kroners alte Metal-CDs, ihr Kopf gierte nach Beat, ihr gefühlsduseliges Herz brauchte schweren Bass, sie musste unbedingt diesen Morissette-Scheiß loswerden. Valli fühlte sich ausgebrannt, leer wie der Nagel im Hasenstall, an dem normalerweise ihr Schlüssel hing.

Der Schlüssel? Wo ist der Schlüssel?

Da hing nichts am Haken, jedenfalls kein Schlüssel, nur die erste Seite des Obduktionsprotokolles. Valli verstand die Nachricht. Sie hatte Kroners Vertrauen verspielt. Das hier war also die Rechnung.

Lange starrte sie den schlüssellosen Nagel an und schlurfte dann mühsam über den Rasen zum milnerschen Hexenhaus. An der Haustür lehnte ein kleines Paket, das schlampig mit Zeitungspapier eingewickelt war. Ein Name stand drauf: »Valli«.

Sie riss das Papier ab, ließ es einfach fallen und ging hinein. »Das Schicksal ist ein mieser Verräter«. Interessant. Auf der Treppe klappte sie den Buchdeckel auf, fand eine Widmung, las. Die Buchstaben verschwammen vor ihren Augen. Sie schleppte sich weiter, Stufe für Stufe, öffnete die Tür zu ihrem Zimmer, fiel auf ihr Bett, las noch einmal, hatte Mühe mit der Schrift:

Das war Zoes Lieblingsgedicht. Gestern hast du mich an sie erinnert. Es hat mir gefallen. Ben.

Spüren,
dass jedes Wort
überflüssig ist,
und doch
plappern
wie ein Wasserfall …

… das ist Unsicherheit.

Na toll! Ganz toll. Wirklich. Valli schleuderte das Buch in eine Ecke, vergrub ihr Gesicht in den Kissen.

Was für ein beschissener Sommer!

Anmerkungen zum Inhalt

Das Hochwasser, wie es im Buch dargestellt ist, entspricht den Geschehnissen im Juni 2013. Die zeitlichen Abläufe wurden minimal angepasst. Valli, Markus und Ben musste ich einfach erlauben, den Scharfrichtern bei dem Versuch zu helfen, ihr Lokal zu retten. Der Bösendorfer-Flügel wurde aus dem Gewölbe geschleppt, so wie es tatsächlich geschah, aber die Stromleitung wurde bereits beim Hochwasser 2002 von einem Feuerwehrmann durchschlagen. Dass am Ende zwar der Flügel heil davonkam, andere Mühen aber doch vergeblich blieben, tut mir sehr leid. Umso mehr freut es mich, dass es mit dem »Scharfrichterhaus« weitergeht. Kurz nach dem Hochwasser sah es ja nicht danach aus.

Alle Lokale, die Kroner, Markus, Ben oder Valli in dieser Geschichte besuchen, gibt es wirklich und können gern besucht werden. Das »Oberhaus« musste für die Ermittlungen in »Leichrevier« allerdings ein paar Tage früher öffnen, als es 2013 tatsächlich der Fall war.

Einige Freiheiten habe ich mir auch in Sachen rechtsmedizinische Untersuchungen genommen. Die DNA-Analysen im Buch gehen beispielsweise sehr viel zackiger vonstatten, als das im echten Leben möglich wäre. Die Gewaltopferambulanz des Rechtsmedizinischen Institutes hat es 1993 noch nicht gegeben, und auch die Möglichkeit einer haploidenten peripheren Blutstammzelltransplantation musste ich um einige Jahre vorverlegen, sonst hätte der Vater dem Sohn nicht als Spender zur Verfügung stehen können, und die ganze Verwirrung wäre nicht entstanden. Fakt ist aber, dass nach einer Stammzelltransplantation im Blut des Empfängers in den meisten Fällen schon nach zwei bis vier Wochen der genetische Fingerabdruck des Spenders zu finden ist.

Realistisch sind auch die Zustände in den Prostitutionsszenen entlang der tschechischen Grenze. Nichts davon ist übertrieben oder erfunden. Leider!

Cathrin Schauer ist examinierte Krankenschwester, Diplomsozialpädagogin, Diplomsozialarbeiterin und Geschäftsführerin von

KARO e.V., jener Institution, die sich an der tschechischen Grenze gegen Zwangsprostitution, Menschenhandel und sexuelle Ausbeutung von Kindern engagiert. Ziel ist es, Kindern, Jugendlichen und Frauen, die physische, psychische und/oder sexuelle Gewalt erfahren haben, Schutz und Hilfe anzubieten. Für ihr Engagement erhielt sie 2002 den Preis »Frauen Europas« und wurde in den Jahren 2005 sowie 2006 im Rahmen des Projektes »1000 Frauen für den Friedensnobelpreis« nominiert. Im Jahr 2008 erhielt sie die Auszeichnung »Vogtländerin des Jahres«, und 2012 wurde sie zur Katharina-Botschafterin der Stadt Torgau ernannt.

Cathrin Schauer veröffentlichte 2003 das Buch »Kinder auf dem Strich – Bericht von der deutsch-tschechischen Grenze«, herausgegeben von UNICEF Deutschland und ECPAT Deutschland. Einige Passagen aus ihrem Buch wurden in »Leichrevier« fast wortgetreu übernommen (siehe Seite 212, 213, 217, 218, 219, 220, 224, 225, 228, 245, 276, 289).

Es geht mir sehr nahe, von Schicksalen wie diesen zu lesen, deshalb bin ich Fördermitglied geworden und unterstütze KARO e.V. im Kampf gegen sexuelle Ausbeutung von Frauen und Kindern.

Danksagung

Ein herzliches Vergelt's Gott all jenen, die mich bis hierher beratend, lesend, beruhigend, ermutigend oder in anderer Weise begleitet haben.

Ihr wisst schon, wer gemeint ist! Danke.